本书为国家社会科学基金项目《库普林小说诗学研究》（11BWW026）最终成果

# 库普林小说
## 诗学研究

高建华◎著

KUPRIN

中国社会科学出版社

图书在版编目(CIP)数据

库普林小说诗学研究/高建华著.—北京:中国社会科学
出版社,2016.8
ISBN 978 - 7 - 5161 - 8710 - 4

Ⅰ.①库…　Ⅱ.①高…　Ⅲ.①库普林(1870 - 1938)—
小说研究　Ⅳ.①I512.074

中国版本图书馆 CIP 数据核字(2016)第 182775 号

出 版 人　赵剑英
选题策划　慈明亮
责任编辑　慈明亮
责任校对　石春梅
责任印制　戴　宽

出　　　版　中国社会科学出版社
社　　　址　北京鼓楼西大街甲 158 号
邮　　　编　100720
网　　　址　http://www.csspw.cn
发 行 部　010 - 84083685
门 市 部　010 - 84029450
经　　　销　新华书店及其他书店

印　　　刷　北京君升印刷有限公司
装　　　订　廊坊市广阳区广增装订厂
版　　　次　2016 年 8 月第 1 版
印　　　次　2016 年 8 月第 1 次印刷

开　　　本　710×1000　1/16
印　　　张　23.75
插　　　页　2
字　　　数　369 千字
定　　　价　86.00 元

# 序

　　1894 年，24 岁的俄军中尉亚历山大·库普林退伍，从此开始他长达六七年的俄罗斯漫游，其间的丰富见闻为他日后的文学写作奠定了坚实的基础。其实，在 20 世纪的俄国文学史中，库普林也同样有过颠沛流离的"漫游"：1905 年，在日俄战争惨败的社会语境下，库普林反映沙皇军队"阴暗面"的小说《决斗》大获成功，作者数次在彼得堡的公众场合朗诵小说片段，每每听众如潮，欢声雷动。这部小说的作者也自此与高尔基、布宁、安德列耶夫等并列，被视为托尔斯泰、契诃夫之后最重要的俄国小说家；此后近 10 年间，如米尔斯基在他的《俄国文学史》中所言，"库普林创作勤奋，却未能写出一部令人难忘、充分表现自我的作品。他在各种倾向间徘徊。作为一位其实缺乏文化的人，他无法真正受益于任何文学榜样；作为一位艺术修养并不深厚的作家，他无法判断其作品之优劣。"① 1915 年，他耗费五六年时间写作的反映妓女生活的小说《亚玛镇》引起巨大争议，甚至被列为禁书。这部小说尽管一直是 20 世纪俄国文学中的"畅销"作品，却也给人留下作者"缺乏文化"的口实；十月革命后他志愿加入白军与红方作战，失败后流落巴黎，成为白俄侨民作家，传统的苏维埃俄国文学史家对他最重要的作品之一《士官生》视而不见，一口咬定他在流亡期间的创作乏善可陈，在病逝的前一年，库普林出人意料地主动申请返回苏联。以斯大林为首的政治局经投票决定接受他回国，这使得他的"俄侨作家"身份有所淡化，甚至被称为"苏维埃作家"。苏联国家文学出版社早在

---

① ［俄］米奇斯基：《俄国文学史》下卷，刘文飞译，人民出版社 2013 年版，第 124 页。

1937 年便出版了他的两卷集，1957—1958 年又推出 6 卷本全集；然而，库普林虽然是 20 世纪俄侨作家乃至整个白银时代俄语作家中较早得到苏维埃官方文学界认可的"经典作家"，可关于他的批评、评价和文学史定位长期以来又一直飘忽不定，甚至不无暧昧，从"批判现实主义作家"到"新现实主义作家"，从"白俄流亡作家"到"苏维埃作家"，不一而足。他是 19 世纪末 20 世纪初最重要的俄语作家之一，可他一方面被托尔斯泰、契诃夫的巨大身影所遮蔽，另一方面长期被排除在以现代主义文学为主体的白银时代文学框架之外。因此，无论在俄国、西方还是中国，我们对库普林的认识和理解似乎总那么一点不甚到位的感觉，隐隐觉得在库普林的创作实绩与他的文学史地位之间或许依然存在着某种错位。

正是在这样的学术语境下，我们读到了高建华教授的这部新著《库普林小说诗学研究》。近十余年来，高建华教授潜心专攻库普林研究，在国内学术刊物上相继发表十余篇关于库普林创作的学术论文，并于 2009 年在东北师范大学完成博士学位论文《库普林小说研究》，她无疑已成为我国研究库普林的专家。

高建华教授的这部专著由六个章节构成，分别从"库普林小说与俄罗斯传统现实主义"、"有关俄罗斯现实的艺术观照"、"库普林小说中的永恒女性"、"流亡岁月中的创作"、"叙述主体和叙事方式"和"库普林小说在中国"这六个方面展开论述。这里既有比较研究、主题归纳和形象分析，也有作品解读、风格探究和影响考察，这样的谋篇布局初看似乎有些凌乱，似乎欠缺内在的结构逻辑，但作者在《绪论》中这样言及本书的写作初衷："本专著不仅从库普林的生活和创作的社会环境、文学背景、创作心理等外部研究出发，而且结合对库普林小说创作文本进行分析的内部研究，即对库普林小说的文体、叙事风格等内在研究对象进行梳理。文学研究的实践表明，单纯的外部研究或内部研究都不能揭示库普林小说创作的真正价值，只有两者结合，才能较全面地揭示一位作家作品的整体风貌。"这使我们意识到，关于库普林创作的"外部研究"和"内部研究"的相互结合，从不同的角度来全面地阐释库普林的创作，进而给出一幅关于库普林小说创作的全景图，才是本书作者的写作立意和学术追求。本书作者显然达到了她的这一目的，她最终给出的结论也因而显得有理有据，即"库普林小说反映了世纪之交俄国小说思想与艺术观念上的变化，以及小说在文本形态方面的多元状态。库普林的小说在思想性和艺术形式上反映着现实主义文学在世纪之交的面貌，为俄罗斯现实主义小说的发展做出了独特的贡献。"

高建华教授如此归纳她这部著作的几点新意，即采用多种文学研究手法对库普林的小说文本进行分析归纳、对库普林小说创作进行多元的文化探究、关注到库普林流亡年代的创作以及对库普林小说在中国的接受和影响状况的梳理和归纳。在我看来，高建华教授作为一位中国的库普林研究专家，她在最后一个领域的研究更为新颖，更有价值。俄国文学自 20 世纪初进入中国，在中国社会产生深远影响，不仅对中国新文学和新文化的形成构成强大的刺激和借鉴，甚至成为中国新文学和新文化的构成元素。由于中、俄两国在 20 世纪所相继遭遇的社会巨变和文化重估，俄国文学的中国接受史起伏跌宕，充满各种有趣、甚至悖论的变故和奇遇，于是，每一位重要的俄国作家及其作品在中国便往往都有着一趟奇特的旅程。库普林之进入中国，借助的是周作人等文学大师之手，时值中国新文学形成的"五四"时期，其影响自然不容小觑。比如本书中提及的周作人对库普林"抒情诗的小说"的推崇，再比如，在当时的文坛大家如瞿秋白、鲁迅、茅盾等人关于俄国文学的评述中，库普林往往是被与托尔斯泰、陀思妥耶夫斯基等并列的；20 世纪 50 年代，汝龙、伊信等著名翻译家译介了库普林，使他成为汉语读者心目中的"俄国经典作家"；80 年代，蓝英年、潘安荣等著名翻译家继续努力，出版了多卷本的库普林汉译文集，使库普林的创作全貌在汉语中得到相对完整的呈现。然而，关于库普林小说在中国的接受和影响，尤其是库普林小说对中国"五四"时期文学的影响，至今仍很少有人做系统的归纳和梳理。库普林的小说创作与中国"五四"时期的小说创作之间究竟有无某种互动关系？库普林作品的"中国旅行"中究竟有过哪些起伏？为何这位引起三次汉语译介高潮的俄国作家始终未能成为中国读者心目中的一流大师，更未得到相称的研究？高建华教授的这本书可以帮助我们深化对这些问题的理解和思考。就这一意义而言，她在这一方面的研究构成一个范例，为俄国作家的中国接受史研究提供了一个有益的借鉴。

　　在结束这篇小序的时候，我还想说一句题外话。读完这部洋洋 30 万字的专著，我内心充满感动，因为我知道本书作者一直在抱病写作。在开始写作此书前，高建华教授已身患疾病，并接受了手术，换作他人，或心灰意冷地怨天尤人，或心无旁骛地专心养病，可天性乐观、治学勤奋的她却始终没有放弃对库普林的研究，一直坚持写作，并最终完成这部内容丰富的学术著作，令人感佩！在祝贺她这部新书出版的同时，我也祝愿她彻底地战胜病魔！

刘文飞

2016 年 5 月 5 日

于京西近山居

# 目　　录

# 绪论：库普林小说的研究现状

　　19 世纪末 20 世纪初的俄国的文学伴随着现代化的进程获得了异乎寻常的繁荣和发展。而苏维埃时期的文学研究显然与上述文学发展的客观事实产生了巨大的偏离。许多经典作家及他们的经典著作成为十月革命后的教条主义以及由此产生的种种偏见的牺牲品，许多大作家实际上长期被排除在学术研究和广大读者的视野之外。在主流意识形态的严重干预和影响之下，库普林的作品在中俄两国的研究状况与其本人在文学史上应有的地位和实际的贡献都极不相称。

## 一　库普林小说在中国的译介与研究概况

　　库普林的小说于"五四"时期最早由周作人等翻译并评价。1919年北京大学印制了周作人翻译的《点滴》（《新潮》丛书第三种），收录了周作人在杂志及日报上发表过的翻译小说，其中有库普林的三则短篇：《皇帝之公园》、《圣处女的花园》、《晚间的来客》。上海开明书店于 1928 年 11 月出《点滴》的改定本《空大鼓》，书中照录了库普林的这三篇小说。周作人在 1918 年 3 月 10 日写的《皇帝之公园》"译后记"里介绍说：

　　　　A. J. Kuprin 者，一千八百七十年生，初学陆军，在役计七年，进至中尉；退职治文学，以小说《决斗》得名。又有短篇《生命之川》、《泥沼》、《马盗》等，皆佳作。Kuprin 思想，颇近乐观；以为现世恶浊，而将来非无光明之希望。《决斗》中 Nazanskij 说：将来有一个时候，世上更无主权……亦无有怨恨，人人都是神。那时我看别人都同我一样是个神，我怎么还敢欺负他，虐待他呢？那时，止有那时，人生才是真的圆满美好……自由高尚的爱，成为世界的宗教！

　　又有《贺筵》一篇，述二千九百六年庆祝世界大同，席上有人演说云，我辈祝这永久少壮圆满美好的人生，祝这地上独一无二的"神的人类"！赞美人生一切的欢乐！此篇（《皇帝之公园》）之意，大要亦相类。唯所谓三十二世纪中叶，社会又复革命，复回旧路，乃与他说不同，莫名其意旨之所在。或者有所感触，遂以此"污恶可憎之虫类"为不可救……愤激之情，发于小说，亦未可知。欧战后一周年，Kuprin 作《圣母之花园》一篇为纪念。结末数语其意也与此篇开端略同。Kuprin 本来极服 Tolstoij，Tolstoij 对于将来既有希望，Kuprin 当亦如是。此篇何时所作，今虽不详，疑亦当在欧战以后，其时 Tolstoij 已去人间，后人无由知其意见，而 Kuprin 则目睹惨淡之状，于是文章间遂含惨淡之色，正亦人情之常耳。然有不可不辨者，为此篇仍是希望，并非绝望。因昏迷尚非必不可移之本能故；并非诅咒，因彼素来神往于世界大同故，亦非第以危言耸人，因彼自知身在局中，异于隔岸火灾故。又当知此篇亦非据科学研究，与 W. Morris 及 H. Wells 等所作颇不同，因所写只是一时感觉，作者亦自题"幻想"故也。①

　　周作人非常欣赏库普林《晚间的来客》这篇小说。他在翻译《〈晚间的来客〉译后记》中说："我译这一篇，除却介绍库普林的思想之外，还有别的一种意思——就是要表明在现代文学里，有这一种形式的短篇小说，小说不仅是叙事写景，还可以抒情；因为文学的特质，更在感情的传染，便是那纯自然派的描写，如淑拉（Zola）说，也仍然是'通过了作者性情的自然'，这抒情诗的小说，虽然形式有点特别，但如果具备了文学的特质，也就是真实的小说。内容上必要有悲欢离合，结构上必要有葛藤、极点与收场，才得谓之小说；这种意见，正如十七世纪的戏曲的三一律，已经是过去的东西了。"② 周作人极力主张打破

①　周作人：《〈皇帝之公园〉译后记》，《新青年》第 4 卷第 4 号（1918 年 4 月）。
②　周作人：《〈晚间的来客〉译后记》，《新青年》第 7 卷第 5 号（1920 年 4 月）。

中国传统小说的模式，进行小说观念与内容、结构与形式的革新。这里不仅首次提出了"抒情诗的小说"概念，而且从理论上为抒情小说作为新型的文体奠定了基础，为抒情小说在中国现代文学史上的发展做出了贡献。

1928 年王鲁彦翻译了《世界短篇小说集》，由亚东图书馆出版。第一篇即是库普林的《月桂》，是从世界语转译的。1940 年三通书局又出版了刘大杰翻译的库普林中篇小说《石榴石手镯》。1948 年—1958 年这十年间我国翻译界根据英、法译本转译或从俄文直接译出了大量库普林的小说。汝龙是较早翻译库普林小说的翻译家，他在 1949 年前就从英译本转译了库普林的《决斗》、《亚玛》（Яма）（现多译为《亚玛镇》）、《女巫》（今译《阿列霞》）等小说。1949 年后，由师陀、郑振铎、李健吾主编的世界文学丛书里，汝龙出版了三部库普林的短篇小说选集：《歌舞集》、《呆子集》、《侮辱集》，收录了《生命的河流》、《侮辱》、《复活节》、《呆子》、《哈姆雷特》、《最后一句话》、《几株紫丁香》、《歌舞》、《机器的惩罚》、《斯拉夫人的灵魂》、《图画》共 11 篇短篇小说。20 世纪 50 年代和 80 年代是我国译介俄苏文学的高峰期，对库普林作品译介的数量和质量都有很大提高。1955 年，孟安翻译了库普林的小说《摩洛》，潘勋照翻译了《石榴石手镯》。1956 年，由上海新文艺出版社出版了潘勋照、冯顺伯合译的库普林小说集《白哈巴狗》，其中收录了《伊朱姆洛特》、《白哈巴狗》、《里斯特黎冈》等三篇小说。1957 年，李玲翻译了库普林的小说《阿列霞》。1958 年，上海新文艺出版社出版了伊信翻译的小说集《追求名誉》，收录了库普林的《追求名誉》、《秘密调查》、《比拉特加》、《儿童花园》、《Allez》、《象》、《列诺契加》七篇小说。至此，库普林的作品越来越多地走进中国读者的视野，但此时很少有人对库普林的作品进行专业的文学评论，以上所列的作品集中一般仅有寥寥数语的内容提要，连译后记之类的零星评点也不多见。

20 世纪 80 年代以来，又有过一阵翻译库普林小说的热潮。1981 年人民文学出版社出版了蓝英年翻译的库普林作品选集《库普林中短篇小说选》二卷本，其中收录了《追求名誉》、《摩洛》、《神医》、《阿列霞》、《冈比利努斯》、《生命的河流》和《神圣的谎言》等多篇小说。

同一年又有潘安荣翻译的库普林代表作《决斗》。1986年蓝英年翻译的《亚玛街》，由花城出版社出版。1986年，姜明和、章文、刘伦振分别出版了《亚玛镇》的三个译本《火坑》、《底层女人》、《烟花血泪》。1987年，上海译文出版社出版了由杨晖、李林等译的《库普林中短篇小说选》三卷本作品选集，即《画家的毁灭》、《萍水相逢的人》、《黑色的闪电》，较全面地收录了库普林的中、短篇代表作。1988年12月出版的彭克巽著的《苏联小说史》从小说流派演变的角度指出库普林基本上是沿着契诃夫学派的道路前进，提到了《决斗》、《亚玛》，认为库普林的艺术描写重点转移到了对底层人生活状态的探索，这是俄罗斯小说中自然主义潮流兴起的标志，但只是笼统地提出了这些观点，并没有展开论述。1989年，《苏联文学》杂志第2期上刊载了由苏联文学副博士希尔马科夫审定的一篇库普林晚期短篇小说《马车夫彼得》。蓝英年、姜明和、刘伦振分别写过《亚玛》的译后记，上海译文出版社也附了译后记。《苏联文学》杂志1989年第二期发表了署名王佳平的一篇评述《亚玛街》的文章。王佳平在文章中和蓝英年的《亚玛街》"译后记"都论述了这部小说在古今中外描写妓女题材小说中的独特之处。

1990年，宋昌中撰写的专著《库普林》由吉林大学出版社出版。该著在叙述库普林的生平与创作上资料比较翔实，介绍了库普林从1870年出生，一直到1937年从侨居的法国巴黎回到苏联列宁格勒，直至1938年8月逝世的情况，这是目前国内介绍库普林生平与创作较系统的一部专著。该书以缩写的形式介绍了库普林的四部作品《莫洛赫》（《摩洛》）、《决斗》、《阿列霞》和《石榴石手镯》，并且总结了库普林的艺术特色。但因为该书发行量甚少（印数仅300册）在学术界并未引起强烈的反响。90年代中国人自己编写的俄罗斯文学史，例如曹靖华主编的《俄苏文学史》、叶水夫主编的《苏联文学史》，都只是提到库普林，不曾对其进行专门章节的论述。1996年，北京大学西语系俄苏文学研究赵荣贵的硕士学位论文《且引天火烧大地——库普林小说研究》，论述了"火"作为一种意象在库普林小说中焕发出的艺术光彩。1997年毕业于北京师大外语系俄罗斯文学研究所的林精华的博士学位论文《俄国白银时代小说诗学研究》在梳理白银时代俄国小说的时空特性与文本形态时，对库普林小说的叙事时空特性和文本形态在世纪之交对俄国小说发展的贡献进行了一些独到的分析，为研究库普林小说文本的叙事时间和叙事空间特征提供了重要的启示，在研究方法及理论依据方面为本课题《库普林小说诗学研究》提供了重要的参考和借鉴。20 世纪末，库普林的代表作品的译作版本丰富。1996 年安徽文艺出版社出版汝龙翻译的《亚玛》；1997 年百花文艺出版社发行刘伦镇的译作《火坑》；2001 年译林出版社出版石枕川译作的《亚玛街的烟花女》。2001 年，王彦林出版了《亚玛》的译本《亚玛街》。

　　进入 21 世纪以后，库普林小说的研究有了一些新的发展。2000 年《俄罗斯文艺》第 2 期上刊登了徐笑一、唐逸红编译的《库普林之谜》，介绍了库普林坎坷的文学命运及其排出政治原因后其作品的畅销情况。库普林的人生经历及其创作在苏联境内的兴衰沉浮颇耐人寻味。郑体武的《俄罗斯文学简史》第七章中提到库普林在创作时特别注意细节，其小说结构严整，对俄罗斯文学有特殊贡献。尽管只有简短评价，却道出了库普林的小说所具有的独特的写作手法和结构艺术，值得深入思考。2000 年，北京师范大学外语系张晓东的硕士学位论文《情感的诗学——亚·库普林小说诗学初探》，从情感表现诗学的角度分析其小说的情感叙事结构，论述了库普林小说强调主观性，写人物心灵的真实，表现了 20 世纪新小说的主要倾向，从小说形式、小说主人公、小说主题等方面，揭示了库普林小说诗学的基本特征。该论文对库普林小说的研究表达了自己独到的见解和思考，可谓在库普林小说研究方面所做的重要贡献。同一年李毓榛主编的《20 世纪俄罗斯文学史》在第一章把库普林作为 19 世纪末 20 世纪初一位重要现实主义作家予以简要介绍，对库普林关注小人物及人类美好情感的创作思想及细致的艺术表现手法予以了肯定，指出库普林小说善于用"细腻清新的艺术表现手法，刻画人物的性格和心理活动，显示出他独特的艺术才华。"①

　　2002 年 12 月，上海译文出版社出版了由杨晖、冯春、朱志顺等译的库普林文集三卷本《阿列霞》、《决斗》、《亚玛镇》。同年，有蓝英年、杨晖合译的库普林小说集《石榴石手镯》由浙江出版社出版。这些文集在前言或后记中略有对库普林及其创作的总体评价，但多属介绍

---

① 李毓榛：《20 世纪俄罗斯文学史》，北京大学出版社 2000 年版，第 25 页。

或概要性的文字，也有一些库普林小说研究的论文出现。2002年《韶关学院学报》登载了崔传江撰写的论文《血泪斑斑亚玛街——论妓女题材文学作品的异同》，通过对比研究描写妓院题材文学作品，阐释了库普林这部小说的写作风格以及在同类作品中的独特价值。2002年，由杨素梅、闫吉青合著的《俄罗斯生态文学论》中的"库普林理想人格的呼唤"一章论述库普林的小说《阿列霞》对自然人格的赞颂，对理想人格——感性与理性统一的人格的肯定，并通过分析自然之女阿列霞的人物形象，解析自然人格的悲剧根源，揭示出理想人格所应具有的特质：感性与理性的和谐统一。作者指出，作为一个具有人类忧患意识和历史使命感的作家，库普林一生都在关注时代发展及人类的生存状况。对理想人格的呼唤是库普林创作的一个重要主题。2004年由李辉凡、张捷合著的《20世纪俄罗斯文学史》把库普林与布宁（又译蒲宁）、安德列耶夫一起作为新一代批判现实主义作家予以评述。该文学史论述了库普林创作中的一些基本特征：如创作题材的广泛性，描写的客观性。库普林继承了列夫·托尔斯泰和契诃夫等老一辈大师的传统，在以渺小、普通、善良的小人物为写作对象上库普林继承了契诃夫的思想和气质，而在表现道德责任感方面又受到托尔斯泰的影响。

近年来，又出现了一些研究库普林小说的论文。2006年《外国文学研究》第5期发表了高建华、赵沛林的《从〈阿列霞〉谈库普林小说的宗教伦理思想》。2008年《俄罗斯文艺》第1期刊登了高建华的《狂欢化视野中的〈亚玛镇〉》，2008年5月《文艺报》发表了高建华的《库普林小说爱与死的主题》，2009年《北方论丛》第1期刊登了高建华的《库普林爱情小说的悲剧精神及其诗学体现》。2008年4月，北京师范大学外语学院俄语语言文学专业李哲的硕士学位论文《库普林小说的叙事艺术研究》从库普林小说的话语层面、故事层面解读和赏析库普林小说的叙事艺术，从叙事学的角度全面审视库普林的小说，揭示了库普林小说创作独特的叙事艺术特征。2012年《北方论丛》第2期刊登了高建华的《库普林小说与"五四"抒情小说》；同年，《学术交流》第1期发表了高建华的《库普林小说与"五四"自叙传小说之比较》；《俄罗斯文艺》第1期刊登了高建华的《生态批评视阈下的库普林小说》，2014年《俄罗斯文艺》第1期刊登了高建华的《库普林小说〈决斗〉的对话性》，2015 年《北方论丛》第 3 期刊登了高建华的《库普林小说中的人性纬度》。以上是近年来库普林小说研究中比较重要的学术成果。

### 二　库普林小说在国外的研究概况

与国内的研究情况相比，国外对库普林创作进行的研究相对丰富。库普林的小说曾得到列夫·托尔斯泰、契诃夫、高尔基、布宁等人的赞赏，他的创作也受过他们的影响。在库普林的祖国俄罗斯，既有收集库普林平时文学观点的论集，如《库普林论文学》、《关于文学……》等，也有同时代作家、文学评论家对库普林创作特色的鉴赏和评论。当然也有不少关于库普林的回忆录、不同时期的俄国文学史对他的不同界定等，只是目前国内缺少相应的译介。1903 年高尔基主办《知识》出版社，出版了库普林的《短篇小说集》，1904—1906 年又出版了他的两卷作品选。1914 年俄国文学界人士为库普林从事文学创作 25 周年举办了庆祝会。1919 年库普林流亡法国。1937 年他从侨居地巴黎回到祖国莫斯科。1957 年，苏联国家文学出版社出版了六卷本《库普林文集》。1960 年列夫·尼古林著的《契诃夫、布宁、库普林》，描绘了这三位文学家的生活和创作轨迹。1970—1973 年，莫斯科文学艺术出版社出版由阿尔波娃、古列绍夫、库普林娜、米亚斯尼科夫主编的《库普林》九卷集。П. Н. 贝尔科夫、В. 阿法那斯耶夫、О. 米哈伊洛夫各自写了一本《库普林评传》，分别出版于 1956 年、1960 年、1981 年。1956 年水夫翻译的苏联季莫菲耶夫著的《苏联文学史》由北京作家出版社出版，其中有对库普林创作的扼要评价。库普林的女儿科·阿·库普林娜写有《我的父亲库普林》于 1979 年在莫斯科文学艺术出版社出版。1983 年古列绍夫著的《库普林的创作道路》一书在明斯克出版。1995 年，弗罗洛夫著的《库普林与奔萨地区》于萨拉托夫出版。同年，萨文编《亚历山大·库普林评论》在奔萨出版。1997 年尤尔金娜著《库普林的美学》。1999 年莫斯科协议出版社出版了库普林的《发自那里的声音》，其中录有库普林流亡法国之后（1919—1934 年）的小说、回忆录、特写、政论等作品。

阿·米哈伊洛夫于 2001 年出版了《库普林的一生——我不能没有

俄罗斯》。符·维·阿科诺索夫著《20 世纪罗斯文学史》在论及世纪之交现实主义文学的主题及主人公时有对库普林创作的扼要评述，该书于 2001 年由凌建侯等译成中文。2001 年，俄罗斯科学院高尔基世界文学研究所集体编写的《俄罗斯白银时代文学史》四卷本，其中第二编第十一章对亚历山大·库普林做了专章评论，详细记述了库普林的生平经历及对其文学道路有重要影响的事件，分析了他早期、中期、晚期的写作特点和指导思想，为库普林研究提供了更为真实可信的原始资料，具有很高的学术价值。该书由谷羽、王亚民等翻译成中文并于 2006 年 9 月在敦煌文艺出版社出版。2007 年 3 月，由张巴喜翻译的库普林小说集《士官生》由北京新星出版社出版，其中收录了库普林流亡法国后的重要作品：《所罗门星》、《圣伊萨基·达尔玛茨基尖顶》、《时间之轮》、《士官生》、《扎涅塔》。在这部译著的第一部分，是叶莲娜·季亚科娃、谢尔盖·费佳金《库普林作品没有任何虚假的东西……》，此论文对库普林的创作特色进行了较细致的评述，其中引用了一些文学大师如列夫·托尔斯泰的通信以及同代人马科维斯基恭敬记下来的谈话，伊凡·布宁等对库普林艺术特色的评价，包括库普林生活创作年代一些报刊杂志上对库普林及其艺术的精到阐释，资料较翔实，评论颇具独到见解。此外，沃尔科夫（Волков. А. А）在《论库普林的创作》（Творчество А. И. Куприна）中介绍了库普林的生平道路和文学创作并对其代表作品进行了评述。柯罗巴耶娃在《19—20 世纪之交俄罗斯文学的人性思想》一书中具体解析了库普林创作中"小人物"主题的创新以及个人主义与人性团结精神的问题，着重分析了"小人物"的形象特点，指出库普林在人物塑造中以人性团结精神为新的创作支点。克鲁卡（Крука И Т）编著的俄国文学史《20 世纪俄罗斯文学（十月革命前）》详细介绍了库普林一生的经历及文学创作，指出他的民主主义和人道主义情怀及对俄罗斯文学现实主义传统的继承和发展，肯定了库普林在俄罗斯文学史上的历史地位及其作品所取得的成就。

此外，对库普林创作进行评论和专业研究的文章还散见于各种学术报刊、论文集、百科全书等。伊凡·布宁在 1938 年所写的回忆库普林的文章《库普林》颇有影响。俄国作家帕乌斯托夫斯基在散文集《文学肖像》中收录有一篇名为"生命的湍流（关于库普林散文的札记）"

（1957）的文章。文中指出："库普林并不直接地、不加掩饰地讲述他对人类的热爱。但他却在用自己的每部作品呼唤人性。"① 帕乌斯托夫斯基说："可以想象，生活就是这样一个知识领域，就是一部独特的生活学百科全书。在这个领域，库普林是一个出色的行家，是一个伟大的生活学专家。周围的一切，尤其是人的生活和日常琐事，对他来说，就是人类内心生活和他极其复杂的心理状态的最准确的标志。"②

在库普林一生的创作中，并不是处处都能听到掌声。高尔基在《个人的毁灭》（1908）一文中谈及当前社会伦理观点的堕落时说："甚至库普林也不甘落后于他的文学界同志，他写了一个女社会民主党人给船上的仆役强奸了，而她的丈夫（也是社会民主党人）却是一个庸人。"③ 高尔基在这里很有分寸地用了"甚至"一词，认为库普林并非有意攻击社会民主党人，而是迎合小市民的低级趣味。柯罗连科针对当时流行的色情文学进行批评时也对库普林颇有微词。阿·米娅尼科夫在《摩洛》后记里称库普林在 1917 年革命前夕经历了一次创作危机，他的长篇小说《亚玛镇》是艺术上的巨大挫折。马克思主义批评家、俄国革命家沃洛夫斯基（1871—1923）在研究了库普林小说后写道：尽管库普林怀着热情谈论未来，但是他的非政治的心理状态与那些肩负这个宏伟的斗争任务并以自己的身躯铺成通往幸福未来的人们是格格不入的。

库普林流亡巴黎后，他的作品在苏联国内再很少有人提及。直到 1937 年 5 月 30 日苏联《真理报》刊登了库普林回到苏联的消息：5 月 29 日，革命前的著名俄罗斯作家——《摩洛》、《决斗》、《亚玛》及其他作品的作者阿·伊·库普林从侨居地回到祖国的莫斯科。1956 年由水夫翻译季莫菲耶夫的《苏联文学史》由北京作家出版社出版，其中有对库普林创作进行的评价：

不论在创作特点上或是在个人命运上，库普林（1870—1938）

① ［俄］帕乌斯托夫斯基：《文学肖像》，陈方、陈刚政译，人民文学出版社 2002 年版，第 106 页。

② 同上书，第 110 页。

③ ［苏］高尔基：《论文学·续集》，冰夷等译，人民出版社 1979 年版，第 99 页。

都很像蒲宁。他鲜明有力地在他的短篇小说和中篇小说（虐神、决斗、汉勃里奴斯、奥列霞）中描绘出他周围的现实。沙皇军队的生活（决斗）、"底层"（陷坑）、工人的被剥削、资本主义的掠夺（虐神）、人的丰富的精神力量（汉勃里奴斯），——这一切就是库普林所看见和表现出来的。在这方面，他观察生活要比蒲宁更敏锐、更多方面，虽然在语言的表现力和精密上、在结构的精致上都不及蒲宁。但是他的创作的局限性在于他看不见新生活的萌芽，同时生活的缺点的描写在他的作品里也没有达到那种尖锐的程度，足以用自己的否定力量使读者感觉到作家号召他们去追求的某种新的真理。①

　　这本《苏联文学史》是苏联中等学校十年级的教科书，据书中译者说明，该书的中译本曾在 1949 年以前出版过，原书后经作者修订，现由译者根据新版修订本重译。这本《苏联文学史》在一定程度上可以反映出库普林小说在当时的中苏两国文学界获得的基本评价和定位。

　　西方对库普林小说的研究，最初主要是一些总体上的评价，涉及对具体作品的评价较少。这些对库普林小说的评论散见于各种语种的译本的前言和学术报刊。后来出现的对库普林作品进行的评价，主要集中于库普林少数几部名篇，有为数不多的专业文章出现。20 世纪 70 年代以后，出现了研究库普林的专著。

　　1916 年《〈生命的河流〉及其他小说》一书在加拿大出版。英译者之一吉·米·马瑞（J. M. Murry）为该书作了序，他认为库普林的故事体现了完美的艺术技巧。同年，英国的斯蒂芬·格兰汉姆（Stephen Graham）在《斯拉夫人的灵魂及其他小说》的译本前言里，介绍了库普林并称赞库普林作品所表达的俄国式的思想、语言和情感，认为库普林是当时俄国在世的最伟大的小说家。伦敦《学者》（The Bookmen）杂志 1920 年第 343 期发表评论，认为库普林对乌克兰及俄罗斯的风光描绘散发着淡淡的忧伤，令人情不自禁地想起屠格涅夫和契诃夫的作品。同一年，马塞伊·吉·奥尔金（Moissaye J. Olgin）著的《俄国文

---

① 　[苏] 季莫菲耶夫：《苏联文学史》，水夫译，作家出版社 1957 年版，第 173 页。

学指南（1820—1917）》中有"库普林"一章。作者指出，库普林的作品生机勃勃、感情真挚、具有丰富的内涵。库普林轻松自如地塑造他笔下的人物，他的作品有着震撼人心的力量。奥尔金认为库普林继承了古典主义的传统，然而他的创作又区别于传统俄罗斯作家。1911 年威廉·卢恩·费尔帕斯（William Lyon Phelps）在《俄国小说家评论》中以"库普林对军队生活的勾画"为题写道：库普林揭示出军营生活的卑下、龌龊和惨无人道……这是俄国军队在日俄战争中的大溃败的根源。德·斯·米尔斯基（D. S. Mirsky）在 1926 年出版的《当代俄国文学：1881—1925》中有"库普林"一章。米尔斯基认为《决斗》并不是一部革命性的作品，但成功之处在于人物描写。女主人公舒萝奇卡是近年来俄国小说中描写最成功的形象之一。另外，米尔斯基认为库普林的小说不同于俄国传统小说模式，受到西方小说影响。

美国当代俄国文学研究的权威人士马克·斯洛宁（Mark Sionim）所著的《现代俄国文学史》（Modern Russian Literature）1953 年由牛津大学出版社出版。在论及 1905 年以后的俄国文学创作时，他把库普林的创作单列了一节予以介绍评述，指出库普林"所以成为一位可爱且受人喜欢的作家是因为他具有强烈的生命力，同时有健康的现实主义态度"。"指出库普林用现实主义方法的观察力量构成情节，而以动人之笔法加以浪漫色彩之渲染。"马克·斯洛宁强调，"凡是在现实主义传统与象征主义革新之间保持中间立场者，都受到本身双重思想的影响"。罗伯特·路易斯·杰克逊（Robert Louis Jackson）于 1958 年出版了一部研究俄国文学中"地下室人物"类型的著作，用较大篇幅分析了库普林的《生命的河流》，认为《生命的河流》里的主人公是类似与陀思妥耶夫斯基《地下室手记》中的人物。安德瑞·阿·马克安德列（Andrew R. MacAndrew）1961 年于纽约出版了译著《〈决斗〉及库普林作品选》，在译后记里评论了《决斗》、《盗马贼》、《诅咒》、《在马戏院里》四部作品。

从库普林一生最富创造力的十年（1897—1907）写作中选录的作品《故事》于 1969 年在西方翻译出版。阿·比·麦克米林（A. B. Mcmillin）为该书作了序。1969 年美国印第安纳大学出版的《从卡拉姆津到布宁：俄国短篇小说选》中选有卡尔·阿·普洛夫（Carl R.

Proffer）所作的《学生实用批评主义：〈石榴石手镯〉》。普洛夫认为库普林《石榴石手镯》是一部具有浓厚抒情色彩的小说，是一部从现实生活中提炼出来的一个非现实的悲剧故事，作者称赞库普林是刻写人类情感世界的天才。20 世纪 70 年代以来，出现了比德·恩·鲍奈尔（Peter H. Bonnell）的《库普林和素描》和尼古拉斯·路坎（Nicholas Luker）的《库普林传》等研究库普林的专著。1974 年比德·恩·鲍尔（Peter H. Bonnell）的《库普林和素描》讨论了库普林作品中人物形象的刻画手法，认为库普林的叙事达到了再现现实的文学境界。1978 年尼古拉斯·路坎（Nicholas Luker）的《库普林传》分析了库普林从幼稚走向成熟的创作历程，阐释了库普林关心底层小人物生活苦难的人道主义情怀，以及对俄国文学现实主义传统的继承。

### 三　21 世纪俄罗斯的库普林研究①

21 世纪以来，俄罗斯的库普林研究除了采用传统的文学批评方法深入解读作家的创作以外，还出现了新的发展趋势：一方面，在继续对作家的生平和创作历程进行深入研究、公开鲜为人知的档案材料的基础上，研究者们更加全面地关注库普林的创作，库普林侨居国外期间的创作及政论作品的研究取得了可喜的进展；另一方面，学者们在以往研究成果的基础上逐渐走向跨学科、多视角的纵深研究，例如文化学、语言学和比较研究等。这些成果不仅丰富了库普林研究，也为在新时代背景下深入解读俄罗斯经典提供了参考和思路。

亚历山大·伊万诺维奇·库普林（Александр Иванович Куприн，1870—1938）是 19 世纪末 20 世纪初期俄罗斯卓越的现实主义作家，也是一位具有强烈的社会责任感和人类使命感的俄罗斯作家。他在白银时代的文化背景下登上文坛，在俄罗斯文学文化传统以及 20 世纪初期新文化思潮的双重影响下，创作了无数名篇佳作，在时隔近一个世纪的今天仍吸引着越来越多的读者和研究者。库普林的创作异常丰富，他不仅

---

①　参见杨玉波与笔者合撰的《21 世纪俄罗斯的库普林研究及思考》，《当代外国文学》2014 年第 4 期。

创作了传世的优秀文学作品，还写了一些政论文章。库普林的作品并非以较强的社会性、反映时代最强音见长，他也不是安德列耶夫那样的艺术实验者，然而他在同时代人中却是一个非常受欢迎的作家，正如俄罗斯学者所说："库普林的名字在二十世纪初俄罗斯现实主义现象中的意义丝毫不逊色于高尔基、安德列耶夫和布宁"。

　　毫无疑问，库普林的作品独具特色和魅力，一直以来吸引着众多的出版者、研究者和读者。应该承认，19 与 20 世纪库普林作品的出版及相关研究成果呈逐渐增多的趋势，但是与作家丰富的创作遗产及其在俄罗斯文学史上的地位并不完全相称，尤其在早期的研究中学者们较多地关注符合社会意识形态或者以社会问题为核心的作品，这就致使研究的范围较小，提出的问题也有很大的局限性。形成这种局面的原因很多，一方面，库普林是个"不问政治的作家"，而社会学的研究方法长期以来一直占主导地位；另一方面，库普林的作品从表面上看似乎浅显明了，简单易懂，库普林一度被认为是二流作家，学术界对他的重视不够，这影响了对作家及其作品的深入分析和研究，致使库普林的研究相对滞后。

　　进入 21 世纪以来的十几年里，库普林研究有了很大的改观。在作家的祖国俄罗斯，很多学者采用传统的文学批评方法，致力于深入解读作家的创作，揭示其创作的特色和艺术魅力所在，同时还出现了一些新的发展趋势：一方面，在继续对作家的生平和创作历程进行深入研究、在公开鲜为人知的档案材料的基础上，更加全面地关注作家的创作，研究范围扩大，尤其是对库普林侨居国外期间的创作及其政论作品的研究取得了可喜的成果；另一方面，在文学研究总体发展趋势的影响下，库普林研究逐渐走向跨学科、多视角的纵深研究，例如文化学、民族学、语言学、哲学和比较研究等。这些研究方向和视角，不仅丰富了库普林的研究，也为在新时代背景下深入解读俄罗斯经典提供了参考和思路。

　　（一）库普林生平与创作的深入研究

　　生平及创作历程一直是库普林研究者关注的重点之一，许多学者在这方面展开研究，此类研究著作有别尔科夫（Берков П. Н.）的《亚历山大·伊万诺维奇·库普林》（1956）①，沃尔科夫（Волков А. А.）
的《库普林的创作》（1962）② 克鲁季科娃（Крутикова Л. В.）的
《库普林（1870—1938）》（1971）③，库列绍夫（Кулешов Ф. И.）的
《库普林的创作之路：1883—1907》（1983）④，米哈伊洛夫（Михайлов
О. М.）的《库普林》（1981）⑤，等等。其中，库列绍夫的两卷本专
著《库普林的创作之路：1883—1907》详细介绍了库普林文学创作活
动的各个阶段以及作家个性和世界观的形成过程，对其1883—1907年
间的许多作品予以全面分析，介绍了库普林与契诃夫、高尔基和其他作
家在创作上的联系和私人关系，确定了库普林的创作在世纪之交⑥的俄
罗斯现实主义文学中的作用和重要性。进入21世纪以来，仍有一些研
究者致力于对库普林的生平和创作历程的深入研究，他们以此前未公开
的库普林生平史料为基础，尝试还原历史的真实，出版了一些极有价值
的库普林传记著作，其中米哈伊洛夫的《库普林的一生——我不能没
有俄罗斯》（2001）⑦ 和作家茨韦特科夫（Цветков А.）的两部专著较
有代表性，而且各具特色。

　　米哈伊洛夫不仅是一位学者，同时也是一位作家，因此他的《库
普林的一生——我不能没有俄罗斯》堪称一部小说化的传记研究著
作，他以大量事实材料为基础，将作家的生平与小说创作结合起来研
究，分析了库普林的人生经历在一些小说中的反映。该书语言生动形
象，材料真实可信，为我们展示了库普林许多重要的人生经历：在俄
罗斯的生活，与契诃夫、高尔基、乌斯宾斯基、列宾等人的交往，对
出版家达维多夫女儿的爱情，在国外的侨居生活，1937年回国的愿望

---

① Берков П. Н. Александр Иванович Куприн. Москва, Изд - во Акад. наук СССР, 1956.

② Волков А. А. Творчество А. И. Куприна. Москва, Советский писатель, 1962.

③ Крутикова Л. В. А. И. Куприн. Л., Просвещение, 1971.

④ Кулешов Ф. И. Творческий путь А. И. Куприна 1883 - 1907. Минск, Изд - во БГУ, 1983.

⑤ Михайлов О. М. Куприн: Жизнь замечательных людей（серия биографий）. М., Молодая гвардия, 1981.

⑥ 本书所说"世纪之交"皆指19世纪末20世纪初这一阶段。

⑦ Михайлов О. М. Жизнь Куприна: мне нельзя без России. М., ЗАО Изд - во Центрполиграф, 2001.

等等。这本专著让我们走进了库普林的生活，也走进了作家的思想世界。

　　另外一位取得突出成就的是莫斯科记者协会成员、作家茨韦特科夫，近年来他致力于研究与库普林创作和经历相关的档案文献。他的研究成果形成了两部书，一部是《库普林漫长的归家之路》(2011)①，另外一部是《解密库普林》(2012)②。这两部专著展示了对库普林的出生地纳罗夫恰特的历史和库普林创作的研究成果，作者以档案文件为基础，尝试寻找解密库普林的钥匙。茨韦特科夫在书中提出的一些说法和结论引起了学术界的讨论。2013 年茨韦特科夫重新出版了《解密库普林》一书，在新版当中，收入了作者 15 年来收集的珍贵材料。作者在新书的新闻发布会上表示，在这本书中"有很多值得长期讨论的思想和令人忧虑的东西"（ПензаИнформ）。该书编辑亚申娜（Яшина Л.）则认为，这本书是"令人吃惊的作品，颠覆了对库普林的许多固有看法"（ПензаИнформ）。在这本书中，茨韦特科夫以与库普林有关的鲜为人知的资料和事实为依据，尝试纠正现有研究中关于库普林生平及创作的不实之处，以期为读者展现真实的作家库普林。

　　（二）库普林政论作品的出版与研究

　　从库普林作品和文集出版来看，1904 年至 1906 年出版的三卷本文集可谓最早的库普林文集，1912 年至 1915 年出版了九卷本文集，1957 年至 1958 年出版了六卷本文集，1964 年出版九卷本文集，1986 年至 1989 年出版四卷本文集，1991 年至 1997 年出版六卷本文集，1997 年至 1998 年出版十一卷本文集。除了上述文集以外，还有一些作品的单行本出版。但是自 2000 年开始，库普林的作品吸引着越来越多的出版者，出版社和出版作品的数量与此前相比均有增加，除了一直备受关注的作品一版再版以外，还出版了许多此前未能与读者见面的作品（见下表）。

----

　　① Цветков А. А. Долгое возвращение Куприна［Текст］: документы, факты, гипотезы:［сборник литературоведческих статей］. Санкт－Петербург，2011.

　　② Цветков А. А. Ключи к Тайнам Куприна. Пенза，2012.

2000—2012 年库普林作品出版数量统计表（文集为两卷本及以上）

| 序号 | 年份 | 出版社 | 单行本 | 文集 | 序号 | 年份 | 出版社 | 单行本 | 文集 |
|---|---|---|---|---|---|---|---|---|---|
| 1 | 2000 | 5 | 7 | | 8 | 2007 | 16 | 18 | 1（4 卷）<br>1（2 卷） |
| 2 | 2001 | 13 | 12 | 1（3 卷） | 9 | 2008 | 9 | 13 | 1（4 卷）<br>1（2 卷） |
| 3 | 2002 | 14 | 16 | 2（2 卷） | 10 | 2009 | 12 | 12 | 1（2 卷） |
| 4 | 2003 | 5 | 5 | 2（2 卷） | 11 | 2010 | 19 | 25 | 1（9 卷） |
| 5 | 2004 | 6 | 6 | | 12 | 2011 | 13 | 19 | |
| 6 | 2005 | 16 | 16 | | 13 | 2012 | 10 | 20 | 1（2 卷） |
| 7 | 2006 | 13 | 9 | 1（10 卷）<br>3（2 卷） | | | | | |

　　库普林作品出版数量的增加，使研究者们可以更加全面地关注库普林的创作，研究范围扩大，尤其是政论文章的出版和研究取得了可喜的成果。

　　政论文是库普林创作的重要组成部分。苏联时期，库普林移居法国之前的文学作品一版再版，但是他的政论文却只有极小的一部分与读者见面。这种状况直到 20 世纪末 21 世纪初才得到改观，1999 年出版的《彼处之声：1919—1934》① 是一个转折点，其中收录了散见于纳尔瓦、雷瓦尔、里加、赫尔辛福什（即现在的赫尔辛基）、巴黎等地的俄文期刊中的库普林的文章 200 篇左右，体裁多样，包括随笔、回忆录、小品文和讣文等等。这些此前从未出版过的文章对于了解库普林晚期的思想和创作无疑十分有益，引起了研究者们的极大兴趣。2001 年出版的《我们，在芬兰的俄罗斯难民》② 收录了库普林 1919—1921 年住在赫尔辛福什时刊登在芬兰报纸上的政论文章，许多作品都是首次与读者见面。从内容上来看，这些文章主要是针对新生的苏维埃政权、布尔什维克领导人、国内战争的形势以及欧洲列强的政策等发表的言论，其言辞不乏讽刺和论辩色彩。

---

　　① Куприн А. И. Голос оттуда：1919—1934 . М. ，Согласие，1999.

　　② Куприн А. И. Мы，русские беженцы в Финляндии：Публицистика（1919—1921）. СПб. ，Нева，2001.

　　随着上述书籍的出版，库普林的政论作品受到一些学者的关注和研究。拉特波夫（Латыпов Т. И.）的副博士论文《阿·库普林——俄罗斯社会政治背景下的政论家：1917 年 2 月至 1919 年 10 月》（2001）研究了库普林在 1917 年 2 月至 1919 年 10 月撰写的政论文章，分析了其中反映的俄罗斯社会政治问题。作者指出，库普林思想意识中发生的变化首先反映在其政论作品当中，对上述期间发生的历史事件的理解和看法"决定了他的生活道路以及作为流亡海外的作家—政论家的创作特点"。叶菲缅科（Ефименко Л. Н.）的副博士论文《阿·伊·库普林的政论作品：体裁特点》（2003）指出，库普林无论作为艺术家还是政论家，其创作关注的核心问题是俄罗斯的命运、俄罗斯人民、俄罗斯文化中蕴含的精神道德传统以及自我牺牲精神。库普林喜爱的政论体裁包括批评文章、小品文、报道、讽刺文章、通讯、论文、随笔等，其中随笔是库普林较常使用的体裁形式，在这种体裁中，作家"以确凿的事实为依据"，同时兼具"艺术家、政论家、哲学家和观察家"的特点。除了上述副博士论文外，也有学者撰文研究库普林的政论作品，例如叶菲缅科的文章《"民族精神"：库普林文学批评和政论作品中的民族性格问题》（2002）[①]，特罗菲莫娃（Трофимова Т. Б.）的文章《库普林 1919—1920 年政论文中的陀思妥耶夫斯基》（2010）[②]，等等。

　　事实上，目前学术界除了较为关注库普林的政论作品以外，还把目光投向库普林流亡国外期间的文学作品。库普林自 1919 年至 1937 年全家流亡国外，主要在巴黎居住。在此期间，库普林仍笔耕不辍，创作了很多作品，但是学术界对这些作品的研究不多。进入 21 世纪以来，研究者开始重视作家的这些创作，例如帕克（Пак Н. И.）的文章《"祖国是第六感"——谈库普林侨居时期的创作》（2007）[③]，塔什雷科夫

---

① Ефименко Л. Н. "《 Душа народа 》: Проблема национального характера в литературной критике и публицистике А. И. Куприна." Филологический вестник Ростовского университета. 2（2002）：11 – 19.

② Трофимова Т. Б. "Достоевский в публицистике А. И. Куприна 1919 – 1920 – х гг." Достоевский: Материалы и исследования. 19（2010）：346 – 351.

③ Пак Н. И. "Родина – это шестое чувство": об эмигрантском творчестве А. И. Куприна. "Литература в школе. 7（2007）：2 – 7.

（Ташлыков С. А.）则在《俄罗斯作家亚历山大·库普林的历程》
（2008）① 中分析了库普林侨居国外时期的游记。

（三）库普林研究的文化视角

从文化的角度研究文学，是自 20 世纪 80 年代以来越来越引人注目
的领域，但俄罗斯的库普林研究者却是在近几年才开始这方面的探索，
大体上从两个方面展开研究，一是民族文化学，一是文化符号学。

民族文化学是用文化学的方法研究各民族独特的文化，一些学者
从这个角度出发，专注于研究库普林小说中的民族身份认同问题。"认
同"（идентичность）一词来自德文 identität，原指身份证明之意。民
族身份认同的核心是一个民族在演进过程中形成的基本价值观的认同，
亦即文化认同。文化认同是指人们分享共同的文化模式（信仰、价值
观、规范、习俗等），彼此在文化上具有共同的心理情感和意识。近年
来，民族身份认同问题引起了众多学者的关注，在库普林小说中的民
族身份认同问题上，颇有建树的是俄罗斯学者库拉金（Кулагин С.
А.），他的副博士论文《库普林散文中的国家认同问题》（2009）以库
普林 1901—1914 年的创作为研究对象，确定了这一时期库普林文学创
作中民族身份认同的表现形式，揭示了作家散文创作中民族文化因素
的功能，分析和考察了作家政论作品，尤其是一些随笔中民族文化的
表现形式，阐释了作家从体裁样式的角度实现民族认同的方法
（Кулагин С. А.）。除了上述副博士论文外，库拉金还著文《库普林的
小说〈雷布尼科夫上尉〉中的民族身份认同问题：俄罗斯武器不可战
胜的神话》（2009）②，在这篇文章中，作者分析了库普林的短篇小说
《雷布尼科夫上尉》中对俄罗斯武器无敌神话的艺术阐释，以大量事实
证明，作家在小说中把这个神话作为表达自我民族身份认同的一种方
式，作为营造真正的俄罗斯和伪俄罗斯的世界图景的一种方式。此外，
库拉金的文章《库普林评论中的"他们"和"我们"：作者的民族身

---

① Ташлыков С. А. "Хождения русского писателя Александра Куприна. "Сиб. филол.
журн. 4 （2008）：74 – 84.

② Кулагин С. А. "Проблема национальной идентичности в рассказе А. И. Куприна "
Штабс - капитан Рыбников：миф о непобедимости русского оружия. "Вестн. Тамбовского
ун - та. Сер. Гуманит. науки. Тамбов，Вып. 3 （2009）：123 – 127.

份认同问题》（2009）① 以评论文章这种体裁为例，分析了库普林政论作品中的民族认同问题。作者认为，库普林政论作品中表达民族认同的主要途径之一是进行民族对比。

　　文化符号学虽然兴起于 20 世纪中后期并在洛特曼及以其为首的塔尔图莫斯科学派学说中占有重要地位，但是从文化符号学的角度对库普林的创作进行研究，却是 21 世纪的成果。伊孔尼科娃（Иконникова Я. В.）的文章《库普林移民时期散文中作为"自己人—他人"对立符号的"家园"概念（以〈圣达尔马提亚以撒的圆顶〉为例）》（2012）② 采用了文化概念分析的方法，揭示了"家园"概念所蕴含的丰富的内容及其各种表达方法。作者认为，"家园"在库普林的小说中是具有标记性的符号，作家用它来表达"自己人—他人"的对立，库普林在小说中表达"自己人"和"他人"的时候，往往采用不同的表达手法。沃罗比耶娃（Воробьёва Л. В.）的文章《英国经验主义作为库普林的小说〈流动的太阳〉中伦敦的文本的组织基础》（2010）③ 分析了库普林创作中 20 世纪初期俄罗斯文化的伦敦文本，这是首次通过文化代码和历史现实之间的关系来研究城市形象。作者分析了俄罗斯思想意识接受和理解西方文明的首都的方式。

　　（四）库普林创作的比较研究

　　俄罗斯国内学者很早就注意到了库普林与其他俄罗斯作家在创作上的联系并研究了库普林与契诃夫、高尔基、布宁、托尔斯泰和安德列耶夫等作家之间的关系。事实上，库普林与列斯科夫和皮谢姆斯基在创作上的联系也十分密切。1995 年在奔萨省举办的库普林研讨会上，苏希

---

① Кулагин С. А. " 《 Они 》 и 《 мы 》 в рецензиях А. И. Куприна: к проблеме национальной идентичности автора." Вестн. Тамбовского ун - та. Сер. Гуманит. науки. Тамбов, Вып. 9（77）（2009）: 164 - 168.

② Иконникова Я. В. "Концепт 《 дом 》 как маркер оппозиции 《 свои - чужие 》 в прозе А. И. Куприна периода эмиграции: на материале повести 《 Купол Св. Исаакия Далматского 》." Вестник Тамбовского университета. Сер. Гуманитарные науки. Вып. 9（2012）.

③ Воробьёва Л. В. "Английский эмпиризм как основа организации лондонского текста в повести А. И. Куприна " Жидкое солнце. Литературный календарь: книги дня. Т. 9, №. 6（2010）: 28 - 40.

赫（Сухих И.）在其《〈白哈巴狗〉及其他》① 一文中提出了上述观点。近年来一些学者在库普林与其他作家的比较研究方面取得了新的成就，例如米尔佐耶娃（Мирзоева В. К.）文章《库普林的短篇小说〈蓝色星星〉：互文性关系》（2007）② 追溯了库普林的小说与西欧和俄罗斯一些古典小说之间的互文性关系，如王尔德的《星星男孩》和《公主的生日》、索洛古勃的《创造的传奇》、托马斯·莫尔的《乌托邦》、埃斯库罗斯的《被缚的普罗米修斯》等。

　　21 世纪以来，库普林比较研究中还出现另外一个明显的趋势，即把库普林与其他侨民作家放在同一个大背景下进行研究。例如，阿尔卡佐·哈桑（Альгазо Хасан）的副博士论文《俄罗斯侨民作家自传散文中个性的道德形成》（2006）③ 研究了布宁、什梅廖夫、扎伊采夫和库普林的作品。列别杰娃（Лебедева С. Э.）的副博士论文《第一次侨民文学浪潮论争的主要倾向及其在〈祖国纪事〉中的反映》（2007）④ 中，第二章《国外文学论争中的布宁和库普林》分析了杂志《现代纪事》以及其他侨民出版物中有关库普林和布宁的文学批评材料。沃罗比约娃（Воробьёва Л. В.）的副博士论文《二十世纪前三十几年俄罗斯文学中的伦敦文本》（2009）⑤ 中分析了库普林的小说《流动的太阳》，此外还有罗坚科娃（Роденкова О. В.）的副博士论文《从俄罗斯侨民角度看库普林的创作》（2003）⑥ 等。除了上述副博士论文以外，一些文章也研究了这类问题，例如切尔卡索夫（Черкасов В. А.）的

① Сухих И. "《Белый пудель》 и другие." Звезда. № 9 (1995)：165 – 166.

② Мирзоева В. К. "Новелла А. И. Куприна 《Синяя звезда》：Интертекстуальные связи". Вестник Дагестанского государственного университета. 2 (2007)：23 – 29.

③ Альгазо Хасан. Нравственное становление личности в автобиографической прозе русского Зарубежья：И. А. Бунин, И. С. Шмелев, Б. К. Зайцев, А. И. Куприн. Российский университет дружбы народов. 2006.

④ Лебедева С. Э. Основные направления литературной полемикирусского зарубежья первой волны и их отражение в журнале "Современные записки". Московский государственный гуманитарный университет им. М. А. Шолохова. 2007.

⑤ Воробьёва Л. В. Лондонский текст русской литературы первой трети XX века. Томский политехнический университет. 2009.

⑥ Роденкова О. В. Творчество А. И. Куприна в аспекте Русского Зарубежья. Моск. гос. открытый пед. ун – т им. М. А. Шолохова. М., 2003.

《纳博科夫与库普林：互文性关系》（2003）①，阿法纳西耶娃
（Афанасьева Э. М.）的《丘特切夫和库普林创作中爱人的名字和祈祷
用语》（2001）②，莫申斯卡娅（Мошинская Р.）的《为什么布尔加科
夫需要库普林?》（2012）③。此外，库普林对其他作家的影响问题也引
起学者关注，例如乌斯科娃（Ускова Т. Ф.）的文章《涅斯梅洛夫的
小说〈寻神派〉中的库普林传统》（2007）④。

（五）库普林创作研究的语言学视角

文学与语言学虽然是两个截然不同的学科，但是文学是语言的艺
术，因此对文学中的语言现象进行研究和批评，历来是研究者们关注的
话题，库普林研究也不例外。进入 21 世纪以来，库普林作品语言的研
究出现了一些新的倾向。

首先，值得一提的是，2006 年圣彼得堡大学出版社出版了由格列
比翁尼科夫（Гребенников А. О.）和达尼洛娃（Данилова Н. А.）主
编的《库普林短篇小说的频率词典》⑤，其中收入了库普林 90 部短篇小
说中出现的词汇单位，将其按照字母和频率排序，列出了这些词汇的近
30 万个单词用法。这本词典对于研究库普林的语言和风格、作家的修
辞手法无疑具有借鉴意义，这是库普林研究取得的重要成果。

俄罗斯学者马尔季亚诺娃（Мартьянова Н. А.）根据语义场理论，
重点研究库普林作品中的颜色词的语义场，她发表了一系列相关文章，
例如《库普林散文中颜色意义的言外之意：语义场研究》（2007）⑥、
《接受的雄辩术：表颜色意义词汇的功能语义场（以库普林的作品为

---

①　Черкасов В. А. В. В. "Набоков и А. И. Куприн：〔Интертекстуальные связи〕." Филол. науки. М.，№ 3（2003）：3 – 11.

②　Афанасьева Э. М. "Имя возлюбленной и молитвенный дискурс в творчестве Ф. И. Тютчева и А. И. Куприна." Женские образы в русской культуре. Кемерово，2001，с. 16 – 24.

③　Мошинская Р. "Зачем Булгакову Куприн?" Вопросы литературы. № 5（2012）.

④　Ускова Т. Ф. "Традиции А. И. Куприна в рассказе А. И. Несмелова " Богоискатель. Вестник Воронежского государственного университета. № 2（2007）：140 – 146.

⑤　Гребенников А. О.，Данилова Н. А. Частотный словарь рассказов А. И. Куприна. Под ред. Г. Я. Мартыненко. СПб.，Изд - во С. – Петерб. ун - та，2006.

⑥　Мартьянова Н. А. Элокутивная прагматика цветообозначений в прозе А. И. куприна：Полевое описание，Вестник Томского государственного университета. № 301（2007）.

例)》(2006)①、《库普林作品中红颜色的功能语义场》(2005)②、《库普林作品中颜色意义的言外之意》(2005)③ 等。以上述研究为基础，马尔季亚诺娃完成了专著《颜色词言外之意的语义场研究：以库普林的作品为例》(2011)④。

另外，一些学者关注库普林小说中的一些词汇在表达人物心理以及民族心理方面的功能。穆雷金娜（Мурыгина Г. С.）的文章《库普林小说〈阿列霞〉中颜色词的心理功能》(2007)⑤ 以库普林小说中的颜色词为研究对象，着重研究这类词汇的心理功能。作者分析了颜色词的表色彩意义与评价功能和象征意义之间的相互关系。作者指出，在库普林的小说中，颜色词不仅仅具有表达色彩意义的功能，同时也传达出主人公的心理状态，塑造了他们的内心世界，确定了小说叙事基调。伊利英娜（Ильина С.）的文章《"但愿"作为库普林创作中的俄罗斯心理特征》(2010) 讨论了俄语单词"但愿"（авось）所反映的俄罗斯民族心理，并以《雷布尼科夫上尉》和《察里津的大火》等作品为例，分析了该词在描写人物心理和意识方面的功能和作用。作者指出，"在人民的意识当中有一种根深蒂固的思想：要想幸福，就要让自己像个傻瓜

---

① Мартьянова Н. А. "Риторика восприятия семантико - функционапьное поле слов со значением цвета (на материале произведений А. И. Куприна): Риторика и культура речи в современном обществе и образовании." Сборник материалов X Международной конференции по риторике, науч ред - сост В. И. Аннушкин, В. Э. Морозов. М. Флинта Наука, 2006, с. 228 - 232.

② Мартьянова Н. А. "Функционально - семантическое поле красного цвета в произведениях А. И. Куприна." Коммуникативная лингвистика вчера, сегодня, завтра: Сборник материалов Международной научной конференции 13 - 14 июня 2005 г, под общ ред проф Р. С. Сакиевой. Армавир АЛУ, 2005, с. 143 - 147.

③ Мартьянова Н. А. "Цветообозначения - элокутивы в произведениях А. И. Куприна." Язык, культура, коммуникация аспекты взаимодействия научно - методический бюллетень, под ред И. В. Пекарской Вып 3 - Абакан Изд - во Хакасского государственного университета им Н. Ф. Катанова, 2006, с. 54 - 60.

④ Мартьянова Н. А. Полевое описание элокутивных колоративов (на материале произведений И. А. Куприна). Издательство ГОУ ВПО «Хакасский государственный университет им. Н. Ф. Катанова», 2011.

⑤ Мурыгина Г. С. Психологическая функция цветовых слов в повести а. и. куприна «Олеся». Известия Пензенского государственного педагогического университета им. В. Г. Белинского. № 7 (2007): 155 - 160.

一样，装作根本不想获得幸福"，需要 "隐藏起想获得幸福的愿望。"
在这种语境中，使用 авось 一词最合适不过了。在库普林的小说中，作
家使用 авось 表达上述典型的俄罗斯民族心理特征，传达 "言语主体的
消极心理、将责任转嫁给某种神秘的力量、期望奇迹发生、希望事情能
有好的结局" 等心理预期（Ильина С.）。

（六）库普林小说的诗学研究

库普林小说的诗学是俄罗斯学术界研究的重点之一，学者们尝试从
多角度剖析库普林小说的艺术特征，取得了显著成果。21 世纪以来，
很多学者仍致力于阐释库普林创作的艺术特色，其中尤尔金娜
（Юркина Л. Н.）的著作《库普林的诗学》（2009）[1] 是较为重要的研
究成果。总体看来，俄罗斯学者的研究主要集中在如下几个方面：

第一，库普林小说的体裁研究。这类的研究成果较多，其中较有代
表性的文章有科尔金娜（Корзина Н. А.）的文章《十九世纪末俄罗斯
文学中小型叙事体裁的命运（论库普林的〈狗的幸福〉）》（2011）[2]，文
章作者考察了库普林创作中的小型叙事作品，并以此说明这类体裁样式
在 19 世纪末期的变化规律。伊孔尼科娃（Иконникова Я. В.）的文章
《库普林移民时期中篇小说的体裁（以〈圣达尔马提亚以撒的圆顶〉为
例）》（2012）[3] 关注的是库普林侨居国外时期创作的中篇小说的体裁特
点，分析了中篇小说体裁界限以及回忆性作品的特点，揭示了中篇小说
这种体裁的形式功能和表达内容功能的特点。这类研究性成果还有卡尔
片科（Карпенко А. В.）的副博士论文《库普林 1920—1930 年代随笔和
短篇小说：体裁结构类型》[4]、塔什雷科夫（Ташлыков С. А.）的文章

---

① Юркина Л. Н. Поэтика А. И. Куприна : Учеб. пособие по спецкурсу. М. : РГБ, 2009.

② Корзина Н. А. "Судьбы малых канонических жанров в русской литературе конца XIX
в. (《Собачье счастье》А. И. Куприна)." Новый филологический вестник. №1 (2011).

③ Иконникова Я. В. "Жанр повести в прозе А. И. Куприна периода эмиграции ( на
материале повести 《Купол Св. Исаакия Далматского》)." Вестник Тамбовского
университета. № 2 (2012): 114 – 120.

④ Карпенко А. В. Очерки и рассказы А. И. Куприна 1920 – 1930 годов: типология
жанровых структур. Моск. гос. обл. ун – т. Москва, 2007.

《俄罗斯短篇小说：早期的库普林》（2005）①、《库普林创作中的随笔肖像：体裁传统》（2009）②、《库普林的书信体小说》（2001）③ 等。

第二，库普林小说的主题研究。库普林的创作题材广泛，小说创作的主题丰富多样，涉及社会生活的方方面面，例如大自然、爱情、小人物、家园等。近年来学者们较为关注库普林小说中的爱情主题，例如赫万（Хван А. А.）的副博士论文《库普林和布宁作品中爱之形而上学》（2002）④、巴拉甘斯卡娅（Балаганская Н. М.）的文章《库普林中篇小说〈石榴石手镯〉的爱情主题》（2010）⑤ 等。梅斯金（Мескин В. А.）的文章《布宁散文中的爱情：与前辈和同时代人的对话》（2005）⑥ 用较大篇幅分析了库普林的创作与布宁创作中的爱情主题的联系和区别。

第三，库普林小说的抒情性特征。伊戈宁娜（Игонина Н. А.）一直致力于库普林小说的抒情性研究，发表了一系列的论文。例如《库普林的短篇小说〈超越死亡〉：作品中的抒情联想及其情节之间的相互关系》（2011）⑦ 分析了库普林小说《超越死亡》中的各种抒情手法的功能。作者认为，人们越来越喜爱库普林的作品并非偶然，因为库普林善于利用各种艺术表现手法，营造出叙事作品中的抒情氛围。《库普林

---

① Ташлыков С. А. "Русская новелла：Ранний Куприн：Судьба жанра в литературном процессе." Сб. науч. тр. Вып. 2. , Под ред. Ташлыкова С. А. Иркутск：Изд – во Иркут. ун – та，2005：187 – 202.

② Ташлыков С. А. "Очерк – портрет в творчестве А. И. Куприна：традиции жанра." Традиции в русской литературе：Межвузовский сборник научных трудов. Нижний Новгород：Изд – во НГПУ，2009：126 – 143.

③ Ташлыков С. А. "Эпистолярная новелла А. И. Куприна." Анализ литературного произведения. Сб. научн. тр. Иркутск：Изд – во Иркут. гос. пед. унта，2001，с. 21 – 31.

④ Хван А. А. Метафизика любви в произведениях А. И. Куприна и И. А. Бунина. М.，Ин – т худож. творчества，2003.

⑤ Балаганская Н. М. "Любви в повести А. И. Куприна "Гранатовый браслет. Брянск，Медиаресурсы，2010.

⑥ Мескин В. А. Любовь в прозе И. Бунина：диалог с предшественниками и современниками. Русская словесность. № 5（2005）：20 – 26.

⑦ Игонина Н. А. "Рассказ А. И. Куприна《Сильнее смерти》：взаимообусловленность лирико – ассоциативного плана произведения и его сюжетной основы." Вестник ЦМО МГУ. № 2（2011）：80 – 82.

短篇小说中抒情的手法（以小说〈银狼〉为例）》（2010）① 分析了小说中的各种抒情化手法的功能。《库普林散文中"与诗歌的联系"》（2011）研究了库普林叙事作品的抒情性及其艺术表现手法。这篇文章指出，库普林作为卓越的小说家，特别擅长在作品中将散文与诗歌的特征结合在一起，赋予中短篇小说抒情特征。

　　第四，库普林小说的情节结构特点。这方面的成果有米涅拉洛娃（Минералова И. Г.）的文章《库普林——情节建构大师》（2000）② 和斯米尔诺娃（Смирнова А. И.）的文章《库普林小说〈时代的车轮〉的诗学》（2010）③ 等，后者分析了库普林的中篇小说《时代的车轮》情节结构，并以此为基础阐释了作家的爱情哲学观念和小说主题的表现方式。

　　除了上述库普林研究以外，一些学者还从叙事学的角度对库普林小说展开广泛研究，例如普切尔金（Пчелкина Т. Р.）的副博士论文《库普林艺术世界中的作者和主人公：类型与结构》（2006）④，塔什雷科夫的文章《库普林：1900 年代散文中的空间和主人公》（2011）⑤ 和《库普林艺术世界中的小酒馆时空体》（2010）⑥ 等。还有的学者从宗教和哲学的角度研究库普林的创作，例如塔什雷科夫的文章《库普林和

---

① Игонина Н. А. "Способы лиризации в рассказах А. И. Куприна（на метериале рассказа《Серебряный волк》）." Вестник ЦМО МГУ. Т. 3（2010）: 91 – 94.

② Минералова И. Г. " < Куприн > – мастер сюжетосложения." Уроки русской словесности. М., 2000.

③ Смирнова А. И. "Поэтика повести А. И. Куприна《Колесо времени》." Интерпретация текста: лингвистический, литературоведческий и методический аспекты. №1（2010）: 203 – 207.

④ Пчелкина Т. Р. Автор и герой в художественном мире А. И. Куприна:（типология и структура）. Магнитог. гос. ун – т. 2006.

⑤ Ташлыков С. А. "Куприн: пространство и герой в прозе 1900 – х годов." Сибирский филологический журнал. №2（2011）: 44 – 51.

⑥ Ташлыков С. А. "Хронотоп трактира в художественном мире А. И. Куприна." Сибирский филологический журнал. № 1（2010）: 39 – 47.

尼采》（2001）① 与《库普林短篇小说中的旧约全书》（2005）② 等。

综上所述，进入 21 世纪以来，俄罗斯的库普林研究取得了可喜的成果，许多研究文章提出了以前未被触及的问题，出现了一些新的观点，出版了一些鲜为人知的作品。这为我们全面而深刻地认识作家及其创作提供了许多可靠的依据。相比之下，我国国内的库普林研究起步较晚，成果甚少。库普林的小说早在"五四"时期便由胡适、周作人等译介到国内，但是无论从成果的数量还是深度和广度而言，国内的库普林研究仍处于初始阶段，因此我们希望国内能有更多的研究者加入库普林的研究工作中来，翻译和出版更多的库普林作品。根据目前国内外研究状况，可以尝试从以下几方面加强和深化库普林及其作品的研究：

第一，以往学者关注较多的主要是库普林的某些代表作，因此我们应该扩大研究范围，关注研究不充分或未被关注的作品，将更多的作品纳入研究视野。第二，文学研究理论和方法随着时代的发展渐趋多样化，打破了某一时期某种方法占主导地位的局面，以往的库普林小说研究，相对于多样的文艺理论和研究方法而言仍显单调，我们应该尽量开拓视野，跳出传统研究方法的藩篱，从新的角度和新的层面认识库普林及其小说艺术。第三，应深入解读和阐释库普林的作品，逐渐改变以往流于表面或者零散评介的状况，加强对库普林及其小说创作的专题性研究。第四，随着时代和社会意识的变迁，人的思维和认识、文学批评范式等也在不断变化，因此有必要反思特定历史时期库普林研究中一些既定的结论和观点，以便得出趋于公正的结论，也有助于在此基础上有新的发现。

总之，库普林研究无论在国内还是在国外都可谓方兴未艾，在新的时代背景下，我们应更科学、全面、客观地研究和阐释库普林及其创作，揭示其作品的思想价值、艺术特色和精神意蕴。

---

① Ташлыков С. А. "Куприн и Ницше." Материалы международной научно - методической конференции 《Русский язык: вопросы теории и инновационные методы преподавания》. Иркутск: Часть II（2001）: 189 - 194.

② Ташлыков С. А. "Ветхий Завет в новеллистике А. И. Куприна." Святоотеческие традиции в русской литературе: Сб. материалов научно - практической конференции. Омск, Издательство 《Вариант - Омск》, Ч. II. （2005）: 187 - 190.

综上，国内外学术界对库普林小说的研究状况大致如此，在很多方面存在缺欠，主要表现在：（1）无论在库普林的祖国俄罗斯还是在酷爱俄罗斯文学的中国，对库普林小说的研究都是不够全面的。无论国外的研究状况还是国内的研究状况都与库普林作为世界级经典作家的历史地位很不相称。（2）研究状况不均衡，国外的研究成果明显多于国内。尤其是在我国以往的论述在很大程度上有些"政治化"和"意识形态化"，对库普林小说的思想价值、艺术价值的认识尚不够准确到位。偏重于对库普林创作的概述性评论，缺乏对库普林小说的专题性深入研究。以往对库普林小说的研究偏重于对其主题思想、创作倾向、创作方法的研究，缺乏从小说本体进行的诗学研究。（3）局限于对某些代表性作品的具体解读或零散片面地对作品的结构或艺术特色的评价，缺少对库普林小说主题内容及叙事结构的全面整体的梳理。（4）对库普林流亡时期创作的作品如《所罗门星》、《士官生》、《时间之轮》、《扎涅塔》等小说至今还鲜有研究成果问世，而这是库普林一生创作的重要组成部分。（5）尽管库普林小说在"五四"前后就被翻译到中国，库普林小说对中国现代文学的影响没有得到充分的认识和研究，缺少对库普林小说在中国的影响和接受状况的总结。

库普林在十月革命后长期侨居法国。由于受到主流意识形态、社会学术体制等各个方面的影响，库普林的作品在前苏联和我国都几乎长期处于被封闭的状态。但无论主流意识形态还是政治原因的遮蔽都无法掩盖库普林作为世界级经典作家的历史地位，他与伊凡·布宁等一样在世界文学史上都有巨大的影响。库普林的小说提出了很多问题，如俄罗斯民族性格问题，俄罗斯人宗教心理问题，知识分子命运和前途问题，包括俄罗斯民族的前途问题。这些问题体现在他的《阿列霞》、《决斗》、《摩洛》、《亚玛镇》、《生命的河流》等众多长、短篇小说中。库普林的小说思考着人性中的善与恶、爱与恨、生与死等一系列人类生活中的永恒问题。库普林独特的人生经历——浪迹俄罗斯大地，亲身体验各种职业并获得切身体验的各种创作素材，使他的作品容纳了社会生活各个方面形形色色的"小人物"，揭示出底层人民生活的苦难并揭露出俄国社会的腐朽和黑暗，体现出作家崇高的人道主义情怀，体现出作家对美好人性的赞美和对人类理想生活的向往与追求。

库普林的小说世界描写了他所生活的年代俄国人五光十色的现实生活，他笔下的人物生机勃勃，在艰苦的人生命运中展示出他们质朴无华的心灵。库普林是一位关注人的内心世界的作家，他的小说正体现着心灵的现实主义。长期以来，库普林的作品一直深受国内外读者的喜爱。鉴于目前库普林小说在国内外的研究状况，本书力求以全新的视角对库普林小说的主题内容进行整体的归纳和梳理，并全面总结库普林小说叙事艺术方面的特色，从而把握库普林作为19世纪末20世纪初的现实主义代表作家在俄罗斯小说发展史上独特的地位和贡献，探讨中国文学主要是"五四"文学对库普林小说的接受状况以及库普林小说对中国现代文学的影响，以丰富国内对库普林小说的研究，填补了国内学界这方面存在的空白。

本书以库普林的小说创作为研究对象，从库普林小说的主题内容和叙事艺术特色出发，在中外文资料的基础上，对库普林小说诗学进行比较系统的研究。在研究方法上采用历史批评和审美批评相结合的方法，吸取现代叙事学、宗教伦理学、生态文艺学、巴赫金的小说复调与对话理论，从内容与形式的有机结合上，揭示库普林小说的主要诗学特征，主要包括主题内涵、人物形象、结构层次等方面的特色，并考查中国现代文学主要是"五四"文学对库普林小说的接受和库普林小说对中国现代文学的影响。本书不仅从库普林的生活和创作的社会环境、文学背景、创作心理等外部研究出发，而且结合对库普林小说创作文本进行分析的内部研究，即对库普林小说的文体、叙事风格等内在研究对象进行梳理。文学研究的实践表明，单纯的外部研究或内部研究都不能揭示库普林小说创作的真正价值，只有两者结合，才能较全面地揭示一位作家作品的整体风貌。库普林的世界观、人生观、对自己所处社会与时代的认识、所接受的哲学观念、所感染的文化精神、所体现的民族性格等是本选题所要解决的关键。库普林是名副其实的19世纪俄国文学优秀传统的继承者。他的思想历程，他的创作活动表现出了旧俄知识分子在两个世纪之交的典型心态，从某种意义上说，也正反映出了俄罗斯文化，特别是19世纪末20世纪初俄罗斯文化的某些状况。

本书的创新之处主要表现在以下三个方面：

首先，本书结合社会历史学、审美诗学、伦理学和创作个性分析等多种文学研究方法，兼顾世界、作家、作品这三个环节，结合社会文化背景的分析来把握作家的创作个性，通过对库普林小说文本的分析归纳出作家创作的精髓。

其次，依据生态伦理学、宗教伦理学、巴赫金的复调小说理论对库普林小说所做的系统分析和研究是目前国内外对库普林小说研究无人问津的领域。

再次，对库普林在流亡年代创作作品的研究，在中国的俄罗斯文学研究领域至今仍属于空白状态，对库普林流亡年代的创作成果的深入研究十分迫切和重要。

同时，对库普林小说在中国的接受和影响状况，至今尚无人作出系统的归纳和梳理，这是与库普林小说在中国的接受和影响状况不相适应的。库普林小说对中国文学尤其是"五四"文学的影响是值得关注和深入挖掘的课题。

本书在分析库普林小说思想内涵、艺术特色及在中国的接受和影响时坚持以库普林小说文本为依据，以史实为基础，层层深入，揭示出库普林小说的思想价值和审美价值，及其在中国现代文学发展史上的影响和贡献。

在历史的长河中，任何对文学遗产的当代解释都是相对的，随着时代的发展演变，我们今天的所谓现代意识对某些作品的现代性解读都可能变为陈迹，又会出现对这些创作的新阐释。但不管有怎样的变化，其结果必然是一个螺旋式深化的过程。"每个时代的人们最关心的莫过于自己所处的当代社会，这是和他们休戚相关的现实，也是他们体验、阅读、思考文学的主要源泉。因此每个时代的读者都会对文学遗产做出新的阐释。这种阐释往往与他们在当代生活中最关切的问题相联系。当然不是随心所欲地阐释，必须基于作家作品这一现象。"① 随着改革开放为中国打开更为广阔的世界性视野，伴随着中国经济的飞速发展，新旧观念之间的冲突，新旧道德标准之间的差异，常常使人们处于两难的境地，需要人们时时做出选择。人性中的善与恶、爱与恨都会随着生活的丰富而复杂起来，不时发生碰撞，引起人内心的困惑。于是情感矛盾、

---

① 智量等：《俄国文学与中国》，华东师范大学出版社 1991 年版，第 162 页。

心理矛盾、人格矛盾、信念矛盾乃至良心矛盾都会给变革中的人们带来痛苦、焦躁和不安。在这种情况下，库普林对人性和人心理的揭示会映照出中国人内心的深刻变化的参照。库普林将会拥有越来越多的读者，人们将会不断地与他对话，以求共鸣，或求自省。如同我们对人自身的认识一样，往往是从单方面走向全面的，我国读者的审美观念随着时代的变更变得逐渐丰富深刻。对库普林小说的认识，也将超越社会写实层次，达到普遍抽象层次的认同。

库普林的创作是20世纪俄罗斯文学的宝贵遗产，而它的遭遇则折射着20世纪俄罗斯作家的历史命运。由于受主流意识形态的遮蔽和影响，库普林的作品在前苏联长期一直未得到应得的重视和确认，而中国在接受俄罗斯文学的过程中受中苏双方政治气候的影响对俄罗斯的文学板块又处于严重误读的状态，因此对库普林小说艺术的专门研究，我国在这方面才刚刚开始。揭示库普林小说创作在19世纪末20世纪初俄罗斯文学多元发展中的贡献，使长期以来在我国俄苏文学研究领域没有得到重视的库普林创作得到应有的评价，这无疑是一项有价值、有意义的工作。随着时代的发展，有志于俄苏文学方面研究的专家和学者对库普林的艺术和思想将做出更为全面而客观的评价，对他的主要作品将进行更深入的分析。只有在对库普林每部重要作品以至一般作品作出充分细致的剖析，才能更切合实际地把握这位作家的全貌。本书力求对库普林的现实主义、人道主义特质的研究在原有的基础上提高一步，力求关注到库普林作品的现代性特质，这与整个时代的文学现代意识相关联。今天，历史的进程允许我们从更宏观的角度、更全面的视角去阅读长期以来被误读的俄罗斯文学板块，也允许我们更客观、更全面地思索包括库普林在内的一大批被封闭、被流放的俄罗斯大师们的忧虑，他们的忧虑和理想的方向恰恰可以引导我们去解决当今诸多重大的社会问题。

# 第一章 继承与超越：库普林小说与
# 俄罗斯传统现实主义

## 第一节 库普林文学道路选择的必然性

### 一 库普林小说创作的文化背景

19世纪末20世纪初，即俄罗斯沙皇统治的末期与苏维埃政权诞生之间的这一历史交替时代，是俄罗斯文学史上的一段空前的辉煌时期。这一时期里文学领域的审美取向和创作方法都发生了转变和更新。俄罗斯的诗歌在继19世纪初普希金"黄金时代"的辉煌和繁荣之后，呈现出令人瞩目的"诗艺复兴"，赢得了"白银时代"的美誉。在这个新旧交替的时代，俄国经济现代化与革命运动的蓬勃发展也构成文学发展的社会背景。当然，同样发生着深刻变化的还包括科学领域以及哲学思想领域，这一切都对文学家的世界观及文学的发展产生着巨大和深远的影响。

这一时期的俄国社会也正处在动荡的历史时期。沙皇政府面临着越来越严重的统治危机。俄罗斯经历着一系列历史事件的冲击以及由此引发的社会剧变：堂堂俄罗斯帝国在日俄战争中被东方小国日本所击败；1905年的革命使一部分知识分子陷入更加深刻的思想危机中；第一次世界大战的爆发，俄国无法避免地被拖进战争的灾难之中；1917年十月社会主义革命及布尔什维克党建立苏维埃政权掀开了历史的新的一页。俄国社会的动荡和人民的生存困境给现实主义作家的创作提供了丰富的现实素材。而且，"在暴风骤雨的历史时期，艺术的命运与社会历史的联系往往更加深刻，并且更加贯彻始终，不像其他年代那样显得较为'平静'"。①

　　与 19 世纪相比，这一时期的文学发展呈现出多层面、多元化的文学景观。随着现代主义文学的崛起，由普希金、果戈里、屠格涅夫以及列夫·托尔斯泰等人开创的俄罗斯 19 世纪现实主义文学大一统的格局受到了新的文学思潮的挑战。现代主义以反传统为旗号，对传统的现实主义创作方法予以排斥和否定。"现实主义与现代主义是两股最强大的文学思潮，它们平行发展，而且照例是在相互的斗争之中。不过从风格上讲，现实主义并非是单一的，而是由若干个'现实主义'构成的复合物。（它的每个变体都需要由文学史家另加界定）。"② 现实主义在这一文学流派多元发展的格局中仍然是一个实力非常强大而颇有影响的文学流派。以列夫·托尔斯泰、契诃夫、柯罗连科为代表的传统现实主义文学在这一时期的创作活动及其所取得的文学成就，其力量和影响都是同一时期其他流派的作家难以超越的。以伊凡·布宁、亚力山大·库普林、安德列耶夫为代表的新一代现实主义作家，在继承老一辈批判现实主义的优良传统的同时，表现了他们自己独特的创作风格、个性以及艺术才能，并且取得了令人瞩目的创作实绩。以高尔基为代表的无产阶级作家，作为新的时代和新兴阶级的代言人，发展和创造性地发扬了 19 世纪批判现实主义的优良传统和人道主义精神，成为社会主义现实主义文学的开创者和先驱。

　　"白银时代是俄罗斯文化史上由近代向现代转换的大时代，也是一个创作大繁荣的时代。这种转换与繁荣的原因和动力之一，在于俄罗斯本土文化传统和西方文化的撞击、磨合与融汇，其结果则是造成了那个时代人文科学和艺术各领域精神文化创造的密集型高涨。这一文化现象是两种异质文化发生碰撞之后产生新质文化的一个生动范例。"③ 把 19 世纪末 20 世纪初这个社会转型时期称为俄国的"文艺复兴时期"，已

---

① 俄罗斯科学院高尔基世界文学研究所集体编写：《俄罗斯白银时代文学史》，谷羽、王亚民等译，敦煌文艺出版社 2006 年版，"序言"第 005 页。

② ［俄］符·维·阿格诺索夫主编：《20 世纪俄罗斯文学》，凌建侯、黄玫、柳若梅、苗澍译，中国人民大学出版社 2001 年版，第 8 页。

③ 汪介之：《白银时代：西方文化与俄罗斯文化的融汇》，《南京师大学报》（社会科学版）2007 年第 2 期。

经成为许多俄苏文学研究者的共识。"如果说，'文艺复兴'的概念更多地联系于欧洲文化史、文学史，那么，'白银时代'的概念则是从俄罗斯文化史、文学史发展进程本身提出的。"① "构成这个文艺复兴的因素是多方面的，它包括宗教哲学的蓬勃兴起，更包括现代主义诗歌的兴盛和繁荣以及诗歌理论的革新，更有文学家小说的创作活动。甚至可以说，正是此时小说以一种清新和声势浩大的阵营，才把文学思想界的个体性变革行为，演化为一场轰轰烈烈的社会性的文艺复兴运动。"② 19世纪90年代到20世纪20年代，这一时期是俄罗斯文学发展史上一个独一无二的时代，"它营造了一种特殊的社会环境，使人们摆脱了那种充满政治气氛、影响人们思考与感受的呆滞思维方式。在这种环境下，哲学、历史、宗教、文化、诗歌等各方面的问题都得到充分讨论，各种思想、主义纷涌杂陈，思潮迭现，流派林立，风格众多，从而形成一个思想的狂欢季，一个对话的大平台，一个多声的论坛"。③ 如果说这一时期象征主义在诗歌创作领域占据统治地位的话，那么在小说创作方面则是以现实主义小说创作为主流。俄国的批判现实主义文学到90年代已达到顶峰，列夫·托尔斯泰、契诃夫的小说艺术已达到炉火纯青的境界，创作了许多脍炙人口的经典之作。新一代现实主义作家在继承俄国批判现实主义优良传统的同时，不拘一格地借鉴象征主义、自然主义、表现主义等多种现代艺术手法，形成了创作方法丰富繁盛的局面。高尔基、布宁、库普林、安德烈耶夫、阿·托尔斯泰、绥拉菲莫维奇等都是在当时声名显赫的作家，现实主义是他们主要的创作原则，新一代现实主义作家以其精湛的创作给俄罗斯文学史留下了辉煌的篇章。

新一代现实主义作家在19世纪90年代聚集在"星期三"文学会的周围，经常组织活动，主要成员有布宁、库普林、魏萨列耶夫、安德烈耶夫、列米佐夫、扎伊采夫、什梅廖夫、阿·托尔斯泰等。高尔基、绥拉菲莫维奇也经常参加这个小组活动。高尔基利用《知识》出版社这一文化阵地，广泛团结包括库普林在内的具有民主倾向的文学力量。

---

① 汪介之：《白银时代：西方文化与俄罗斯文化的融汇》，《南京师大学报》（社会科学版）2007年第2期。

② 参见别尔加耶夫《俄罗斯思想》（2），（莫斯科）艺术出版社1994年版，第254页。

③ 王希悦：《阿·费·洛谢夫的神话学研究》，商务印书馆2014年版，第31页。

这些现实主义作家坚持和继承了由普希金、列夫·托尔斯泰开创的现实主义传统和美学原则，批判和否定沙皇俄国的专制制度，创作范围涉及贵族、资产阶级、工人、农民、知识分子、小市民、下层军官——几乎所有的阶级和阶层的生活都在他们的创作中得到了真实的反映。新一代作家们更注意刻写人的灵魂和内心世界。他们的作品写人与人之间的残酷和冷漠，写人性的扭曲，写善恶不分、是非颠倒等。一些作品通过人和人的冲突、人和命运的抗争、现实和理想的冲突，表现出人和社会环境的对立和矛盾，反映出不合理的社会环境是人性扭曲和人性异化的根源。

## 二　库普林的人生与文学道路

库普林（1870—1938）是 19 世纪末 20 世纪初俄国重要的现实主义作家，"很少有天才的作家经历了如此曲折的创作道路"①。他出生于俄罗斯奔萨省诺罗夫恰特市一个小官吏的家庭。库普林的父亲是个小公务员，在库普林还不到一岁时就去世了。因生活贫困，库普林在莫斯科收容孤儿的寄宿学校度过他的童年时代。1880 年库普林考入莫斯科第二武备中学（后改为陆军士官学校）。1888 年库普林以良好的成绩从武备中学毕业，被保送到莫斯科有名的亚历山大洛夫士官学校深造。库普林学习成绩良好，但对军事课程不感兴趣，他的梦想是当一个诗人或小说家。这时候他尝试着写过一些抒情诗。库普林当时读了普希金等人的诗歌，觉得自己缺乏成为未来普希金的天才，于是转而致力于散文的写作，1889 年改写短篇小说。1890 年库普林以优等成绩从亚历山大洛夫士官学校毕业，被分配到第 46 第聂伯步兵团任少尉军官。他在军队服役四年，于 1894 年复员。库普林离开军队后，前三年当报刊记者，后几年到处流浪，不断变换职业，他走遍了俄罗斯的中部和南部，亲眼目睹并切身体会了底层人民的生活，底层人民的生活成为库普林小说无尽的创作源泉。他以犀利的笔触真实地描写了沙皇俄国专制制度下"小人物"的生活现实，注意到他们常常"努力保持自己的尊严，甚至还

---

① Крутикова Л. В. "А. И. Куприн". Издательство "Просвещение", Ленинград, 1971. с. 11.

有强烈的愿望去帮助像他们自己一样不幸的人"①，作家对他们的精神世界给予了深切的关注。

　　库普林的早期创作阶段一般认为是 1889—1896 年，即从他的处女作《最后的首场演出》到反映资本主义暴行和知识分子精神状态的中篇小说《摩洛》发表为止。在这期间他发表了 40 个短篇、两个中篇以及一些特写和新闻报道。他的早期创作主要以写爱情、家庭、伦理、道德为主。从 1897 年到 1901 年被认为是库普林创作的第二个阶段。这期间他仍然经常变换职业，怀着浓厚的兴趣体验和深入观察社会生活。这一时期他写出了不少反映军营生活的作品，如《夜勤》（1899）、《行军》（1901）等，以及一些反映"小人物"苦难生活和命运的作品，如《别人的面包》（1896）、《神医》（1897）、《儿童花园》（1897）、《娜塔西卡》（1897）、《阿列霞》（1898）等。1902—1907 年是库普林创作的繁荣时期，长篇小说《决斗》的发表使库普林成为在俄国享有很高声誉的作家。这一阶段库普林的民主主义和人道主义思想有所发展，他的作品加强了对现实社会的批判力度，肯定了"小人物"的反抗和战斗精神。在 1905 年的革命高潮中，他表现出很高的政治热情，曾冒着生命危险参加救护起义幸存者的工作。库普林提出文学艺术应该为争取自由解放的斗争服务。他在寓言《艺术》中表达了文艺作品不仅要反映真实，引起人们的美感，而且更重要的是使人向往自由的观点。他在短篇小说《梦》中写道："我相信：梦幻正在消失，觉醒的时刻已经来临。我们在火红的血腥的霞光中醒来，这不是落日余晖，这是旭日东升。我们头顶上的光辉变得清澈明净，树丛中的晨风劲吹！黑夜的魑魅魍魉正在仓皇逃走。同志们！自由的白天来到了！那些将我们从腥风血雨的梦境中唤醒的人将百世流芳。那些受尽苦难的幽灵永远值得人们纪念。"② 这段话充分表现了库普林对俄国未来的信心和革命高潮时的喜悦心情。库普林的行动在当时也受到沙皇政府的监视。有一次，守旧的《俄罗斯信使报》的文艺评论家曾将库普林与高尔基的名字相提并论。

---

　　① В. Н. Афанасьев：Александр Куприн. Москва：Художественная литература，1972，с. 15.

　　② 转引自宋昌中《库普林》，吉林大学出版社 1990 年版，第 34—35 页。

当然，就革命觉悟和政治热情来说，库普林尚不及高尔基。

1905年革命失败以后，一大批革命者遭到沙皇政府的流放或杀害，革命的失败导致了一部分知识分子的思想危机。在列夫·托尔斯泰、契诃夫、柯罗连科这些现实主义文学大师相继去世以后，俄罗斯现实主义的文学力量处于消退之中。库普林在这一时期的创作仍然坚持了批判现实主义的原则，从而与伊凡·布宁等人一起成为这一传统当之无愧的继承者。这一时期库普林在自己的小说创作中依然相信人的力量，赞美与自然融为一体的强悍的生命形式［《里斯特黎冈》(1911)］，刻写感人至深的真挚爱情［《石榴石手镯》(1911)］。在《黑色的闪电》(1912)中，尽管库普林在小说中没有表现出鲜明的政治倾向，但仍然含蓄地表达出对惊天动地的"黑色的闪电"的呼唤和期待。然而，随着对政治日益失去兴趣以及经济上的困顿，库普林的作品不再在高尔基的《知识》出版社发表，而是经常出现在阿尔志跋绥夫主编的《生活》、象征派的《野蔷薇》以及《春天》等杂志上。库普林在这一时期的创作是复杂的，在一些作品中他依然坚持了批判现实主义的传统，如《亚玛镇》(1909—1915)，但他不理解无产阶级的历史使命和革命的伟大意义，他在小说里表现了惩恶扬善的道德探索，但把充满罪恶的亚玛镇的覆灭寄托于上帝的一把天火。

十月社会主义革命时期，整个俄国社会处于剧烈的动荡和分化的局面。在激烈的阶级斗争面前，许多知识分子都陷入困惑和迷惘之中。库普林的许多朋友如伊凡·布宁、列宾等都离开了彼得堡。库普林声称自己反对任何一种政权，认为一个人统治其他人是精神贫乏的现象。面对当时物资贫乏、民不聊生的情况，库普林认为提高农业生产是当务之急，他提出了筹建一份农民杂志《土地》的方案。在高尔基的引荐下，库普林受到了列宁的接见，但是由于当时俄国正处于激烈的战争阶段，库普林的办报计划没有实现，反而受到了莫斯科苏维埃主席加米涅夫的当众严厉批评。1919年春天，国内外武装力量向年轻的苏维埃政权发动了大举进攻，库普林蛰居家中。同这一时期的许多知识分子一样，残酷的暴力斗争和生存困境使他对现实充满了疑虑，这位无党派人士陷入惶恐不安、一筹莫展的境地。1919年10月16日，白军占领了库普林居住的小城加特奇纳。白军头目克拉斯诺夫将军召见库普林，请求他主编白军军报《涅瓦河畔》。在库普林感到进退两难的情况下，就连他自己都感到不可思议，库普林第三次穿上了军装为白军效力。尽管他在白军中工作仅十多天的时间，却决定了日后他离家去国的命运。10 月 21 日红军开始反攻，不久占领了加特奇纳。生活的逻辑粉碎了库普林对旧俄罗斯的最后幻想，他在混乱中随着逃难的人群携妻儿离开了俄罗斯。他于 1920 年 7 月 4 日到达巴黎，开始了侨居法国的流亡生活。库普林在流亡期间写过几篇反映法国生活的短篇，但主要作品还是以对俄罗斯生活回忆的自传性作品，如《士官生》、《扎涅塔》等。

### 三　库普林创作倾向形成的必然性

库普林一生经历了沙皇专制统治、十月社会主义革命、苏联时代以及离家去国的流亡时期。库普林的创作深受列夫·托尔斯泰、契诃夫的影响，继承了俄罗斯文学人道主义的优良传统和平民意识。他浪迹俄罗斯大地，从事过各种职业，他丰富的人生经历使他对社会生活的许多方面都有切身的实践和感受，正如作家本人所说，"我所从事的最艰难的职业，都是在让我了解生活"[1]。在创作上，"他丰富了俄罗斯散文，为其增添了自己的题材和主题、自己精湛的手法、独特的'库普林的'色彩"[2]。他的创作题材广泛，涉及生活的方方面面。他笔下的人物形象形形色色，丰富了世纪之交俄罗斯文学"小人物"的形象画廊，展现了"小人物"丰富多彩的内心世界，并予以他们深切的人道主义关怀。库普林的创作反映了他自己的人生经历，也反映了他对生活的痛苦感受和深刻思索。

19 世纪末 20 世纪初的俄罗斯文学展现了几乎前所未有的繁荣局面。社会文化环境使文学家、艺术家以各种不同的方式倾向于某种文学艺术流派，但这种倾向性并不是绝对封闭的、一成不变的，而是以一种动态的、互相渗透的方式存在着。所有的语言艺术家都对自己所从属的文学流派有着一种强烈的意识，各种流派之间存在着巨大的分歧，甚至

---

① Крутикова Л. В. "А. И. Куприн". Издательство "Просвещение", Ленинград, 1971，c. 20.

② Волков А. А. Творчество А. И. Куприна. М.：1962，c. 425.

是激烈的交锋和矛盾斗争，但这种分歧和交锋并不能导致各种流派之间的彼此绝缘。他们在激烈的争辩和矛盾斗争中仍在自觉或不自觉地吸收着异己的艺术经验。在白银时代文学繁荣发展的格局中，现实主义和现代主义这两种相互对立、并行发展的文艺流派和美学体系，在彼此针锋相对的斗争中又有相互影响、相互借鉴的一面。特别是在20世纪初期，各种纷至沓来的思潮冲击着人们的头脑，在西方文化的影响下，人们的思想也随着时代的潮流在不断地发展变化，某些作家的创作同时倾向于几种思潮流派，或者辗转于各种不同的流派思潮之间。世纪之交文学多元化繁荣发展的形势为各种文学流派之间的相互渗透、相互影响创造了条件，甚至产生了一些出人意料的组合，出现了许多风格折中的作品，许多作家试图在自己的艺术实践中把不同流派的审美艺术品格结合起来。因此可以说，在白银时代这个文学艺术呈现空前繁荣的时期，以流派和思潮为基础对各种文学现象所作的区分，并非是绝对的，而是相对的。①

　　尽管世纪之交俄罗斯文学的传统现实主义大一统的局面受到了前所未有的挑战，但现实主义在这一时期仍然享有崇高的声誉。库普林则以自己的创作证明，"在世纪之初，现实主义艺术仍具有顽强的生命力"②白银时代现代主义文学中的文学巨匠——索罗古勃、勃留索夫等人，都对"现实主义"心怀敬仰。1910年勃留索夫曾经写道："自古以来，现实主义就是艺术领域真正的主宰之一。"③ 这种观点对20世纪的审美意识有相当重要的影响。俄罗斯侨民文学家费奥多托弗认为："'现实主义'毕竟是现代诸多艺术流派的基础。尽管许多现代派作家从不同角度否定它，但是他们不能不承认这是事实。"④ 托马斯·曼的见解与费奥多托弗相呼应："我们可以任意地变化风格，随心所欲地运用象征，

---

① ［俄］符·维·阿格诺索夫主编：《20世纪俄罗斯文学》，凌建侯、黄玫、柳若梅、苗澍译，中国人民大学出版社2001年版，第8页。

② Крутикова Л. В. "А. И. Куприн". Издательство "Просвещение", Ленинград, 1971, с. 4.

③ ［俄］勃留索夫：《对古米廖夫〈珍珠〉一书的评论》，转引自俄罗斯科学院高尔基世界文学研究所集体编写《俄罗斯白银时代文学史》，谷羽、王亚民等译，敦煌文艺出版社2006年版，"序言"第003页。

④ 费奥多托弗：《为艺术而奋斗》（1935），载《文学问题》1990年第2期。

但是没有现实主义，将两手空空，一无所获。现实主义是支撑身体的骨骼，是屡战屡胜的保证。"① 这些发人深省的论断有助于我们理解现实主义在世纪之交文学发展中所处的地位。同时，"信奉先锋派的赫赫有名的大学者罗曼·雅可布森采纳了'艺术现实主义'这一通用概念，从最广泛的意义上（通过各种各样的附带条件），使用这一概念研究不同的艺术流派。同时，他运用具体的方法，把现实主义视为 19 世纪特定艺术流派种种特点的综合"。② 而包括列米佐夫、高尔基、布宁、安德列耶夫、库普林在内的新一代现实主义作家，在继承现实主义创作原则的同时，也都在自己的创作中程度不同地融入了自然主义、象征主义、表现主义等西方文学新流派的艺术创作手法，创作出不仅仅属于那个时代，而且名垂后世的文学经典。

　　库普林等新一代批判现实主义作家，他们的创作与所处时代的社会文化思潮密切相关。这些作家注意到了时代的发展给社会所带来的深刻影响，也感受到社会革命如山雨欲来之势。但他们观察与表现社会现实的出发点和角度不同于革命家和社会学家，因为他们采取的是不同的价值尺度。在批判现实主义的人文思想传统的光照之下，在他们的创作中，历史不只表现为"进步"，他们思考和揭露更多的是社会的弊端，人性的沦丧和道德的堕落。这种历史观往往被称为与进化论背道而驰的"后视论"视角。事实上，19 世纪许多批判现实主义经典作家所表现出的批判精神，大都基于这种立场。正如恩格斯赞扬巴尔扎克，称赞他用编年史的方式几乎把上升的资产阶级在这一历史时期对贵族社会滴水穿石般的冲击刻画出来，因而他的小说几乎成为法国社会历史的演绎。读者从巴尔扎克小说中所悟出的道理，超过从当时所有职业的历史学家、经济学家和统计学家那里学到的全部东西。库普林等小说家的创作也如此深刻地反映了世纪之交俄罗斯的现实生活。著名文艺学家、科学院院士弗里契（1870—1929）就此曾经指出，库

---

① ［德］托马斯·曼：《1951 年 11 月 19 日写给海特菲尔德的信》，转引自俄罗斯科学院高尔基世界文学研究所集体编写《俄罗斯白银时代文学史》，谷羽、王亚民等译，敦煌文艺出版社 2006 年版，"序言"第 003 页。

② 俄罗斯科学院高尔基世界文学研究所集体编写：《俄罗斯白银时代文学史》，谷羽、王亚民等译，敦煌文艺出版社 2006 年版，"序言"第 003 页。

普林等小说家的"作品中浓缩着俄国的历史。在里面我们能找到自己"。① 毫无疑问,"库普林描绘了他那个时代的俄罗斯的广阔多样的生活画面,在自己的书中刻画了革命前几乎各个阶层的代表人物"②。因此,甚至有学者认为,离开了库普林的创作"就不可能了解那个时代的俄罗斯"③。

库普林的创作广泛反映了 19 世纪末 20 世纪初的俄国社会生活。一位优秀的作家不可能把他的创作仅仅停留在现实本身而没有意义的外延,正如历史的链条环环相扣,一部优秀的作品往往既能反映过去,亦能预示未来。因而库普林创作的思想内蕴深刻丰富,它形象地展示出作家对历史转折、文化转型中时代生活律动的强烈感受,可以说,库普林不仅"能够清楚地认识到 19 世纪末 20 世纪初各种哲学和美学的典型思想,与此同时,他还将这些思想变形,创作出明确表达作者观念的作品"④。库普林提出了一种崭新的人与人之间、人与自然之间和谐相处、平等相爱的思想,体现了世纪之交知识分子的精神探索、伦理探索。怎样建立人类的理想社会,如何实现人与人之间和平与和谐的社会愿望,如何消灭人身上的恶和非理性,传播人性中的善与爱,这是库普林提出的古老而又现代的话题,也是库普林伦理观的核心思想。人类和世界的命运、人对世界和人类前途所负有的使命以及威胁着人类前途的危机,这样一些人的精神生活中的根本问题是文学与哲学的交汇点,对这一系列问题的思考和答案,使库普林的小说成为世纪之交人类道德观念的哲理性体现。而库普林早在世纪之交所探讨的人的生存发展问题,所倡导的人与人之间和谐相爱的社会伦理思想具有超越时代的社会意义。

---

① Волков А. А. Творчество А. И. Куприна. М.: 1962, с. 423.

② В. Н. Афанасьев: Александр Куприн. Москва: Художественная литература, 1972, с. 3.

③ Крутикова Л. В. "А. И. Куприн". Издательство "Просвещение", Ленинград, 1971, с. 4

④ Хорошилова В. А. Генерогенность авторского мира А. И. Куприна (повесть 《Суламифь》) В сборнике: Актуальные проблемы лингвистики – 2014 Материалы Международной научно – практической конференции студентов, аспирантов и молодых учёных. Ответственный редактор Х. С. Шагбанова. г. Тюмень, 2014, с. 180.

## 第二节　库普林小说对俄国传统现实
## 主义的继承与深化

库普林"在 20 世纪初期杰出的俄罗斯作家当中"，居于"显著而独特的地位"①，他是 19 世纪末 20 世纪初新一代现实主义作家中的优秀代表，是俄罗斯 20 世纪初最受读者欢迎的作家之一。1909 年，库普林和布宁一起荣获俄国科学院颁发的普希金奖金。科学院名誉院士阿尔先涅夫认为：库普林"无疑是我国最卓越的年轻小说家之一，与许多爱走极端的同龄人不同，他仍然忠于我国文学的优秀传统"。② 在库普林的创作中我们能看到俄国古典现实主义的许多传统，也能看到在世纪之交新形势下他的创作与 19 世纪经典小说的差别。

### 一　库普林与列夫·托尔斯泰

1889 年库普林的处女作短篇小说《最后的首场演出》在杂志上发表。由于违反当时的军事条例规定，军事院校的学员未经许可不能在报刊上发表自己的文章，库普林被罚关禁闭三天。库普林在禁闭室里被列夫·托尔斯泰的中篇小说《哥萨克》吸引住了。高加索的人物和自然景色使库普林沉醉其中，他对列夫·托尔斯泰的艺术风格钦佩得五体投地。托尔斯泰的作品使库普林重新审视自己的处女作，检讨了自己，也开阔了自己的视野。库普林认识到自己的处女作苍白无力，缺乏生活的根基和真实感。《最后的首场演出》虽然是不太成功的作品，但是它的发表以及由此引起的风波，尤其是列夫·托尔斯泰的小说给予了库普林深刻的启迪和思考，正是库普林文学创作道路的起点，也是库普林走上现实主义创作道路的开始，而列夫·托尔斯泰的作品正是库普林小说现实主义创作的航标。1914 年，俄国文学界人士庆祝库普林从事文学创作 25 周年，一致认为《最后的首场演出》的发表是库普林创作生涯中

---

① В. Н. Афанасьев: Александр Куприн. Москва: Художественная литература, 1972, с. 3.

② 转引自宋昌中《库普林》，吉林大学出版社 1990 年版，第 51—52 页。

的一件大事。

除了《哥萨克》以外，列夫·托尔斯泰的《战争与和平》、《安娜·卡列尼娜》、《复活》、《黑暗的势力》、《哈泽·穆拉特》等作品都对库普林产生过重大的影响。"库普林从托尔斯泰那里学会了'用描写风土民情来表现心灵的激荡'。使库普林最受触动的是，在那些'粗野的'场面中，早期托尔斯泰对力量的欣赏，对描写对象的确切了解和理解，与晚期托尔斯泰的反文明、反国家主题，与对普遍接受的社会生活形式中包含的虚伪、虚假、做作和违反人性的内核的'存在主义式的'敏锐感觉全都融合在一体。"① 库普林的创作明显受到列夫·托尔斯泰的启迪，列夫·托尔斯泰的艺术风格开拓了他的文学视野和思路。列夫·托尔斯泰通过作品提出对人民的苦难命运的思考和知识分子的道德责任感问题，以及对人生使命的理解，对生与死的看法。库普林以列夫·托尔斯泰的博爱精神，对俄国社会生活中的一切不合理现象予以了坚决的否定。尽管库普林通过作品表现出的精神世界不像列夫·托尔斯泰那样丰富、博大，但库普林同列夫·托尔斯泰一样，其精神世界是与良心、同情、博爱、负罪感联系在一起的，库普林同样是一位有着强烈宗教情感的作家。

库普林的《亚玛镇》是一部描写妓女生活命运的长篇小说。这部小说集中体现了库普林的人道主义思想，让我们看到了库普林小说与列夫·托尔斯泰创作中的良心、同情、博爱、负罪感的内在联系。千百个落入火坑的妓女有着千百个苦难命运的故事，他们的不幸常常与列夫·托尔斯泰《复活》中的玛斯洛娃一样，是由无数个满嘴仁义道德、表面上道貌岸然的"正人君子"造成的。库普林与列夫·托尔斯泰一样对这些不幸沦落女子的命运寄予了深切的人道主义同情，对给这些女子带来苦难命运的黑暗社会和腐败的贵族阶级给了深刻的揭露和剖析，对造成这些不幸女子痛苦和不幸的上流社会进行了无情的谴责。正像《圣经》里上帝用燃烧的硫磺雨毁灭了充满罪恶的所多玛城一样，库普林把亚玛镇的覆灭寄托于上帝的一把天火——一场大火把这个人间

---

① 俄罗斯科学院高尔基世界文学研究所集体编写：《俄罗斯白银时代文学史》，谷羽、王亚民等译，敦煌文艺出版社 2006 年版，"序言"第 004 页。

火坑烧个精光。

　　列夫·托尔斯泰在《复活》中主要书写了贵族涅赫流朵夫及不幸女子玛斯洛娃精神复活的过程。而库普林的《亚玛镇》里，作为贫民知识分子代表的李霍宁对妓女柳布卡的拯救最后却只能以可笑可耻的结局收场。大学生李霍宁出于善良的目的和良好的愿望想从妓院里拯救出这位姑娘，他把柳布卡带出了妓院。《复活》中涅赫流朵夫在拯救玛斯洛娃过程中遇到了艰辛，清贫的李霍宁遇到的问题更为棘手，柳布卡最后遭到抛弃后又回到妓院，他的拯救行动只能以可耻可笑的结局告终。库普林看到了那些落入火坑中的不幸女子精神复活的艰巨性、复杂性，看到了隐藏在人灵魂深处的弱点，包括知识分子本身的软弱性，看到了人性的缺陷。社会环境、传统习俗、教育程度和个体习惯等因素使人的改造问题变得极其复杂化。小说向人们展示了俄国妓女的命运是怎样的悲惨、可怜、血腥。库普林在作品中思考了知识分子的良心和责任感问题，但同时他意识到，如果不能从根本上消灭卖淫制度，对妓女个体的拯救只能是一种良好的愿望。

　　库普林认为，只要私有制存在，那么就会有贫穷。只要婚姻存在一天，那么卖淫现象就一天也不会消灭。正是所谓的上等人，高高在上的家长，清白的丈夫，友好的弟兄一直在暗中支持和供养卖淫这一职业，他们总会找到一些合适的理由，将这种嫖妓的行为合法化、正规化和贴上完税的标签。库普林让人们看到了俄国人在堕落中的那种绝望，俄国人的不文明以及天真、忍耐以及无耻。库普林在作品中把生活的所有重负和所有不愉快的感受以最普通、细腻的方式表现出来，把生活中不为人知的阴暗面淋漓尽致地暴露在光天化日之下。同时，作家也看到了隐藏在这些不幸女子身上的人性美。她们虽然深陷火坑，但有些人身上依然保持着善良纯真的天性。作家对毁灭她们的黑暗现实予以了无情的揭露和诅咒。

　　库普林同列夫·托尔斯泰一样表现出接近人民、潜心深入下层民众的愿望和对人民的亲密态度。库普林出身贫民家庭，他的个人经历和生活道路决定他更加关注也更加了解底层人的生存状态。列夫·托尔斯泰的作品中许多贵族出身的主人公所思考的是贵族知识分子如何接近人民，了解底层人民的疾苦，如何通过良心审判等手段不断达到精神上、道德上的自我完善，库普林小说中的知识分子与底层人民水乳交融。《亚玛镇》中的记者普拉东诺夫就体现出这一特点。普拉东诺夫是作者的代言人。正如库普林本人有过丰富多彩的人生经历一样，普拉东诺夫也尝试过各种职业。普拉东诺夫曾说过这样一段话："我是个流浪汉，热爱生活。我当过旋工、排字工，种过地，也卖过烟草——马合烟，在亚速海上当过轮船的司炉，在黑海杜比宁渔场捕过鱼，在第聂伯河上装卸过西瓜和砖头，跟马戏团辗转各地，当过戏子，还有些什么我都记不清了。可我这样从来不是为生计所迫。不是的，我只是出于对生活的无比渴望和难以抑制的好奇心……"① 他还说："必须要有一种高超的本领，可以准确地抓住某件琐事，某个不值得一提的小细节，便可以从中得出可怕的真理。"②《亚玛镇》正是这样一部作品。

　　列夫·托尔斯泰的《舞会之后》写一位年轻人伊万·瓦西里耶为奇在一场舞会中坠入情网。然而在舞会之后却意外地目睹了其所爱姑娘的父亲——一位在舞会上"具有尼古拉一世风采的宿将型"军事长官，以残酷的鞭刑惩罚一位鞑靼逃兵，其手段令人发指，让人无法相信他就是那位在舞会上与爱女一起风度翩翩起舞的父亲。在《亚玛镇》里，记者普拉东诺夫也讲起过他自己亲眼目睹过，一个警察蹲在一位走失的五岁女孩身边，流露出善良、可怜、束手无策的样子，温柔地安慰着女孩儿，还伸出又黑又粗糙的手指装成山羊给女孩儿看。当普拉东诺夫看到这一动人场景的时候，他想到：过半个钟头，这个警察在警察局里就会狠心地对待一个他没有见过面的，也不知到底是什么罪名的人。库普林对俄罗斯人性格中的两面性的揭示与列夫·托尔斯泰可谓如出一辙。不仅如此，库普林在他描写军队生活题材的小说里对军队里虐待下级士兵的问题予以了更深刻的揭露，对俄罗斯人性格中的矛盾性、两极性的揭示更加深刻。在《决斗》中，库普林更加生动地表现了下级军官罗马绍夫的生存和心理状态。在《胡言乱语》里，库普林更入木三分地刻画了一位军官在处决一位老人之前由于内心的挣扎和矛盾，他周期性的疟疾发作，心理达到了近乎崩溃的地步。

---

① A. И. Куприн. Яма.［Монография］М.：Изд - во АСТ：Люкс，2005，с. 105.

② Там же.

　　库普林的短篇小说《调查》、《宿营地》等，也让人想起列夫·托尔斯泰的《复活》。《宿营地》里那个因少女时代与年轻的军官阿维洛夫发生恋情而失身的阿里季娜，作者没有让我们看到这个人物的全身像，而仅仅是随着行军途中宿营的阿维洛夫中尉的听觉和回忆，使读者看到了她的侧影，也看到了一颗因失贞而在婚后经常遭受丈夫毒打的不幸女子饱受摧残的心灵。阿里季娜与列夫·托尔斯泰的《复活》中的中的玛斯洛娃一样，她虽然没有沦落成为不幸的妓女，但她的婚姻生活始终因为她的失贞而被笼罩在痛苦的阴影中。隔壁房间里阿里季娜丈夫对妻子的打骂声引动了阿维洛夫也引动了读者的恻隐之心。然而更让阿维洛夫震惊的是，第二天早晨，他发现阿里季娜正是当年被他玩弄后又抛弃的姑娘，此刻，他的"良心"也如同《复活》中的贵族涅赫流朵夫发现在法庭上被审判的妓女原来正是当年被他玩弄，而如今早已被他遗忘的玛斯洛娃时的心情一样。然而读者可以想象，阿维洛夫没有机会，也没有可能为自己曾经犯下的过错赎罪，因此他的"良心"也没有得到救赎的可能。

　　20 世纪初库普林已经成为享有很高声誉的著名作家。在 1902 年到 1909 年，在列夫·托尔斯泰的信件以及同时代人的谈话记录中经常提及库普林的小说，对库普林 19 世纪 90 年代末期至 20 世纪初期的军事小说和随笔大加赞赏，尤其指出《决斗》中"兵营生活的画面描写得非常好"。[①] 在亚斯纳亚·波良纳，列夫·托尔斯泰曾多次朗读库普林的作品，他认为库普林小说的语言"优美"[②]。据阿列格·米哈伊洛夫的《库普林的一生》中记载，列夫·托尔斯泰曾在一次聚会中给画家列宾等朗读库普林的小说《夜勤》，列夫·托尔斯泰指出小说中他特别喜欢的几处说："你们之中谁也没遇到过这种类似的事情。我在军队中呆过，你们没有，妇女们更是完全不了解这种情况，但所有的人都感到这是真实的……"[③] 列夫·托尔斯泰对库普林描写军中生活的作品很感

---

① В. Н. Афанасьев: Александр Куприн. Москва: Художественная литература, 1972, с. 52.

② Волков А. А. Творчество А. И. Куприна. М.：1962, с. 429.

③ Олег Михайлов《Жизнь Куприна Мне нельзя без России》, Москва：центрполиграф, 2001, с. 8.

兴趣。托尔斯泰说："这本书是怎么通过新闻检察机关检查的？军队怎么能不抗议呢？……库普林在懦弱的罗马绍夫身上倾注了自己的感情。新作家运用了老题材，这是对军队生活的新认识。"① 列夫·托尔斯泰对《决斗》的很多段落大加赞赏，但并不妨碍他对这本书的精神、风格、主题提出批评，指出阅读库普林的《决斗》会对读者的世界观及对现实的态度产生不好的影响。"我读了这本书感到不快。太沉重了……这是本讨厌的书，写得倒是挺有才气。"②

在读过《ALLEZ》之后，列夫·托尔斯泰说："库普林的优点在于他没有多余的东西。库普林是一个真正的艺术家，是一个巨大的天才。他比他的同行高尔基、列阿尼德·安德烈耶夫更深刻地提出了现实问题。"③ 列夫·托尔斯泰对库普林的小说《在马戏院里》、《冈比例努斯》都大加赞赏。1907 年 2 月列夫·托尔斯泰对库普林有过这样一句很重要的评论："他还太年轻……当他大谈自由主义的时候，就显得力不从心，而当他表现感情的时候，就变得很强大……"④ 这句话完全可以做《决斗》的卷首语。

库普林认为，列夫·托尔斯泰是俄罗斯文学优良传统的代表，列夫·托尔斯泰的创作永远是后来者的优秀典范："他使我们这些盲目而乏味的人看到天地万物是多么美好。他告诉我们这些疑心重重的吝啬的人，原来每个人都可以拥有美好的心灵，成为善良的，有同情心的，有趣的人。"⑤ 库普林小说中塑造了千姿百态的普通人形象。这种对于美，对于健康肌体的欣赏眼光，这种对于世间生活之美与欢乐的切身感受，

---

① Олег Михайлов《Жизнь Куприна Мне нельзя без России》，Москва：центрполиграф，2001，c. 8.

② 马科维茨基：《在托尔斯泰身边·亚斯纳亚·波良纳笔记》，《文学遗产》第 90 卷，第 1 册，第 428 页。转引自俄罗斯科学院高尔基世界文学研究所集体编写《俄罗斯白银时代文学史》，谷羽、王亚民等译，敦煌文艺出版社 2006 年版，第 2—121 页（该书正文页码标注格式短线前面为卷数后面为该卷页码）。

③ Олег Михайлов《Жизнь Куприна Мне нельзя без России》，Москва：центрполиграф，2001，c. 8.

④ 马科维茨基：《在托尔斯泰身边·亚斯纳亚·波良纳笔记》，转引自俄罗斯科学院高尔基世界文学研究所集体编写《俄罗斯白银时代文学史》，谷羽、王亚民等译，敦煌文艺出版社 2006 年版，第 2—121 页。

⑤ 库普林：《关于文学》，转引自俄罗斯科学院高尔基世界文学研究所集体编写《俄罗斯白银时代文学史》，谷羽、王亚民等译，敦煌文艺出版社 2006 年版，第 2—121 页。

是库普林从列夫·托尔斯泰那里继承下来的最重要的特点。

## 二　库普林与契诃夫

库普林是俄罗斯伟大现实主义传统的承传者，从他的创作中读者可以发现许多 19 世纪古典现实主义作家的优良传统。库普林虽然也写有几部长篇小说，如《决斗》、《亚玛镇》，但以写短篇小说见长。这一时期，现实主义小说的体裁发生了显著变化。"在这一时期，灵活易变的短篇小说和特写占据体裁的中心位置。"① 库普林的文学创作与个人经历中，与契诃夫的关系也是一项非常重要的内容。库普林在文坛上的成长是与契诃夫对他的影响和帮助分不开的。库普林的创作中人道主义思想和简洁精炼文风的形成无疑也受到契诃夫的深刻影响。还是在《决斗》发表之前，契诃夫就把库普林与高尔基和安德烈耶夫相提并论，认为他们"会名垂文学史"②

契诃夫自 1899 年认识库普林以来，非常关心这个青年作家的成长，经常中肯地指出他小说中的优缺点，如批评库普林《退休》中的人物性格不够鲜明、篇幅冗长等。库普林的《在马戏团里》是 1901 年初在雅尔塔契诃夫的别墅中写的。契诃夫作为一个医生，根据自己的临床经验，分析了《在马戏团里》的主人公阿尔布佐夫的死亡原因，指出他患了心脏肥大症，在医学上叫作"牛心症"。契诃夫同时叮嘱库普林："读者的要求是严格的，作品不应有丝毫含混的地方。"库普林曾在一封信中以感激的心情写道："在与契诃夫的相处中，我的灵魂成长了。"③ 1904 年契诃夫逝世后，库普林深切体验到失去良师益友的悲伤和沉痛，在《纪念契诃夫》一文中深情地回忆起契诃夫对他的谆谆教诲。尽管契诃夫对库普林小说创作的影响是显而易见的，我们也很容易找到他们创作中的共性，然而库普林又是一位独特的、有着自己独立风

---

① ［俄］符·维·阿格诺索夫主编：《20 世纪俄罗斯文学》，凌建侯、黄玫、柳若梅、苗澍译，中国人民大学出版社 2001 年版，第 16 页。

② Крутикова Л. В. "А. И. Куприн". Издательство "Просвещение", Ленинград, 1971, с. 4.

③ 宋昌中：《库普林》，吉林大学出版社 1990 年版，第 27—28 页。本段中相关资料均参见该书。

格的作家，他"在刻画契诃夫也很感兴趣的人物以及各种关系时，往往以自己方式予以诠释"。①

契诃夫是 19 世纪末 20 世纪初为俄罗斯现实主义开创了新的可能性的艺术家。契诃夫认为："文学之所以叫做艺术，就是因为它按着生活的本来面目描写生活，他的任务是无条件的、直率的真实。"② 这无疑也是库普林小说创作所一贯坚持的原则。在思想和气质上库普林与契诃夫有许多相似的地方，如对普通、渺小、善良小人物的关注，这使库普林与契诃夫在小说主题和艺术手法上体现出许多相同之处。同契诃夫一样，库普林的人道主义思想和博爱精神贯穿在他所有的小说创作之中，"即便是库普林'不重要的作品'也富含着深刻的人道主义思想"③，对"小人物"苦难命运的同情和精神世界的关注体现在他所有小说里。

从反映嫔妇院里艰难而屈辱生活的小说《神圣的谎言》（1914），到描写军队生活题材的《宿营地》（1895）、《怀表》（1897）、《夜勤》（1899）、《武备中学学生》（1900）、《决斗》（1905）、《胡言乱语》（1907）等作品以及反映马戏团的生活和与艺人们交往的《在马戏院里》（1902）、（1906），在顿涅茨矿区体验工人生活之后发表的中篇小说《摩洛》（1896）以及其他短篇小说《错乱》（1899）、《在地下》（1899）、《阿列霞》（1898）、《皮拉特卡》（1895）、《白哈巴狗》（1904）、《画家的毁灭》（1900）、《冈比例努斯》（1907）、《神医》（1897）等，这些小说无不体现着库普林对"小人物"苦难命运的深切关注和现实主义态度以及崇高的人道主义情怀和博爱精神。

库普林在谈到契诃夫的小说时，提出了自己最重要的文学任务："他就像一个具有丰富的知识，超人的敏锐，使人变得冷漠的、具有非凡的经验和洞察力的医生，沉思地倾听着俄罗斯生活的流动，向我们讲述着我们的病情：冷漠，懒惰，粗鲁，肮脏，懒散，极度的自私，懦弱，优柔寡断。他是个细腻而忧郁的怀疑论者，已经不再相信那些治标不治本的药方，所以没有把话说尽，没有告诉那个不愿从椅子起身的衰

---

① Еснокова И. Г. Судьбы《маленького》человека в произведениях А. П. Чехова и А. И. Куприна \ \ Вестник Чувашского университета. 2013, № 2. с.228.

② ［俄］契诃夫：《契诃夫论文学》，汝龙译，安徽文艺出版社 1997 年版，第 32 页。

③ Волков А. А. Творчество А. И. Куприна. М.：1962, с.429.

老而懒惰的病人：他最需要的是那不可能得到的空气和急速而有力的运动。"① 这是库普林对契诃夫小说的认识，也是他自己小说创作所力图遵循的法则。

库普林同契诃夫一样通过写普通人的心灵活动和他们心灵的哀伤，写人的孤独的存在状态，把读者的思绪引向对于人生困顿的深入思考。同契诃夫的小说一样，在库普林的小说中有很多孤独的人，在他的作品中很难找到恩恩爱爱、相濡以沫的夫妻，也很难找到情深意笃、天长地久的情侣，主人公常常处于人际关系的疏离状态，忍受着孤独的煎熬。库普林的小说《决斗》、《夜勤》、《献身者》等的主人公都是孤独者，这些人都处在短暂或长期的无人与共而缺少关爱的状态。库普林在其小说中塑造了形形色色的孤独者形象，展现了作为个体的人在茫茫宇宙中的绝对孤独，表明孤独是人无法改变的存在。从宏观的角度看，这种孤独感可以看成是契诃夫和库普林小说中人物具有普遍意义的生存状态。从他们的小说中我们都能感觉到渺小的个体在其所处的社会环境中的孤独无助。

库普林的《皮拉特卡》、《白哈巴狗》里的主人公，都是与契诃夫小说主人公相似的人物。契诃夫《苦恼》的主人公孤独中的倾诉对象是一匹老马，而与库普林《皮拉特卡》、《白哈巴狗》主人公相依为命、灵犀相通的是一条善解人意的小狗。在这里，人与人之间的冷漠和隔膜使人找不到温情和关爱，而动物成了人最好的伙伴和知己。库普林赋予《白哈巴狗》中的小男孩更多的机智，他能够把自己的小狗从富人家里偷回来。而契诃夫的《万卡》中的万卡在城里鞋匠家写给乡下爷爷的信，体现了小男孩催人泪下的无助和天真。

库普林同契诃夫一样能够看见人间的污垢，看到底层人生活的苦难和不幸，同时，他们的创作都能透过生活中的黑暗看到人间的温暖和亮色。他们都能以日常的生活流程表现人生的悲剧，也能在日常的生活流程中以诗意的抒情方式表现历史的乐观主义。契诃夫的万卡虽然并不知道他亲爱的爷爷根本不可能收到他寄给"乡下爷爷收"的这封信，但

---

① 转引自俄罗斯科学院高尔基世界文学研究所集体编写《俄罗斯白银时代文学史》，谷羽、王亚民等译，敦煌文艺出版社 2006 年版，第 2—118 页。

他心里还是为没有人打扰他写信而心满意足，并对未来满怀期待。《白哈巴狗》中的小男孩偷回了与自己相依为命的小狗，找回了流浪生活中的朋友和伙伴，令读者联想到他今后的流浪生活中也有属于他的快乐和依偎。

库普林缺乏契诃夫式以一当十、引人入胜的幽默感，但往往用契诃夫一样的抒情笔调使其小说产生感人至深的艺术效果。我们能够从库普林的小说中读出其中包含着的巨大的情感容量，感受到其小说中人物内心丰富复杂的情感。

"库普林善于制造诗意的感受，但不是通过某些'矫揉造作'的方式，而是通过揭示事物客观固有的特点，揭示其内在的本质、事物的'灵魂'或者其中隐秘的进程。"① 库普林的抒情艺术特色在于它在客观的叙事的同时表现出其主观抒情的特色，同时库普林的抒情又是含蓄的，这种抒情包含在叙述过程中。他的带有自传性特征的小说常常直接叙述自己的经历、见闻、印象，对往事的回忆，有时是用叙述人"我"来展开叙述，便于表达作者的情绪和感受。在《亚玛镇》这篇小说的构思上，作者基本上以全知的视角叙述"亚玛镇"的兴衰变迁，间或穿插人物的受限视角。小说中记者普拉东诺夫与妓院里的姑娘们的交往和见闻都以一种极平实的笔调加以叙述，然而"我"的心境，"我"对眼前一幕幕情景的感受，也在客观叙述中自然流露出来，形成了一种潜移默化却比直抒胸臆的作品更耐人回味的印象。

契诃夫的戏剧从《海鸥》开始都有浓厚的象征性。到了《樱桃园》，契诃夫的象征手法运用得更加含蓄与广泛了。这是现实主义小说体裁与修辞面貌在 20 世纪初与以往相比所发生的质的变化。在此世纪之交，在一个艺术家的创作中很少会保持统一的修辞格调，小说家们往往把几种修辞格调结合在一起，对现实生活的准确描绘常常与诗意的浪漫主义相结合。库普林小说忠实于 20 世纪的传统，他的小说语言"朴实、清晰、灵活，接近十九世纪经典作家的语言"②，同时，在新的各

---

① Волков А. А. Творчество А. И. Куприна. М. : 1962, с. 429.

② В. Н. Афанасьев: Александр Куприн. Москва: Художественная литература, 1972, с. 3.

种艺术思潮的影响作用之下也常常表现出风格的双重性和格调的多样性，精确的描绘与作者的抒情风格相和谐，有些作品还体现出较为含蓄与情绪化的艺术象征。比如库普林《亚玛镇》中的亚玛镇，可以说它是整个俄罗斯社会的缩影，而它的覆灭也是黑暗社会必然消亡的象征。而《决斗》中罗马绍夫生活其中的腐败而令人窒息的军营，也正是俄罗斯整个社会环境的一个窗口，正如契诃夫的《第六病室》中的第六病室一样，我们可以把它看成是整个沙皇俄国腐败社会的象征。

对自然景物的描写在契诃夫的小说中不是十分常见的，但《草原》是很有特色的一篇。在库普林的小说中大自然不仅仅作为故事发生的背景，而且作为作者或小说主人公情绪的载体。库普林不仅诗意地描写大自然的灵性，而且赋予大自然以人的爱憎。在库普林小说《阿列霞》中，美好的大自然映衬着主人公阿列霞美丽的形象与纯洁的心灵，也吸收了积蓄在作家心中许多深沉而复杂的情感。大自然在这里也显示着自己的威力，一切都令人感到神秘莫测……而大雷雨中令人心惊胆战的意象，反映了作者对生活、对整个世界的深深忧虑之情。库普林通过对自然的观照体现对人的命运的思考，以及对俄罗斯前途的忧虑。

库普林继承了契诃夫对人的关注，对人的个性的关注。同契诃夫的小说一样，库普林的小说世界里也容纳了各种各样的人物。这些主人公"都试图过上真正的生活，但一般又总是得不到梦寐以求的精神上的和谐。无论是爱情，无论是献身科学，或是迷恋于社会理想，也无论是对上帝的信仰，这些在以前是求得人格完整的可靠手段，如今对主人公却一样都无济于事。世界在主人公眼里丧失了统一的中心，它远远不具备完整的秩序，所以任何一个世界体系都不能囊括这个世界。"① 而"人与环境的冲突"取代"人与人的冲突"是世纪之交契诃夫创作中的一个意义重大的创新，这一特征也体现在库普林的小说创作中。在库普林的《决斗》、《阿列霞》、《献身者》、《胡言乱语》、《夜勤》等小说中，不是小说中人物之间势不两立，而是小说中主人公处于生活环境的压迫中。这些小说中的主人公罗马绍夫等人，身处于令人窒息的现实中。他

---

① ［俄］符·维·阿格诺索夫主编：《20世纪俄罗斯文学》，凌建侯、黄玫、柳若梅、苗澍译，中国人民大学出版社2001年版，第12页。

们在昏暗的年代里耗尽了青春，他们美好的人生理想和远大志向在严酷的现实环境中难以实现。他们与生俱来的美好性灵在严酷的现实生活中毁灭殆尽。库普林小说中记录了这些普通人命运的悲剧，哀痛绵绵，感人至深。然而在这些小说中，无论是《决斗》中的罗马绍夫还是《阿列霞》中的阿列霞，以及《献身者》、《胡言乱语》、《夜勤》中的主人公，我们在小说中往往难以指出迫害这些人物的具体的人。压迫人、损害人的是他们所身处当中的环境。

库普林深化了俄罗斯19世纪批判现实主义文学描写小人物的主题，表现了库普林同情被侮辱、被损害者的人道主义思想。库普林长篇小说《决斗》的主人公罗马绍夫是一个很有代表性的人物形象。这个人物是世纪初俄罗斯现实主义文学中的小人物，尽管他有着自身的弱点，然而他也有着对现实生活深刻的洞察力和反思能力。这个人物"'突然清醒地意识到自己的独立个性'，是他精神变化的转折点。对库普林及其同时代的现实主义者来说，下面一点是最重要的原则：人的优秀品质，并不取决于社会等级，也不取决于天生的生理和心理素质，而是由他发达的个性、深刻的自我意识决定的。"[①] 因此，库普林对"小人物"的描写相应地逐渐采用"高超的心理描写技巧"[②] 在许多小说中，库普林在传达人物的细腻的感受时，都"遵循了契诃夫采用的隐秘的心理描写的传统"[③]。《决斗》中的主人公具有强烈的自我意识，其强烈程度几乎超过了作者的意识。在《决斗》这篇小说里，在罗马绍夫身上总有一个第三者，也就是另一个罗马绍夫在与他自己对视、观察、分析、对话，读者看到了罗马绍夫自我眼中的"我"和他人眼中的"我"；此外，还有另外两个与他命运相似的人（纳赞斯基和赫列布尼科夫）作为罗马绍夫的另外"自我"存在着，这就使整篇小说在结构上也呈现一种复调。作者通过罗马绍夫自我意识内部的对话、自我意识同他人意

---

　　① ［俄］符·维·阿格诺索夫主编：《20世纪俄罗斯文学》，凌建侯、黄玫、柳若梅、苗澍译，中国人民大学出版社2001年版，第15页。

　　② Чеснокова И. Г. Судьбы《маленького》человека в произведениях А. П. Чехова и А. И. Куприна \ \ Вестник Чувашского университета. 2013，№ 2. с. 230.

　　③ Шалацкая Т. П. Тема детства в малой прозе А. И. Куприна：аспекты психологизма \ \ Вестник Омского государственного педагогического университета. Гуманитарные исследования. 2015，№ 2 (6)．с. 47.

识的对话，不同意识之间的对话，展现了主人公丰富复杂的内心世界。罗马绍夫意识到的我是对自己的意识、感觉和认识。这种自我可以说是精神上的我，人格上的我，是一个积极、能动的主体，也就是精神自我、人格自我。罗马绍夫这种对自己的意识、认识、感受、体验正与巴赫金著作中的"自我"、"自为之我"相同，这种"我"或"自我"、"自为之我"强调的是人的主观意识，体现的是作者对人物内心世界和人的主体意识的深刻观照。

可以说库普林小说是世纪之交俄国社会考察的实录，是其所生活年代沙皇俄国的缩影。从城市到乡村，从资本家、地主、知识分子直至工人、农民、演员、妓女、盗贼等人的生活在他的作品中都得到反映。"在库普林小说千姿百态的人物性格中，最成功的大概还是那些外表平平的'小'人物形象，他们都是突然在自身找到了力量，达到精神上的巨大进步，并且在他们困难的外部环境中求得自己的尊严。"① 库普林的小说继承和丰富了 19 世纪俄罗斯传统现实主义小说的表现手法，他的小说通俗易懂而又引人入胜，使他成为 20 世纪俄国享有很高声誉的作家之一。

### 三　库普林与高尔基

库普林和契诃夫一样是一个不大过问政治的人。20 世纪初动荡的社会、急剧变化的形势要求每个作家随时要做出选择。高尔基在这方面对库普林影响很大，两人交往从 1902 年 11 月中旬高尔基和《知识》出版社的编辑皮特尼斯基来到库普林家中拜访，两位作家初次见面，直到革命运动转入低潮为止，库普林和高尔基一起参加了"星期三"文学联合会。1903 年高尔基主办《知识》出版社，出版了库普林的《短篇小说集》，1904—1906 年又出版了他的两卷本作品选。

库普林与高尔基交往的最大成果体现在长篇小说《决斗》（1905）上。高尔基鼓励作为最了解军队内情的作家库普林应该写出一部关于军队生活的长篇小说。高尔基对库普林说："如果您没有写出这本书，那

---

① ［俄］符·维·阿格诺索夫主编：《20 世纪俄罗斯文学》，凌建侯、黄玫、柳若梅、苗澍译，中国人民大学出版社 2001 年版，第 15 页。

将是一种犯罪的行为。"《决斗》从构思到出版一直受到高尔基《知识》出版社的关注和支持。库普林曾向高尔基念过开头几章。后来库普林写信给高尔基:"明天《知识》第六卷文集要出版了……好容易总算万事大吉了。应该说,在我这部小说中,所有大胆和激烈的地方都要归功于您。您知道我从您那里学了多少东西!我多么感谢您啊!"① 高尔基说:"这是一部非常好的小说!我认为它对一切正直的、有头脑的军官都会有不可抗拒的影响……库普林为军官们做了一件大好事,他帮助他们在某种程度上认识自己,自己在生活中的地位——一种不正常的悲剧性地位!"②

　　库普林的短篇小说《黑色的闪电》,题名与高尔基的《海燕之歌》很有关联。在这部小说里,库普林首先描写的是叙述者"我"所身处的俄国北方的一个与世隔绝、默默无闻的小城,这是一个落后而闭塞得令人窒息的地方。这里的居民过着庸俗乏味的日子。在一个医生家里举行的晚会上,这些贵族们戏谑地谈论起俄国的当代文学。一位调解法官讽刺高尔基的《海燕之歌》:"怎么?为什么?敢问哪里出现过黑色的闪电?我们当中有谁看见过颜色是黑的闪电?真是胡说八道!"而一位林务区长——库普林在这篇小说里刻画的一位优秀博学而热爱森林自然的林务小官图尔钦科却给"我"也给读者讲述了他曾怎样亲眼见过黑色的闪电。图尔钦科见多识广,他所讲述的关于黑色的闪电的亲身经历令人震惊,耐人寻味而又发人深省。最后,库普林还通过人物图尔钦科之口说道:"我刚才讲的一切……可不是根据个别人的蠢话随意编的故事。您今天亲眼看到了沼泽地,看到了在人们中间存在的臭泥塘!但是,黑色的闪电啊!黑色的闪电啊!它在哪儿?唉,什么时候它闪射出光芒?"③ 库普林的这篇小说无疑是对高尔基《海燕之歌》的一个绝好注释,也是在文坛上对高尔基创作的支持和声援!

　　世纪之交的现实主义的作家们开拓了比过去更为宽广的创作主题。高尔基以《知识》出版社为中心团结了一批现实主义作家,通过作品

---

　　① 宋昌中:《库普林》,吉林大学出版社1990年版,第32页。
　　② 同上书,第33页。
　　③ [俄]亚·库普林:《黑色的闪电》,《库普林中短篇小说选》,潘勋照、刘璧予等译,上海译文出版社1987年版,第309页。

提出和探索了一系列社会问题和艺术问题。"现实主义者对改造生活的可能性所持的态度改变了，这一点是至关重要的。60年代到80年代文学所描绘的生活环境，是比较静止的、惰性很强的。现在，人的生活环境被视为是没有稳定性的、是可以由人的意志支配的。在人与环境的系方面，世纪之交的现实主义作家不仅强调人具有对抗环境不利影响的能力，而且也强调人具有积极变革生活的能力。"① 高尔基的创作中充满了高昂的激情和对人的礼赞。作家满怀激情地相信，从前的"小人物"能够挺胸而立，能成长为巨人，变成大写的人。如果说高尔基的创作成就和艺术经验，是沟通俄罗斯文学两个时代的桥梁，而对于作为同样来自生活底层的作家，底层人民的苦难生活以及他们与追求理想生活的努力，也是库普林小说创作的基调。回荡在他作品中的主旋律，也是由深沉的苦难与明朗的希望组成的二重奏。

　　高尔基致力于描写人的觉醒，探索新人的诞生，这是他毕生孜孜以求的。他满腔热情地呼吁："需要英雄人物的时代已经到来了：大家都希望有令人鼓舞的东西，开朗明快的东西，希望有不是酷似生活，而是比生活更高、更好、更美的东西。"② 素有"生活诗人"之称的库普林以丰富的生活经验为基础，以其优美的文笔描绘了一幅幅世纪之交俄罗斯世态人情的素描画。他不了解无产阶级的历史使命，更不了解科学社会主义的前景和意义，但怀着对生活的爱和激情，欢呼"生活万岁"，反对颓废文学的口号"死亡万岁"，"歌颂生之欢悦，爱之伟大是作家创作的基调。"③ "在爱情描写上，库普林虽然缺乏屠格涅夫那种追求人生理想的光辉，也没有托尔斯泰那样通过爱情悲剧诉诸社会正义的激情，但是他那'谦逊而忘我的爱情'显得格外缠绵悱恻、哀婉动人。"④ "懦弱与坚强，优柔寡断与坚毅果断，浪漫的幻想与清醒的自省，这些截然对立的品格在库普林小说的主人公内心彼此作用、相互冲突，构成

---

　　① ［俄］符·维·阿格诺索夫主编：《20世纪俄罗斯文学》，凌建侯、黄玫、柳若梅、苗澍译，中国人民大学出版社2001年版，第13页。

　　② ［苏］高尔基：《文学书简》（上卷），曹葆华等译，人民文学出版社1962年版，第66页。

　　③ 宋昌中：《库普林》，吉林大学出版社1990年版，第114页。

　　④ 同上书，第119页。

了作品主题的中心。"① 当然，高尔基对人充满了信心，对人类的前途作出了远为乐观的"人将诞生"的预言，而库普林深刻地洞察人性的弱点与缺陷，他预见的道路是漫长的。

库普林赞美大自然的伟力，提倡人应该尊重自然、理解自然，他的创作体现出人与自然和谐相处的生态伦理思想。库普林深化了由普希金在《高加索的俘虏》、《茨冈人》中提出的，在列夫·托尔斯泰的笔下得到进一步探索的主题：文明和粗野、都市和自然的对立。库普林所生活的时代正是一个风云变幻的社会转型时期。俄国资本主义的迅猛发展使库普林深切感受到资本主义文明对人性的扭曲与压迫，资本主义发展给自然以及包括作为自然组成部分的人类所带来的深刻危机。在《阿列霞》、《里斯特黎冈》等小说中，库普林赞美生活在自然状态下的人所具有的优秀品质和理想人格，赞美主人公身上所具有的诗性智慧与人性的自然美，赞美未受现代文明污染的人的本真、原始、自然的生存状态，体现了作家对于诗意人生的探索。库普林小说通过文明的污浊世界与原始的自然美之间的隔阂与差距、自然与文明之间冲突而造成的悲剧体现了作家深刻的人类忧患意识和历史使命感。

在19世纪末20世纪初叶俄国社会运动高涨的背景衬托下，库普林笔下的知识分子在庸俗的王国中挣扎、反抗、沉沦、迷惘。高尔基很喜欢库普林反映顿巴斯矿区工人生活，揭露资本主义腐朽黑暗的中篇小说《摩洛》。《摩洛》的主人公鲍勃罗夫是俄国90年代知识分子的代表，正像奥涅金和恰斯基代表二三十年代，罗亭和拉耶斯基代表40年代，巴扎罗夫代表60年代一样，库普林的《摩洛》中的工程师鲍勃洛夫作为19世纪90年代的知识分子代表，已经认清了资本主义制度的丑恶，但找不到出路，不能掌握自己的命运，不清楚斗争的具体途径，内心处于痛苦挣扎的状态。从19世纪50年代末起，平民知识分子逐渐取代了贵族在俄国人民解放运动中的地位，也取代了"多余人"。库普林笔下的知识分子形象，可视为"多余人"在俄国文学史上遥远悠长的回声。

---

① ［俄］符·维·阿格诺索夫主编：《20世纪俄罗斯文学》，凌建侯、黄玫、柳若梅、苗澍译，中国人民大学出版社2001年版，第15页。

他作品中知识分子的显著特点，即是其自我意识的觉醒，亦即对其本身生存状态、生存困境的反思。作家更加关注知识分子本身内心世界的变化。知识分子身上出现了从思考人对社会的责任和义务向关注个体生命转移的趋势。库普林通过对主人公意识空间的扩展和意识空间对现实空间的不断颠覆，突现出其所生存的现实空间的反人文特质，体现出库普林小说对传统知识分子题材小说叙事模式的突破，对知识分子的体验趋向于对其自身的关怀。

库普林与同时代的契诃夫、高尔基、布宁一起，将短篇小说推进到俄国文学史上史无前例的繁荣阶段。库普林在俄罗斯社会风云变幻与文艺思潮纷至沓来中开辟了自己的文学道路。他对所生活的时代现实生活的真切体验和关注，他对社会平等等人道主义思想的追求和渴望，对社会和人类历史强烈的忧患意识，使他的作品成为俄罗斯文学史上解读不尽的篇章。

### 四 库普林与布宁

1898 年 5 月，库普林与布宁在敖德萨相识，当时库普林还是个不大出名的作家，然而他们很快就成了朋友，并且终生保持着真挚的友谊。相对于其他俄罗斯作家而言，布宁非常了解库普林，曾在回忆录中亲切地回忆过库普林生活和创作中的许多事情，字里行间透露着诚挚的情感。如前所述，库普林的创作受到托尔斯泰、契诃夫、高尔基等作家的影响，库普林与这些作家之间是影响与被影响的关系，而库普林与布宁之间的关系则颇为有趣：一方面，库普林与布宁均为俄罗斯新一代现实主义著名作家，二者精神气质、世界观、艺术观念等许多方面都各不相同，这致使他们的创作风格上在许多方面截然有别；另一方面，两位作家是同时代人，又是挚友，这就决定了他们在创作上形成相互影响、甚至相互"竞争"的关系。

库普林与布宁无疑是两个伟大的天才，二者创作风格迥异，这也是不争的事实。与此同时，这两位同时代的作家常常在创作中关注相同的社会问题，例如人与周围环境、生态、革命对俄罗斯的影响、爱情等，其作品的题材和主题往往相同或相近，所以有学者认为，二者仿佛在

"进行较量，看谁能更准确地揭示出某种现象的特征"①，从而反映和描绘最迫切的时代问题，把握住时代的脉搏。

　　人与周围环境的关系问题是俄罗斯文学乃至世界文学中的永恒主题，尤其是在 19 世纪与 20 世纪之交的俄罗斯作家更加关注这一问题，库普林和布宁对此也表现出极大的兴趣，他们的创作成为俄罗斯现实主义文学的重要成果。库普林在《石榴石手镯》和《决斗》等作品中，通过主人公的故事表现了个性与周围环境的悲剧性冲突。应该说，人的命运是库普林一直特别关注的主题，他笔下的人物形形色色，但是更多的是小人物。这些小人物虽然没有迷人的外表、显赫的地位、卓著的功勋，但是却拥有丰富的内心世界和真挚的情感，因此作家在《白哈巴狗》、《石榴石手镯》、《演奏家》（Тапер）等小说中亲切地描写这些人物的遭遇，对他们的不幸满怀同情。布宁的小说《阿强的梦》通过描写一位船长的痛苦生活和失败的婚姻，表现了小人物的境遇和不幸。作家虽然写的是船长个人的不幸，但是却将故事推而广之，使之具有普遍性意义，因此小说开头就写道："写谁还不都一样？世上任何一个生物都有可能被写进小说"②。此外，作家还通过船长之口表明整个世界到处弥漫着相同的气氛："我的朋友，我周游了整个世界，生活到处都是这样！"③

　　生态问题也是库普林和布宁共同关注的，库普林的小说《摩洛》、《阿列霞》、《白哈巴狗》、《苏拉弥菲》、《亚玛街》等小说均涉及这一主题。与此前的冈察洛夫、马明—辛比尔斯克等歌颂俄罗斯走向工业化的作家不同，库普林在小说中表达了对工业文明的批判态度。在库普林看来，工厂是有害的，它们损害着人们的身体、主宰和控制着人们的生活，不仅仅污染环境，而且也使居民道德日趋腐化和堕落，把金钱和物质利益看得高于一切，其精神世界日益贫瘠，每日被工厂的汽笛声所役使。布宁同样对人类的生存状态予以密切关注，深入探讨了人与自然之间的自然生态关系。布宁的小说《新路》创作于世纪之交，通过描写

---

　　①　Шкловский Е. На сломе эпох：А. Куприн и Л. Андреев // Литература，2001，16 - 22 марта（http：//lit. 1september. ru/2001/11/11_ 01. htm）.

　　②　［俄］布宁：《布宁文集》第 3 卷，戴骢译，安徽文艺出版社 1998 年版，第 68 页。

　　③　同上书，第 78 页。

横穿俄罗斯森林草原的新建的铁路，作家预言了资本主义工业发展将造成自然生态的严重破坏。此后在《乡村》、《苏霍多尔》等许多小说中继续了这一主题，表现了工业城市的发展对乡村的不良影响。不同的是，布宁主要描写的是农村生活，而库普林描写的是工业城市，但是在二位作家笔下，不论是农村生活还是工业城市，都对周围环境产生了不良的影响，从而表达了作家的生态忧患意识。布宁对库普林的小说赞誉有加，原因不仅仅是小说中的风景和语言之美吸引着布宁，更主要的缘由是库普林在展现现实方面表现出了非同寻常的创新之处。库普林在小说《摩洛》中对沙皇俄国的工业化进程予以批判，他对所描写和批判的事物相当了解，笔力勇敢、大胆，这深得布宁赞赏。

　　作为同时代人，库普林与布宁都经历了俄国十月革命以及此后的重大社会变革，并且先后在作品《圣伊萨基·达尔玛斯基教堂的尖顶》、《可恶的日子》中回望了刚刚过去的革命事件和国内战争，表达了对这些事件的态度和评价。在《圣伊萨基·达尔玛斯基教堂的尖顶》中，库普林讲述了 1919 年发生在俄罗斯小城加特契纳的事件以及战争给人们带来的苦难，而作家本人则是这些事件的直接参与者和见证者。布宁的小说《可恶的日子》发表于 1920 年，比库普林的《圣伊萨基·达尔玛斯基教堂的尖顶》要早一年。但是，两位作家的态度却十分接近：在布宁看来，那些岁月是令人诅咒的"可恶的日子"，而库普林也认为革命对俄罗斯的影响是毁灭性的。布宁与库普林虽然对十月革命持不同的观点，但是这并不代表他们不热爱自己的祖国。布宁曾经明确表达过对祖国的炽烈之爱："难道我们能忘记祖国吗？人能忘记故土吗？她——永远在我心里。我是典型的俄罗斯人。随着岁月的流逝它无法改变。"① 库普林也同样怀有对祖国的深厚情感，自 1919 年流亡国外后，他的创作多数以回忆性作品为主，并于 1937 年最终回到祖国的怀抱。

　　除上述主题以外，宗教主题、道德问题以及其他时代的社会问题也为库普林和布宁所共同关注。不仅仅如此，两位作家也在作品中探索生、死、爱、恨等人类永恒的问题，尤其是在爱情主题的描写和表现方面，取得了相当的成就。可以说，库普林与布宁通过自己的创作深刻揭

---

　　①　陈辉：《布宁研究新述》，《中国俄语教学》2005 年第 3 期。

示了爱情的复杂与多面。在整个一生中，库普林创作了很多描写爱情的小说，如《石榴石手镯》、《紫丁香》等。布宁则是公认的爱情的歌者，爱情一直是其作品中的重要主题，《米佳的爱情》、《幽暗的林荫道》、《中暑》堪称作家爱情的绝唱。总的来说，布宁详细描写和展示的爱情，可谓纯洁的尘世之爱，而库普林致力于描写的爱情，则具有理想化的色彩。在布宁的作品中，故事情节丰富多样，其中的爱情既是美好的，往往也是悲剧性的。同样，库普林小说中的爱情往往终生只有一次，并且注定会给相爱的人带来不幸，因为生活是矛盾的，相爱的人们的幸福，往往与周围的世界相互对立、不可调和。此外，在布宁和库普林看来，不是每一个人都会经历这种情感，只有那些精神世界丰富和强大的人，只有敢于为爱情做出牺牲的人，才能品尝到爱的甘苦。

综上可见，库普林与布宁的创作中有许多相同的主题，但是并不能因此断言二者之间相互模仿，他们各自走的是自己的文学道路。我们同时必须承认，库普林与布宁之间的相互影响是存在的。两位作家是同时代人，他们时刻关注着祖国和人民的命运，关注时代迫切需要解决的问题。库普林每每有新作问世，布宁总是较早地予以公正评价，同时也指出，如果是他自己写作的话，可能会以另外一种方式解决作品中提出的问题。事实上，布宁也正是这样做的。反之亦然，库普林的做法与布宁无异，两位作家的作品由此在一定程度上形成了相互呼应的关系。

上述关系的形成，源于库普林与布宁的人生经历以及二者之间的友谊。如前所述，库普林与布宁是同时代人，他们不仅同一年（1870）出生，而且都是在19世纪80年代末至90年代初期开始创作，并先后登上文坛。库普林的处女作《最后的首场演出》于1889年发表在一家杂志上，布宁的第一首诗《在纳德松的坟头上》刊登在1887年彼得堡的《祖国》周刊上。此外，布宁和库普林都曾经是著名的"星期三"文学小组的成员，与高尔基等一批来自"底层"的青年作家常常聚会。十月革命后，这个作家群体解散，库普林和布宁先后侨居法国，只是布宁再也没有回俄罗斯，而库普林则于1937年回国。

库普林和布宁终生保持着亲密的关系，而且他们都高度评价对方的艺术才能。众所周知，布宁褒扬过的同时代作家并不多，但是他却对库普林的创作一直赞誉有加。1893年库普林首次在《俄罗斯财富》杂志上发表作品《在黑暗中》的时候，布宁就读过这篇作品，当时他就坚定地认为，库普林具有"非凡的才能"①。布宁明确指出，库普林"首次出现在《俄罗斯财富》上以后，我立刻在他身上下了赌注。"②。布宁在 1901 年 3 月 20 日写给契诃夫的信中称库普林是"少见的可爱、聪明、有才华的人"③。布宁高度评价库普林的创作，认为库普林在彼得堡时期创作的作品，例如《马贼》、《沼泽》、《生命的河流》、《冈布里努斯》、《决斗》等都是优秀之作。《婚礼》是库普林无情地批判沙皇军队的小说，布宁谈到这篇小说时指出，"这篇小说非常尖锐，有恶意嘲讽的意味，但也是一篇出色的小说"④。布宁认为库普林的作品有很多优点：叙述自然而又生动，语言"准确、适度而又丰富"⑤。应该说，能得到布宁的如此褒扬是很不容易的。

库普林真诚地喜欢布宁，高度评价他的创作。早在 1902 年，库普林对当时评论界和读者对布宁的褒扬倍感高兴和欣慰，他在致布宁的信中写道："米罗留波夫非常赞赏你夏天给他的那部短篇小说。而且总的来看，最近常常听说你是受到好评的作家，这真让人心里高兴。"⑥ 1908 年，库普林在信中再次高度评价了布宁："你知道吗：在作家当中，我深沉而真挚地爱着的只有你一个人，我敬佩你细腻高雅的才华，没有人像我一样敬佩你，你的友谊让我感到那么骄傲，甚至都嫉妒你了。"⑦ 除此以外，在库普林与其他一些作家的一些言论中，也常常能见到他对布宁的一些褒扬和赞赏。库普林在与作家、记者 B. 列金宁的谈话中指出："我爱布宁：他最近的作品中有非常出色的

① Бунинъ И. А. Воспоминанія. Книгоиздательство Возрожденіе — La Renaissance, Парижъ，1950，с. 149.

② Там же，с. 143.

③ А. И. Куприн，Собр. соч. в 9 - ти томах，т. 6，изд - во《Правда》，М. : 1964，с. 361.

④ И. А. Бунин. Собр. соч. в 9 - ти томах，т. 9，《Художественная литература》，М. : 1967，с. 405.

⑤ В. Н. Афанасьев：Александр Куприн. Москва：Художественная литература，1972，с. 168.

⑥ Крутикова Л. В. "Лекция Куприна о литературе". "Русская литература"，1962，№ 3，с. 190.

⑦ Там же.

散文，高雅的散文……而且色彩和语言丰富得惊人。"① 布宁于 1910
年出版题名为《叶落时节》的诗集，库普林认为这本诗集显示出作
者的"才华横溢"，他继而指出，"在探索和传达情绪方面，布宁先
生像其他当代诗人、赫赫有名的'新的美'的献身者那样，没有失
去与我国伟大的语言大师的教诲之间的联系。布宁先生的诗歌优美而
富于乐感，诗句整齐，意思明确，精致含蓄的修饰语准确而又具有表
现力。"② 库普林在 1916 年的文章中进一步评价了布宁："布宁是一
位精明的修辞大师，他了解大量优美、健康、准确、真正的俄语词
汇；他谙熟描写微妙的情绪和大自然的色调、声音、气味、颜色、面
貌的诀窍，在这方面无人能及；他的句子结构丰富多样而又别具一
格；大量的定语、比喻、修饰语均经过他严格的选择，都服从于审美
和逻辑上的需要；他的短篇小说结构合理、生动、内容丰富；艺术上
的难题似乎十分轻易地就解决了"③。1931 年，当被问及俄罗斯近期
有哪些优秀的散文作品时，库普林首先提到的就是布宁的作品《中
暑》，其次是 B. 卡塔耶夫的《盗用公款者》。在谈及同时代的作家
时，库普林认为，在继承俄罗斯古典文学人道主义和现实主义传统方
面，最有天才的作家就是布宁。④ 1908 年库普林在发表《苏拉米菲》
这部小说时，题在小说上的献词就是"献给伊万·阿列克谢耶维奇·
布宁"。

　　据布宁回忆，库普林常常与其探讨艺术创作问题，每次见面"都
津津有味地谈论各种各样敏锐的艺术观察"⑤，这一点深受布宁赞赏。
与此同时，布宁在文学创作上也给予库普林许多支持和鼓励，也正是布
宁把库普林引进了彼得堡的文学界，介绍他在《人世间》（Мир

　　① Крутикова Л. В. "Лекция Куприна о литературе". "Русска я литература", 1962,
№ 3, с. 190.

　　② В. Н. Афанасьев: Александр Куприн. Москва: Художественная литература,
1972, с. 38.

　　③ Крутикова Л. В. "Лекция Куприна о литературе". "Русска я литература", 1962,
№ 3, с. 190.

　　④ Кулешов Ф. И. Творческий путь А. И. Куприна 1907 – 1938, Минск, 1986,
с. 170.

　　⑤ Бунин И. А. Куприн. – Бунин И. А. Собр соч. в 9 – ти тт. М. : 1967, т. 9., с.
397.

Божий）和《敖德萨新闻》（Одесские новости）上发表《夜勤》（Ночную смену）等小说。也许正是由于上述这些原因，学术界一直认为布宁"在库普林的创作生涯中起了积极的作用"[1]。

---

① Волков А. А. Творчество А. И. Куприна. М.：1962，с. 113 – 114.

# 第二章　存在与选择：有关俄罗斯现实的艺术观照

昆德拉说："小说审视的不是现实，而是存在。而存在并非已经发生的，存在属于人类可能性的领域，所有人类可能成为的，所有人类做得出来的。小说家画出存在地图，从而发现这样或那样一种人类可能性。"① 人的存在是存在主义全部哲学的出发点和基础，存在主义探讨人的本质、人的地位、人的价值、人的命运等一系列问题。自在的存在与自为的存在、自我的存在与他人的存在，行为与选择、选择与责任等矛盾是存在主义关注的核心问题。这些问题和矛盾的实质还是人的存在状态和存在的意义，是对人的精神状况的哲学探究。

置身于所谓白银时代文化氛围中的库普林对其所处年代俄罗斯现实生活的描绘体现了作者对"小人物"命运的深切关注和人文关怀，同契诃夫一样，库普林通过平凡的生活情节和平淡的叙事来表现生活中存在的问题。库普林小说中的存在主题体现在他对人与自然、人与社会、人与人、人与上帝等关系问题的理性思索，反映着人的自我认识、人的处境、人生价值、人生意义及人的根本困境等终极问题。所有这些问题既是哲学、宗教关心讨论的对象，也是文学艺术关心思考的对象。同许多关注着人类生存发展的文学家、艺术家一样，库普林一直在用自己的创作思考着那些与人的个体生命和整个人类的生存发展都密切相关的存在问题。库普林的所有创作也都体现着他在俄罗斯大地上的人生苦旅面对存在而作出的思考和选择。

---

① 〔法〕昆德拉：《小说的艺术》，董强译，上海译文出版社 2014 年版，第 54 页。

# 第一节　人与自然：库普林小说的 生态伦理思想

　　20 世纪 60 年代以来，以生态批评为先导的生态美学随着时代的发展悄然兴起，并伴随着生态危机对人类生存威胁的加重呈迅速发展之势。生态美学于 20 世纪 90 年代后期在中国兴起，特别是进入 21 世纪之后，这一理论愈来愈引起学术界的重视。"生态美学是一种人与自然和社会达到动态平衡、和谐一致的处于生态审美状态的崭新的生态存在论美学观"，① 是对中国现当代美学长期以来受前苏联的教条主义美学和德国古典美学制约的超越。"由人类中心到生态中心的过渡是一个宏观的哲学观的转向，是历史时代发展的必然结果。"② 总之，由人与自然关系生发出来的生态美学思想为文学作品的解读提供了新的视角和方法。

　　库普林是一位具有强烈的社会责任感和人类使命感的俄罗斯作家。他的小说体现了万物有灵的观念和人与自然和谐相处的思想。"还是在作家早期的短篇小说中，就表现出城市忙碌不安的生活与远离文明世界的从容不迫的生活之间的对立。"③ 在 19 世纪末 20 世纪初，库普林小说中体现的独特的自然体验与动物崇拜，人与自然和谐共生的思想以及先进的环境保护意识，显示出了其独特的价值和超前意识。小说通过人与自然关系中演绎出来的人性的善与恶，表达了库普林人道主义的生态伦理思想。今天，历史的进程允许我们从更宏观的角度、更全面的视角去阅读长期以来被误读的俄罗斯文学板块，也允许我们更客观、更理智地思索包括库普林在内的一大批被封闭、被流放的俄罗斯大师们的超前意识和忧虑。在此，笔者从库普林创作中体现的生态意识和生态观念这一角度，探讨其作品中体现的生态伦理思想。

---

① 曾繁仁：《生态存在论美学论稿》，吉林人民出版社 2003 年版，第 16 页。
② 同上书，第 17 页。
③ В. Н. Афанасьев: Александр Куприн. Москва: Художественная литература, 1972, с. 29.

### 一　自然体验与动物崇拜

在古今中外的文学史上，人与自然的关系问题是一个永恒的主题。人与自然的母题更是贯穿了俄罗斯悠久的文学史。从俄罗斯古典文学《伊戈尔远征记》开始，到 19 世纪初期普希金创作中对自然的讴歌，直到 19 世纪末列夫·托尔斯泰小说中回归自然的思想以及 20 世纪五六十年代方兴未艾的生态文学的热潮，无数俄罗斯作家都在自己的创作中表达了他们对大自然的深情赞美和与大自然的灵犀相通。人与自然的关系问题也是库普林小说创作的重要主题。库普林笔下的大自然具有无限的生机和魅力。库普林正是从自然的立场出发来体验万物都有自己的生命和灵性。

库普林小说里的景物描写一般着墨不多。很多景物描写带着主人公主观体验的色彩。比如在库普林的两部长篇小说《亚玛镇》和《决斗》里，景物描写是通过主人公的视角表现出来，并且常常渗透着主人公个人的情感体验。通过主人公的这种个人情感体验，读者可以发现库普林小说中的景物描写不仅仅是主人公故事发生的背景或主人公情绪的载体，在有的小说里大自然本身就是小说的主人公。"库普林对大自然的爱虔诚而平静，十分富于感染力，从中可以感觉得到他的天分所传达出来的力量。库普林如此描述大自然、森林和波列西耶树脂工人住的小房，以致忧郁开始啮噬你的心灵，这种忧郁源自你现在不在那儿，不在那些地方，源自一种想立刻见到其天然的冷峻与美丽的渴望。"①

在《森森之夜》这篇充满诗意的小说里，主人公"我"从河水悦耳的叮咚声中感受到的是生命的脉搏，从小鸟的合唱声中听到的是生物共同体的和谐。"我"能听见群山无边无际的起伏波动的和声，森林的乐章伟大而隆重，它的音符就是植物和动物的生命和生长，它的韵律就是昼夜和四季的交替。在这里，在一个静谧的夜晚，当月牙高高地爬上了天空，"我"就静静地躺在山丘下一片平坦松软的地方，观赏夜色中的海盗船，不再关心时间，淡忘了世上的一切，听大自然的絮语，努力

---

① ［俄］帕乌斯托夫斯基：《文学肖像》，陈方、陈刚政译，人民文学出版社 2002 年版，第 128 页。

去了解它们。伴随着对这种自然美的审视，无论是在作者还是在读者的心中，一种尊重生命、尊重自然的情感都会油然而生。这是人与自然的对话。此时此刻人与大自然达到了一种精神上的交流，从停留在表面的对大自然的景色的欣赏进入从精神上和自然进行交融和渗透的境界。这不仅仅表现了作家的理性和学识，更重要的是一种感知的能力。

库普林不仅诗意地描写了大自然的灵性，而且赋予大自然以人的爱憎。库普林的小说以浓墨重彩描绘了一幅幅美丽的自然景色：它时而明丽，时而晦暗；时而令人郁闷，时而令人赏心悦目、心旷神怡。在库普林小说《阿列霞》中，美好的大自然映衬着自然之女阿列霞美丽的形象与纯洁的心灵，也吸收了积蓄在作家心中许多深沉而复杂的情感。大自然在这里也显示出自己的威力。在阿列霞不幸被人殴打和遭受屈辱之后，一场暴雨和冰雹仿佛是惩罚人的罪过似地毁了村子里一半的庄稼。这仿佛无意中应验了阿列霞的诅咒，一切又是这样令人感到神秘莫测……而大雷雨中令人心惊胆战的意象，反映了作者对俄罗斯前途的深深忧虑之情。一位真正的艺术家往往会感到自己是大自然的一部分，是大自然的精神器官，库普林正是如此，自然借助于他表达自己的喜怒哀乐，显示着自己的爱憎。

库普林笔下的动物形象栩栩如生，甚至"性格特别分明"[1]。在《黑色的闪电》里，热心林业保护事业、廉洁奉公的林务区长从不捕鸟，而且严格禁止春季在他的林区捕猎。在他经营的业务中，鸟是他的天字第一号助手。这位见多识广的林务小官曾"看到过仙鹤求爱跳轮舞的情景：它们围成一大圈，一边婉转啼鸣，一边婆婆起舞，中间跳的是那对求爱的仙鹤。"[2] 此外，他"还看到过，仙鹤在秋季南飞前对意志薄弱的同类是怎样进行审判的。"[3] 在这位热爱大自然，热爱森林的护林员眼里，美丽的仙鹤有着自己的情感，有着自己独特的表达自己爱

---

① Корзина Н. А. Судьбы малых канонических жанров в русской литературе конца XIX. в《Собачье счастье》А. И. Куприна）. \ \ Новый филологический вестник, 2011, № 1 (16). C. 116.

② ［俄］亚·库普林：《黑色的闪电》,《阿列霞》，杨骅等译，上海译文出版社 2002 年版，第 177 页。

③ 同上。

和恨的方式，在动物的世界里存在着属于它们自己的伦理。

　　动物是人类最亲密的伴侣和朋友。在"小人物"的苦难生活中动物给人带来慰藉。短篇小说《皮拉特卡》中的主人公小狗皮拉特卡是一个乞丐老人在苦难的生活中相依为命的忠实伴侣。老人在失去皮拉特卡后因思念和绝望而丧失了意识，最后他放弃了活下去的信念而自尽。而小狗皮拉特卡在主人自尽前后，像预感和知晓了什么似的，经久不息地凄惨狂叫着，最后找到了自尽的主人。作者通过这个故事描写了一个"小人物"苦难的生活和命运，表达了动物有时比人更有灵性，更有情谊，也更忠诚的主题。在人性丧失的社会里，动物有时比人更有人性。库普林的另一个短篇《白哈巴狗》里的白哈巴狗也是一个流浪老人和一个流浪孩子相依为命的亲密朋友。这也是一只善解人意、与主人息息相通的小狗，有着过人的直觉和灵性。

　　库普林还有几篇专门描写动物生活的短篇小说，如《巴尔斯和朱立卡》、《狗的幸福》、《绿宝石》等。短篇小说《巴尔斯和朱立卡》写两只小狗之间十分温柔感人的情爱。在小说中，库普林以生动的笔触对狗进行了人性化的刻写。当它们失去自己的同伴的时候，他们如人一样悲痛伤心。《狗的幸福》（1896）在库普林的早期创作中占有重要地位。作者以寓言的形式写了一个狗的世界，实际上是刻画了一个人的世界。狗的世界同阶级社会中人的世界一样充满不平等，"人们比世界上任何一条狗都更加贪婪"。[①] 最后，那条大胆、勇敢、露出一副凶相的紫色的瘦狗翻过围墙纵身逃出了剥皮场，他以自己的行动告诉其他狗：狗的幸福掌握在自己的手中，只有奋起反抗才能自救。这篇富有战斗精神的小说曾受到高尔基创作思想的影响。在短篇小说《绿宝石》中，库普林生动地刻写了一个马的世界，同时又是一个人的世界：暴烈、自负的"奥涅金"，天真调皮的"娇娆"，有着非凡的力量、速度和韧性，但却固执、凶狠、自尊、气量狭小的"大黑马"以及远看似乎跑得很快，实则并无速度可言的"灰色公马驹"，都是人的性格的写照。毫无疑问，通过对动物的描写来对人性的善恶、美丑进行美学的探讨和哲理性的思考正是库普林小说独特的价值之一。

---

　　① 宋昌中：《库普林》，吉林大学出版社 1990 年版，第 16 页。

　　库普林本人也是个热爱动物、热爱自然的人。据库普林的女儿克先尼亚回忆，库普林是个性情急躁的人，但从未见他动手殴打过动物。"库普林教导人爱人类的'小兄弟'——动物。他很容易同马、狗、猫找到'共同的语言'。据他的一个朋友回忆，'我从来没有看见过他经过动物身边不停下来抚摸它'。正因如此他的《绿宝石》、《象》、《尤尤》等小说获得了艺术的成功。"① 库普林在南俄流浪时，为了迁就一条睡在自己床上的狗竟然在没有生火的房间地板上睡了一夜。在作家离开俄国以前居住在彼得堡郊外小城加特奇纳，这里四季都散发着醉人的大自然的气息。库普林在自己的绿色小屋周围不仅种植了苹果树和草莓，还饲养了一些朋友送来的小动物：狗、马、猫、猴子、山羊、公鸡和鹅。库普林称他们是"人类的小兄弟"，认为它们有时比人更有人性。当老保姆教导他的女儿向上帝祈祷的时候，他不假思索地劝导女儿把祈祷转向太阳、火焰、月亮和大树："早晨当你起床从窗口看见太阳时，你就合上手对它说：'你好，上帝！这就是你的全部祈祷文……'"② 当然，这种对自然的崇拜在俄罗斯有着悠久的历史传统，包含着多神教等民俗信仰的因素，但我们也由此可以管窥库普林这位 20 世纪之初的作家对大自然的由衷敬仰。

　　"人类中心主义的价值观念深刻地影响着一代代人的思想和行为，它镌刻在人们的心灵深处，转化为一种思维定势，也往往形成了僵滞的思想意识。人类中心主义思想是一种把人置于一切生物中心的世界观；把人作为一切价值的来源，价值观念是人创造的，只有人能够把价值赋予自然的其他部分。人类中心主义就是人类沙文主义，人是生物的君主，一切事物的尺度。"③ 库普林赞美大自然的魅力，承认万物都有自己的灵性，这与俄罗斯人天性中对自然的崇拜相通，与中国思想史上"天人合一"的观念不谋而合。正如奈斯所说："随着人类的成熟，他们将能够与其他生命同甘共苦。当我们的兄弟、一条狗、一只猫感到难过时，我们也会感到难过；不仅如此，当有生命的存在物（包括大地）

　　① 　Олег Михайлов. Жизнь Куприна Мне нельзя без России. Москва：центрполиграф，2001，с. 199.

　　② 　Там же.

　　③ 　章海容编著：《生态伦理与生态美学》，复旦大学出版社 2005 年版，第 106 页。

被毁灭时，我们也将感到悲哀。"① 库普林正是这样一位大自然的歌者，他朴素的心灵能体会到自然万物的喜怒哀乐，他意识到人类在广袤的自然中只是平凡的一部分。库普林不愧是一位伟大的作家，早在19世纪末20世纪初库普林就在自己的小说里表达了人类与地球上的万物都应处在一个和谐的统一体中。万物有灵，万物有情，人类应该热爱自然、尊重生命，我们不难从库普林的小说里得到这样的启示。

### 二　人与自然的和谐共生与环境保护

库普林从不表现人类对大自然的主宰地位，而是强调人应顺应自然和保护自然，把人与万类看作平等的兄弟，是和谐统一的整体。正像著名生态学家何塞·卢岑贝格所说："地球也是个有机的生命体，是一个活跃的生命系统，人类只是巨大生命体的一部分。"② "如果没有了其他动物、植物，没有了大气层、海洋、水和岩石土壤，人类也就不复存在。"③ "如果我们认识到这一点，那么我们就需要一个完全不同于现在的伦理观念。我们就不可以再毫无顾忌地断言，一切都是为我们而存在的。我们人类只是一个巨大的生命体的一部分。……我们需要对生命恢复敬意……我们必须思考和重新思考并认识自己。"④ 人与自然和谐共生的主题在库普林的多篇小说中有所体现。在《阿列霞》、《象》、《皮拉特卡》、《森森之夜》和《黑色的闪电》等多篇小说中，都体现了俄罗斯人对大自然天生的崇拜，体现了人与动物灵犀相通、人与自然和谐相处的思想。这是十分古朴而纯真的精神追求，也是一种崇高的道德理想。

在《阿列霞》里，因被当地人称为女巫而被驱赶到大森林里的阿列霞对森林里所有的动物都满怀同情与怜爱。当她第一次出现在男主人公的视野里时，她"那带条纹的裙子里伸出三只小鸟的脑袋，红红的

---

① 转引自雷毅《深层生态学思想研究》，清华大学出版社2001年版，第44页。
② ［巴西］何塞·卢岑贝格：《自然不可改良》，黄凤祝译，生活·读书·新知三联书店1999年版，第58页。
③ 曾繁仁：《生态存在论美学论稿》，吉林人民出版社2003年版，第17页。
④ ［巴西］何塞·卢岑贝格：《自然不可改良》，黄凤祝译，生活·读书·新知三联书店1999年版，第57—58页。

脖子，黑的眼睛闪闪发光……"这是一幅人与自然和谐相处的生动而美好的画面。库普林继承了俄罗斯 19 世纪批判现实主义描写"小人物"的传统，描写了阿列霞这样一位大自然的女儿。她纯朴、善良、美丽，怀着真诚的同情和无限的怜爱对待森林中的所有生命，是她天真、活泼和善良唤醒了"我"心灵中爱的情愫。库普林通过对阿列霞美丽形象的塑造和美好心灵的赞美，表达了热爱自然、向往人与自然和谐相处的美好愿望，体现了人应该与自然亲密接触、和谐相处这样一个世纪性的主题。但黑暗的现实以及根深蒂固的传统习俗决定了人类实现回归自然的愿望往往是不切实际的梦想。

在《黑色的闪电》这篇小说中，库普林刻画了一位热心林业保护事业的林务区长的形象。对林务区长图尔钦科来说，森林是他真正的家，也是他生活中唯一热烈依恋的事物。他本可以利用采伐小块林地做些买卖为自己捞到好处，对他来说，这种机会很多，而且不必担心上级部门的检查。但他还是依靠他那微不足道的菲薄的薪金来维持自己的生活。在这里，尤其是在这与世隔绝的北方小城，林务区长图尔钦科无疑是一位俄罗斯人中的精英。他监督和保护国家森林二万七千公顷，这还不包括大片护养得很好的私人森林。他恳切地呼吁农民们保护森林甚于保护自己的眼睛，再三要求乡村教师教导学生们热爱和尊重森林，还鼓动学生们跟村里的长辈一起过植树节。为了制止掠夺性地偷砍树木，他常去烦扰县警察局长、地方长官和调解法官，而且在地方自治区大会上，大谈其保护森林的道理。这弄得大家厌烦极了，不再听他讲话。图尔钦科每次看到几百节满载木材的车皮，看见车站上一眼望不到尽头的木材垛，心疼得简直要流泪。在他的管辖之下，护林成为一项最生动、最出色和最有成效的工作，但其手脚被束缚住了，他什么都无权干，没有人了解他，理解他，他成了一个滑稽可笑的人。在这里，库普林通过图尔钦科的尴尬处境，道出了自己对俄罗斯国家森林的忧患意识。他在 19 世纪末至 20 世纪初所塑造的这一林务官形象，在全世界包括俄罗斯大片森林被毁，人类生存环境急剧恶化的情况下，显示出非常重要的意义和超前意识。

在一个相当长的时期里，环境问题未引起人们广泛的注意，绝大多数人都怀着喜悦的心情，品尝工业革命的果实。人们都深深地沉浸在工业文明的神话中而不能自拔。然而库普林早在 20 世纪之初就意识到人活着就要呼吸，要呼吸就离不开空气，空气是人类生存的必要条件之一，大气污染是人类身体健康的最大威胁之一。在《儿童花园》里，小职员布尔明的女儿萨什尼卡得了重病。医生说，除了需要良好的营养，她最需要的是新鲜的空气和树木的绿荫。小姑娘"那给病魔缠住的身体本能地渴望着呼吸新鲜空气吧？正像患佝偻病的孩子会不自觉地吞吃白垩和石灰一样"①，"要是能让我们呼吸到一点空气、空气、空气，那多好啊！"② 市立公园离他们家里很远，女孩儿连一百俄丈的路也走不动。而几乎就在他住的地下室的对面，伸展着公家的一大块荒地。于是，小姑娘的父亲布尔明向政府提出了在附近开辟一个街心花园的计划书。这个念头几乎使他疯狂。尽管这个小职员的愿望最后也没有得到实现，他的女儿死了。那片公家荒地上终于有了二十来个工人在慢腾腾地掘土，街心花园的开辟总算有了一线希望。作者在这个故事里描写小职员布尔明不幸的经历和塑造了一个有着初步觉醒意识的小公务员的形象，表明他已经意识到，除了由于缺少阳光和空气继续瘦弱下去的布尔明的女儿萨什尼卡，还有千百个孩子也需要阳光、绿荫和清新的空气。

只有接近自然的生活，人才能医治自己身心的疲累，找到自己精神的乐园。人类自我实现的过程就是一个不断扩大与自然认同的过程，它的前提就是生命的平等和对生命的尊重，离开其他的动物，人类本身不可能单独生存和发展。动物甚至能医治人自己无法疗救的疾病。在短篇小说《象》中，生病的小姑娘娜佳一天天消瘦和衰弱。她什么也不要，一切都使她气闷，每天用呆板、忧郁的眼睛瞧着天花板。用医生的话说她得了"对生活不感兴趣的病"。③ 为了使这个生病的小姑娘开心，应她的要求，小姑娘的父亲费了很多周折终于给孩子弄来一头幼象。"所有的门都开得大大的……正好像有一次把一尊大圣像搬到家里是一样的

---

① ［俄］亚·库普林：《儿童花园》，《阿列霞》，杨骅等译，上海译文出版社 2002 年版，第 15 页。

② 同上书，第 13 页。

③ ［俄］亚·库普林：《象》，《阿列霞》，杨骅等译，上海译文出版社 2002 年版，第 18 页。

做法。"① 小姑娘跟这头幼象在一起玩乐游戏，一起进食吃饭。第二天，小姑娘醒来时精神抖擞，神色爽朗，她的病竟然奇迹般地好了。在这个故事里，小姑娘患的病有些类似我们今天所说的"抑郁症"。小姑娘纯洁的心灵和大象托米息息相通。象的到来唤醒了她身上的活力。对这个家庭来说，这头象无疑同俄罗斯人信仰习俗中的圣像具有了相同的灵性，产生了神奇的功力。从这里我们看到了作者心目中对动物的热爱和崇拜，这也是俄罗斯人自然崇拜的一种流露。

1918 年 12 月 25 日，在高尔基的引荐之下，库普林受到了列宁的接见。在库普林向列宁提交的《土地》杂志的策划书里，库普林明确提出了"关心森林，保护人类这份自然宝藏，这是人类健康的源泉，这是耕地和航运的来源，应该不遗余力地予以保护"② 的意见。库普林在意见书里呼吁："保护森林！这在我们的报纸里应该是经常重复的一个话题，就像我们经常说'你好'、'对不起'、'谢谢'这些日常口语一样。应该在农村和城市的小学生的心里培养他们尊重每一棵树的意识。"③ 库普林还提议建立植树节，加强建立保护森林的监督机构，对护林员和森林巡查员进行专业培养等建议。在大约 100 年前，也就是库普林生活的年代，人类刚刚开始广泛使用矿物燃料——煤和石油的时候，地球大气层中的二氧化碳浓度还保持着相对稳定。然而，仅在一个多世纪的时间里，各种燃具、飞机、汽车、工厂以及其他工业文明的产物，每年使用矿物燃料排入大气的二氧化碳有几十亿吨，已经给大气增加了几千亿吨二氧化碳。另一方面，由于战争等各种各样的原因造成的森林的大量砍伐，使其对二氧化碳的吸收能力大大降低。库普林早在一百年以前就已经意识到大气污染问题将威胁人的健康，环境污染问题将给人类带来深重的灾难。由此我们可以看到库普林较早觉醒的生态意识和人类精英的忧患意识。

作家的这种保护环境的生态意识在另一部短篇《黑雾弥漫》里得到了加强。小说里的男主人公刚来彼得堡市时体格健壮、朝气蓬勃、踌

---

① ［俄］亚·库普林：《象》，《阿列霞》，杨骅等译，上海译文出版社 2002 年版，第 24 页。

② К. А. Куприн. Куприн: мой отец. Москва: художественная литература, 1979, с. 98.

③ Там же.

踌满志。他很快就找到了很好的职位，在事业上一帆风顺……"在他身上有一种能使人心向神往的、无法抵抗的魅力。"① 然而，城市弥漫的黑色的烟雾损害了他的健康，摧垮了他对生活的热情和愿望。作者写道："他死了。在这最后一刻他看到了什么呢？也许，他那热诚的目光看到的是漫无涯际、深不可测的黑雾吧？而这永不消散的黑雾又注定要残暴地把人们、野兽、青草、星星和整个世界吞噬掉……"② 从主人公的目光中我们感受到了作者对世界和人类未来的忧虑。

在库普林的科幻短篇《干杯》里，库普林幻想人类能应用地球上取之不尽、用之不竭的磁力使所有的工厂开工："有了它，污染空气、破坏市容的烟囱从地球上消失了；有了它，花草、树木——大地上真正的欢乐——得到保护，免遭灭绝的危险。"③ 在《森森之夜》和《黑色的闪电》里，库普林热情赞扬了热爱森林、兢兢业业保护森林的护林员，从侧面提出了保护森林、反对对森林乱砍滥伐的观点。森林是人类精神的家园，心灵的栖息地，森林能医治人心灵的创伤，解除人身心的疲累。森林是大自然的象征，人类与森林的关系就是孩子与母亲的关系。随着森林在地球上的日趋减少，人类也对自身进行着残酷的戕害。

人类与大自然有着千丝万缕的联系，真正的幸福只能在大自然慈母般的胸膛中获得。《白哈巴狗》里的流浪老人与孩子带着他们的白哈巴狗在大地母亲的怀抱里流浪、求生，同《阿列霞》中被迫逃离家园的阿列霞及其外婆一样，广袤的大地是穷苦人的家园，清泉是大自然赐给他们的甘霖，动物是他们同生共息的侣伴。在这里人与自然紧密相依，息息相通。库普林的小说《里斯特黎冈》是一部描写黑海渔夫生活的小说。整篇小说共分为"寂静"、"鲭鱼"、"做贼"、"鲟鱼"、"神鱼"、"狂风"、"潜水夫"、"烈性葡萄酒"等八个部分，这八个章节之间的关系是并列的，作者通过从容不迫的叙述表达了对人和自然融为一体的强悍生命的赞美。

---

① ［俄］亚·库普林：《黑雾弥漫》，《画家的毁灭》，杨骅、李林等译，上海译文出版社 1987 年版，第 299 页。

② 同上书，第 307 页。

③ ［俄］亚·库普林：《黑色的闪电》，潘勋照、刘璧予等译，上海译文出版社 1987 年版，第 49 页。

人与自然的和谐共生不仅仅是当今社会的一个重大主题，在 19 世纪很多优秀作家如歌德、拜伦、普希金、惠特曼等的作品中都渗透了这种思想。库普林的创作也说明，"早在资本主义发展的初期，当资本主义的生产方式与大自然发生冲突和矛盾时，就已经开始有人在自己的作品中捍卫大自然的权利，保护人类的天性，指斥工业生产对地球生态环境的严重破坏，表达'文明'与'自然'的对立"。[①] 深层生态学认为："人类中心主义把人类看成是宇宙的中心，这一点已被科学证明是错误的。因为我们既不是生活在宇宙的中心，也不是在生物学上与其他生物无关。从进化的角度看，我们与其他所有动物，甚至在心理、社会或文化上都没有什么本质的不同，而且，我们也不是处在进化的'终点'。"[②] 传统人类中心主义的逻辑是征服与控制自然，人类所面临的生态危机正是由这种观念造成。刚刚过去的 20 世纪，随着现代工业文明和科技力量的蓬勃发展，人类认识和改造自然的能力不断增强。在充分发挥人的主体性的同时，人类也逐渐把大自然看作是可以任人宰割和掠夺的对象。现代生态伦理学告诉我们：人在自然中的恰当的地位，不应该是一个征服者的角色，而应当是大自然共同体中一个好公民的角色。库普林的小说也正是从不同角度告诉我们人类在与自然的关系中应处于怎样的地位和扮演怎样的角色。人与人之间和谐相处，人与自然和谐共生，这正是库普林人文思想的核心所在。

### 三　人与自然关系中体现的人性

库普林的小说通过人与自然关系的描写表现了顺乎自然的人性。他所描绘的粗陋简朴而神秘幽玄的生活画面上折射出晶莹剔透的人性美。在小说《阿列霞》中，整个故事从头至尾回荡着一种抒情的旋律，这是一首深沉动人的爱的乐章。莽莽苍苍的勃列西耶森林组成了一个有着奇异色彩的空间，充满神秘色彩和童话意蕴的鸡脚小屋形成了另一空间，而人物生活的社会环境又是一个更加复杂的空间。阿列霞与万尼亚的爱情命运就存在于这几个空间里。美丽如画的森林和神秘的小屋映衬

---

① 杨素梅、闫吉青：《俄罗斯生态文学论》，人民文学出版社 2006 年版，第 9 页。
② 章海荣编著：《生态伦理与生态美学》，复旦大学出版社 2006 年版，第 107 页。

着人物的心理空间，给人以希望和憧憬，然后心理空间又跌回到现实中，与现实空间重合。空间的转换与人物心理情绪的起落保持着节奏上的一致。作者以抒情的笔调，通过这种空间的转换，体现了人与自然的关系，通过人与自然的关系体现了人性中的美与丑、善与恶。

法国著名作家雨果说："在人与动物、花草及所有造物的关系中，存在着一种完整而伟大的伦理，这种伦理虽然尚未被人发现，但它终将会被人们所认识，并成为人类伦理的延伸和补充……"① 阿列霞因信仰巫术，小时候她与外婆被人驱赶到古老的森林里。阿列霞的身心与大自然和谐相融。充满了传说和神秘力量的古老的波列西耶大森林是她生命和精神的家园。大森林里的小鸟和动物是她亲密的朋友，树木是她亲密的伙伴。参天的松树是她无拘无束、充满诗意的爱情屏障。在《阿列霞》中，纯洁无邪的自然之女阿列霞真诚、善良、无私，具有许多超自然的神奇智慧。"在自然之女阿列霞身上闪烁着人类原始诗性智慧之光。"② 她的身上体现了人的生命力的自由发挥和自由意志的张扬。在这远离都市的森林里，阿列霞与万尼亚的爱情脱离了尘世的束缚，他们忘却了世间传统的禁忌和限制。在这美丽的自然里，他们如健壮的动物和自由的天神，尽情地享受着森林、阳光和平等的性爱。这种爱情体现着一种动人心魄的人性魅力，正如亚当与夏娃一样，他们在森林里演绎着销魂而质朴的爱的神话。这几乎是人的本真的存在方式，在这如诗如画的原始森林里，人回归了自然，人性得到了复归。

马克思说："男女之间的关系是人与人之间的直接的、自然的、必然的关系。在这种自然的、类的关系中，人同自然界的关系直接地包含着人与人之间的关系，而人与人之间的关系直接地就是人同自然界的关系，这是他自己的自然的规定。因此，这种关系以一种感性的形式、一种显而易见的事实，表明属人的本质在何种程度上对人说来成了自然界，或者，自然界在何种程度上成了人的属人的本质。"③ 阿列霞与万尼亚脱离尘世的爱情如此纯洁、真诚、美好，体现了人类实现自然天性

① 傅华：《生态伦理学探究》，华夏出版社 2002 年版，第 159—160 页。
② 杨素梅、闫吉青：《俄罗斯生态文学论》，人民文学出版社 2006 年版，第 97 页。
③ 马克思：《1844 年经济学——哲学手稿》，人民出版社 1979 年版，第 72 页。

和冲破传统习俗禁锢的愿望。

在《阿列霞》这篇小说中，阿列霞代表着一种遁入自然状态中生活着的人，而万尼亚则来自阿列霞所不能融入的现实社会。因此阿列霞与万尼亚爱情悲剧的根源在于自然状态下的人与现实社会的冲突。在这一爱情故事里我们看到了社会现实环境对人性的威胁，人的情感被摧残，人的美好天性遭到毁灭，人的善良性灵被扭曲。

库普林的小说通过人与自然关系的描写揭示了人性中的弱点和缺陷。"'人'既是自然存在物，又是社会存在物，因此人性具有两重性：自然性和社会性。其自下而上的发展必须依赖于自然界，必须与自然进行物质、能量和信息的变换，其生命过程必须服从于自然规律。所谓社会性，是指人作为人类社会的成员所具有的各种属性。"①

首先，在《阿列霞》这篇小说中，万尼亚作为一位社会人，对阿列霞的爱不能不受到他所处的社会环境和社会条件的制约，他的爱是真诚的，但他不可能永远脱离他所身处的社会文明和社会习俗，他不可能同阿列霞一道永远留在美丽如画的大森林里。这是造成他与阿列霞爱情悲剧的最直接的原因。也就是说，作为文明之子的万尼亚不可能做到除了爱情，别无所求。

其次，那些生活在勃列西耶边界地区的荒凉小村落里的人们，极度虔诚地信仰上帝，不能容忍不信上帝、不进教堂、不做礼拜的自然之女阿列霞及其外婆生活在小镇里，甚至不能容忍信"巫术"的阿列霞走进教堂，认为这是亵渎了他们的神圣。这些上帝的子民们极残忍地侮辱和殴打阿列霞，甚至欲置之于死地。《阿列霞》从不同侧面体现出俄罗斯人的多重特征，体现出"半个圣徒、半个野蛮人"的俄罗斯人性格。正如有学者所说："俄罗斯人既遵从古罗斯圣徒的精神准则，甘愿忍受无可忍受的痛苦，……灵魂深处是永恒的骚动，蕴含着自发的狂乱和恐怖，不时地表现出暴力倾向。"② 别尔嘉耶夫也认为，各种相互对立的两极，可以奇妙地结合在俄罗斯人的身上，体现在社会形态之中。俄罗

---

① 章海荣编著：《生态伦理与生态美学》，复旦大学出版社 2006 年版，第 106 页。

② 金亚娜、刘锟、张鹤等：《充盈的虚无——俄罗斯文学中的宗教意识》，人民文学出版社 2003 年版，第 215 页。

斯民族性格中的"两极性"特征在《阿列霞》这篇小说里有着较鲜明的体现。

人与自然之间的关系之所以具有伦理意义，是因为这种关系归根结底反映着人与人之间的关系。"如果说人与自然的关系具有伦理意义，实际上是指人与自然关系背后的人与人之间的伦理关系，自然界万事万物在人的发展过程中是人际关系的中介；在说'人与自然的伦理关系'时，实际上约定俗成地、不言而喻地隐含着一层意义，即人与自然的关系背后存在着人与人的伦理关系。在人与自然的背后，我们看到和揭示的是人与人的关系。在这个意义上可以说'人与自然的关系'就是'人与人的关系'。这就是人与自然关系的实质。"① 在《阿列霞》中，库普林通过人与自然之间关系的描写体现了俄罗斯边远地区普通民众的愚昧，麻木和残忍，写出了他们对宗教的虔诚而又混沌无知的精神状态。库普林以此写出了世纪之交人们心中的黑暗。这已经不是人物性格的问题，而是人物心态的问题，这些俄罗斯普通民众心态背后隐藏的是文化问题和社会体系问题。所以，尽管库普林在这篇小说中没有采用标准的心理分析手法，但他已经透过一种心态描写而把触角伸入社会历史中去。人们有理由不喜欢这类人物，却无法否认库普林在对人的哲学本体的艺术观照方面所具有的深刻性。库普林在这些俄罗斯边远地区普通民众身上所揭示的种种劣根性，不仅仅是民族的，而且是人类的。人身上潜在的荒谬性，人身上不可避免的局限性都从中得到了体现。

库普林通过阿列霞的命运遭遇，指出了现实的悖谬，否定了官方化、制度化的东正教会，批判了人们的麻木和愚昧，批判了人与人之间的冷漠、残酷。他弘扬的是人与人之间、人与自然之间应该和谐相处，平等相爱的思想，提倡一种爱大地上一切生灵的人道主义宗教伦理观和生态伦理观。在阿列霞身上寄托着库普林的审美理想。库普林擅长描写美的毁灭来呼唤善的回归，以浓厚的悲剧意识来高扬人类精神的道义原则。弃绝人类社会中真正的恶，弘扬人间真诚的善，我们不难从库普林作品中得到这样的启示。这部小说形象地展示出作家对历史转折、文化转型中时代生活律动的强烈感受，表达了作家关于道德和传统、人性问

---

① 傅华：《生态伦理学探究》，华夏出版社 2002 年版，第 149、156、158 页。

题和世界前途的思考。如果说它的表层生活是俄罗斯式的，那么其深层意蕴则跨越了时代与国度。

库普林早就意识到人类与自然共生共荣、互相依赖的关系。在他的笔下，大自然是美丽而神秘的。自然万物都会思考，都有自己的人性化的思想和情感，有自己的意志和语言。人类是自然界的一分子，自然是人类情感的寄托、精神的家园。"库普林的所有创作都指向对大自然、天然和自然美的赞颂，因此完整、平凡和强有力的性格吸引着他。平和、善良的大力士阿尔布佐夫（《在马戏院里》）、无所畏惧的盗马贼、本真的希腊人、出色的水手、豪爽的酒徒（《里斯特黎冈》）……作家坦率地欣赏这些勇敢的人们，如同欣赏那有着无可挑剔的、完美无缺的腿和身体的钢灰色的四岁公马绿宝石（《绿宝石》）"。[①] 库普林在自己的创作中运用了多种表现手法，表现了一位现实主义作家的浪漫情怀和哲理思想。在库普林的小说里，自然和人紧密联系，物我相融，彼此交织，形成一种亲密的对话关系。在这种"天人合一"的境界里，渗透着作家对历史、人生、生命等多纬度的哲理思考，发人深省而又耐人寻味。库普林小说所体现的生态伦理思想，为我们提供了一种认识自然、理解自然的模式和视野。

### 四 库普林小说中的儿童关照视角

库普林作品语言细腻，结构精巧，关注俄罗斯现实生活中普通人的生存状态。其短篇小说《儿童花园》与《象》是两篇儿童题材的小说。作家描写了工业文明背景下儿童的生存状况，关注到儿童个体在工业文明中的迷失与无助，表现了儿童对自然生活的追求与向往。本节试分析儿童作为最接近自然状态的自然人在工业文明中的窘境，探讨库普林小说中的儿童关照视角。

（一）儿童是最接近自然状态的自然人

在我们探究人与自然的相互关系问题时，应考虑到儿童刚脱离母体不久，是最接近自然状态的"人"，他们在人与自然相处过程中占据特

---

① Олег Михайлов. Жизнь Куприна Мне нельзя без России. Москва: центрполиграф, 2001, с. 199.

殊地位。卢梭在著名的教育论著《爱弥儿》中曾就人与自然如何相处问题提出过自己的见解，他指出，"一切从造物主手里出来的东西都是好的，但一旦到了人的手里就全变坏了"①，他还指出"美好的是大自然，而不是社会。教育人就是要防止人变坏，恢复'自然人'"。② 人越是接近原始的自然的状态，他的能力与欲望的差距就会越小，而这种差距的缩小就会使人产生对自己能力的肯定与满足感、幸福感。而儿童作为最接近自然状态的一个人生阶段，他的能力与欲望本应处于差距最小的阶段，本应是有强烈满足感与幸福感的生命体验时期。然而库普林笔下作品中的《儿童花园》与《象》的小主人公们却都有着各自的忧郁与苦恼，恰恰与卢梭论述中所说的满足感与幸福感相背离，而这种背离又给儿童观照视角的研究提供了可能性与必要性。

《儿童花园》中的萨什尼卡是个天真无邪的小女孩儿。这个孩子身体纤弱，吃得很少，她唯一的愿望非常简单，只是想去花园里面看看绿油油的树叶与青草。她以自己单纯的眼睛看这个世界，向往着去并不喜欢自己的教母的花园，呼吸一下大自然的新鲜的空气。"空气对儿童的体格作用之大，特别是在生命开始的头几年更为显著。它穿过细嫩的皮肤上所有的毛孔，对那些正在成长的身体产生强烈的影响，给它们留下永不磨灭的印象。"③当她终于来到了梦寐以求的公园，看到了绿树青草，小萨什尼卡却没有勇气和别的孩子一起玩耍，却难掩发自内心的喜悦。

在库普林的另一篇小说《象》中，小女孩娜佳生了一种"对生活不感兴趣的病"。这种病有些类似我们当今社会中经常出现的"抑郁症"。她"什么都不喜欢"，"没有任何愿望"。所以，当她向家人说自己希望见到活着的象的时候，她的父母竭尽全力地满足了她的要求，不惜毁坏房屋把大象托米带到了家中。因为人类的工业化进程，人类把自己与生物界的其他生物相隔离，与动物的相处变成了一件费时又耗财的事情。小女孩不要会摇头摆尾的"贵重而美丽"的玩具象，而是要活

---

① ［法］卢梭：《爱弥儿》，李平沤译，人民教育出版社 1985 年版，第 5 页。
② 同上。
③ 同上书，第 43 页。

的，可以与之真切进行沟通交流的幼象。寻找活着的幼象比工业文明制造的精美的玩具小象更困难。工业化进程中机械化生产越来越多，人们用着制造后的产品却又开始怀念起天然未雕琢的大自然的产物，怀念起大自然中的未被工业废气污染的清新空气，怀念城市化进程中被砍伐的大片的绿树与青草，怀念与其他生物亲密接触的日子。

城市化进程中人类把自己放入了用砖块建造的壁垒中，把自己人为地与自然界相割裂。而儿童作为最接近自然状态的自然人，对自然的向往有其本能的冲动，但是渴望却又往往不可得或是不易得。

卢梭曾指出："从孩子的本身来看孩子，就可以看出，世界上还有哪一种生物比他更柔弱、更可怜，更受他周围一切的摆布，而且是如此的需要怜惜、关心和保护呢？"①　处于工业文明的儿童，受着周围污浊的空气与工业制品的包围，被剥夺了与自然亲密接触的机会，亲近自然成了一个奢侈的愿望。库普林小说中这种儿童对自然的向往与期盼也真实地反映着库普林自然生态意识的觉醒。

（二）自然与工业文明冲突中儿童的窘境

库普林在这两篇短篇小说中以其独有的简明却又不失细腻的笔调将关注的视角投向儿童，关注儿童这一特殊群体在生态文明与工业文明冲突中的境遇，体现了作家对人与自然关系问题的思考和忧虑。

在工业革命开始后的很长一段时间内，人们过于乐观地享用着工业革命带给人们的便利果实，但却忽略了工业化进程中工业文明对生态文明造成的冲击与破坏。人类社会成了自然的掠夺者，在无情掠夺自然的同时必然会遭到自然的反抗与惩罚，而生态危机的出现使人们开始反思如何才能与自然和谐相处这一摆在人类面前的严峻课题。

《儿童花园》中的萨什尼卡瘦弱又贫血，"在大城市的喧闹和沸腾的生活中，她好像长在石砌的古老房屋隙缝里凋萎的小草，天知道它们是怎么生长的。"②　医生建议这个租住在地下室的生了病的小女孩要多呼吸新鲜的空气。小女孩有一个小小的愿望是希望爸爸带她到公园

---

①　［法］卢梭：《爱弥儿》，人民教育出版社1985年版，第88页。

②　［俄］库普林：《儿童花园》，《阿列霞》，杨骅等译，上海译文出版社2002年版，第10页。

里面去看绿树与青草，然而身为小公务员的爸爸却无力负担从家到公园昂贵的车费，只能一个星期去一次公园，在偌大的城市中寻找一个公园也成了一个奢侈的梦想。城市化进程中的绿树、青草、新鲜的空气这些大自然的馈赠在城市中却成为了一个生病小女孩的一个难以实现的愿望。

首先，库普林关注了儿童在不同家庭中的同等的重要地位。儿童的成长灌注着家人与邻里的关爱，儿童能否健康成长倍受家庭中其他成员的关注。《儿童花园》中萨什尼卡的单亲父亲布尔明为了女儿的幸福要他砍掉一只手他也不会犹豫，为了让女儿呼吸到新鲜空气而到处奔走呼告。《象》中的父亲萨沙看着病重的女儿偷偷啜泣，来回踱步抽烟，为了女儿宁愿毁坏房屋支付高额费用请大象来到家里。在面对儿童的诉求时，两个家庭都选择了竭尽全力，儿童在一个家庭中的核心地位可见一斑。

其次，库普林关注到了不同家境的儿童中的不同命运。作为小公务员女儿的萨什尼卡租住在阴暗的地下室呼吸不到新鲜空气，由于难以支付四十四戈比的车费她每周只能去一次公园玩耍。处在生活底层的布尔明与萨什尼卡，生活的诉求得不到政府的关注。政府为上层社会服务，等到终于在附近开拓荒地建设花园的计划书被政府部门关注的时候，小萨什尼卡已经病重离开了人世。这也从侧面反映出了底层人民的诉求很难得到官僚机构的关注与反馈，处在社会底层家庭中的儿童便成了这种不作为的官僚体系的牺牲品。

而《象》中的主人公娜佳由于较好的家境，能支付起请大象的费用，实现了自己的愿望，最终"病完全好了"。这种不同家境中儿童命运的对比显示出了库普林对当时儿童所处的不作为的官僚体系和金钱至上观念的思考与抨击。同时更重要的是，库普林将关注的视角放在了儿童的生死和自然的联系上。他主张"只有接近自然的生活，人才能医治自己身心的疲累，找到自己精神的乐园"① 现代人应当摆脱工业文明的桎梏回归自然。

（三）自然是人类真正的家园

---

① 高建华：《生态批评视域下的库普林小说》，《俄罗斯文艺》2012 第 1 期。

　　大自然对人类社会的影响贯穿了库普林这两个短篇小说的叙事，自然也成了小说故事情节的参与者，成为小说中的重要主人公。卢梭在《论人类不平等的起源》一书中说道："所有这些都是不幸的证明，证明了我们绝大部分的不幸都是人们自己造成的，同时也证明了如果我们仅仅过着简朴、平淡、孤独的生活，我们几乎可以避免所有的不幸。"①小说中的儿童萨什尼卡和娜佳之所以产生了痛苦与失落感恰恰是因为身处在复杂而无序的工业文明中所造成的。儿童向往着自然界的新鲜与纯粹，向往着一切有生机的东西，希望回到简朴而有规律的生活方式中。把儿童从工业文明所带来的机械与冷漠中解放出来，才是解决儿童痛苦的根本途径。

　　《儿童花园》中的小女孩儿萨什尼卡"总是忧忧郁郁，整天一声不响地坐在阴暗的角落里，对世上的一切漠不关心"②，她渴望城市的花园。她娇弱的身体本能地渴望呼吸新鲜的空气，渴望树木的绿荫，渴望阳光的温暖，这是人类对自然的渴望。《象》中的娜佳拒绝一切事物，对其他一切都毫无兴趣，只是渴望与一头真正的小象亲密对话、共同玩耍。只有在自然中人类才能找到真正的快乐，才能实现生命的和谐，才能恢复作为"自然人"的本真状态。在这里，库普林从儿童的角度，表达了人类渴望回归大自然，与自然亲密接触融为一体的强烈愿望。

　　在《儿童花园》里，库普林曾三次提到萨什尼卡家里落满灰尘的天竺葵。当小女孩儿因为身体虚弱难以医治的时候，他的父亲眼中的天竺葵"在地下室潮湿闷人的空气中正慢慢地在凋萎"。③ 作者在这里想要表明的是，萨什尼卡幼小的生命同自然界中的植物一样，需要阳光的照射和清新的空气才能获得生机。而现实生活中的小女孩儿萨什尼卡所居住的潮湿闷人的地下室，这种环境本来就是与大自然相对立的生存空间，长期在此居住而脱离自然本身就是对儿童身心的摧残和戕害，是根本不适合儿童的生存成长需要的。当春天来临，"落满灰尘的天竺葵在

---

① ［法］卢梭：《论人类不平等的起源和基础》，吕卓译，中国社会科学出版社 2009 年版，第 7 页。

② ［俄］库普林：《阿列霞》，杨骅等译，上海译文出版社 2002 年版，第 10 页。

③ 同上书，第 11 页。

布满五颜六色花纹的绿色玻璃后面欣欣向荣地生长的时候，"① 萨什尼卡也向父亲提出了到花园里去看绿油油的树叶和青草的请求，仿佛随着春天的来临这个幼小的生命也获得了一线生的希望。然而，由于城市进程对环境的破坏以及贫富差异的存在，这个幼小生灵渴望回归自然的愿望不可能在现实中实现。由于距离公园的路途较远萨什尼卡的父亲付不起车费，在小说的最后，"春天，当枯萎的天竺葵在阳光照耀下重新露出生机的时候，萨什尼卡死了"。② 这个幼小的生命难以在严酷的现实环境中获得生存的权利，随着春天的来临，也许她在另一个世界里找到了适合自己的空间，回到了自己真正的家园。

　　同时，在《儿童花园》这篇小说的结尾，当为萨什尼卡送葬的队伍经过一片荒地的时候，作为一名小公务员的萨什尼卡的父亲终于看到有一些工人在荒地上掘土，他请求市议会在附近开辟花园的计划似乎开始实施。这位父亲终于抑制不住内心的悲愤而放声痛哭起来。在这里，库普林想要告诉读者的是，人类想要回归自然的道路虽然漫长，但只要有善良人们的觉醒和努力，这一切或许并非是不可实现的梦想。

　　库普林在他的短篇小说《儿童花园》与《象》中探讨了自然与工业文明冲突下儿童的生存境况，揭露人类社会工业的过度发展对儿童成长的弊端，对现代文明对大自然的隔绝持否定的态度，表达了库普林对大自然所给予人类馈赠的珍惜与向往，字里行间表达着库普林对于儿童这一特殊群体的生存困境的关注，体现出现实主义作家的理性思考与人道主义情怀。

### 小结

　　刘文飞先生在《二十世纪俄语诗史》中曾经指出："无论是接受美学的理论，还是文学史上的实例，都能让我们明白，文学家的地位总是随着社会价值取向和美学趣味的变化而有所起伏的，被不同的时代所认同抬举的则可能分别是一个作家生活和创作中的不同侧面和成分。不同

---

① ［俄］库普林：《阿列霞》，杨骅等译，上海译文出版社 2002 年版，第 12 页。
② 同上书，第 16 页。

的时代或许会偏爱不同的文艺或文艺中的不同地位。时代的选择代表了大多数人的意愿，但文艺所具有的个性色彩却会长存于一个时代。"①在 19 世纪末 20 世纪初，库普林在小说里提出了一种崭新的人与人之间、人与自然之间和谐相处、平等相爱的思想，体现了世纪之交知识分子的精神探索、伦理探索。宇宙是神秘的，世界充满了奥秘。同这一世纪之交的其他许多作家一样，库普林不仅积极关注底层人的当下生活状况，而且力图从对生活的描写进入对生存的观照，从"形而下"的写实进入"形而上"的思索，把对现实的形象反映与对现实的思考结合在一起，融艺术描绘与哲理思辨于一体。因而库普林创作的思想内蕴十分深广。人类和世界的命运、人对世界和人类前途所负有的使命以及威胁人类前途的各种危机，对这一系列问题的思考，使库普林的小说体现出超越时代的认识价值。

## 第二节　人与社会：库普林小说中的
## 苦难与孤独意识

### 一　俄罗斯生活中的苦难与缺憾

存在主义起源于 20 世纪 20 年代的德国，但实际上它应当被看成是整个欧洲的产物。日俄战争的失败使整个俄国受到强烈的震动，第一次世界大战的阴霾更是笼罩在整个欧洲的上空久久不能消散。俄国人的心头处在无法言传的失败感中。如美国思想家巴雷特所指出的："1914 年 8 月是对整个欧洲人而不仅仅是对金融家、军阀和政客们邪恶阴谋的大灾难，从 1870 年到 1914 年这段时期被一位历史学家恰如其分称为实力主义的时代：在这一阶段，主要的欧洲国家已经统一成为民族国家，繁荣景象盎然，资产阶级怀着怡然自得的心情期待一个巨大物质进步和政治稳定的时代的到来。1914 年 8 月粉碎了那个人类世界的基石，它使人们看到，社会的表面稳定、安全和物质进步，同一切人间事物一样，都是建立在空无的基础之上的，以至于欧洲人象面对一个陌生人一样面

---

① 刘文飞：《二十世纪俄语诗史》，社会科学文献出版社 1996 年版，第 155 页。

对自己。"①

　　"正是由于世界大战和经济危机的爆发，使得曾经甚嚣尘上的资产阶级文明的泡沫近于破灭。此外，在西方社会现代化进程中，科学技术的发展以及工具理性对社会生活的宰制导致人们的生活异乎寻常地外在化。社会世俗化过程中宗教的衰微使人的精神生活面临着'无家可归'的危险。随着宗教这一精神容器的破碎，现代西方人陷入到'生命中不堪承受之轻'的精神失落与焦虑之中。现代西方人被一种前所未有的异化感所包围。"② 存在主义探讨人的存在状态和存在的意义，是对这一时代人的精神状况的哲学探究。

　　库普林小说《摩洛》中探讨的正是所处年代知识分子以及一些普通劳动者的生存状态和他们存在的意义。由成千上万个工人组成的劳动大军，犹如一台被一种神秘力量所驱使的机器，他们从四面八方聚集到一起，为了生存超过负荷地消耗着自己的精力和体力，贡献着自己的能量、健康、青春甚至生命。小说的主人公鲍勃罗夫痛苦地意识到，由于他的工作和劳动，几百个靠利息过活的法国老板和几十个老奸巨猾的俄国人将百万家私装进自己的腰包。这种劳动没有其他的目的和意义。而为了准备从事这项工作，他白白耗费了一生中最好的年华。科学技术的进步并未向预期的那样给人类的生活带来幸福和自由，而是使人们头脑发昏，脾气暴躁，爱好极不正常，还患上了各种疾病。更为严重的是，在矿山、矿井、金属制品厂和大工厂里干活的工人，要缩短大约四分之一的寿命。也就是说，工人一年里有三个月的寿命被企业主剥夺了。在小说中，库普林"以传统的现实主义艺术方法思考了资本主义时期个人的命运"③，他通过鲍勃罗夫等的生存境遇，苦苦地思索着一代知识分子以及劳动者的生存状态和存在的意义。

　　"存在主义把人的存在作为自己全部哲学的出发点和基础，提出了

---

　　① ［美］威廉·巴雷特：《非理性的人——存在主义哲学研究》，段德智译，商务印书馆1999年版，第33—34页。

　　② 韩秋红等：《西方哲学的现代转向》，吉林人民出版社2007年版，第114页。

　　③ Дубова М. А.，Чернова Л. А. Диалог как средство реализации оппозиции 《цивилизация – человек》（по повести А. И. Куприна《Молох》）\ Вестник Московского государственного гуманитарного университета им. М. А. Шолохова. Филологические науки. 2014，№ 3. с. 5.

人的本质、人的地位、人的价值、人的命运等一系列问题，彰显了自在的存在与自为的存在、自我的存在与他人的存在，行为与选择、选择与责任等矛盾。这些问题和矛盾的提出，凸显了人的问题在现代生活中的重要性和严峻性，切中了现代人与社会发展所面临的难题。"① 库普林小说中的存在主题表现了俄罗斯人生存境遇中无法逃避的苦难和缺憾：死亡、贫困、爱的困惑以及其他各种人类生存中存在的"摩洛"（古代腓尼基和迦太基人信奉的太阳神，当地有以火烙儿童为祭品上供的习俗，后世遂以"摩洛"象征无人道的暴力）。库普林小说中表现的一段段生活之苦难、一桩桩生命之缺憾蕴含了作家现实主义者的清醒和存在主义者生存困境的悲剧意识。

在库普林看来，"每一个人，无论其社会地位如何，都能引起兴趣，都有权被关注"因此他描写那些"地位低下、毫不出众，有时甚至是堕落的、被抛弃在生活底层的人们"。② 库普林的小说世界里刻写了各种各样"小人物"的生活，反映了其所生活年代底层人的生存状况。这与库普林本人的生活境遇有关。库普林早年丧父，作家幼年时期是在孀妇院中度过的。童年寄人篱下的生活使库普林经历了难以忘怀的苦痛和屈辱。库普林的青少年时代在几乎与社会隔绝的军校和兵营中度过。军校毕业以后，库普林辗转于西南地区的犹太人定居点和边境小城之间，他获得了大量军旅生活、南俄地区各省份的波兰和犹太居民点的生活和见闻。他是一个喜欢深入了解生活的作家。从军队退役后库普林当过记者、会计、搬运工、马戏团演员、唱诗班歌手、渔夫等，甚至学过镶牙技术、种过烟草、搬运过西瓜和家具，给农民和盲人教过书，这些经历使库普林的创作题材涉及社会生活的方方面面。库普林的创作广泛反映了俄国十月革命前三十年间俄国社会尤其是底层人民的生活，几乎是那个时代俄国社会风貌的写真全集。

底层人民的生活是库普林创作的不竭源泉。在《神圣的谎言》（1914）、《宿营地》（1897）、《夜勤》（1899）、《在马戏院里》（1902）、

---

① 韩秋红等：《西方哲学的现代转向》，吉林人民出版社 2007 年版，第 119 页。

② В. Н. Афанасьев：Александр Куприн. Москва：Художественная литература，1972. с. 17.

《摩洛》（1896）、《错乱》（1899）、《在地下》（1899）、《阿列霞》（1898）、《皮拉特卡》（1895）、《画家的毁灭》（1900）、《决斗》（1905）、《生命的河流》（1906）《刚比利努斯》（1907），《神医》（1897），《太平生活》1904、《石榴石手镯》（1911）、《亚玛镇》（1909—1915）等中，库普林都从正面或某一侧面揭示了俄罗斯人生活中存在的苦难和缺憾，提示了俄罗斯民族性格中的阴暗面，而这往往又是造成生活中这些苦难和缺憾的根源。作为一位从底层社会成长起来的正直作家，库普林不能不正视现实生活中的苦难和缺憾。

与个体生命相比，"社会"是既定的历史和现实，是传统的积淀和延续，是有千万条线路纵横交错的存在之网。库普林所描绘的塞尔维亚三等旅店正是俄罗斯社会现实环境的缩影。这种环境有一种令人倍感压抑的气氛。个体生命在这个虽然空虚，但依然强势的既定性存在面前总是显得渺小而微不足道，难免使人产生悲观沮丧、甚至荒诞绝望的人生体验。在这种庸俗、乏味的现实生活环境中，思想者自然会感到精神上的痛苦和失落。五号客房里的大学生抱着必死的决心写下自己的绝笔信。作者以绝命书这种形式回顾了大学生短暂一生所走过的道路。他回顾自己贫困的青少年时代里卑微屈辱的生活，这种卑微屈辱的生活经历造就了他怯懦的性格。青年时代所获得的自由而热烈的新思想也无法拯救这种怯懦束缚住了的灵魂。我为什么活着？人生存的意义是什么？这篇小说通过对庸俗乏味的现实环境的描写和年轻人的自我回顾向人们提出了人的生存本质、人的地位、人的价值、人的命运等一系列发人深省的问题，也向读者展示了俄罗斯现实生活中底层人无法回避的苦难和缺憾。

在库普林的小说创作中，《阿列霞》中阿列霞的命运是苦难的，她自幼就不得不远离人群居住在荒无人迹的大森林里；万尼亚的命运是苦难的，他与阿列霞的爱情只能是一曲苦难的爱情悲歌。《决斗》中罗马绍夫、纳赞斯基的命运是苦难的，他们在令人窒息的兵营中耗尽了青春，空有美好的人生理想和远大志向而无法实现。《亚玛镇》中那些身陷火坑的女子的命运是苦难的，她们与生俱来的美好性灵在污秽的环境中毁灭殆尽。《萍水相逢的人》中的年轻人的命运是苦难的，他短暂年轻的生命承载着纯美而苦涩的爱情，同库普林许多爱情故事里的主人公一样，他们用生命谱写着爱的绝唱。在库普林的小说世界里，那些小知识分子、下层军官、士兵、流浪汉、演员、艺人……他们的人生际遇都充满了苦难。苦难是沙皇统治下俄国社会普遍存在的小人物的，是那些被侮辱与被损害者的，也是那些地位低微的小官吏的以及痛苦挣扎苦闷思索中的知识分子的。这种苦难包括外在的、物质方面、肉体的苦难，也有包括人内在的、无形的、精神的痛苦。几百年来面对民生疾苦的俄罗斯知识分子，在他们的文学中始终表现出他们对人类苦难的直面关注和人道主义的悲悯情怀。苦难与缺憾是库普林小说存在主题的基本特征。"库普林从托尔斯泰那里学会了'用描写风土人情的方法来表现心灵的激荡'。使库普林最受触动的是，在那些'粗野的'场面中，早期托尔斯泰对力量的欣赏，对描写对象的确切了解和理解，与晚期托尔斯泰的反文明，反国家的主题，与对被普遍接受的社会生活形式中包含的虚伪、虚假、做作和违反人性的内核的'存在主义式的'敏锐感觉全都融合在一起。"[①]

库普林的小说虽然聚焦于人类生活与个体存在中的苦难与缺憾，但并不以表现这些苦难与缺憾为目的，他的小说中的许多主人公在思索生活的阴暗和丑陋之后，仍在执着地向往着美好的未来，表现出英勇、乐观的精神。库普林喜爱的主人公往往"性格坚毅、勇敢，有一颗高尚善良的心，喜欢世界的丰富多彩"[②]。《冈比例努斯》里的残疾乐师萨什卡、《石榴石手镯》里的小公务员日尔特克夫和老将军亚诺索夫、《决斗》里的纳赞斯基、《亚玛镇》里的塔玛拉等，这些人物都以英勇的精神和乐观的态度面对人生的不幸和苦难。正如库普林在长篇小说《决斗》中借主人公纳赞斯基之口所说："这是一个彻底绝望和重新评价一切的时代。……自从开天辟地以来，冥冥之中就存在着人类无情的神。他的法规准确而又确定不移。人类变得愈聪明，对这些法规理解得愈全面深刻。所以我相信，根据这些不可违反的法规，世上的一切迟早都要走向平衡。如果奴隶制度延续许多世纪，那么它的崩溃将会很可怕。暴力愈残酷，

---

① 俄罗斯科学院高尔基世界文学研究所集体编写：《俄罗斯白银时代文学史》，谷羽、王亚民等译，敦煌文艺出版社 2006 年版，第 2—121 页。

② Крутикова Л. В. "А. И. Куприн". Издательство "Просвещение", Ленинград, 1971, с. 10.

清算就会愈血腥。我毫不动摇地深信，这样的时代一定会来临。"①

"库普林最主要的任务，则是把这个诊断挑明，告诉人们应当甚至必须呼吸'自由的空气'和'进行急速而有力的运动'，将具有创造力、充满对世界和生活的爱意，散发着人道主义魅力的作品引入世纪之交的俄国文学殿堂。"② 在《生命的河流》（1906）这篇小说里，与庸俗、肮脏、丑陋环境形成反差的是五号客房里的大学生。在这个古怪、卑鄙、可笑和可憎的环境里，他的思想尽管显得有些幼稚，但无异于划破寂静黑暗的闪电，令人震惊而发人深省。

大学生写道："思想从我脑子中产生出来，于是整个宇宙开始在我周围颤抖摇曳，仿佛投石入水后激起的涟漪，触动鸣弦后发出的音响。而我觉得，人死后他的意识便丧失了，但他的思想依然存在，依然在先前的地方颤动。也许，在我之前在这间昏暗而狭长的屋子里住过的人们的思想和梦境，依然在我周围飞翔，并且神秘地引导我的意志？也许，明天偶尔住进这间房子的住客会忽然想到生命、死亡和自杀，因为我死后把自己的思想留在了这里？谁又说得准呢？……我想世界上的一切都不会消亡，不仅是说过的也包括想过的在内。我们所有的事业、话语和思想——都是溪流，地下泉水的细流。我觉得，我看见它们怎样相遇，怎样融成泉水，怎样渗出水面，汇成小河——而转眼间已经湍急而浩浩荡荡地奔腾在无法扼制的生命的河流之中了。"③ "'作为思维和作为存在是一回事'。这个命题是西方哲学史上对理性认识、概念认识的本质的第一个规定，后来被简化为'思维与存在的同一性'。"④ 库普林《生命的河流》中的这段话是对"思维与存在的同一性"这一概念最好的诠释。从这位大学生的绝笔信中，人们看到的是永不熄灭的思想火花。这种思想的火花照亮了充满苦难和缺憾的现实生活。

库普林的哲理小说《幸福》写一个伟大的国王令他国家里所有的

① А. И. Куприн. Поединок［Монография］М．：Дрофа, 1998, c. 250.

② 李哲、林森：《流淌着"真"与"善"的华美乐章》，《石家庄学院学报》，2009年第5期。

③ ［俄］库普林：《生命的河流》，《石榴石手镯》，蓝英年、杨骅译，浙江文艺出版社2002年版，第240页

④ 韩秋红等：《西方哲学的现代转向》，吉林人民出版社2007年版，第3页。

诗人和智者回答"什么是幸福"，所有人的回答都不能使这位国王满意，因此这些人都先后被国王处死。而一个真正的智者说：幸福在于人的思维魅力里，即使被关入永远一片黑暗的坚牢，"我是国王，是富翁，是恋人，是饱汉，也是饿汉，这一切都是思维赐给我的"。① 即使被处以死刑，智者说："思维是永存的。"② 这是库普林的哲学，阐释了人类智慧和思维的永恒魅力。这种人类思想的光芒照耀着俄罗斯的历史和现实，也造就了俄罗斯文学的深刻和厚重。

　　从存在的角度勘查人与其生存环境的关系或人与社会的关系，苦难与缺憾可以说是个体生命面临的普遍的生存困境。无论专制制度的残酷冷漠导致的个体目标的难以实现，自然生命与伦理道德之间的裂隙，还是人的命运的荒诞无常以及人性的被压抑和扭曲，都和人与社会的根本性矛盾有关。与个体生命相比，社会是现实与历史的既定存在，是传统的承传和发展，是个体生命无法挣脱的存在之网。个体生命在这个严酷而强大的现实存在面前是微不足道的，因而难免产生悲观绝望的生命体验。这与个体生命所处的社会制度、社会现实有关，也与个体生命的根本性生存困境有关，或者可以说这正是人的本真存在状态。对于俄国知识分子而言，俄罗斯的苦难与缺憾是他们千百年来苦苦思索的沉重话题，任何有良知的知识分子都无法不凝眸身边的苦难与缺憾。他们胸中的美好理想与眼前现实形成的巨大反差，无不刺激他们敏感的头脑和神经。现实与理想的差距增加了思想者的痛苦，也加深了思想的高度和深度。"这是在俄罗斯苦难的土地上陡然而起的一座座高山，像《圣经》中的犹太先知摩西一样，这群俄罗斯圣人一步步爬上山去，在山岩后寻找着上帝的箴言；他们又从山上下来，带着智慧和善良，也许还带着那种俄罗斯似的忧郁，他们看着苦难的都市和乡村，看着劳苦而忙碌的人们，眼中是一道特别的光芒。"③ 正是古往今来俄罗斯知识分子对俄罗斯大地上苦难与缺憾的关注，造就了俄罗斯文学独有的沉郁基调和厚重底色，这正是俄罗斯文学有别于其他国家文学的独特之处。

---

① 库普林：《黑色的闪电》，潘勋照、刘璧予等译，上海译文出版社1987年版，第91页。
② 同上书，第92页。
③ 寇才军、欧翔英：《执着的求索》，海天出版社2001年版，第72页。

### 二　灵魂深处的孤独

库普林的小说世界里描绘了丰富多彩的现实生活，刻画了各种各样的普通人的形象。生活在库普林眼里是复杂的，也许根本无法用一种单一的、静止的方式来概括。库普林小说渗透着对于不合理社会的批判激情，体现着对小人物命运的深切同情与关怀，以及对于更为合理的生活的强烈向往。库普林不是对社会、对人生漠不关心的为艺术而艺术的作家，他是一位冷静清醒的现实主义者。库普林的作品中的主人公总是给人一种寂寞和孤独的感觉，让人看到的是茫茫人海中的一个个孤独的身影。"'认识你自己'，这是苏格拉底在全部西方哲学开端时所发出的绝对命令。在这个意义上，存在主义思潮的兴起也许可以看成是对苏格拉底所发出的'绝对命令'的一种现代回应。"① 存在主义是面向人的本真存在，并力图揭示人的存在意义和方式的一种思潮。在现代早期非理性主义哲学家克尔凯郭尔看来，人的真实存在是他处于孤寂之时和孤独之中的存在。库普林小说中的主人公常常是孤独的，孤独是他小说主人公的一种生存状态和精神状态。

"对人的存在状态的揭示是存在主义的重要特点。存在主义从揭示人的存在情态出发，认为只有人的心理体验和纯粹意识才是人的真正存在。"② 库普林的许多小说都十分关注主人公的心理体验、心理感受。在库普林的小说《决斗》、《亚玛镇》、《生命的河流》、《阿列霞》、《黑色的闪电》、《献身者》里，作者都刻画了冥思苦想中的主人公，生动而细致地描写了主人公的内心情感和心理状态。库普林小说中有很多冥思苦想的人，每个人都有一种没有解决的思想在苦恼着主人公本人。他们都在自己面对或存在的境遇中有着自己的困惑，他们都渴望通过自己的思考找到答案。

同古今中外所有思想者一样，俄罗斯的知识分子不满现实，向往更美好的未来，反抗一切专制制度，渴望平等、仁爱、人性的生活。库普林在《决斗》、《亚玛镇》、《摩洛》里都刻画了这样的思想者。如在

---

① 韩秋红等：《西方哲学的现代转向》，吉林人民出版社 2007 年版，第 113 页。
② 同上书，第 118 页。

《决斗》中，罗马绍夫在决斗前对纳赞斯基说："没什么特别的事，只是想来看看您……明天我要同尼古拉耶夫决斗。我讨厌回家。不过，一切都无所谓。再见。您瞧，我没有人可以说说话……心中很难受。"①从罗马绍夫的这段话里，我们能明显地感受到他个人的孤独。罗马绍夫是一个孤独的人，他经常一个人自言自语，经常独自沉思默想。他所身处的是空虚、乏味的军营生活。纳赞斯基是他唯一"意气相投、同病相怜"的朋友，然而纳赞斯基在现实生活中的处境同样是孤独而不被人理解的，因此他一直处于酩酊大醉中而"自愿与世隔绝"②。"存在主义的思想家从揭示人的存在状态出发去把握人的本真的存在，认为人的真正存在就表现在个人的孤独、忧虑、烦恼、畏惧、沉沦、死亡等生存情绪或心理感受中。"③当我们把纳赞斯基作为一个人物透彻地分析之后，我们发现他并不是一个活生生的人物形象，而是思想的象征，在他的身上寄托了库普林对生命的思考。库普林小说中的孤独意识以各种明示或暗示的形式表现出来。这种孤独意识使库普林的小说成为存在主义思想的生动演绎。

如果我们对库普林小说进行一番仔细分析便会发现，孤独意识渗透了他的每一篇小说。作者对人生和社会的忧虑并不局限于《决斗》中令人窒息的兵营生活和《亚玛镇》妓女的苦难遭遇上，而是更深地体现在《阿列霞》中阿列霞与伊凡之间生离死别的痛苦里，体现在《皮拉特卡》中小狗皮拉特卡凄惨的狂吠声中，《黑色的闪电》中护林员的经历和独语里以及无数渴望美好生活的"小人物"的灵魂深处。在《亚玛镇》里，不仅仅是那些被侮辱、被损坏的妓女的心灵是孤独的，想要拯救妓女出火坑的李霍宁、思考着妓女生活的非人道以及人性问题的普拉东诺夫是孤独的，甚至连作为上流社会妇女代表的著名演员罗文斯卡娅也是孤独的。《皮拉特卡》写的也是人的孤独。库普林在《皮拉特卡》中始终引导读者看到在茫茫人海中的一个孤独者的身影。人与人的隔膜、人的孤独是 20 世纪世界文学的重要主题之一。不能与自己

---

①　А. И. Куприн. Поединок［Монография］М.：Дрофа，1998

②　Крутикова Л. В. "А. И. Куприн". Издательство "Просвещение"，Ленинград，1971，c. 56.

③　韩秋红等：《西方哲学的现代转向》，吉林人民出版社 2007 年版，第 118 页。

的同类进行交流，人便不得不从异类中寻找交流的对象。小说《皮拉特卡》中的主人公失去了妻子、儿女，他的忠实伴侣和倾诉对象就是那条叫皮拉特卡的小狗。

《黑色的闪电》中护林员图尔钦科把森林看成是自己真正的家，"一年里有九个月他是在森林里度过的"，"森林是他生活中唯一热烈依恋的事物"。然而"城里人背地里嘲笑他，把他看作是一个怪物。"① 图尔钦科见多识广，热爱自己的本职工作，有着不同寻常的护林专业知识。在他所生活的那个偏僻闭塞的小镇里，只有他意识到保护森林是利国利民的头等大事。然而没有人理会他"保护森林"的呼吁，人们看到的只是眼前的利益，茶余饭后谈论的是庸俗无聊而无知的话题。人的生存中最大的不幸和痛苦，与其说是每个人都有痛苦，毋宁说是在于人不愿理会别人的不幸和痛苦。这是形成个体生命孤独感的一个重要因素。

库普林是俄罗斯 19 世纪末 20 世纪初文坛上极负盛名的作家，也是为 20 世纪文学的发展做出重要贡献的作家。能够作此结论的证据之一就是库普林小说中的孤独意识。库普林的短篇小说《错乱》令人想到契诃夫的《第六病室》。在库普林的《错乱》中，由于一个令人痛心的误会，一个完全正常的人伊凡·伊菲莫维奇被弄到精神病院里来，尽管他极力地想说清楚事情的经过，为此"曾书面和口头吁请主任医生和全体医务人员给予协助"，但是一切都无济于事。"医院那套十全十美的制度已经起了作用啦。这个人一年前就被断定无药可救了。起初他患的是迫害狂症，后来变成了白痴"。② 《错乱》中的主人公伊凡·伊菲莫维奇被弄到精神病院里最后成了精神病人的原因，始自几个人之间并无恶意的玩笑，并非由于契诃夫的《第六病室》里同行之间的相互倾轧和排挤，从而更加令人感到现实的荒唐可怕，人心的隔膜冷酷，作为个人在社会生活中的无助和无奈。人间的不幸常常是人类自己有意或无意造成的，是人与人之间的漠不关心、冷酷无情导致的。

---

① ［俄］库普林：《黑色的闪电》，潘勋照、刘璧予等译，上海译文出版社 1987 年版，第 285 页。

② ［俄］库普林：《萍水相逢的人》，杨骅等译，上海译文出版社 1987 年版，第 278 页。

　　库普林创作的社会批判力度的强化，反映出库普林对于他早已涉及的一个人生问题的思考的深化。这个人生问题就是人的尊严、人的平等的问题。在《阿列霞》、《皮拉特卡》、《错乱》、《生命的河流》、《夜勤》、《求职的姑娘》、《怀表》、《萍水相逢的人》、《在马戏团里》等许多小说里，库普林都提出了"为什么人世间的生活如此艰难？"[①]"我向谁去诉说我的悲伤？……"这一系列问题引导读者对人的存在状态、人生困境等问题的深入思考。

　　库普林现实主义作品一方面无情地揭露上流社会的腐败龌龊，批判统治阶级、剥削者以及市侩的肮脏灵魂，同时又以悲悯的情怀描写普通人的不幸境遇。库普林小说中人物画廊里的主人公大部分是处于生活底层的普通人、小人物，偶尔也会出现几个令人憎恨的剥削者和贪得无厌的贵族，而在这种情况下，两个阶层的人物往往在鲜明的对照中展现出不同的人格和品质。在库普林的小说《摩洛》里，库普林刻画了新兴资本家贪婪、阴险的嘴脸。在这里，新兴资产阶级奢侈的生活和穷苦人的艰难处境形成了强烈的反差。同时，作者刻画了知识分子鲍勃罗夫的孤独、苦闷、迷惘而又找不到自己适当位置的窘境和内心体验。《麻疹》里的大学生沃斯科列先斯基乘坐华丽的客轮逃离了自己憎恶的庸俗环境，正如鲁迅《故乡》中的主人公虽然躺在船上渐渐地远离了"故乡的山水"，远离了"萧索的荒村"，但他的内心一点也不感到轻松和畅快，而是更深地感受到自己的孤独、苦闷、悲哀和怅惘。在《生命的河流里》里大学生的自杀是对周围龌龊世界的一种反抗，也是对孤独存在状态的一种反抗。库普林对被侮辱、被损害者寄予了深切的同情。

　　在庸俗卑鄙的社会环境里，人失去了自由、失去了自尊和自信，失去了生活的欢乐。所以说在这样的社会里人们所面对的生活方式，就其本质而言，是违反人性的，是对人性的异化。异化不仅发生在社会生活中、劳动中，也发生在人的意识中。一旦人失去了对人的价值的自我意识，他就成为一个精神上的畸形儿。库普林的作品里也有这种精神上的畸形儿。在《画家的毁灭》里，残酷的生活把伊利英这个年轻有为、

———————

　　① ［俄］库普林：《求职的姑娘》，《萍水相逢的人》，杨骅等译，上海译文出版社1987年版，第78页。

本来是前程似锦的画家抛进了濒于毁灭的深渊，使他不能不过一种非人的屈辱生活，自暴自弃成为沦落人。人一旦失去了尊严，他的灵魂也就变态了。伊利英已经不愿意去思考生活的意义，相反，他已经丧失了从沉沦中自拔的能力，甚至成了没有灵魂和意志的躯壳，一个精神上的畸形儿。库普林在小说里不仅对无聊的贵族恶习进行了鞭挞，更主要的是对造成这种畸形现象的社会提出了控诉，对人的自甘堕落、自暴自弃深表遗憾。所谓人的异化，就是人被异己力量所支配。人被异己的精神力量所支配而不能自拔，成为某种精神的俘虏，即是一种异化。《画家的毁灭》里的伊利英正是这种被异化的典型。他受到一位贵妇人的引诱而又遭到抛弃，成为了丧失一切的可怜虫。毁灭一个人的意志，践踏人的尊严，也就等于杀人，干这种事的人往往是有意或无意而为之，他们自己也是某种异己精神的奴仆。《画家的毁灭》里的那位道德败坏、精神空虚的贵妇也正是这种被异化的人。库普林的小说刻写了孤独带给人的忧伤，也刻写了因为孤独而导致的人的异化。

库普林的很多作品显示了人与人的不平等地位造成的心理失衡。人类平等的问题是一个人生问题、社会问题。这是世纪之交文学的又一个重要主题。对这一问题的思考使库普林小说反映出深沉的社会内容，所以库普林也同白银时代的许多作家一样，以篇幅不大的短篇小说在做着一件意义重大的事情：唤起人们对浑浑噩噩的现实生活的厌恶，呼唤人们去追求充满平等、博爱的新世界。正如《决斗》中纳赞斯基所说的：

> 是的，神奇美妙的新时代一定会来临。……大地上到处耸立着舒适、漂亮的大楼，没有任何粗俗不雅的东西来刺激我们的眼睛，生活将是甜蜜的劳动、自由的科研、美妙的音乐，永远快乐、轻松的节日。从私人占有这个黑暗的羁绊中摆脱出来的爱将成为全世界光明正大的宗教，再不是令人厌恶的、在黑暗的角落里瞻前顾后、偷偷摸摸的可耻的罪孽。……我坚信未来一定会有像天堂一样美好的生活！①

---

① ［俄］亚·库普林：《决斗》，朱志顺译，上海译文出版社 2002 年版，第 251—252 页。

库普林的笔触探测到所处年代人们的灵魂深处。作为一位清醒冷静的现实主义者，库普林作品中的主人公的心灵常常深陷孤独，并且充满了因孤独而带来的忧伤，这或许也是作家坎坷生活经历带给他本人的世界感受。向往合理的、正常的、充满博爱、人性的世界，反抗对人的奴役和异化，这正是库普林的人道主义。"从广义上说，人道主义的基本思想是：人要过正常的人的生活，反对一切社会压迫，让人在各方面都能得到自由的全面的发展，也就是马克思所设想的：'必须这样地安排周围世界，使人在其中能认识和领会真正合乎人性的东西，使他认识到自己是人……并使每个人都有必要的社会活动场所来显露他的重要的生命力。'……人道精神实质上就是被压迫奴役人民的一种自发的反抗精神和呼声，是他们反对社会不平等，要求建立一种人人平等的合理的生活秩序的理想。"① 库普林小说中主人公的孤独，也正映照了作家本人内心世界的孤独感。诚然，也正是这种深深的伟大的孤独感，滋养、造就了库普林和众多杰出的俄罗斯艺术大师，成就了他们流芳百世的艺术经典。

### 三 库普林小说对俄罗斯民族文化心理的审视与反思

在 19 世纪的俄罗斯作家的文学创作中，已经显示出对本民族文化心态的严峻审视与反思。从普希金开始，在果戈里、屠格涅夫、陀思妥耶夫斯基、赫尔岑等的作品中，都勾画过一种僵死落后的文化土壤所孕育的民族文化心理特征，表现了生活于闭塞的环境中的俄罗斯人的理想与追求。进入 20 世纪，新一代批判现实主义作家继承了前辈们的优良传统，不仅开辟了许多新的题材、体裁，而且在新的历史条件下，在民族文化心态的考察和表现方面不断向纵深拓展，取得了令人瞩目的实绩。在这方面，库普林也做出了重要贡献。

"以往的苏联文学史研究者在概括苏联文学的内容特点时，往往忽略了它的一个重要的主题侧重，即对于俄罗斯民族文化心理的批判性考察与艺术表现。其实，这是贯穿于苏联文学，乃至整个 20 世纪俄罗斯

---

① 李辉凡：《文学·人学——高尔基的创作及文艺思想论集》，重庆出版社 1993 年版，第 247—248 页。

文学的一个基本主题。它在文学中的存在，不仅显示出 20 世纪的作家们对 19 世纪俄罗斯文学优良传统的继承，还表明认识俄罗斯民族的性格特征，特别是它的精神心理弱点，重新铸造民族灵魂，始终是 20 世纪的作家们萦绕于心的课题。"① 库普林在这一主题上也倾注了自己的思考和艺术激情，创作出一系列发人深省且流芳百世的艺术精品，值得我们去体会和探究。

（一）对"俄罗斯似的愚陋"的审视与反思

在库普林的长篇小说《亚玛镇》中，作家不厌其烦地详尽展现了亚玛镇上人们的生活环境。在繁华热闹的表象之下，这里的人们共同的精神特征是庸俗和空虚。透过表面的繁华，这里面的人物共同的精神特征是空虚、无聊、猥琐、鄙俗。作家在这里展示的，并非俄国贵族阶层的精神特征，而是由一种僵死没落的文化土壤所孕育的民族文化心理特征。亚玛镇上的人们，他们的生存方式、生活乐趣、情感特点直至他们的人生追求，客观上反映出 19 世纪俄罗斯人的精神面貌，让我们品味出这个民族文化心理的某些特点。

在《亚玛镇》里，大学生李霍宁出于善良和正义的目的想把一位落入火坑的妓女柳勃卡拯救出来，在严酷的现实生活面前他的义举也只能遭到失败的命运，自己也落得一个可悲、可笑、可耻的下场，从而把一桩美和崇高的行动演绎成一出可恶的闹剧和深刻的悲剧。作为一位深陷火坑的不幸女子，除了命运的作弄，柳勃卡自身的弱点也是其不幸命运的根源之一。除了对"吃"、"睡"等这些人的本能欲望的关注，柳勃卡对其他的一切都懵然无知。柳勃卡无法理解李霍宁的初衷和美好愿望，在她的心目中，李霍宁把她带出妓院的动机，无非是一个男人对于一个女人的占有。因此，她所能回报她"恩人"的，也就无非是奉献自己的身体，满足他生理上的欲望而已。无论作者还是读者都无法否定李霍宁初衷的美好和善良，也无法认同他行为的幼稚和愚蠢。在这里，库普林向人们揭示的是，对于一个人灵魂的改造并非是轻而易举之事。在此，作家不加粉饰地描写了俄罗斯人的真实生存状况，为读者描绘了

---

① 汪介之：《文学接受与当代解读——20 世纪中国文学语境中的俄罗斯文学》，北京师范大学出版社 2010 年版，第 257—258 页。

他们的因循守旧的思想、行为、感情以及习惯，从而告诉人们，要改变俄国人的生活，首先要改变俄国人自己。作家在此向我们提出了重铸民族灵魂的主题。

在长篇小说《决斗》中，库普林"真实地描写了落后的、没有战斗力的军队、道德败坏的军官和备受折磨的士兵"①，俄国军人们在军营中过着一种毫无意义的生活：他们固守陋习、无所事事，精神生活极度空虚，使得他们闲暇时只能以酗酒、斗殴、寻欢作乐等行为来打发无聊的时光和消耗自己过剩的精力。正如小说中的另一主人公纳赞斯基所感叹："他们这些人，甚至最优秀、最善良的人，包括称职的父亲和关心体贴的丈夫，所有这些人在服兵役过程中就是这样变成卑鄙、胆怯、凶狠、愚蠢的野兽。"② 罗马绍夫也曾怀着厌恶、苦恼的心情想过："这叫什么生活！总是这种逼仄、灰暗、肮脏的东西……这种多余的放荡的关系。酗酒，寂寞，单调乏味得要命的公务，哪怕有一句活生生的真话也好啊！哪怕有片刻真正的欢乐呢！书籍、音乐、科学，这些都在哪儿呢？"③小说主人公罗马绍夫本来心地单纯善良，为人正直，军营的日常生活使他愁苦烦闷，在肮脏得令人窒息的生活中罗马绍夫心中产生了对高尚纯洁生活的朦胧向往。然而，无情的现实逐渐熄灭了他心中的生机勃勃的思想、感情和愿望，他陷入充满污秽、残忍、愚昧、庸俗的军营生活的泥潭，最后死于被阴险狡猾的情人算计的毫无意义的决斗之中。这充斥着愚陋、污秽和残暴的军营生活，留在罗马绍夫等年轻人记忆中的青春时代，仿佛一场昏聩的噩梦。

他们生活的军营，仿佛一个充满污浊空气、令人窒息的监牢。在这里，人与人之间很难找到真诚的友谊。上级军官残暴地毒打下级军官。军营里出现的种种恶作剧和残酷行为、淫乱行为以及各种可恶的娱乐和消遣，向读者展示了一种俄罗斯式的精神贫乏。这部作品发表于日俄战争失败以后。堂堂俄罗斯帝国竟然输给区区一个小国日本，不能不发人

---

① Фокина М. А. Особенности субъектно - речевой организации повести А. И. Куприна《Поединок》\ \ Вестник Костромского государственного университета им. Н. А. Некрасова. 2013，т. 19. № 5. с. 142.

② ［俄］亚·库普林：《决斗》，朱志顺译，上海译文出版社2002年版，第249页。

③ 同上书，第113页。

深省。作品从一个侧面相当深刻地揭露了沙皇军队中的野蛮、残酷、黑暗和腐败，为日俄战争和对马海战作了最好的注脚。作家在批判沙皇军营制度的腐败黑暗的同时，也批判了这种军营生活对文化的否定和对理性的排斥，揭示了俄罗斯人的这种精神心理特征。作家以非凡的艺术表现力，通过对主人公抑郁、无为、悲惨的一生的描写，透过俄罗斯军营生活的表层，展示出其巨大的腐蚀性和毒害性。作品由此而触及了俄罗斯民族历史发展滞缓的某些根由。

库普林创作出了一系列以批判的目光审视本民族精神心理弱点的作品。在《生命的河流》、《追求名声》、《摩洛》、《太平生活》、《宿营地》等小说中，他为我们展现了一幅幅俄罗斯动态风俗画，凸显了充斥着愚陋、污秽和无耻的旧时代俄罗斯生活特征。

在《生命的河流》（1906）这篇小说里，库普林以细腻生动的笔触描绘了一家塞尔维亚三等旅店里发生的故事。这里的生活正是作家以超人的敏锐向我们讲述俄罗斯生活的流动，讲述俄罗斯生活中的冷漠、懒惰、粗鲁、肮脏、懒散、自私……这里的环境肮脏、杂乱。这里的居民冷漠、庸俗。旅店的老板娘是一个体格健壮、模样出众，泼辣而又自私的寡妇。作为老板娘情夫的奇热维奇中尉见风使舵、厚颜无耻。这些人关心的只有自己的私利。他们的头脑里没有任何道德观念，也没有任何信仰。他们的生活空虚、乏味，不关心其他人，甚至漠不关心自己儿女的成长。库普林以细腻的笔触描绘了这家低等旅馆里的环境和人情世故，向读者讲述着俄罗斯人这样一种空虚无聊而又令人窒息的生活。

库普林所描绘的塞尔维亚三等旅店正是俄罗斯社会现实环境的缩影。这种环境里充满了令人倍感压抑的气氛。

"人的灵魂默默地变得卑微，要比世界上所有的街垒和枪杀更可怕。"[①] 我为什么活着？人生存的意义是什么？在《生命的河流》里，五号客房里的大学生自杀了，一个年轻的生命随着一声枪响了结了。然而他的死没有得到任何人的怜惜或同情。大学生的尸体被人从楼上抬下去，"抬死尸的人在拐弯的地方动作没配合好，卡在墙和栏杆之间了，

---

① ［俄］库普林：《生命的河流》，《石榴石手镯》，蓝英年、杨骅译，浙江文艺出版社2002年版，第238页。

而后面抬头的那个人却松了手，脑袋猛地撞在一磴梯阶上，接着又撞在第二磴和第三磴上。"而老板娘却从窗口解恨地喊道："活该！活该！""就该撞他，这个下流胚！我还要赏你们茶钱呢！"当警察分局长打趣地说她"您真心狠"时，老板娘抱怨说："因为他，以后就没有人住我的旅店了。"① 在这里，我们看到，人与人之间没有一丝的温情和同情，只有对自己利益的算计。这篇小说通过庸俗乏味的现实环境的描写和年轻人的自我回顾，发人深省地向人们揭露了俄罗斯国民性格之中的愚陋和粗鄙，这也正是作家向我们展示的"俄罗斯式的愚陋"。作者正是将它作为整个民族的文化心理特点来加以表现和认识的。

在短篇小说《摩洛》中，作家细致地描写了主人公鲍勃洛夫所身处的庸俗、乏味的生活环境，在主人公与其他人物的关系中，生动地再现了俄罗斯外省小城愚昧庸俗的生活环境。通过齐年科一家人的日常生活、行为习惯和心理状态的刻画，向读者提供了俄国小市民日常生活和文化心理特征的一幅真实风情画。

（二）对俄罗斯人的惰性和习性的批判

库普林的《黑色的闪电》这篇短篇小说的题名与高尔基的《海燕之歌》很有关联，甚至在某些方面与其形成"呼应"②。在这部小说里，库普林首先描写的是叙述者我所身处的俄国北方的一个与世隔绝、默默无闻的小城，这是一个落后而闭塞得令人窒息的地方。这里的居民过着庸俗乏味的日子，作者如实描写了俄国北方"一个县城"人们的生活状况：

　　　　这里的小市民是敬畏神明、严厉而多疑的人。他们干什么行当，怎样生活，这是根本无法了解的。夏天，他们还有人在河边慢吞吞地干活，把木材编成木排浮运到下游去，但冬天他们怎么过日子，却是一个谜。他们日高三丈还在睡梦中，很晚才起床，整天从窗里呆望着街道，在窗玻璃上显出他们那白花花的扁平的鼻子和到

---

① ［俄］库普林：《生命的河流》，《石榴石手镯》，蓝英年、杨骅译，浙江文艺出版社2002年版，第242页。

② Кулешов Ф. И. Творческий путь А. И. Куприна 1907 – 1938. Минск, 1986, c. 109.

处乱贴的嘴唇。他们按照东正教的教规在正午吃饭，午饭后就睡觉。到晚上七点钟，家家户户关紧大门，锁上一把大铁锁，每家主人还亲自给那条长满蓬松、嘴脸杂有白毛、叫得声音嘶哑的凶猛的老牧犬解开链子。然后，在彩色小灯的宁静的光线照耀下，他们把枕头垫得高高的，在暖和和的肮脏的羽毛褥子上呼呼大睡，直到早晨。他们有时在睡眠中被恶梦侵扰，吓得拼命狂叫，惊醒后一边久久地搔痒，嘴里吧嗒作声，一边特意地对着家神做祷告。①

作者还写道："那些识几个字的老住户多少有点儿自豪地断言，尼古拉·瓦西里耶维奇·果戈里在《钦差大臣》里所描写的正是他们这个城市。"无疑，作家在这里巧妙地借用了果戈里的讽刺，揭示了这里的居民生活在这种闭塞、落后的环境中的精神面貌，勾画出一般俄国外省城镇的典型风景，让人品味出这个民族文化心理的某些特点：

> 这里也居住着不多几个知识分子，但是，他们来到城里不久就堕落下去，速度快得惊人。他们酗酒，打牌，一连两昼夜不离开牌桌，经常搬弄是非，跟别人的妻子和侍女私通，什么也不阅读，对什么都兴趣索然。从彼得堡运来的邮件有时隔七天，有时隔二十天才能到达，也有根本没有到达的。这是因为运送邮件要绕一个大圈子……交给那些喝的迷迷糊糊、醉醺醺的，穿得破破烂烂、又冷又饿的驿站夫运送……
>
> 在小吃部里，兽医、警察局长的助理、农学家和消费税局的两位监督大喝高加索白兰地，已经酩酊大醉。他们喝酒时用"你"称呼，互相拥抱，用湿漉漉、毛茸茸的嘴巴接吻，互相把葡萄酒浇在脖颈和大礼服上，还参差不齐地唱着"这不是秋天的毛毛雨，唱的时候每个人都打着拍子指挥。一到十一点钟，他们当中总有两个人扭打起来，互相推来搡去揪下许多头发。②

---

① ［俄］亚·库普林：《黑色的闪电》，潘勋照、刘璧予等译，上海译文出版社 1987 年版，第 277 页。

② 同上书，第 279、281 页。

在《黑色的闪电》中，库普林刻画了一个热爱林业保护事业，积极倡导保护森林、禁止对森林进行掠夺性砍伐的小林务官图尔钦科的形象。图尔钦科尽管薪金菲薄，但对自己所从事的林业保护事业却满腔热情。他恳切要求农民像保护自己的眼睛一样保护森林。然而，那些庄稼汉注意地听着，同情地摆动着大胡子，唉声叹气，连声附和，像听乡村牧师宣道一样。然而，大家早已知道，从护林官先生，农学家先生和其他热心的知识分子嘴里讲出来的道理，哪怕是最出色和最有用的，对乡村所起的作用，都像空气振动那样微不足道。

> 就在下一天，那些好心的村民便把牲口放到森林里，结果幼树被啃得精光。他们剥去还没有长得结实的嫩树的树皮，砍下可以成材的枞树制造木栅和窗框，在桦树干上钻孔，让春天的汁水流出来做克瓦斯。他们还在枯树林里抽烟，把火柴随手丢在干燥的灰色苔藓上，像火药似的突然燃烧起来。他们不等篝火熄灭，就扬长而去，而那些顽皮的牧童，总是无知地点火燃烧松树的长满树脂的树孔和裂口，他们这样做，只是为了观看琥珀色的树脂发出欢快飞腾的火苗。①

在这里，库普林向我们呈现的，既非俄国贵族阶级的腐败没落，也不是俄国知识分子的犹疑徘徊，而是普通俄罗斯农民的习性。作者在小说中以图尔钦科的话对小镇上的普通俄罗斯人的生活习性和精神特征发出感叹："你瞧，他们感兴趣的是什么，无非是吃吃喝喝，睡一会儿，打打文特。他们不爱祖国，不爱工作，不爱人们，什么都不爱，爱的就是自己那几个拖鼻涕的小家伙。谁都没有办法使他们觉醒过来，对事业发生兴趣。周围是一片庸俗无聊的气氛。不论在什么情况下，谁要讲些什么，你预先就会知道。大伙的思想感情变得贫乏了，就连平时说话也是干巴巴的……"②

---

① ［俄］亚·库普林：《黑色的闪电》，潘勋照、刘璧予等译，上海译文出版社 1987 年版，第 286 页。

② 同上书，第 287—288 页。

在库普林的《黑色的闪电》中，护林官图尔钦科向读者讲述了亲身经历。他在狩猎途中亲眼所见黑色的闪电，亲眼目睹同伴如何被沼泽地的烂泥塘渐渐吞没。这篇小说借高尔基的《海燕之歌》中的"黑色闪电"命名，是对当时社会中一些无知而又刚愎自用者的有力回应。在这里，作家无疑在告诉人们，俄罗斯人生活中的惰性和陋习正是带给人们毁灭性灾难的"泥塘"，人们在这充满污秽的泥塘中无力自拔，渐渐消亡。库普林的这篇小说无疑是对高尔基《海燕之歌》的一个绝好注释，也是在文坛上对高尔基创作的支持和声援。

作家毫不掩饰地写出了普通俄罗斯人的生存状况，毫无粉饰地描绘了俄罗斯外省小城里平民百姓的思想感情和行为习惯，也鲜明地流露出作家对这种俄罗斯惰性和习性的批判态度。库普林的创作显示了其对19世纪俄罗斯文学在民族文化心态批判意识的继承。作家没有将俄罗斯人民理想化，美化他们的生活方式和生存状态，而是在描写底层人生活贫困与生存艰难的同时，对他们自身存在的精神心理弱点予以揭露，并将其纳入民族文化心理的层面予以审视与反思。

（三）对非人道的现实生活与精神痼疾的谴责

库普林的很多作品，是在对普通市民、小公务员、普通士兵、小演员、妓女等底层人的描写中，展示了他们日常生活中不为其自身所意识到的悲剧，展示了俄罗斯人灵魂深处的弱点和缺陷，表现了俄罗斯民族的文化心理面貌。库普林在谈到契诃夫的小说时，提出了自己最重要的文学任务："他就像一个具有丰富的知识，超人的敏锐，使人变得冷漠的、具有非凡的经验和洞察力的医生，沉思地倾听着俄罗斯生活的流动，向我们讲述着我们的病情：冷漠，懒惰，粗鲁，肮脏，懒散，极度的自私，懦弱，优柔寡断。他是个细腻而忧郁的怀疑论者，已经不再相信那些治标不治本的药方，所以没有把话说尽，没有告诉那个不愿从椅子起身的衰老而懒惰的病人：他最需要的是不可能得到的空气和急速而有力的运动。"① 这是库普林对契诃夫小说的认识，也是他在自己小说创作中所同样追求的目标和遵循的原则。

---

① 转引自俄罗斯科学院高尔基世界文学研究所集体编写《俄罗斯白银时代文学史》，谷羽、王亚民等译，敦煌文艺出版社 2006 年版，第 2—118 页。

在库普林的很多小说中，都贯穿着民族文化心态批判的主题。在《阿列霞》中，美丽的阿列霞及其外婆被她们的乡邻视为异教徒而驱逐到远离人迹的森林里，后又因为阿列霞为了自己的爱情作为女巫而去了基督教的教堂而惨遭殴打。最后又因为一场暴雨毁坏了村子里的庄稼，阿列霞及外婆不得不远走他乡，浪迹天涯。这些乡民内心混乱，毫无理性，愚昧不堪，同时又具有野蛮、残酷的特性。通过阿列霞的经历，作品揭示了生活于俄罗斯边陲小镇居民身上具有的野性狂热和破坏性冲动。小镇居民身上的昏聩、迷乱、盲目和凶残的描写，为我们提供了俄罗斯边远地区小市民生活和精神心理特点的一个横断面。

在《阿列霞》中，给阿列霞带来苦难和不幸命运的，并非是统治阶级的无情残暴，而是那些同阿列霞一样生活在社会底层的普通民众。正是由于他们自己的偏见和愚昧，把不信奉基督教的阿列霞及外婆驱逐到远离人迹的森林里，也是他们残暴地毒打因为爱情试图改变信仰而来到教堂的阿列霞。也正是由于周围乡邻的愚昧，阿列霞最后不得不离开故乡浪迹天涯。作家向我们讲述了自然之女阿列霞充满苦涩的爱情故事，其意义并不在暴露上层统治阶级对底层小人物的迫害和摧残，而在揭示普通人之间的冷漠无情和蕴藏在普通俄罗斯民众身上的愚昧、麻木和冷酷。库普林同契诃夫一样，他们的创作活动从 19 世纪末延续到 20 世纪初，也把民族文化批判的课题带入了新世纪。

短篇小说《宿营地》写的是一位年轻中尉阿维洛夫在一次长途行军中的经历。在阿维洛夫宿营地的农舍里，他听见隔壁传来急促而发怒的低语声，之后又变成争吵和恶狠狠的呵斥声。"这是两个人的争吵声：男人的声音很低时而颤抖，时而喑哑，像是从大桶里传出来的，这种声音只是患肺病的醉汉才会发出；而女人的声音很温存，很凄惨，是年轻妇女的声音。"女子的"声音顿时在阿维洛夫脑海勾起了一种时隔很久，因而纷乱模糊的记忆"。[①] 然而阿维洛夫早已忘记，这个不幸的女子正是在六年前被刚刚授予军官官衔不就的他强行占有的纯洁少女哈丽季娜。而从那以后他们再也没有见过面。从隔壁的争吵和打骂声中我们可以知道，哈丽季娜在母亲的逼迫之下嫁给了现在的丈夫。由于娘家

---

① 　库普林：《萍水相逢的人》，杨骅等译，上海译文出版社 1987 年版，第 83 页。

的贫困哈丽季娜没有陪嫁，更主要是因为哈丽季娜婚前的失贞，婚后五年来哈丽季娜过着如地狱一般的生活。每天夜里，丈夫无情地辱骂和毒打着妻子。哈丽季娜痛苦地哭诉着，时而痛哭，时而哽咽，阿维洛夫听着满腹绝望的怨诉，他尽力在追忆从前在哪儿听到过类似的声音。然而他始终没有回忆起来，直到次日，行军的队伍将要离开，阿维洛夫与哈丽季娜目光相遇。

　　自然，阿维洛夫是造成哈丽季娜不幸命运的祸首，他不负责任的放荡行为给无辜的少女造成了终身不幸而又浑然不觉，多年来，甚至做梦他的脑子里也没有再浮现过哈丽季娜的身影。而哈丽季娜丈夫的狭隘愚昧更给哈丽季娜带来了无尽的屈辱和痛苦。这位丈夫身患肺痨，疾病缠身，而又终日酗酒。生活对于哈丽季娜，也包括对哈丽季娜的丈夫，就是痛苦的折磨。在他们的日常生活里没有欢欣、没有快乐、没有幸福，只有无穷无尽的争吵和打骂。在这里，作家想要给我们揭示的不是统治阶级对被统治阶级的迫害和压榨；生活的不幸，很大程度上是由于人的狭隘、自私和愚昧造成的。

　　透过女主人公的不幸遭遇，作家让我们看到的是民情风格和世态人心。"愚昧的重要表征，一是对知识的不尊重，对文化的否定和对理性的排斥；二是道德观念淡薄，习惯于彼此仇恨，互相折磨。"①《宿营地》无情地揭示了俄罗斯人的这些精神心理特征，将由愚昧生活培养出来的人对人的无法理解的怨恨呈现在读者面前，引起人们对非人道的现实生活的审视和反思。正如高尔基一样，作家对俄罗斯的现实与俄罗斯的广大民众有着深刻的了解，现实主义小说家的良知使他们不能把无情的现实生活遮掩在虚伪的谎言中。正因为如此，作家才不得不以一种严峻的态度，无情地剖析着俄罗斯民族性格中的弱点和缺陷，对蕴藏在普通俄罗斯人灵魂深处的堕落、自私和愚昧予以深刻的谴责和批判。

　　库普林出身贫民家庭，他的个人经历和生活道路决定了他更加关注也更加了解底层人的生存状态。库普林小说中的知识分子更加与底层人民水乳交融。《亚玛镇》中的记者普拉东诺夫是作者的代言人。正如库

————————
　　①　汪介之：《文学接受与当代解读——20世纪中国文学语境中的俄罗斯文学》，北京师范大学出版社2010年版，第263页。

普林本人有过丰富多彩的人生经历一样，普拉东诺夫也尝试过各种职业。他曾说过："必须要有一种高超的本领，可以准确地抓住某件琐事，某个不值得一提的小细节，便可以从中得出可怕的真理。"

当然，库普林并未对蕴藏在俄罗斯人民灵魂深处的善良美好视而不见，也深刻理解本民族的文化弱点和心理缺陷的来源与漫长黑暗的沙皇专制制度存在着必然的联系。库普林的很多作品，刻画了俄罗斯人民身上具有的健全理性和美好情感。作家并没有把自己的激情完全倾注在对俄罗斯民族落后愚昧国民性的揭示上，而是在自己的创作中客观真实地刻画了俄罗斯人性格中的真善美，也揭示了其中的假丑恶，对俄罗斯普通人的心理状况、性格特征、情趣爱好、理想追求、生存方式诸方面的复杂性、矛盾性予以了深刻的展示。库普林的创作反映了生活在底层的普通俄罗斯人的日常生活，也刻画出了他们精神生活的丰富多样性。

# 第三节　人与人：库普林小说中的人性维度

### 一　善与至善

库普林小说书写了磨难中的亲情、友情，展现了生活中尽管有很多不幸，但生活中不乏美好的、善良的人性，这种人性之光照耀着普通人苦难的人生，给"小人物"的生活带来希望。库普林对列夫·托尔斯泰的创作十分钦佩，他认为列夫·托尔斯泰的创作向人们展现了人类精神领域的善与美："他使我们这些盲目而乏味的人看到天地万物是多么美好。他告诉我们这些疑心重重的吝啬的人，原来每个人都可以拥有美好心灵，成为善良的，有同情心的、有趣的人。"[①]　"这种对于力与美，对于健康肌体的欣赏眼光，这种对于世间生活之美与欢乐的切身感受，就是库普林从托尔斯泰那里继承下来的最重要的创作特点。"[②]　库普林继承了19世纪俄罗斯文学的优良传统，在小说创作中展现了对于人性之善与美的感受与体验。

---

① 　[俄]库普林：《关于文学》，转引自俄罗斯科学院高尔基世界文学研究所集体编写《俄罗斯白银时代文学史》，谷羽、王亚民等译，敦煌文艺出版社2006年版，第2—121页。

② 　俄罗斯科学院高尔基世界文学研究所集体编写：《俄罗斯白银时代文学史》，谷羽、王亚民等译，敦煌文艺出版社2006年版，第2—121页。

　　库普林从创作初期开始就倾向于"揭示劳动者精神世界的美好"①在库普林的小说《神医》里，赤贫的麦尔查洛夫的女儿患了重病，已经奄奄一息了。麦尔查洛夫本人找不到工作，他的妻儿处在饥寒交迫的困境之中。在这一家走投无路的情况下，麦尔查洛夫在公园里偶然遇到的一位医生跟他一起来到他的家里。这位医生救了他的女儿，临走还留了一些钱使这个家庭渡过了难关。从此，这个家庭走出了困境。小说《在地下》中，小矿工瓦希卡·洛马金在矿道坍塌的情况下，不顾自己的性命安危救出了另一位突然发病的矿工，这种生死关头的考验把他们的心紧紧地连在了一起。库普林在描写这些事件时，一方面对社会的黑暗进行无情的揭露，同时也对底层人民倾注了自己深厚而炽烈的感情和积极的人道主义思想。库普林总是在一些人身上发现某些可贵的善良品质，并且肯定、珍视这些品质。在库普林的眼里，即使是生活在社会最底层的小人物，他们的心灵深处也会保持着可贵的人性。正是这种可贵的人性之善，给这个世界带来爱和温暖的阳光。一个人不管他的处境多么坏，社会地位多么低，只要他的心灵里仍然保持人性的善良，他就是一个精神高尚的人。

　　库普林的短篇小说《神圣的谎言》写的是一个小公务员与母亲之间的亲情故事。安分守己、身份卑微的小公务员谢明纽塔成了一起盗窃案的替罪羊，无论他怎样辩解都不能替自己洗脱罪名，最后他被上司不分青红皂白地开除了公职。于是，这位小公务员的生活落入了非常窘迫的境地。然而，为了不使自己寡居在孀妇院的老母亲为自己焦虑忧愁，他竭尽全力在老母亲面前伪装出成功和得意的样子。一年里总有几天，他都要振作精神，努力掩饰自己因为失业而潦倒的可怜处境，在母亲面前表现出踌躇满志和春风得意的样子，尽可能地使年迈的母亲心安无忧。这种人间苦难中的亲情使人看到了小人物身上人性的美好和亲情的暖意，也是库普林的小说透出生活的亮色，使人看到了生活的希望。这正是库普林创作中的乐观主义精神。在《求职的姑娘》这篇小说中，求职的姑娘列莉娅在穷困艰苦的生活面前不肯出卖自己的人格和节操，

---

　　① В. Н. Афанасьев: Александр Куприн. Москва: Художественная литература, 1972, с. 3.

保持着自己做人的尊严和品格，作家对人物的刻画突出表现出底层人内心深处的美和力量。

库普林看到了现实生活中的黑暗，也看到了人生固有的缺憾，然而他更看到了生活中还有这许许多多善良和美好的存在。在短篇小说《我怎样变成一个演员》里，故事的叙述者"我"在极度饥饿的情况下平生第一次做了贼，窜到别人的餐桌边抓了几片面包，正好一转身撞在一个侍者的怀里。感到无地自容、羞愧难当的"我"本以为会引起一阵骚乱，遭到一顿辱骂和殴打，然而这个侍者一声不响地转过身朝什么地方奔去，过了一会儿又单独一个人跑了回来，从围裙底下拿出一大块隔夜的冷牛肉，塞进"我"的手里……这种人生的暖意，这种人性之善给"我"不幸的人生经历中增加了"暖人心窝儿的印象"。《列诺奇卡》、《决斗》、《亚玛镇》等作品中，库普林都以不同的形象，从不同的人物身上表现出这种人性中的善与美，这也是库普林乐观主义精神的体现。

库普林创作中对于普通人人性之善与美的关注与他自己的出身和经历有关。库普林出生在俄罗斯奔萨省的一个平民家庭。在库普林幼年的时候父亲病逝，母亲带着年幼的他住进救助孤儿寡妇的孀妇院。贫困屈辱的童年生活在作家的记忆中留下了深深的烙印。成年后走向"人间"的库普林从事过很多种职业，接触过社会上各种各样的普通人。库普林在自己的人生经历中看到了人间的悲苦与不幸，也看到了底层人身上具有的某些善良、美好的品质。因此，库普林的创作向我们展现的是：人生是有缺陷的，生活并不完美，但还有很多美好的东西，这是人生的希望。

在库普林流亡时期创作的小说《士官生》中，作家对自己青少年时期的俄罗斯生活的回顾充满了温馨的怀旧之情。在这部有关青春岁月回忆的小说里，作者回顾了在士官学校里慈祥和蔼的米哈尔神父如何耐心温和地打动了少年时代倔强和固执的亚历山德罗夫。作家在小说中告诉人们，尽管生活中会有很多不公平的事情，但生活中也有许多善良正直的人们。库普林重温了自己作士官生岁月里许多前辈对自己的教诲和引导，正是这些善良人们的帮助，支持他走过艰苦的生活道路，也使他看到了俄罗斯人民灵魂深处的美德，从而坚定了他对人生和未来的信念。

不管现实是如何的黑暗，生活是如何的艰难，也不管周围的人们在精神上变得多么麻木和畸形，作者始终没有丧失对人的信心。在描写社会底层这些"小人物"时，他在自己的主人公身上倾注了深厚而炽热的感情。作者用极其生动细致的笔触，揭示了潜藏在普通人心灵中的高尚道德，库普林甚至被称为"健康真实情感的歌者"①。库普林极其真实地表现了来自劳动阶层的"小人物"的矛盾性格，十分细腻地揭示了他们复杂的精神世界。他写出穷人与穷人之间有同情、互爱、利他和真诚，同时也写出人与人之间的冷漠、隔阂、敌视，互不理解、互不沟通；他写出人性善的、美的、高尚的一面，同时也写出人性恶的、丑的、卑劣的一面；他写出人是有理性、有思想，追求光明、信仰坚定的，同时也写出人是非理性的、疯狂变态而被异化的……库普林的小说正是对不人道的社会的揭露、抨击和批判，对人的尊严和权利的呐喊，对人性的善与美的展现。

## 二 恶与存在

别尔嘉耶夫认为"恶是存在的谎言，存在的漫画，是存在的歪曲与变态。""恶总是具有否定性质，他否定生命和存在，消灭自己，其中没有任何积极的东西。"现存的世界不是一个完美无缺的世界，建立一个比现存的世界更人道、更完善的世界是千百年来人类的目标。库普林在看到生活的阳光和希望的同时，也看到了生活本身的缺陷，看到了社会的不平和人心的阴暗。库普林幼年失怙，屈辱不幸的生活经历使他感受和亲见现实中的痛苦和不幸，感受到人性中存在的恶。

库普林在许多作品中描绘了"腐化而罪恶的世界"②，人性的恶的主题在他的小说中有着深刻的反映。《阿列霞》里那些上帝的子民们残忍地侮辱和殴打阿列霞，甚至欲置之于死地。这篇小说从不同侧面体现出俄罗斯人的多重特征，体现出"半个圣徒、半个野蛮人"的俄罗斯

---

① Волков А. А. Творчество А. И. Куприна. М.：1962, с. 423.

② Крутикова Л. В. "А. И. Куприн". Издательство "Просвещение", Ленинград, 1971, с. 39.

人性格。正如有学者所说："俄罗斯人既遵从古罗斯圣徒的精神准则，甘愿忍受无可忍受的痛苦，……灵魂深处是永恒的骚动，蕴含着自发的狂乱和恐怖，不时地表现出暴力倾向。这就是说，俄罗斯既是索非亚的，又是撒旦的，既是神圣的，又是有罪过的，既是清醒的，又是喝醉了的。这些看起来互相对立、充满矛盾的人文特征是互相融合的，浑然天成地统一在民族自然力的混沌之中。"① 别尔嘉耶夫也对此做过分析，他认为，各种相互对立的两极，可以奇妙地结合在俄罗斯人的身上，体现在社会形态之中。俄罗斯民族性格中的"两极性"特征在《阿列霞》这篇小说里有着较鲜明的体现。

　　"恶"是人性中很内在、很隐蔽的因素。人对善与恶的选择往往就在于一念之间。看不到人性中的善，是否定了人的理性和信仰，看不到人性的恶，把人等同于抽象的观念，要求人成为不食人间烟火的神，这也无疑是抽空了人的自然属性。"人就是人，既不是'兽'也不是'神'，而是'兽'与'神'的结合体。法国当代作家莫洛亚说：'人是落在地上的上帝，但他无时不在怀念天堂。'人类的一大错误则是拒绝承认人的动物本性，另一更大错误则是拒绝承认人的天使本性。"② 荣格从心理学角度指出："人们群集在一起成为民众，那一直潜伏和沉睡在每个人身上的兽性和魔性就会被释放出来。作为民众，人不知不觉便降低了自己的道德水准和智力水准——这一水准一直处于意识阈限之下，一旦被民众形式赋予活力，就随时随地地会爆发出来。"③ 库普林在他的小说创作中深刻剖析了人性中的美与丑、兽性与人性、善与恶。库普林同时看到群体和个体这两个层次上的恶。个体的人不可避免地要通过某种社会联系，把个体的恶带入文化、经济和政治体系中，从而酿成比个人之恶更强势、更有破坏力的群体之恶、社会之恶。

　　《决斗》是库普林具有代表性的一部作品。小说出版后引起很大的震动。由于这部小说揭露了沙皇军队野蛮落后腐朽不堪的内幕，引起反动势力尤其是军方的强烈抗议。这篇小说在当时俄国社会的影响超过了

---

　　①　金亚娜、刘锟、张鹤等：《充盈的虚无——俄罗斯文学中的宗教意识》，人民文学出版社 2003 年版，第 215 页。

　　②　胡山林：《文学艺术与终极关怀》，中国社会科学出版社 2005 年版，第 156 页。

　　③　冯川编：《荣格文集》，冯川译，改革出版社 1997 年版，第 317 页。

安德烈耶夫的中篇小说《红笑》和魏萨列耶夫的报告文学《在战争中》等关于日俄战争的作品。

　　《决斗》选取的是现实的题材，关注的是一位年轻军人悲剧的一生。小说刻画了心地单纯善良的年轻少尉罗马绍夫在边境驻军某团军营里的不幸经历。不合理的现实环境使他在军中处处受到排斥、打击和陷害。军营中的长官冷酷、专横和残暴，士兵被无人道地摧残和虐待，周围污浊的空气令人窒息，正如存在主义文学家、哲学家萨特所要表现的极限境遇一样，人处在荒谬、孤独的世界中，遇到的是障碍、限制和奴役，感受到的是反感、恶心和孤独。作品细致而生动地刻写了罗马绍夫在这种残酷的、近乎荒谬的军人生活中的处境和感受。为弥补精神生活的极度无聊和内心世界的空虚，他不由自主地同其他人一样企图寻欢作乐，甚至酗酒斗殴，与尼古拉中尉的妻子舒萝奇卡暗恋幽会，最后死于与尼古拉毫无意义的决斗之中，断送了自己的理想和前程。尤其可悲的是，罗马绍夫之所以死在尼古拉的枪口之下，是因为他受到了自己情人舒萝奇卡的卑鄙蒙骗，正如罗马绍夫自己感受到的：“某种无形的、神秘、丑恶、滑溜溜的东西在他们之间爬行，使他心中泛起一股股凉气。”[1] 这正是隐藏在人心深处的自私和邪恶。

　　在《决斗》中罗马绍夫没有向自己的对手开枪，但尼古拉的子弹却无情地射死了他。《决斗》之中罗马绍夫的境遇，也正如萨特在自己的剧作中为其主人公设置的极限境遇。罗马绍夫所面临的也只有两条出路：或生或死，或冲出军队的牢笼，或在这牢笼中窒息。库普林为主人公罗马绍夫设置的境遇，不仅在军队生活艰苦的物质条件、刻板残酷的训练达到一种极限，而且在社会环境、人际关系方面，罗马绍夫所处的境遇也达到极限。这种极限的具体境遇迫使罗马绍夫必须选择。罗马绍夫并非不想选择逃出这极限的境遇，正如他在与尼古拉决斗之前同纳赞斯基的长谈，他主观上已经认同了纳赞斯基的观点，即逃出令人窒息、看不到出路和希望的军队生活，但是由于情感的驱使，或可认为是一个男人在所爱女人面前的软弱，在一个利己主义女人表面上覆盖着温柔的爱，而实际上却是用心险恶的陷阱里，罗马绍夫付出了生命的代价。

―――――――――

[1] 　А. И. Куприн. Поединок［Монография］М. : Дрофа, 1998, с. 262.

库普林在小说中对人性中恶的描写是同对善的呼唤相联系的。库普林在书写人性恶的同时呼唤着善和理性的回归。在《决斗》中的纳赞斯基相对于主人公罗马绍夫来说就是另一个我。在罗马绍夫与尼古拉决斗之前与纳赞斯基的长谈中纳赞斯基有这样的一段话：

> 世间的一切都会过去的，您的痛苦、您的仇恨也会过去的。您自己会忘却这些。但是您永远不会忘记被您亲手打死的人。他会和您一起睡觉、吃饭，无论您独自一人还是处在人群中，他都和您在一起。那些耍嘴皮的人、出类拔萃的傻瓜、榆木脑袋、人云亦云的应声虫都说，决斗时杀人不是杀人。真是胡说八道！但是就是他们也十分伤感地相信，强盗会梦见被自己杀戮的人的脑浆、鲜血。不，杀人总是杀人。而这里重要的不是痛苦，不是死亡，不是强暴，不是对鲜血和尸体的嫌恶，最最可怕的是您剥夺了别人生活的欢乐，巨大的生活的欢乐！①

这段话完全体现了库普林对生命的尊重和平等意识，体现了库普林对生命的珍惜和热爱。这是作家面对着人类生存状态中的各种挑战，诸如选择的困惑、死亡的威胁时而提出的人道主义宣言。

库普林小说刻画了人性中的恶，同时呼唤着善与理性的回归。库普林的创作体现了作者的平等意识和对生命的尊重，也是作家面对现实人生各种境遇所发出的人道主义的宣言和人文主义的呼唤。库普林的另一部长篇小说《亚玛镇》（1909—1915）描写了旧俄资本主义萌芽时期社会中妓女的生活和悲惨命运。19世纪末，随着铁路在俄国南部某城市的兴建，在当局的保护下，这个被称为"亚玛"的城市（"亚玛"在俄文中是"坑"、"陷阱"的意思，小说一译《火坑》）里淫欲横流。真诚与虚伪，善良与邪恶，真与假，美与丑，这些人性中相互对立的两极奇特地表现在这些俄罗斯人身上，库普林使人看到人的内心就是这样充满了矛盾，充满着各种可能性。库普林无情而又深刻地对人的灵魂深入地透析和解剖，正如陀思妥耶夫斯基一样把人逼到极致，将人灵魂深处

---

① ［俄］亚·库普林：《决斗》，朱志顺译，上海译文出版社2002年版，第244页。

隐藏的东西无情地袒露出来，从而流露出对人至善至美的怀疑。对人及其存在状态的无情揭示，传递出 20 世纪的现代意识。人的非理性、人性中的邪恶与本能欲望的原始粗野被库普林淋漓尽致地表现出来。在对人的哲学本体的艺术观照方面，库普林同陀思妥耶夫斯基一样冷静深刻。

正如巴尔扎克在《谈〈人间喜剧〉（兼论文学批评中）》所说："教育他的时代，是每个作家应该向自己提出的任务，否则，他只是一个逗乐的人罢了。"① 作为一个有着历史使命感和人类良知的作家，他们从不会回避生活的苦难和人间的罪恶，但他们绝不是抱着玩味的或冷漠的、猎奇的心理去描写这些人间的丑恶和罪过，他们的目的在于使读者从丑恶的现实中得出重要的启示和反思。作品的品格是低劣的还是崇高的，作家的品位是堕落的还是高尚的，区别正在这里。从丑恶的现实中挖掘出给人们重要教训的故事，把严峻现实中的丑与恶转化为艺术的美与善，这正是库普林的《亚玛镇》在俄罗斯文学所史上奉献的一幕人间悲喜剧，展现了无与伦比的艺术力量。

正视人性的恶表明人类已经告别天真的童年时代，这是人类对自身更全面更深刻的认识和反思。库普林通过小说向人们展示了现实生活中和人内心深处存在的恶。所谓恶，既是指病态、丑恶的事物，是人性的扭曲和异化，是恶给人带来不幸、痛苦、颓废、恐怖以及死亡。恶的世界是与美好、宁静、和谐相对立的世界，人心的恶与丑是人性的善与美的对立面。古今中外无数的作家与诗人都在自己的作品里颂扬真善美的同时也表现着现实和人性中的恶。然而人们表现恶，并不是歌颂恶，而是为了观察生活和人心深处存在的痼疾，从而正视它，剖析它，诅咒它以至希望能消灭它，实现追求和谐美好生活的理想和愿望。

库普林绝不回避生活中的黑暗与丑恶，相反，作为一位现实主义作家，他有着直面人生的积极态度，有着唤醒人类良知的自我意识，有着呼唤美好人性重建美好生活的历史使命感。这是现实主义作家的悲悯情怀和救赎人类的自觉。存在主义哲学承认人是世间的第一性物质。存在主义主张存在先于本质，其论点的核心意思是说，人是世界上首先的存

---

① 孟宪义：《巴尔扎克的〈人间喜剧〉与美》，黑龙江教育出版社 1992 年版，第 7 页。

在，人拥有自己的主观性、行动的能力，以及选择的自由。存在主义哲学家萨特认为："人不是上帝创造的，没有先验的性善、性恶之分。每个人只能根据不断选择自己超越自己，给自己下定义，每个人都处在动态的行为选择中，所以每个活人的存在，只是一种实现本质的可能性，即他不能在结论性的意义上存在，只能在可能的意义上存在。"① 萨特认为人有自由选择的权力。每个人都必须对自己的选择承担责任，每个人都应该积极地介入生活，选择自己的生存方式与生活态度和手段，尽管这种进取和选择有时是徒劳的，但这就是人生的境遇和过程。库普林在19世纪末至20世纪初的小说创作也正是面对存在的选择过程，他的小说是对俄罗斯普通人生活的一种真实写照，也是对人生境遇中存在与选择的种种诠释。"萨特呼吁'争取自由'、'砸碎地狱'，就是要唤醒人们不应作恶，以免扭曲与他人的关系；就是要唤醒人们，不要依赖别人的判断，作茧自缚，制造樊笼，成为'活死人'；就是要唤醒人们，严肃认识自己，超越自己，鼓励人们以自己拥有的自由权利为武器，去砸碎这种精神地狱，冲破人为的精神牢笼，为自由的心灵开拓出一片新天地来。"② 好的小说在情感上给普通读者的冲击力、感染力超过传统的哲学著作，尽管二者都可能提出有关人的生存的重要问题，小说更容易使人感受到生活的道理，使读者思考并回答它所提出的问题。

### 三　爱与悲悯

库普林的小说描写底层小人物苦难的生活和命运，却时时闪耀着乐观主义的色彩，体现着库普林的人道主义精神和对生活的热爱。爱与感恩，这是库普林小说的一个主题，也是库普林小说创作的一个出发点。童年时代艰苦的生活并未使库普林完全忘却生活中的善与爱，成年后四处漂泊的生活也没有使他的眼睛无视生活中快乐迷人的色彩。因此，在库普林的小说中我们可以看到他对生命的爱和感激，这使他对生活有着赞歌般描绘的激情。"毋庸置疑，这便是人类的暖意——以及'相信爱与承诺'、热爱别人孩子的能力。这在库普林的文字中毫无止境，既非

---

①　郑克鲁：《外国文学史》，高等教育出版社2006年版，第185页。

②　同上书，第189—190页。

反省的结果，也不是有意为之，而是不言自明、本身固有的。"① "'健康、明理、勤劳、强大的人'的形象变换着身份，一次又一次地在库普林的笔下诞生。他这个年代作品的主人公伫立在散列的文学形象队伍之中……库普林的小说仿佛一系列的素描和草图，仿佛一个虚拟画廊里的杰出形象，这个画廊如狄更斯的那般详尽和宽广，如狄更斯一般——为一个民族提供了'家常的、舒适的、宗法制的'，但在任何意义上又是绝对真实的独具特色的形象。"②

在《儿童花园》里，小职员为女儿的病而向政府提出了在附近开辟一个街心花园的计划书。尽管他的愿望最后也没有得到实现，他的女儿死了，然而他仍然执着地奔走于各大衙门之间，为千百个需要绿荫的孩子请愿。这正是库普林"热爱别人的孩子"的"人类的暖意"。"这种爱，这种感激，似乎创造了库普林的风格；对生命的爱——是他洞察力的原初动力，是进行赞歌般描绘的激情，描绘秋天的海滨公园、海滨的渔民咖啡馆，小马驹伊祖母禄特撒欢的青草地和古老的莫斯科小院，就在这小院，就在复活节之夜，小说《列诺奇卡》里的武备学员和女中学生第一次，也是唯一一次的亲吻。"③

透过这一幅幅素描和风俗画，读者不仅看到了19世纪中叶外省俄罗斯人的精神面貌，还能品味出这个民族文化心理的某些基本特点。帕乌斯托夫斯基认为，库普林的主要特点就是他对人类的爱和他的人道主义。④库普林的长篇小说《亚玛镇》、《决斗》都是俄罗斯人道主义文学的经典之作。可以说，人道主义思想贯穿在库普林小说的所有创作中。而贯穿在库普林小说中的人道主义的具体体现则是他的民主和平等意识。库普林的人道主义强调以人为本，肯定个人的价值，维护个人的尊严与权利，认定人的本性为真、善、美，并以此为尺度来观察、衡量人类社会与其他事物。

对生命的爱是库普林小说创作的不竭之源。库普林描写底层人的生

---

① А. И. Куприн. Юнкера；Поединок.［Монография］М.：Воениздат，2002，с. 9.

② Там же，с. 10.

③ Там же，с. 9.

④ ［苏］帕乌斯托夫斯基：《面向秋野》，张铁夫译，湖南文艺出版社1992年版，第159页。

活，但他笔下的"小人物"常表现出英勇的精神。如《刚布利努斯》里的乐师几经磨难，最后成了残疾，但还豪迈无比地宣称："没什么！尽管可以把一个人弄成残废，但是艺术能经受一切，征服一切。"《怀表》表现了一个士兵为了维护自己的尊严和荣誉宁愿牺牲自己的生命。这就是库普林笔下的小人物的刚毅和英雄气质。《石榴石手镯》里的小公务员日尔特科夫无畏达官显贵的威逼，为了自己心中神圣的爱情不惜牺牲自己的生命，他的死是对权贵的蔑视，对爱情的祭祀。《在马戏院里》的大力士阿尔布佐夫在竞技中拼尽了自己最后的精力和体力，正如海明威《老人与海》里的硬汉老人，我们说他既是失败者又是胜利者。桑提亚哥败在鲨鱼手下，他恶战一场险些丧命最后却空手而归。而阿尔布佐夫与对手恶战一场最后在对手的胜利中死去。阿尔布佐夫在比赛前身体极度不适和衰弱，这同其对手的强有力之间形成了鲜明的对比，这种对比表现了他几乎同桑迪亚哥一样的孤立无援。疲惫、倦怠、虚弱威胁着他，向剧院老板提出推迟比赛的请求遭到断然拒绝。他只能强撑着参加比赛……阿尔布佐夫最后输给了他的对手，同时也耗尽了自己的生命。用桑提亚哥的话来说："一个人并不是生来要给打败的，你尽可把他消灭掉，可就是打不败他。"阿尔布佐夫虽然失败了，但他同样表现出一种不屈的精神意志。这是库普林笔下的英雄主义，"小人物"的英雄主义。对"小人物"英雄主义的赞美也是库普林人道主义思想的体现①。

　　古希腊的德谟克利特说："不爱任何人的人，据我看也是不能为任何人所爱的。"亚里士多德说：" '善和至善'是人类一切活动的'目的'，人的最高的'善'是伦理学和政治学的研究的对象。"② 俄罗斯在世界历史上曾以最无人道、最残忍的国家而著称。文艺复兴以后，在世界范围内广泛蔓延的人道主义思想也逐渐影响到俄罗斯。文学中的人道主义主题贯穿着俄罗斯 19 世纪文学发展的整个历史。从普希金、果戈里、屠格涅夫、陀思妥耶夫斯基，直到列夫·托尔斯泰、契诃夫在

---

①　张晓东：《情感的诗学——亚·库普林小说诗学初探》，硕士学位论文，北京师范大学，2000 年。

②　杜任之、孙凯飞：《人道主义争论不清的症结在哪里?》，《文艺研究》1983 年第 4 期。

19 世纪末 20 世纪初的创作，俄罗斯作家都是以人道主义为出发点书写
"小人物"的生存境遇和心理状况。库普林继承了 19 世纪批判现实主
义的优良传统，把人道主义精神继续发扬光大，在自己的小说世界里为
人道主义作了进一步的诠释。库普林一直对"高尚与美好"保持着
"无限憧憬"①，对人性的善与美的肯定是他对人类和世界的祝福与祈
祷，更蕴含了库普林对生活的信心和勇气。

### 四　库普林爱情小说的悲剧精神及其诗学体现

（一）爱的神圣与永恒

帕乌斯托夫斯基说："库普林有一个神圣的主题。触及它时，库普
林带有纯真、虔诚和不安。而以其他方式对待它是不可能的。这个主
题，就是爱情。"② 对爱情的追求是人的本能。爱情在库普林的小说创
作中是一个非常重要的内容，库普林对爱情的理解如同他对生命的理解
一样复杂而独特。对于库普林而言，"忘我的、纯洁的爱情"是让人
"能够对抗虚假文明的真正力量"③。库普林笔下的爱情充满了诗意，他
小说中描写的爱情是真诚、热烈的，甚至是痴迷的。尽管库普林小说中
主人公的爱情大多没有得到完美的结局，甚至有些虚幻缥缈的味道——
可望而不可即，可即而不可守，然而库普林承认世界上有真诚之爱，
"爱情能够让人感到无比幸福，它是人一生中最幸福的事……库普林作
品中的人物，即便经常是一些最不起眼、最平常的人物，他们也都能非
常清楚地意识到爱情的美好"④。爱情的实现虽然常常非常遥远但并不
否认爱情的瑰丽和美好，这就是库普林的爱的逻辑。库普林在他的小说
里从人性的角度对爱情、对两性关系的本质进行了探讨。爱情能够赋予
人崇高的品格和力量，使人生充满了诗意，使人表现出神圣的品格，焕

---

① 　Волков А. А. Творчество А. И. Куприна. М.：1962, с. 423.

② 　［俄］帕乌斯托夫斯基：《文学肖像》，陈方、陈刚政译，人民文学出版社 2002 年版，
第 129 页。

③ 　Антамошкина З. С. Тема любви в творчестве А. И. Куприна. \ \ Филология и
литературоведение. 2015, № 4（43）. С. 7 – 12. \ \ http：//philology. snauka. ru/2015/04/
1326

④ 　Кулешов Ф. И. Творческий путь А. И. Куприна 1907 – 1938, Минск, 1986, с.
99 – 100.

发出圣徒一样的精神气质。赞美真诚而纯洁的爱情主题出色地表现在库普林的小说里。爱自己所爱的人而不得，仍不失为一种真爱。为自己所爱的人做任何牺牲，把自己的所爱作为自己的生命存在于自己的生命之中，爱得无比真挚，而把现实的一切盘算弃置脑后，库普林小说主人公在爱情中的生命感觉，他们对待爱情的忘我精神，是当下的生存世界里值得人们深思的话题。

　　存在主义哲学家萨特认为，"一个人并不是生来就有某种固有的特性或本质，相反，这个人通过选择和行动而造就了他或她自身的特性……"① "一个人所拥有的每一个欲求（或动机）就是这个人对存在的基本选择"② 库普林小说中的很多人物有一个相似的特点，那就是他们大多心地纯洁、富于幻想，热情而仁爱，同时又大多都不切实际、优柔寡断。他们对女性常常怀有如儿子崇拜母亲般的纯洁而神圣的情感。如《圣徒之爱》中主人公所说的话："我崇拜她，但从来不曾向她流露过自己的感觉。这对我来说是亵渎了神圣。"借用长篇小说《决斗》里的人物纳赞斯基的一段饱含激情的独白，库普林表达了这种理想化的没有希望的柏拉图式的感觉："我年轻一些的时候，有过一个幻想：要爱一个高不可攀、不同寻常的女人，您知道，是这样一种女人，我和她是永远不会有任何共同之处的。我一辈子定情于她，一心注定在她身上。我乔装打扮一下，去当一个勤务兵，仆人，车夫，都可以，只是为了想个法子一年里头哪怕只有一次能偶然见到她，吻吻她在楼梯上的脚印……"③

　　库普林与柏拉图 "对世界和生活本质的看法有很多相同之处"④。库普林的一些短篇小说是上述柏拉图式爱情的演绎。《石榴石手镯》（1911）中地位卑下的电报员日尔特科夫爱上了美丽、高贵的公爵夫人维拉·尼古拉耶夫娜。七年后，维拉的命名日这一天他寄来祖传的石榴

---

① ［美］理查德·坎伯：《萨特》，李智译，中华书局 2002 年版，第 7 页。
② 同上书，第 108 页。
③ 库普林：《决斗》，潘安荣译，人民文学出版社 1981 年版，第 58 页。
④ Щедринова О. Н. Идеи Платона в творчестве А. И. Куприна \ \ В сборнике: Родная словесность в современном культурном и образовательном пространстве сборник научных трудов V Международной научно – практической конференции. 2015, с. 55.

石手镯，在遭到上流社会的阻碍和拒绝后，日尔特科夫自杀。日尔特科夫毅然决然地结束了自己的生命。七年里日尔特科夫无望地爱着与自己地位相差悬殊的公爵夫人。在等级森严的俄国社会里，这种爱情只能是一个梦幻。他通过贝多芬的奏鸣曲最后告诉他所心爱的女人："我记得你的每一个脚步，笑影，眼神，你步履的声音。萦绕着我的最后记忆是甜蜜的忧郁——沉默而美丽的忧郁。但是我不想使你感到痛苦。我独自默默地离开，顺从了上帝和命运的意愿。'但愿你的芳名神圣不可侵犯。'"① 在这篇小说中作家表达了"爱情应该是悲剧、是牺牲"的观念：男主人公自杀只是为了成全所爱的人②。这种催人泪下的爱情充满了诗意，产生了感人至深的艺术效果。

在《萍水相逢的人》（1897）里，故事主人公"我"也是一个微不足道、默默无闻而又贫穷的年轻人。在一个阴雨连绵、潮湿寒冷的夜晚，这位平日里经常沉浸在自我幻想里的年轻人在大街上与一位孑然一身的贵妇人相遇。年轻人无法了解，这位夫人也许是受到了什么事情的刺激，也许是某种震撼内心的风暴促使这位素不相识的女人在秋雨连绵的夜晚跑到街头，也许她所受到震撼的力量要比死亡更加强烈。这件事情过后，这位年轻人陷入了幻想和对这一萍水相逢女子的深深思念之中。尽管年轻人的这种爱情完全是一种痴心妄想，然而在他自己看来，他是幸福的，正是由于这位萍水相逢的女人使他在一生中度过了苦闷而又愉快的四年时光。在他看来，在爱情生活中，只有希望和期待才是真正的幸福，而美满称心的爱情会逐渐枯竭。年轻人就这样毫无希望地沉浮在自己构想的爱的海洋里，心中燃烧着永不熄灭的爱情之火，内心充满着无限的柔情蜜意。

在《阿列霞》（1898）里，库普林讲述了一个更加感人至深的爱情故事：医生万尼亚在森林里迷路，与从小被当地人驱逐到大森林里的"女巫"阿列霞相遇并相爱。他们在森林里演绎着美丽而动人的爱的神

---

① ［俄］库普林：《石榴石手镯》，《黑色的闪电》，潘勋照、刘璧予等译，上海译文出版社 1987 年版，第 218 页。

② Антамошкина З. С. Тема любви в творчестве А. И. Куприна. \ \ Филология и литературоведение. 2015. № 4（43）. C. 7 – 12. \ \ http：//philology. snauka. ru/2015/04/ 1326

话，忘记了世俗的禁忌。美丽纯洁的自然之女阿列霞从小就与外婆一起生活在远离人群的大森林里，她明智地想到她和万尼亚的爱情不会有美满的结局。因为万尼亚来自上流社会，他们完全是两个来自不同社会阶层的人。阿列霞听从了万尼亚的劝告试图改变自己的信仰，因此她独自一人来到基督教堂。然而那些当地人——这些上帝的子民不能容忍一位"女巫"走近他们神圣的领地，于是，阿列霞被这些人围攻殴打。阿列霞受了重伤，然而为了爱情她甘愿做任何牺牲，即使蒙受巨大的屈辱和不幸也无怨无悔。最后，因为一场暴雨毁坏了当地农民的庄稼，阿列霞被认定是这场自然灾害的元凶，不得不与外婆一起背井离乡逃离他们原本已经远离人迹的森林小屋。当万尼亚赶到这里时，看到的只有阿列霞留给他的一串红色珊瑚珠子。这是作为他们永远分别的纪念。

在库普林的这些小说里，男女主人公的独立不羁与感性生命力的自由发挥，固然体现了人在自然状态中对于本真存在方式的追求，然而，他们还不是现实中完整的感性生命。库普林对爱情的诗意描绘，对主人公真诚纯朴性格的刻画体现了他对现实等级社会的批判，对自然人格的称颂。

爱是人的天性，对爱情的追求是人所共有的天然权利。库普林以爱情为主题的小说还有《在会让站上》（1894）、《龙舌兰》（1895）、《苏拉弥菲》（1908）等。库普林笔下的爱情描写有着强烈的艺术表现力，而且还包含着哲理性，以至出人意料地使作家那种清醒冷静而又深刻的现实主义风格增添了浓厚的浪漫主义色彩，常常深深地打动读者。库普林的爱情小说没有否定肉体，否定爱情，他否定的是导致爱情悲剧的万分可怕的现实生活。库普林相信世界上有真正无私而真诚的爱情，这是人世上最美好的情感。当一个人陷入爱河时，他往往相信自己制造的幻梦并且沉醉其中，甘心情愿地受其折磨——库普林把这种被爱征服的心理生动地展示在读者面前。库普林所要告诉读者的正是这样的爱情的"本质"。

库普林对爱情的描写感伤而不颓唐，热烈而不淫秽。他笔下人物的纯洁爱情在与社会偏见的激烈冲突中表现得更加崇高与坚贞。他的爱情故事打动着成千上万的读者，无数读者为他笔下人物的爱情洒下同情的泪水。他的创作吸引了世界电影艺术家的注意，一些作品如《女巫》、

《决斗》、《石榴石手镯》被改编成法国电影。长期以来，人们往往把库普林的小说创作简单地归入现实主义作家一类，事实上，库普林的许多小说创作都体现了情感表现诗学的特征，某些作品具有浓厚的浪漫主义风格。

（二）爱的无奈与困境

库普林小说中的爱情故事尽管充满了诗意和浪漫情调，又常常笼罩着悲剧的色彩。他笔下的爱情在给人带来梦幻般幸福的同时，也映现了无爱人生的孤独和凄苦。无望的爱情使库普林小说主人公的人生体现着一种悲剧性。悲剧性——这是一个美学范畴，用来概括主人公在生命活动中展开的、导致主人公痛苦和毁灭或其生命价值毁灭的无法解决的矛盾冲突。库普林的爱情小说经常描写主人公的真诚之爱，而这种真诚之爱又处于一种毫无希望的状态和困境之中。造成这种人生困境的因素有的来自生命个体本身，更主要的是来自世俗社会。

《石榴石手镯》里地位卑下的日尔特科夫七年如一日地爱着美丽、高贵的公爵夫人维拉，但七年的相思并没有打动她，直到日尔特科夫死后维拉才意识到这份爱的珍贵，然而爱情已经不复存在。女主人公维拉只有当爱情已经消失或失去的时候才恍然领悟到它的存在，也就是说，在女主人公意识到爱的那一刻的同时，最真挚、最神圣的爱情已经一去不复返了，悲剧性由此而生。

库普林小说中的主人公大多没有得到爱情的和谐美满，因此可以说悲剧精神在其爱情小说中具有较普遍的意义。长篇小说《决斗》中的主人公罗马绍夫天真地爱着工于心计的有夫之妇舒萝奇卡，和小说的另一位男主人公纳赞斯基一样，他们的爱情尽管热烈感人却又毫无希望，最后罗马绍夫死于他的这位阴险情人的设计之中。在《萍水相逢的人》里，男主人公更是无望地爱上了萍水相逢的一个女人，四年里魂牵梦绕，而他所爱之人根本就不知道他的存在。短篇小说《摩洛》里的男主人公爱上的是一位唯利是图的女子，他所爱的人投入了有钱的资本家的怀抱。《阿列霞》中的万尼亚与阿列霞两情相悦，但黑暗的社会现实注定使他们的爱情成为昙花一现的幻梦。库普林用幻觉、梦境、意识流等手法刻画了主人公的内心情感，产生了感人的艺术魅力。

在库普林的小说创作中，主人公的不幸令读者感到深深的悲哀和深切的同情，令人感叹人生的无奈、迷惘和困惑。在古今中外的文学中大量存在着爱情的不幸和悲剧。真诚的爱情总是文学艺术关注的一种特殊的美。爱情的痛苦与不幸在文学史上是历久弥新的主题。然而库普林想要揭示的人生哲理并不仅仅局限于一个个爱情的悲剧故事上。他要揭示的是主人公生活的重负和身心欲望的不能满足。"从理论上说，社会道德规范与爱情、与个人幸福应该是一致的而不应该是矛盾的。但在实际生活中两者却常常是矛盾和冲突的。"① "'爱'没有错，社会规范也没有错，但两者却是相互冲突相互否定的。"② 爱的无奈与困境，这是人追求个人幸福的权利和愿望与社会道德规范、传统习俗的矛盾和冲突，也是人的感性与理性之间的矛盾和冲突。

叔本华认为："一切意愿都产生自需要，因而是产生自缺乏，因而是产生自痛苦。……欲念的目标一旦达到，就绝不可能永远给人满足，而只是给人片刻的满足；就像扔给乞丐的面包，只维持他今天不死，使他的痛苦可以延续到明天。因此，只要我们的意志里充满了我们自己的意志，……我们就不可能有持久的幸福和安宁。"③ "快乐不再是一种实在的善，而只是永恒的痛苦当中短暂的间歇，而且相形之下，使痛苦更令人难以忍受。"④ 19 世纪末到 20 世纪初，出现于欧洲文化中的精神危机波及各个文化领域。这种危机突出表现为知识分子进步的社会理想的破灭及对现行社会制度必然灭亡的灾难性预感。重估一切传统道德价值、对科学认识信仰的破灭及对唯心主义哲学的迷恋，深深反映了这场危机的规模之大、范围之广。俄国文化在这一大变动中自然不能也无法不受到强烈的冲击。当时的俄罗斯，正处在旧的价值体系全面崩溃，新的价值体系全面形成的时代，惶恐、绝望的气氛笼罩着整个社会。"正是因为意识到了旧俄面临毁灭的危机，才给它注入了一种'强心剂'，使得贵族知识分子的探索热情空前高涨。这种探索的内在动因是要通过'革新'来拯救俄国文化，最终的目的是拯救风雨飘摇中的俄国。与拯

---

① 胡山林：《文学艺术与终极关怀》，中国社会科学出版社 2005 年版，第 113 页。

② 同上书，第 115 页。

③ ［德］叔本华：《作为意志和表象的世界》，转引自朱光潜《悲剧心理学》，江苏文艺出版社 2009 年版，第 119 页。

④ 同上书，第 120 页。

救的同时又时时意识到这种所谓拯救的无益，乃是他们的显著特点。"①
1905 年革命失败后俄国知识分子的精神危机进一步加重。在这样一种
广泛的社会背景之下，在俄国，社会上广泛流行着悲观主义情绪以及自
由派知识分子对解放运动的怀疑。库普林的创作典型地反映了这一特定
时代、特定环境中一部分知识分子的思想情绪。

　　对爱情的赞美与爱情的难以实现在库普林的小说创作中形成了尖锐
对立的悲剧性冲突。他笔下的爱情因其纯洁无私而显得崇高美丽，而因
崇高美丽情感的毁灭而更凸显人生的悲剧意义。人在现实人生和世俗社
会中只能无奈地选择屈服，爱情的悲剧和人生的悲剧也就在所难免了。
库普林提出了人的悲剧命运的主题，隐含了作者对俄罗斯命运乃至人类
命运的深刻思索。早在弗洛伊德之前，陀思妥耶夫斯基已经将手术刀探
入人的潜意识层面，表达了人潜意识层面中的本我、意识层面的自我、
超我间的冲突，表达了人的非理性冲动对理性规则的反抗。库普林也看
到了人性的缺陷，看到了人在天性上便是非理性的，非理性经常会对人
的理性造成冲击。在茫茫的宇宙中，人无疑似风中的一粒砂般渺小和微
不足道，人无论怎样挣扎都难以实现生命的美满与和谐，令人相信似乎
生活中有一种不可诠释、操纵性的力量在冥冥之中左右着人的命运，使
人只能就范而无法逃脱。这其中隐匿着不可解读的神秘主义正是库普林
小说内在精神的载体。

　　"面对上述人生困境，谁也没有两全其美的办法。不是哪个人乃至
整个人类的智慧不够，而是因为困境的本源性、根本性——困境之所以
为困境，就因为走不出，能走出就不叫困境。这里没有两全，只有两
难。"② 如果把库普林许多爱情小说中故事的结局联系起来，不难明白
作家想要表达的一种意向：当今的人们陷入了一种困境，人们的困境产
生于人的自然归向与人的理性归向之间的矛盾。这些故事中主人公的不
幸，不仅仅是男人或女人的不幸，而是整个人类所面临的一种生存困
惑。因此发生在主人公身上的故事就有了某种象征意义，库普林所关注
的问题和透视的角度也就有了人类性、世界性。而如何解决这样的矛

　　① 　张冰：《陌生化诗学》，北京师范大学出版社 2000 年版，第 21 页。
　　② 　胡山林：《文学艺术与终极关怀》，中国社会科学出版社 2005 年版，第 117 页。

盾，他找不到答案，也找不到摆脱困境的出路。库普林是个忠实于现实生活的艺术家，他不愿对生活作简单化的处理，这正体现了作家的现实主义态度，体现了他作品思想和艺术的深度。然而同古今中外的所有伟大的思想者一样，正因为没有答案反而证明了思想和思想者的价值。这也正是库普林内心世界的矛盾冲突所在和困惑所在。而这冲突和困惑又何尝不是那个非常时期一部分人共同的心路历程，它体现了处于历史转型、时代变迁之际失去了旧的信仰又未找到新的信仰的人们普遍的精神危机，传达出作家对时代生活面临重大动荡与剧变的朦胧预感。

（三）爱与死

爱与死是文学艺术经常关注的主题，这一主题让我们尝试从人生视角对文学作品做出一些其他含义的解读。爱情问题是一个超越时代的人生问题。库普林的小说中爱与死常常是形影不离的。他小说中的主人公常常深深地陷入情网之中，并且最终为爱情付出了生命的代价，或者被残酷的命运之神推上了死亡的列车。《决斗》中的罗马绍夫死于自己情人的阴谋之中；《石榴石手镯》里的日尔特科夫为了实现爱人所希望的"结束一切"，他在结束自己爱情的同时结束了自己的生命；《萍水相逢的人》里的地位低微而贫穷的年轻人在向自己所爱的女人倾诉自己爱情的时候，他能活在世上的时间只剩下一个月……库普林笔下男女之爱所反映出来的世事变迁、人情冷暖、生活的磨难从客观上一方面披露了社会的矛盾和冲突，另一方面也表现了一种幻灭和迷惘的世界感受。爱情是美好的，对爱情的渴求和对生命的思考体现在库普林的小说创作之中，这是库普林小说世界里爱情与生命的悲歌。

托尔斯泰曾经指出："世界上最不可理解的就是人类。"[1]《石榴石手镯》里的阿诺索夫将军的一段话很能说明问题："难道每个女人不都在心中幻想着这种爱情——唯一的、宽恕一切的、不惜牺牲的、谦逊而忘我的爱情吗？"[2] 帕乌斯托夫斯基说："《石榴石手镯》这部中篇小说之所以具有特殊的魅力，是因为故事中的爱情，在日常琐事中，在清醒的现实和僵化的生活中，它仿佛是一个意外的惊喜。它富有诗意，使生

---

[1] 张秀章、解灵芝选编：《托尔斯泰感悟录》，吉林人民出版社2003年版，第1页。
[2] 库普林：《石榴石手镯》，蓝英年、杨骅译，浙江文艺出版社2002年版，第168页。

活充满了阳光。"① 然而，在许多情况下，控制人的常常不是理性的、光明的因素，而是非理性的、阴暗的因素。对个体生命及其存在意义的关注和思考体现在库普林的小说中。"存在"是同个人的感情体验密切相关的。萨特说，存在主义就是一种人文主义。它首先表现在对人的情感的关注，也就是对情感存在状态的关注。库普林作品刻写了一系列人物的情感世界，表现出存在主义者的人文思想。

库普林本人是个外表粗犷而内心敏感的人，他本人始终渴望着高尚的、浪漫的、珍藏在心底或观念中的纯洁爱情。他首先写的是生活本身，他是一个对现实生活有着深入细致的体验和观察，既能客观冷静地摹写外部现实，又积极关注人的内心情感世界的作家。在晚期小说《士官生》（1933）里，他细致生动地描写了自己年轻时代与一位教授的女儿济娜的恋爱经历。在库普林的军官生活结束之前，他与一位上尉的妻妹相爱，但是上尉对库普林说：你那区区 40 个卢布的薪俸将来怎能养活家小？如果要和我的妻妹结婚，你必须先进陆军大学深造一番才行。然而就在库普林北上考试途中的一次偶然的事件使他失去了报考的资格，与那个蓝眼睛的姑娘和当高级军官的锦绣前程分道扬镳了。初恋失恋的打击对库普林来说是沉重的，也促使他形成了自己独特的爱情观。库普林因为个人痛苦的爱情经历而内心充满了对真挚爱情的梦想，并且强调它对于人生的重要意义。

库普林承认世界上有真正的爱情，认为真正的爱情能使人战胜死亡，超越生死，因此他的爱情小说充满了浪漫主义色彩。同时，库普林又是一个现实主义作家，爱的痛苦、爱的无奈、爱的创伤在他的作品中也得到了生动的阐释。爱情是纯洁而美丽的，追求爱情是上帝赋予人们追求幸福的天然权利，然而爱情给人带来的往往不是幸福和甜美，爱情的来临又常常伴随着痛苦，甚至伴随着死亡。库普林小说中的人物都把爱情视为比自己生命还要宝贵的东西，尽管他们都没有获得美满的结局，但在这些人物身上都浸透着库普林本人对爱情与生命的思考。"生

---

① ［俄］帕乌斯托夫斯基：《文学肖像》，陈方、陈刚政译，人民文学出版社 2002 年版，第 130 页。

活是残酷的、荒谬的，心灵却并不一定孤独、寒冷。"①"当下的生存世界充满无常的生死、天灾人祸、不可预测和控制的种种险恶，而在所有这些可怕情况中，人对自身孤独、分离、冷落的意识是最难忍受的。如何克服孤独，如何得到温馨，如何超越个体生命的分离状态，是不同时代不同文化的人都面临着的共同问题。"② 库普林向世人展示了爱的更高意义，不再依存于自我中心和自然情欲，这种爱超越世俗，超越生死，库普林向世人阐释的爱情不是占有和索取，而是无私的奉献和给予。

当然，在审美领域里，库普林笔下主人公的爱情单纯而美丽，具有一种超凡脱俗的魅力，显示着一种崇高的价值和内涵；然而在现实生活中，这种爱情却因其单纯而显得有些偏执。因此，当我们从审美角度赞美与称颂这种爱情时，在社会实际生活中务必给予必要的审视。"只有驾驶自己的激情，克制自己的欲望，用理性的力量约束自己，达到感性与理性的统一和谐，人才能获得真正的自由。仅仅具有感性或仅具有理性的人格均不是完美理想的人格，真正理想的人格是感性与理性统一的人格。"③ 库普林小说中主人公的爱情悲剧固然是他们的性格与社会环境尖锐冲突的结果。在冷酷的环境中这些单纯地奉献自己满腔激情的人难以继续生存，他们的爱情悲剧从某种程度上说即是他们命运的悲剧，他们的死是对冷酷现实环境的抗争和控诉。

## 第四节　人与上帝：库普林小说的宗教伦理思想

俄罗斯人是笃信宗教的民族。10 世纪基督教被弗拉基米尔宣布为国教之后，宗教文化世俗化，并且逐渐成为俄罗斯民族文化的一个重要组成部分。东西方教会分裂之后，由于地理、历史、经济、文化等多种原因，东正教成为俄国人信奉的正教。东正教在俄国经过多次变革，逐渐被沙皇利用成为专制统治人民精神的工具，成为支撑俄罗斯帝国大厦

---

① 金丽:《圣经与西方文学》，民族出版社 2007 年版，第 309 页。
② 同上书，第 312 页。
③ 杨素梅、闫吉青:《俄罗斯生态文学论》，人民文学出版社 2006 年版，第 104—105 页。

的重要支柱之一。尽管几个世纪以来的宗教及教会不断地暴露了其虚伪性和欺骗性，但是原始基督教义还是随着宗教的发展在俄国社会广泛地传播开来，深入普通百姓的心灵。原始基督教义中的博爱、平等观念正是俄罗斯文学中人道主义的重要源泉。由于俄国沙皇专制制度比欧洲任何一个专制国家都强固得多、野蛮得多，它对全体人民和先进知识分子的残酷压迫、摧残，远胜于西欧专制国家对人民的控制和对思想的扼杀。多少世纪以来俄罗斯人民一直生活在暗无天日之中，以至使俄罗斯的文学从古至今无论诗歌还是小说都浸染着一种沉郁的旋律和厚重的色调。宗教是他们沉重而艰辛的苦难生活中的精神支柱。他们的宗教感情和观念使他们认为，每个人都是上帝的罪人。俄罗斯民族文学中的人道主义正与这个民族的宗教文化传统有关，库普林作品也显示了这方面的特点。

　　库普林是一位有深厚的宗教情感和深刻的宗教意识的俄罗斯作家。库普林出身寒微，从小经历过生活苦难的库普林不仅体验着作为底层普通人必然经受的苦痛，看到了社会的丑恶与不平，也对蕴蓄在俄罗斯普通人灵魂深处的民间信仰、宗教心理有着比较深入的了解。因为他本人也曾是这个阶层中的一分子，所以库普林能够洞察这一切，与他们的心灵息息相通。库普林的小说也从宗教信仰的角度揭示出俄罗斯普通人的心理特征。他的作品反映出来的宗教观念和宗教伦理思想是我们解读他作品的一个重要切入点。透视库普林作品所体现的神秘主义内涵，探讨普通俄罗斯人世界观中的宗教情感以及小说所体现的作者以人道主义为核心的宗教伦理观，是库普林小说研究的一个关键。

## 一　俄罗斯宗教文化语境下的互文记忆——库普林小说与《圣经》

　　库普林并不是一个真正的基督教徒。据库普林的女儿回忆：当老保姆教导他的女儿向上帝祈祷的时候，他不假思索地劝导女儿把祈祷转向太阳、火焰、月亮和大树："早晨当你起床从窗口看见太阳时，你就合上手对它说：'你好，上帝！这就是你的全部祈祷文……'"① 当然，这

---

① Олег Михайлов. Жизнь Куприна Мне нельзя без России. Москва：центрполиграф，2001，с. 199.

种对自然的崇拜在俄罗斯有着悠久的历史传统，包含着多神教等民俗信仰的因素。尽管如此，库普林仍是一位有着深厚的基督教情感的俄罗斯作家。基督教是俄国民族文化的重要组成部分。宗教是俄罗斯人在沉重而艰辛的苦难生活中的精神支柱。可见，对一位俄罗斯作家而言，基教教作为一种文化传统，无论在基督教徒还是非基督教徒教心中都打下不可磨灭的烙印。从库普林的自传、随笔以及与友人的书信等文献资料中，我们也可以深切地感受到俄罗斯深沉而浓厚的宗教文化的渗透。他的作品反映出来的宗教观念和宗教情感是我们解读他作品的一个重要切入点。

　　尽管作家本人并不是一个真正的基督教信徒，但作家本人的诗学原则是由文化结构决定的，受其文化语境的制约。如果我们把批评的视野纳入文化的范畴，考察作家在宗教文化语境下的思维方式及其文学创作，更有益于我们理解作品中的情节设置，形象塑造以及表现风格。作品中主人公面对人生问题的困惑和无奈，既符合作家本人的宇宙观，也符合基督教义中的"上帝主宰一切"的观念。这就是库普林对于宗教的态度，他不是信徒，这是一种"继承下来的情感"，不同于虔诚的笃信上帝，不同于教堂基督教和教会的基督教。作者通过作品，通过小说与《圣经》的互文写作，探索的是历史与现实中俄罗斯知识分子的命运，俄罗斯民族的前途和命运。

　　库普林在整个俄罗斯宗教文化语境下进行互文写作，这是建立在整个民族思想基础上对文化的一种互文记忆。通过小说与《圣经》的互文形成对意义的阐释和激发。因此，读者需要理解和掌握一定的宗教文化知识才能更好地完成这种宗教文化互文的动态运动。

　　众所周知，《圣经》的人物原型、故事母题、叙事结构、语言风格对西方文学产生的影响是极其深远的。借用或演绎《圣经》中的观念是文学作品中经常出现的情况。任何一位在基督教文化氛围中成长起来的作家都不可避免地受到《圣经》观念的影响。俄罗斯是东正教大国，耳濡目染，作家身上浸透了浓厚的东正教情感，宗教的观念和感情自然渗透他的创作之中。库普林的小说不可避免地受到《圣经》的各种主题、象征、典故与意象的影响。

　　库普林的作品中经常出现如：罪、堕落、爱、仁慈、忏悔、拯救等

《圣经》中常见的宗教概念。《亚玛镇》的主题，与《圣经》有很深刻的联系。在这部长篇小说里，库普林在揭示众多沦入火坑的妓女不幸命运的同时，愤怒地谴责了那个给她们带来苦难命运的社会。在这部小说里，库普林向社会尖锐地提出了"谁之罪"的问题，作家的这种对罪的关注体现了他对人性问题的深入思索。带着这一问题我们把《亚玛镇》同《圣经》里的原罪问题联系起来，有助于我们对这一现实主义小说的深入理解和解读。

　　《新约》里讲过这样一个故事，生动地表达了在上帝面前人人都是罪人、人人都有罪的观点：文士和法利赛人带着一个行淫时被抓的妇人来到耶稣面前要耶稣定她的罪。他们不停地问耶稣，一直弯腰在地上画字的耶稣直起腰来，对他们说：你们中间如果谁没有罪，谁就可以先拿石头打她。接着继续弯腰用指头在地上画字。这些人听了耶稣的话，就从老到少，一个一个地都出去了，只剩下耶稣一个人，还有那被抓来的妇人仍然站在原处。耶稣直起腰来，问她：夫人，那些人在哪里呢？没有人定你的罪吗？她说：主啊，没有。耶稣说：我也不定你的罪。去吧！从此不要再犯罪了。(《约翰福音》8：3-11) 故事表明，没有人能够否认自己在上帝面前不是罪人，所以没有人敢扔出第一块石头。

　　按照《圣经》的理念，罪不仅包括人在行为上所犯的罪，也包括人在内心所藏的犯罪意念，即使这些犯罪的心念没有变成行动，造成恶果，人也是等于陷入罪孽之中。有人看不起妓女，可耶稣说：谁没有罪？除了天父之外，谁都不完善，谁都有罪。可以说："圣经有两个'人人平等'：一是人皆神之造物，都因神的形象和灵魂而具有不可剥夺的尊严和权利；一是人皆是亚当夏娃的子孙，都因他们背离神而具有无法逃避的罪行和罪心。第一个'人人平等'表达了人的天然高贵，第二个'人人平等'反映了人与生俱在的卑劣。这两个'人人平等'具有特别重要的社会意义。第一个'人人平等'，使我们对一切人——不管他是刚刚出生的婴儿，还是对社会做出伟大贡献的英雄，还是万恶不赦行将正法的罪犯——都怀有一种宗教意义上的看重和珍惜，都能以一种超越历史价值和社会功利的情怀和心意对他们一视同仁。第二个'人人平等'提醒我们，尘界不存在绝对的正确，人人都是罪人。不仅锒铛入狱的人有罪，在成功的红地毯上昂首阔步走向荣耀的人也有罪，坐在领袖的宝座上指点江山挥斥方遒的人也有罪，捧圣书魔杖头顶光环呼风唤雨的宗教圣人也有罪，当然包括我们自己也没有一个人没有罪。"①

在《亚玛镇》里，无数个满嘴仁义道德、道貌岸然的正人君子转眼间撕下了自己的伪装，露出了他们隐藏在文明面具下的好色之徒的真面目。比较典型的是副教授雅尔琴科。这位满嘴道德仁义的教授到了妓院以后转眼间撕去了自己的道德假面，露出了好色之徒的嘴脸。在《亚玛镇》这部小说里，库普林描写了无数这样带着文明面具的好色之徒。库普林在这里揭开了这些人的真面目，目的是要告诉人们，真正丑恶、卑劣的不是落入火坑的不幸女子，在正义和公理面前，所有这些人都是有罪的，这也是《圣经》里曾经向人们阐释的一个道理。《亚玛镇》这部小说的总题旨实际上正是《圣经》里"人人平等"这一观念的演绎。如前所述，作者通过小说中人物之口所表达的那样：过错不在女人，而在男人。正是无数男人的私欲和荒淫才产生了卖淫这一可悲的社会脓疮。

当然，卖淫现象是随着私有财产的出现而出现的，在资本主义社会里卖淫现象得到了恶性的发展。这种恶性的毒疮之所以得到扩散，这是与无数男人或女人的私欲分不开的。对金钱的贪欲是把妇女当作商品一样买卖的又一劣根。在无数个落入火坑的不幸女子面前，库普林谴责了荒淫的无耻之徒，批判了妓院鸨母的贪婪和狠毒，戳穿了人口贩子可恶的嘴脸。这些社会的蛀虫和无耻之徒哪一个比妓女更高尚？更纯洁？在上帝面前，哪个人敢摸着自己的良心说自己无罪？

库普林对落入火坑的妇女表达了自己深切的同情和人道主义情怀。这些不幸姑娘每一个都有自己不堪回首的身世，在深陷泥潭的境遇中在她们身上又时时闪烁着人性的光辉。"使人过多地看到他和禽兽是怎样地等同而不向他指明他的伟大，那是危险的。使他过多地看到他的伟大而看不到他的卑鄙，那也是危险的。让他对这两者都加以忽视，则更为

---

① 金丽：《圣经与西方文学》，民族出版社 2007 年版，第 135—136 页。

危险。然而把这两者都指明给他，那就非常有益了。"① 这些落入火坑的姑娘内心还保存着对于文明社会所建构的爱情的憧憬，为了所爱的人她们可以做最大的牺牲。在苦难的命运中她们相互救助，相互关心，在她们的身上时时闪耀着人性的美。库普林对这些落入火坑的妓女的人性化描写，体现了作家的人道主义精神，体现了作家众生平等的观念，即《圣经》里所宣扬的'人人平等'的思想。

在《路加福音》9：25 里耶稣有一句名言：人若赚得全世界，却丧失了自己的灵魂，有什么益处呢？这是告诉人们对待金钱的态度，不可以谋不义之财。在《亚玛镇》里，妓院的老板娘即鸨母安娜·马尔科夫娜在把妓院盘出后一个礼拜便一命归西了。《旧约》里上帝经常用火来惩罚违背上帝意志的人，而亚玛镇在最后也倾覆于血雨腥风之中，一场大火把这个充满罪恶的人间火坑烧个精光。亚玛镇的覆灭也令人想到一个《圣经》的故事，即上帝要毁灭"所多玛"城。在旧约《创世纪》的第 18 章和第 19 章里讲道：所多玛是一个伤天害理的城市，市民们干尽了邪恶残酷的勾当，所以上帝用燃烧着的硫磺雨将其毁灭了。所多玛城因邪恶和堕落被上帝（正义或天道）所毁，亚玛镇最后的结局也是由于"文明"和"野蛮"的颠倒毁于腥风血雨之中。这就像一个寓言：一切邪恶和野蛮都将为天道所罚。给亚玛镇安排这样的一个结局，是作家的匠心独运。库普林在这里对于"文明"与"野蛮"的幻象和颠倒的批判体现了他的宗教伦理立场。

在《亚玛镇》这部作品中，小说中的记者普拉东诺夫可以视为作家本人的代言人。即将告别苦难人世的任妮亚和他之间有这样一段对话：

> "我还忘记问您了，谢尔盖伊凡诺维奇……这是最后一个问题……到底有没有上帝"
>
> 普拉东诺夫皱起眉头。
>
> "我怎么回答你好呢？我不知道。我想，上帝是有的，不过不是我们想象的那样。他更博大，更有智慧，更公正……"

---

① ［法］帕斯卡尔：《思想录》，何兆武译，陕西师范大学出版社 2003 年版，第 214 页。

　　"那么未来的生活呢？那边，死了以后呢？有没有向大家所说的天堂和地狱？这是真的吗？或是根本没有？不过是骗人的？是一次没有梦的酣睡？是黑暗的地下室？"

　　普拉东诺夫竭力不去看任妮亚，一直沉默着。他觉得又难过又害怕。

　　"我不知道，"他终于费力地说了一句。"我不想骗你。"①

　　从以上的对话中我们似乎可以感觉到作者本人内心的疑虑和困惑。上帝是否存在的问题以及人们信仰的应该是什么样的上帝。这一系列问题是当时人们面对生存的困惑所苦苦思索和追问的。"现实是理性所不能认识的，只有通过神秘的直觉才能得到认识。"②"这种基本的世界观特殊性引发了俄罗斯人的神秘主义认识论，从古至今对俄罗斯人一直有着巨大的，甚至可以说是决定性的影响"。③ 在《亚玛镇》中，塔玛拉终于在一些善良人的帮助下按照基督教的仪式安葬了死去的任妮亚之后，小说中有这样夹叙夹议的一段：

　　"上帝啊，让你的奴仆安息吧，让她进入天堂，愿圣主和圣徒的脸像星球一样光耀天下，让你死去的奴仆安息吧，宽恕她所有的罪孽。"

　　塔玛拉谛听着早已熟悉，早已听过的歌词，脸上现出苦笑。她想起任妮亚那些充满绝望和怀疑的激烈言词……大慈大悲、赐福人类的主能不能宽恕她那污秽、疯狂、充满仇恨、违反教义的一生呢？无所不知的上帝，难道你会抛弃她——这个违背你教诲的可怜女人，这个指责你光辉圣名的孩子？你是善良的化身，你是我们的慰藉！

　　在水晶一样澄澈的寒冷空气中，庄重、雄壮和悲哀地回荡着整齐的歌声："神圣的上帝，神圣的可信赖的上帝，神圣的永生的上

---

① ［俄］亚·库普林：《亚玛镇》，冯春译，上海译文出版社 2002 年版，第 320 页。

② 金亚娜、刘锟、张鹤等：《充盈的虚无——俄罗斯文学中的宗教意识》，人民文学出版社 2003 年版，第 1 页。

③ 同上。

帝，宽恕我们吧！"这首大马士革约翰的古老曲子表达了对生活的多么热切的永不满足的渴望，对生活中像梦一般转瞬即逝的欢乐与美好的思念，对死亡的永恒沉默的恐惧！①

　　我们看到，在坎坷经历与"存在主义式"的敏锐感觉作用下，库普林形成了他矛盾的世界观。他看到现实生活远非人们希望的那样健康、纯洁、美好，生活中充满了各种各样的晦暗和不和谐，整个世界充满了不可解读的奥秘。任何个人都无法左右自己的命运，都只是神秘命运的体现者。"维特根斯坦认为宗教是一种生活方式，问题不在于上帝存不存在，而是上帝一词起不起作用。他说：'上帝的本质便保证了他的存在——这就是说，真正说来这里与（上帝）存在问题无关。'他认为对宗教信仰根本不能有意义地谈论其真假，它也不需要建立在历史真实性的基础之上。……在维特根斯坦看来，宗教信仰只可能是像充满激情地决心接受一个参考系那样的东西，因而尽管它是信仰，真正说来它是一种生活，或者是一种判断生活的方式。"②

　　俄罗斯人这种视同生命的内在的宗教感是与生俱来的。俄罗斯人的心中不能没有上帝。从这种宗教感中产生出俄罗斯知识分子各种典型的宗教观念，成为世界思想史上的一个独特的体系，俄国宗教文化的繁荣是直接源于这种宗教感的，以至于许多俄罗斯文学家的创作都具有启示录的特征，《亚玛镇》可以算作其中有代表性的一部。俄罗斯的人文精神和宗教情感，人类的原罪意识、救赎思想都体现在库普林的创作中。作者现实主义的目光洞察着现实生活中颠倒了的一切。作品所表达的对人性问题的探索表现出作者创作思维中的矛盾，这种矛盾来自俄罗斯知识分子固有的性格特征，即宗教情绪和虚无主义情绪的矛盾。

　　库普林还有几篇小说与《圣经》有着深刻的联系。《士官生》的

---

①　［俄］亚·库普林：《亚玛镇》，冯春译，上海译文出版社 2002 年版，第 360—361 页。
②　王志成、思竹：《神圣的渴望：一种宗教哲学》，江苏人民出版社 2000 年版，第 171 页。

"各个层面的叙述中都贯穿着东正教的象征和论题"①。而在《神医》里库普林所讲述的故事几乎就是一个《圣经》故事的翻版。在《圣经》中，耶稣不仅用言语教导人们助人、济贫、怜弱，更以实际行动去爱人、救人，实践其爱的律法。《福音书》里讲述了大量耶稣帮助穷人、给人治病播撒仁爱的故事。库普林的小说《神医》（1897）取材于当时著名外科医生尼伊皮洛戈夫的事迹。正如耶稣"为了救赎人类来到人间……他道成肉身降世为人的根本目的或最深层的意义，不只是让人得到身体安逸和精神安慰，更是要把人重新带回上帝面前，交付给天父慈爱的呵护"。② 赤贫的麦尔查洛夫一家在走投无路的情况下，在公园里偶然遇到的一位医生救了他的女儿以及他们全家。就像天使降临一样，这一家人走出了困境。麦尔查洛夫找到了工作，妻子也康复了，两个孩子进了公费中学。这位医生的确是创造了奇迹，他的所作所为完全符合《圣经》的规范。行神迹是耶稣由于超自然的能力而引起的超自然的事件。库普林在《神医》里讲述的几乎就是一个耶稣行神迹的故事。库普林小说的故事情节一般都有真实的现实依据，在这里他采用了《圣经》传统的叙事模式，"以契诃夫式的简洁和诚挚"③，讲述的是一个来自现实生活的真实故事。

旧约中《约伯纪》写一个深受上帝宠爱的义人约伯，他本来应有尽有，一切美满。有一天，上帝和撒旦就约伯是否忠诚的问题打了一场赌，上帝允许撒旦夺走了约伯的一切：财产被劫，孩子被杀，自己身上长满毒疮，成了一个可怜虫。"受难"是《圣经》里的一个重要主题。在这样的故事里，主人公要经受磨难，这种磨难通常又是他不该经受的。《旧约》里的约伯，《新约》里的耶稣都属于这种受难的人物。吃

---

① Вилков Д. В. Религиозно - нравственные аспекты дореволюционного образования в восприятии писателей русской эмиграции первой волны \ \ В сборнике: Актуальные проблемы социальной коммуникации материалы четвёртой Всероссийской научно - практической конференции. Факультет коммуникативных технологий Нижегородского государственного технического университета им. Р. Е. Алексеева. Нижний Новгород, 2013, с. 429.

② 金丽：《圣经与西方文学》，民族出版社 2007 年版，第 88 页。

③ Шалацкая Т. П. Тема детства в малой прозе А. И. Куприна：аспекты психологизма \ \ Вестник Омского государственного педагогического университета. Гуманитарные исследования. 2015, № 2 (6). с. 47.

苦、忍耐、受难、孝敬父母，甘为别人的利益作牺牲，这都是《圣经》里倡导的主题。

库普林《神圣的谎言》写的是一个好人受冤枉的故事。一位小公务员谢明纽塔以他特有的勤奋，每天不知疲倦地埋头于繁重而枯燥的公务中。然而厄运却总是追随着他。他所在的税务局里庶务官的桌子被撬开，里面的现金和印花票被盗，他的上司认定是谢明纽塔所为。受了冤枉的谢明纽塔被开除，于是他的生活陷入贫病交加的窘迫境地。然而，为了安慰自己寡居在孀妇院的老母亲，谢明纽塔尽量振作精神，努力摆脱穷困和潦倒的寒酸相，在母亲面前极力掩饰自己的不幸。在一年之中总有几天，他总要千方百计，哪怕忍受屈辱也要搞到十五戈比，用来洗澡、理发，买一块巧克力糖或者一个橘子，然后再低三下四地到同事家里借来上衣，把靴子的破洞涂上墨水……谢明纽塔就这样打扮一番去看望自己的母亲，调动着自己全部的灵感隐瞒自己的不幸，为的是不让母亲为自己的伤心难过。最后，也许是谢明纽塔的忍耐感动了上帝，命运之神终于向他露出了笑脸。作者说："生活中真会出现奇迹的！或者，这只不过是复活节讲的故事吧？"① 正像上帝最后把财富和喜乐还给约伯一样，命运之神还给了谢明纽塔以清白。老守夜人患了重病，在临终之前承认是他偷了钱和印花票。谢明纽塔的冤屈得以平反，他又回到了他从前的工作岗位，他和母亲又过上了舒适的生活。

陀思妥耶夫斯基认为《约伯记》反映了苦难和不幸中隐藏着人与上帝之间的某种秘密。约伯所受的折磨并不是对他的惩罚而是一种考验。《圣经》要求人们"凡事包容，凡事忍耐，凡事盼望，凡事相信"。在人生的苦难与不幸面前要忍耐，同时保持一颗良善的爱心，要孝敬父母，命运之神就会最终露出笑脸，这是《圣经》中的观念，也正是库普林所要向人们讲述的道理。

"作家在使用圣经典故时，就把他背后的《圣经》文本带入了作品，这时出现在读者眼前的实际上已经包括两个文本，一个是显性的，另一个是隐性的，而那个隐性文本可能会使那个貌似简单的显性文本变

---

① 库普林：《黑色的闪电》，潘勋照、刘璧予等译，上海译文出版社 1987 年版，第325 页。

得异常复杂且内涵丰富。"① 库普林在短篇小说《里斯特黎冈》的第五节"神鱼"里直接讲述了《圣经》外篇的故事：当耶稣基督被安葬后的第三天复活了的时候。人们在他活着的时候看见他创造了许多奇迹，但是对这个奇迹无法相信而害怕起来。连他的母亲也不信："如果你真是我的儿子耶稣，行个奇迹叫我相信。"主说："我拿这条放在火上的鱼，它就活了。那时你就相信了吧？"于是他用指头轻轻拿起鱼，刚提到空中，鱼就跳动着活过来。于是主的母亲相信了儿子的复活。这条鱼上面就留下了两块天青色的斑点，这是主的手指的痕迹。典故的运用无疑增加了作品的厚重。

在短篇小说《胡言乱语》里，库普林写了大尉马尔科夫在部队讨伐行动中荒诞离奇的噩梦。由于部队在沿途中对俘虏血腥镇压，马尔科夫在幻觉中看到即将被自己下达的枪决命令处决的老人，老人痛斥了人类社会有史以来的野蛮杀戮，沉痛地向马尔科夫讲述由于人性的恶而造成的种种惨不忍睹的人间悲剧，甚至讲述了人类历史上的第一次杀戮：那是圣经《创世纪》第四章里讲到的：该隐和亚伯是亚当和夏娃的两个儿子。冷酷、骄傲而且任性的该隐因嫉妒杀死了毫无防范的弟弟。上帝看到了所发生的一切。上帝告诉该隐：你将受到惩罚：大地将再也不为你长出饱满的谷物。你下半辈子将会成为一个流浪汉，无家可归。该隐和亚伯的传说是人类兄弟残杀的开端。"这一兄弟相残的行为宣告了人世间凶杀、动乱、战祸、强暴的开始，它乃人之原罪的直接后果。"②

在库普林的小说里，这个即将被处决的老人一会儿幻化成上帝："我看见过人类第一次流血的情景……"一会儿幻化成该隐："我在大地上已经流浪了好几百年，白白地等待着死神的到来。一种崇高的无情的力量把我吸引到了这样的地方，在那里血迹斑斑、受伤残的士兵在战场上死去；母亲们痛哭失声……"③ 在这里，库普林通过《圣经》故事对沙俄军队、乃至整个人类的罪恶、残忍和人性的丧失予以了沉痛地揭露和深刻谴责。现实社会中人与人之间的杀戮只不过是古老故事的现代

---

① 梁工、程小娟编著：《圣经与文学》，时代文艺出版社 2006 年版，第 8 页。
② 杨彩霞：《20 世纪美国文学与圣经传统》，中国人民大学出版社，第 203 页。
③ ［俄］库普林：《阿列霞》，杨骅等译，上海译文出版社 2002 年版，第 124 页。

翻版，古老的故事在不断地重复和再现，古老的人间悲剧在不断地重新上演，作家正是用《圣经》这一母题来述说人性中的邪恶，以此增加作品的力度。《胡言乱语》这篇小说表达了对人类现实和社会现状的痛苦和哀伤，使人看到的是作家心中对人类前途的忧虑和迷惘。这篇小说应和了《圣经》的叙事框架，这一小说的主题就是人类悲剧性地卷入到邪恶之中，只有奋力摆脱邪恶才可能最终得到救赎。小说中的老人是作家呼唤人类战胜邪恶、获得救赎的媒介。

人身上永远存在着自然的情欲与理性的争斗，或者说是神性与魔性的争斗。人的情欲一旦战胜理性，或者人的魔性一旦战胜人的神性，就是人堕落的开始。在库普林的短篇小说《画家的毁灭》里，一位本来前程似锦的画家伊利英由于一个贵妇人的引诱而堕落，成了一个无力自救的可怜虫。库普林把这一故事的开端设置在一个基督教堂的圣像前。画家在圣坛后面的墙壁上即将完成的一幅圣母画像。

> 无论是《圣经》中所描写的庄严而充满奇迹和神秘色彩的金黄色天空，还是给群像作为供桌之用的早晨的蔚蓝色薄云；无论是圣婴面貌与圣母面貌的感人的相似之处，还是那些满头鬈发的天使的可爱而动人的小脸蛋都流露出朴素而深挚的信念。而更使人神往和感人至深的则是圣母神圣而美丽的容貌。她的面容既温柔又严肃，一双眼睛仿佛能洞察时代而又充满顺从天命的无言的悲痛。①

对这幅完美无比的圣母画像生动的描写不仅使读者看到了伊利英从前是一个极有才华和抱负的青年，而且体现出作者本人内心对善与美的渴望，对神圣力量的渴望，从而体现出一种浓厚的宗教氛围和强烈的宗教情感。本来极有才华的年轻画家伊利英无法抵御魔鬼的诱惑而成为她的俘虏，从一个有美好前程的有为青年堕落成一个穷困潦倒的乞丐，受到惩罚。库普林在此一方面批判了贵族妇女的腐化堕落、心灵空虚和道德败坏，一方面告诉人们：情欲的诱惑是危险的毒汁，它可以使人堕落

---

① ［俄］库普林：《画家的毁灭》，《阿列霞》，杨骅等译，上海译文出版社2002年版，第59页。

甚至毁灭。古老的《圣经》堕落母题在此得以显现。伊利英一旦迈出了堕落的第一步，就步步走向堕落的深渊，像伊甸园里受到蛇的引诱偷吃了禁果而堕落的祖先一样，永远没有回头之路。

总的说来，库普林作为一位来自民间的艺术大师，他的一些作品体现着同《圣经》的深刻联系，由此我们可以管窥这位俄罗斯作家的宗教情结和宗教观念，这是耳濡目染民族文化熏染的结果，也是我们开启一位俄罗斯作家艺术世界的一把钥匙。

**二　库普林小说所体现的俄罗斯民族宗教心理特征**

从俄罗斯人最早出现在人类舞台上起，他的民族血统就具有明显的混合性，即北日耳曼人和东斯拉夫人的混合，其中占上风的是东斯拉夫人的因素。居住在东欧平原上的斯拉夫民族的生活习俗、语言文字、宗教信仰、思维方式、道德观念、历史传统构成了俄罗斯文化的主体。9世纪末，以基辅为中心，成立了很小的内陆国家基辅罗斯公国，臣服于拜占庭。公元988年（中国北宋初年），俄罗斯人从拜占庭接受东正教，成为欧洲国家，俄罗斯人进入了文明的时代。俄罗斯人的先知的预感、神秘主义的沉思、启示心境、宗教使命感和弥赛亚精神都源于拜占庭的宗教和文化。在俄罗斯人的世界观中，上帝是三位一体的神，即圣父—圣子—圣灵。俄罗斯人独特的民族性格和人文特征是在诸如地理位置、自然环境、气候、生活条件、政治、经济等因素的作用下形成的。

"人性不足的过于原生态的生活，使俄罗斯人最初就缺少理性的根基，受制于一种无个性的民族自然力，行为无节制，为所欲为，神圣和罪孽对他们有同样永恒的诱惑力。"① 俄罗斯文化是东西方文化相互碰撞的产物。这种文化传统受着多种因素的制约。俄罗斯地处欧亚大陆的地理位置决定了俄罗斯文化的独特性。东方和西方两股世界文化之流在俄罗斯发生碰撞，俄罗斯处在二者的相互作用之中并能兼收并蓄。东西方两种文化之间的此消彼长奠定了俄罗斯人文精神结构的基础，但这一切并没有改变俄罗斯人的精神内核。俄罗斯人固守着本民族的人文传

---

① 金亚娜、刘锟、张鹤等：《充盈的虚无——俄罗斯文学中的宗教意识》，人民文学出版社2003年版，"前言"第5页。

统，包括多神教、东正教乃至一些民俗信仰的传统。正是这一切决定着这个国家人文文化的深层内在精神。

俄罗斯是东正教大国，但俄罗斯人除了信仰东正教以外，自古沿袭下来的一些民间信仰，诸如自然崇拜、多神教等直至 20 世纪依然存在。这种民间信仰比宗教具有更悠久的历史和更广泛的内容。它既具有民间习俗的性质，又带有原始宗教和一般宗教信仰的某些特征，与原始宗教或自然宗教有文化血缘关系，其中有些信仰直接来自原始自然崇拜或祖先崇拜。民间信仰常常被称为民俗信仰或民间宗教。在俄罗斯的一些阶层中，尤其是偏远地区的广大农民阶层中，民俗信仰影响着人们的世界观和人生观。① "可以说，民间习俗是民俗信仰的母液，民俗信仰本身也具有民间习俗的性质，都是一种种族记忆。"② 俄罗斯的文化传统包含着许多民间宗教信仰，他们对俄罗斯的人文文化有深刻的影响。

如上所述，俄罗斯人的民族性格和文化心理深刻地受着东正教的影响，同时多神教的信仰和宇宙观对俄罗斯人也有着深远的不可磨灭的影响。俄罗斯人有着一种本民族独有的对大自然的神秘感应力。"多神教激发了俄罗斯人的神秘主义激情和非凡的艺术想象力，以及他们的童趣和艺术渲染、夸张的能力，赋予了俄罗斯人狂放的酒神精神和狂欢性格，这一切使俄罗斯人的艺术取得了辉煌的成就，也使他们的生活放纵无度，精神和物质生活缺少节制。"③ 在俄罗斯悠久漫长的文学史上，无数俄罗斯的作家们从宗教的角度对俄罗斯人的生存和心理状况进行了生动刻画，这对揭示俄罗斯人的灵魂和民族性格特征都有重要的意义。

库普林是一位来自民间的艺术大师，对蕴藏在普通俄罗斯人心中的宗教心理十分了解，因此他的作品揭示了普通俄罗斯人的宗教心理特征。《阿列霞》是库普林成功的爱情小说。故事发生在波列西耶边界地区的一个荒凉的村落，确切说是在一片森林里。万尼亚——一位医生遇到了在森林里长大的美丽善良的阿列霞。由于阿列霞及外婆所信仰的不是基督教而是他们祖先一族所信奉的"巫术"，阿列霞与外婆被当地人

---

① 本节相关资料参见金亚娜、刘锟、张鹤等《充盈的虚无——俄罗斯文学中的宗教意识》，人民文学出版社 2003 年版。

② 同上书，第 229 页。

③ 同上书，"前言"第 20 页。

称为"女巫"，最后因为一场暴风雨和冰雹毁了当地的庄稼，阿列霞及其外婆被人们认定是施展巫术的罪魁祸首，不得不背井离乡逃命天涯。库普林对阿列霞给予了深切的同情，体现了他对普通下层劳动人民的人道主义关怀。阿列霞不是上帝的信徒，但具有圣徒一样的受难气质。为了自己真诚的爱情，她甚至试图改变自己的信仰，因此更体现了少女身上人性的魅力。

《阿列霞》这篇小说的表层意蕴是一个凄美的爱情故事，而深层意蕴则反映了当时俄罗斯社会人们的生存状态和精神状态。库普林作为一位从人民文化深处成长起来的艺术大师，在《阿列霞》中对俄罗斯一个偏僻角落里的"巫术"信仰做了生动描述。从先辈那里，阿列霞继承了一种对神秘命运的深信不疑信念和来自这种神秘力量的信心。作为有着启蒙意识的万尼亚不得不承认，她巫术中的许多现象，万尼亚在有限的科学知识里还找不到答案。阿列霞通过偶然的实验而悟到的某些无意识的、本能的、奇异的知识，同荒唐可笑的迷信传说混杂在一起，在愚昧闭塞的群众中间又往往被当作莫大的秘密而世代相传。正如金亚娜在分析高尔基作品中的民众宗教意识时所说："俄罗斯人与生俱来的神秘主义灵感和企盼神灵的心理定势决定了他们民俗信仰的内容，并且使它代代相传。俄罗斯人的多种民俗信仰反映了他们在以往的历史进程中积淀的物质、精神生活和心理经验，是俄罗斯人祖先古代社会生活的回声。"[1] 阿列霞的神秘主义灵感是从先辈那里继承而来，也似乎是与生俱来的。整个故事笼罩着一种神秘主义的光环。

库普林的许多小说，例如《阿列霞》、《密林深处》、《在河上》、《马贼》等"多多少少都具有神秘主义特征"，应该说，"在整个创作生涯中，作家成功地将各种艺术形式：童话、神话、传说、圣诞故事、复活节故事的特点综合起来，目的就在于描写和理解超自然现象"[2]。《阿列霞》的整个故事折射着一种神秘的氛围，体现出作为一位俄罗斯作

---

① 金亚娜、刘锟、张鹤等：《充盈的虚无——俄罗斯文学中的宗教意识》，人民文学出版社 2003 年版，第 229 页。

② Корякина О. В. Мистическая фантастика в рассказе А. И. Куприна 《Серебряный волк》: поэтика и проблематика \ \ Вестник Тамбовского университета. Серия: Гуманитарные науки. 2013, № 8（124）．с. 210.

家特有的神秘主义倾向。小说中多次提及主人公对即将发生事情的朦胧预感,其中包括阿列霞凭自己未卜先知的本领对未来发生之事的预测和万尼亚对即将发生的不幸所感受到的预兆。而他们所预见的一切又几乎无法避免地成为现实。这种神秘主义倾向实际上与 19 世纪批判现实主义作家果戈里、陀思妥耶夫斯基、列夫·托尔斯泰等人是一脉相承的。"任何文化的起源,都具有一定的宗教的性质。有的俄罗斯学者认为,俄语中'文化'一词就是由'崇拜'或'祭祀'这个词构成的。"① 库普林在《阿列霞》这篇小说所体现的不仅是俄罗斯偏僻一隅人们对上帝的崇拜和一种被称为巫术的民俗信仰,还体现了这些不同信仰之间的冲突以及通过这些观念冲突导致的灾难性后果,反映了 19 世纪末 20 世纪初俄罗斯知识分子对现实中人们精神状态、生存环境的深深疑虑。

　　作品中反映了世纪之交俄罗斯人在宗教信仰方面互相矛盾的几个方面。首先,基督教深入普通民众的内心。教堂是人们在艰难困苦生活中所能寻找到的精神家园。上帝是信徒们心灵的寄托和避难所。那些勃列西耶边界地区沃林省荒凉小村落里的人们虔诚地信仰着上帝,不能容忍不信上帝、不进教堂、不做礼拜的阿列霞及其外婆生活在小镇里,甚至不能容忍信"巫术"的阿列霞走进教堂,认为这是亵渎了他们的神圣。而县警察叶弗普希·阿弗里坎诺维奇提出的驱逐阿列霞及其外婆的首条理由是她们不去教堂、不做礼拜,容留这样的人在此地就有可能丢了自己的官职。由此可见,基督教已经成了一种官方化、制度化的缺乏宽容的教会。然而人们在生活中并非完全谨遵基督教的教义。阿列霞与万尼亚之间的爱情体现着一种动人心魄的人性魅力,正如亚当与夏娃一样他们在森林里演绎着销魂而质朴的爱的神话。这种对现世幸福的追求和享受显然与基督教的禁欲主义是格格不入的。小说中还有几个次要人物:临时听差、厨师、兼猎伴守林人亚尔莫拉和县警察叶弗普希·阿弗里坎诺维奇,他们都喜欢饮酒。亚尔莫拉把工钱和地里的收入都换酒喝了,而叶弗普希·阿弗里坎诺维奇的弱点也是爱酒。在库普林的其他一些作品如《火坑》、《决斗》、《甘勃利努斯》等小说中也有很多爱酒的俄罗

---

　　① 金亚娜、刘锟、张鹤等:《充盈的虚无——俄罗斯文学中的宗教意识》,人民文学出版社 2003 年版,"前言"第 17 页。

斯人。众所周知，俄罗斯民族是爱酒的民族，他们喜欢在酒醉之后的酒神状态中体验心灵的放纵和自由，追求饮酒后心灵的无拘无束的自由感，尽可能释放平时受压抑的原欲和激情。这与基督教的教义也是相违背的。这正是世纪之交俄罗斯人宗教观生活的一个显著特点。其次，这些上帝的子民们残忍地侮辱和殴打阿列霞，甚至欲置之于死地。在这里，作者通过阿列霞的磨难提出质疑：上帝在哪里？上帝的爱在哪里？这里不见了如《约翰福音》中所说的上帝对所有被造之物的普遍关怀和爱护。面对人类的罪恶，上帝隐匿了自己。《阿列霞》中体现的俄罗斯偏远一隅人们的宗教心理正是这样具有互相矛盾的几个方面，这与他们祖先的遗传特征和接受东正教的历史状况有直接的联系。禁欲主义的东正教、原生态的多神教和与生俱来的酒神本性都是造成这种状况的原因。

　　《阿列霞》中人们在信仰方面表现出的种种特征，也完全为俄罗斯底层的普通人所固有。《阿列霞》从不同侧面体现出俄罗斯人的多重特征，体现出"半个圣徒、半个野蛮人"的俄罗斯人性格。"俄罗斯文明显示出一种奇妙的混合特性，既有违抗不得的纪律，又充满着冷酷无情的压迫，虔诚中夹带着暴力，祈祷神而又亵渎它们，充满着音乐也非常粗俗，忠诚而又残忍，一副奴隶似的卑微却时而表现出不屈不挠的英勇。"[1] 正如同别尔嘉耶夫所分析的那样：各种相互对立的两极，可以奇妙地结合在俄罗斯人的身上，体现在社会形态之中。俄罗斯民族性格中的"两极性"特征在《阿列霞》这篇小说里有着较鲜明的体现。

　　在描述人的内心矛盾、精神分裂的手法上，库普林直接受到陀思妥耶夫斯基小说创作艺术的影响，传承了俄罗斯文学人物的人格二重性主题。在库普林的长篇小说《亚玛镇》中就有这样的典型。安娜·马尔科夫妓院里的看门人西密昂一方面"堕落得不能再堕落了"，他是"窑子里的打手，一头野兽，简直可以说是凶手，他对妓女敲骨吸髓，毒打他们"，另一方面，他"参加大主教主持的盛大礼拜，读克里特岛牧师虔诚的安德烈的典籍、至圣的大马士革神父约翰的著作。他非常虔诚！""这种水火不相容的现象只有在一个俄罗斯人的灵魂中才会同时

---

① 威尔·杜兰：《世界文明史》第 10 卷，东方出版社 1999 年版，第 690 页。

存在。"① "这种人总是祷告啊祷告啊，然后拿刀去杀人，接着洗洗手，在圣像前面点燃一支蜡烛。"正是如此，"一个人既真心诚意的信仰上帝，又天生具有犯罪的倾向"，"鬼才知道，在他的灵魂中真正的宗教狂是怎样荒唐地同种种渎神行为，同某种令人厌恶的情欲、同暴虐狂或其他诸如此类的罪恶交织在一起的"。②

同样典型的人物还有库普林短篇小说《太平生活》中伊凡·维阿诺雷奇·纳谢德金。在现实生活中纳谢德金惯于写告密信，专门干揭露别人隐私的勾当。正是由于纳谢德金的告密，有一位年轻的女人被比她大四十岁的富翁丈夫用马鞭打得血肉模糊，原因是她跟一个漂亮的伙计私通。纳谢德金给这个不幸的女人制造了非常悲惨的命运，她虽然经受住了她丈夫给她的残酷折磨，但心灵被摧垮了，变得百依百顺了。不仅如此，纳谢德金还放高利贷，重利盘剥向他借钱的人。然而，纳谢德金虔诚地信仰上帝。《太平生活》里生动地刻画了这样一个信徒的形象。他一边向上帝忏悔，一边干着邪恶的事情。在他看来，如果不是由于他的告密，这个女人就不能来到教堂里祷告，来到这里诚心诚意地诉苦，这个女人就会跟一个人厮混下去。"事情这样发展更好一些，更符合基督的精神……"③

在这里，我们无法怀疑纳谢德金具有褊狭而真诚的宗教情感，无论在家里的圣像前，还是在教堂里，纳谢德金都庄重而深切地忏悔和祷告。有时候，他深夜来到自己那间简陋的修道小屋，经过精疲力竭的祈祷，两条病腿勉强支撑着……这位苦行修士"跪下满是创伤的累坏的膝盖，痛得不断呻吟。以后是通宵的祈祷，满腔热情的叹息，使虚弱的身体发抖的痛苦而舒畅的号啕大哭。当预感到无上幸福的眼泪将夺眶而出的时候，老人回忆着每天以泪洗面的无罪的生活，期待着祈祷的灵感……"④然而，另一方面，在现实生活中，他在向上帝真诚忏悔的同时继续着自己的罪孽。这正是库普林试图诠释的人性危机。作家用基督

---

① А. И. Куприн. Яма．［Монография］М.：Изд - во АСТ：Люкс，2005，с. 73.

② Там же.

③ ［俄］库普林：《太平生活》，《画家的毁灭——库普林中短篇小说选》，杨骅、李林等译，上海译文出版社 1987 年版，第 258 页。

④ 同上书，第 256 页。

精神即基督教的道德尺度来衡量世俗社会，衡量出建制化教会的虚伪和弊端，从而批判了现实社会人们心中基督信仰的外在化和形式化。这种外在化和形式化的基督信仰造成了人性的扭曲和异化，是与真正的基督精神即作家所理解和认可的宗教精神格格不入的。

"西方作家对本来真相的基督宗教的理解虽角度不同，但'从基督教原来的纯洁形式去理解基督教'是他们共同的出发点，这正是西方作家基督精神的核心，也是作家衡量世俗教会的一个坐标和尺度。"① 他们要把现实社会中种种丑恶现象放入整个人类社会背景中，从人性的角度提出严肃的质问。人在面临善与恶的抉择时，始终应该遵守人类良善的精神准则。整个人类社会就是在善与恶的平衡制约中存在和发展的，善是使人类社会走向完善美好的希望，善才能使人类社会和人的生活变得和谐美满，仁爱是作家所关注的重要的宗教道德准则。库普林小说中的故事可以透视其所处时代人们的命运以及作者世界观中的宗教情感。作者不惜笔墨描写了男女主人公生活的社会环境和自然环境，作者的用意不在宣扬某种宗教精神或对上帝的神秘情感，而是旨在揭示自己对现实社会里人的生命和生存状态的独特理解和思虑，追求对人性、人的情感和尊严的确认，在诉诸宗教神秘性的同时也反映出所处时代的信仰空虚和伦理道德的危机。这些作品表现了作家内心世界的苦闷，反映了其所生存年代的人们精神世界的失调、内心情感的混乱和希望得到解脱的宗教诉求。

### 三　库普林宗教伦理观的核心思想

有些基督徒并没有真正理解基督教义所宣扬的爱。基督教义宣扬的爱是超越了善与恶的区分的。耶稣要求人们爱朋友，爱自己的人，也爱自己的仇人，为自己人祈祷，也为仇人祈祷，因为不管是非善恶，大家都是上帝的儿女。作为一名自由主义作家，库普林在中篇小说《阿列霞》中不仅歌颂了阿列霞真挚纯洁的爱情，而且通过阿列霞的命运反映了俄罗斯普通民众中千古流传的宗教信仰，反映了作者对现实生活中人们宗教信仰方面体现的混沌意识的深深疑虑。宗教怀疑的种子在作家

---

① 莫云平：《基督教文化与西方文学》，中央编译出版社 2007 年版，第 121 页。

心中没有消亡。库普林提出了一种崭新的人与人之间、人与自然之间和谐相处、平等相爱的思想，提出了一种以人道主义为核心的宗教伦理观。

每个俄国知识分子身上都多少有些启蒙者的意味。库普林也是以一个启蒙者的觉悟和眼光去描写世纪之交俄国生活的。在《阿列霞》中，万尼亚也是一位带有启蒙色彩的知识者。或许可以说万尼亚对周围世界的感受即是作者本人的感受。作品中的暴风雨具有一种象征意蕴，体现了人在现实环境里的渺小和无奈，体现了人类面对残酷而冰冷的世界的迷惘和无助。万尼亚在精神上是一个漂泊不定的流浪者。他对现实生活中的一切满怀困惑和忧虑，这是作者内心世界的反映，也是 19 世纪末 20 世纪初一部分知识分子心灵世界的写照。

阿列霞的命运启发着人们思考生活为什么会如此。当万尼亚获悉阿列霞因去教堂而惨遭殴打之后，作者以表面平淡的语言表现了主人公内心深层不平静的感情震荡："所有这一切都曾经发生过，很多年以前就在我的生活中发生过……太阳同样这么烤人，大片空地上同样挤满了嘈杂骚动的人群……我同样在狂怒中调转马头……但这是在什么地方发生的呢？什么时候呢？什么时候呢？"① 作者通过自由联想、内心独白、记录印象等叙述手段显然在暗示阿列霞这样悲惨的故事在俄罗斯这片古老的大地上绝不仅仅是唯一的个例，这一切源自根深蒂固的传统文化和习俗，人们到处都可见这种由于人与人之间缺少同情和爱护而带来的悲剧。库普林小说对上帝的全知、全能提出了深刻的质疑。"因为一神论预设的上帝是全知、全善和全能的。如果上帝是全知的，那么他就知道世界上存在着种种恶；如果上帝是全善的，那么他就不希望世上有恶，众人受苦；如果上帝是全能的，那么他就有能力消除世上的恶，擦去每一个生物的眼泪，抚慰每一个生物的悲痛。但是，世界上依然存在恶。结论可能是这样的：上帝要么不是全知的，要么不是全善的，要么不是全能的，上帝至少缺其中某个能力、品性，否则上帝和恶不能共存。这一挑战至今依然困扰着人们的心，尤其是

---

① ［俄］库普林：《石榴石手镯》，蓝英年、杨骅译，浙江文艺出版社 2002 年版，第 90 页。

那些神学家的心。"① 在西方文明、人文主义思想和俄罗斯民族固有的反抗精神的鼓舞之下，同许许多多具有人类忧患意识的西方先进知识分子一样，库普林向往着一种美满生活的宗教，渴望一种充满博爱、一种能使整个民族和谐平等的宗教。从 19 世纪到十月革命前，无数的俄罗斯知识分子都在思考国家和民族前途的同时，苦苦思索着上帝与人的存在、人的精神归宿等宗教问题。

《阿列霞》整个故事从头至尾回荡着一种抒情的旋律，这是一首深沉动人的爱的乐章。诗意，宁静，情意缠绵，怨而不怒也是库普林小说创作的一个风格。阿列霞的爱纯洁、真诚、感人至深。库普林描绘的粗陋简朴而神秘幽玄的生活画面上折射出晶莹剔透的人性美，也使小说中所讲述的故事散发着古朴、自然而又富有神话意蕴的风貌和传奇色彩。然而相爱的人又不能相守相依。阿列霞与万尼亚痛苦分别时的场面催人泪下，这爱的忧伤令人窒息。作者以浓墨重彩描绘了一幅幅美丽的自然景色。库普林如屠格涅夫一样不仅诗意地描绘大自然，而且赋予大自然以人的灵性与爱憎。而这种大雷雨中令人心惊胆战的意象，反映了作者对俄罗斯前途的深深忧虑之情。个体生命的这种迷茫无助是库普林所处年代即 19 世纪 20 世纪之交的普遍现象，表现为在社会转型、新旧交替之际人的思想观念碰撞中灵魂可怕的被遗弃感、迷惘感。很多人都在虚无的荒漠中苦苦寻找宗教的阵地但又缺乏神启的力量。

在《阿列霞》这篇小说中，由阿列霞与万尼亚的爱情悲剧构成了小说的表层结构。其深层结构则是世纪之交俄罗斯的混沌和黑暗。任何一个作家都无法回避时代给他的创作留下的印记。作者通过阿列霞命运遭遇，指出了现实的悖谬，否定了官方化、制度化的基督教会，批判了人们的麻木和愚昧，批判了人与人之间的冷漠、残酷，他弘扬的是人与人之间、人与自然之间应该和谐相处，平等相爱的思想，提倡一种人道主义的宗教伦理观。弃绝人类社会中真正的恶，弘扬人间真诚的善，我们不难从库普林作品中得到这样的启示。这部小说形象地表达了作家关于道德和传统、人生哲理和世界前途的思考。

---

① 王志成、思竹：《神圣的渴望：一种宗教哲学》，江苏人民出版社 2000 年版，第 202 页。

19世纪末20世纪初的俄罗斯，正处在旧的价值体系全面崩溃、新的价值体系尚未形成的时期。每个人都感到现行社会制度的即将崩溃和个体存在的前途渺茫，整个社会陷入一片惶恐、绝望的气氛中。这是一个充满了空虚感和危机感的时代。生存困境与信仰危机导致了人们惶恐不安的心理，并引起了人们对现行社会价值体系的怀疑和否定。世纪之交的俄罗斯社会处于封建主义桎梏下的地主贵族经济严重地束缚着资本主义的发展。政治腐败，社会落后，经济萧条，危机四伏，整个俄罗斯笼罩着一种世纪末的惶恐、迷惘的情绪。俄罗斯宗教哲学家和基督教人道主义者索洛维约夫认为，"现代教会并不是真正的基督教，而是教堂基督教，他将耶稣基督变成了一个毫无生命的偶像。人们每逢节假日要到教堂对它顶礼膜拜，但在生活中从来没有它的位置。于是全部基督教都集中在教堂里，化作种种仪式和祈祷，而人类的生活中则无任何基督可言"。① 库普林在《亚玛镇》里安娜·马尔科夫妓院里的看门人西密昂以及《太平生活》里的纳谢德金都是这样的典型形象。这些形象的塑造都体现着作家本人对自己所处年代俄罗斯生活中人们宗教信仰状态的疑虑，对现存基督教会的质疑。

"尼采借用一位疯子之口发出的'上帝死了'的惊呼，本不是一项本体论的声明，而只是一项文化上的陈述。'上帝死了'的意思是说，人们不信上帝了，现行西方文化的价值基础崩溃了。这样，尼采提出'价值转换'才有理由。尼采之前的陀思妥耶夫斯基和尼采之后的萨特说得很清楚：如果上帝死了，那么一切都是可能的。这些说法预言了上帝观在西方价值系统中基石一般的地位，预言了它的崩溃将引起的灾难性后果。"② 俄国知识分子常常把自己对本民族的强烈忧患意识在变革宗教的渴望上，这是俄罗斯民族的悠久历史和文化传统的产物。

"历史上的一些封建化宗教往往将自身生产为上帝的代言人，但是其后果却与上帝的精神背道而驰。卡西尔在20世纪一针见血地指出了传统信仰的困境：'他充满理论上的自相矛盾，也充满伦理上的自相矛

---

① 金亚娜、刘锟、张鹤等：《充盈的虚无——俄罗斯文学中的宗教意识》，人民文学出版社2003年版，第274—275页。

② 同上书，第274页。

盾。'"① 列夫·托尔斯泰曾因对毫无人性的官方教会的揭露和批判而被俄国东正教教会开除教籍，但他倾其一生的心力宣扬着"人类的博爱意识"，这在他看来是"真正的基督教的宗教意识"②，在这方面，库普林的思想与列夫·托尔斯泰是一脉相承的。在很多作品中，库普林所宣扬的，也正是这种人类的博爱精神和平等意识。世纪之交的知识分子已经不能认同教会传统所宣扬的苦行主义以及仪式化、形式化的基督教。在现代文明、西方进步思想和俄罗斯民族传统的博爱精神鼓舞之下，库普林等一代知识分子向往着一种能够使人们的现实生活更加美满、更加和谐的宗教，渴望一种能够使人们的生活充满欢乐、一种能使俄罗斯民族欣欣向荣的宗教。"从十九世纪到十月革命前，这种渴望一直在鼓舞着知识分子，激发起他们理想主义的冲动和自我献身的激情。"③ "对于十九世纪末二十世纪初的俄罗斯社会，科学对他们是那样的遥远。而对心目中上帝的追求，改变现实的渴望（并且是按照他们心中上帝的形象改变），渴望有所作为，渴望精神探索和对生活进行哲学思考的喜爱，所有这些构成了那个时代知识分子的特点。对于俄罗斯的知识分子来说，宗教、道德和社会现实的因素一直是他们哲学思考的主旋律。"④ 这的确是俄罗斯历史上富有创造力的时代，世纪之交的文学家以他们创作中的一幅幅瑰丽奇伟的画面，预告了神圣的俄罗斯即将面临苦难的变革。库普林小说也传达出时代变革的朦胧预感。

　　"伦理的本质是灵性实在所展示的不同存在物在处理相互关系时所应遵循的准则。从这一角度看，伦理的维度涉及人与自我、人与他人、人与社会、人与自然、人与超自然等"⑤，库普林提出了一种崭新的人与人之间、人与自然之间和谐相处、平等相爱的思想，体现了世纪之交知识分子的精神探索、伦理探索。人应该怎样生活、如何通过自我反

① 莫云平：《基督教文化与西方文学》，中央编译出版社 2007 年版，第 1—2 页。

② ［俄］托尔斯泰：《什么是艺术？》，伍蠡甫主编《西方文论选》下卷，上海译文出版社 1979 年版，第 434 页。

③ 金亚娜、刘锟、张鹤等：《充盈的虚无——俄罗斯文学中的宗教意识》，人民文学出版社 2003 年版，第 277 页。

④ 同上书，第 297 页。

⑤ 王志成、思竹：《神圣的渴望：一种宗教哲学》，江苏人民出版社 2000 年版，第 174 页。

省、良心审判等手段来追求道德上的自我完善，这可以说是俄罗斯文学的一个基本使命和传统。宇宙是神秘的，世界充满了奥秘。怎样建立有秩序的社会，怎样实现人与人之间和平相处的社会理想，如何消灭人身上的兽性和非理性，弘扬人性中的爱与善，这是库普林提出的古老而又现代的话题，也是库普林宗教伦理观的核心思想。库普林的宗教伦理思想来源于俄罗斯源远流长的民族传统，有着 19 世纪批判现实主义作家陀思妥耶夫斯基、果戈里、列夫·托尔斯泰等人的影响，也深受世纪之交西方先进文化思潮的浸染。一位优秀的作家不可能把他的创作仅仅停留在现实本身而没有意义的外延，正如历史的链条环环相扣，一部优秀的作品往往既能反映过去，亦能预示未来。而库普林早在上一个世纪之交所探讨的人的生存发展问题，所倡导的人与自然之间、人与人之间和谐相爱的宗教伦理思想传递出 20 世纪的现代意识。

# 第三章 库普林小说中的永恒女性

## 第一节 库普林小说中的少女形象

### 一 神秘奇幻的智慧女巫——阿列霞

在俄罗斯的民间文化传统中有信奉女巫的习俗，这种习俗跟多神教女神崇拜有密切的联系。女巫最初是指多神教的女祭司、女术士。通常人们认为她们具有掌控自然和人类生存状态的能力，与生俱来地拥有神秘莫测的能量。古今的俄罗斯人一向尊崇具有神秘灵感的智慧女巫。对女巫的崇拜在俄罗斯的民间文化中有着悠久的历史和传统。

《阿列霞》中所描写的地方是俄罗斯波列西耶边界地区沃林省的一个荒凉的村落，这里对陌生人来说充满了诱惑：这里人烟稀少，保存着古朴的民间风俗和奇异的地域风情以及当地的独特的语言，而且还有许许多多充满诗情的神话传说和歌谣，甚至还保留着波兰农奴制留下来的陈规陋习。阿列霞就生活在这样一个与现代文明隔绝并保持着原始气息的地方。阿列霞的外婆很多年前带着阿列霞来到这里。她们也许是俄罗斯人，也许是吉普赛人，没有人知道她们的来历。由于阿列霞及外婆不是基督教徒，她们所信仰的是源于祖先一族就延续下来的"巫术"，因此她们被当地人称为"女巫"，并且她们被驱逐到远离人群的森林里的鸡脚小屋里居住。

阿列霞是大自然的女儿，是天人合一的少女形象，是一个远离文明社会的大自然的精灵。大自然不仅赐予她聪明智慧，也赐予她自由和快乐。她与外婆在大自然中过着简单而又淳朴的生活，与森林里的动植物和谐共处。阿列霞的身影还没有出现在叙述者"我"——万尼亚和读者面前，她那清新、嘹亮、富于魅力的歌声已经由远而近飘进了万尼亚的耳旁。随着房门打开，身材高大的笑吟吟的阿列霞走进来，她的围裙里探出三只燕雀的小脑袋，燕雀的眼睛闪闪发光。阿列霞是与自然融为一体的大自然的女儿，这是一幅人与自然和谐相处的生动而美好的画面。阿列霞是一位身段苗条的黑发女郎（在古代俄罗斯文学中，黑色的如乌鸦翅膀一样的头发是魔鬼的象征），她神态柔美，举止娴雅。在万尼亚的头脑中，她的容貌中有一种非凡的美，使人一见难忘。依照俄罗斯民间的观念，女巫可能是美貌非凡的女子，具有迷人的诱惑力；也可能是丑陋无比的老女人，阿列霞的外婆玛奴伊里哈正是后一种形象，祖孙二人的形象恰好代表了俄罗斯民间传统观念中的两类女巫形象，而且形成非常鲜明的对照。玛奴伊里哈相貌的丑陋古怪恰好衬托了阿列霞形象的美丽可爱。

　　阿列霞是纯洁无瑕的大自然的女儿，"她在稠密的森林里长大，没有受到文明的腐蚀"①。她的身心与大自然和谐相融。充满了传说和神秘力量的波列西耶古老的大森林是她生命和精神的家园。大森林里的小鸟和动物是她朝夕相伴的朋友，树木是她亲密的伙伴。那些林中的燕雀一见到阿列霞就缠住她讨要吃食，阿列霞对它们也总是满怀怜爱。阿列霞真诚地爱着森林里的一切，如同珍视自己的生命。她与自然的一切和谐相处，将自己融入了自然。而神奇美丽的自然又赋予了她非凡的智慧。伊万感受到了阿列霞眼睛里"难以琢磨的机智"，在她所有的举止言谈中蕴藏着天然得体的娴雅。她在自然中形成的智慧让文明之子感到惊异，她用自己的灵性智慧征服了熟识世事的万尼亚（万尼亚是伊万的昵称）。

　　阿列霞请求伊万再来时不要携带猎枪，在她看来，森林里的小鸟与野兔都值得珍爱，都有生存的权利。这位大自然的女儿深深地吸引了来自"文明社会"的万尼亚。阿列霞对于万尼亚的迷人之处，除了她外表的美丽，还有这位林中之女身上笼罩着的神秘光环：带着迷信色彩的"女巫"的名声，密林深处沼泽地的生活，特别是从她谈吐中流露出的对自己力量的自信。阿列霞真诚、善良、无私、天真无邪，具有许多超

---

① В. Н. Афанасьев: Александр Куприн. Москва: Художественная литература，1972. с. 30.

自然的神奇智慧。"在自然之女阿列霞身上闪烁着人类原始诗兴智慧之光。"她的身上体现了人的生命力的自由发挥和自由意志的张扬。

尤其使人惊讶不可理解的是，阿列霞从小在林子里长大，没有读过什么书，甚至"根本就不会读书"，但她的谈吐相当优雅，不亚于真正的小姐。令万尼亚迷恋的，除了阿列霞美丽的容貌，"还有她那浑然、独特而又自由自在的天性，她的智慧，那既清晰明快而又笼罩着不可打破的先天迷信、既天真无邪而又不乏其美丽女子逗情卖俏的智慧"。①凡是吸引和激动她那尚未开化而又活跃的想象力的一切，她都详详细细不知疲倦地向万尼亚询问，诸如国家和民族、自然现象、地球和宇宙的构造、学问家、大都市……许多事物都使她感到诧异，神奇，难以置信。阿列霞灵敏的智慧和新鲜的想象力对外面的世界充满了好奇，对她所未知的知识充满了渴望。令人不得不相信，她确实具有惊人的才智。

阿列霞认为会使用巫术是她们族人的天性。阿列霞不仅会手脚麻利地纺麻，而且像她的族人一样会施展一些魔法：她会念咒止血，会通过自己的意念使别人在平坦的空地上摔跟头，会使人在夜晚独处一室时无缘无故地感到恐怖，令人不寒而栗。据阿列霞自己说，她能够在一天之内消灭掉屋里所有的蟑螂和老鼠，能够在两天之内把最严重的高烧病人治好，即使所有的医生都已经拒绝再为他治疗。她能够使人完全忘掉一个字，能够圆梦，能够未卜先知……能从别人的脸上看出很多事来。对这些神秘莫测的事情，伊万找不出答案。对阿列霞的未卜先知，伊万无从解释。在"文明人"万尼亚的眼前，阿列霞就是一个谜，一个神秘奇特，让"文明人"无法理解的谜。

作为有着现代社会知识和启蒙意识的万尼亚不得不承认，"她巫术中的许多现象，我在有限的科学知识里还找不到答案。阿列霞通过偶然的实验而悟到的某些无意识的、本能的、模糊地、奇异的知识，超越了精密科学好几百年，同荒唐可笑的迷信传说混杂在一起了，在愚昧闭塞的群众中间，又往往被当作莫大的秘密而世代相传。"②

---

① ［俄］库普林：《阿列霞》，《石榴石手镯》，蓝英年、杨骅译，浙江文艺出版社 2002 年版，第 56 页。

② 同上书，第 60 页。

阿列霞身怀神秘的巫术，让周围的村民感到恐惧。阿列霞自己也"天真而坚定地宣称自己同魔鬼有交往，疏远了上帝，甚至不敢提到上帝。"万尼亚"想为阿列霞破除迷信的意图完全落空了"。他的"所有合乎逻辑的论据，以及有时不免相当粗鲁和恶毒的嘲笑，碰到她对自己命定的神秘使命所抱有的虔诚信念，都纷纷破碎了。"① 从自己祖先那里阿列霞似乎就学会了一种对神秘命运的顺从，并拥有来自某种神秘力量的信念。

在远离都市的波列西耶古老森林里，阿列霞与万尼亚的爱情脱离了尘世的束缚，他们忘却了世间传统的禁忌。参天的松树成为他们无拘无束、充满诗意的爱情屏障。在这美丽的自然里，他们如健壮的动物和自由的天神尽情地享受着森林、阳光和性爱。这种爱情体现着一种动人心魄的人性魅力，正如亚当与夏娃一样，他们在森林里演绎着质朴的爱的神话。这几乎是人的本真的存在方式，在这如诗如画的原始森林里，人回归了自然，人性得到了复归。

阿列霞与万尼亚相爱后，万尼亚试图想要跟阿列霞结婚而劝说阿列霞相信上帝。在伊万看来"女人应当不假思索地信仰上帝，在她把自己交给上帝守护时，往往感到一种动人的、女性的、美好的东西"。② 但阿列霞恐惧教堂，因为她知道，在村民眼里，自己是令他们无法接受的异类，必须遭到惩罚。为了自己同万尼亚的真诚爱情，阿列霞最后终于战胜了恐惧。她试图改变自己的信仰，终于勇敢地而走进当地的基督教堂。然而那些上帝的子民不能容忍一位女巫走近他们神圣的领地，于是，阿列霞被这些人围攻殴打。

在基督教时代，受基督教教义的影响，上帝是唯一的神，信仰基督的人不得崇拜除上帝以外其他的偶像。于是，在普通人的观念中，女巫逐渐成了与鬼怪有直接关联的人。她们成了可以依靠自己超自然力量对人类的生活施予有力影响的魔女，对人的生活产生神奇的影响并且给人类带来不幸和灾难。在阿列霞被打得遍体鳞伤，令万尼亚心碎不已。然

---

① ［俄］库普林：《阿列霞》，《石榴石手镯》，蓝英年、杨骅译，浙江文艺出版社2002年版，第85页。

② 同上书，第86页。

而为了自己纯洁的爱情阿列霞甘愿做任何牺牲，即使蒙受巨大的屈辱和不幸也无怨无悔。在小说的结尾，所有的庄稼因为一场暴风雨和冰雹全部被毁，阿列霞及其外婆唯恐被当地无知的人们认定是她们施展巫术而带来灾难，祖孙二人不得不逃离他们原本已经远离人迹的森林小屋。当万尼亚赶到这里时，看到的只有阿列霞留给他的一串红色珊瑚珠子。

阿列霞十分清楚她的爱情不可能有完美的结局，甚至早就预见到她"这位梅花皇后"将为爱情蒙受奇耻大辱，然而为了爱情，阿列霞"甘愿献出世界上的一切"，无论发生任何事，她都义无反顾。阿列霞是大自然的女儿，而万尼亚来自世俗社会，他们完全是两个来自不同社会阶层的人。代表文明的伊万，因偶然回归淳朴的大自然，渴望在自然中实现自由生命的舒展，然而他最终无法摆脱"社会"以及"文明"对他的束缚。阿列霞被迫离开了仇视她们的村民，离开了她深情相爱的人。她深爱万尼亚，却无法与之结合。自然之子与自然和谐共舞，文明的传人在文明的网络中繁衍生息。阿列霞真诚和善良无法赢得社会人对自然人的接纳和包容。万尼亚也为纯洁美丽的自然之女奉献了真诚的爱情，但无法摆脱社会"文明"和传统习俗的规约。

"从作者赋予女巫式的女主人公这种几近完美的形象中，我们能够感受到俄罗斯人对魔法和女巫的独特态度。"① 代表自然的阿列霞，自由地追求感性生命的舒展和绽放，但感性化的生存方式在现实中往往受到社会文明的束缚。阿列霞是自然生命与感性化生命的代表。阿列霞具有很多超自然的能力，但她自己也无法理解自己超能力的来源，只能屈从于周围环境里人们对"巫术"的理解。她被村里人驱逐羞辱，也无法凭自己的能力摆脱困境。在爱情方面，阿列霞缺乏理性思考，在未与"文明"达成一致时，就像圣徒般奉献自己，结果惨遭伤害，最后被迫浪迹天涯。

"阿列霞是生活在沼泽林里的一个'女巫'，但她不是一般的'女巫'，而是与大自然融为一体的自然之子。她的身上体现出大自然的自由和无拘无束，它的奥秘和谜团，以及大自然的原始整体性。……她的

---

① 金亚娜：《期盼索菲亚——俄罗斯文学中的永恒女性崇拜哲学与文化探源》，人民文学出版社 2009 年版，第 250 页。

家庭拥有部分俄罗斯人世代传承的魔法感，她其实算不上真正的女巫，不过是生活环境的影响和对魔法力量的崇拜使她失去了常人所应有的理性思维能力。这注定了阿列霞这一美好女性的脆弱和无助，甚至得不到应有的幸福。"① 阿列霞不是基督教上帝的信徒，但具有基督教圣徒一样的受难气质。或者我们可以说她是爱情的圣徒。为了自己真诚的爱情她甘愿做任何牺牲，体现了这位自然之女身上人性的魅力。在库普林的小说里，男女主人公的独立不羁与感性生命力的自由发挥，固然体现了人在自然状态中对于本真存在方式的追求，然而，他们还不是现实中完整的感性生命。库普林在小说中反思文明社会，试图在理性与非理性之间寻找一个平衡点。《阿列霞》是一部"充分体现库普林卓越才华的小说"②，库普林通过阿列霞的不幸遭遇和命运，体现了作家对现实社会等级制度的批判，对官方化、制度化的东正教会的质疑，体现了作家对自然人格的称颂和纯洁爱情的赞美。

## 二　在《追求荣誉》中迷失的少女——莉多奇卡

亚历山大·伊凡诺维奇·库普林的一生经历丰富，他的中篇小说《追求荣誉》（一译《追求名声》）是根据自己的生活阅历而创作的一部作品，讲述了一位女演员莉多奇卡在追求名声过程中的沉浮。本文从拉康的镜像理论出发，探讨主人公莉多奇卡在他者反射性面容之镜中的自我建构过程及自我迷失与逃避。

《追求荣誉》叙述了一位女演员莉多奇卡·格涅特涅娃在演艺圈中追求名声过程中的沉浮经历。这部作品中作者以第一人称"我"的视角来探寻一位外省女演员莉多奇卡所走过的道路。在一次业余演出中，莉多奇卡的临时参演使演出获得了巨大的成功。赞扬与恭维扑面而来，这种幸福的感觉使莉多奇卡为之晕眩，刺激她做出了要献身于舞台的决定。为此，她特邀"我"陪同前去莫斯科向著名的演员兼教授斯拉文斯基求教，尽管受到了此人的极力劝阻，但莉多奇卡却为了成功的虚名

---

① 金亚娜：《期盼索菲亚——俄罗斯文学中的永恒女性崇拜哲学与文化探源》，人民文学出版社 2009 年版，第 250 页。

② В. Н. Афанасьев: Александр Куприн. Москва: Художественная литература1972, с. 30.

义无反顾地抛开一切，投身演员的行列。叙述者在三年后再次见到莉多奇卡时，发现她在贫穷、饥饿、债务、寒酸的舞台背景下凄惨地挣扎，她将自己被情人抛弃、备受屈辱的经历告知了父母，断了自己回家的后路，在近乎堕落的狂欢中逃避自我。

（一）人物形象的自我建构

在法国精神分析学家拉康的镜像理论中，形象指的不仅仅是日常所说的人的相貌与外形、气质，而是一种缘起人的感性存在的构形物，即是从镜像和他人的表情、行为中接受的一种并非本真自我的强制投射，也因此最终形成了作为他者意向结果的伪自我。他者伪先行性论以形象—意向—想象为根基，"先行性指的是一个不是我的他物事先强占了我的位置，使我无意识地认同于他，并且将这个他物作为自己的真在来加以认同。结果，我不在而他在，他在即伪我在"。① 由此看来自我建构具有主观性和虚假性，因为自我建构被他者——自我的对应物所左右，他者的目光注视使自我的建构更趋完善，随着更多他者的介入也使自我永远处于脱离本真被异化的局面。

从这一理论视角看，莉多奇卡追求荣誉的道路上对于自我的建构处于被异化的境地。她的自我建构分为三个阶段。首先，在莉多奇卡初登舞台表演后，台下爆发出一阵喊声和雷鸣般的掌声，大家一次次地欢迎她出来，观众们的恭维和赞美激发了她"幻想中的幸福"，她将自己构想为高居于舞台之上受万人瞩目的明日之星。叙述者"我"参演的失败作为一个参照系，也为莉多奇卡的自我认同奠定了基础。另一部新戏的大获成功让大家更加肯定莉多奇卡在表演方面的才能，有人送给她一个扎着玫瑰色宽缎带的花环，幸福到软弱无力的她开始发晕了，这表明她已认同这一由他者赋予的自我形象，陷入了自我迷恋的状态。其次，教授斯拉文斯基的出现提供了另一类参照系。一方面，教授住宅墙上挂着的大花环上写着"献给我们亲爱的人"、"卓越的天才"、"伟大的演员"，这对莉多奇卡来说无疑是种激励，这也是她幻想中的未来所获得的荣誉。另一方面，教授不停地说服她放弃，因为"世界上再没有比

① 张一兵：《不可能的存在之真——拉康哲学映像》，商务印书馆 2006 年版，第 126 页。

荣誉更剧烈的毒药了，也没有比它更甜蜜的东西了……哎，这是一条荆棘丛生的、荆棘丛生的道路！有什么可难为情的？我是从这条路上走过来的，而且并非没有获得过荣誉，可是如果让我重新开始生活，我宁肯去当商人或手艺人。……您还想象不出外省舞台是多么肮脏的地方……"①教授试图戳穿女主人公的迷梦，但此时任何事物都不能改变她对于荣誉的追求，她的决心依旧坚定如初。再次，女主人公巧遇了一个作为外省女演员的同学，她向莉多奇卡夸张地描绘了外省演员光彩夺目的生活，这改变了莉多奇卡此后的命运。作为参照系的他者与女主人公具有相同的身份，其光鲜亮丽受人瞩目的光环激励着她，使她更加坚定不疑地走向追逐荣誉之路。于是观众们、"我"、爱慕者的反射性面容之镜迫使莉多奇卡期望成为一个他人眼中"应该"成为的"我"，处于社会语言存在中的莉多奇卡不停地追逐荣誉，难以免俗。

（二）主人公的自我迷失

拉康认为，自我身份的建构是镜中自我的对应物，镜中的自我与镜子之外的社会自我是相对存在的。自我主体会通过他人的意向来重塑自己的内在需求，可见，自我有时并不是自己的主宰，它外在于我们作为他者而存在，自我也即他者，它受自身无法掌控的外部力量所影响，被限定在异化的局面中，因此说自我意识的出现与异化同时发生。自我也并非主体本真，因为个人本体的存在本身就是一种虚无。拉康强调的是人的两个自我：镜中的自我和镜子之外的社会自我，两个自我都要正常发展才能形成真正意义上的完整和独立的自我。镜像的出现是自我的开端，但其具有异己性和虚幻性，自我在镜像阶段诞生，不过是一种异化了的主体，同时他者这一概念也伴随它一同出现。拉康对于自我问题的论述受到黑格尔的自我意识的影响。在《精神分析学》中，黑格尔有这样的阐述："自我意识是自在自为的，这由于、并且也就因为它是为另一个自在自为的自我意识而存在的；这就是说，它所以存在只是由于被对方承认"② 所以，无论是想象界还是象征界的主体本身并不具有独

---

① 库普林：《石榴石手镯》，蓝英年、杨骅译，浙江文艺出版社 2002 年版，第 198—199 页。

② ［德］黑格尔：《精神现象学》（上），贺麟、王玖兴译，商务印书馆 1979 年版，第 122 页。

立性，都要依赖于"他者"作为依据而存在。

拉康认为在自我概念上弗洛伊德颠覆了笛卡尔的"我思故我在"的哲学观点，自我不再是西方哲学的中心，但之后的自我心理学派却扭曲了弗洛伊德对于自我概念的理解，他们重新让自我成为了主体的中心。拉康一直将自我当作一个对象而并不是中心，他认为自我的本质就是一种挫折。自我本身具有依赖性，它必须依附于他人，即它的存在需要靠他人才能够得以体现。拜访教授之后又偶遇做演员的女同学，莉多奇卡头脑中开始幻想着即将拥有的财富声誉和地位。成为外省女演员，与"俄国的金"相恋，这些"幸福生活"也只不过是存在于莉多奇卡心中的假象，虽美好却不真实，如镜花水月般绚烂且虚幻。对于未来的美好想象遮蔽了现实中的一切不如人意，贫困拮据的生活、债务的负担以及环境的杂乱肮脏对她都是视而不见的。

莉多奇卡把与情人最初相处的日子当成是自己的完美镜像，并与之认同确立了理想自我。但由于想象界的误认性，注定理想自我无法实现，终要成为虚幻的泡影，他者介入的虚假性的自我建构注定崩塌。叙述者"我"在历时三年后与之相见时，惊讶于莉多奇卡依旧年轻貌美，但脸上却流露出由来已久的深刻的痛苦，从妩媚的小姑娘变成了一个厌倦生活的女人。

在莉多奇卡的镜像破灭的过程中，起作用的首先是一位男演员。他在艺术上乖僻而任性，可是莉多奇卡却非常钦佩他。当她告诉他三个月以后要分娩时，他偷偷地溜走，遗弃了莉多奇卡。显然他只把她当作是"戏里的老婆"，不用婚姻仪式的谎言来束缚，只不过是除了生理关系外，还被舞台利益联结在一起的女人罢了，但天真的莉多奇卡以为这就是真挚的爱情，直到自己被抛弃后才悔不当初。其次是一同共事的其他演员，对于被供养、互相之间的不洁关系，骄纵玩乐酗酒，早已习以为常。最初莉多奇卡在这样的烂泥中也曾试图坚守自己道德的底线，在得知少尉要供养自己的意图时感觉受到了侮辱而言辞激烈地予以反抗。莉多奇卡深知自己无力改变社会异化的状态，于是选择在孤独中坚守自我，她有意断了自己的后路，疏离家人，放弃爱情和友谊，试图进入绝对的孤立状态。当莉多奇卡向叙述者倾吐了自己最珍贵、最触不可及的隐秘后，她选择用侮辱别人来宽慰自己，在与众人的狂欢中放纵堕落，最终转向自我逃避。

莉多奇卡被自己无法掌握的外部力量所左右，镜像之我与镜外真实存在的社会自我完全是两个独立存在的个体，镜像中的莉多奇卡破碎了，完整独立的莉多奇卡必然也不复存在。莉多奇卡期望在舞台上获得自我，需要观众目光的注视。而失去了观众的注视，她会觉得自己的存在是一种虚空。然而以少尉为代表的观众们，艺术的资助者们和后台的财东们在意和关注的并非是演员的才能，以及戏剧艺术带来的精神享受，而是将他们当作消遣玩乐的对象，因此，以他者作为依据存在的女演员的天赋才能、清高骄傲也都没有了存在的价值。

（三）人物是作者自身经历的折射

库普林一生坎坷，生活阅历极为丰富，从事过几十种职业：工厂职员、诵经士、牙医等，其中也包括演员。创作题材的广泛及多样性与作家的生活经历无不有着紧密的联系，毫不夸张地说，库普林的小说是作家人生的放大化具体化的缩影，他通过对俄国社会各个阶层生活的真实描写表达出了自己的社会人生观和价值观。他的作品具有很强的自传性，以自叙传色彩的作品表现个性倍受压抑、个人没有发展空间的困境，这使他的作品对于社会的批判力度更加深刻强烈。作家笔下的主人公的自我评价与自我认知都具有一种渺小、无力、失落的悲观倾向，也体现着作者本人的性格气质。库普林笔下的人物可看作是他自身经历的折射，作家通过这些人物形象一方面向整个社会的黑暗和腐败发出强烈的呐喊和抗议，表达自己的愤激之情，同时作者通过小说创作也对自己进行着深刻严肃的自我解剖。作者通过他们笔下的这些形象也照见他们所处时代和社会以及民族的知识分子面影。因此，他们的作品往往具有鲜明、强烈而且深刻的自我批判性。

库普林关于演员演艺生涯描写的作品取材于他自身的一段演艺经历（除处女作《最后的演出》），他通过作品向读者展示了自己人生阅历中的所见所闻所感。《我怎样变成一个演员》、《被崇拜者》、《在马戏院里》几篇关于演员的作品，描述了各类演员不同的心理状态、人生困境以及其各种不同的结局。他将自己观察感受到的演艺事业具象化地搬到了作品之中，把这些幕后不为人知的演员们的快乐与艰辛完整地呈现给读者。在《我怎样变成一个演员》中，作者成为了转述人，转述关于曾作为演员的朋友但后来却再不愿迈进剧院的朋友的经历。《最后的演出》中莉季娅的遭遇比莉多奇卡更加悲惨，被剧院老板玩弄还要忍受着他人的人格侮辱，她最终在舞台上以死亡来抗争，表达了作家对被侮辱与被损害者的深切同情和人道主义关怀。"……我的声誉已经一去不复返了。还有什么能比这更使人悲伤的呢！……我们是演员，我们的全部生活是寄托在高度的精神享受上的，我们为千百万来看我们演出的观众而生活着、感受着……不要过久地享用您的声誉！一旦您感觉到您体内那神秘的火焰逐渐熄灭时，就立即离开舞台？不要等到观众自己来把您赶走……"① 这至真至诚的肺腑之言无疑是对身处社会底层的演员的深切忠告，寄托了作者深切的悲悯情怀。

莉多奇卡是库普林笔下在沙皇统治下的俄罗斯社会里迷失自我的少女典型。如果说阿列霞代表着天人合一的自然之女，那么莉多奇卡则是挣扎在社会之网中的不幸女子。从这两个少女典型形象的人生经历中我们可以看到库普林对自然和社会的不同情感取向。

## 第二节　妻性美的思考——《几株紫丁香》与《石榴石手镯》

俄罗斯的女性在古代及现代的现实生活中大部分处于从属地位，只是作为男性的配角或伴侣，但是，如果我们潜入俄罗斯文化的深层结构中，就会发现俄罗斯的女性灵魂深处放射出来的审美和道德光辉，女性在家庭生活中表现出光彩照人的人格特征，在男性占主导地位的社会生活中彰显出自己独具的优势。库普林小说承袭了俄罗斯文学中女性地位中心化的传统，也承袭了女性形象理想化的审美取向。他的作品塑造的众多的女性形象，体现了俄罗斯文化中的女性神圣观和女性崇拜的情结。作家自觉或不自觉地在小说中表达了女性崇拜的内蕴。

---

① ［俄］库普林：《最后的演出》，《萍水相逢的人》，杨骅等译，上海译文出版社1987年版，第126—127页。

## 一 丁香花般圣洁的女性——《几株紫丁香》中的薇拉

《几株紫丁香》（亦译为《一丛丁香》）中女主人公薇拉（Bepa）的名字在俄语中就是"信念"、"信心"以及"信仰"的意思。或许是因为这个名字的美好含义，库普林非常喜欢薇拉这一女性的名字，曾经在多篇作品中以此给女主人公命名。在俄罗斯的民间习俗中，丁香花不仅芳香四溢，而且高贵典雅，有着"天国之花"的美誉，曾受到古往今来文人墨客的赞誉。丁香花又是"光明"、"光辉"的象征。人们用丁香花祝福所爱的人，也代表着天神的祝福，被祝福者将有着光辉的人生。《几株紫丁香》中的女主人公薇拉正是这样一位丁香花般的美丽而高贵的女性，是俄罗斯文学中"贤妻"的典型代表。

薇拉真诚而深情地爱着自己的丈夫阿尔玛佐夫。她的爱情真诚无私而又充满智慧。她把自己如紫丁香一样美丽芬芳的青春年华和爱情都奉献给丈夫，给他前进的勇气、信念和家庭的温暖。可以说，薇拉用自己丁香一样芬芳的爱之光辉为自己的丈夫前行照亮，以他的喜悦而喜悦，为他的痛苦而痛苦。

薇拉的丈夫阿尔玛佐夫在军事学院学习。由于疲惫或者粗心的原因，他在即将完成的地形测绘图上滴上了一滴墨水。他想把它擦去，结果事与愿违，反而越擦越糟。如果想要重新绘图，余下的时间已经不够。在无奈的情况下，他将墨迹修改成了代表一丛灌木的图案。尽管这一图案画得很成功，但被一丝不苟的德国教授看出破绽，因为教授在那里已经居住了二十多年。他认为那里根本不存在灌木。其实如果阿尔玛佐夫讲出实情，教授或许可以原谅他这一小小的过失。但阿尔玛佐夫不肯认错，强辩说那里确实生长着一丛灌木。在争执不下的情况下，教授要求次日清晨和阿尔玛佐夫一同去现场考察。这样一来，如果阿尔玛佐夫被证实说谎，教授会怀疑他为人的品质，其结果将使阿尔玛佐夫多年的辛苦付之东流，他有可能被重新遣返回原来的部队，不仅丢尽颜面，而且前程尽毁。

阿尔玛佐夫为此一筹莫展，他垂头丧气地回到家里后，贤惠并且深爱丈夫的妻子薇拉看到丈夫沮丧的表情，她跟他一样痛苦。但当她了解了事情的经过以后，她决定帮助丈夫摆脱困境，用自己的聪明智慧挽救危机。薇拉找出自己珍藏多年的心爱的首饰，以及丈夫的银质烟盒，迅速行动起来。她跑到当铺用这些首饰及烟盒换得了二十三个卢布，然后又跑到花店，她请求满腹狐疑的花房老板给予帮助。在薇拉真诚的态度感动之下，性格宽厚的花房老板连夜派出工人随他们来到郊外，在绘图所在的现场位置栽下几株紫丁香。薇拉细心地请工人们把周围的泥土和四周的草地弄好，使人看不出这是新栽的树木，然后才放心地离开。次日，教授带着阿尔玛佐夫来到这里，他看到了这里生长着的紫丁香。于是，教授以为自己错怪了自己的学生，诚恳地向阿尔玛佐夫道了歉。就这样，阿尔玛佐夫顺利地通过了考试。薇拉连夜栽种的几株紫丁香挽救了丈夫的前程，也保住了自己家庭的幸福，她的机智和付出得到了回报。

库普林在这篇小说中通过对比的手法塑造了两个性格十分鲜明的人物形象——丈夫阿尔玛佐夫和妻子薇拉。可以说，阿尔玛佐夫具有俄罗斯文学中"小人物"的气质。他虽然心地善良纯洁，但性格十分软弱，而且遇事时显得优柔寡断而缺乏主见。相比之下，妻子薇拉则更加显得精明能干。外表美丽柔弱而内心却坚定沉着的薇拉成了家庭的精神支柱，甚至成为丈夫的依靠。薇拉不仅性格温柔体贴，而且极其富有无私奉献的精神，在遇到问题和困难的时候表现得淡定从容、聪明机智。这是一种能够在逆境中坚守希望和信念的女性。她以其女性外柔内刚的力量支撑着丈夫走向人生未来的目标：支持阿尔玛佐夫考取军事大学，在丈夫考试接连受挫的情况下而灰心丧气的时候，她给予他热情的鼓励和坚定的支持。面对挫折，她总是用明朗的微笑来面对。她对自己的生活力求节俭，以便用节省下来的钱为丈夫购买所需的一切，这是她作为一个贤惠妻子所奉献给丈夫的无私爱心。在事业方面，她更是他的助手、秘书和学生。当丈夫遇到麻烦手足无措之时，又是她凭自己的聪慧力挽狂澜。她急中生智补栽几株紫丁香的做法，实属迫不得已，更是面对无奈境遇时的一种积极应对。她凭自己的聪明果断帮助爱人摆脱了窘境，从而把人生的机会和命运掌握在自己的手中，这样的女性在古往今来都是富有迷人魅力的。

库普林的《几株紫丁香》这篇小说中的故事仅仅发生在一昼夜的时间里，其中的人物也仅有寥寥几个。爱情在一个平凡的女性身上焕发了神圣的力量，使主人公显现出独特的魅力和精神气质。薇拉以贤妻的形象出现在读者面前，她凭自己的聪明才智为自己所爱的丈夫无私付出，以女性特有的睿智聪慧支持丈夫的事业并支撑家庭的未来。库普林所刻画的这一完美妻子形象成为俄罗斯文学画廊中魅力四射的女性子形象之一。紫丁香"不仅象征着主人公摆脱了'灾难'，也象征着主人公自己"①。库普林赞美薇拉这样的女性如紫丁香一样令人神往，赞美她在紧急情况表现的从容淡定和无比机智以及其为爱人和家庭而无私奉献的精神，也表达了作家本人的女性审美理想。

**二　坚守家庭与传统道德的女性——《石榴石手镯》中的薇拉**

库普林虽然有着粗犷的外表，但是他的内心却十分细腻，这一点也体现在他所塑造的人物上，尤其是女性形象。他的小说在展现女性美貌的同时，也精心地刻画她们的内心世界，从而让读者看到她们复杂的精神领域。

《石榴石手镯》中的薇拉是一位美丽的女性。她身材苗条，神态庄重，待人和蔼，但在和蔼中又流露出几分冷漠和傲气，是一个有主见而沉稳端庄的女人。作者通过侧面描写来强调薇拉的美貌，那便是热尔特科夫对薇拉柏拉图式的爱恋。热尔特科夫只因在戏院的包厢里偶然遇见了薇拉，从此便对她一见钟情，觉得世界上没有任何事物可以同她媲美，没有任何事物可以超过她，比她更完美，更温柔。他的生活从此再也没有了其他的目标，每日每夜所想的都是薇拉。尽管薇拉对此不屑一顾，他还是义无反顾地思恋着她。

薇拉是一位贵族夫人，她对自己的丈夫舍英忠贞不渝，悉心照顾着他们的家庭。而在这个过程中，虽然随着岁月的流逝，她曾经对丈夫的痴情早已化为忠贞的友谊，但这却没有减少薇拉对丈夫的爱，也不能够改变她对自己爱人和这个家的责任。就像她对待大海和树林的美景一样，在她的喜好中，大海再浩瀚也无法比过耶戈罗夫斯基那片树林。所

---

① Хонг Е. Ю. Семантика заглавия художественного произведения（на материале рассказов А. Куприна и И. Шмелёва）\\\ Вестник Центра международного образования Московского государственного университета. Филология. Культурология. Педагогика. Методика. 2014, № 1. с. 98.

以纵然热尔特科夫对自己怀有无比执着的情愫，她也不曾对他动心，甚至反感。她是一个品德端正，教养有素的女性，一心将自己的爱倾注到家庭中。在她看来对家庭尽职尽责是做人最重要的准则。

热尔特科夫对薇拉的爱情是人世间罕见的伟大爱情，然而薇拉直到热尔特科夫死去才懂得这种情感的珍贵。热尔特科夫死时的容貌让她想起了伟大的受难者普希金和拿破仑，她在他冰冷的额头上友爱地亲了一个长吻，她意识到在一千年当中只重复一次的伟大爱情从她身边消逝了。薇拉泪如泉涌，在感叹热尔特科夫生命终结的同时，也表达了自己满怀愧疚的心情。薇拉是一个善良的女性，她的情感在一定程度上来说是封闭的。热尔特科夫的死让那上锁的心扉轻轻开启，释放出女性的温柔与关爱。她感激热尔特科夫的爱情，却无法去弥补这份缺憾。

薇拉对自己婚姻与家庭的坚守，让人感受到她所拥有的纯朴而圣洁的俄罗斯的灵魂。正如普希金笔下的达吉雅娜一样，她对生活的态度和观念是纯洁而质朴的。她忠实地固守着俄罗斯古老的精神传统，保持着俄罗斯妇女传统的道德美德。"其实，女性在对爱情做出某种选择时，对其产生影响的还有许多其他因素，尤其是人文精神传统的因素。抛开这些方面的影响，就很难从整体上对女性的爱情观做出合乎实际的评价。"①

### 三　对妻性美与人生困境的思考

《石榴石手镯》中着重描写了两个女性形象：公爵夫人薇拉和她的妹妹安娜。小说"在两位女主人公内心世界和外貌的描写上呈现出固定的对立体系"② 在文中，她们的性格形成了鲜明的对比。姐妹二人分别代表了传统的理智的女性和现实中的浪漫女性，同时也反映了作者的女性观以及更深层次的人生观。这对亲姐妹，薇拉显得沉稳端庄，典雅高贵，是典型的传统女性；妹妹安娜则性格开朗活泼，甚至有些风流

---

① 金亚娜：《期盼索菲亚——俄罗斯文学中的永恒女性崇拜哲学与文化探源》，人民文学出版社 2009 年版，第 260 页。

② Ибатуллина Г. М. Образно - смысловые парадигмы софийного мифа в повести А. И. Куприна《Гранатовый браслет》\ \ Вестник Удмуртского университета. Серия История и филология. 2015，№ 4 - 2. с. 141 - 145.

轻佻。

姐妹俩不仅在外貌上有着相当大的差异，在对待家庭和丈夫的态度上也大相径庭。薇拉的丈夫塞耶公爵尽管社会地位很显赫，但是经济却不富裕。薇拉对丈夫的热恋早已变成了诚挚的友情。她在生活上帮助公爵，使他不致于走到完全破产的地步。为了丈夫，她放弃自己最需要的东西，在经济上尽量节省。而妹妹安娜因为丈夫糊涂、什么事都不做而感到厌烦，她不仅乐意沉醉在欧洲各国最危险的调情里面，而且经常轻蔑地嘲笑她的丈夫，而她的丈夫始终仍然然迷恋着安娜，总是多情而得意地向她献殷勤。安娜还是一个喜欢奢侈生活的女人，狂热地喜欢富于刺激性的事物和场面。然而她也慷慨善良，虔敬地相信天主教。

薇拉和安娜的性格差异导致了她们对待生活的不同态度，作者对于这种不同做了详尽的描写。薇拉喜欢家乡的树林，安娜却喜欢海。树林虽然也有四季变化，但平日里给人沉静稳重的感觉；而大海则奔腾激越，变化万千。她们的喜好在一定程度上反映了二者在思想上、性格上的不同。这些不同给读者展现了两种几乎对立的女性形象，从而引发读者的思考。作品在后半部分将重点转向了薇拉和她的爱情，妹妹安娜则消失不见。我们可以理解，安娜这一形象是为了衬托薇拉而设置的。然而安娜这一形象同样显得魅力四射、生机勃勃。随着社会的进步，文明的发展，社会道德体系和传统力量的形成，人们被这些传统道德所束缚，最终在一定程度上丧失了自我。或者我们也可以做这样的理解，薇拉和安娜恰恰是作者精心安排的两个人物类型，然而她们又是一个完整的人的两个分化。

如果说普希金笔下的达吉雅娜和列夫·托尔斯泰的安娜·卡列尼娜代表着俄罗斯文学中的两种截然不同的女性原型，那么，库普林塑造了薇拉和安娜这样两个性格相异的姐妹，也正是这两种不同女性类型的演绎。按照俄罗斯传统的女性审美标准，女性应该对自己的丈夫温顺而忠贞，她应该摒弃自我，由此给家庭带来幸福和温暖。然而，正如列夫·托尔斯泰在《安娜·卡列尼娜》中所探讨的：人，尤其是女人，应该怎样生活？是按照自己本真的愿望追求爱情的幸福，还是遵从伦理道德和理性的要求，按照信仰的戒规过清心寡欲的生活？作者在此所叙写的既是一个特定时代的社会问题，更是一个超越时代的人生问题。或者与其说是社会问题，不如说是具有更普遍意义的人生问题——一个任何文明社会的人们都可能遇到的现实问题，即追求爱情自由或个人幸福与遵守社会伦理道德规范的两难选择问题。

应该说，小说中的两姐妹"都是不同寻常的人，甚至在某些方面是独一无二的"，她们之间形成了一种"对话性互相映射"的关系①。作品着重描写了薇拉的爱情故事，也从反面思考了安娜的命运。薇拉和安娜在性格上的巨大差异决定了她们对待爱情婚姻和生活的不同态度。薇拉的百般隐忍和自我个性的消解，恰恰从反面肯定了安娜追求自我、享受爱情的人生选择的合理成分。作者通过这样一种手法使读者能够将人身上具有的这种两相结合的复杂性看得更为清楚，从而更深刻地理解感性化生存方式与理性化生存方式的差异以及社会伦理道德规范和与人类自身追求爱情幸福愿望之间的矛盾冲突。安娜的生活，是一种感性化的活法，敢于按照自己本真的愿望生活。薇拉的生活，一切听命于理念，是一种理性化的活法。社会的、宗教的、伦理的道德规范已经潜移默化到她的精神结构中，成为她性格中不自觉的、无意识的心理因素。

尽管作者在作品的后半部分已经不在安娜的身上使用笔墨，但是却在客观上形成了意义上的留白。这种艺术手法能够引发读者不自觉地思考：如果面对问题的是妹妹安娜，生活将会出现什么样的局面。这也是作者艺术手法的高明之处，促使读者积极地参与到文本的解读和假设中去，从而在文本的表层叙事下产生更深层次的含义。通过这种对比，也能够引导读者作进一步思考：感性化和理性化，哪一种生存方式才是理想化的生存方式？哪一种生命更值得肯定和尊重？

在《石榴石手镯》这篇小说里，我们看到了作者内心深处的矛盾和悲悯情怀。薇拉面对默默无闻者的追求者，把信件留给自己的丈夫看，做到了夫妻间毫无保留地信任；丈夫塞耶公爵在妻子遭到哥哥尼古拉误解时也以同样信任地为妻子做出了解释。这种信任似乎是令人羡慕的，但是在爱情和婚姻里面已然丧失了本属于爱情的激情和冲动。妻子

---

① Ибатуллина Г. М. Образно – смысловые парадигмы софийного мифа в повести А. И. Куприна《Гранатовый браслет》\ \ Вестник Удмуртского университета. Серия История и филология. 2015，№ 4－2．с．142．

受到追求可以自觉坦然的告知丈夫，甚至让丈夫亲自查看信件和礼物，而丈夫也根本不存在嫉妒和愤怒，反而替妻子辩解，这是一种多么理性、死气沉沉甚至是畸形的婚恋关系。作者显然对这种婚恋关系持否定的态度。这种纯理性的爱，这种完全遵从社会规约和宗教教旨的爱情观和婚姻观并非是作者所完全赞赏的。

作品在热尔特科夫请求薇拉倾听的贝多芬第二奏鸣曲中结束，在音乐中，薇拉听懂了热尔特科夫对她反复吟唱的"但愿你的芳名神圣不可侵犯"。她意识到正是自己在传统和伦理道德规约下的理性甚至麻木使她永远丧失了这样一份神圣而永恒的爱情——一种不属于人间的爱情。

但是，作为一名男性作者，在潜意识叙事中，总是会从男性的角度审视女人，审视爱情和婚姻。或许正因如此，小说以薇拉说她被原谅了而结尾。薇拉并没有抛弃自己所固守的那份对家庭、对丈夫的责任，也没有动摇根深蒂固的传统观念中的女性形象，她依然作为一个只有在传统壁画中才能看到的女性经典出现，依然是男性视阈的婚姻中女性所应有的姿态。

"懦弱与坚强，优柔寡断与坚毅果断，浪漫的幻想与清醒的自省，这些截然对立的品格在库普林小说的主人公内心彼此作用、相互冲突，构成了作品主题的中心。"① 在《石榴石手镯》中，这种对立依然存在。它不仅存在于作品中的人物与人物之间，人物自身性格结构中，而且还存于作者本人的性格和生存观念之中。19 世纪末 20 世纪初，俄罗斯社会的各个领域都处于发生重大变革的时期，各种思想异彩纷呈，处于这一时期的人们总是难以找到属于自己的价值体系和信仰标准。库普林虽然在内心深处希望人们能够在爱情生活中表达自我，尊重自我，摆脱社会习俗和规约的压制，但又在内心深处向这种习俗和道德力量屈服。如何实现感性生命与理性生命的统一，实现感性化生存方式与理性化生存方式的和谐，是古今中外无数文学家们苦苦思索的问题，就像列夫·托尔斯泰在《安娜·卡列尼娜》中所展现的人生困境一样，这是一个超

---

① ［俄］符·维·阿格诺索夫主编：《20 世纪俄罗斯文学》，凌建侯、黄玫、柳若梅、苗澍译，中国人民大学出版社 2001 年版，第 15 页。

越时代、超越社会的人生终极问题。

## 第三节　庸俗生活中的阴险情人——舒萝奇卡

"有人说，俄罗斯人文文化中之所以有女性崇拜的情结，是因为俄罗斯民族本身就固有一种女性气质，整个俄罗斯文化都渗透着女性强于男性的意识。"① 库普林的长篇小说《决斗》中，塑造了一位在平庸的现实生活中不甘平庸和寂寞的女子亚历山德拉·彼得罗夫娜·舒萝奇卡。舒萝奇卡虽然只是一位普通军官的太太，但她美丽动人而又聪明颖悟，具有出色的才智。年轻的少尉罗马绍夫对她产生了深深的恋情，最后为这份恋情付出了惨重的代价。

罗马绍夫所处的军营，恰如在漆黑的暗夜中令人行进艰难的泥潭。在空虚无聊的生活中，罗马绍夫对尼古拉耶夫中尉的妻子舒萝奇卡产生了爱恋之情。这种恋情给年轻的少尉罗马绍夫的感觉是幸福甜蜜的，同时又是新鲜刺激的。然而，这毕竟不是一种在正常合理的轨道上自然而然发展的感情，这种恋情如同"街上刮过的阵阵大风，也像春天一样反复无常，时断时续，仿佛在打哆嗦，在闲逛，在胡闹。"②

罗马绍夫在尼古拉耶夫家的窗外，内心激动地望着舒萝奇卡。罗马绍夫仔细端详着眼前这个仿佛在某幅熟悉的、形象生动美妙的画中描绘的少妇，某种娴静、纯洁、无忧无虑的气息从她身上飘散来。透过罗马绍夫的眼睛，读者看到舒萝奇卡某种过滤过的形象。从舒萝奇卡脸上"转瞬消失的笑容和皱起的眉头"，作者似乎让我们看到这个女人难以琢磨的内心世界。而从她身上飘散来的"某种娴静、纯洁、无忧无虑的气息"，无疑是罗马绍夫感情投射的结果。眼前这个仿佛只能在绘画中出现的少妇是罗马绍夫在空虚无聊、黑暗寂寞的军营生活中的心灵慰藉，她的美也是用罗马绍夫的心灵描画的，由此也反衬出年轻少尉内心的纯洁。

---

① 金亚娜：《期盼索菲亚——俄罗斯文学中的永恒女性崇拜哲学与文化探源》，人民文学出版社 2009 年版，"序言"第 2 页。

② ［俄］亚·库普林：《决斗》，朱志顺译，上海译文出版社 2002 年版，第 31 页。

　　小说中的另一位军官纳赞斯基也一直迷恋着舒萝奇卡。年轻时的纳赞斯基心中曾幻想爱着一个自己无法企及、不同寻常的女人，他与这个女人不可能有丝毫共同之处。但他要终生全心全意地爱她。无论是当勤务兵，当仆役，当马车夫，他都心甘情愿。他愿乔装打扮，遮人耳目，只求一年之中偶然能见上她一面，吻一吻她留在楼梯上的脚印。纳赞斯基把一生之中能有一次触及他所钟爱女子的衣裙，看成是至高无上的幸福！他曾经整夜整夜站在街道对面，站在阴影里，望着所钟爱女人的窗户，望着窗户里面自己所钟爱的女子，感觉自己万分幸福。

　　作者通过纳赞斯基采用追忆往事的眼光来向读者描述自己与舒萝奇卡之间的情感纠葛。纳赞斯基觉得自己平生只有一次遇见过这样一位奇妙不凡的女人。就连纳赞斯基自己也说不清，他爱喝酒，很可能因为他心仪的女子不再爱他。他与她总共只见过十至十五次，有过五六次亲切交谈。然而对于纳赞斯基来说，逝去的往事具有不可抗拒和令人神往的魅力。在这些天真纯朴的琐碎小事中包含着纳赞斯基全部的精神财富。纳赞斯基至今仍然爱着自己的女神。在作品中，纳赞斯基完全沉浸在往事的追忆之中。使读者感到一切都仿佛正在眼前发生，这样的叙述产生了很强的直接性和生动性。

　　同纳赞斯基一样，年轻的少尉罗马绍夫也为舒萝奇卡奉献了一片痴心。当舒萝奇卡做编织活的时候，少尉便抓起线，悄悄地往自己这边拉。一切仅此而已。舒萝奇卡根本没有察觉，而罗马绍夫却感觉"是一种微妙的柔情交流"，使他感到无比幸福。与此同时，罗马绍夫从侧面偷偷地、但又目不转睛地望着舒萝奇卡，嘴唇微微颤动着，心中默默无声地述说着，好像在与舒萝奇卡进行隐秘的推心置腹的交谈。

　　作者对舒萝奇卡外貌的描写完全是通过小说主人公罗马绍夫的视角。舒萝奇卡有着一张洋溢着激情的脸。她的两只眼睛四周漾着淡黄阴影，两眼的眼白微微发蓝，而大大的瞳仁则泛出深不见底的湖蓝色。这"深不见底的湖蓝色的眼睛"正是舒萝奇卡内心世界的真实写照。她身上有一股茨冈女子的韵味，这样的女子令人感到一种神秘而又难以驾驭的个性。从外表上看，舒萝奇卡如此端庄、朴素而又美妙，她身材小巧、轻盈有力，全身热情洋溢，充满活力。

　　在这里，作者通过罗马绍夫的心理描写，通过他的感觉、印象、情感、意识或无意识去感受外部事物，并把这些感受细致地表现出来。这里读者所了解的舒萝奇卡的形象完全是通过罗马绍夫的感观来获取的，因此，读者能够更深刻地了解主人公罗马绍夫的情绪、情感，而作者对女主人公舒萝奇卡性格中不为人知的一面做了很好的遮蔽。

毫无疑问，舒萝奇卡是个心灵手巧的女子。她从来不会闲坐着无所事事，家中所用的大小桌布、灯罩、窗帘都是她动手编织的。她不仅擅长干这些女性的手工活计，更具有超出一般人的记忆能力。她能够"像学校里的优等生"一样，熟练地背诵"部队的战斗队形应当符合哪些条件"以及"总参谋部的军官应当符合那些条件"这样的军事问题。

舒萝奇卡不甘心在军营里做一名普通中尉的妻子。她认为待在这里意味着沉沦。她对这样的生活十分厌倦，认为这是一种俗不可耐的安宁幸福。就连凭她自己灵巧的手编织的地毯、改制的衣服，都令她觉得讨厌至极。应该承认，舒萝奇卡不仅具有非凡的聪明才智，而且具有超过她周围其他人的理想和目标。然而，她人生的理想和目标也难免具有强烈的庸俗意味。她所追求的是上流社会的社交、音乐、崇拜、含蓄巧妙的奉承……舒萝奇卡懂得多种语言，无论在什么场合，都能做到举止适宜。在这个女人身上，有一种随机应变的能力，能够处处应付自如，左右逢源。这样一个聪明绝顶而又美貌超群的女人生活在这样单调乏味死气沉沉的军营中难免心生怨恨。她常常抱怨，作为一个人，莫非自己真的很乏味？作为一个女人，莫非她不漂亮？活该终生守在这荒僻之地，在任何一张地图都找不到的令人生厌的小地方生活吗？

舒萝奇卡的确为了实现自己的人生目标而做了扎扎实实的努力。她的丈夫尼古拉耶夫在她的逼迫下废寝忘食地拼命温习功课，目的是要报考总参谋部的军事学院。舒萝奇卡的记忆能力让她的丈夫也既妒忌又佩服。她为她的丈夫制订了学习计划和方法，盼望着尼古拉耶夫能够脱离所处的军营，考到总参谋部的军事院校，以求飞黄腾达。

在现实生活中，舒萝奇卡没有遇到过她理想中的男子。在舒萝奇卡看来，她理想中的男人应该具有颠覆世界的力量，而纳赞斯基和罗马绍夫都是平凡甚至平庸的男子，都缺少一种坚强有力的性格，都不够强大和强悍。而舒萝奇卡的丈夫也是一个军营中的普通中尉，就聪明才智来说也远在舒萝奇卡之下，他的理想和人生目标都是妻子舒萝奇卡为之规划设定的，并且在舒萝奇卡的逼迫之下在向着这个目标不懈努力。因此，无论是纳赞斯基还是罗马绍夫以及舒萝奇卡的丈夫尼古拉耶夫，他们都不是舒萝奇卡心目中的理想男人，她理想中的男人是能够帮助她实现其野心和梦想的人。因此，纳赞斯基和罗马绍夫对舒萝奇卡的真诚爱情，是不可能得到相应回报的。

舒萝奇卡毅然决然地结束了她与纳赞斯基的感情纠葛，表现得非常果决而不留余地，体现了一个女人性格中的坚强不凡。她想象中轻吻曾经爱过之人的额头，就像吻一个死者，因为对她来说，曾经的爱人已经死去。而在与少尉罗马绍夫相处过程中，舒萝奇卡的感情也显得神秘莫测，甚至难以琢磨。

在罗马绍夫的眼里，舒萝奇卡的美不同寻常，在她身上有一种新的神秘的东西，令人猜不透。而在舒萝奇卡这里，今天她爱上"善良的、胆小的"罗莫奇卡（罗马绍夫的昵称），明天这一切就会成为过去。在舒萝奇卡的梦中，她与罗莫奇卡在某个不同寻常的房间里跳华尔兹……只有在梦中他们才可能有甜蜜的肉体亲近。他们飞快地旋转，但是脚并不触地，好像是在空中飘舞……舒萝奇卡的梦境也是对她内心情感的揭示。从感情上说，她并非不喜欢这个年轻善良的少尉。他的腼腆，他的纯洁，他的温柔都让舒萝奇卡觉得可爱。她会想着他，会梦见他。她感觉到他……他靠近她，触到她，都会使她激动。舒萝奇卡给罗马绍夫讲过这样一个传说："上帝开头造的都是完整的人，后来不知为什么把每一个人都劈成两半，扔到天涯海角。多少世纪过去了，这半个人与那半个人互相寻找，可是都找不到。"① 舒萝奇卡觉得她与罗马绍夫就是两个这样的半个人；他们拥有相同的一切：他们的思想、他们的梦，他们的愿望。他们互相理解对方，只需要一点点暗示，只需说半句话，光凭心灵就能互相明白。

然而，回到现实中来，这种感情被现实的功利目标和算计撕得粉碎。年轻善良的少尉令舒萝奇卡感到可怜。而对于性格坚强的舒萝奇卡来说，可怜是可鄙的姐妹。她无法从内心深处尊敬这位年轻腼腆的军官。舒萝奇卡多么希望罗马绍夫是一个坚强有力的男子汉，能为自己争

---

① ［俄］亚·库普林：《决斗》，朱志顺译，上海译文出版社 2002 年版，第 166 页。

得显赫的名誉和地位，然而现实并非如此。

对于罗马绍夫来说，他自己也非常想做到舒萝奇卡所希望的，但正如舒萝奇卡所明白的，这样的期待完全没有可能实现，罗马绍夫不具备这样的能力和禀赋。假如罗马绍夫能够让舒萝奇卡对他抱有些许希望，她会选择不顾一切地跟随他。舒萝奇卡不爱自己的丈夫尼古拉耶夫，觉得他粗鲁，不敏感，很生硬。她忘不了第一次所受到的粗暴。后来，尼古拉耶夫又醋劲十足，一直拿纳赞斯基的事折磨妻子，每件小事都要追问不休，而且要做出种种荒唐的推测，提出种种卑鄙下流的问题。然而事实上，舒萝奇卡从来没有在行为上背叛过自己的丈夫，甚至觉得，如果没有理由以后自己也不会对他变心。可是丈夫的爱抚和亲吻让她觉得可怕，让她很厌恶。当她想到罗马绍夫的嘴唇的时候，她才明白，献身于自己所爱的人是多么难以置信的幸福。可是舒萝奇卡不愿胆怯，不想背着人偷偷摸摸，关键是不想要孩子，不想作为一个尉官的妻子，拖着孩子，依靠微薄的收入过穷困的生活。

应该说，舒萝奇卡是一位依靠自己理性生存的女子。她做事完全遵从自己的理智，而不是听凭自己的感情。她具有男人一样强悍果决的天性。但是罗马绍夫的单纯怯懦让人感到可怜，对于舒萝奇卡来说，这种可怜与可鄙是那样的接近。

"从俄罗斯不同时代的几位女情人（也包括安娜·卡列尼娜）形象的伦理和审美价值可以看出，这些形象丝毫没有受到作家的歧视和贬斥，相反，具有极高道德标准的文学大师们还极力为他们辩解，一定要为她们落入情人境地和做出出格行为找出充分的理由。"[1] 同许多传统俄罗斯作家一样，库普林看重人性的自然要求，宽厚而热情地呵护和怜爱渴望得到幸福的普通人。这也是俄罗斯文学精神的传统使然。对于舒萝奇卡的婚外恋情，作家持有同情和理解的态度。对于舒萝奇卡身上所具有的聪明、果敢的品质，作家也十分赞赏。一个美好的应该享有爱情幸福的女性落入不幸的婚姻和家庭生活中，她有权利为得到真正的幸福而挣脱苦海。对她的各种宗教伦理制约退到了次要地位。然而不幸的

---

① 金亚娜：《期盼索菲亚——俄罗斯文学中的永恒女性崇拜哲学与文化探源》，人民文学出版社 2009 年版，第 179 页。

是，舒萝奇卡的人生目标带有更多的功利和自私自利的成分，这使这一女性形象笼罩上了庸俗可鄙的阴影。尽管如此，作品中爱她的男人像崇拜女神一样崇拜她，即使得不到她的垂青，仍痴心不改，甚至至死不渝。由此我们也看到了俄罗斯文化中理解、关爱和尊崇女性的传统情怀。

应该说舒萝奇卡为了改变自己的人生境地，摆脱庸俗乏味的现实生活的目标非常明确，她比作品中的男主人公更有行动能力，并且以自身的魅力和性格特质左右着他身边的男性。从这个意义上说，舒萝奇卡这一形象有着独特的精神力量。然而，平庸的现实生活不仅毁灭着生活在其中的罗马绍夫和纳赞斯基这样原本善良单纯的男人，也毁灭陷入其中的女人，即使她们生性美好，有超人的聪明才智，然而，可恶的现实生活没有给他们提供实现人生理想和人生价值的空间，留给他们的只有才智和天性的毁灭，因此可以说，"发生在罗马绍夫身上的故事，也经常会发生其他环境、任何环境中的人身上"。① 小说在留给读者无尽慨叹的同时，我们也看到了作家内心深处的悲悯情怀。

## 第四节　堕落的天使：女人的罪恶与救赎

库普林的女性观念根植于俄罗斯民族文化心理的土壤，在一定程度上自然渗透着俄罗斯东正教文化中的道德伦理观念。在库普林的小说创作中，不仅体现了作家对生活在底层的女性的人道主义同情和悲悯情怀，也丰富、直观和生动地体现了俄罗斯东正教神学和哲学中广泛论述的女性观念。除了对于女性神圣观和永恒女性的崇拜精神，女人的罪恶与救赎思想在库普林的小说创作中也有着十分生动的体现和演绎。

### 一　女人之罪

女人有罪的观念首先来源于《旧约》的开篇。根据《创世纪》，作

① Федякин С. Р. Куприн Александр Иванович（1870—1938）\ \ В сборнике: Литературная энциклопедия русского зарубежья Николюкин А. Н. Центр гуманитарных научно - информационных исследований, Отдел литературоведения ИНИОН РАН. Москва, 2002, с. 118.

为人类的始祖，亚当和夏娃被上帝造出来以后，他们在伊甸园里，过着无忧无虑的生活。可是不久，由撒旦所变成的蛇诱惑了夏娃，在夏娃的怂恿之下，夏娃与亚当两个人一起偷吃了伊甸园中知善恶树上的果子。从此他们变得不再懵懂无知，而且具有了能够与上帝抗衡的理性。于是，他们被上帝赶出了伊甸园，开始了亚当和夏娃的子孙世世代代在世上的苦难生活。上帝对夏娃的制裁决定了女性在世上怀胎的苦楚，生产儿女时的痛苦以及女人对丈夫的恋慕并受其管辖。

俄国文化中女人有罪的观念的另一个来源是《新约》。《马太福音》和《约翰福音》中的有罪的女人玛利亚和抹大拉的玛利亚被耶稣赦免了罪，以后成为耶稣忠实的信徒和知己。这一原型隐喻在俄罗斯文学的女性形象塑造中影响十分深远。按照俄罗斯东正教的民间观念，尤其是在阉割派的观念中，女性的美是有害的。这种观念反映在俄罗斯文学的创作中，女性的美具有使人无法抗拒的魔力，很多人因无法抗拒女人的"魔力"而堕落，因此受到惩罚。

在《画家的毁灭》中，本来年轻有为并且前程似锦的画家尼基福尔·伊利英受到一位贵族妇女的诱惑，她那"富有诱惑力、引人发狂的目光"以及"她那蛇一般的身躯，棕黄色的头发和香水的芬芳气味"，这一切使伊利英"像一根稻草似的，被狂风卷了起来，带走了"。① "无穷的精力和健康的躯体，荣誉和才华——这一切都被卷进了这个该死的漩涡。"② 过了不到两个星期，伊利英"就像狗似的趴在她的面前"，"为了赢得她的一笑，甚至身败名裂、杀人放火也在所不惜。"③ 然而她很快厌倦了他，他追随她到过尼斯，到过维也纳，到过瑞士，也到过巴黎，最后被赶了出去，甚至被驱逐出彼得堡。伊利英最后从一位年轻有为的画家堕落成了一个毫无自尊和廉耻之心的乞丐。

在库普林的短篇小说《秘密调查》中，讲述了一个更加耐人寻味的故事。伊凡·彼得罗维奇是长官引以为自豪的下属，是整个部里公认的前程远大的年轻人，大家都认为他是有洞察力和不会受贿的人，他沉

---

① ［俄］亚·库普林：《画家的毁灭》，杨骅、李林等译，上海译文出版社1987年版，第157页。

② 同上。

③ 同上。

着、冷静，是一个不会被收买的人。他奉上司之命去秘密调查一桩被匿名投诉的舞弊案。然而事情的结果却远远出人意料。被调查的舞弊者的妻子是一个衣着华丽、身材苗条的黑发女子。在俄罗斯的传统习俗中，黑发是魔女的象征。这个黑发的美丽女人不仅有着迷人的外貌，而且有着高雅不凡的谈吐和气质。面对这个美貌女人的诱惑，伊凡·彼得罗维奇失去了胸中的正义，他完全倾心于这个富有魔力的女子。然而当他俯身想要亲吻这位心仪的女神时，她的丈夫不失时机地出现在了他们的面前。于是伊凡·彼得罗维奇秘密调查舞弊案的使命由于女色的诱惑落了空，显露头角的机会从此一去不复返了。

《决斗》中的女主人公亚历山德拉·彼得罗夫娜·舒萝奇卡虽然只是一位普通军官的太太，但她美丽动人而又聪明颖悟，具有出色的才智。年轻的少尉罗马绍夫对她产生了深深的恋情。舒萝奇卡的丈夫知晓了罗马绍夫与自己妻子的隐情之后，向罗马绍夫提出了决斗。舒萝奇卡认为军官之间的决斗是必不可少的合理的事情，把反对军官决斗的好心人称作是"自由主义的懦夫"。舒萝奇卡来到罗马绍夫的单身宿舍，温柔多情地向他奉献了自己的身体，同时请求罗马绍夫不要向她的丈夫尼古拉耶夫开枪，因为她要她的丈夫为她报考军事院校，从而实现飞黄腾达的梦想。面对自己所钟爱女子的献身和请求，罗马绍夫自然无条件地言听计从。而在决斗之时，尼古拉耶夫的子弹夺取了年轻少尉的生命。罗马绍夫为这份恋情付出了惨重的代价。

以上这几位女主人公无疑都是作为罪恶化身的女性形象。一些俄罗斯神学家认为，女性自身存在着原罪的基因。基督教《圣经》中夏娃怂恿亚当，两个人一起偷吃了禁果而被赶出伊甸园，从而导致人类永受苦难的惩罚。在上述作品中，女性仿佛是造成男人步入歧途和不幸的根源，是罪恶的源泉所在。

### 二 女人之非罪之"罪"及其悲剧命运

尽管一些女性成为一系列罪恶事件的中心环节，但由于宗教精神和宗教情感的存在，有些女性肉体的堕落不带有邪恶的色彩，因为是无辜获罪，并非精神和神性的堕落，所以她们的不幸和屈辱中隐含着救赎的意味。这些女人的不幸命运中体现了作家的宗教情结与悲剧感染力。

女性的悲剧命运是被古今中外文学家们所关注的历久弥新的主题。在库普林的短篇小说《宿营地》、《最后的演出》以及《ALLEZ!》中都不难看出作者对于女性所处的不幸境遇或者婚恋关系之中被动地位所给予的关注与同情，体现出作者进步的女性观和关爱女性的人道主义传统。

《宿营地》中的女主人公哈丽季娜是一位不幸的女子。她身材修长，体格健壮，文静而庄重，有一双蓝色的、显出忧郁神情的大眼睛。二十岁的哈丽季娜在年轻军官阿维洛夫的叔叔家做侍女，被来叔叔家度假的阿维洛夫引诱强暴。从那以后，阿维洛夫再也不曾见过哈丽季娜。而哈丽季娜被迫嫁给酒鬼伊万·西多雷奇。在婚后的五年时间里，哈丽季娜饱受丈夫给予的肉体上及心灵上的侮辱和暴虐，根源在于伊万·西多雷奇无法原谅妻子哈丽季娜婚前的失贞。每一天哈丽季娜都在忍受着丈夫无止无休的打骂折磨，过着生不如死的日子。

哈丽季娜是世俗男权占统治地位的社会中不幸女子的典型形象。轻佻的阿维洛夫因一时情欲不负责任地使她失去了宝贵的贞节，而在母亲的强迫之下她不得不嫁给予自己没有任何感情基础，甚至根本不了解的西多雷奇。婚后的哈丽季娜因为失贞一直饱受西多雷奇无休止的痛苦折磨。然而事实上，"失贞"并非哈丽季娜本身的错误，她完全是在无法抗拒的情况下失去了宝贵的童贞。然而她却变成了这个"错误"的承担者。当阿维洛夫在宿营地认出被丈夫任意凌辱折磨的女子正是几年前被自己夺取贞操的哈丽季娜时，他"感到一阵难受的剧痛，仿佛有人用粗大的手紧压住他的心脏。此时此刻他不禁觉得自己是个懦夫，那么渺小、那么卑鄙"。① 然而，阿维洛夫良心的觉醒和悔悟已经无法使哈丽季娜走出不幸痛苦的婚姻，使她摆脱不幸的命运。

在小说《最后的演出》中，女演员莉季娅与剧团的团长彼得洛维奇之间发生了情感纠葛，但在莉季娅怀上彼得洛维奇的孩子之后却遭到他的厌恶并被冷酷无情地抛弃。作者对男主人公彼得洛维奇着墨不多，但通过他的话语及莉季娅的痛苦，读者即可看到这位无耻之徒的丑恶嘴

---

① ［俄］亚·库普林：《萍水相逢的人》，杨骅等译，上海译文出版社 1987 年版，第95 页。

脸。事实上，莉季娅与彼得洛维奇同居失贞绝对不仅仅是莉季娅一厢情愿，更不是莉季娅一个人的责任，而彼得洛维奇却无耻地推卸责任，无情地对莉季娅加以责难并把自己从中撇得干干净净。他不负责任地认为姘居之后对对方负责的想法是庸人自扰，因为不爱所以离开属于顺其自然，对莉季娅的始乱终弃这样的事实被轻描淡写地带过，充分显示出他人品的轻浮和人格的卑劣。他遗弃的不仅仅是莉季娅，还有莉季娅腹中他自己的骨肉。他的言行完全暴露了这位毫无责任感和道德良知的男人丑恶的嘴脸。作家在小说中对这种无耻之徒的刻画表明了自己鲜明的道德立场。

与莉季娅相似，《ALLEZ!》中的诺拉爱上了团中的丑角麦诺季，并为其献出了宝贵的童贞。但麦诺季是个生性放荡的男子。在厌烦了诺拉之后他移情别恋。诺拉遭到了被始乱终弃的命运。ALLEZ 一词是俄国马戏团仿效西欧马戏团在训练和演出时说的行话，带有威吓、鼓励的意思。麦诺季用一句轻轻的"ALLEZ!……"鼓动十六岁的诺拉上楼去满足了自己兽性的情欲。在遭到情人的背叛和羞辱之后也是在这一句"ALLEZ!……"的挑动下，诺拉从高高的窗台上跳下，结束了自己花样年华的宝贵生命。

### 三　男权统治下的牺牲品

在上述作品中，无论是莉季娅、诺拉还是哈丽季娜，这些女子都是男权统治社会中不幸的牺牲品。阿维洛夫对哈丽季娜的强暴是出于空虚无聊生活中的一种"消遣"，他丝毫没有想到自己的所作所为将会给哈丽季娜的人生将带来怎样的不幸，然而这成了哈丽季娜不幸命运的起点。她的丈夫平日里每天对哈丽季娜无休止地责备打骂，只有在让哈丽季娜满足自己欲望的时候才甜言蜜语。在这里，男性对他们自己和女性以不同的准则来衡量。他们一方面要求女性坚守宝贵的贞节，另一方面却自私地利用女性填补自己心灵的空虚，满足自己自私的欲望，把女性视为自己的玩物。在男权统治社会中，男性以其强大的话语霸权地位把这种明显的不公平条约变得有合情合理。在男性的观念中，满足了自己欲望的女人也就失去了被尊重的地位，女性在这种男权的视角之下被男性放置在了可怜而屈辱的地位。

　　"贞节观"是一种传统的性观念，是男性视角下的对女性的规约。这种观念要求女性不失身或在婚姻上从一而终，要求女性保持自身的纯洁和专一。然而"贞节"这个词的本身无疑就是在世俗男权统治之下对女性的专制，它在两性关系的伦理中仅对女性单方面产生约束和禁锢。《宿营地》中的哈丽季娜是这一观念的典型牺牲品。丈夫伊万痛恨自己的妻子婚前失贞，每夜喝酒之后都对哈丽季娜侮辱打骂。伊万对妻子或许是有感情的，但他对妻子的爱意始终都纠结并毁于妻子"婚前失贞"这件事情上。伊万的理性不足以认识到"失贞"并不影响哈丽季娜是他太太的事实，也不会改变哈丽季娜自身的人物属性，如果他是真的爱她，就应该清楚地认识到"这件事"本身并不是妻子的"罪过"，不应该由妻子承担一切，更不会因为这样的"罪过"对妻子百般辱骂并折磨她。

　　男性对女性的彻底占有欲望希望女性能彻底依附于自己，这种依附体现的范围除了女性的心理依附之外更重要的是生理依附。伊万对哈丽季娜耿耿于怀的是哈丽季娜并非完全属于自己，觉得她是别人吃剩的"残羹剩饭"，这是男性视角下对女性特有的偏见。与哈丽季娜不同，莉季娅和诺拉自始至终都爱着一个人，并忠诚于一个人；然而在《最后的演出》中的男主人公也有隐晦地责备女性失去童贞。彼得洛维奇在抛弃莉季娅时话语中的讽刺意味深长，他无视莉季娅的爱情，用"黄花大姑娘"来暗讽莉季娅失去贞节；道德伦理的天平在世俗的贞节观中近乎完全倾向于男性一方。

　　并未完全觉醒的女性自我意识也是造成女主人公悲剧命运的原因之一。仅仅单方面对女性加以束缚和规约本身就是一种不公平、不正常的伦理道德观念。然而作为女性本身，她们并未认识到这种强加在她们身上的不公平和不合理。哈丽季娜在丈夫的暴虐面前忍气吞声，尽管她也抱怨命运的不公，然而她找不到造成她悲剧命运的根源。她无比憎恨夺去她宝贵贞洁的阿维洛夫，觉得他是他不幸和痛苦的制造者。然而，事实上，每天都在无休止地折磨她的丈夫以及强迫她嫁给酒鬼的母亲，都是她痛苦命运的制造者。同时，在她自己的思想观念中，她把自身的失贞也看成是一种"罪过"，因此，面对伊万·西多雷奇无休止的非人待遇，她只能默默承受而毫无抵抗。

　　无论是哈丽季娜、莉季娅还是诺拉，她们的悲剧都源于女性单方面受到禁锢而男性却不受到约束。作为悲剧的女主人公，《最后的演出》莉季娅和《ALLEZ!》中的诺拉都希望能挽回已经负心男人的"爱情"，因为她们都没能认清这些负心汉道貌岸然的丑恶本质；最后，绝望的莉季娅和诺拉都毅然决然地选择了死亡。她们的死是对这种不公平伦理道德观念的悲愤控诉。值得一提的是，与诺拉不同的是莉季娅虽然也曾对彼得洛维奇抱有些许幻想，但她最终还是认清了他的卑鄙和丑陋，她的死带有着强烈的戏剧性——无论戏里还是戏外她都以这种悲情的方式结束了自己的爱情乃至人生的悲剧。

　　按照东正教的传统观念，女性由于与生俱来的罪孽（所谓原罪）因而要在人生的苦难中洗涤自己的原罪。"在俄罗斯文学中，女性的苦难不只是指生活的苦难，也包括爱的苦难。"① 库普林作为一位男性作家怀着悲悯情怀去描写女人的苦难命运。他看到了女性在男性话语占统治地位的男权社会中的不合理地位，也看到了女性面对这种不公的挣扎与反抗。"正是古往今来俄罗斯知识分子对俄罗斯大地上苦难与缺憾的关注，以及俄罗斯人以苦难救赎人生的宗教情怀，造就了俄罗斯文学独有的沉郁厚重，这正是俄罗斯文学的独特之处。"②

　　众所周知，按照基督教的理念，人的生命是上帝赐予，任何人不能自己结束自己的生命。自杀是上帝不能允许的罪过。库普林笔下有着美好天性的女主人公无法忍受现实生活带给他们的痛苦和屈辱，毅然决然地选择了死亡，这是作者为她们所做的安排，是她们维护自己女性尊严的一种选择。在这里，读者看到了库普林笔下女性的死是与黑暗现实无力的抗争，是她们自我意识的奋力挣扎，尽管她们的抗争和挣扎并不足以抗衡强大而又沉重的男性力量以及这种力量背后的传统观念。在这里，女主人公从她们人生无法解脱的伤害和痛苦中获得解脱，从容地结束自己的生命，也结束了所有的痛苦和屈辱，既洗清了自己的"罪过"，也震撼了读者的心灵。这种结局的构想符合俄国圣徒传和圣徒传

---

① 刘琨：《东正教精神与俄罗斯文学》，人民文学出版社 2009 年版，第 187 页。
② 高建华：《〈日瓦格医生〉的生命体验与启示录精神》，《当代外国文学》2012 年第 1 期，第 131 页。

文学的传统，有"罪过"的人，通过死亡赎回自己的清白，甚至成为圣者。

### 四　从叶尼娅之死看《亚玛镇》中的救赎意识

库普林的《亚玛镇》勾画出生活在俄国社会底层的妓女们的真实而深刻的群像。在这群像中，叶尼娅以其无畏的倔强和惑人的魅力脱颖而出。在我们为其自杀而扼腕叹息之时，也会想到这样的问题，叶尼娅为什么放弃了报复而毅然赴死，为什么在一个笃信宗教的国家里选择了这样一条更加偏离上帝的道路呢？这要联系作者所身处的白银时代的以东正教为基础的宗教哲学来解释。

在亚玛镇这部小说中，亚玛镇成为妓女们不幸沉沦的火坑，也是一个被剥夺了这些少女们人身自由和精神自由的客体化世界。在这里，妓女们的一切活动都是受到规约和限制的。更谈不到人的个性的展现和发展。亚玛镇的妓院有明确的等级划分，不同妓院有自己的规模、档次和经营方式，有不同的录用妓女的尺度，有不同的消费的价格。在这里，妓女们的思想感情是受到抑制的，她们的个性是被忽略不见的。所有的妓女都是按照长相、身材、才艺等被归属到相应的价格下面，而不可能被作为一个独立人格和有独特个性的"人"而被尊重。作为妓女，从来没有人把她们视作有心灵、有头脑，并且有思维和感觉的人。

叶尼娅同亚玛镇所有落入火坑的妓女一样，是妓院鸨母们赚取钱财的手段，也是嫖客们发泄欲望的工具。鸨母和无耻男人们的欲望成为一种无形的规约力量，迫使妓女们成为待价而沽的商品，使这些失去人身自由和精神自由的少女们的主体性被剥夺殆尽，留给她们唯一的选择就是任人摆布和顺从天命。完全可以说，以叶尼娅等所有不幸落入火坑的少女们被亚玛镇这个客体化的世界完全消弭了思想的自由和独特的个性。同时，造成所有这些不幸女子不幸命运的"上层"人们，他们的存在方式也并非"自由"的。那些"正直的家长，高贵的丈夫，仁爱的兄弟"为了能够自由自在而又不受束缚地发泄他们可耻的欲望，同时又避免他们自身的淫乱行为毁坏他们道貌岸然的面孔，从而千方百计促成妓院场所以及嫖妓行为的合法化。而那些披着正直贞洁的外衣，满口仁义道德，时而对不幸妓女深表同情或者不屑的上流社会的的女人们，又有多少人为了情欲而与年轻人暗地私通，或者为了金钱而委身于她们根本无法爱慕的老头儿。并且，她们为了不因怀孕和哺乳妨碍兽性淫欲的满足，为了不破坏自己的窈窕身段和美丽容貌而堕胎。所有这些"高贵的人们"为了他们所谓的"自由的享乐"放逐了自身的神性。这些人不仅自甘堕落放纵淫欲，而且无情地掠夺压迫同类，甚至无情地扼杀剥夺他人的生命。说穿了，他们是在更深的程度上被客体化的世界所异化，是被物质世界和人自身的欲望控制和左右的工具。物质世界和人自身的欲望本是作为客体而存在的，本是人类精神和行为所向往和追求的目标。如果说不幸落入火坑的妓女们是被迫地失去了精神的自由和神性，而这些上流社会披着道德外衣的人们是主动放逐了灵魂的自由和神性。因此，他们也都是客体化的世界的奴隶而被主观世界和客观世界所奴役着。

更可怕的是，"谁都不会直接提出恶的目的，恶总是要用善来掩饰，要是要盗用善……一旦运用了恶的与目的相对立的手段，那么目的就永远也不可能达到，一切都为手段所取代，人们就忘记了目的或者目的就变成了纯粹宣传的伎俩"。① 当叶尼娅劝说想要脱离苦海的柳芭同想要拯救她的李霍宁离开的时候，她的内心甚至早已预料到柳芭还会回到这个火坑里来。她的聪明使她了解她们这些弱女子所面对的冰冷而无情的世界。尽管李霍宁最初想要拯救柳芭而带她离开妓院，而最后的结果是柳芭不仅成为了他发泄欲望的对象，最后还被他以卑鄙的借口所遗弃。人类的虚伪是丑陋可怖的，然而，真正丑陋可怖的是，人们毫不怀疑自己所制造谎言。李霍宁相信是柳芭在他生活中的出现毁灭了他的安宁和平静。那些为所欲为的人们也从不会对他们给妓女造成的痛苦和不幸有所反思，从来不会意识到妓院不过是男人们为了使嫖妓合法化的工具而已。在这里，人类本应具有的内在神性已经荡然无存了。

叶尼娅就是生存于这样被压迫的环境中，她被迫完全剥夺了自己的身体的自由，然而，她却并没有如同那些主动屈从于"外在自由"的"上等人"一样，失去追求灵魂自精神神性的愿望，因此，她追求精神

---

① ［俄］别尔嘉耶夫：《精神王国与恺撒王国》，安启念、周靖波译，浙江人民出版社2000年版，第52—53页。

自由和灵魂神性的意志在她所面对的这个冷酷世界里苦苦挣扎，希望能够冲破肉体和精神的牢笼。

现实生活中的人们自脱离母体之后，都是处于孤独和困惑的存在状态的。正如别尔嘉科夫所说："从我存在开始，我的孤独就相伴生，我寻找克服孤独的道路也就开始了。"① 也就是说，孤独感伴随着人的出生与人类相依相随，是每个来到这个世界的个体都试图摆脱的一种感觉。作为不幸落入火坑的妓女而又聪明颖悟的叶尼娅更不会例外。

当然，人类的这种与生俱来的孤独感也绝非不可克服。人类完全可以通过人与人之间的相互"交往"来摆脱孤独的痛苦，通过内在精神的完善来获得人类自我精神世界的提升，从而实现人类自身的完善和完整。而对于一个孤独的个体叶尼娅来讲，可能使她摆脱孤独感的"交往"对象应该是她的生身母亲以及同她一样不幸成为妓女而处境等同的其他姐妹们。然而，在实际生活中，在她十岁时叶尼娅的亲生母亲就将她卖给了别人，而她身边的姐妹们早已在现实的压迫下变得精神麻木，她们似乎已经失去了思考的能力，可以说并没有意识到自己处境的悲惨和不幸，她们几乎已经沦为行尸走肉。叶尼娅的周围是一群已经被客体化的残酷世界改造成为赚钱和泄欲的工具的一群姐妹。这是一个冰冷的世界和一群令人感到陌生的、麻木的工具，叶尼娅每天面对这样的世界和这样的人们，无法求得心灵的慰藉和精神上的理解，相反，为了避免成为被嘲讽的对象，不被周围的世界排斥和放逐，她需要默默地封闭自己的内心，从而使自己陷入更深刻的孤独世界之里。因此，当叶尼娅得知自己染上梅毒的时候，她不曾告诉别人，她无法与他人沟通，因为她知道周围这些人都懵懂无知，更不可能给予困境中的她以光明神性的指引。同时叶尼娅更加清楚的是，作为已经沦为他人赚钱工具的妓女，一旦失去了赚钱的资本而且危害到制造规约者的享乐或者"自由"时，留给她的出路只能是残酷冰冷的死亡世界。

在作家所描绘的亚玛镇妓院这个野蛮龌龊的世界里，孤独是渗透在每个人所赖以生存的空气之中的，两性的结合也就成了人类克服孤独摆

---

① 车玉玲：《遭遇虚无与回到崇高——白银时代的俄罗斯宗教文学》，中国社会科学出版社 2012 年版，第 36 页。

脱孤单的方式。在亚玛镇的妓院里，这些不幸的孤独女子们总是试图为自己找到情人，以求找到肉体和精神的慰藉。而对于叶尼娅这一孤独的肉体和心灵来说，每一次的性行为给她带来的并非心灵孤独的排解，而是进一步沦为泄欲与赚钱工具的仪式。这样的两性结合不仅不能丝毫减轻她内心强烈的孤独感，反而使她的心灵更加痛苦和孤独。小说中曾描写了一个痴迷性欲的妓女帕莎，最终在无情的客体化了的性放纵中舍弃了最后一丝人性和灵性，变成了疯子和痴呆的人。因此，在亚玛镇的妓院里每天都无数次出卖自己身体进行着性的交易的妓女们，仍然有着为自己寻找情人的需要。事实上，她们需要寻找的乃是一种精神上的慰藉和心灵的依托，尽管她们无法阻止他们以廉价的方式购买她们的肉体和尊严，尽管她们也清楚地知道这些所谓的情人的虚假性，但这一切追求和付出都表达了她们试图摆脱孤独感的挣扎和努力。

　　叶尼娅在孤独的世界里一步步地走向更深的沦陷，她无法在她所身处的环境里通过和其他人的交往来完善自己的精神世界，获得自我的超越性和神性力量。与此同时，外在的现实又不断地将她拖向思想和灵魂的惰性。最重要的是她的智慧使她清楚地意识到她自身所处的世界对她的威胁以及与他人实现沟通和"交往"的不可能。这一切迫使她进入更加深刻的孤独之中，而对于人类来说，极端孤独的终点便是神性的死亡。

　　人作为精神和肉体统一存在，他的精神性的存在更值得重视。"既然耶稣能作为神，他可以变成普通的人，那么我们作为普通的人，也可以成为神……强调了我们每个人都拥有神的属性。"① 东正教承认人的内在有神性的存在。反抗孤独和自由也就是人的正常本能。当叶尼娅的这种本能在冷酷的现实世界中即将被摧毁殆尽的时候，她发现自己染上了的梅毒。面对死亡的威胁使她倔强的天性得到激发，给了她反抗的冲动和反思的启示。死亡使她意识到了肉体的虚幻和脆弱，意识到生命的空虚和短暂。曾经自以为是自身资本和骄傲的魅力胴体伴随着死亡的来临将变得面目全非，甚至是一捧尘土。面对这突如其来的打击，叶尼娅最初的反应是绝望和痛苦，与此同时是对这个给予她如此痛苦命运的世

———————————

　　① 邱运华：《俄罗斯文化批评论》，首都师范大学出版社2014年版，第25页。

界的愤怒，于是，她想要向这个可恨世界的制造者们复仇。她要惩罚那些玩弄她肉体并给她带来灾难的男人，同时通过他们惩罚那些他们背后那些自以为是而又寡廉鲜耻的女人。叶尼娅把自己的身体当作自己复仇的武器和工具。她要以把自己变成工具的方式报复使她变成工具，而如今又使她面临死亡威胁的客体化世界。如此，任尼娅已经是自己不自觉地陷入工具的轮回之中。

当军校学生科利亚·格拉德舍夫白净、强健"散发着是蜜和奶的馨香"的身体展现在叶尼娅的面前，她天性中的善良惊醒了，她内在的神性复活了，她与生俱来的俄罗斯民族的弥赛亚意识战胜了她内心的仇恨和疯狂。眼前这个完美得无与伦比的年轻的躯体使她看到了生命的美好，青春的可爱。她仿佛觉得自己已然变成那个为了拯救了人类苦难而牺牲的耶稣。她将用自己被践踏和侮辱的躯体，拯救眼前这个健康而完美身体的苦难。于是，她放弃了复仇，选择了救赎。"即使你重罪在身，但只要你一旦领悟到自身存在的跟上帝一样的属性，那么你就得到了所谓'启示'，成为义人了。"① 因此，在小说中，叶尼娅虽然选择了自杀这样违背教义的行为作为结束自己生命的方式，但最终还是得到了上帝的宽恕。通过塔玛拉等姐妹的努力，她被按照基督教的仪式进行安葬。上帝最终还是接受了这只迷途的羔羊。作者通过叶尼娅的觉醒，让我们看到了人类自我神性的回归和醒悟。对我们广大的读者而言，人的神性的觉悟和自身神性的发现是一种神秘的启示，然而这正是东正教所倡导的，俄罗斯人为了拯救世人的苦难而点燃了救赎的蜡烛。

叶尼娅凭着自己的聪慧意识到了人类生命的悲剧性，也意识到了人的肉体生命的有限性和神性的无限。在亚玛镇这个人间火坑里，作为个体的弱女子她无路可逃，她的血肉之躯已经面临毁灭和消亡。而选择死亡是对自己被践踏了的尊严的拯救，选择放弃复仇是其内在神性的复活。因此，尽管叶尼娅最后以违背教义的方式了结了自己的生命，但作者依然肯定了她作为个体获得救赎的意义。

俄罗斯的东正教强调的是人的内在神性，强调人的精神世界与仁慈宽容的上帝相通。因此也就决定了东正教所追求的是教徒内在的心灵与

① 邱运华：《俄罗斯文化批评论》，首都师范大学出版社 2014 年版，第 30 页。

上帝的统一，这也正是东正教有别于其他宗教的特别之处。在作品中，作者曾明确地通过另外一名妓女塔玛拉表示，叶尼娅并不是一个虔诚的教徒，不相信使人变成奴仆的世俗教会。相反，妓院里的守门人西梅翁却虔诚地信教，时时祷告，这正说明了世俗化的教堂并不能打造出真正具有神性的灵魂。因此，叶尼娅服从其内在神性做出的有尊严的选择，这与她在实际生活中不是虔诚信神并不矛盾。一个弱女子的死亡并不能拯救一个苦难世界的灾难，只能让我们看到尚未被完全泯灭的个体挣扎反抗的身影。也许，这正是作者所倡导的救赎意识，只有唤醒人类内在的神性才能获得人类精神的自由。

# 第四章 追忆与缅怀：流亡岁月中的创作

## 第一节 小公务员理想人格与生存状态的探索——《所罗门星》

库普林的作品因其对生活的热情向往、对小人物的悲悯情怀以及深厚的人道主义精神而充满魅力。"批判资本主义文明对现代人心灵的扭曲与人格的破坏、呼唤理想人格是库普林创作的一个重要主题。"[①] 中篇小说《所罗门星》通过对小公务员茨韦特形象的塑造，体现了库普林对小公务理想人格与生存状态的探索。

在《所罗门星》中，主人公伊万·斯捷潘诺维奇·茨韦特，是一位谦恭善良的小公务员，他"善良、温和、忍让、心地单纯"[②]。他的理想是成为一名"戴着制服帽出门"的十四品文官。可惜由于考试成绩不理想，所以一直没能实现这一梦想。虽然这些让茨韦特"彻底不为人知，毫无特别之处"，但是他却凭借着端庄正派的举止、清澈悦人的歌喉、令人惊叹的技艺深受周围人的喜爱，也使自己能过上不错的小日子。一天晚上，仿佛在梦中，在一个叫托费里的神秘人的指引下，他继承了家族的遗产并破解了一个遗留千年的魔咒，从而获得了魔力。在这以后，金钱名利随之而来，只要愿意，他甚至可以随心所欲地支配整个世界。然而在这种呼风唤雨的生活中，他并没有感觉到生活的美好与快乐，反而为人们的虚伪、贪婪、丑恶、堕落而感到厌倦疲惫，对生活

---

[①] 杨素梅、闫吉青：《俄罗斯生态文学论》，人民文学出版社 2006 年版，第 95 页。
[②] Кулешов Ф. И. Творческий путь А. И. Куприна 1907—1938，Минск，1986，с. 160.

也感到空虚迷茫。当他冲破了权利的枷锁，说出了所罗门星阵的那个魔咒后，他的生活又回到了原点，虽然平淡无奇，但却幸福自在。

## 一　小公务员的超越

在 19 世纪的俄罗斯文学中，出现过很多经典的小公务员形象。他们大多被人欺凌嘲笑，饱受剥削压迫，挣扎在社会的最底层，人生结局十分凄惨。比较具有代表性的如果戈里小说《外套》中的巴施马奇金、契诃夫小说《小公务员之死》中的切尔维亚科夫、陀思妥耶夫斯基小说《穷人》中的杰弗什金等。例如，在《外套》中，巴施马奇金是个贫困潦倒、逆来顺受、性格古板、墨守成规的人。他一直都是被欺凌或是值得同情的对象。巴施马奇金没有远大的理想和抱负，他人生的希望全部寄托在一件外套上面，当外套消失，他的生命也随之而去。即便巴施马奇金为人低调善良、做事勤勤恳恳，但是依然受尽欺凌，最终结局悲惨。果戈里对于黑暗社会给巴施马奇金造成的摧残迫害以及他性格中固有的卑微奴性报以深切的同情。

与巴施马奇金等生活在贫穷、绝望、恐惧、扭曲中的小公务员们不同的是，《所罗门星》中的伊万·斯捷潘诺维奇·茨韦特是一个谦和善良、乐观开朗、积极向上的人。他有才华、有理想、有追求，有着纯洁美好的品质。首先，茨韦特的生活过得很滋润富足。虽然他每月只领三十七卢布二十四个半戈比，这些收入仅能使他勉强维持生计，但是他却通过自己"愉悦的歌"、"袖珍的小嗓"、"小坠子般的男高音"做一些领唱、婚庆、祷告、葬礼等兼职，也能靠着自己令人惊叹的技艺做一些手工副业，所以每个月茨韦特都有不菲的外快。其次，茨韦特的人缘特别好，周围所有的人都喜欢他。经常遇到蛮横无理的短期住户的女房东，对于茨韦特堪称端庄正派的举止很是欣赏；同事们也很喜欢他，因为他的性格开朗，乐于为人出力出资，还会顶替沉迷于幽会的僚友值班；而在歌唱团队中，大多数人性格乖张，行为放荡不羁，但茨韦特也能做到八面玲珑。就像文中提到的在白天鹅酒馆中，茨韦特以他那"温情脉脉的殷勤劲儿给别人斟酒"，所以他们也保持着比较融洽的人际关系。此外，茨韦特还得到了领导的认可。他仔细认真，所以做什么工作都准确无误；他头脑清楚，面对事务能并并有条地处理；而且他的字迹非常优美，性格又低调随和……相比于巴施马奇金等以往小公务员，茨韦特人格健全、情感丰富，生命也显得富有价值。

与果戈里的《外套》相同的是，库普林在《所罗门星》中也运用了现实主义与浪漫主义相结合的手法，两部作品均呈现出魔幻色彩，作家将"现实与幻想、生活与梦境、不折不扣的事实与怪诞、虚构、神秘巧妙结合起来"①。但值得注意的是，巴施马奇金是从现实走向魔幻，在外套被人抢夺而惨死后，他在魔幻的世界里实现了复仇的愿望。茨韦特则是从魔幻回归现实，在现实生活中完成人生理想。巴施马奇金活着遭人愚弄，任人宰割，生存艰难，现实生活中的他软弱无能，只能在死后化作鬼魂才能为自己讨回公道。这也体现了果戈里通过鬼魂复仇来抒发对小公务员不幸境遇的深切同情和对黑暗现实的强烈不满。但"恰恰是这种艺术处理既成了对软弱无力的人道主义本身的一个嘲讽，又是对站立不起来的巴施马奇金死鬼形象进一步的贬低"②。而茨韦特在破解了所罗门星的密码之后，他度过了一段主宰世界的魔幻时光。在此期间，他体会到了权力带来的诱惑和刺激，也经历了空虚迷茫后的困惑与反思，最后战胜了欲望的魔鬼，重新回到平淡的现实生活中。库普林把茨韦特塑造成了一个有独立的人生价值观又能掌握自己命运的人，着重体现出小公务员丰富多彩的精神世界和人格魅力。

综上所述，库普林塑造的小公务员和传统的小公务员有着本质的区别。他并没有把茨韦特刻画成一个受时代残害的苦大仇深的人物，而是挖掘出他人性中的美好品质，展现了小人物身上积极阳光的一面，从以往"含泪地笑"转变为"会心地笑"，给读者一种新鲜之感。或许有人认为这样的"茨韦特"只是作家脱离时代背景的乌托邦想象，但库普林塑造了这样一个崭新的小公务员形象，颠覆了传统，赋予了小公务员这一传统形象以新的活力和生命的意义。相比巴施马奇金等小公务员，茨韦特不仅具有外在的突破性，更具有人格的超越性。

## 二　梦想成真的困惑

在《所罗门星》中，由于茨韦特破解了家族的魔咒，他拥有了主

---

① Кулешов Ф. И. Творческий путь А. И. Куприна 1907—1938，Минск，1986. с. 161.

② 彭启华：《小人物"痛彻肺腑"的悲剧》，《外国文学研究》1979 年第 2 期。

宰世界的权力。他可以随意控制别人的命运，也可以改变事情的发展轨迹，成为了世界的王者。茨韦特可以凭借自己的意识帮助小邮递员瓦西里·瓦西里耶维奇奇迹般地实现了当邮政局长的梦想；他也可以让一匹极普通的马在赛马比赛中出人意料地夺冠；如果碰到一些无耻之徒，只要他说一声"再不想见你"，那些人就会消失融化在空气中。

在拥有这种权力后，虽然茨韦特仍旧善良谦卑，但是偶尔"在他的心底，在某个恐怖的黑暗深处，在一层层同时涌现的，清晰、阴沉、几乎是无意识的思想、感受和欲望下面，有个类似恶毒的猎奇心一样的阴影始终在奔突"。① 例如，看到在钟楼顶处干活的工人，他会突然冒出"万一掉下来，会怎么样呢"的想法；面对瓦尔达达耶夫的挑衅，他恼羞成怒地要和其生死决斗。"茨韦特以主宰者习以为常的冷漠，践踏着这奢华的织物"，② 似乎这一切都理所应当。由此，我们可以判断出在现实生活中，外表谦恭温顺、有着美好品质的茨韦特，内心一直压抑着一个庸俗、虚荣、罪恶的隐性人格。如果说茨韦特美好淳朴的显性人格来源于他的"性本善"，那么他的隐性人格则或多或少地来自周围环境和人群对其潜移默化的影响。

在茨韦特参加白天鹅酒馆的聚会中，他身边的朋友如卡尔宾克和卡尔塔戈诺夫等人就把幸福生活的梦想寄托在彩票中奖上面。他们幻想中奖后的各种情形：在斯穆利斯基的饭店里吃午餐、喝波尔图葡萄酒、游玩于世界各地并取得巨大的声誉、甩掉麻烦的老婆重新过上自己的生活……整个宴会变得特别热闹，"这个有关金钱威力的诱人话题魔术般地勾起并点燃了这些穷人、失败者、潜在的利禄之徒，这些精神颓败、对生活永不餍足、对残酷的命运隐隐感到屈辱的人们难以平息的骚动。被日常生活所掩盖的每个人的真实性像翻衣里似的彻底呈现出来"。③ 虽然这种场面很滑稽，但大家却沉溺其中，这样的空想带给他们哪怕是一天或是一刻，都会让他们感到幸福！"近朱者赤，近墨者黑"，这些享乐主义的人生观在无形中也影响了茨韦特，让他在内心深处也渴望着

---

① ［俄］库普林：《所罗门星》，《士官生》，张巴喜译，新星出版社 2007 年版，第 44 页。

② 同上书，第 53 页。

③ 同上书，第 9 页。

过上这种拥有金钱名利的生活。然而当一个人过度释放内心的欲望时，他就会被欲望湮没，从而失去主体性。因此，在享受了魔鬼般权力所带来的短暂快感后，茨韦特便陷入了困惑、茫然、恐慌、迷失自我的状态。

在包罗万象的大千世界里，"人类内心污秽的深渊每天在他面前展现，其中聚集了谎言、欺骗、背叛、出卖、仇恨、嫉妒、无尽地贪婪和怯懦"，① 这让茨韦特感到厌恶、蔑视、孤独，同时也让他否定作为同类的自己。他的生活变得丰富多彩，他接触的人群来自各行各业，可是却"没有一个人和他志趣相投，他的心灵从未与任何人亲近过"，② 金钱和权力自身的象征性，让他体会不到真实感；那些披着伪善的外衣却干着丑恶的勾当的表里不一的人们，让茨韦特对人类产生了极大的憎恶。更让他异常郁闷的是，"自己最细小的欲望与它们瞬间的实现经常吻合"。③ 例如，有一回他看到"正在绳索上滑行的技巧女演员，抑制不住地想到了自己倒霉的才能，因此便拼命地暗自提示：'千万不要去想她会掉下来'，千万，千万"，④ 但女演员却依然跌落下来，亮闪闪地掉在绳网上面。

最令茨韦特感到痛苦的是，他失去了自己对往事的记忆。"所有过去的事情都从魔法般征服现在的他那里消逝，飞到某个荒凉的黑暗之处。"⑤ 因为茨韦特具有的特殊能力使他超越在现实之上，而与现实的脱节，便意味着与自己存在的脱节，那么记忆也会抛弃自己，从而让茨韦特失去自我。茨韦特每一天都在试图回忆过去的时光，可是那些经历早已"在回忆中就成了碎片"，甚至连做过的梦都不会记得。他越是不懈地回忆，就越是头痛欲裂，内心也饱受折磨。尤其"孤独一人时他感到惶恐和寂寞，于是他一整天都漫无目的地在城市中游荡"。⑥

茨韦特实现了梦想，但是当梦想成真后又困惑不已。原因有两点：

---

① ［俄］库普林：《所罗门星》，《士官生》，张巴喜译，新星出版社 2007 年版，第 68 页。
② 同上书，第 67 页。
③ 同上书，第 68 页。
④ 同上书，第 69 页。
⑤ 同上书，第 70 页。
⑥ 同上书，第 73 页。

第一，像他这样平凡的小公务员，虽然有着美好纯洁的品质，但是却缺乏对于社会的创造力和想象力，当他拥有了梦想的权力以后，并不能为世界创造新的价值，只会在兴奋之后无所适从。当然，这和小公务员的人生境遇有莫大的关联。作为旧俄制度下的小公务员，他们的工作就像是流水线上的一个齿轮，即便是生活在 20 世纪初的茨韦特也只会完成上级要求的既定程序。工作的性质大多枯燥严肃，工作的要求即是循规蹈矩。即便有一天他们拥有了巨大的权力，但思维的局限也让他们支撑不起梦想的高度，实现不了人生的价值。第二，茨韦特的梦想更多体现的是对物质生活的渴望与追求，却没有给奋斗进取和踏实努力留下太多的空间。这便注定了他目标缺失、灵魂空虚，精神堕入虚无主义，只能沉浸在金钱、物质欲望的满足和肉体感官的刺激中，而内心却潜藏着各种不安和痛苦。所以，单纯的物质享受不能给予人灵魂的充实、精神的富足以及人生的真实感，只有不断地觉醒思考并付出努力，生命才会显得更有意义。

### 三　活在当下的选择

《所罗门星》中的魔鬼形象来源于歌德长篇诗剧《浮士德》，"阿弗洛-阿梅斯基贡"是"梅菲斯特"的俄语音译。梅菲斯特是撒旦的化身，是一个邪恶、狡诈、引诱始祖犯罪的魔鬼，它代表着虚无的力量和否定的精神，是罪恶的象征。在梅菲斯特的诱惑下，在理想道路前行中的浮士德误入歧途，变得邪恶荒唐、贪图享乐、纵情色欲，甚至对生活失去信心。"歌德从认识欲、淫欲、虚拟欲、僭越欲、创世欲等层面塑造了浮士德，浮士德让无限的欲望与万能的魔力相结合，企图创造人间天堂；其悲剧的根源在于以人本理性取代神性秩序而凌驾于天地万物之上。"① 但浮士德并未完全深陷于堕落庸俗之中，因为眼前的世界并未让浮士德发现生活的真实性。当浮士德放眼于现实的生活时，他终于认识到任何不切实际的幻想都是徒劳无益的，人生必须脚踏实地奋斗努力。所以他始终保持着自己不断追求、不断探索人生理想的高贵品质，

---

① George Santayana, *Three Philosophical Poets: Luceretius, Dante, and Goethe.* Cambridge: Harvard University Press, 1945, p. 17.

最终完成了自我救赎。

和浮士德一样，在经受一次又一次灵魂与肉体的折磨之后，茨韦特终于说出了给予他魔力的咒语"阿弗洛－阿梅斯基贡"。他放弃了"荒唐奢华"但又"充满孤寂、失忆、不由自主的恶行"的日子，选择活在当下，重新回到平凡幸福的现实生活之中。此时，茨韦特得到了他非常期盼的，在每个清晨都"能戴上配着墨绿色丝绒帽檐和护法镜、宽大的帽身从两侧很考究地收紧的漂亮的大檐帽"① 的十四品文官的职位。

茨韦特做出这样一个选择，有两方面的原因。一方面，他的梦想世界充满了消极的虚无主义。茨韦特把未来寄托在非人类的、超自然的力量上，主张人类可以通过意念，通过超现实的能力，创造属于自己的世界。然而当梦想变成现实之时，茨韦特却感到无限痛苦。强势的权力和超凡的能力让他成为超越于现实的存在，然而当人类的希望和目标无需劳动创造，仅仅通过主观意念就可以实现的话，那生命的存在又有什么意义和价值呢？所以茨韦特除了获得短暂的物质快感，大多数时间都只能在空虚与迷茫中度日，这让他否定世界、否定人类，甚至否定自我的存在。为了结束无尽的苦闷、失望、悲观消极，茨韦特选择重回当下。另一方面，茨韦特虽然在梦想的世界里流露出虚荣、愚蠢、庸俗的隐性人格，但是从性格本质来讲，他依然是一个温厚纯良的人，即使成为人群中的领袖，他也没有丧失善良和谦恭的天性。而茨韦特本身又是一个勤恳努力、安于现实的人，相比于不劳而获的生活状态，他更喜欢通过自身努力实现人生的梦想与追求。所以茨韦特选择活在当下。

活在过去，意味着思想的守旧，让人失去继续前行的动力；活在未来，人生便显得虚无缥缈，往往可望而不可即。不论是活在过去还是活在未来，都是对现实生活的恐慌逃避，想要通过精神的幻想来实现解脱自我，却会陷入更大的痛苦之中。只有活在当下，正面应对快乐与烦恼、机遇和挑战，才能感受到生命的价值和意义。茨韦特在梦想的世界里通过困惑和反思，自主地完成了人格的重塑，也明白了汲取当下的力量，在现实社会中踏实努力地生活，才能幸福快乐。

---

① ［俄］库普林：《所罗门星》，《士官生》，张巴喜译，新星出版社 2007 年版，第 17 页。

库普林创造出的"茨韦特"这一形象，相比以往 19 世纪俄罗斯文学传统中的小公务员的形象，有着创新的意义。库普林赋予了小公务员一个饱满的形象和复杂的人格。以往的公务员形象相对单一，呈现出的大多是唯唯诺诺、奴颜媚骨、穷困潦倒的卑微形象。而茨韦特这一人物形象比较丰满。他有着美好善良的性格特征，也有世俗功利的潜在意识；有追求梦想的积极态度，也有直面人生的反思意识。库普林的目的并不是像前辈一样，用小公务员的悲惨人生来折射时代的残忍黑暗，而是从小公务员自身出发，去探索生命存在的价值和意义。他依照现实生活，对人性的发展和人的精神世界做出努力的分析探索，目的是使人性变得更加美好，启迪读者思考人类的现在和未来，从这一点来说，库普林刻画的小公务员形象在文学史上具超越时代的意义。

## 第二节　青春岁月的怀想——《士官生》

### 一　回顾逝去的青春时光

库普林曾经在他的长篇小说《决斗》（1905 年）中，描写了沙皇俄国统治下的军旅生活。在《决斗》这部小说里，库普林以批判现实主义的眼光描画了旧俄军队中的黑暗与腐败，士兵生活的残酷和空虚。而在二十年后，在库普林流亡法国期间所写的长篇小说《士官生》中，离家去国的库普林回忆起自己年轻时代的士官生生活，却完全呈现了温馨明快的色调，他"淡化和掩盖了沙俄军校生活中不堪的一面。往事抹上了田园诗般的色彩"①。

1880—1888 年，库普林就读于莫斯科第二军事学校，该校 1882 年更名为武备中学。他度过了他青春时代一段宝贵的时光。在这里，有甜蜜的欢乐，也有痛苦与烦恼，小说《士官生》是对逝去青春时光的追忆。米哈伊尔·奥索尔金曾评价《士官生》："作为一个读者，我根本分辨不清，《士官生》这本书是否可以称之为长篇小说，抑或这不过是——有关青春和莫斯科的短章合集……对亚·伊·库普林，我所期待

---

① Крутикова Л. В. "А. И. Куприн". Издательство "Просвещение", Ленинград, 1971, с. 112.

和要求的是艺术魅力……而我作为读者的期待也没有落空，库普林给我提供了古朴而珍贵的画面：莫斯科与青春岁月。"① 在小说中，库普林以抒情的笔触回忆了他青年时代作士官生的岁月。逝去年代生活中充满了迷人的色彩，过去的经历沉淀在作家的记忆中，变成了温馨的回忆。弗拉基斯拉夫·霍达谢维奇说："库普林好像丧失了驾驶长篇小说文学规律的能力——事实上，也给了自己极大的勇气——来无视它们……他巧妙地以语调的统一，以温厚的抒情风格上的统一，来代替主题的统一，因为这种抒情风格，呈现给我们的是古老的、略显杂乱而又欢快的莫斯科突然蒙上一层柔和、匀净、温情脉脉的光彩，真的，它浑身上下都那么亲切和纯良，就像踏在它落雪的大街上的士官生亚历山德罗夫。"② 伊万·索佐托维奇·卢卡什说："透过他年轻的双眼和年轻的生命，整个世界都在奔腾和流动……其中所描绘的所有景物——也全是主角，就像那些轻轻拂来的一切——不管是莫斯科的融雪、军乐队、女子中学学生的舞会长裙，还是士官生的阅兵手套，或是'马鼻孔中喷出的白色水汽'。"③

　　在小说中，库普林讲述了他在武备中学时的一次经历。有一次，在去学校公共食堂吃午餐的路上，不知是谁在队列中响亮地吹了声口哨，大尉固执地认为是亚历山德罗夫吹的，于是不分青红皂白地关了他的禁闭。被冤枉的亚历山德罗夫无法平息自己心头的怒火，以上厕所的名义冲出禁闭室，冲进值班室。年轻人热血冲头，冲动得两眼发红，他向值班中尉宣布自己再也不愿意在这个如此不公正的莫斯科第二武备中学学习。小个子文职教员奥太睿智而关切的劝说让狂怒的小男孩儿亚历山德罗夫安静了下来。神学教师和学校教堂神父米哈伊尔是一位温和宽厚的长者，他以那质朴而意味深长的话开解了少年人心头的郁闷，亚历山德罗夫最终理解了自己不应该意气用事，应该为自己的母亲学会必要的克

---

　　① 奥索尔金：《莫斯科与青春岁月》，《最新消息》1932 年 10 月 20 日，转引自［俄］亚·库普林《士官生》，张巴喜译，新星出版社 2007 年版，第 17 页。
　　② 霍达谢维奇：《书与人：〈士官生〉》，《新生》1932 年 12 月 8 日，转引自［俄］亚·库普林《士官生》，张巴喜译，新星出版社 2007 年版，第 17 页。
　　③ 卢卡什：《〈士官生〉。库普林的新小说》，《新生》1932 年 10 月 20 日，转引自［俄］亚·库普林《士官生》，张巴喜译，新星出版社 2007 年版，第 18 页。

制和忍耐，放弃自己坚决要离开武备中学的想法。然而，最令亚历山德罗夫感动的，并非神父米哈伊尔的教导和训诫，而是突然纷纷涌向自己脑海的个人的温馨的记忆。他回想起怎样向米哈伊尔神父忏悔自己无心的罪孽，神父怎样给他遮上那散发着丝丝蜂蜡和暖香气息的长巾，他那些温和慈祥的目光以及他宽恕的话语。亚历山德罗夫永远不会忘记，米哈伊尔神父身穿法衣，在昏暗的教堂中，朗诵着圣安德烈·克里基茨基赞美诗中的动人篇章……这些文字展现在读者面前的是一幅古朴而温馨的画面，透着俄罗斯传统风格的古典美和令人感动的诗意，浸透人心的是俄罗斯似的真诚、善良以及浑厚的乐章。

这些与米哈伊尔神父个人紧密相连的温柔的感恩之情的善意，让亚历山德罗夫永志不忘。十四年之后，他已经退役，已经结婚，获得了肖像画家所能具有的巨大名望。在心灵危机时期，自己也不知为什么从彼得堡来到莫斯科，同时还有一种神秘莫测、幽暗而强大的本能，坚定地把他拉回列弗尔托沃，拉到剥落发黄的尼古拉耶夫军校的营房，拉向米哈伊尔神父。他被领到淡蓝色灯罩下的煤油灯微微照亮的小书房。身穿紫色小教袍的米哈伊尔神父迎面站起身，他非常瘦小，驼了背，酷似萨洛夫卡亚修道院的谢拉菲姆（1760—1833，俄国历史上有名的修士，有很多生动的谈话在俄国深入人心），他的头发已经不是花白，而是微微泛绿。正如每个人的青春时代都会在记忆中留下一些美好的回忆一样，回首自己青年时代的士官生活，往昔的岁月充满了温馨和少年的情趣，一切都富有动人的诗意。

年轻的亚历山德罗夫走在熟悉而又古老的地方，经过红色大楼上悬挂着巨大遮阳篷的军校。为纪念彼得大帝而由列弗尔特（1656—1699，彼得大帝的重臣）建造、每到夜间便幽灵游荡的大厅；旁边是围墙高耸、深沟纵横的古老的"少年军团"工事。远处的陡坡通向池塘：冬天时，水塘会堆出美丽的冰山。这是第一练兵场——浓密的黄槐树篱笆墙把它与道路隔开，每到春天，黄槐树香甜可口，会被整帽盔整帽盔地吃掉。值得一提的是，大家都愿意吃任何一种杂七杂八的食物，下意识地用它来弥补蔬菜的匮乏。吃罕见的酸馍、某种锦葵、野芹茎，尤其是酷似萝卜的芥根或油菜根。为了畅美地吃下这些苦根，会从早餐上带来一片面包和包在纸里的一撮盐。"库普林亲自指出，当一个俄国人在讲述自己熟悉和喜爱的事物时，你会惊叹于语言的准确干净、句子的简洁自如和一些必要词汇的轻盈驯顺。假如不是一个普通的俄国人，而是一个得到上帝慷慨垂青的俄罗斯作家，他在讲述自己了解和喜爱的事物，自己无限温柔和奇特的欲想时——您可以想象他的语言会有多么动人。"①

### 二　爱情的甜蜜与忧伤

青春是美妙的。亚历山德罗夫的回忆中自然少不了青春期少年时代"迷人的少年心灵的渴望"。"金黄的太阳，蔚蓝的天空，葱郁的树林和花园，美妙的背景下——最重要的，永远居于首位的是她；不可思议的，不可企及的，美丽绝伦的，独一无二的，令人神往的，令人魂驰神荡的——尤利娅。"在莫斯科郊外希姆基的舞会上，亚历山德罗夫是尤利娅（昵称尤列妮卡）的固定舞伴。年轻的亚历山德罗夫舞姿轻盈，潇洒，欢快，内心充满了自信。然而他很快"满怀痛苦和羞愧地发现，尤列妮卡不过把他当作一个男孩儿，一个幼稚的军校学生，甚至还算不上士官生。她跟他卖弄风情，仅仅因为消暑生活的'百无聊赖'，即便她看中他身上的什么东西，那也只是跟一个固定舞伴，一个不知疲倦的灵活机敏的舞伴，跟一个类似机械模特的东西跳舞所带来的她个人的便利"。②作者以细腻的笔触描绘着自己青少年时代这段虽然朦胧然而又是十分真切的情感经历，将一个青春期少年的情感冲动刻画出来。

跟所有这个年龄的少年一样，青春是美好的，对异性的向往是纯洁的。这种情感冲动尽管真诚纯洁，然而又常常转瞬即逝，甚至变化无常。几乎为了尤利娅要与人决斗的亚历山德罗夫在尤利娅嫁给别人后很快爱上了尤利娅的姐妹奥里娅（昵称奥列妮卡）。"在某种周期性的混乱中，大家时而爱上尤列妮卡，时而爱上奥列妮卡，时而爱上柳芭奇卡。而且永远笑声不断。"③"他自己也感到惊奇，以前怎么就没察觉，

---

① ［俄］西林：《库普林》，转引自［俄］亚·库普林《士官生》，张巴喜译，新星出版社 2007 年版，第 19 页。

② ［俄］亚·库普林：《士官生》，张巴喜译，新星出版社 2007 年版，第 232、233 页。

③ 同上书，第 234 页。

这种感觉竟然如此深沉、博大。"① 为了表示对奥列妮卡的"全部的爱和所有敬意",亚历山德罗夫向奥列妮卡表示,要把自己很快将要发表的第一篇小说习作先给她,在即将刊登的献辞上写上"献给奥尔加·尼古拉耶夫那·希涅利尼克娃⋯⋯"然而,也许是命运作祟,在无数次地反复重读自己的处女作《最后的首场演出》时,亚历山德罗夫竟然一带而过地忽略了献辞,"这种事情是非常罕见的漫不经心和疏忽大意的例子"。献辞里犯下了致命的错误:在名字的首个字母的位置上写下的不是"O",而是"Ю"。"O"和"Ю"分别是奥列妮卡和尤列奇卡两个名字的首位字母。而印刷厂也照样如此印刷了。于是,亚历山德罗夫收到了奥列妮卡满怀气愤的回信,因此失去了这位心仪的"女神"的眷顾。

爱神之箭很快再一次射向亚历山德罗夫。在参加叶卡捷琳娜女子中学的舞会上,亚历山德罗夫又一次坠入情网。在叶卡捷琳娜女子中学学习的,只有最悠久、最地道的俄国贵族家庭的姑娘。参加叶卡捷琳娜女子中学的舞会要经过认真的筛选。亚历山德罗夫的相貌不算英俊,但他是出色的列队军人,他的动作协调性非常好,跳木马和翻单杠的技术比很多人都高超,他舞跳得富有节奏并且十分潇洒。像所有处在青春期的少年一样,亚历山德罗夫似乎"已经恋爱几百回了""他这些昔日的心上人都在他面前飞速飘过,快得就像他们从全速飞驰的特快列车窗口探视,他则伫立在彼得罗夫拉祖莫夫小站的月台上。"② "这些形象消散了,融化了,没留下丝毫痕迹。"③ 过去的一切如今看来全不是爱情,都是消遣,或者是游戏,是对参照着读过的小说而对大人可笑的模仿。这一切都过去了。但此刻他在爱!爱情,是伟大、骄傲、强烈、甜蜜的字眼。"整个宇宙就像一个无限大的天体仪,从上面切下极其细小的一块儿,嗯,差不多房子那么大吧,这个可怜的切块便是亚历山德罗夫以前的生活,又无趣,又沉闷。但现在,新生活又在无尽的时空中开始了,充满了荣耀、光彩、权力、成绩,而我要把这一切,连同我炽热的

---

① ［俄］亚·库普林:《士官生》,张巴喜译,新星出版社 2007 年版,第 283 页。
② 同上书,第 339 页。
③ 同上书,第 340 页。

爱情，放到你的脚下，爱人啊，我灵魂的女王！"① 济娜依达·别雷舍娃在年轻的亚历山德罗夫眼里是造物主美妙绝伦的作品。

在库普林的小说中，美好的爱情常常并没有获得美满的结局。在《士官生》中，爱情终于使年轻的亚历山德罗夫幸福得热泪盈眶，"真正的爱情，它像黄金一样永远不会生锈也不会腐蚀……"② 因为他的女神给了他"等待三年"的承诺。这样的承诺比《战争与和平》中的娜塔莎给予安德烈的承诺更加艰巨，但我们的主人公却因此幸福无比。

### 三　在军营中起航的作家梦想

众所周知，库普林的处女作发表在其就读武备中学期间。在《士官生》中，作家将这一段往事做了详细的记录，让读者更加了解作者所亲历的那段历史。少年时代的亚历山德罗夫有一个梦想，那就是当一个诗人或为一位小说家。当他只有七岁的时候，他就曾经写过一首优美的诗歌：

> 鸟儿啊，快一点离开我们，
> 飞往温暖的国度。
> 这样，等你们再次飞还，
> 我们这里已是春天。
>
> 草场上小花烂漫，
> 可爱的太阳把她们映亮。
> 树木抽出嫩叶，
> 大地将绽放最娇美的容颜。③

亲朋们对这首小诗的夸赞曾让孩提时的亚历山德罗夫满足了自己的虚荣心。但转到武备中学之后，随着俄罗斯诗歌为他展现了陌生而完美

---

① ［俄］亚·库普林：《士官生》，张巴喜译，新星出版社 2007 年版，第 340 页。
② 同上书，第 392 页。
③ 同上书，第 286 页。

的典范，自己的小诗开始让亚历山德罗夫感到羞愧了。他恳请母亲不要再提自己这些不幸的小鸟儿，自己更不肯再高声朗读它们。在五年级时他迷上了散文（这里指相对于韵文的小说、随笔等文体），他写过满分十二分、经常被当作范文向其他同学朗读的作文。亚历山德罗夫还曾经在五本练习本的双面以工整的印刷字体密密麻麻地写满了他自己的长篇小说《黑班杰拉》，这部小说取材于美国西部原始部落的生活，讲述的是他们与白人的战争故事。亚历山德罗夫满怀热情地创作这部小说，为之付出了很多心血和努力。然而这部作者付出大量心血的作品手稿永远湮灭在商人尘封的库房里。

亚历山德罗夫还尝试过翻译亨利希·海涅细腻、热烈的抒情诗歌，"这硬壳内包裹下的晶莹的泪花——海涅让人迷恋，让人心醉，让十六岁的少年敏感而饥渴的心灵着魔"。① 非常轻松地掌握了德文难点的亚历山德罗夫怀着浓厚的兴致开始翻译海涅的诗歌。然而，他当时还没有明白，文学翻译不仅仅需要对外语单词语句的认识，即使一个人能够非常出色地掌握这种语言，对于这种语言的诗歌翻译来说，还必须深入了解体会每个词汇深邃、生动、丰富多彩的含义以及这些词和词组的寓意和神秘力量。他自己也渐渐意识到，他对海涅诗歌的翻译丧失了原作轻松、俏皮、无拘无束的灵动感，难以传达出原作清新优美、感人至深的韵味。

亚历山德罗夫经过无数次的重写、改动、删减，在完成最后一稿时还是觉得不完美，无法做得更好，更忠实于原作了。他暂时放弃了翻译创作。"但他的思绪和幻想仍然久久无法从想象中的充满光彩、荣耀和胜利喜悦的作家的奇妙世界中抽离。倒不是大笔的报酬和获得世界声誉的痴狂吸引着他，这是一种无法实现的虚幻的东西，而且根本无法让他冲动了。但有一个词还在诱惑着他——'作家'，或者再有表现力一些——'作家先生'。"对于亚历山德罗夫来说，成为作家是一个无比辉煌的梦。作家，"这不是声名显赫的统帅，不是著名的律师、大夫或歌唱家，这不是令人惊叹的百万富翁，不——这是一个脸色苍白、身材消瘦的人，有一张高贵的面孔，他夜里坐在自己简陋的书房，创造着他

---

① ［俄］亚·库普林：《士官生》，张巴喜译，新星出版社 2007 年版，第 290 页。

理想的人物、他所需要的情节，而这一切将永生不朽，比真正存在于现实中的成千上万的人和事远为坚固、强大和光鲜，它们会存活几十年、几百年、几千年，让无数代人兴奋、欣喜、得到教益"。① 在年轻的亚历山德罗夫看来，彻斯托女士、大仲马、儒勒·凡尔纳、屠格涅夫、卢基尼等，这些伟大的作家都有酷似上帝之处，他们是尘世真正的主宰。他多么希望有机会能见识他们其中的一位。也许，他们之中的某人能引领他更加接近自己创作的秘密，使他领悟创作的奥秘。

不久，恭顺的命运之神让亚历山德罗夫结交了一位真正的、甚至著名的作家先生——吉奥多尔·伊万诺维奇。在这位当时著名的诗人帮助下，亚历山德罗夫的处女作《最后的首场演出》得以在《晚休闲》上发表。对于一位年轻的作者来说，"除了（当然是在一定程度上）剧痛之后的年轻产妇带着虚弱而迷人的微笑，向丈夫展示他们宝贝孩子时所体验的那种无法描述的幸福感，还有什么能跟这种奇妙的感觉相比呢？"②

然而，按照当时军事院校的军人条令，特别是内务条令，如果现役军人的手稿想要付诸出版，必须向自己的直接长官请示报告并上交手稿，需要经过层层的长官批准才能得到允许。亚历山德罗夫擅自发表自己作品的行为显然违背了军事院校的有关规定，因此被长官处罚关禁闭两天。然而在这被关禁闭的两天时间里，库普林有幸读到了列夫·托尔斯泰伯爵的小说《哥萨克》，亚历山德罗夫被他的创作震惊和迷醉。"上帝啊，怎么竟有如此伟大的神奇之物？瞧！这我能理解：天赋，天赋，超凡的灵感……这是莎士比亚，歌德，拜伦，荷马，普希金，塞万提斯，但丁，他们是住在云彩里的仙人，吃神食，饮琼浆，与神交谈，诸如此类……即便我不能理解，但我会充满敬仰地臣服……可是，我的上帝，为什么会这样呢。一个普通的凡人，甚至还有伯爵的封号，一个有两只手、两只脚、两只眼睛、两只耳朵、一个鼻子的人，一个跟我们一样吃、喝、呼吸、擤鼻涕和睡觉的人……却忽然用最平常的语言，毫不困难、毫不紧张，不带任何杜撰的痕迹，拈取并且平静地讲述自己所

① ［俄］亚·库普林：《士官生》，张巴喜译，新星出版社2007年版，第293页。
② 同上书，第301—302页。

见的东西，这样就能在他的笔下诞生一部无与伦比、不可企及的迷人而绝对纯朴的小说。"

列夫·托尔斯泰的作品震惊了年轻的士官生。他意识到自己的处女作缺乏生活的基础，同时他意识到自己对生活一无所知，一无所见，一无所闻，一无所长。同列夫·托尔斯泰的伟大创作相比，他觉得自己的《最后的首场演出》是一篇可恶至极、凭空杜撰的东西，里面缺乏真实生活的影子。他感到自己的处女作是那样的贫乏、苍白、怯懦……这篇小说正像自己七岁时写下的愚蠢的诗句，是一篇愚蠢的平庸的东西。也许，意识到自己的平庸正是伟大作家的起点。年轻的士官生想成为作家的梦想在这里起航了。

## 第三节　艰难岁月的追思——《圣伊萨基·达尔玛斯基教堂的尖顶》

库普林的《圣伊萨基·达尔玛斯基教堂的尖顶》记录了库普林在流亡巴黎以前两年的俄罗斯生活。这同样是一篇自传性很强的小说，也是库普林"在侨居国外期间创作的第一部重要作品"①。在这篇小说里，库普林表达了对逝去的俄罗斯美好家园的伤痛与感叹，对西北军英勇无畏英雄主义精神的由衷敬意，对当时俄罗斯现实的迷惘与不解以及面对严酷现实艰难选择的无奈与困惑。

### 一　伤痛与遗憾：怀念逝去的家园

库普林流亡巴黎前所居住的加特契纳，是北俄罗斯一个古朴的小城。这里景色优美，空气清新。在这里，库普林自己亲手种植了面积有二百多平方米的绿色菜园，收获着茎块粉白硕大的马铃薯、无数汁液肥满的齿鳞蔓菁、埃及圆甜菜、气味辛辣浓烈的旱芹、洋葱、大头白蒜等蔬菜。菜园边还有作家亲手种植的几棵苹果树。在作家流亡前的两年，

---

① Иконникова Я. В. Хронотоп как маркер оппозиции 《 свои – чужие 》 в прозе А. И. Куприна（ на материале повестей 《 Купол Св. Исаакия Далматского 》 и 《 Колесо времени 》）\ \ Вестник Тамбовского университета. Серия: Гуманитарные науки. 2012, № 10（114）. с. 53.

这些苹果树已经结果，秋季里这些苹果树全都硕果累累，收获的饱满、香浓、娇艳的苹果几乎能直接拿去参加展览会。在这里，作家感受到的是"一种纯洁、质朴、神奇的创造之美"。当他亲手在木格盒子的底部铺上椴树叶，整齐地码上硕大的苹果，把所有这些丰硕芳香的紫红色大地的礼物馈赠给邻人的时候，他感受到一种"母亲般的纯真的欢乐和幸福"。作家在作品中写道，他毫不惋惜自己永远失去的在俄国的财产：房子、土地、摆设、家具、地毯、图书、画作、舒适……但那付出辛勤劳作并收获硕果累累的小菜园、苹果树、精致芬芳的花坛、那维多利亚麝香草莓和任尼林德糙皮甜瓜，想起它们，作家的心便隐隐刺痛。在库普林生活过的郊区小镇，作家连同他的狗、马、熊和猴子，参加过无数场晚会和音乐会。所有这些经历，再加上一些有关作家的逸事，作家在他的故乡小城受到人们的瞩目。可以说，在作家流亡前所居住的这座小城里，库普林属于这里的"知名人士"。

在作家所追忆的 1919 年，由于战乱和饥荒，刚刚建立执政不久的苏维埃政权只能给百姓提供定量供应豆油饼、配给酸果蔓度日，很多人由于营养不良而死去。当时，当地居民里很多人都盼望着同布尔什维克作战的西北军（白军）的胜利进攻，因为人们希望早日结束饥寒交迫的日子。西北军胜利进攻的消息使人们"被唤醒的心脏燃起甜蜜的希望和欣慰。身体变得硬朗，心灵重新充盈起能量和弹性"。① 按照作者的回忆，那个年头的彼得堡的居民，无一例外地怀着兴奋的心情盼望着白军进攻首都的胜利。"没有一所房子，身处其中的人不为解放者祈祷，不准备好要丢到奴役者头顶的砖头、开水和煤油。假如他们说相反的话，那他们讲的是自觉而神圣的党的谎言。"②

由于内战，很多人失去了自己的亲人，很多人颠沛流离。在布尔什维克掌权以后组建的救济所里，很多孩子因为得不到良好的照看病倒、死掉。在小说里，库普林讲述了他怎样亲眼目睹救济所里的"无产阶级幼童"多数病倒，很多孩子悲惨地死去。死掉的孩子被钉在简易的

---

① ［俄］库普林：《圣伊萨基·达尔玛斯基教堂的尖顶》，《士官生》，张巴喜译，新星出版社 2007 年版，第 90 页。

② 同上。

白木棺材里运往墓地。面对眼前的民不聊生、哀鸿遍野，普通百姓自然渴望过上安宁和平的生活。对于黎民百姓来说，伴随战乱的迫近，所有的人内心都充满着沮丧和忧伤以及无力的愤懑和惊恐。仿佛所有的经历都是愚蠢的噩梦，残酷的体验和疯子的幻想。

库普林的小说字里行间流露出对逝去家园的伤痛和遗憾。小说中多次出现家园形象，"这一形象对于作家侨居时期的作品来说特别重要"①。作为一位自由主义作家，他无法理解战乱给人们生活造成的灾难。面对美好家园在战火中摇曳，面对邻人的骨肉离散，面对一个个鲜活生命的死亡，任何一位有人类良知的人都难以无动于衷。战乱打破了平静美好的生活，作家无法理解眼前发生的一切。对于库普林来说，逃离俄国的各种途径也有所耳闻。并且有远离战乱获得幸福的例证，这对于作家来说也的确是一种诱惑。并且当时逃离所需要的金钱也足够。但令作家自己也无法理解的是，是出于对祖国和家乡的强烈的爱与怜惜，还是对暴乱的仇恨以及面对它的惊恐而无措，作家曾"顺服于汹涌而至的意外事件"，没有做逃离家园的打算，只是在偶尔陪伴孩子的时候，在地图上，用手指给小孩儿指指点点，进行地图上的旅行。

今天，社会历史的发展已经使我们不必再去追究库普林对十月社会主义革命的态度。诚然，库普林是以冷静思索甚至否定的眼光来看待他所描述的那段复杂动荡的历史年代的。在苏维埃政权刚刚建立的初期，由于历史的原因以及战争的影响，布尔什维克党的统治尚未稳固，在白军以及外国武装的干涉下这个新兴的政权处于风雨飘摇之中，无力给人民带来和平幸福的生活。人民失去了从前的安宁平静，过着动荡不安水深火热的日子。在饥寒交迫的岁月中，每个人都渴望早日结束战乱，结束担惊受怕寝食难安的生活。库普林批判的锋芒源自一位俄罗斯知识分子的良知以及现实主义艺术家的本性。

---

① Иконникова Я. В. Хронотоп как маркер оппозиции 《 свои – чужие 》 в прозе А. И. Куприна（ на материале повестей 《 Купол Св. Исаакия Далматского 》 и 《 Колесо времени 》）\ \ Вестник Тамбовского университета. Серия：Гуманитарные науки. 2012，№ 10（114）．с. 54.

### 二　英雄主义的吟唱：西北军的挽歌

库普林在作品中写道："我是西北军狂热的行吟诗人。我会永远孜孜不倦地赞叹它的英雄主义并为之歌唱。"① 在库普林的小说里，同当时布尔什维克作战的西北军是一支非常值得称颂的队伍。流亡法国的库普林在回忆这支军队时对它满怀着深情的敬意。库普林认为，"对西北军的所有团队，怎么赞美都不为过，如今你情不自禁地想起他们的功绩时，都如同在想象一个神话。同时我也感到困惑：这些事从未听人提及，报纸也绝对见不到有关西北军的晚会、聚会或交往的消息。我觉得，这些人做了人所不能做的，在很大程度上他们战胜了自我保护的本能，承受了身体与精神上超自然的压力，对他们来说，连对这种压力的回忆都变得沉痛"。② 库普林对白军战士在艰难困苦条件下所表现的顽强坚韧精神给予了极高的评价。

在当时的情况下，西北军并非是唯一一支与布尔什维克作战的部队。西北军对待当地普通居民的善意使作家难以忘怀。西北军不分种族与信仰，公正对待所有和平公民的充满善意、毫不徇私的态度给作家的记忆留下了深刻的印象。在小说里，库普林向人们讲述了这样的经历：有一天晚上，库普林去拜访他的犹太朋友。在这位犹太朋友家里遭遇到了恐慌和灾难。他们全家都被街上的留言和匿名的告密信吓坏了。因为敌对势力的残余企图煽动起寻衅性的大混乱。作家受模糊不清的本能的驱使向西北军的维加金少校转述了犹太朋友一家的不幸和恐慌。这位少校阴沉的眼睛突然放起光来：

> "我绝不允许大屠杀，无论从哪个方面讲，都不能造成大屠杀的恐慌，"他吼叫道，"实话实说，我不喜欢犹太佬。但在那里，在西北军的地盘上，在那里想都不要想对和平的公民施加一次暴力。我们不吝惜自己的鲜血和布尔什维克的鲜血，但市民的血，一

---

① ［俄］库普林：《圣伊萨基·达尔玛斯基教堂的尖顶》，《士官生》，张巴喜译，新星出版社 2007 年版，第 136 页。

② 同上书，第 141 页。

滴都不应该沾到我们的身上。"

接着，这位上校请库普林立即坐下写好一篇安民呼吁书。在这份安民呼吁书中讲到，从叶卡捷琳娜二世和巴维尔一世时代开始，加特契纳就生活着早已被全城熟知的几个犹太家族，他们是诚实的劳动者，是不太富裕的工匠，是一些与布尔什维克的思想和习性完全格格不入的人。这份安民呼吁书中还讲到了唯一的神，讲到在眼下这个动荡的年代里不应该播种仇恨。西北军对于任何施暴者和挑唆者都将予以消灭和严厉惩治。在库普林的眼里，西北军是一支行侠仗义的军队，他完全不能接受《自由俄罗斯报》把这支军队称为强盗和匪徒，在作家心目中，他们是"神奇远征的英勇官兵"。

在小说里，库普林还描写了一群战败的红军经过家乡小城加特契纳时的凄凉景象：

> 他们衣衫褴褛，可怜巴巴，面如菜色。看样子他们不仅群龙无首，也从未听说过纪律。他们马上在城里四散开来，到处寻摸随便什么吃食。他们乞讨，在菜园捡拾黏糊糊的白菜帮儿和偶然漏掉的小土豆，出卖十字绣花和贴身衬衣，窥探早已荒弃的肮脏地窖。他们全都精神抑郁、畏畏缩缩，仿佛生了病：他们这种精神状况大概可以表明，来到此地的目的不是抢劫和施暴。①

这支军队在加特契纳驻扎了三天。在一个清晨他们被集合成杂乱的一群，排成形状勉强可以辨认的一列纵队，继续被驱赶上了华沙的公路。在作家眼前，这是多么虚幻、可怖、噩梦般的一群人：驼背的老人和面孔蜡黄、瘦弱不堪的半大孩子……步枪枪刺或上或下，还有的拖在地上。面对这屈辱的景象，作家的心头百感交集。在作家心目之中，这无论如何毕竟是俄国的军队，而每个军人都应该明确自己的行动方向，可这些不幸的"被欺骗的俄国伊万们"，他们每个人并不知道或者稍微

---

① ［俄］库普林：《圣伊萨基·达尔玛斯基教堂的尖顶》，《士官生》，张巴喜译，新星出版社 2007 年版，第 92 页。

懂得，自己为什么被赶上残酷的战场？

这支短时间经过库普林家乡的红军溃败队伍令作家感到心痛不已，怨恨、怜悯和无力感令人欲哭无泪。在作家眼里，这是一群毫无军纪更毫无锐气的受骗的农夫，他们被驱赶上战场，他们自身连同他们留给他人的印象都是伤痛的回忆。而与此同时形成鲜明对照的，白军战士却留给作家非常美好的印象。

当时，在库普林的家里曾经驻扎过一个白军的小医疗所，总共有十名伤兵。医疗所总是满员，虽然人员会有更迭。在作家眼里，这些白军战士就像是精挑细选过似的，他们是那样的热诚、豪爽、可爱。这些白军战士以当地居民保护着的姿态，如兄长手足一样宽厚地与当地居民共处，谦和善良地承受着居民们给他们的帮助。他们言谈举止腔调庄重、正式，与人交往严肃客气而彬彬有礼。当他们与当地居民道别并要重返前线的时候，在纯朴真诚的氛围中瞬间袒露一下温暖明净而富有人情味的内心。即使在一些为人处世的细节方面，这些战士也会表露出他们深沉诚挚而又无须赘言的友善。

作家对西北军的好感还源自西北军军官富有人性意味的作战指导思想。白军将领别尔米津将军非常理解善对于恶的巨大优势，他经常对他的战士们讲，对于每一位战士来说，可怕的不是战争本身，可怕的是兄弟之间的要相互杀戮。如果能够，我们要尽早结束战争，这样就可能减少牺牲。所以，我们要不畏辛劳，要尽快出现在需要我们的地方。但我们不能欺负当地的居民，更不能虐待俘虏。在别尔米津将军看来，任何一个士兵，对我们来说，他首先是个人，是兄弟，是个俄国人。他强烈反对布尔什维克把不管是自己的还是的敌方的士兵都看作行尸走肉的观点。

在异国他乡，库普林回忆起当年西北军在战败的情况下，士兵照顾军官，军官照顾士兵，库普林内心对他们充满了敬意："面对所有把自己的心灵献给朋友的、无私而忘我的志愿兵和军队的英雄们，我只能充满敬意地低下头。"①这是作家在艰难时事中对人性的由衷礼赞。

---

① ［俄］库普林：《圣伊萨基·达尔玛斯基教堂的尖顶》，《士官生》，张巴喜译，新星出版社2007年版，第150页。

### 三　无奈与困惑：艰难岁月的抉择

作为一位自由主义作家，作家在流亡他乡所写的这篇小说表现了自己鲜明的情感立场。我们难以就此断定库普林是出于"阶级本性"反对十月革命的人。在十月革命初期的 1919 年初，库普林曾在克里姆林宫跟列宁、加米涅夫、米柳金和索思诺夫斯基商讨过创立无党派报纸的相关事宜。在《圣伊萨基·达尔玛斯基教堂的尖顶》这篇小说里，作家对这一史实也有所记录。据作家回忆，当时在他身后支持他的"是一大批作家和学者，而不是蛊惑人心的布尔什维克主义"。创办这份报纸的资金也有了，但最后却没有成功。"让我来办红色庄稼人的最后版。可红色的庄稼人，这是哪种庄稼人呢？为什么庄稼人要是红色的呢？"库普林最后不顾一切地回到了彼得堡。库普林当时的行动就被当时虽未被邀请、但参与旁听讨论的杰米扬确信，库普林"以恶毒的行径"背叛了苏维埃政权。作家自己认为，"这一切分明是无稽之谈"①。

但与此同时，在小说中作家也曾提到，有人曾告诉他，在布尔什维克党排列的名单上，他的名字是最先公开被枪毙的人质候选人之一。时至今日，我们无法考证作家所耳闻的事情是否是历史真实。但在布尔什维克党执政的初期，苏维埃政权内部的极"左"路线使许多曾经在红军队伍里立下过赫赫战功的人都死于自己的内部斗争，很多人被莫名其妙地杀害。因此我们可以说，作家所耳闻的"消息"也断然不是空穴来风。这一消息对作家形成的刺激影响了作家对自己今后人生道路的选择。

在动乱的年代，每个人都向往和平安宁的生活。自由，这是对每个人都有着巨大诱惑力和神奇迷人的字眼。在小说中，"教堂的圆顶就是获得自由的希望，就是摆脱灾难的希望"②。对于任何一个普通人来说，走动，乘车，睡觉，吃喝，议论，思考，祷告，劳作——这一切都是战

---

① ［俄］库普林：《圣伊萨基·达尔玛斯基教堂的尖顶》，《士官生》，张巴喜译，新星出版社 2007 年版，第 132 页。

② Иконникова Я. В. Жанр повести в прозе А. И. Куприна периода эмиграции на материале повести 《Купол Св. Исаакия Далматского》\ \ Вестник Тамбовского университета. Серия: Гуманитарные науки. 2012, № 2（106）. c. 116.

乱年代人们对于幸福的憧憬，"没有低三下四求来的应允，没有野蛮而令人羞辱的禁令。而最主要的是——房屋，财产不会受到侵犯……"①这一切都是一个普通人最正常、最基本的生活愿望和合理要求。然而，在俄罗斯处于风雨飘摇的动乱年代，要想实现这样的愿望还需要怎样漫长艰难的历程。

　　作为一个典型的 20 世纪初的俄国自由知识分子，库普林是 19 世纪欧洲人文主义精神传统的忠实继承者。他并非是"出于阶级本性"而反对十月革命的人。在十月革命胜利后，他曾经在高尔基的举荐之下受到过列宁的接见，曾经向苏维埃政权提出过自己关于保护土地和森林的计划书。然而，在布尔什维克党执政的最初两三年时间里，库普林的亲身经历及亲眼见到的一些悲惨景象使这位人文主义者的心灵受到强烈的震动。在俄罗斯祖国处于风雨飘摇的日子里，他无法理解苏维埃政权采取的一些激进措施。尽管在作家的心中怀有对自己祖国和俄罗斯家园无限深沉的情感，在这个国家和民族多灾多难的年代，个人无法左右自己的命运，难以对现实做出明智的选择。在十月革命前后，库普林如同许多处于矛盾困惑中的知识分子一样，他们站在一种超越政治党派的"自由知识分子"的独立立场来看待现实中的国家所发生的剧变。

## 第四节　孤独的人生之旅——《扎涅塔》

　　《扎涅塔》是库普林在 1932—1933 年侨居巴黎时发表的中篇小说。这篇小说以一位俄国籍的老教授西蒙诺夫为主人公，讲述了他在侨居时期的一段人生经历。该作品具有一定的自传色彩，在某种程度上是对作家本人创作思想内容的概括。

### 一　大自然是人类永恒的精神家园

　　库普林以往的创作，渗透了作家对大自然由衷的赞美和景仰。在《扎涅塔》这篇小说里，作者通过主人公更加深沉地表达了对大自然的

---

　　①　［俄］库普林：《圣伊萨基·达尔玛斯基教堂的尖顶》，《士官生》，张巴喜译，新星出版社 2007 年版，第 145 页。

深沉敬意。在小说中，作者热情赞美和讴歌大自然的伟力与博大，让读者领会它的神奇与奥秘：

> "自然真是博大，"可敬的教授思绪万千，"它如此慷慨、如此丰富广博地把生命和繁衍的技能赐给自己的所有造物。一棵古老的西伯利亚红松有上千只松果，每只松果有上百粒松子，而最终——只剩下偶然落入大地摇篮的一粒种子，仅生长出一株生命受到无数死亡威胁的幼苗。但红松不是一棵，有数百万棵，它们每年结籽，几百年生生不息，而全部红松——便是物种的保证。
>
> "一条上好的鲟鱼——有一普特重的鱼子，数百万枚鱼卵，假如这个数量的胚胎中哪怕只有几十条长成，自然界最终也会得到完美的收获。一对苍蝇，如果它们的蝇卵不受破坏，一个夏季所生产的后代就能遮蔽整个地球表面，就像如今没有节制地繁衍的人类正在覆盖地球一样。"①

孤独的俄国籍老教授西蒙诺夫过着修士般的单身生活。他无儿无女，可以说是无依无靠。在一个冬天的黄昏，一只半野生的猫出现在教授的生活里。这只修长、精瘦的"巴黎猫族流氓"浑身伤痕累累，从屋顶溜进教授敞开的窗户，从此开始了人与动物相依为命的生涯。自从第一天猫咪吃完教授喂给的食物，开始接受人类的爱抚，此后它开始经常造访这个给予它温暖的教授的家。它白天像狗一样在地板上酣睡，而后夜晚离开，去从事它那些在黑暗中进行的的"阴险勾当"。教授与猫咪之间的关系大概可以用"友情"来概括。"友情中间，一个好像是从上向下俯视，而另一个仰视。一个庇护，另一个忠诚。一个宽容地接纳，另一个高兴地施与。前者当然是猫咪。这可是它找到的教授，而不是教授找到的它。在三维空间的活动范围方面，老天对猫咪的眷顾远远要比对教授慷慨。教授已经活得累了，尽管他仍然热爱和感激生活——猫咪的日子却热火朝天、野性十足：恋爱，斗殴，偷盗，杀戮。猫咪知

---

① ［俄］库普林：《扎涅塔》，《士官生》，张巴喜译，新星出版社 2007 年版，第 447 页。

晓并能去做教授根本无法企及的上千种事情。"① 有时候，猫咪故意把自己的战利品——一只大沟鼠丢到教授的脚边，骄傲地在教授面前显示自己的聪明和强悍。

在这里，作者通过一只流浪猫咪和人类的对比，显示了人类的孤独虚弱和动物的强悍有力，同时展示了动物有时候可以成为人类忠实的朋友和亲密的伴侣。不仅仅是猫咪，"为了生存竞争，大自然用形形色色的武器装备了所有生命。甲壳、犬齿、毒钩、利刺、针尖、毒液、气味、感觉、头脑、视力、肌肉"。②作家认为，如果我们把一只跳蚤放在显微镜下，会发现这是一种极其可怕、强悍、无比凶猛和嗜血的动物，假如它身体像成年人一样大小，那么它的能量可能超乎人类的想象，它就可能纵身越过万米高峰，能在几秒钟的时间内把一头大象消灭干净。作者认为，从物种的起源上看，动物比人类的起源要古老得多，动物世界有着自己古老显赫的历史，《旧约》第一章里就有这方面的证明。在远古时代，在一些动物的祖先已被伟大而智慧的民族尊为神物的时候——人类的先祖还赤身裸体地在远古的洞穴里不知所措地瑟瑟发抖，惊恐于天空的闪电和雷鸣，在自己并不聪明的想象中幻想和虚构自己的神明。在人类与动物相互之间久久地默默对视的时候，动物那威严、专注、仿佛能穿透物质和时间的目光逼视下，人类显得虚弱和无助，首先退却的是人类。有些时候，猫咪把溜圆漆黑的瞳孔收成一道窄缝，懒洋洋地眯着它那双深绿色的眼睛，仿佛不屑于屈尊与教授进行眼神的对视，仿佛不过是自信十足地地向人类展示一下它在这世界中的居高临下，展示它宇宙中重要一员的地位，而且还做得姿态平和，目光中充满自豪。当然，在动物与人类的交往中，也会有势均力敌、人甚至稍微占上风的时候。在暴风雨来临之前的天气里，猫咪会早早地回到教授的家里来，教授用手轻捋它的脊背，猫咪便可怜巴巴地用鼻子蹭着教授的膝盖，一面低声地哀鸣，一面乞怜似地张大了嘴巴。这样的时候让人感到了人对于动物的优势。

动物是人类永远忠实的朋友。在孤独的生活中，动物是人类相依为

① ［俄］库普林：《扎涅塔》，《士官生》，张巴喜译，新星出版社2007年版，第442页。
② 同上书，第447页。

命的亲密伙伴。在英国作家笛福的《鲁滨孙漂流记》中，鲁滨孙在乘船去非洲的海上遇到突如其来的风暴，他漂流并且生活在一个人迹罕至的孤岛上。在孤岛上的第24个年头的一个星期五，鲁滨孙在苍茫的大海中救起了一个"野人"。为了记住这件事情发生的日子，鲁滨孙为这个野人取名为"星期五"。"星期五"从此成为鲁滨孙日后生活中的助手和伙伴，二人后来一起逃离了人迹罕至的荒岛。在教授孤独的侨民生活中，正如流落荒岛的鲁滨孙一样，猫咪成了教授的忠实朋友和伴侣。西蒙诺夫给他的伴侣猫咪也起名叫"星期五"。"星期五"有时候会几个星期不见踪影，再回来时显得疲惫不堪，而且伤痕累累。教授有时候会在布隆涅森林散步时会在草丛、树上、灌木丛中发现"星期五"，这里大概是它狩猎的场地。在刮起强劲的西北风的时候，西蒙诺夫一大清早便打开窗子，为了放进黑猫这个想来就来、不定期的留宿者。当教授心爱的小女孩扎涅塔离去的时候，只有黑猫"星期五"与教授相依为命，不离不弃。

作者认为，人类的生存与死亡都是人类的福分。人类的福分还包括人类的繁衍、进食等一切生理活动。这一切都是造物主赐给人类的礼物。死亡是生命的终点，是生命运行的必然规律。人类和其他一切生命体一样，在伟大的自然面前都是渺小和脆弱的。

或者瞧瞧这个小蜘蛛……即使是在最低的限度上，人类可怜而拙劣的手工，比如那个雾天里酷似一个小涅任花楸酒瓶的埃菲尔铁塔，又怎么能跟这神奇的建造相比呢？埃菲尔铁塔比这轻薄的蛛网沉重、坚固、耐久多少倍？这个无法计算——得到的数字会具有这样的特征：即便你用最细小的字迹也无法把它写成一行。但为了简单起见，就假设是小小的微不足道的十亿吧。

比如说，我按照气象学的算法，把蛛网此刻承受的风力确定为四级。那么，要想让埃菲尔铁塔和蛛网承受同样的风力，就要把这个风力相应地增大到铁塔应当承受的阻力，也就是说要达到四十亿级。这可太壮观了！人类无法想象四十级大风的威力。只要四百级的飓风，眨眼间就能把埃菲尔铁塔掀翻，就像掀翻一座纸房子、一座麦秸屋，把这堆垃圾扔进塞纳河。不！它一下子就能荡平整个巴黎，把它的石头瓦砾、断壁残垣裹向东南方向。它能一下子扬起全部河水，能把海水洒遍大陆。是啊，当然不是蜘蛛比工程师建得更好，但全世界的工程师加在一起也比不上大自然建造得坚固和高超。大自然是享有荣耀、景仰和天上感恩的创世之初的唯一一次爆发。①

## 二 爱的寄托与生存的孤独

在教授孤独的生活中，一个五六岁的小姑娘扎涅塔在偶然的一天里出现在教授的生活中。从一起观察一张蜘蛛网和蜘蛛开始，这个失去了"贤妻照顾的落魄男人"像热爱自己亲人一样爱上了这个仿佛从天而降的小天使。

在自己独立的小王国里，扎涅塔是一个善良可爱的天使，并且是一个善良、礼貌、热忱、深受爱戴的公主。当她迈着轻快的脚步经过自己"王国"的街道，犹如天使降临俗世凡间，很多人都喜欢这个天使一样的小女孩儿。无论是"背着圆鼓鼓皮书包的邮递员，用手推车忙着给各家各户送牛奶和面包的大姑娘，嘁嘁喳喳、赶着上学的女孩子，刚刚在小吃店享用一份例行开胃酒或早餐的工人，脸上努力保持一本正经的严肃神情、但同时微笑向光一样照亮胡须的官员和听差，踏着匆忙而又节奏分明的步伐前往市场的上了年岁的妇女……而扎涅塔也向人们送去她那铃兰和雏菊般灿烂的微笑和银铃似的问候"。正如一个爱的天使降临人间一样，扎涅塔对"臣民"的劳作和利益的关怀无微不至。一位衣衫褴褛的街头艺人只管漫不经心地吹奏上千年的忧伤曲调，扎涅塔和一条大黑狗一起驱赶聚拢羊群。她对貌似凶猛的动物毫无畏惧，甚至显得格外亲密。"了解萨瓦牧羊犬凶猛坚韧的性格的行人远远地躲开它，但扎涅塔既不存在恐惧，也不为自己身体担心，她的双手还从来不知道畏缩和战栗。因此，她无忧无虑、尽心尽力地帮助黑色牧羊犬赶羊，而从脚到头毛发纷披的毛茸茸的大狗则不时伸出鲜红火热的长舌头舔一下

---

① ［俄］库普林：《扎涅塔》，《士官生》，张巴喜译，新星出版社 2007 年版，第447—448 页。

扎涅塔，它恨不得舔遍她的脸。"① 这是人与动物亲密交往接触的画面，在这里，人与动物平等相处，亲密无间，这也是人自然相融合的一幅美好图画。

人类生存的孤独感是 19 世纪末 20 世纪初的一个基本主题。这一特点在《扎涅塔》这篇小说里的主人公西蒙诺夫身上得到了深刻的体现。他所居住的阁楼形状和尺寸都酷似古代勇士斯维亚托格尔的棺材。它仅有一扇窗户深深地嵌在挡雨墙当中。他过得像修士一样清苦。他所用的家具是折叠帆布床，白茬儿木桌和白茬儿板凳……教授亲手料理自己的斯巴达式的饮食。依照教授的观点，除了几种善于神奇地装饰自己的鸟类，人跟所有动物最重要的差别之一就在于人活着不能没有消遣（狂热的信徒和白痴除外）。教授的窗台上，几只大木箱里面总是生长着珍奇绚烂的花木。他对这些花木精心呵护，这是教授孤独生活中难得的消遣。"在和人们的交往中他很独立、很轻松，也颇受厚待，这让他感到惬意。他身上丝毫见不到沮丧、抑郁、沉闷不堪、穷途末路不解——一句话，丝毫见不到法国人所认为的被他们生气勃勃的天性所嫌恶的'斯拉夫人'的所有表情。"教授这样过着单身的生活。他也曾经有过妻子和两个女儿，有过心爱的住所……而这一切都已经成为了过去，一切正常的生活都被无情地颠覆了。逝去的生活已经不必回顾，流血的伤口早已愈合，心灵的创伤早已结成道道厚厚的粗糙的伤疤。

扎涅塔的出现给老教授西蒙诺夫孤寂的生活带来温馨的春风。像爱惜疼爱自己的晚辈一样，教授为扎涅塔献出了自己无私而真诚的爱心。为了避免扎涅塔暴躁母亲的猜疑，教授千方百计地辗转为扎涅塔送去自己的礼物。教授希望扎涅塔能够接受良好的教育，幻想着按照自己想象的方式给扎涅塔传授知识。扎涅塔成为教授孤独寂寞生活中的精神寄托。然而，正当教授为扎涅塔的教育深谋远虑的时候，扎涅塔的母亲带着她离开了巴黎，在带走她们的售报亭和扎涅塔的同时，也带走了教授的爱和期待。于是，孤独又成为在教授生活中的主旋律。只有经常来造访的巴黎流浪猫咪"星期五"作为教授孤独生活中的亲密伴侣。

库普林在流亡的岁月里"强烈地思念着故乡，远离了故乡他就没

---

① ［俄］库普林：《扎涅塔》，《士官生》，张巴喜译，新星出版社 2007 年版，第 473 页。

办法好好写作，因为他所属的那类作家，其创作需要故乡的空气和故乡的土壤"①，在作品中通过主人公把这种孤独感进行了细腻的演绎。这或许正是作家本人流亡岁月中的深切感受，一个失去自己祖国和家园流亡在异国他乡的作家的强烈的孤独感。

### 三 对被"文明"社会污染的人性的忧虑和恐惧

在小说中常常流露出作者对自然人性的赞美以及对被"文明"社会污染的人性的忧虑和恐惧。"在明净的清晨，在户外，人们是这么可爱，这么轻灵，这么美……之所以如此，也许是因为他们还未开始说谎、行骗、伪装和作恶吧。他们眼下像一群婴儿，还像动物和植物。是的，这是美好的天性：在适当的时候一早走出家门的人不会迷失。而从布隆涅森林吹来的清凉晨风是多么舒爽啊。"② 小说中的主人公教授善良正直的天性使他对自然人性感到由衷的喜悦，相反，在人生的旅途上，在现实生活中，他往往把自己陷入孤立无依的境地，犹如置身人迹罕至的荒岛之中。

西蒙诺夫教授是在物理学、化学、生物学等许多学科都颇有见地的学者，曾经在学术界有崇高的威望。他的广博的知识视野证明着他的超长的智慧和学识。他也曾有过自己的妻子儿女。年轻时，由于冲动或是轻率他娶了一位他任职大学里的教授的女儿做妻子。婚后不久西蒙诺夫才明白自己娶回做妻子的女人原来是一个浅薄、轻浮而且庸俗不堪的女人。正像列夫·托尔斯泰《战争与和平》里的彼埃尔由于无知或者盲目娶回了轻浮放荡的海伦一样，婚后的生活很快失去了应有的温馨和魅力。妻子对金钱物质的欲求远远超过对丈夫的爱，并且，妻子荒唐甚至放荡不羁的社交生活把丈夫置于尴尬屈辱的境地。尤其令人苦恼的是，两个女儿在母亲庸俗市侩习俗的影响下也常常对父亲的责任感提出质疑，父亲常常无法满足她们对金钱的欲求。

在这种情况下，夫妻的婚姻关系实质上已经是貌合神离。然而真正

---

① Рогозина Н. М. Воспоминания А. М. Федорова об А. И. Куприне（по неопубликованным материалам очерка 《 А. И. Куприн 》） \ \ Вестник Ленинградского государственного университета им. А. С. Пушкина. 2013，т. 1. № 1. с. 25.

② ［俄］库普林：《扎涅塔》，《士官生》，张巴喜译，新星出版社 2007 年版，第 445 页。

让他们彻底分手的，还是西蒙诺夫的正直不阿，不肯为了自己个人的利益和地位放弃自己做人的原则和一位学者的良知。教授的岳父是一位在学术界颇有地位、颇有影响的人物。他为自己的女婿推荐了一个难得的肥缺——一个可以为个人谋得巨大利益然而要使国家生态利益遭受巨大损失的差事。这是西蒙诺夫个人无法忍受的。

作为一个正直善良的人，教授西蒙诺夫无法接受为了自己的私利而毁坏国家生态利益的这份"美差"，因此他的"迂腐"自然令唯利是图的家人无法理解和接受。教授因此失去了家庭和婚姻。当西蒙诺夫教授孤身一人漂泊在异国他乡的时候，正如漂泊在孤岛上的鲁滨孙救起野人"星期五"一样，一只流浪猫咪成了教授的伙伴和朋友，猫咪也被教授取名为"星期五"。在猫咪身上教授似乎找到了精神上的寄托和心灵的安慰。而现实生活中的一切，包括教授的妻子儿女，都远离教授而去。教授本性的正直善良无法融入现实社会的名利场，因此他自己被陷入孤立无援的境地。只有纯真的扎涅塔和带着自然本性的"星期五"成为教授的精神伴侣和情感寄托。除此之外还有教授窗台上大木箱里他精心栽种培育的那些绚烂但无声的花木。然而，扎涅塔的母亲无法理解教授对扎涅塔的善意和爱心，一直对教授心怀不安甚至抱有敌意，最后带走了扎涅塔。生活中只留下流浪猫咪"星期五"与教授为伴。

作者通过侨居生活中的西蒙诺夫教授的经历，倾诉了作家本人侨民生活中的强烈孤独感。在现实的"文明"社会里，人与人之间缺乏相互理解和关爱，人性的善良和爱无处寄托甚至遭到质疑。人与人之间除了金钱利益关系往往失去了维系爱与亲情的纽带。作者通过对自然生灵的赞美和敬意表达了自己对被"文明"社会污染的人性的忧虑和恐惧。

## 第五节　从《时间之轮》看库普林小说中时间对爱情的消解意义

库普林作为俄罗斯"白银时代"的著名作家，其作品体现着人类独特的生命体验与情感探索。他用现实主义笔触来描绘社会中普通人的情感生活画卷，以细腻的笔调展现人类情感的复杂性和矛盾性，在俄罗斯文学史上占据着举足轻重的地位。《时间之轮》作为库普林流亡时期的一部中篇小说，关注了在时间的推移下男女主人公对爱情的不同体验，表现了男女之间的爱情在时间影响下发生的变化。本节试从线性时间观和循环时间观出发，探讨文本中时间对主人公爱情意义的消解以及不同时间观念下的爱情模式。

《时间之轮》是库普林流亡巴黎期间创作的中篇小说。这一作品体现了时间这种物理度量对人类个体情感的消解，向我们讲述了男主人公米什卡与女主人公玛丽亚从初见到热恋以致最终分离的爱情轨迹，强调了时间作为事件干涉者的巨大作用。时间本是一种永恒客观的存在，不以人的个体意志为转移，但是时间作为一种与人类社会密切相关的一种度量方式，浸透在人类对生命的体验与敬畏之中。不同的历史文化背景下个体对时间的意义有着不同的理解，由此形成了不同的时间观。以不同的时间观念来考察库普林小说《时间之轮》中人物爱情的发展变化，我们可以从中发现时间对爱情的消解意义以及不同的爱情模式。

**一　线性时间观下渐行渐远的爱情**

线性时间观，顾名思义，是把时间看作一种线性存在。它不同于线段，以人类现有的认知能力不能找到时间的确切起点抑或是终点。时间在做着永不停息、没有尽头的单向的延展性运动，永恒且无限。"在通常意义上，时间被划分为过去、现在和将来。"① 人类之于时间，是沧海一粟般的存在。这种线性时间观下的时间是一种物理上的时间，一切都在变化，一切都在衰老。客观存在如房屋、街道、车辆在折旧，自然界在花开花谢、草木凋零、日升月落、斗转星移的永恒运动，人类在进行着成长与衰老的生命体验。个体的感情在时间的"风化"下变得愈发脆弱。强烈的感情、炙热的爱情在时间的影响下最终冷却，爱情的新鲜感随着时间的奔走而最终好像一去不复返。爱情跟随着时间一起做着单向运动，回不到过去，只能把控着现在，预想着未来，爱情的无力感与人生的沧桑感由此产生。

在《时间之轮》中，线性时间观对爱情的影响体现在主人公的情感变化上。在小说的开始，米什卡在旅店餐厅见到女主人公玛丽亚，被

---

① 张百春：《别尔嘉耶夫的末世论历史观》，《黑龙江社会科学》2011 年第 2 期。

她迷得"神魂颠倒",并焦灼不安地渴望着与玛丽亚的再次相见。他向服务生打听心爱的女人的信息,他与玛丽亚曾经的心爱之人险些决斗,他将最初的这种炙热的爱情比作"生了翅膀的感受",他甚至觉得"她肩头生长着长长的白雪般的天鹅的羽翼,而我则是一只企鹅"①。他在最初的爱中仰望着玛丽亚,以至于多疑和自怨自艾。玛丽亚最开始时爱得浓烈而又与他保持着适当的距离,她很少在米什卡的旅店过夜,经常来去匆匆。她不同意米什卡为了与自己长时间独处而在工作中请假,甚至在相恋的开始并没有告诉米什卡自己的住址与真实姓名,保持着自己的神秘感与自由度。

爱情发展到了热恋阶段,米什卡搬到了玛丽亚的房子里和她同住,这一时期是两个人精神最为契合的时候。米什卡把玛丽亚当作了自己的"基利—哈尔达什"——最理想的旅伴。他们蒙上眼睛随手在地图上一指,便定下了周末的旅行地。米什卡觉得"整个世界都充满和浸透了某种震颤、悸动和摇曳着无数人视而不见的快乐"②。热恋的喜悦伴随着巨大的幸福感,爱情的发展到达了顶峰。

然而就像书中所说,爱情的发展就像那个与圆相切的直线,相切点即是爱到深处,而之后便渐行渐远了。米什卡对玛丽亚的爱随着时间的推移消退了,他产生了厌烦感,玛丽亚的宽容变得永无止境。米什卡挑剔着玛丽亚对动物的爱心、对贫穷人的施舍、对"粉红老人"的关照,他意识到自己已经拥有她,而且想拥有多久就拥有多久,于是米什卡的心中"充满虚荣的孔雀似的骄傲"③,这种随着时间推移日益增长的骄傲最终导致了玛丽亚的离开。

正如文章中所说:"时间之轮,你无法停止,也无法倒转!"④ 这种恋情中情感的变化随着时间的推移呈现出了初见的悸动、热恋的痴狂、离别的决然的阶段性,而这三个阶段又是持续相连的,感情的发展不能人为停止或是逆转。在时间长河中,无论多么狂热的爱情都经不起时间

---

① [俄]库普林:《时间之轮》,《士官生》,张巴喜译,新星出版社 2007 年版,第 180 页。

② 同上书,第 204 页。

③ 同上书,第 208 页。

④ 同上书,第 181 页。

的打磨，而最终像舞台剧一般谢幕，成了时间上的过往，成了回不去的曾经。浪潮终有平静，火光总会熄灭。爱情淡了，有的人因为习惯而选择了陪伴，有的人如玛丽亚则选择了永远离开。

### 二 循环时间观下重蹈覆辙式的爱情

"循环时间观将时间理解成一个圆圈"①，世上的万事万物都经过一个周而复始的阶段，在经历了一个周期之后会回到原来的阶段与状态。循环时间观认为从前发生的事件会周期性地再现，或是某种历史特征与相似感会再次出现，这种相似性促使着人类不断地关注过去，从对过去的反思中获得后来人生的经验，同时这种循环性又给人以一种命定的悲哀感与无力感。

《时间之轮》中女主人公玛丽亚的爱情就伴有这种时间上的循环性。她向往爱情，追求爱情，不能否认她对她所爱之人都全身心地投入过，对米什卡如此，对吉奥瓦尼也是如此。

玛丽亚曾向米什卡袒露过自己与水手吉奥瓦尼的爱情，她承认他们曾经彼此相爱，但是因为水手要去做环球旅行，于是二人不得不分离。时间渐渐消解了最初的相爱与思念，时间使得二人的感情熄灭，最终这种爱消散、退去，不复存在了。而玛丽亚与米什卡的爱情似乎是玛丽亚与水手吉奥瓦尼爱情的重现。同样是相爱的两个人，但最终却都永远地分开了，一个是因为两地相隔，一个是观念上的渐渐对立，但都是经历了一个从相爱到热恋再到最终分离的过程。在经历了一个阶段的爱情周期后又回到了自己孤身一人的状态，爱情的炙热伴随的总是分手后深深的孤独与无奈。这就是循环时间观所说的世间万物经过一个周期之后回到了原来的状态，以前发生的爱情事件周期性地出现了，这种爱情发生时的愉悦感与爱情失去后的痛苦是相似的。这种似曾相识的感觉的出现使爱情的经历者感到深深的迷惘和困惑。历史总是惊人的相似，爱情的热度如同抛物线一般达到峰顶后不复从前，这种爱情的循环模式给人以沧桑感的同时伴有浓郁的悲剧色彩。

---

① 闫春宇：《文化视角下的中西时间观——线性与循环时间观比较分析》，《科教导刊》（上旬刊）2010 年第 9 期。

　　但是应当注意的是，虽然循环时间观念下的爱情事件是循环发生且模式相似，但是不同时间段发生的爱情并不完全相同，总有其各自的特殊性。虽然女主人公的两段付出真情的爱情都以悲剧收场，爱情的热度随时间推移也发生了变化，但是显而易见玛丽亚在两段爱情中投入的爱的深浅程度并不相同。第一段爱情中玛丽亚掌握主动性，或许是爱得不够多，随着时间的推移她慢慢忘记了水手吉奥瓦尼。在第二段爱情中她爱得更加投入，她对米什卡一次次地宽容，听从米什卡的建议不去喂马，不去施舍穷人，正如书中所说，"在这种迷狂中掌握主动的却不是那个爱得更多的，而是那个爱得更少的：真是离奇又可恶的怪事！"①第二段感情中玛丽亚爱得更多，却失去了主动性，变成了爱情里面的受奴役者，而这种不平等的地位恰恰是向往自由与独立的玛丽亚所鄙视的，这也使她最后选择离开成了一种必然的结局。

　　"我相信，她最初也以为自己爱他们中的每一个，但很快发现这仅仅是对超越一切的唯一真爱的追寻，仅仅是自我蒙蔽，是激烈而强大的情欲所构置的陷阱。"② 玛丽亚在陷入爱情的最初总是认为自己找到了唯一的真爱，而可惜其遭遇的是情欲陷阱的一次次循环。循环时间观下的爱情，是一遍遍的重蹈覆辙，是类似命运悲剧般的存在。

### 三　线性与循环时间观交错下的爱情悲剧

　　《时间之轮》向我们讲述的爱情是被时间的车轮碾压过的爱情。这种爱情既有线性时间视角下的激情的退却，又有循环时间视角下爱情悲剧的重复上演。在这两种时间观交错影响下的爱情，既无法抓住又不能完全解脱。男女主人公就在爱情的得与失中体验爱情的欢乐与幸福，也体验着爱情的辛酸与痛苦。

　　爱情之花经历了含苞、盛开、凋零的三个阶段，而最终被时间之轮碾压后消散了。《时间之轮》中的爱情是线性时间观与循环时间观交错下产生的爱情悲剧。线性时间观着眼于爱情的线性发展。这种线性发展

---

　　① ［俄］库普林：《时间之轮》，《士官生》，张巴喜译，北京新星出版社 2007 年版，第208 页。

　　② 同上书，第 206 页。

是抛物线式的爱情，是像书中所说的那样圆切线似的爱情，爱情的前期在不断向着顶点运动，到达顶点后的爱情便日渐衰颓。这种爱情的发展一如时间的线性发展，单向发展而不可逆。逝去的爱情不可挽回。时间在流逝，爱情的热度在冷却，没有什么能禁得住时间的打磨，爱情最终也因时间的摧残而倾颓。循环时间观则着眼于爱情事件的周期性上演，爱情经历着一个爱与失去的循环，经历着由充满激情到归于平淡的循环，这一次次对真爱的追寻其实是让自己一次次地陷入自己情欲所构置的陷阱中，而最终无法抽身。这种悲剧的成因是因为时间的不可逆转、相似事件的不断循环，爱情也在这种时间的车轮下被消解，这便导致了小说中玛丽亚与米什卡最后爱情的悲剧收场。

　　用时间考察检验爱情是理智的视角，但是人类对爱情的渴求都往往不是出于理智。这种由感性支配的真诚情感让人忽略了时间里爱情的变化与循环。尽管时间视角下的爱情充满了命定的悲剧感，但是人类对爱情的向往与原始的冲动总是不断激励着人类一次次向爱情朝圣。"爱情的实现虽然常常无法企及但并不否认爱情的瑰丽和美好，这就是库普林爱的逻辑。"① 生命不息，对爱情的追求不止。相对于世间万物，时间之轮在奔腾向前，相对于人类本体，时间之轮在不断循环自转。尽管爱情不断被时间消解，但人类追寻真爱的脚步从来不曾停止。也许，这正是库普林所崇尚的爱情的神圣以及其爱情小说的悲剧精神及诗学体现。

---

① 高健华：《库普林爱情小说的悲剧精神及其诗学体现》，《北方论丛》2009 年第 1 期。

# 第五章 结构与层次：叙述主体和叙事方式

19 世纪末 20 世纪初，俄国的思想文化领域出现了前所未有的繁荣景观。俄国文学已经取得辉煌的成就，出现了一批伟大的作家和作品。诗歌、长篇小说、戏剧等艺术形式已渐臻成熟，中短篇小说的艺术形式也趋于多样。世纪之交的现代化进程使人们的审美观念发生了前所未有的剧变。梅列日科夫斯基、安德烈·别雷、索洛古勃、高尔基、布宁、安德烈耶夫以及库普林等人都是当时享有盛誉的小说家。这些作家的创作倾向各异，其小说文本形态千差万别，显示着这一时代的小说以其独特的姿态实现着世纪转型，呈现出一种前所未有的创新景象。19 世纪末走上文坛的库普林以中短篇小说作为其艺术活动的基础，丰富和发展了这种当时处于边缘地位的艺术形式，并把它推向了新的艺术高度。

## 第一节 人称与视角：库普林小说的内视化

"白银时代俄罗斯文化的全面高涨，并非俄国本土文化独自发展演化的自然结果，而是这一文化与外来文化、特别是西方文化发生撞击之后的产物，是俄罗斯思想与文化以主动积极的姿态汇入现代世界思想文化潮流中而必然产生的现象。"[①] 19 世纪末 20 世纪初，俄罗斯加强了与世界文化的联系和交流，俄罗斯文化自然而然地融入了世界文化的语境。这种与世界文化的交流和联系使俄罗斯的文学艺术能够自由地借鉴

---

① 汪介之：《白银时代：西方文化与俄罗斯文化的融汇》，《南京师范大学学报》（社会科学版）2007 年第 2 期。

各个时期世界文学艺术的经验。在这一时期，西方作品中要求"作者退场"的呼声越来越高。俄罗斯加强了对西方文学中不同流派作家作品的介绍和研究力度。作家们在小说创作中也开始自觉或不自觉地借鉴西方小说的叙事模式。

在 19 世纪末以来有关叙述技巧的探讨中，叙事角度是一个最热门的话题，并且在这方面的研究中已取得十分显著的研究成果。在 19 世纪，绝大部分的现实主义作家都在采用全知视角这种历史悠久的小说叙述视角方法，对全知视角的否定以及内视角的提倡预示着小说视角的发展已经进入了一个崭新的阶段。世纪之交列夫·托尔斯泰就曾经主张过作品应该从主人公的视角来感知世界，应该给主人公讲述故事的权利。他认为"小说中以作者身份进行描述是不合适的。应通过出场人物之口来描述各种事件"①，在这种背景之下，俄罗斯小说叙事艺术开始摆脱长期以来全知叙事占主导性地位的局面，形成了全知叙事与其他外聚焦、内聚焦等限知叙事在小说叙事艺术中异彩纷呈的繁盛局面。

## 一　第一人称叙事的内视化

小说家的叙事观念影响着其叙事视角的选择，对小说叙事视角的选择运用常常能反映了一个特定历史时代作家们的审美追求和精神气质，与这个时代的社会情绪相呼应。库普林的一些小说常常通过主人公的主观感受来反映现实生活中的一切，来折射客观的现实生活，强化了主人公的复杂而丰富的内心世界，淡化了作者的叙述与议论，体现了公开追求"自我表现"的内视化倾向，他的许多作品采用第一人称的叙事方法。

库普林小说的内倾叙事视角，隐约地表现出受西方小说叙事理论与叙事模式影响的迹象，但究其根源，其根本的内因显然源于 19 世纪末 20 世纪初俄罗斯白银时代特殊的本土文化语境。这一时期库普林小说中所表现的叙事艺术特征，反映出白银时代俄罗斯文学蓬勃发展的多元状态以及一部分知识分子的精神诉求。在这种兼收并蓄而百花齐放、作

---

① 参见《由切尔科夫记录下来的托尔斯泰的谈话》，《文学遗产》［俄］第 37—38 卷，第 533 页。

家的价值取向与社会文化语境为一体的文化背景之下，在小说创作中一些作家作品中的第一人称叙事倾向显著增加，并且超越了自传性小说的领域融入一般虚构小说的范畴，库普林的创作在这方面具有代表性。库普林小说中的许多"抒情小说"、自传性作品、回忆录作品都采用第一人称内视角叙事。作家通过作品主人公运用内视角对外部世界进行观察并刻画出人物的心理状态。

事实上，第一人称叙事是一种历史悠久的叙事方式。在欧洲，日记体、书信体小说在 18 世纪就已经开始流行。这种叙事产生新奇、真实的艺术效果，并能更加生动、真实地揭示人物的内心活动和心理状态。俄罗斯小说很早就表现出对这种叙事艺术方法的兴趣，当时的小说叙事已经涉及了内视角叙事的某些特征。在"第一人称叙事"的作品中，作者将叙述者"我"与人物合而为一，亦即"我"来讲"我"的故事。叙述者"我"与人物"我"的关系既亲近又复杂。普希金的《上尉的女儿》和莱蒙托夫的《当代英雄》都是这方面的典型例证。库普林的小说有时用第一人称叙事，有时用第三人称叙事，有时借助讲述人以讲故事的方式叙事。由于有不同的叙事视点和叙事方式，文体风格就呈现出不同的特征，收到不同的审美效果。

库普林的小说艺术特色在于它一方面是客观的，叙事的，一方面又是主观的，抒情的。他的抒情是含蓄的，是包含在叙述过程中的。他的长篇小说《亚玛镇》、《决斗》和《士官生》及一些短篇小说采用了全知叙事的方法，而他的中短篇小说如《我怎样成为演员》、《阿列霞》、《萍水相逢的人》等小说带有自传性，用叙述人"我"来展开叙述，以第一人称直接叙述自己的经历、见闻、印象以及对往事的回忆。

库普林小说中许多作者直接充当叙述者的作品并不采用第三人称，而是采用第一人称。如《阿列霞》、《黑色的闪电》，直接叙述是这些作品的主要叙述手段，但并非采用全知视点。这些作品用第一人称叙述，表现出对西方文论家所称内视角叙事方式的追求。内视角叙事将叙述者与主人公合而为一，叙述者以宽广的视野描述故事发生、发展的过程，同时，叙述者又借主人公的视点来表达叙述者的心理感受，或抒发情感、阐发议论。对小说叙事视角的选择和应用往往体现着作家特殊的观察世界和感受生活的方式。对小说视角的选择深刻影响着小说的整体艺术结构与审美效果。小说叙事中的内视角使用的多少往往决定小说内视化程度的强弱。内视角叙事强调从小说人物的内心向外看的角度叙事，从而展示人物丰富的内心情感和复杂的心理状况。小说创作中人称和视角的选择反映了作者对叙事技巧的考虑，反映着小说家的叙事观念。①

　　在小说创作中，"人称的选择既受制于视角，又反作用于视角，视角必须依仗人称叙述体现出来，人称只有依仗视角才能发挥作用，视角与人称在相互依存、相互影响中共同承担起叙述的任务。叙述是叙述者与读者之间的话语交流活动。小说的最后完成是以读者的参与而告终，但这一过程必须以叙述者叙述的文本结构为前提。"② 所以在叙述者与读者之间的话语交流活动中，叙事人称是作家创作时必须要认真考虑的因素之一，这直接影响到作品被读者接受的艺术效果，作者对视角、人称等问题的选择体现着作家的审美兴趣和倾向。

　　在 19 世纪末 20 世纪初，小说的叙事视角由全知向内视角转换刚刚开始，一般作品仍然采用全知视角，小说叙事中固守比较传统的全知意味，但一些作家的作品已经表现出向内视化的倾斜，有的作品已经表现出很强的内视化，库普林的小说创作在这方面比较具有代表性。库普林小说中有很多事后叙事，在这种叙事中，读者对叙述者"我"与人物"我"之间的距离看得更清楚一些。例如《萍水相逢的人》、《我怎样成为演员》，一是叙述者"我"以现在的角度、追忆往事的眼光在叙事，一是被追忆的人物"我"以过去正在经历事件时的眼光在叙事。在追忆往事这种叙事中经历颇多的叙述者已经积累了对人对事的成熟的看法，这里的叙述角度是一种"胸有成竹"的追忆性视角，读者可以清楚地感觉到叙述者与过去往事之间的距离感。

　　在事后叙事中，正在进行叙述的叙述者"我"所知的信息远远多于过去在事件中感知的人物"我"，因此不能将第一人称回顾性叙述者的视角笼统地归为内视角，但他并不像全知视角那样具有观察自己不在场时所发生事件的特权，这是位于全知视角和内视角之间的一种过渡类

---

① 　本段相关理论及研究方法参见王丽丹《乍暖还寒时——"解冻"时期苏联小说的核心主题与文体特征》，译文出版社 2004 年版。

② 　王丽丹：《乍暖还寒时——"解冻"时期苏联小说的核心主题与文体特征》，译文出版社 2004 年版，第 140 页。

型。这时叙述者与人物之间的关系是既疏离又联系的。第一人称事后叙述具有较明显地向全知视角靠拢的倾向，但与全知视角相比，这种叙述者视角的内视意味显然更强些。

"内视角心理描写是叙述者定位于人物主观世界的内部向外看，通过人物的感觉、印象、情感、意识或无意识去感受外部事物，并把这些感受细致入微地描写出来。从内视角观察到的外部世界，由于受观察主体意识的过滤、折光和扭曲，因此不是十分清楚明亮，它透露出客观世界与主观世界的交融，反映着主观的印象与感受。"① 在《我怎样变成一个演员》里，叙述者一开始就用第一人称开始叙述：

> 这个既辛酸凄惨又发噱可笑的故事——辛酸的成分多于可笑的成分——是我的一个朋友讲给我听的……我试着转述这个朋友的故事。我恐怕不能表达他讲时的那种简单明了、柔弱忧伤的嘲弄口气。②

作者开篇自然而然地引出其所要讲述的故事，并且明确故事是在对往事的回忆中进行的，简短的开篇不仅给读者制造了悬念，而且表达了叙述者追忆往事时的苦涩心情。接着叙述者采用了第一人称内视角进行叙事。回忆性故事中的叙述者"我"与主人公"我"基本合而为一，"我"讲述的就是"我"的亲身经历和随时看到的情景，故事中发生的一切，人物、事件、场面基本上是从主人公的视角来观察的，主人公在讲述自己的亲身经历时可以时常展示自己的内心世界，流露出内心独白和抒情的意味。在这种第一人称的限知叙事里，作家没有靠第一人称叙事达到无所不知、无所不晓的境界，其宗旨是通过讲述自己的经历和故事来表现自我、揭示自己的内心和感知。

第一人称叙事中的主人公"我"的视野往往具有一定的局限性，显得不够广阔，难免会有一些超出其视野之外的事情不便表达，但一些

---

① 王丽丹：《乍暖还寒时——"解冻"时期苏联小说的核心主题与文体特征》，译文出版社 2004 年版，第 157 页。

② ［俄］库普林：《黑色的闪电》，潘照勋、刘璧予等译，上海译文出版社 1987 年版，第 53 页。

对故事情节发展十分重要的信息还必须让读者清楚。这时作者采用预叙（事前叙述）的方法引入主人公日后获取的补充信息。这种补充信息的引入是由叙述者完成的，一般来说，主人公的认识能力是无法完成这种预叙的。在这种情况下，作者有时会采用视角扩张的手法，直接引入全知视角。《我怎样成为一个演员》在进行视角扩张时就做得十分巧妙，使急于想了解事件底细的读者不知不觉中融入作者的思路，丝毫不觉得作品的可信性受到怀疑，维护了作者精心建构起来予人以真实感的整个故事框架。全知叙事视角的引进并不影响作品的内视意味。

> 我住进了旅馆——当然是彼得堡旅馆。我一次又一次地打电报，结果是死一般的静默。是的，的确象坟墓一样寂静。因为就在我钱包被扒走的时候——命运多么会捉弄人——就在那个时候，我那个合资的朋友在一辆出租马车里由于心脏病突发而死了。他所有的东西，包括他的钱，都被封了。为了这种或那种理由，和官员们的交涉继续了一个半月。①

由于叙述自我也完全可以用自己的眼光追忆出这一场景，因此在第一人称叙述时尽管它处于经验自我的视线之中，我们仍不能肯定聚焦者为经验自我。第一人称叙述中特有的双重视角容易造成这样的模糊性。

在《我怎样成为一个演员》、《萍水相逢的人》这种第一人称回顾性叙述中，叙述者"我"追忆往事的眼光和另一位被追忆的"我"正在经历事件时的眼光在交替起作用。这两种眼光可以体现出"我"在不同时期对事件的不同看法或对事件的不同认识程度。在叙述者我以追忆往事的眼光叙事中，作者一般是用过去时叙事。当作者以正在经历事件的眼光叙事时，仿佛一切都呈现在眼前，一切正在进行过程中，叙述自我在这里暂时放弃了自己追忆性的眼光，采用了经验自我的观察角度来叙事。

在《我怎样变成一个演员》和《萍水相逢的人》里，读者可以感

---

① ［俄］库普林：《黑色的闪电》，潘照勋、刘璧予等译，上海译文出版社 1987 年版，第 54 页。

受到叙述者的叙事与事件发生之间的时间距离。在这种第一人称回顾性叙事中，叙述者时常放弃追忆性的眼光而采用过去正在经历事件时的眼光来叙事。由于叙述者用现在时来叙述往事，过去与现在之间的界限被打破。叙述者似乎已完全沉浸在往事之中，一切都仿佛正在眼前发生；可以说，叙述自我与经验自我已融为一体。这样的重合产生了很强的直接性和生动性。

尽管全知叙事也能展示人物的内心活动，但在第一人称经验视角叙事中，由于我们通过主人公的视角来观察所发生的一切，因此读者可以更自然地直接感知人物细腻、复杂的心理活动，读者不仅可以通过人物"我"的眼光来观察一切，而且能够直接深切地了解到"我"内心的痛苦，因此容易对"我"所经历的一切产生同情，对我所体会到的一切产生强烈的共鸣。库普林小说内视化的倾向表明，世纪之交的现实主义作家更加关注人的内心精神生活，光怪陆离的现实生活引发了他们无尽的思索和回味，因此出现了通过个人观察、感受来折射外部世界的内视化作品。第一人称叙事通过"我"来讲"我"的故事显然更具真实感，对于像库普林这样尊重小说的文学性、惯于抒发内心情感的作家具有很强的吸引力。

### 二　第三人称叙事中的内视化

在俄罗斯19世纪的小说中就已经有第三人称内视角叙事的存在。陀思妥耶夫斯基与列夫·托尔斯泰的小说创作中已经非常娴熟地使用这一叙事手段。19世纪末20世纪初大量的跨世纪作品继承了这一叙事传统。这种叙事方式有利于作者将小说中人物的复杂内心世界呈现给读者，从而达到抒情剖析的目的。库普林第三人称小说的内视化标志着俄罗斯小说叙事艺术向前迈出了坚实的一步。

库普林的长篇小说《决斗》和《亚玛镇》以及一些短篇小说如《夜勤》、《麻疹》、《在马戏院里》、《献身者》等，尽管这些小说都是以第三人称全知叙事，但小说中经常出现由人物内心向外看的内视角，使小说显示着浓厚的内视意味，小说中大量使用内心独白、记录印象、意识流等叙事手段，其中不乏主人公内心世界的展示与作者话语相交织的现象。这些作品总体上属于第三人称叙事，但其中频繁出现主人公的

内心独白，在抒情剖析中将人物的内心世界呈现出来。如在长篇小说
《亚玛镇》中对李霍宁的一段描写：

> 他走着，怀着前所未有的慵懒、有时却很专注的好奇心细看着
> 他目光所及的一切景物，每一个细节在他面前都显得浮雕般清晰，
> 他觉得仿佛是用自己的手指摸到似的……一个农妇走过他身旁。她
> 挑着一副担子，扁担两头各有一只很大的牛奶桶。她的脸已不年
> 轻，鬓角上爬满皱纹，从鼻孔两旁到嘴角刻着两道深沟，但她脸色
> 红润，摸起来应该很结实，她那双栗色的眼睛绽放着小俄罗斯人特
> 有的活泼笑意。随着重担的颤悠和均匀的脚步，她的屁股有节奏地
> 左右摆动着，在那波浪似的运动中呈现出一种野性的性感美。
>
> "是个厉害的娘们，经历过五光十色的生活"，李霍宁心里想。
> 蓦地，他连自己也没有料到，他感觉到，并且不可抑制地想占有这
> 个完全陌生的女人。她并不好看，也不年轻，大概很脏，又很粗
> 俗，可是在他想象中，她很像一只安东诺夫卡大苹果，稍微被虫子
> 蛀过，时间放久了些，但颜色很鲜艳，散发着醉人的芳香。①

从以上引文中我们可以看出，这是从李霍宁的内在视角进行观察和
感受的。由此我们可以看到，尽管第三人称叙事一般总是显示出旁观的
效果，但也并不是说明第三人称与内聚焦无缘。当然，第三人称叙事难
以成为类似内心独白式的较严格的内聚焦，它的内视化的程度往往受到
一定的局限。"第三人称内视角与第一人称内视角相比，它具有自身的
优势。首先，因为叙述者既在人物之内（既然人物内心发生什么他都
知道），又在人物外部（既然他从不与任何人物相混同），第三人称内
视角中的叙述者与人物便具有了一定的疏离关系，这就免去了如第一人
称叙事中'我'讲'我'的故事不能'撒谎'的限定。第三人称内视
角的叙述在内容上获得了较大的回旋余地。其次，因为内视角是由第三
人称叙事来执行，因此它具备了第三人称叙述的所有优势。如，它可以
不经请示调动一切视角，达到鸟瞰的境地；无须采用任何手段可以引进

---

① ［俄］亚·库普林：《亚玛镇》，冯春译，上海译文出版社 2002 年版，第 191 页。

各种信息，以示全知的姿态。"①

　　库普林的一些小说大量第三人称叙事作品采用由内向外看的审美视角，从而使作品显示出内倾意味。由于作者关注的重心转移到人物方面，采用人物视角叙事在文本中的比例逐渐增加，叙述者的视角与人物视角相互交融，甚至达到互相渗透，难以区分的境地。以人物的视角看外面的世界，自然流露出人物对外在世界的印象和对生活的直接感受，外在的客观性描述仿佛融入了人物的情绪、情感，小说中的风景、场面等仿佛闯进人物的意识生活中，这就使作者所描述的对象失去了其静态与客观性，而获得一种主观抒情的意味，反映了人物的内心感受。这时的小说文本中时常交织着叙述者与人物两种声音，叙事视角由全知与内视共同担当，有时也会产生一种叙述者似乎消失的感觉，这种叙述者视角与人物视角的融合，使小说文本的内视化程度更强。库普林小说利用第三人称内视角透视人物心理，揭示出了人物真实的内心状况，取得了客观真实的效果。库普林小说中出现了叙述者客观抽象的全知视角让位于人物内视角，或者是叙述者视角与人物视角结合。通过人物的意识反映出的人物、景物、事件，即呈现了外部世界的客观性，也展示了人物内心世界的隐秘和主观性。如在《亚玛镇》中作者通过人物的视角所描述的：

　　　　他站起来，继续往前走，集中不知疲倦的敏锐的同时又是安详的注意力，仔细观察，仿佛有生以来第一次见到这个世界。一群石匠顺着马路从他身旁走过，他们仿佛通过照相机暗箱里的毛玻璃反映到他内心的视野，显得分外鲜明和灿烂。一个年长的工人蓄着一把歪向一边的红胡子，长着一双严厉的浅蓝色眼睛；一个身材魁梧的小伙子左眼红肿——所有这一切都像一条色彩斑斓的无声电影胶片从他眼前闪过，显得死气沉沉。②

---

　　① 王丽丹：《乍暖还寒时——"解冻"时期苏联小说的核心主题与文体特征》，译文出版社 2004 年版，第 173—174 页。

　　② ［俄］亚·库普林：《亚玛镇》，冯春译，上海译文出版社 2002 年版，第 192 页。

在这里我们可以看到，《亚玛镇》中从全知视角到内视角的转换毫不牵强，即叙述者从叙述事件到人物内心的过渡十分巧妙，段落上的过渡与衔接处理得干净利落，人称与视角的协调与配合十分自然。人物内视角的使用的频率越高，文本的内视化就越强；文本的内视化意味越浓。

内视角的叙事在 20 世纪 20 年代以后的俄罗斯并未形成小说创作的主要叙事方式。十月革命以后，全知视角一直是苏联文学长期以来主要的叙事方式。当时的苏共强调每一个作家进行创作时，都要本着教育人民、改造社会的目的，要考虑自己的作品对社会和人们的世界观可能产生的影响。尤其是作为"左"倾文化思潮的滥觞，"无产阶级文化协会"、"拉普"等组织的庸俗社会学的文学批评，不停地对文化精英们扣帽子、打棍子、口诛笔伐，这就使作家无法也不可能过多顾及自己的主观情感和个人的内心感受，只能小心谨慎地按着"苏联公民"的行为原则，以中规中矩的艺术手法去表现瞬息万变的国家现实和社会风貌。社会政局的变幻莫测和残酷的文化专制使作家不得不小心翼翼，唯恐招致对号入座而给自己带来灭顶之灾。所以一般作家尽量避免使用第一人称内视角的叙事方式。即使是许多自传性较强的作品，也有意回避使用第一人称，而采用第三人称的全知型叙述方式叙事。尽管在"解冻时期"也曾有一段时间存在过较宽松的文化环境，作家们可以写得较为得心应手，但在这以后文化的专制还是长期取代了文化的自由。当然，有些作品也并非自始至终采用全知视角叙事，在采用全知视角叙事的同时，其中也有采用第三人称内视角的现象存在，偶尔也出现内心独白、意识流等这些内视角的手段，甚至包括下意识的生理本能、潜意识及其梦境和幻觉等对人物心理和主观意识活动的描写。但这种内视角的叙事只是在一些作品中零星地出现，并未形成小说创作的主要叙事方式。

### 三　内视化与库普林小说的抒情特色

对于一个注重小说叙事艺术的作家来说，小说中的叙事视角是可以灵活地转换或艺术地扩张的。在普通的全知叙事中，读者一般通过叙述者的眼光来观察故事世界，包括人物内心的想法；而在库普林的一些小说中，叙述者常常用人物的眼光取代自己的眼光，让读者直接通过人物的眼光来观察世界。当然，叙述者不可能完全放弃自己的眼光。库普林小说常常通过视角转换或视角扩张的手法，把小说的视角从叙述者转移到人物的视角上来。在长篇小说《亚玛镇》中，库普林不断地用叙述者的叙述，慢慢地、不知不觉地转移到人物视点的叙述，然后再恢复到叙述者的叙述中。在库普林小说中的这些叙事视角的转移都是自然的，使读者顺从地追随着作者，不知不觉地也从作者的视点转移到人物的视点，然后又回到作者的视点上来。

　　如前所述，库普林的小说如《阿列霞》、《萍水相逢的人》、《我怎样成为一个演员》等篇采用第一人称内视角叙事。在这些小说中，作者把叙事者"我"与主人公合二为一，我即是事件或故事的亲历者，也是讲故事的人。因此读者可以从叙事者的叙述中体会到人物在整个事件发生前后的感情经历，了解他们的喜怒哀乐。而在《画家的毁灭》、《生命的河流》等篇中，作家采用了视角模式转变的方式，小说叙事从全知视角巧妙地转换成第一人称内视角。这样，读者即可了解到小说人物本身不在场时所发生的事件，又可体验到人物本身的复杂心理感受，还可以体会到作者本人通过叙述者对人物事件所持有的态度。在《黑色的闪电》、《追求名声》等篇中作者从第一人称外视角叙事转换成第一人称内视角叙事，在《亚玛镇》、《决斗》、《摩洛》等中长篇小说中大量存在着第三人称全知视角向第三人称内视角的转换。视角的转换丰富了小说叙事艺术的表现手段，产生了更好的艺术效果。

　　我们从库普林小说这种灵活多变的叙事方式上可以发现，在库普林小说的构思上，作家不仅仅以旁观者来描述现实的存在，而且常常站在主人公的立场来感受、体验现实生活。在库普林采用视角转换或扩张的这些小说里，叙述者"我"与故事主人公的交往以及故事中人物的见闻，所有的一切常常是以一种平实的笔调加以叙述的，然而"我"的心境，"我"对眼前一幕幕情景的感受，也在客观叙述中自然流露出来，形成了一种耐人回味的印象。事实上，作品的主人公常常正是作为作者化身的叙述人"我"。作者所要表达的不仅仅是现实本身，而是俄罗斯这块古老大地上人们的命运所引起人的淡淡的忧伤和无言的悲哀。整个叙述变得更加沉郁，渗透出浓厚的抒情意味。

正是这种内视角的使用和转换，使库普林小说呈现了明显的内倾意味，呈现出抒情小说的特色。库普林不仅是用自己的语言，而且是用自己的心灵来书写世纪之交俄罗斯现实中的人和事，同时又衬托以自己的人生际遇，从而激荡起读者情感的波澜。库普林"特别善于在自己的作品中将叙事与抒情结合起来"①。他的小说包含真挚的情感、追求自然朴实的风格，是抒情性文体的典范。他在俄罗斯民间大地上的苦旅，也是体验民族精神和情感的文化苦旅。作家用内心的眼光观看种种人生世相，其小说如一滴滴水晶般的露珠，映照出形形色色的人的内心世界，也映照出许多令人困惑和无奈的人生社会问题。

"19 世纪的俄罗斯小说就是以多余人性格、小人物性格、新人性格、忏悔贵族性格、思考型主人公性格以及他们之间的复杂关系作为串联的线索。20 世纪以降，心理小说大潮涌起。如果说性格小说侧重人物性格与外部环境关系的话，那么心理小说则注重人物内心世界深层心理的表现，人物的心理流程成为推进小说情节演变的依据。心理描写是创作小说的直接目的，描写手段也是由内向外辐射，借用内心独白、自由联想、记录印象等方式，促使人物内在的情绪、感觉、思想外化。人物的心理活动占据小说结构的中心。如果说在故事小说中人物主要是与事件发生关系的话，那么，在性格小说中人物主要是与环境发生碰撞，在心理小说中人物主要是与时空直接联系。"②库普林的很多小说体现出心理小说的特点。《决斗》、《夜勤》、《宿营地》等篇都是很好的例证。这些小说都在有限的时空内展现人物心理的流程和情绪情感的变化，人物的心理活动是这些小说的重要表现对象。库普林在其小说中大量使用了内心独白、自由联想、意识流等手段，主人公内心世界的变化推进了小说情节的发展。

在库普林的小说中，呈现出语义显现层和意蕴深隐层相结合的结构方式。例如《决斗》中年轻少尉罗马绍夫在军中的经历和命运构成了小说的表层结构，其意蕴深隐层则显示着俄罗斯社会军队内部的腐

---

① Игонина Н. А. "Соприкосновение с поэзией" в прозе А. И. Куприна \ \ русская речь，No. 4（2011），с. 8.

② 黎皓智：《俄罗斯小说文体论》，百花洲文艺出版社 2001 年版，第 93—94 页。

败混乱。小说写了罗马绍夫所处的令人窒息的外部环境以及由此给主人公内心造成的空虚、寂寞和困惑，从而展现了人物生存的空间给人心灵的重压。"结构是作家处理情节的一种技巧，从审美的角度来看，结构是作家处理情节的某种心理情绪。作者依据一定的意图或主题提炼生活事件，并按照一定的逻辑关系组织它们，从而保证结构的统一性、多样性和有机性。"① 库普林小说经常使用由人物内心向外看的内视角，突出人物的主观感受，展现人物丰富复杂的内心世界。库普林对俄国军役制度的腐败、军官生活的空虚堕落、底层士兵的受奴役地位的描写不仅真实、典型，而且富于情感，表现出深沉的思考。作家正是站在人本主义的立场，通过主人公对现实空间反人文性质的切身体验和感受，以主人公内视化的视点，表达了作者本人的愤懑和忧伤。

　　强调主观性，写人物内心世界的真实状况，追求主人公内心情感的真实，是情感表现诗学的主要特点，也是 20 世纪新小说的主要倾向。传统的现实主义文学一般着重地描写外部现实，而库普林将现实主义的笔触拓展到人的精神领域，他写出了人的内心世界的现实。库普林是善于描写人的内心世界的作家，因此他的现实主义是一种心灵的现实主义。② 帕乌斯托夫斯基说："他的作品给人留下随意虚构的印象，其中洋溢的情感是前所未有的。"③ 在表现论的理论中，文学是艺术家的自我表现，是艺术家内心世界的外化，而不仅仅是对现实世界的摹仿。因此，像库普林这样具有浓厚抒情意味的作品是不能仅仅用摹仿论的诗学来阐释的。④ 库普林的小说具有浓厚的诗意和抒情性，正如托尔斯泰所说："库普林身上没有任何虚假的东西。""他还太年轻……当他大谈自由主义的时候，就显得力不从心，而当他表现情感的时候，就变得很强

---

① 黎皓智：《俄罗斯小说文体论》，百花洲文艺出版社 2001 年版，第 78—79 页。
② 张晓东：《情感的诗学——亚·库普林小说诗学初探》，硕士学位论文，北京师范大学，2000 年，第 1 页。
③ ［俄］帕乌斯托夫斯基：《面向秋野》，张铁夫译，湖南文艺出版社 1994 年版，第 187 页。
④ 张晓东：《情感的诗学——亚·库普林小说诗学初探》，硕士学位论文，北京师范大学，2000 年，第 1 页。

大……"① 库普林"善于将抒情因素有机地融入自己的短篇和中篇小说，他所有小说都在某处程度上渗透着含蓄的抒情意味"②

　　人本主义强调人的重要性，人是衡量一切价值的标准。19 世纪 90 年代以后，库普林对社会现实的认识日益深刻，这使他的作品有了新的内涵。他塑造了一系列主张变革旧生活，向往光明未来的知识分子形象，侧重描写知识分子的精神探索和精神更新，如《摩洛》、《阿列霞》、《献身者》、《生命的河流》、《列诺奇卡》等。库普林追求尽可能多的人生体验，关注普通人主观世界和内心情感，他的小说常常独到地表现了一些普通人的人生体验和精神世界。

　　中国诗学向来重视对人情感世界的关怀，所谓"有感而发"、"不平则鸣"都是与表现诗学理论相契合的。《诗大序》中说："诗者，志之所知也，在心为志，发言为诗。情动于中而形于言，言之不足故嗟叹之，嗟叹之不足故歌咏之，咏歌之不足，不知手之舞之，足之蹈之也。"情感表现诗学并非为东方诗学所独有，较为完备的表现论的理论在 19 世纪初已经形成。在贺拉斯、朗吉努斯的文论中已经有表现说因素的存在。在 19 世纪末 20 世纪初，契诃夫的小说就已经表现出淡化情节、关注人的内心情感和潜意识的特征，体现出浓厚的抒情意味。库普林的小说重视人对外在现实的体验、感受和反思，在叙事文学的抒情性上向前迈进了一步。19 世纪末 20 世纪初，"为人生"的俄罗斯传统的现实主义发生了较大的变化。库普林小说在继承传统的基础上又有许多创新，他为叙事文学的发展做出了新的贡献。库普林小说继承了俄罗斯文学人道主义的优良传统，他的作品体现了对"小人物"命运的深切关怀，而且库普林对"小人物"的关怀体现在他对"小人物"主观世界、精神情感方面的探索和挖掘，体现在他站在存在的立场对人生存的原生态的深切关注。

---

　　① ［俄］马科维茨基：《在托尔斯泰身边·亚斯纳亚·伯良纳笔记》，转引自俄罗斯科学院高尔基世界文学研究所集体编写《俄罗斯白银时代文学史》，谷羽、王亚民等译，敦煌文艺出版社 2006 年版，第 2—121 页。

　　② Игонина Н. А. "Соприкосновение с поэзией" в прозе А. И. Куприна＼＼ русская речь，No. 4（2011），с. 9.

#### 四　从《生命的河流》管窥库普林小说的叙事艺术特色

库普林的中篇小说《生命的河流》自发表以来，以其独特的叙事方式受到许多评论家的关注。《生命的河流》成篇于1906年。故事情节并不复杂。安娜以开低级旅店为生，整天在她吵吵闹闹的儿女与花言巧语的中尉中间煎熬心血，这也养成了她势利、吝啬甚至冷酷的一面。而在她的旅店中居住的大学生由于某种未知的原因自杀，自杀前大学生完成了其内心独白的一封信。大学生死后，安娜的生活依旧按照其原本的方式进行，仿佛一切并未发生。这是该小说的主要情节脉络。

（一）叙事视角的自然转换

小说叙事的视角决定着小说家不同的审美取向，作家可以选择不同的角度去讲述自己的故事。也就是说，叙述者如同电影镜头一样移动与跳跃，以期能以独特的方式，最符合自己心意的角度来实现自己的审美意图。不同的叙事视角可以达到不同的叙事效果。

在《生命的河流》这篇小说中，作者在讲述故事的过程中明显经历了两次视角的转换。在描写女主人安娜的日常生活时，库普林采用了全知视角，即上帝视角，详细地描写安娜与孩子，安娜与中尉的琐屑生活，从日常生活习惯深入了人物的心里，将安娜的性格进行了生动的刻画。接着，小说的叙述重点自然转向了第一次来安娜店里的大学生，转向了大学生所写的一封信。在叙述重点转换的同时叙述视角也发生了变化，从全知视角转向限知视角。在限知视角中，作家并没有采用传统的现实主义写作手法，告诉读者大学生的名字，大学生所经历的一系列事件，作家只是以第一人称叙述的方式着重描写大学生生前留下的那封绝笔信。至于大学生为何写这封绝笔信，这封信写给谁，作者一概没有提及。关于大学生的一切都是未知的。在限制性视角下，一切都陷入了神秘，文本给读者留下了众多的阐释选择与阐释空间。大学生死后，小说的叙事再次由限知叙事转向全知视角，通过对于安娜以及周围人的言行描写凸显出人与人的隔膜。

全知视角与限制视角的转换使得读者处于对于故事中的一部分事实可知，而对于另一部分未知的状态，因此读者可以在可知与未知中根据现有的事实进行独立的理性思考。而第一人称叙事与第三人称叙事链接，这种叙事方法使得不同的人对待同一件事产生不同的认知和结论。在第三人称叙事中，大学生的死亡被看成是懦弱的表现，令人感到有些莫名其妙。如小说中的警长所言"这些大学生们简直使我莫名其妙。不想念书，打起红旗，开枪自杀。他们也不想想，这对他们双亲将会怎么样。这些穷学生呢，见他们的鬼去吧！"① 然而在大学生的绝笔信中，他自己并不这样看待自己的死亡，死亡虽然是无奈的，但自己并不懦弱。大学生只是痛苦，只是无可奈何，除自杀以外别无选择。在第三人称视角下，人们只是简单地进行道德评判，并没有严谨的逻辑与推断。而在第一人称的书信中，大学生对自己的痛苦，自己的选择进行了思维缜密的表述，清楚地阐述了自己为何选择自杀这一方式结束自己的生命。这一视角展现的是大学生对于当时社会现实的不满与无奈，对于自己性格缺陷的懊悔与忧虑。他的伙伴可以为了生存可悲地放弃尊严与信仰，而大学生所追求的只是一个出路，一个让他忘记自己可悲的性格与他人嘲笑的苟延残喘的出口。在没有更好出路的情况下，死亡才是最终的道路。

叙事视角的转换，不同人称叙事讲述不同的事实与逻辑相互穿插，彼此互补，使得读者清晰地看出面对同一个事件，不同的人，旁观者与经历者之间的感受千差万别。同一件事情，获得的结论完全不同。作者在这里也想通过旁观者与经历者的这种迥异的判断来告诉读者，误解存在于生活各处。达到人与人无差别的沟通，人与人之间的相互了解和理解绝非易事。在每个人的生活中，他人的误解常常伴随着一个人的一生。这也许正是作家本人的思想感受。生活在现实社会中的作者可能通过作品表达这种不被理解的苦痛，把这种痛苦通过自己小说中的人物表现出来。在小说的结尾，大学生年轻的生命变成了一具冰冷的尸体，原本应该写清姓名的标签被标上了代表身份的数字。这种极客观的表现方式更刻画出生命的可贵与现实环境的凉薄。随着生命的消失，一切生活中美好的东西也将丧失，代表死者的只有孤独的符号。这也是作家本人对生活和生命的感受和理解。

--------

① ［俄］库普林：《库普林选集》第 1 卷，蓝英年译，人民文学出版社 1981 年版，第263 页。

（二）特殊的人物形象的建构方式

在《生命的河流》中，库普林没有采用全知视角交代大学生的身份以及在他身上所发生的一切。尽管小说中描写女主人安娜的生活篇幅占据着小说很大部分的叙事空间，但实际上，留给读者强烈印象的主人公还是留下绝笔信后开枪自杀的大学生。作者采用特殊的方式建构大学生的人物形象，这种方式以大量的心理独白为基础。尽管内倾性是现实主义小说必不可少的一部分，但将内心独白作为建构人物形象的主要手段，这样的作品在俄罗斯 19 世纪的传统现实主义小说中并不多见，这也是这部小说的独特之处。而小说主要的情节以及作者想表达的深刻思想则隐含于大学生的绝笔信中。所以，对这封绝笔信的分析对于解读该小说中作者的创作思想以及分析大学生的形象有着重要的意义。

库普林是俄罗斯 19 世纪末 20 世纪初白银时代的著名作家。因此，在 20 世纪前中期盛行的结构主义文论为我们更好地从结构方面解读库普林小说提供了可能。在众多的结构主义文论中，评论家格雷马斯以及其格雷马斯矩阵的巨大影响，包括他自身与俄国文学的特殊关系，对于我们解读《生命的河流》有着深刻的启示。因此，我们可以通过格雷马斯矩阵来尝试解读大学生绝笔信中未能用文字直接表达的深意。

在评论家格雷马斯对于小说结构的分析中，他认为当时的所有小说都有着固定的模式，小说家们只需要运用这种模式，用语言对文章加以润色，一部小说便可以诞生。这是解释小说结构的格雷马斯矩阵的基本含义。在矩阵中，小说的主人公被设为 x，而与他相矛盾，相对立的角色被设定为反 x，与主人公密切联系的角色为非 x，非 x 与主人公 x 之间关系紧密且并不对立，而次要配角中也有一些与主人公 x 对立的角色，格雷马斯为其命名为非反 x。主人公 x 与主要对立者反 x 之间，x 与次要对立者非反 x 之间总有着某种冲突，这种冲突不可避免，无法调节，但也构成了小说故事的主线。格雷马斯认为以叙事为主要形式的小说都逃不出这种 x 与反 x 之间的对立。

结合《生命的河流》中的绝笔信，我们确实可以发现格雷马斯矩阵的存在。在绝笔信中，小说中的大学生就是主人公 x，这一点毋庸置疑。那么与主人公 x 对立的反 x 又会是谁呢？在绝笔信中我们并没有发现太多的人物，主要是大学生的母亲以及宪兵上校。大学生对这两个人物并没有太多的好感，虽然信中表达出"我的灵魂被卑鄙的怯懦所玷污、所毒害，她（指母亲）是第一个原因"①，而宪兵上校愚蠢、狭隘、刚愎自用，极其令人反感，但这两个人主要出现在大学生回忆往事的过程中，并没有得到着重的描写，所以在矩阵中，他们都应该是次要的反对者：即非反 x。而对大学生影响更大的则是他在信中所提及的某个运动，正因为这个运动，他才走上了自杀的道路。在格雷马斯矩阵中，反 x 一定会存在，那么与主人公 x 相对的反 x 究竟是什么？

在大学生的自我独白中，他这样写道"并非我一个人毁于这种道德传染病。……在没有个性和言论自由的气氛中生长起来的……因为人的灵魂默默地变得卑微，要比世界上的所有街垒和枪杀更可怕。"② 在独白中并没有提及与反 x 有关的人物，但如同上文，他多次提及思想，提及灵魂与自由，也提及他的伙伴因审讯招供，而他自己也被宪兵威胁，再结合这部作品的写作时间——1906 年，我们可以推测矩阵中的反面角色，与主人公对立的反 x 并不指的是传统现实主义小说中的某个人物，而是发生于 1905 年沙皇俄国对于无产阶级革命的镇压。这次镇压显然对大学生的生活产生了极大的影响，而且在信中相关的描写也可以证明，当时确有一场革命的发生。在处理尸体时，警官也说过贵族，神甫，商人的子弟参与其中。可见当时这场革命的波及范围之广。

在俄罗斯历史上，1905 年革命被斯大林认为是布尔什维克领导的第一场革命。在这次革命中，罢工与示威成为主要手段，沙皇的军队革命进行了血腥镇压，彼得堡的街头满是革命者的鲜血。在大学生的绝笔信中，我们可以得知大学生也是这场革命的参与者，并被逮捕审讯。由于抵挡不住宪兵的威逼利诱，大学生懦弱的性格使他招了供。这让他陷入了极大的痛苦之中。性格上的缺陷被他无限放大，自责和悔恨日渐加深，最终在无法自拔的痛苦中找不到出路而选择了自杀。

在格雷马斯矩阵中，我们找到了使大学生自杀的最终原因。对革命进行的暴力镇压以及随之而来的自责，矛盾，不被理解，这些反 x 一步

① ［俄］库普林：《库普林选集》第 1 卷，蓝英年译，人民文学出版社 1981 年版，第255 页。

② 同上书，第 257 页。

步地刺激主人公，让他走投无路。

从某种角度上看，这封信不仅仅是小说中大学生的个人独白，而且明显带有作者本人的自述色彩。评论家帕乌斯托夫斯基在提及库普林时曾说，"库普林真正使我们深感震惊的是，他对生活的任何一个领域都有自己独到的认识。这些认识之所以特别珍贵，是因为它们都是观察日常生活的结果，所有感受都是作家自己耳闻目睹，并且亲身经历过的现实"。① 库普林作品中的自传性是被众多评论家所认可的。《生命的河流》里的母亲形象也一向被认为是库普林母亲的化身。在如此强烈的自传色彩中，我们也可以通过大学生的绝笔信找出隐藏在大学生话语之下的作家本人对于革命的态度。

一方面，作家对于革命给予了深切的希望。1905 年日俄战争的落败，沙皇改革的失败，内忧外患，彼得大帝时期的全盛俄罗斯帝国被衰老与失败笼罩。革命潮流汹涌澎湃，革命形势刻不容缓。在绝笔信中，作家也这样写道："疯狂的幻想，自由而热烈的思想。我的智慧贪婪地向他们张开了。"② 革命是一种契机，俄罗斯帝国继续存活下去的契机。然而另一方面，信中的内容又充满了虚无主义的色彩。对于死亡的恐惧，对于死后世界的猜测，对于生存意义的讨论，这些都不会是一个全身心投入革命的人的正确想法。但这些想法为何又会留在信中，成为大学生以及作者的独白？这恐怕也与库普林的革命观有关。库普林欣赏革命，认为革命带来生机，英雄主义带来希望，但矛盾的是，他对于无产阶级暴力革命的手段始终存有异议。革命必然带来传统文化的土崩瓦解，以暴力夺取政权的革命手段会导致俄罗斯传统文化的消失，以及广大民众的血流成河与流离失所，这一切是作家所不愿看到的。作家时常在支持与怀疑的立场中左右徘徊。这一点在大学生的绝笔信中也可以分析得出。当革命大势所趋，当暴力成为常态，一个人的反抗杯水车薪，失望之情埋藏在内心深处，作家需要寻找出口排解这种情绪，所以现实的失望转向了内心的虚无，虚无主义的思想倾向便由此产生，在小说中

---

① ［俄］帕乌斯托夫斯基：《文学肖像》，陈方等译，人民文学出版社 2002 年版，第110 页。

② ［俄］库普林：《库普林选集》第 1 卷，蓝英年译，人民文学出版社 1981 年版，第257 页。

通过人物表现出来。

通过独白这种特殊的人物性格建构方式，读者可以清晰地看到作品中人物思想的全部，对人物的性格特征以及内心感受也能更充分地了解。同时作为统领小说全局的小说创作者，将自己的思想蕴含其中，这也使读者在阅读的过程中可以领略作家本人的思想情感。

（三）"河流"的意象

在《生命的河流中》中，作家采用了大量的意象，这也集中体现在绝笔信中。意象并不是传统现实主义小说的典型特征。意象的运用在19世纪的现实主义小说中也并不常见。而在19世纪末20世纪初的白银时代，以象征主义诗歌为代表的象征主义蓬勃兴起，这种文学思潮势必影响着新一代现实主义作家的小说创作。库普林的小说也必然受到一定程度的影响。

在绝笔信中，我们可以看到很多意象的运用。"火鸡""老鹰""自由的太阳"等，结合当时俄国社会波云诡谲的现实以及处于萌芽之中的无产阶级革命，这些词汇的寓意十分明显且易于理解。如果我们纵观全文，可以发现有一个意象是如此的明显且寓意深刻，那就是"河流"的意象。

在绝笔信中，大学生这样慷慨激昂地描述河流："我们所有的事业、话语和思想——都是溪流，地下泉水的细流。我觉得，我看见它们怎样相遇，怎样融成泉水，怎样渗出水面，汇成小河——而转眼间已经湍急而浩浩荡荡地奔腾在无法扼制的生命的河流之中了。生命的河流——这是多么巨大啊！它早晚会把一切都冲刷掉，会卷走禁锢精神自由的一切堡垒。"① 在神话原型批评中，河流作为一种意象具有多重解释，这些解释之间甚至彼此矛盾。首先，河流是希望的象征。古希伯来人游荡在炽热而干燥的沙漠中，水源成为决定其民族命运的最重要的一环，哪里有水，哪里就有生命。中东地区仅存的几条河流都成为了希望之地。这种思想也写入了《圣经》之中。《圣经》中，井水与河流都给予人希望，有二者的地方就有幸运的事情发生。对于俄罗斯人而言，尽

---

① ［俄］库普林：《库普林选集》第1卷，蓝英年译，人民文学出版社1981年版，第260页。

管宗教派别略有不同，但《圣经》也是俄罗斯民族的精神信仰的支柱。对于俄罗斯作家而言，他们的创作与《圣经》都有着潜在的精神联系。几乎每一个俄国作家的创作中都会有着《圣经》影响的烙印。他们对于《圣经》之中意象的运用驾轻就熟。对于库普林来说也是这样。在上面引用的这段话中，河流预示着革命与希望，因为当时的俄罗斯帝国病入膏肓，而革命会如同河流一样荡涤一切恶势力，会毁掉一切禁锢精神自由的堡垒。这是作家的希望，也是当时无产阶级革命者的希望。

然而，河流的另一层寓意也不得不引起我们的重视，那就是毁灭。河流荡涤人世间的一切，包括善良，也包括邪恶。河流在对一切摧枯拉朽的荡涤过程中未必能对事物有所区分。希腊神话中，神对于人的无数次的惩罚都是通过河流完成的。一场大雨，河水冲刷，寸草不生。所以在绝笔信中，作者也在怀疑，革命会带来希望，但是否也会带来毁灭？结合库普林对于暴力革命的态度，对于"河流"的这一象征寓意也不难理解。

综上所述，作家将这部小说命名为《生命的河流》有着深刻的寓意。河流既能毁灭万物，也可以带来希望。究竟是毁灭还是拯救，恐怕选择权掌握在当时的革命者手中。《生命的河流》一直被认为是库普林中篇小说中的代表作，究其原因，笔者认为其独特的叙事方式，即叙述视角的自然转换，特殊的人物形象建构方法以及典型意象的运用，在19世纪末20世纪初的俄国文坛具有创新的意义。库普林为俄国小说学叙事艺术的发展做出了独特的贡献，也奠定了库普林作为白银时代的新一代现实主义作家的重要地位。

## 第二节　情节与情境

自踏上文学道路之初，库普林就"善于引起读者的好奇心，以意外的结局令人感到惊奇"，此后一直重视在小说描写"引人入胜的情节、有趣的故事"①。与此同时，库普林小说由于多种叙事手段的灵活

---

① Крутикова Л. В. "А. И. Куприн". Издательство "Просвещение", Ленинград, 1971, с. 14.

运用，各种叙事模式的综合借鉴，形成了其在叙事艺术方面的独特风格。萨特曾经说过："人们不是因为选择说出某种事情，而是因为选择用某种方式说出这些事情才成为作家的。"① 这句话说明了对小说文本的叙事方式、叙事模式等进行叙事学研究的必要性。库普林不仅是"语言大师"，也是"情节和结构大师"②，他在继承俄罗斯批判现实主义传统的基础上形成了自己独特的叙事技巧，为俄罗斯中短篇小说艺术的发展做出了贡献。库普林同契诃夫一道将短篇小说这种艺术体裁充分完善，使其成为不逊色于其他文学体裁的叙事艺术，使之成为哺育20世纪俄罗斯文学的宝贵营养之源。

## 一　库普林的情节小说

情节小说的叙述模式是以一个故事作为核心，围绕故事来安排结构，以讲故事为基本的叙述手段。这种叙述方式是按时间来讲述事件，有始有终，有悬念，有矛盾的高潮，一般有完整的、令读者印象深刻的结局。情节小说的魅力是其故事的非常态和戏剧性。16世纪以来的西方小说创作都基本上是以故事作为小说的核心和基础，情节在小说的叙事模式中一直占有统辖的地位。按英国 E. M. 福斯特的观点，故事与情节虽然密不可分，但又不能等量齐观，单单按照时间顺序来叙述事件可称为故事，而情节更注重因果关系，故事是为了满足人的好奇心，而情节则要求逻辑的参与。③

短篇小说因为篇幅的关系，一般来说它对故事的依赖性更强，更突出情节和戏剧性，因此短篇小说能够凭有限的篇幅吸引读者，在很短的阅读时间内给读者造成强烈的刺激并留下深刻的印象。传统上认为，优秀的短篇小说应该具有强烈的戏剧性和吸引人的故事情节，并且结构要紧凑、巧妙，富有逻辑性和美感。不少短篇小说却是情节小说的佳作。库普林的中短篇小说中的《最后的演出》、《阿列霞》、《石榴石手镯》、《我怎样变成一个演员》、《象》、《黑色的闪电》、《神圣的谎言》、《怀

---

① ［法］萨特：《萨特文集》第 7 卷，施康强译，人民出版社 2000 年版，第 108 页。
② Волков А. А. Творчество А. И. Куприна. М. : 1962, с. 430.
③ ［英］福斯特（E. M. Forster）：《小说面面观》，花城出版社 1984 年版，第 75 页。

表》、《错乱》、《摩洛》、《钢琴师》、《医生》、《画家的毁灭》、《皮拉特卡》、《黑雾弥漫》、《在地下》、《白哈巴狗》等都可列为情节小说。库普林的情节小说继承和借鉴了西方和俄国的传统叙述模式，这些小说都基本采用写实的叙述手法，具有吸引读者的故事情节和戏剧性冲突，能够体现出相对清晰的理性主题。他的情节小说一般采用全知叙事视角，相对遵循自然的时空规律。与同时代其他作家的情节小说相同的是，库普林的情节小说都有一个表现戏剧性冲突的外在情节，其中的关键是事件或人物之间的平衡关系被打破或重建，人物之间的关系发生变化。

　　库普林早期的情节小说结构比较简单。以他的处女作《最后的演出》为例，这是一个时间跨度很小，仅在几个小时之内发生的，局限在一个故事框架内的故事。在这篇情节单纯紧凑、叙述手法比较传统的小说中，给读者造成强烈冲击的是小说的结尾女演员在遭到情人的遗弃后在演出中假戏真做服毒自尽，以示对虚伪无情的现实的反抗。库普林上述情节小说结尾也都能使读者产生强烈的印象，产生出奇制胜或出人意料的结尾。库普林的两部著名长篇小说《亚玛镇》和《决斗》的结尾也具有相同的艺术效果，小说的结尾出现矛盾的高潮，令人感到意犹未尽时而戛然而止。

　　库普林后期的情节小说篇幅相对加长了，由原来的几个小时加长到数天、数月、数年。他的后期小说叙述视点也发生了多样变化，小说叙述中内在视点与外部视点交替使用，大量增加了对常规生活状态、非戏剧性冲突时刻即情境的叙述以及非情节因素如抒情因素、议论因素的引入和自然景物的描写等使其情节小说变得复杂。经常将紧张的情节和剧烈的矛盾冲突融入日常生活的背景中去，常常不惜笔墨地描写人物生活的平常状态和情景。

　　在《阿列霞》中，作者在叙述"我"与阿列霞爱情故事之前，不厌其烦地描写了"我"所到的波列西耶边地的枯燥烦闷的生活，以及那里的居民贫乏、困顿、空虚的生活状况，这不仅交待了阿列霞爱情故事发生的背景，更突出了在这偏远的穷乡僻壤里阿列霞的美和人格的魅力，从而使这一爱情故事更产生了感人至深的艺术效果。

　　在《黑色的闪电》里，作者在交代守林员所讲述"黑色的闪电"

的故事之前，也对叙述者"我"所居住和生活的环境进行了较详细的背景描述，对"我"与守林员相识的一次聚会进行了从头至尾的详细交代。在这些几乎无事的情节铺陈之后，再以我与守林员一同离开聚会的路上的对话，插入了守林员所讲述的关于"黑色的闪电"的亲历故事。而在守林员所讲述的"黑色的闪电"的故事中，也有不小篇幅是关于其所见黑色闪电的来龙去脉的铺陈。整个故事的节奏显得有张有弛、舒缓自如。法国现代叙事学代表人物杰尔拉·日奈特将这种叙述称为"综合性叙述"。这种手法本来在长篇小说中比较常见。在俄国契诃夫将这种叙述手法成功地引入短篇小说的创作中。库普林在自己的短篇小说创作中继承和发展了这种叙述手段，发挥这种叙述的独立表现功能，创造出一种独特的叙述样式，使其成为其情节小说的有机组成部分。这种"综合性叙述"既有一定的情节特征，又作为一个相对独立的部分插入整个小说的情节叙事当中，形成一种独特的叙事结构，从而调整了叙事节奏，造成情节之间的间歇和疏密。正是这种节奏的变化和情节的间歇使后期库普林的小说产生了淡化情节的艺术效果。

库普林小说情节性的弱化还因为作家采用了节制的叙述语气，约束情节，给小说以平和的外在形式，将作者主观因素对作品的影响降低到最低限度。库普林的小说《萍水相逢的人》、《画家的毁灭》、《黑色的闪电》、《森森之夜》中都使用内心独白的叙述形式。在《萍水相逢的人》里作者主要描写一个青年人在与一位萍水相逢的女人邂逅之后所引起的内心情感的波澜。作者的笔触更主要是书写一个人的内心世界，人物内心发生的变化，人物内心情感的波澜成为小说真正的主体，由此这篇小说实现了外在情节向内在情节的转化。《画家的毁灭》中，主人公真正的悲剧不在于其生活上的穷困潦倒，而在于其心灵的重创使他丧失了一个优秀青年的奋发有为，甚至失去了做人的尊严。刻写人的灵魂和精神创伤是俄罗斯文学的一个优良传统，库普林小说在其短篇小说的艺术实践中将这一优良传统予以发扬光大，在短篇小说的内在情节发展中体现出作家对社会人生的深刻感悟和理性主题。叙述者附着在一个人物身上时，叙述语言中会流露出这个人物的真实个性，会融进这个人物的思索、判断、议论，从而完成作者对于这一人物形象的塑造。

情节小说的创作贯穿了库普林小说创作的全部生涯。从库普林的第一篇小说《最后的演出》发表，直到他在流亡期间在异国的创作如《士官生》等，情节小说是库普林小说创作中相当重要的一部分。然而，由于非情节因素的引入，平静、平和、节制的叙述语调，以及叙述视角的转换，使后期库普林情节小说体现出淡化情节的特点。库普林情节小说的创作体现了作家对传统的继承，也体现了他对小说叙事艺术的创新，形成了作家自己独特的艺术风格。

### 二　库普林的情境小说

情境小说和生活流小说是契诃夫开创的新型小说叙事模式。库普林继承和发展了情境小说和生活流小说的艺术探索。库普林的一些小说中的情节在时间、空间以及与其他事件的联系方面被加以限制，由于作者只是以一种平淡的语气叙述一件事情的经过，这种小说已经可以算作情境小说了。在《求职的姑娘》这篇场景化的小说中，作者以平铺直叙的方式讲述了一位年轻姑娘为了谋求一份工作而在一个官僚面前险些受了侮辱的故事，细腻描写了不同阶层的人们生活境遇的差别以及底层人生存的艰难。这篇小说将事件的叙述尽可能地平淡化，由人物牵引事件，整篇小说以人物为核心，发出了"为什么人世间的生活如此艰难"的感叹，体现出情境小说的特征。

库普林的短篇小说《生命的河流》、《列诺奇卡》、《麻疹》、《宿营地》等都可归为情境小说。这些小说建立在情境的设置之上，运用情境来讲述一个事件的经过。小说中不存在剧烈的戏剧冲突和对抗性的因素，没有人物行动的尖锐对立和关系的急剧失衡，事件之间不存在密切的因果关系链条。这些小说不设置悬念，通过客观的叙述和精细的描绘，以自由的笔触描绘出相对于动态中的情节来说处于静态中的情境。情境小说注重氛围、情绪的渲染，小说的主题深邃含蓄，重视人物心灵的感受和变化。

《列诺奇卡》是一部典型的情境小说。四十五岁的上校伏兹尼金为了摆脱自己精神衰颓的征兆回到童年生活过的地方追怀往事，"想最后一次去看看从前的地方，使童年时代的亲切、温柔、充满了诗意般忧郁的往事在记忆里重现，拿过去生活中最初体验到的那一去不复返的纯洁而鲜明的甜蜜痛苦来刺激自己的心灵"。① 在返回的途中遇到了少年时代的女友列诺奇卡。这篇小说的主体结构是人物对于往事的回忆，辅之以肖像描写和环境描写。意外的相逢把他们带回遥远的童年、少年时代。正像小说的结尾主人公以抽象概括的方式总结的："生活是美妙的。它是死者永恒的复活。像我和您正在逝去、正在破坏、正在消灭。然而从我们的智慧、灵感和才能中好像从灰烬里一样会生长出新的列诺奇卡和新的科里亚·伏兹尼金……一切都是联系着的，一切都是结合着的。我会消逝，但我仍会留下。只要热爱生活和服从它。我们总会生活在一起——死的也罢，再生的也罢。"② 这篇小说体现了生生不息的自然法则。整篇小说没有急剧变化发展的情节和戏剧性冲突，没有吸引读者的悬念和矛盾的高潮，而小说的意境引发读者对于童年旧事美好的追忆，渲染着一种梦境般朦胧的美感，激发人对青春的怀想和对生命的热爱。如果从故事情节方面来阅读这篇小说会给人相当枯燥的感觉，这篇小说明显地缺乏外在的矛盾和戏剧性冲突。作者通过一种平和、平淡的语气，精心营造了富有诗意的情境，这种诗意冲淡了情节简单给读者造成的枯燥感，读之令人感到意犹未尽、深邃隽永。

《献身者》也是一篇细腻贴近人物内心的典型的情境小说。这篇小说采用从容舒缓的叙述方式，主人公的情绪起伏成为小说叙述的对象，揭示人物内心深层的困惑、苦恼、失望等情绪是作者创作的动机。小说主人公丘季诺夫医生也是一个过了四十五岁的中年人。医生的职业使他厌倦，"有时候，一种难以排遣的漠然的忧郁会袭上他的心头，胸口被一股令人恶心的哀伤憋得透不过气来，于是，他便诅咒自己的声誉，就是这声誉，使他孤独了。"这篇小说从叙述主人公对自己职业的厌倦心情开始，中间讲述了他去一个贵族宅邸给人会诊的过程。在这次会诊中他遇到的是一个无可救药的白痴以及一个没等到他的问诊就死去的老爷。接下去是叙述医生回家以后苦闷烦躁的心境。整篇小说是由医生内心活动联系起来的内外结合的叙事结构。叙述者的视点追踪着主人公的

---

① ［俄］库普林：《黑色的闪电》，潘照勋、刘璧予等译，上海译文出版社 1987 年版，第 149 页。

② 同上书，第 161 页。

行动，并且时时深入他的内心，揭示人物的心理，小说的结构依然是以人物的情绪发展为框架，作者描写的中心依然是人物的心情和心境，因此作者对人物所处环境的细腻描写以及其所遇到的人和事都是为揭示主人公的情绪和心情而设置的情境。这种情境是主人公对自己职业和处境感到厌烦和失望的背景。

　　库普林创作于1895年的短篇小说《宿营地》也是一部情境小说，写的是漫长的行军途中发生的故事。这篇小说以平和、平淡的语调介绍背景，揭示人物的想法和心理，几乎是不做剪裁和选择地以写实的手法叙述事件的过程，叙述者的视点追踪着人物的行踪。小说的核心部分是阿维洛夫中尉在长途行军途中的宿营地里听到房东一对年轻夫妻的争吵和丈夫对妻子的打骂，女主人正是多年前被自己玩弄而又不负责任抛弃的姑娘哈丽季娜。这许多年来，由于对自己妻子失贞的忌恨，男主人无休无止地折磨着自己的妻子。整篇小说的焦点部分就是这对夫妻的争吵和丈夫对妻子的折磨。通过阿维洛夫中尉夜间听到的这对夫妻的争吵和交谈作者交代了人物的处境和命运。而阿维洛夫中尉旅途中的劳顿和临时宿营地的环境是小说的辅助成分。这里的天气是"烈日当空，阳光灼人，酷热难熬，在远处扬起尘土而呈现出银灰色的地平线上，气流中滚动着一股股明显的热浪……"这里的环境是"无书可读，无人交谈，无事可做"。作者设置了这样一个情境，突出了在漫长的行军途中宿营地环境的单调乏味和阿维洛夫心中的无聊和寂寞，从而使无意之中听到的事件给主人公和读者都造成强烈的冲击，留下深刻难忘的印象。这篇小说由主体部分情况的交代和辅助部分情境的铺设而勾画的人物形象恰如人物的素描，阿维洛夫这个"病态的"、"沉默寡言的"、"神经质的"好幻想而且自傲的人物性格留给读者深刻难忘的印象。作者采用从容舒缓的叙述方式设置情境，揭示了人物内心深处的内容，这种叙述方式使读者心灵随着主人公的心灵一起受到强烈的震撼。

　　《萍水相逢的人》（1897）这篇小说也具有情境小说的特点。在这部主人公以第一人称倾诉往事的书信体的小说里，整篇小说的结构建立在主人公情绪的起伏上。无论是第一人称的叙述者"我"对自己贫寒身世和处境的交代，还是对与不相识的女人萍水相逢过程的回忆以及这次萍水相逢之后他感情上发生的不由自主的变化，对萍水相逢的女人的怀念和企盼……这一切都酝酿着一种情绪，整篇小说是主人公内心情感发生、发展的过程。主人公感情的流动时而平静似水，时而激越如潮。主人公"毫无希望地在爱河中沉浮，但心中燃烧着永不熄灭的爱情火焰，充满着柔情蜜意和一片痴心"。① 最后，主人公告诉读者，他活在这个世界上的时间不会超过一个月了，这是他"站在这漆黑、冰冷的深渊边沿上向所爱之人祝福和深切致谢的"。整篇小说如怨如诉，但结尾的现实惊破幻觉，也震惊读者。库普林小说常常出现这样使人意想不到的结尾，这样的结尾给库普林小说增加了情节的因素，但纵观整篇小说，作者还是倾心于人物情绪情感的发生和体验，人物内心情感的流动是小说发展的主线，因此，环境的描绘和故事情节的交代都是为反映主人公情感的发展而起辅助作用的，这篇小说的核心因素是人物的感情和情绪，而不是故事的情节，这种情绪的起落标志着小说重心的内转。因为一次偶然的情境因素的触发而产生了小说中人物之间戏剧性的感受，主人公有关爱情的梦想和希望正是一种被压抑的生命激情的萌醒。生活中偶然的奇遇并未改变主人公生活的现状，却掀起了其内心情感的波澜。

　　库普林描写黑海渔夫生活的《里斯特黎冈》也是一篇结构独特的小说。这篇小说随着叙述者视点的移动分成"寂静"、"鲭鱼"、"做贼"、"鲟鱼"、"神鱼"、"狂风"、"潜水夫"、"烈性葡萄酒"等八个部分。在这篇小说里联系这些章节的不是富有逻辑性和有因果关系的故事情节，这几个章节内部的时间、空间、人物之间也没有内在的联系。贯穿这八个相对独立的章节之间的是作者对人与自然融为一体的生活和不屈不挠生命的赞美之情，"可爱的老百姓，勇敢的心，天真的原始的灵魂，遭受带盐味的海风而吹刮得坚强的身体，长了许多老茧的手，敏锐的眼睛，多少次瞧见了死神的脸，死神的瞳孔啊！"。② 作者平缓的、漫无目的的风景描写和民风民俗的描绘中突出的仍然是情感。小说中每一章的情节都是淡化的，甚至有相当多的篇幅是无情节。小说中最核心

---

① ［俄］库普林：《萍水相逢的人》，杨骅等译，上海译文出版社1987年版，第266—267页。

② ［俄］库普林：《黑色的闪电》，潘照勋、刘璧予等译，上海译文出版社1987年版，第241页。

的因素是"情绪"和"情感",而这种情绪和情感的酝酿是依靠环境的描写和细节的刻画所营造的情境。这种通过小说内在的色彩、节奏、细节、情绪的起伏等方面的有机配合构造的小说结构和叙述方式使库普林小说给人散文化的印象,也是库普林小说的一个独创。

毫无疑问,库普林是一位擅长描写人物内心世界的艺术大师。他重视人对外在现实的体验、感受和反思,因此他的小说往往淡化情节和戏剧性,即使有惊人的情节和尖锐的戏剧性冲突也是促使他的人物内心发生转变的契机。在库普林的这些小说里,人物在现实社会的作为以及现实社会对人物的评价已经退于次要的地位,人物自己内心的感受、体验、心境是作家关注的主要对象。库普林的情境小说无疑为20世纪俄罗斯的抒情小说开辟了道路。库普林小说的这种创作特色昭示着世纪之交的现实主义小说已经不再把塑造典型环境和典型人物作为自己创作的目标。库普林的小说营造的情境蕴含着丰富的情绪、情感和丰富的意蕴,也使库普林的小说所包含的主题更加含蓄隽永。

### 三　库普林的生活流小说

生活流小说是在情境小说的基础上发展起来的。生活流小说是将生活中一些平常琐碎的日常事件和现象在作品中连接起来,从而展现出更加接近生活原貌的艺术画面。同情境小说相同的是生活流小说中没有明显的戏剧性和尖锐的矛盾冲突,不突出故事的悬念和传奇性。同情境小说相比,生活流小说表现一个相对漫长的生活历程,它所叙述的时间范围可以绵延几年、几十年……生活流小说的结构呈现流动感,相对于表现静态的情境小说它叙述的是生活缓慢地流动和变化。这与情境小说围绕一个情境构思作品、渲染情绪不同。生活流小说叙述成分相对于情节小说比较复杂,它可以采用综合性的叙述手段,它可以包含情节和情境。相对于传统小说生活流小说不突出故事情节,情节在整篇小说的结构中占从属地位。

库普林的短篇小说《追求名声》、《麻疹》、《黑雾弥漫》、《生命的河流》等小说都具有生活流小说的特点。这些小说不完全抛开故事情节,但这些情节的叙述语气平淡,不凸显其戏剧性。这些小说对情境有很强的依赖性,严格地说他们兼有情境小说与生活流小说的特点,可以把它们看成扩展了的情境小说，也可以把它们看成是小型的生活流小说，它们是二者之间的过渡形式。

在《追求名声》这篇短篇小说里，作者叙述了一个女演员莉多奇卡多年里在演艺圈中追求名声过程中的沉浮。这篇小说里作者以"我"为叙述主体，"我"的视点追随着莉多奇卡的行踪。整篇小说不排斥必要的情节点缀，叙述莉多奇卡在想成为著名演员而最后沉沦的过程，其中加入了"我"所目睹的一些事件，作者对这些事件叙述的语气平淡，但因为有这些事件构成的情节增强了作品的可读性。这些情节在整篇小说的结构中不是十分突出，它们被叙述者以平淡的语气讲述出来，淡化了戏剧性和矛盾冲突，与整个小说平和的风格相适应。在这篇叙述流动生活的小说中，还穿插着一些静态的片断时刻，作者对这些片断时刻进行了绘画似的细致描写，其中包括对主人公内心世界的细腻刻画以及对人物的情绪、情感的生动反映，对景物的描写中也渗透着主人公内心的情感体验。例如：在"我"以为莉多奇卡将要对自己表达爱慕之情的那个早晨，小说中有这样一段景物描写：

> 早晨好像故意似的显得那么凉爽、灿烂、明快。青草就像明亮的绿绸一般熠熠发光，草上到处有金刚钻似的大颗的露珠颤抖着，射出五彩的光芒。阳光透过菩提树小径中的密林，化成圆形活动的斑点落在小径的沙地上。我仿佛觉得一些小鸟也由于这绮丽的早晨而欣喜若狂，它们在枝头上那么起劲地飞舞、喞啾。我的天！而我呢，我内心里怎样地歌唱着，充满着多少喜悦和力量啊！……我生平可曾有过比那时更幸福的时候呢？恐怕未必。[1]

这一段集景物描写与抒情独白融为一体，生动刻画了主人公内心的喜悦和兴奋，情景交融地写出了一个处于初恋中的年轻人眼中和所感受的环境，设置了一个美好的情境，生动地描画出一个等待恋人出现的人眼中充满诗意的画面。接着，恰如电影中的镜头转换，莉多奇卡的出现

---

[1]　[俄]库普林：《追求名声》，《阿列霞》，杨骅等译，上海译文出版社 2002 年版，第 86 页。

又是一幅美轮美奂的图画：

> ……她走得很快，像她可爱的习惯一样稍稍低着头。她那穿着
> 朴素的白色连衣裙的苗条娴雅的身姿一会儿在树荫里闪过，一会儿
> 又沐浴在明亮的金光里。我向她迎面走去。我想匍匐到她的脚边，
> 我想喊叫、欢笑和歌唱。在她的眼睛里还看得见晨梦的反映；性急
> 的手匆忙地梳起来的黑色的鬈发一圈圈地、随随便便地覆在前额
> 上。她是多么美丽：既清新，又娇艳，笑吟吟的![①]

这里作者既用了写实的手法，又夹杂着叙述者的抒情和议论。这种
对静态时刻勾画的情境使整篇小说呈现一种动中有静的节奏，增强了作
品的感染力。当然，小说中还有一些概略叙述和叙述者内心的思考。多
种叙述手段的综合使用正是生活流小说的基本特征。情境因素往往是生
活流小说中最富情趣和美感的部分，这其中常常有着情景交融的诗意和
耐人回味的哲理。将上述情境放在整篇小说中来考察，会更加使人感到
意味深长和发人深省。这个在叙述者"我"的印象中浑身焕发着迷人
光彩的莉多奇卡，几年以后再次出现在"我"面前时已经判若两人。
青春时代最美的记忆被无情的现实代替，现实生活无情地粉碎了人的梦
想。这其中有莉多奇卡想在演艺圈中获得名声的希望，也包括"我"
青年时代对莉多奇卡的美好记忆。

库普林的生活流小说一般采用顺时叙述的方法。时间在生活流小说
中以明示或暗示的方式控制着作品的叙事，人物和事件似乎以一种自发
的方式存在和发展变化着。情节和情境彼此交织构成一种平均的节奏、
均衡的结构，这正是库普林现实主义小说贴近生活本来状态的艺术
追求。

小说《黑雾弥漫》与《生命的河流》也具有生活流小说的特点。
《黑雾弥漫》这篇短篇小说叙述了"我"的朋友鲍里斯的故事。在从南
方来到彼得堡以后不长的时间里，鲍里斯就从一个热情有为、踌躇满志

---

① ［俄］库普林：《追求名声》，《阿列霞》，杨骅等译，上海译文出版社 2002 年版，第
86 页。

的青年变成一个抑郁成疾的人，最后悲惨死去。这篇小说是以"我"回忆往事的方式按照顺时的方式叙述的。作者叙述的对象虽然始终围绕鲍里斯来彼得堡以后的行踪，但叙述视点还是显得比较开阔和分散，这样的叙述形式最终导致目的性的削弱和消解，人物和事件以近乎自发的方式存在和发展变化，显示出贴近生活淡化情节的特点，小说的主题也变得十分含蓄。

《生命的河流》也具有这样的特点，在叙述一个塞尔维亚三等旅店老板娘平凡而庸俗的日常生活中，插入了一个住进旅店的大学生的故事。大学生以自述的形式留下了遗书并在旅店的房间里开枪自杀。这个插入的故事对于主要故事起到了对照和阐释的作用。大学生在遗书里叙述了自己从童年时代起经历的磨难和不幸以及自己对庸俗丑恶生活的憎恨，因此，他宁可选择死亡以结束这使自己厌倦和憎恨的生活，告别这"可怕而荒诞的时代"。在插入的这段文本中作者采用了综合性的叙事手段：有大学生对过去生活的追忆，也有他对现实生活的评判，还有对未来世界饱含激情的憧憬，更有关于人的思想和意志的思索……作者综合描写、议论、抒情等多种表现手法，在相对静止的生活情境中插入对动态生活的追忆。大学生的选择同那些甘于在平庸肮脏的生活中自甘堕落、苟且偷生的小市民相比显得纯洁和正直。这篇小说里勾画的情境是无聊而令人厌倦的生活场景。小说里虽然插入了大学生开枪自杀的情节，但叙述者对这一情节的叙述依然采用了平和、平淡的叙述语气，甚至他的自杀在被人发现之后所引起的反响也依然是平淡的，没有掀起巨大的波澜，小旅店的人们依旧像平常那样过着他们庸俗不堪而又自得其乐的日子。这既突出了作者所描写的现实生活中人与人之间的冷漠，也同库普林小说一贯的叙事风格相吻合。

19世纪末20世纪初，现代主义哲学和文化思潮促进了西方国家小说的世纪性转型，这种转型和变化基本上可以用现代主义来概括。俄国受现代化进程及科学技术发展的影响，在认识论上发生了重大转变，人们增强了对人类自身的主体性认识。宗教哲学的兴起、马克思主义在俄国的迅速传播都促进了世纪之交的俄国小说家对传统小说叙述模式的突破。库普林小说诗学形态上的变化，显示了其与19世纪传统小说模式的区别及其以独特的姿态参与了俄罗斯小说的世纪性转型。现代派文学引入了新的文学观念，比如对感官的充分强调和感性材料的兴趣，对真理绝对性的怀疑以及客观自由的叙述方式等，在库普林的小说中我们隐约可以发现这种变化的迹象。但库普林的小说的主题虽然含蓄隐蔽，某些小说甚至可以进行多种阐释，但并非像现代派文学沉浸在潜意识或陷入荒诞感，作品的形态混乱。库普林的后期小说尽管淡化情节，具有较自由和松散的结构，但依然渗透着作家充分的理性参与。

　　弘扬道德、尊重理性，把道德、理性置于至高无上的地位，重视人在精神上、在道德方面的完善性，这使库普林的作品产生了强大的道德感染力。库普林的小说客观而广泛深刻地反映了所处时代和社会的真实图景，"在多数情况下，令人兴奋的和耐人寻味的故事情节的交织对他来说并不是目的本身，而是再现社会典型的手段，干预生活的手段，从审美的角度研究现实的手段"。①　因此他可以被称为是名副其实的19世纪俄国文学优秀传统的继承者。库普林的作品反映了作者本人的世界观、人生观、对自己所处社会与时代的认识、所接受的哲学观念、所感染的文化精神。他的创作体现出了旧俄知识分子在两个世纪之交的典型心态，从某种意义上说，也正反映出了俄罗斯文化，特别是世纪之交俄罗斯文化的某些特征。

## 第三节　时间与空间：库普林小说中的时空特性

　　叙事时间与叙事空间也是结构小说文本艺术形态的最基本的要素。库普林小说在叙事时间和叙事空间方面所表现的特征体现了其所处时代小说时空特性发生了重大变化。巴赫金说："在小说和意识进化史上有两个重要量变：对空间和时间的态度。"②　时间和空间的范畴常常可以反映某一时代和某一地方人们的世界观。小说文本中体现的时间和空间形式必然深刻反映着生活在现实状态中的作家的时空观以及所处世界中的相关范畴。在19世纪末20世纪初的俄国，现代化进程刷新了人们传

---

① Волков А. А. Творчество А. И. Куприна. М., 1962. с. 425 – 426.

② ［美］凯特琳娜·克拉克、［美］麦克尔·霍奎斯特：《米哈伊尔·巴赫金》，语冰译，中国人民大学出版社1992年版，第337页。

统的时空观念，文学家的审美观念发生了变化。现代主义思潮的出现以及传统现实主义的变化和变异，都标志着小说创作观念与 19 世纪经典小说相比有明显的差别。库普林小说文本中的叙事时间和叙事空间表现了很多有别于传统的重大变化，库普林在作品中采用独特的艺术手法，实现了作品中"时间和空间的转换"① 体现了这一时期的小说家与传统不同的时空观，体现了对 19 世纪小说叙事模式的超越。

## 一 叙事时间：时间点文本的扩展

"时间是小说的一个主要组成部分。我认为时间同故事和人物具有同等重要的价值。凡是我所能想到的真正懂得、或者本能地懂得小说技巧的作家，很少有人不对时间因素加以戏剧性的利用的。"② 小说是一种以语言符号为表现手段并且在时间中展开的艺术形式。在小说叙事的过程中把故事原本的时间状态转变为一种独特的叙事时间体现着小说家的叙事技巧。小说的时间特性与主人公的形象、人物的性格及其形成有密切的关系。叙述时间的状态决定着人物行动展开的审美意义。库普林是一位具有时间意识的俄国小说家，在小说创作中常常把故事的自然时间状态予以变形，在小说的叙事艺术上表现了自己的独特技巧，形成了其小说文本独特的形态，体现了其特殊的审美意义和文化价值。库普林小说在叙事时间上表现出的这种特点，同 19 世纪经典小说相比产生了明显的差别，对 20 世纪俄罗斯小说叙事艺术的发展也产生了影响。

从库普林小说主人公特征形成与其所在时间的关系来看，库普林小说基本上属于"单一型时间文本"，即叙述主人公特征的叙事进程主要是按照某一种时间标准来进行的。③ 这是西方和俄国的一种传统的小说文本叙事类型。传统的西方和俄国小说，都是按照事件发生的顺序或历史时间这种线性的结构来叙事的，而叙事次序上的变化不能影响小说时间标准的确立，不能从根本上改变小说的叙事时间文本类型。即使如

---

① Щедринова О. Н. Космическое миросозерцание Куприна \ \ Вестник Русской христианской гуманитарной академии. 2010，т. 11，Выпуск 4. стр. 237.

② ［英］伊丽莎白·鲍温：《小说家的技巧》，傅维兹译，《世界文学》1979 年第 1 期。

③ 林精华：《俄国白银时代小说诗学研究》，博士学位论文，北京师范大学，1997 年，第 28 页。

列夫·托尔斯泰《战争与和平》这样的史诗性作品，也是在绝对时间的标准下，分多条线索叙述属于不同空间的人物的活动或事件的演变，因此这种小说也属于"单一型时间文本"。

在 19 世纪的经典小说中，由于小说家普遍追求客观真实的叙事效果，故事发生的时代背景、人物的年龄特征以及故事进程的时间标志这些时间因素都是小说家关注的对象。小说主人公性格的发展变化在具体实在的语境中形成，传统小说的叙述者一般不叙述主人公自己所感受的时间的变化，不叙述主人公自己改变着自己与现实世界的时间关系，因此传统现实主义小说的文本比较容易被读者接受和理解。

库普林的小说经常叙述主人公在"瞬间"发生的故事，因为这些在"瞬间"发生的事情或者故事，或者改变主人公的命运，或者对主人公有着特别重要的意义。库普林很多短篇小说的叙述时间都是在一天的时间，比如《最后的演出》叙述的时间仅仅发生在几个小时之内，而这几个小时之内发生的事情使读者清楚地了解了女主人公莉季亚·尼古拉耶夫娜被玩弄和被抛弃的过程以及令人震惊的假戏真做和以死抗争的结局。在短篇小说《在马戏院里》中，作者叙述了大力士阿尔布佐夫在生命的最后一天发生的故事。阿尔布佐夫日间因身体不适在医生那里看病，然后是他回到剧院里向剧院老板请求取消他当天晚上的演出而遭拒绝，接着是阿尔布佐夫在晚上的演出过程及其因疲劳过度而死亡。作者之所以选择这一天来写马戏院里的故事，是因为这一天发生的事情对一个演员来说具有非常典型的意义。这一天里发生的事情完全可以揭示这样一个事实：阿尔布佐夫无休止地从事超过身体负荷的肉体竞技，最后导致了他的毁灭。这无疑体现了作者对这个外表似乎极其坚强有力，实际上仍然是处于社会底层的弱者真诚的同情，体现了作家深厚的人道主义情怀。莉季亚·尼古拉耶夫娜及阿尔布佐夫的命运代表着当时社会里一般演员的不幸命运，库普林叙述的"在这一天里"发生的故事具有十分典型的社会意义。

小说《宿营地》写的也是主人公在一个昼夜时间里经历的事情，尽管通过人物的对话，读者可以了解几年前阿维洛夫中尉与房东女主人之间的故事。作者之所以叙述在这一天的时间里所发生的故事，是因为在这一天的时间点中所发生的事件对人物有不同寻常的意义，他揭示了与人物生活和命运有重要关系的、甚至被主人公自己都淡忘了的往事，使小说中人物的心灵受到强烈的震撼。《太平生活》写了那谢德金一天的生活，这一天里虽然没有发生对于那谢德金本人来说特别不同寻常的事，但正是这"平常"的一天里所发生的一切生动地反映了那谢德金在仁义道德面具下丑恶而虚伪的嘴脸，生动地刻画了他的性格。《列诺奇卡》中的叙述时间也没有超过一天，一对少年时代的好友在轮船上意外相逢，青春少年时代纯洁而美好的往事浮现在眼前，重逢唤醒了甜蜜的旧梦，也唤醒了他们对爱情和永恒生命强烈的体验。爱情、青春和生命并非随着时间的消逝而一去不复返，随着时间的流逝，新的生活和新的生命将循环不止、生生不息。这是作者关于生命永恒和永恒人生的咏叹，小说的结尾阐释着深刻的哲理，启迪着读者对生活、对人生问题的思考。

在以上的小说中，叙述者很少提及标志故事真实性的日历时间。作者在这里强调的不是故事的真实性概念，而是强调在这一时间点中所发生的事件对于人物的意义，亦即强调主人公在这一时间点中的体验。主体对于时间的体验是小说家关注的焦点。这种对物理时间的淡化标志着世纪之交俄国作家时间观念的改变以及小说叙事艺术的发展，是对 19世纪传统现实主义小说客观写实诗学模式的超越。

库普林小说对传统小说叙事模式的超越还体现在对人物心理时间的关注，从而深刻地揭示主人公的心理特征和内心世界，使小说的文本形态向人的内心世界开掘和深化。库普林小说把叙述主人公物理时间中发生的外在行为，转化成叙述人物心理时间的变化历程，直观地呈现出主人公的精神特征。《夜勤》、《决斗》、《胡言乱语》、《麻疹》等小说都显示了这方面的特点。

《夜勤》是库普林直接写主人公心理时间过程的小说。在某种时间点上深化人物内心世界的文本，叙事中心是主人公在某个时间上的心理状态和意识过程本身，这种小说淡化了人物性格发展变化的现实性因素，使小说在时间点上获得了物理性和人文性的双重审美价值。《夜勤》中的梅尔库洛夫在被处罚值夜勤的一个晚上几个小时的时间里，叙述者叙述的重点是梅尔库洛夫在这一过程中的心理感受以及他极度困乏的生理状态和在这种困乏的状态中的思想意识。请看小说中有这样一段：

> 钟还是象原来那样嘀嗒嘀嗒地走得很不平稳，好像报两点的钟
> 声迟迟不打了似的，指针看来还停在老地方没动。梅尔库洛夫脑子
> 里突然闪过一个古怪荒诞的、异想天开的念头：也许时间完全停滞
> 不前了。这一夜就这样整月整月、整年整年地永远延续下去；睡觉
> 的人将永远这样透不过气来，永远这样梦话连篇；奄奄一息的小灯
> 将永远这样昏昏沉沉地点燃着；钟摆也将永远这样冷冰冰、慢腾腾
> 地嘀嗒嘀嗒地摆动着。这一使人愁闷的，连梅尔库洛夫自己也不明
> 白的一掠而过的感觉，使他的心灵充满了愤恨和忧郁。①

这一段完全是叙述梅尔库洛夫在极度的困乏中所感受的时间，是时间在主人公心理的流程。正像快乐幸福的时光会使人感到转瞬即逝一样，被处罚的梅尔库洛夫在值夜勤中所感受的时间仿佛被停滞了一样极度难熬。这样的叙事时间刻画了主人公的精神特征，小说的时间特性突破了文本的结构范畴，实现了小说叙事重心的内转和诗学意义上的进化。

《麻疹》这篇小说以主人公大学生沃斯科列显斯基的行动过程作为文本时间的标准。人物的性格特征是在其行动的时间标志下表现出来的。叙事者强化主人公在行动过程中对所发生事件的感受。这种对物理时间的淡化处理突出了主人公个人的主体性体验，强调了人物的主体性价值。《摩洛》这篇小说则以董事长克瓦什宁的行动过程作为时间标准，工程师鲍勃洛夫对一系列问题的理性思考，都是围绕着董事长克瓦什宁到工厂视察的前后几个时间点里所耳闻目睹的一切，叙事者强调的仍然是在这些叙事时间里人物的内心感受、情绪变化以及对现代私有企业制度非人道性质等问题的理性思考。

长篇小说《决斗》更是在叙事时间方面突出了主人公个体心理时间的典型范例。尽管小说叙述罗马绍夫的活动是在具体的时间中发生的

---

① ［俄］库普林：《画家的毁灭》，杨骅、李林等译，上海译文出版社1987年版，第114页。

行为，但展示和突出人物的性格和特征的主要不是在这些具体的时间和环境里所发生的事件，而是在这些时间点中所发生的事件引发的主人公罗马绍夫的思考。作者强化的是主人公对事件的感受。请看小说中以下一段：

> 这一夜，他头脑里尽是种种怪异的想法，相互毫无联系，有些叫人伤心，有些令人恐惧，有些则天真得可笑。其中出现得最频繁的是，他仿佛是一个初上赌场、一夜之间输光了所有家产的赌徒，眼前突然清晰诱人地呈现这样一种景象，似乎任何不快的事情均未发生过，英俊潇洒的少尉罗马绍夫在将军检阅分列式时表现出色，博得众口一致的夸奖，现在他正与同僚们一起坐在军官俱乐部明亮的餐厅里哈哈大笑，喝着红葡萄酒。可是，每次这种幻想都被费多罗夫斯基的责骂、连长恶毒的言辞、与尼古拉耶夫的谈话的回忆所打断，于是罗马绍夫又感到自己是无法改变的屈辱与不幸的人。①

接下来，小说叙述了罗马绍夫想到了自杀，在他的想象中出现他开枪自杀之后他的勤务兵怎样地惊慌失措和恐惧，怎样引起同僚军官们的震惊，他自己怎样倒在血泊中，怎样接受人们的哀悼……作家在小说中采用"反映主人公言语行为个性特征的非直接引语"，使"叙述独白与人物的内心世界的独白进行对话"②，从而突出人物的内心思考和意识流动，这是《决斗》这篇小说有别于传统小说的创新所在。淡化物理时间中发生的外部事件对于主人公性格特征形成的作用，突出心理时间在叙事过程和表现人物个性方面的地位，小说从外部写实转化为内部写真，这是《决斗》这篇小说的特色。

库普林有的小说把主人公在某一时间段中发生的外部行为转化为内心世界的行为，对过去的时间予以再度体验。如在《萍水相逢的人》这篇小说里，文本叙述的中心不是"我"与一位女士萍水相逢这一偶

---

① ［俄］亚·库普林：《决斗》，朱志顺译，上海译文出版社 2002 年版，第 199—200 页。

② Фокина М. А. Особенности субъектно - речевой организации повести А. И. Куприна《Поединок》\ \ Вестник Костромского государственного университета им. Н. А. Некрасова. 2013，т. 19. № 5. с. 144.

然事件的本身，而是在这一事件发生过程和发生之后的时间里"我"的内心感受。这篇书信体的小说是叙述者"我"对这段时间里自己强烈复杂的内心情感的重新体验，追忆和体验在过去这段时间里所发生的故事给人物内心带来的变化和引起的复杂神秘的情感。正如在《我怎样成为一名演员》的结尾作者所写的：

> 大家欢呼着"乌拉"向我道别。我和涅留鲍夫交换了最后的友好的一瞥。火车开动了。一切消失在背后了，而且永远一去不复返了。当札列奇的蓝色小屋最后消失，而忧伤的黄色荒原无限地伸展在前面时，一种古怪的忧郁感压住了我的心头。好像这不幸、痛苦、饥饿、屈辱的遭遇已经永远留在我的心灵中了。①

在《画家的毁灭》中也插入了人物对往事的追忆。在主人公伊利英对自己从一位年轻有为的画家堕落成一个乞丐的回忆中，叙述者没有强调具体的日历时间，甚至在整篇小说中所出现的表示具体时间概念的词只有开篇的"春天的晚上"和伊利英出现时的"几分钟之前"，叙述者通过伊利英的回忆叙述自己怎样受到一个贵族妇女的引诱而后遭遗弃，在过去的这一时间段中所发生的事情使伊利英意志的泯灭和心灵的毁灭是小说家要刻画的重点。这个故事在耳闻目睹此事的画家萨维诺夫心里引起强烈的震动和无奈的感受，从而使读者的心灵也受到强烈的震撼。

从库普林小说的主人公活动所占据的时间上来分析，叙述者淡化了主人公活动的物理时间，而对主人公心理时间给予了更多的关注。通过对小说时间点文本的分析，可以看到作者是在怎样的时间观念下来叙述主人公的活动的，我们可以发现世纪之交库普林的小说在时间观念方面发生了重大变化。更多的描述和强调时间在主人公内心引起的感受、刺激和变化，从人的外部世界向人的内心世界透视，通过对人物内心世界的关注和心灵世界的写真体现了库普林现实主义的深化和对传统的突

---

① ［俄］库普林：《黑色的闪电》，潘照勋、刘璧予等译，上海译文出版社1987年版，第88页。

破。库普林小说的这种特征反映了世纪之交俄国小说时间观念上的变化以及小说在文本形态方面表现的多元状态。

### 二　叙事空间：意识空间内容的强化

对库普林而言，在时间与空间这对概念中，空间让他觉得"更倾心、更亲近"①。库普林小说在叙事空间上超越 19 世纪传统现实主义小说的主要表现，是其小说中人物意识空间的扩展。库普林是十分关注人的内心世界发展的作家。他的小说在叙事空间方面通过对主人公意识空间的扩展表现人物内心世界的发展。库普林的大部分作品或多或少都表现出这种扩展的人物意识空间，或者描写另一个时空的景象，这另一个时空有时以梦境的形式出现，有时以人物的意识流或想象的方式出现，从而往往使"……封闭的空间成为开放的空间的一部分"②。

巴赫金认为，欧洲小说中艺术地运用梦境起源于梅尼普讽刺的体裁。③ 库普林小说对人物梦境的描写并不破坏他小说结构的完整，这种梦境正深化了对其小说中人物思想意识的表现，暴露了人物内心的某种隐秘，从而使他小说的主人公丰富而隐秘的内心世界得以在读者面前呈现。弗洛伊德认为，梦是人类情感的宣泄，他在《论梦》中说过："我们有时会发现自己潜在的、几乎是无意识的情感，其中有对人的情感，也有对物的情感。我们在睡梦中不是伪君子。情感没有了约束，想象也可以任意驰骋了。我们醒着时，这些念头一冒出来就被压住，于是我们便误认为我们没有这些念头。在梦中，我们没有防范，于是这些念头便毫无顾忌不请自到了……婴儿的各种思想都瞒不住别人；在梦中，我们也把隐衷向自己吐露。"④ 库普林笔下人物的"梦境"常常是一种白日梦形式的梦想，这种梦想是人物内心世界在外部环境影响下的演化，是主人公心灵空间的展示。库普林小说正是通过这种心灵空间的展示实现

---

① Ташлыков С. А. Куприн: пространство и герой в прозе 1900 – х годов \ \ Сибирский филологический журнал. 2011, № 2. с. 45.

② Там же, с. 51.

③ ［苏］巴赫金：《陀思妥耶夫斯基的诗学问题》，白春仁、顾亚铃译，中国社会科学出版社 1988 年版，第 207 页。

④ ［美］艾布拉姆斯：《镜与灯》，郦雅生等译，北京大学出版社 1989 年版，第 216—217 页。

了其小说叙事空间的扩展。

《决斗》这部长篇小说中的白日梦在小说中对人物形象的塑造起着不可忽视的作用。主人公罗马绍夫本身就具有思想者和幻想家的气质。由于旧俄军队生活的乏味和单调，由于所处环境的冷漠，他养成了好一个人冥思苦想的习惯。罗马绍夫的白日梦在这篇小说里随处可见：

> 从童年开始，他一向认为，在那明亮的晚霞后边，有一种神奇灿烂的生活。就在遥远的云层那边，在地平线后边，在此处看不见的太阳底下，有一座光彩夺目的城市，只不过它被内部发光的云层遮挡住看不见。那里金砖铺底的马路闪耀着耀眼的金光，奇形怪状的圆屋顶和尖顶紫红的塔楼高耸入云，窗户上的金刚石闪耀着五彩光芒，空中的彩旗迎风招展。他觉得，在这遥远的如同童话里所描绘的城市里，生活着欢天喜地、幸福无比的人们，他们的整个生活就像是甜美的音乐，就像他们的沉思和忧伤也温柔美妙得令人迷醉。他们在洒满阳光的广场上，在绿荫如盖的花园中，在鲜花丛中和喷泉之间漫步，他们像神仙一样喜笑颜开，心中充满难以描绘的喜悦，他们万事遂愿，从来不知什么叫悲伤、耻辱、忧虑……①

如果说这一段还不能算作罗马绍夫典型的白日梦，至少也是好幻想的罗马绍夫心中的梦想，他幻想着人类应该有着天堂一样美好的生活，这个幻想的空间实际上正是罗马绍夫的天堂。在现实的空间里不能实现的美好愿望，主人公在自己的意识空间里诗意地描绘着它。罗马绍夫所身处的旧俄军队的腐败、庸俗、充满了尔虞我诈的冰冷现实空间与他幻想的空间形成了强烈的对照，从而更突出了现实空间的反人性。当罗马绍夫在现实的空间里遇到挫折和不顺的时候，在孤独无奈之中他的意识空间中也总是出现与现实相反的幻境，这种幻境有时使他自己都被深深地感动，从而使读者深刻感受到主人公幼稚而纯洁的个性气质和可悲可怜的现实处境。

当罗马绍夫在练兵场上受到团长粗暴的训斥，在士兵面前"感受

---

① ［俄］亚·库普林：《决斗》，朱志顺译，上海译文出版社 2002 年版，第 18 页。

到一种揪心的、同时又像孩童才有的难堪"，他感到"难以忍受的委屈"，"他觉得他与士兵之间的地位差别消除了，他的军官的尊严，进而想到人的尊严受到了侮辱"。痛苦之余，他的心中又涌起一种被激励的激情，他决心从"明天一早就坐下看书"，"好好准备功课"，"一定要考上军事学院"，"一定要掌握自己的命运"。接着，"罗马绍夫已经异常清晰地看见自己成了有前途的参谋部的军官，他的前途灿烂似锦……"

接下去，罗马绍夫继续想象着在大演习中训斥过他的团长怎样低三下四地请求他帮忙……一个大型铸钢厂的工人暴动。罗马绍夫的军队奉命前往镇压。火光冲天，人声鼎沸，英勇无畏的罗马绍夫镇定自若地指挥士兵，带领士兵把暴动镇压下去，等待着它的是上司的感谢和对他率先垂范、英勇无畏行为的奖励。接着罗马绍夫又幻想着爆发了战争……而在战争之前他能去德国从事军事谍报工作。他熟练地掌握德语，简直是完美无缺……多么让人景仰的英勇无畏！独自一人，口袋里揣着德国护照，肩上背着手摇风琴……行走在各个城市之间……"难以克制的种种幻想如同滚滚而来的洪流……"与土耳其和奥地利残酷流血的战争爆发了。辽阔的战场，尸体，流弹，鲜血，死亡！……《决斗》这篇小说的故事现实空间是旧俄军队的兵营，然而人物的意识空间异常开阔。这种无限开阔的小说人物意识空间更鲜明地突出了现实空间的龌龊和野蛮，《决斗》中的很多时间点上都频繁出现对人物意识空间内容的生动描述。小说对主人公意识空间的无限扩展生动地展现了人物天真、幼稚富于幻想的性格特征以及他对生活的热爱和对理想的憧憬，人物的意识空间与主人公所生活环境的专制和非人道形成强烈的反差。《决斗》中的主人公经常在受到打击后产生如白日梦般的梦想，在意识空间的无限扩展中主人公似乎抚慰了自己受伤的心灵。然而现实空间里的事实又总是无情地粉碎了人物的意识空间，意识空间与现实空间就这样互相否定和互相颠覆地交织在一起。

短篇小说《夜勤》中也有对人物意识空间内容的生动描写，在主人公极度困乏的情况下他的头脑中出现了连绵不断的梦境：

　　在他的眼前重新出现了一条蜿蜒在翠绿丛中的小河，它时而隐没在绿茸茸的小山丘后面，它那波平如镜的河面时而闪烁发光；眼前又重新展现出一条宽阔泥泞的、布满沆洼的大路。解冻了的大地散发出香气，田野里的积水呈现出绯红的色彩。轻风徐徐，以爱抚、温存的微笑迎面拂来。梅尔库洛夫又重新骑在瘦削的马脊背上，有节奏地前后摇晃着，后面拖着铧头朝上的耕犁，不紧不慢地沿着大路向前走着……①

　　这样一幅富有诗意的画面与周围粗俗而冷酷的环境形成强烈的对比。梅尔库洛夫在困乏的梦中回到了久别的故乡，在梦中看到了自己思念的家园。库普林小说的主人公时常在梦中实现自己在现实中不能实现的理想，从而使小说的叙事空间通过人物意识空间的扩展而变得异常的开阔，使他小说中的人物都显示出浪漫的抒情诗人气质。

　　《胡言乱语》中的马尔科夫大尉在处决老人之前由于内心的挣扎和矛盾导致了他周期性的疟疾发作，以致头脑中出现类似梦境的幻觉：即将被处决的老人出现在他的面前，向他讲述几千年前《圣经》中该隐杀害自己弟弟亚伯，招致上帝动怒的故事……讲述克里米亚战役、俄土战争、俄法战争中的人类杀戮，血流成河……叙述者通过人物在病态中产生的幻觉，把人物意识的空间进行了上溯几千年的扩展。孤独与虚弱中的男主人公在这种幻觉的刺激下无法面对残酷的现实，意识空间的扩展形象地反映和刻画了人物的色厉内荏和孤立无援。在《宿营地》、《摩洛》、《在马戏园里》、《献身者》中都有这种对主人公意识空间内容的扩展，这种被扩展了的意识空间或者强化了现实空间主人公所遭遇的不幸，或者突出了现实空间的反人道或非人文特征，反映了世纪之交的库普林小说对知识分子问题的体验趋向于对其自身的关怀。屠格涅夫《父与子》中的巴扎罗夫同传统的贵族知识分子不相融合，同俄国传统文明和现实环境不协调，他所思考和毕生追求的是知识分子对人类和社会应尽的义务，而世纪之交库普林笔下的罗马绍夫等思考和关注的是个体生命存在的价值和意义，现代化进程强化了人们对人对个体生命的价

---

　　① ［俄］库普林：《画家的毁灭》，杨骅、李林等译，上海译文出版社1987年版，第114页。

值认识和主体意识。

库普林小说中人物意识空间的强化还表现在对人物自我意识中两种或两种以上不同声音之间的交锋和对话。例如《摩洛》中的工程师鲍勃洛夫在自己心爱的女友成为他人的未婚妻之后，在工厂的工人暴动的混乱中，叙述者对主人公的意识空间进行了生动细致的刻画：鲍勃洛夫的头脑中"出现一种错觉，仿佛自己睡着了，做了自己害热病时做的那种恶梦"。"丧魂落魄的惊恐，长久的迷路，……所有这一切，是那么沉重、荒谬、可怖和出人意外，就像那些恶梦一样。"他"心乱如麻，万念纷集，想理出一个头绪来"。他的头脑中出现了可怕的精神分裂状态：

> "唉，你说啊，说啊，我该怎么办？看在上帝份上，说啊，"他对另一个仿佛待在他心里的外人热情地轻轻说，"唉，我是多么难受！唉，我是多么痛苦！……痛苦得受不了啦！我觉得我就要自杀……我忍受不了这种折磨……"
>
> 而另一个，那是外人，从他内心深处也出声地、但粗鲁而讥笑地反驳说：
>
> "不，你不会自杀的。干吗要在自己面前装假呢？……对自杀来说，你的生存感又太强烈了。要自杀，你的精神也太软弱了。你太害怕肉体上的痛苦。你考虑得太多了。"
>
> "那我怎么办呢？我怎么办呢？"安德烈·伊里齐绞着手又轻轻地说。"她是多么温柔，多么纯洁——我的尼娜！她是世界上我唯一心爱的人。可是，突然间——唉，多么卑鄙——竟然出卖自己的青春，自己的童贞！……"
>
> "别装腔作势了，别装腔作势了；这些旧传奇剧里的华而不实的台词有什么用，"另一个讥刺地说。"既然你那么仇恨克瓦什宁，那就去把他杀死吧。"
>
> "我要杀死他！"鲍勃洛夫喊道，站定下来，疯狂地举起拳头。"我要杀死他！叫他不再散发毒气来危害正直的人们。我要杀死他！"
>
> 可是，另一个恶毒地嘲笑说：
>
> "你不会杀死他的……这一点你知道得很清楚。你干这件事既

没有决心，也缺少力量……到明天你又会瞻前顾后，一下子泄气了……"①

　　以上这种对于库普林小说人物自我意识中不同声音的交锋和争论，笔者将在有关库普林的复调小说部分里作进一步的讨论。在此只是为了说明库普林小说在叙述空间方面对主人公意识空间内容的强化，体现出库普林小说通过人物意识空间的描述表现人物的性格和精神特征。

　　长篇小说《亚玛镇》也是一部结构独特的小说。在这部小说里空间不是以传统小说中故事发生的背景而存在的。在这部小说里"亚玛镇"这个叙事空间成为小说叙事的中心，即空间本身成为小说的主人公。传统的西方和俄国小说如雨果的《巴黎圣母院》或契诃夫的《在峡谷里》等小说也是以一个空间的名字命名的，包括库普林的《在地下》、《在马戏园里》，这些空间地点都是故事发生或主人公活动的背景。而《亚玛镇》选取了"亚玛镇"这个空间主人公在几个时间点上发生的事件，通过不同的人物把这些事件联系贯穿起来，从而揭示了"亚玛镇"这个卖淫场所如人间地狱般的非人道性质。库普林的另一篇风格独特的小说《里斯特黎冈》也是以描写空间为主的一部小说，小说通过对里斯特黎冈这个黑海渔港风俗人文、地貌环境的描写，把这个渔港的风土人情呈现给读者，使这篇几乎无情节或淡化了情节的小说以独特的风格吸引着读者。

　　总之，库普林小说常常通过对主人公意识空间内容的扩展而形成了小说叙事空间的扩展。而小说的意识空间与人物生存的现实空间或物理空间常常处于相互颠覆的情景，或者小说的意识空间与人物生存的物理空间形成强烈的反差或对比，抑或小说的意识空间揭示着生存于现实空间中人物内心的隐秘，或在意识空间中阐释和形成小说人物的功能指向。事实上，在 19 世纪的陀思妥耶夫斯基及列夫·托尔斯泰的小说中，意识空间在小说叙事空间中的比重就已经开始增加。但传统小说中人物的性格主要依靠行动来展现，内心叙事并非是塑造人物性格的主要手

---

① ［俄］库普林：《萍水相逢的人》，杨骅等译，上海译文出版社 1987 年版，第 226—227 页。

段。世纪之交的小说表现出小说的发展趋向于进一步淡化现实性空间，强化意识性空间，有利于铺展和渲染主人公细腻的心理感受和情绪的波动起伏，丰富了人物的心理内涵。对人物心理空间的叙述成为库普林小说塑造人物性格的重要手段，同时增强了文本内部的张力。在现代化进程发展和现代主义思潮的影响下，库普林小说充分表现出对小说主人公意识空间内容的强化，小说中的叙事空间将人物的内心独白、意识流与梦境描写等手段并用，写出了主人公细微复杂的内心活动，在保持饱满的情绪张力的同时，突出了小说所需要的氛围和情调，这也是库普林在拓展俄罗斯小说叙事艺术方面所做出的历史性贡献。

### 三　库普林小说时空体的美学意义与伦理价值

叙事时间与叙事空间是支撑小说文本形态的基本因素。库普林小说在叙事时间和空间方面所表现的特征体现了俄国白银时代小说时空特性发生了重大变化。巴赫金认为："在文学中的艺术时空体里，空间和时间的标志融合在一个被认识的具体的整体中。时间在这里浓缩、凝聚，变成艺术上可见的东西；空间则趋向紧张，被卷入时间、情节、历史的运动中。时间的标志要展现在空间里，而空间则要通过时间来理解和衡量"①。巴赫金曾提出过道路时空体、城堡时空体、沙龙客厅、小省城及门坎时空体等时空体概念并从这些概念出发研究 19 世纪各种小说的描绘意义和情节刻画意义。根据巴赫金有关时空体的理论，我们可以发现库普林小说中的各种时空体：军营时空体、广场时空体、沙龙客厅时空体、道路时空体等。并且这些时空体都具有独特的描绘意义和情节意义。

时空体的描绘意义指的是："在这些时空体中，时间获得了感性直观的性质。情节事件在时空中得到具体化，变得有血有肉。"② 按照巴赫金的理论，时空体为展现和描绘事件提供了重要的基础。对库普林小说而言，作家对沙皇统治下军营的腐败黑暗的揭露，对不幸落入火坑的

---

① ［俄］巴赫金：《小说理论》，白春仁等译，河北教育出版社 1998 年版，第 274—275 页。

② 同上书，第 451—452 页。

少女的人道主义同情、对小人物不幸命运的悲悯情怀常常是通过他小说中的军营时空体、广场时空体、沙龙客厅时空体来展现的。而这些时空体充实了作家的艺术世界，成为作家艺术世界里有血有肉的因素，成为作家艺术世界不可分割的一部分。

时空体的情节意义指的是"时空体是组织小说基本情节事件的中心。情节纠葛形成于时空体中，也解决于时空体中。不妨干脆说，时空体承担着基本的组织情节的作用"①。库普林的长篇小说《亚玛镇》是一部结构独特的小说。在这部小说里，空间不是以传统小说中故事发生的背景而存在的。在这里，"亚玛镇"这个叙事空间成为小说叙事的中心，即空间本身成为小说的"主人公"。这个空间主人公在几个时间点上发生的事件，通过不同的人物把这些事件联系贯穿起来，从而揭示了《亚玛镇》这个卖淫场所如人间地狱般的非人道性质。亚玛镇成为一个不同寻常的地方，这里既是各种道貌岸然的伪君子们寻欢作乐的所在，也是那些不幸落入风尘的女子痛苦挣扎的火坑。这里充满着阴暗和邪恶的因素，也不乏善良人性的闪光，一切故事都是通过亚玛镇这样一个时空体得以展开。正如巴赫金对陀思妥耶夫斯基小说所概括的那样，"门坎和其相邻的阶梯、穿堂、走廊等时空体，还有相继而来的大街和广场时空体，是情节出现的主要场所，是危机、堕落、复活、更新、彻悟、左右人的整整一生的决定等等事件发生的场所"②。对于库普林小说而言，亚玛镇这个时空体构成了库普林小说独特的情节，也正是在这个独特的时空体中，展开了作家对卖淫制度的深刻批判以及对人性、伦理问题的思考。

从以上分析我们看出，时空体对于小说的描绘意义和情节意义，都突出强调的是时空体对于小说的艺术效果的作用，"或增强描绘具体化形象化效果，或增强情节刻画效果"③。在库普林的短篇小说《生命的河流》（1906）中，日常生活带给读者的体验是单调、卑琐、浮杂的。世纪之交的库普林小说将整个生活的琐碎作为描写的重点。在《生命

---

① ［俄］巴赫金：《小说理论》，白春仁等译，河北教育出版社1998年版，第451页。
② 同上书，第450页。
③ 孙鹏程：《形式与历史视野中的诗学方案》，浙江大学出版社2012年版，第87页。

的河流》中，时空以庸常化的方式出现，并由此获得一种独特的美学意义。在这里，库普林以细腻生动的笔触描绘了一家塞尔维亚三等旅店里发生的故事。这里的生活正是作家以超人的敏锐向我们讲述俄罗斯生活的流动，讲述俄罗斯生活中的冷漠、懒惰、粗鲁、肮脏、懒散、自私……这里的环境肮脏、杂乱。这里的居民冷漠、庸俗。这些人关心的只有自己的私利。他们的头脑里没有任何道德观念，也没有任何信仰。库普林以细腻的笔触描绘了这家低等旅馆里的环境和人情世故，向读者讲述着俄罗斯人这样一种空虚无聊而令人窒息的生活。

库普林所描绘的塞尔维亚三等旅店正是所处俄罗斯社会现实环境的缩影。这种环境里充满了令人倍感压抑的气氛。在这里，时间显出疲惫的模样。平庸乏味的日常生活令人失望和沮丧。这种对庸常时空的叙述甚至给读者以荒诞的感受。在这种庸俗、乏味的现实生活环境中，思想者自然会感到精神上的痛苦和失落。五号客房里的大学生抱着必死的决心写下自己的绝笔信。他回顾自己贫困的青少年时代自己所走过的人生道路，卑微屈辱的生活经历造就了他怯懦的性格。青年时代所获得的自由而热烈的新思想也无法使他拯救自己被卑贱的生活束缚住的灵魂。这正是作者对庸常时间感受所作的形而上层面的思考，蕴含着作家对俄罗斯人生活现实的伦理探索。"小说中潜在的时间观念构成了小说形式的重要内容，在这里，庸常时间特地以琐碎与平庸来标榜自己，从而形成了小说最根本的特征。"① 作家对于塞尔维亚旅店这一时空体的描绘显示出发人深省的伦理意义。

在库普林的很多小说中，作家把庸俗琐碎的时间意识展现在读者面前，生活以平庸乏味的时空面貌出现，而理想化的生活往往展现在另外的时空——主人公的幻想世界或梦境中。那种理想的世界是那样和谐美丽，充满无限生机，那是主人公梦想中的艺术化、节日化的时空体。在幻想时空体的无限扩展中主人公似乎抚慰了自己受伤的心灵。然而现实时空体又总是无情地粉碎了人物的理想时空体，理想时空体与现实时空体互相否定和互相颠覆地交织在一起，我们在这种现实与幻觉的交织中看到了主人公生活的外在现实，也看到了他们内在的精神特征，小说中

① 孙鹏程：《形式与历史视野中的诗学方案》，浙江大学出版社 2012 年版，第 96 页。

的现实环境和人物性格产生了立体化的效果。这是库普林小说叙事艺术的独特之处。作家正是通过现实时空体与理想时空体的对照，批判现实世界的非人道的性质，从而体现出作家创作中的伦理思考和伦理价值。

19 世纪末 20 世纪初是一个高扬人的主体性的时代。康德、黑格尔强调主体生命体验的哲学思想对世纪之交的俄国人产生了深刻的影响。现代主义思潮的兴起挑战了唯物主义的思想观念，人们对外部世界的认识方式由习惯性的认知转化为个体对外界现实的感悟或把握。象征主义强调个性体验，否定以认知为基础的传统审美观念。未来主义更是公开主张改变时间变动的轨迹和方向，强调以人为主体对时间和空间的控制和把握。现代化的进程和现代主义思潮的涌起深刻地影响着小说家的时空观念，小说叙事艺术超越了传统的客观写实的诗学模式，小说的文本形态趋向与西方小说的发展接轨。

## 第四节　狂欢与对话：库普林小说的民间文化构型

"从文艺学层面看，巴赫金认为民间文化、狂欢化文化对文学的发展有巨大的影响。首先，他把民间狂欢化既看成是一种生活存在和生活方式，也看成是一种思维方式，他认为狂欢化的思维对作家的艺术思维、艺术视觉有重要影响。"[1] "就文学体裁本身而言，巴赫金认为小说体裁是最具有狂欢性的体裁，它同民间狂欢化有着深刻的内在联系。从传统眼光来看，史诗是高贵体裁，小说是低俗体裁。巴赫金看重小说体裁，就在于小说体裁由民间文化带来生命活力。"[2] 作为一位来自民间的艺术大师，库普林的创作是植根于民间文化的，他的小说具有强烈的民众意识。作为俄罗斯知识分子，他热爱俄罗斯人民，深刻体会着底层俄罗斯人民的痛苦与欢乐，民间文化给库普林小说创作提供了不竭的营养之源。民间文化所体现的民众的世界观、生活理想和思维方式对库普林的创作无疑有很深刻的影响。因此，库普林的小说题材多是反映底层劳动人民的生活状况，其小说的体裁也不是贵族式的、经院式的，库普

---

① 程正民：《巴赫金的文化诗学》，北京师范大学出版社 2001 年版，第 23 页。
② 同上书，第 24 页。

林的小说体现出受民间狂欢化影响的狂欢性和狂欢思维，体现出其小说体裁所固有的反规范性、多样性、杂语性以及对话精神。

### 一　库普林小说的狂欢化特征

库普林是一位在民间文化沃土上成长起来的作家，他的小说总能让人感受到一种深厚的人道主义情怀和人文精神。对人性的关注、对人的价值的确认，对人的存在状态的揭示都是这种人文精神的体现。库普林来自社会的底层，因此它能深切体会到底层人民所受到的等级和专制制度的压迫，热切向往人与人之间的自由交往和平等对话。"一个时代的文化又是有区分的、多元的、多层面的，有上层文化，有下层文化，有官方文化，有民间文化，有雅文化，有俗文化。因此，在分析一个时代的文学现象时，就需要把握一个时代既有区别又是统一的文化现象，如果只是从单一的文化现象出发，或者不从整体文化现象出发，都无法深入阐明时代文学的本质。"① 民间文化是面向民众的文化，是广场的文化。"当我们跳出已然的体制文化视野，从文化衍生流变这一大视野来检视文化的历史轨程时，就会发现：任何一种形态的文化在其演进生成的过程中都曾穿越过狂欢这一混沌地带，或者说，任何一种文化都可溯源到狂欢生活。狂欢是文化之源。"② 作为颠覆了传统的思维方式的诗学理论，巴赫金的文学狂欢化的概念，可以用于揭示人类一般精神生活和叙事文学中的某些特殊现象。在此我们借助巴赫金的狂欢化诗学理论探讨库普林的《亚玛镇》所体现的狂欢化文学品格，力求通过一种新视角、新方法的研究来解读《亚玛镇》的艺术魅力，从而让我们发现这部作品中许多尚未被揭示过的丰富内涵。

库普林的作品描写了旧制度下底层人民的生活，鞭挞了俄国社会的腐败与黑暗，对穷苦劳动人民表达了深切的同情。由于对十月革命的不理解，库普林在十月革命后长期侨居法国。但主流意识形态的遮蔽不能掩盖他作为世界级经典作家的历史地位，库普林在世界上有很大影响。他的作品如同他本人一样，历经坎坷。人们赞誉他、指责他、肯定他、

---

① 程正民：《巴赫金的文化诗学》，北京师范大学出版社 2001 年版，第 38—39 页。
② 王建刚：《狂欢诗学——巴赫金文学思想研究》，学林出版社 2001 年版，第 1 页。

否定他，对他的作品仁者见仁，智者见智。《亚玛镇》在苏联一直被当作禁书，直至 80 年代后半期才开禁。而在世界各国，《亚玛镇》发表以后曾被译成各种文字在英国、美国、法国、德国、保加利亚、捷克斯洛伐克、波兰、西班牙和瑞典等国家出版。早在 20 世纪 40 年代，我国著名翻译家汝龙先生曾根据英译本将它译成了中文，在读者中产生了一定的影响。随着时代的发展仁者和智者的看法不再是截然对立到互不容忍的地步。这种多元的、变化的看法本身映照出这位作家的丰富复杂，同时也反照出不同时代、不同读者在审美感受上的发展异趣。

美国学者伯高·帕特里奇认为，狂欢是一种社会现象，它是人性的半人半兽特性的动力呈示。他说："人总是处于一种矛盾状态之中，在人的身上，既有文明倾向又有动物本性。人一般是通过节制动物本性而使两者相谐调，但这并不能解决不断增加的压力。于是各种各样的紧张状态就导了一种释放，即狂欢。"① 帕特里奇认为狂欢在社会生活中普遍存在，是自然性与文化性、兽性与人性之间彼此的消长。无论是弗洛伊德的本能宣泄理论，美国"人本心理学之父"马斯洛的高峰体验理论，还是帕特里奇的安全阀理论，都从不同侧面触及狂欢的相关特征，这些都有助于我们更好的理解巴赫金的狂欢理论。相对于弗洛伊德、马斯洛和帕特里奇的理论，巴赫金对狂欢发生学的考察，视野更开阔，现实性更强。他明确将狂欢作为自己的研究对象，考察社会生活各个方面的狂欢现象与形态。狂欢在人类生活中无处不在。狂欢生活可以说也是一种边缘生活，狂欢生活中的人是一种边缘人。狂欢化既是一种人类精神现象，又是一种文学现象。"狂欢化文学作为一种体裁传统，它形成了从诗学观点看至为重要的共性，但在每个作家身上狂欢化的传统都得到别具一格的再现，而且可以为各种不同的流派和创作方法所采用……"② 借助狂欢化思维对具体文本进行分析，可以看到许多过去没有看到的东西，甚至是深层的、潜藏的内容。

在库普林的小说《亚玛镇》中所展示的生活正具有一种全民性的

————————

① ［美］伯高·帕特里奇：《狂欢史》，刘心勇、杨东霞译，上海人民出版社 1992 年版，"前言"第 2 页。

② 程正民：《巴赫金的文化诗学》，北京师范大学出版社 2001 年版，第 87 页。

狂欢化性质。从狂欢化的角度看，整篇小说从头至尾向人们展示的正如一个狂欢的广场或舞台，自始至终笼罩着狂欢化的氛围。生活在其中的每一个人都在其中扮演着各自的角色，带着自己的面具，间或也撕毁着自己的假面。正如巴赫金说："在狂欢节上，生活本身在表演，而表演又暂时变成了生活本身。狂欢节的特殊本性，其特殊的存在性质就在于此。"① 库普林正是通过亚玛镇这个狂欢舞台，让我们看到了在日常状态下被掩盖了的真相和那个时代社会生活的本质。

整篇小说的情节和结构呈现一种"看与被看"的模式：首先是作者领读者在看亚玛镇这个狂欢大舞台。后又有"七个大学生、一个副教授到郊外春游"，类似《十日谈》的结构模式，这些人和一个当地的记者完全出人意料地来到安娜·马尔科夫妓院里，以他们的眼光来看妓院里的一切，这些人后来也参加了这个狂欢广场的演出，甚至成为其中的重要角色。接下去是人口贩子戈理宗特的独角戏。后又有著名女歌唱家罗文斯卡娅及伯爵夫人等几位上流社会的人对妓院的参观，从而也为下文中塔玛拉能够在罗文斯卡娅的帮助下按基督教的仪式安葬任妮娅作了铺垫。最后作者让读者看到的是亚玛镇的覆灭，也同样是令人惊心动魄的狂欢场面。

广场含义的泛化，使如大街、小酒店及其他能成为形形色色的人们相聚和交往的地方通过象征性的转化，形成了狂欢文化中的广场形象，带上了狂欢广场的意味。巴赫金认为，广场形象是长篇小说中不可或缺的因素。《亚玛镇》的开篇，作者就向人们介绍了俨然一个狂欢广场的亚玛镇的所在和场景："街上就象在过复活节：所有的窗口都灯火通明，……所有妓院的大门都敞开着……这里什么人都有……整条街通宵达旦人如水车如龙，喧闹不休。"除了一些典型的狂欢场景，书中每一章节都有层出不穷的饮酒场面、赌博场面、斗殴场面以及一些民风民俗的描绘，透露出作者对普通民众生活的熟悉和作为一位来自民间的艺术大师对民间生活的关注。这些都类似欧洲传统中的狂欢节氛围。"在这种狂欢场面中现实生活中的一切都挣脱了，人们显露出自己的心灵，生

---

① ［俄］巴赫金：《巴赫金全集》第 6 卷，晓河等译，河北教育出版社 1998 年版，第 9 页。

活中的一切在更深刻的意义上被揭露出来。在这种狂欢广场的气氛中和场面中，人的真实本质，人与人关系的真实本质被生动地揭示出来"①，人物的复杂性格得以被表现出来。

对文学中的艺术思维产生巨大影响的是狂欢节上的加冕和脱冕仪式。"在狂欢节上往往通过加冕和脱冕这样的礼仪形式赋予事物深刻的象征意义和两重性，赋予他们令人发笑的相对性。这种形式转化到文学作品中，就用来表现人物命运的急剧变化，使他们在一夜间、一瞬间回旋于高低之间、升降之间，造成一种狂欢的气氛，从而表现事物的相对性和两重性……"② 在《亚玛镇》中，我们可以找到大量的体现这种加冕和脱冕结构的例子。人口贩子戈理宗特出场时举止文雅，穿戴讲究，幽默风趣，慢慢露出了他狠毒、奸诈的丑恶嘴脸。这是一个明显的脱冕结构。看门人西密昂一方面"是窑子里的打手，一头野兽，简直可以说是凶手"，然而他又"实实在在的信仰上帝"，"不分昼夜在神像前点着一盏灯"，他作为一个虔诚的基督教徒，甚至令人"相信有朝一日他会出家去修道，成为一个伟大的持斋者和祈祷者"。小说里，无数个表面上道貌岸然的伪君子，满嘴仁义道德的伪君子，包括那位自认为是"俄国知识界的精华和骄傲"的副教授雅尔琴科转眼间卸去了伪装，撕去了假面，露出了好色之徒的真面目。无数来自"文明"世界（上流社会）赋有社会身份和尊严的人相继在这"肮脏"的角落里撕下了"文明"的遮羞布，恢复了他们原本野蛮丑恶的面目。正是在这里"文明"人和妓女遭遇，他们分不出"文明"的等级。而在这些被侮辱和被损害的妓女身上却时时闪烁着人性的光辉。作为闻名全俄国的女演员、歌唱家罗文斯卡娅在现实生活中拥有着众多的崇拜者，观众的欢呼、鲜花和豪华的生活……然而这些都不能使她感受到安慰，在安娜·马尔科夫娜妓院里，落入火坑的姑娘们给她"上了有益的一课"，使她卸下了女王的面纱，露出了人性的真诚。

《亚玛镇》中类似以上脱冕和加冕的例子比比皆是。通过这种加冕和脱冕的结构使我们看到了这些人的正反两面：真诚与虚伪，善良与邪

---

① 程正民：《巴赫金的文化诗学》，北京师范大学出版社 2001 年版，第 94—95 页。
② 同上书，第 93 页。

恶，真与假，美与丑，这些人性中相互对立的两极奇妙地组合在这些俄罗斯人身上。人的内心就是这样充满了矛盾，充满着各种可能性。小说的实质上也是对人的灵魂的拷问。库普林如陀思妥耶夫斯基一样，把人逼到极致，将人内心彻底翻搅，他们作品中流露出对人至善至美的怀疑，对人及其存在状态的无情揭示，传递出 20 世纪的现代意识。人的非理性，人的原始粗野本能欲望的被库普林描写得一览无余。在对人的哲学本体的艺术观照方面，库普林同陀思妥耶夫斯基一样具有深刻性。

　　在《亚玛镇》里，傻瓜、骗子及小丑等这些狂欢化文学中的愚蠢载体发挥着特殊的形式体裁面具功能。在这里，很多事情都发生了错位。如果哪位姑娘对男人产生了爱情往往被称作"傻瓜"。这其中无疑流露出这些被侮辱与被损害的少女对男性世界的彻底失望和不信任，也是对人性中尚存的美好天性的失望和怀疑。文明与野蛮的内在悖论是《亚玛镇》的主题。也就是说，在亚玛镇所有一切都是错位和面具化的。妓院代表着淫乱、野蛮，是文明所不齿的角落，从业的妓女也是在"文明"社会丧失身份和人格尊严的人。而正是在这个角落里，还留存着对于"文明"社会建构的对于爱情的憧憬。由于身陷风尘却憧憬爱情的妓女而获得"傻瓜"的绰号，这个"傻瓜"的称谓便是真正的加冕——文明的加冕。大学生李霍宁出于善良和正义的目的想把一位落入火坑的妓女柳勃卡拯救出火坑，在严酷的现实生活面前他的义举也只能遭到失败的命运，自己也落得一个可悲、可笑、可耻的下场，从而把一桩美和崇高的行动演绎成一出可恶的闹剧和深刻的悲剧。李霍宁的角色在小说中无疑是肯定与否定的正反同体。无论作者还是读者都无法否定李霍宁初衷的美好和善良，也无法认同他行为的幼稚和愚蠢。为了报复上流社会，塔玛拉在一个老经纪人面前扮演了一个多情的情人角色，从而骗走了大量钱财而逃之夭夭，展示了这位少女对这个腐败社会的仇恨。这是个集善良美丽、聪明机智与阴险狡猾于一身的形象，是一个集爱与恨于一身的正反同体的精灵。

　　间或出现的小丑形象也在亚玛镇这个狂欢舞台上起着串场和改变气氛的作用。"小丑就像课堂上那个调皮的学生，可以毫不留情地指出先生的错误，给先生一个尴尬，博得同学们哄堂大笑，课堂因它的出现不再死寂沉沉。小丑在揭露生活的虚伪时，不是板着面孔、郑重其事的，而是嬉笑着。"① "小丑最大的便利就是可以逃避人生的责任，在可以不负责任的前提下说出事情的真相。当然，所有这一切都是通过转移的方式来实现的，小丑的言行是双重甚至是多重的。"② 当著名歌唱家罗文斯卡娅为了"见识见识他们所陌生的那种生活"来到妓院，喝醉了酒的"小白妞曼卡穿着内衣和镶花边的白短裤突然闯进客厅里，一下子倒在地板上，……弄得在座的人也跟着哈哈大笑。可是笑声还没有持续多久……曼卡突然坐在地板上大喊大叫起来："好啊！我们这儿来了新的姑娘啦！"气氛因此发生了陡转。曼卡所起的作用正如狂欢诙谐文化中的小丑所起的相反相成、亦庄亦谐的文学功能。

酒醉的曼卡因为醉而以她的眼光看世界，说出常人不能说或说不出的话，担负着暗示作者创作意图和交代故事发展线索的任务。喜剧性的角色寓谐于庄，铺垫夸张、自然大方地引出了由塔玛拉等姑娘们对上流社会妇女空虚无聊、腐化堕落、荒淫无耻却又自认为高尚正派行为的无情揭露和激烈反击。作者利用小白妞曼卡酒醉而给了她扮演小丑的机会。她的出场打破了等级的屏障，填平了高雅与卑俗的鸿沟，制造了"新奇"与"陌生化"的效果，体现了狂欢的精神，使这些落入火坑的弱女子有机会说出作者没有直接说出的社会内容。而脱掉"外衣"的小白妞曼卡，脱去的正是"文明"的面具！库普林在这里所做的也许是对所谓"文明"以及被"文明"的霸权话语妖魔化了的"野蛮"的反思。作者在这里揭示的是"文明"对于"野蛮"的压迫以及"文明"本质上的虚伪和堕落。

正如巴赫金所说："现存世界的毁灭是为了再生和更新。世界既死又生。一切现存事物的相对性在怪诞风格中总是欢快的，怪诞总是充满着更替的欢乐，哪怕这种欢快和快乐已渐弱到最低限度。"③ 在小说的结尾，亚玛镇在一场疯狂、血腥、野蛮的骚乱中被捣毁。亚玛镇的狂欢落下了帷幕，然而它留给人们的思索是无尽的。《圣经》中所多玛城因邪恶和堕落被上帝（正义或天道）所毁，亚玛镇最后的结局也是由于

---

① 王建刚：《狂欢诗学——巴赫金文学思想研究》，学林出版社 2001 年版，第 97 页。

② 同上。

③ ［俄］巴赫金：《弗朗索瓦·拉伯雷的创作与中世纪和文艺复兴时期的民间文化》，文艺出版社 1990 年版，第 365 页。

"文明"和"野蛮"的颠倒毁于腥风血雨之中。这就像一个寓言：一切邪恶和野蛮都将为天道所罚。库普林在这里对于"文明"与"野蛮"的幻象和颠倒的批判体现了库普林的宗教伦理立场。同时，亚玛镇的覆灭也体现着一种狂欢式的世界感受，体现着一种交替与变更的精神，死亡与更新的精神，摧毁一切与更新一切的精神。死亡意味着新生，摧毁意味着重建，诅咒意味着祝福。

《亚玛镇》始终笼罩着狂欢的氛围，充满着狂欢的双重性：悲喜交替、苦乐相间。所有的情节及人物设置都是以"狂欢化"的形式"颠倒"回它们原本的位置上来。狂欢的背景和场面掩盖的是种种人间悲剧，轻松欢快的鼓乐声遮掩不住弱女子不幸的涕泣，宴饮中的美酒里掺和着妓女们辛酸的眼泪。在这里，快乐祥和的气氛转眼变为人与人相互间的殴打和谩骂，滑稽可笑的表演、纵情嬉闹之后跟着的是死亡或骗局。现实打碎了人们的盲目乐观。生活露出了它的荒诞性。在《亚玛镇》整篇小说狂欢的氛围中突出的是严肃而深刻的悲剧主题：这是社会的悲剧、人性的悲剧，人类的悲剧。透过亚玛镇的狂欢，人们看到的是这个世界的荒谬。种种怪诞现象和荒谬感使人从一种批判意识发展成为一种彻悟意识。

巴赫金认为，弱化形式的笑在进入文学中都会发生一些变化，这是一种艺术地观察和把握现实的确定的方法，是构架艺术形象、情节、体裁的一种确定的方法。在库普林所描绘的现实结构里，我们虽然听不到笑声，但无疑看到了作家诙谐的痕迹，这是对现实的嘲弄与抨击。库普林是一位在民间文化沃土上成长起来的艺术大师。库普林从小体验着作为下层人必然经受的苦痛，看到了社会的黑暗与不平，所以库普林能够洞察这一切。在卷首，库普林说："我知道，许多人都会认为这是一部淫秽而有伤风化的小说，然而我还是竭诚地把它献给母亲和青年们。"①库普林大胆而深刻地揭示这旧俄社会毒疮，将传统所蔑视的题材加冕，以动摇和瓦解官方的、形而上学的一元权威、等级制和话语霸权，为的是引起疗救的注意，为消灭这人间的火坑而寻找救世之良方。

作为一个正直的作家，决不回避描写罪恶，但不是抱着欣赏的或无

---

① А. И. Куприн. Яма.［Монография］М. : Изд－во АСТ: Люкс, 2005, с.1.

动于衷的、好奇的心理去描写，而其目的在于让人们从罪恶中得出重要的教训。这是衡量作品是卑下还是崇高、作家是堕落还是高尚的重要尺度。"讲到描画卖淫制度的本体，而不是把卖淫制度当作附属的背景来描写，那即使不是独一无二的，却要算是最优秀的画手，又是一个俄国人，库普林。"① 这是小说《亚玛镇》的英译者 B. G. 葛尔耐对小说及其作者所给予的高度评价。从丑恶中挖掘出给人们如此重要教训的美来，把现实的丑转化为艺术的美，这也正是库普林《亚玛镇》给世纪之交俄罗斯文学狂欢化所奉献的一幕人间悲喜剧。在《亚玛镇》中，库普林向我们生动地展示了亚玛镇这个狂欢广场，或者是上演着种种人生世相的舞台。这个狂欢的世界表面上欢乐喜庆，实际上是笼罩在阴霾沉重的俄罗斯灰色的天空下。《亚玛镇》这个狂欢广场渗透了库普林的批判激情，也体现了库普林的艺术力量。

"筵席交谈是指筵席上的对话。筵席本身也构成这种对话的话题。筵席是肉体的盛宴，具有很强的形而下或物质化特征，这不仅是指筵席上被吃喝所消费的对象，还指筵席上助兴的言谈本身。"② 库普林小说《亚玛镇》、《决斗》、《麻疹》、《生命的河流》、《摩洛》、《石榴石手镯》、《黑色的闪电》等许多小说中都有这种筵席交谈或筵席中的对话。"真理不是产生和存在于某个人的头脑或内心世界的，而是产生和存在于共同寻求真理的人们之间，存在于对话的交际过程中，因此，真理的探索是一个公众事件，一种广场行为。"③ 库普林小说经常借用筵席语境来展示人际关系和实现对话，来评说现实生活中的人情物态，这都是狂欢化向日常生活的渗透，也使库普林小说世界呈现一种杂语的多元的状态，这也是俄罗斯文学的一个特色。

林精华在《俄国白银时代小说诗学研究》中发现白银时代小说空间形式的变化，除了受马克思主义思想影响之外，还受市场经济大潮中兴起的大众文化和传统民间文化的影响，这种情形以库普林的《冈比例努斯》为代表。"该主人公萨什卡功能模式在《冈比例努斯》啤酒铺

---

① 转引自常有《论库普林小说〈亚玛〉的文学特色》，《山西大同大学学报》（社会科学版）2008 年第 3 期。

② 王建刚：《狂欢诗学——巴赫金文学思想研究》，学林出版社 2001 年版，第 116 页。

③ 同上。

这一民间文化象征空间中形成，作为民间知识分子，其功能指向如何通过在广场上传播民间音乐，唤起人们对生活的热爱、恢复人在疲劳之后的生命力、激起人们反对官方秩序性行为的热情。《冈比例努斯》充满着狂欢化精神，萨什卡的功能本身是这种大众文化的精神象征，人物的生命过程和历史变迁过程淹没在民间文化的空间中……《冈比例努斯》的主人公的功能指向直接指向民间文化，通过空间形式正面肯定与官方文化相对立的民间文化，把主人公在时间上才能体现出来的命运变化，淹没在小说空间形式中，这是一部在俄国乃至整个欧美都很少见的作品。"[①]库普林的创作深深植根于民间文化的肥沃土壤，同许多旨在恢复古老的民间文化传统的作家一样，"他们艺术思维的狂欢化并不一定是出于挑战传统或官方的需要，而是与他们成长的环境有关，与他们对文学生存现状的理解有关，也与他们与民间有难以割舍的情缘有关，他们的所作所为带有自发的特征。"[②]

库普林是一位来自民间的艺术大师，其艺术观追求大众化，对民间艺术无限钟爱。他的创作反映了他对生活的痛苦感受和深刻思索。"在民间性、民间诙谐文化的广阔背景中剖析小说（特别是狂欢化程度高的小说），能发现许多过去没有发现的东西，特别是其深层的内涵和潜文本。"[③]狂欢化视野可以使我们从多侧面、多角度来审视库普林作品的内涵和底蕴，使我们看到社会舞台上形形色色面孔的正反两面，看到人生舞台上人性的多棱镜。库普林用最清醒的现实主义去撕毁现实的一切假面，他的创作不仅仅停留在文学的领域，同许许多多的俄罗斯作家一样，他们总是通过文学进行着人类生活道路的探索，以自己的创作表达知识分子的社会责任感和人类使命感。

**二　库普林小说中的复调和对话性**

复调原本是一个音乐术语，是欧洲 18 世纪古典主义时期以前被广泛应用的体裁，复调体裁的音乐不存在主旋律和伴声的区分，所有的旋

---

① 林精华：《俄国白银时代小说诗学研究》，博士学位论文，北京师范大学，1997 年。
② 王建刚：《狂欢诗学——巴赫金文学思想研究》，学林出版社 2001 年版，第 140 页。
③ 夏忠宪：《巴赫金狂欢化诗学研究》，北京师范大学出版社 2000 年版，第 159 页。

律都按自己的声部独立进行，相互交织。在 1929 年出版的《陀思妥耶夫斯基创作问题》一书里，巴赫金用复调这一音乐术语，形象地阐释和说明了陀思妥耶夫斯基的创作特点："陀思妥耶夫斯基笔下世界的完整统一，不可以归结为一个人感情意志的统一，正如音乐中的复调也不可归结为一个人感情意志的统一一样"；"复调的实质恰恰在于：不同声音在这里仍保持各自的独立，作为独立的声音结合在一个统一体中，这已是比单声结构高出一层的统一体。如果非说个人意志不可，那么复调结构中恰恰是几个人的意志结合起来。从原则上便超出了某一人意志的范围。可以这么说，复调结构的艺术意志在于把众多意志结合起来，在于形成事件"。[①]"复调小说中由不同的人物及命运所构成的统一的客观世界，并不是在一个统一的意识支配下一层一层地展开的，而是众多的地位平等的意识（即主人公）连同他们各自的世界被结合在了某种统一的事件之中，他们相互之间不发生融合，而是处于彼此交锋、对话和争论之中。"[②] 库普林继承了陀思妥耶夫斯基的对话型的现实主义，在小说中运用了复调和杂语的艺术手法，刻画了主人公内心深处不同思想和意识的交锋，通过有充分主体性的个体存在发现一个全新的世界，通过对话揭示"人身上的人"。

"任何一种话语有两个主体，也就是潜在的对话体。"[③] 库普林的长篇小说《决斗》典型地体现了复调小说的艺术特色。首先，《决斗》这部小说的主人公罗马绍夫的思想意识经常处于一种独特的自我矛盾中，库普林通过复调的形式来展示主人公的思想状态，主人公的自我意识常常呈现一种自我对话的情景，例如在小说第六章罗马绍夫有这样一段内心独白：

> "哼……你忘了？祖国呢？摇篮呢？祖先的遗骸呢？祭坛呢？
> ……还有军人的荣誉和军纪呢？要是外敌入侵，谁来保卫你的祖
> 国？……不错，可是我一死，无论祖国，敌人、都不存在了。他们

---

① 巴赫金：《巴赫金全集》第 5 卷，白春仁等译，河北教育出版社 1998 年版，第 27 页。
② 凌建侯：《巴赫金哲学思想与文本分析法》，北京大学出版社 2007 年版，第 264 页。
③ ［法］托多罗夫：《巴赫金对话理论及其他》，蒋子华、张萍译，百花文艺出版社 2001 年版，第 261 页。

只是在我的意识活着的时候存在。但是即使祖国、荣誉、军装以及那些美丽的辞藻统统都消失了，我的我依然不可侵犯地存在。可见，我的我毕竟比义务、荣誉、爱情所有这类概念更重要吧？现在我在服役……可是我的我说：我不愿意！不，不光是我的我，而是更多的……组成军队的成百万的我，不，还要多，假使地球上居住的所有的我都突然说'我不愿意呢'？那么战争就立即变得不可思议，那么永远、永远不会再有这些个'成二列'和'向右转'，因为没有这个必要了。对，对，对！完全正确，完全正确！"一个喜气洋洋的声音在罗马绍夫的心中喊道。"所有这些勇敢精神、军人纪律、对长官的敬重、军服的荣耀以及整个军事科学，全都是建立在人类不想说、或者是不会说、或者是不敢说'我不愿意'这一基础上的。"①

　　正如陀思妥耶夫斯基的小说一样，"不是大量的人物和命运在作者意识下的单一客体世界发展，正是多种意识，它们具有同等的权利，拥有自己的世界，在事件的统一中互相组合而不混为一谈。主人公的意识是一个他人意识，是属于他人的，没有被物化、封闭，没有成为作者意识的一个简单客体。……主人公针对自己和社会所说的话和普通作者的话语有同等的分量。它没有像它的特点之一那样服从于主人公的客体形象；也不是作者的代言人。它在作品结构中有着特殊的独立性，它与作者的声音产生共鸣，并以一种特殊的形式与作者及其他人物的声音相结合。可能产生叙述，构成描写或提供信息的状况必须确定在与新的世界相符的新的模式上——这不是一个有许多客体的世界，而是有充分权力的主体世界。这种他人意识不是封闭在作者意识中，而是在外部和在旁边从内部表露出来，作者与它进入对话关系。作者创造（不如说再创造）像普罗米修斯一样的独立于他的、活生生的人，并与他们处于同等的地位。"② "人，生命，命运有一个开端和

---

① ［俄］亚·库普林：《决斗》，朱志顺译，上海译文出版社 2002 年版，第 70 页。
② ［法］托多罗夫：《巴赫金对话理论及其他》，蒋子华、张萍译，百花文艺出版社 2001 年版，第 321 页。

一个结束，出生和死亡；只有意识从本质上讲是无限的，因为它只能从内部表露出来。"①《决斗》中有很多这样的主人公的内心独白。我们稍加分析即可发现，这种内心独白是由两种或多种不同的声音的对话组成的，正如音乐中的复调一样，一种声音和另一种声音在主人公的内心独白中进行着一场争论和对话，表达了主人公内心世界两种或多种不同思想意识的交锋，生动地体现了主人公独特的内心世界和思维活动，呈现一种复调结构。在库普林的其他小说中也有许多表现主人公自我意识处于紧张的矛盾、争论状态中的复调结构。如《亚玛镇》、《夜勤》、《麻疹》、《献身者》等小说中都有很多这样的例子。主人公的自我意识是作者观察和描写的主要对象，通过作者的描写，主人公的意识完整地呈现在读者面前。正如陀思妥耶夫斯基许多小说的主人公具有自我反思的能力一样，库普林上述小说的主人公也具有这方面的特点。

《决斗》中的主人公具有强烈的自我意识，其强烈程度几乎超过了作者的意识，至少达到了与作者意识平起平坐的地步。在库普林的小说中读者可以听到很多主人公的声音，这种声音有时超过了作者的声音，使小说总体上呈现一种明显的复调形式。作者赋予了主人公极强的自我意识，"要贯彻这种崭新的创作立场，就必须采取一整套与之相应的写作方法，将属于作者视野的东西也纳入主人公的视野"。②"没有必要与他人进行实在对话，最具个性的行为，也就是自我意识已经引出了一个对话者，一种看着我们的目光。"③

《决斗》中的罗马绍夫有一个有趣的习惯：他常常想象他在别人眼中的地位和形象。例如有一次他从一位年轻的太太身边经过，心中照例又想到："美丽的陌生女郎的双眼愉快地注视着年轻军官那挺拔瘦削的身躯。"然而现实又常常与他这种美好的自我想象或自我意识形成强烈的反差。"往前走了十步，罗马绍夫突然转身，想再度与美丽太太的目光相遇，这时却发现她和她的旅伴都在望着他的背影得意地讥笑。这时

---

　　①　[法] 托多罗夫：《巴赫金对话理论及其他》，蒋子华、张萍译，百花文艺出版社2001年版，第311页。

　　②　凌建侯：《巴赫金哲学思想与文本分析法》，北京大学出版社2007年版，第269页。

　　③　[法] 托多罗夫：《巴赫金对话理论及其他》，蒋子华、张萍译，百花文艺出版社2001年版，第214页。

候，罗马绍夫突然极其清晰地、仿佛从旁观者的角度想象起自己的模样、自己的套鞋、军大衣、苍白的脸、近视眼以及自己一贯的惊慌失措和笨拙，回想起自己刚才想到的那一华丽的词句，难以忍受的羞耻使他的脸红得发烫、烧得火辣辣地疼。"① 这样，作者生动形象地刻写了主人公强烈的自我意识，写了主人公自我眼中的"我"和他人眼中的"我"，突出了主人公自我意识和他人意识的交锋、矛盾，这种不同意识的交锋也形成一种复调结构，给人深刻的印象。"只有把我看做是他人，通过他人，借助他人，我才能意识到我，才能成为我自己。最主要的行为，也是个人意识的构成部分，取决于另外一个意识（也就是你）。失去自己的最主要的原因就是决裂、隔绝、自我封闭。任何一种内心活动都有接壤处，与他人相遇，而它的实质也存在于这种激烈的相遇中，人本身（不论是内在还是外在）是一种深层交际。人即交流。对他人来说，人是一种通过他人成为自己的人。……在观察自己内心的同时，他通过他人的眼光去看自己。我不能没有他人，没有他人，我就不能成为自己；我必须置身于他人，在我身上找到他人（在反映中，在相互观察中）。"②

《决斗》中不同主体不同意识的交锋也表现在人物之间的对话中。小说中有很多人物聚集在一起就某一话题争论不休的场面。例如小说的第一章通篇写的是几名尉官聚到练兵场的一头聊天、抽烟，他们在谈论着军队生活和训练中一些有意义和无意义的话题。整个一章几乎是由这几名尉官之间的争论构成。这些争论无疑可以看成是具有不同意识的主体之间的对话，作者几乎处于不在场的地位，每一个参加议论的人物的言论代表一种声音，几种声音构成了这一章的复调结构。《决斗》中有很多这样的争论场面，即不同人物声音或意识组成的复调结构。在库普林的其他小说如《亚玛镇》、《麻疹》中也出现很多这样的情形。

"陈述文的最重要之处，或者说是最不被认识之处，就是它的对话性，也就是文本间的联系。"③ "每一段话语都有意或无意地与先前同一

---

① ［俄］亚·库普林：《决斗》，朱志顺译，上海译文出版社 2002 年版，第 17 页。
② ［法］托多罗夫：《巴赫金对话理论及其他》，蒋子华、张萍译，百花文艺出版社 2001 年版，第 308—309 页。
③ 同上书，第 172 页。

主题的话语，以及它预料和明示的将来可能发生的话语产生对话性。个体的声音只有加入到由业已存在的其他声音组成的复杂和声才能为人所知。不仅在文学中是这样，在所有的话语中都是这样。……小说是最能促进这种复调性的一个体裁。"①《决斗》突出地体现了这种陈述文本的对话性。这种对话性不仅体现在同一主体自我意识内部不同声音之间的对话，自我意识和他人意识之间的对话，不同主体、不同意识之间的交锋和争论，有些场景和场面笼罩着强烈的复调氛围，明显地呈现一种复调结构。

在小说的第九章，整个一章写的是罗马绍夫与彼得松太太即赖萨·亚历山德罗夫娜为处理他们之间庸俗乏味的暧昧关系而进行的一场争论。这场争论发生在夜晚军官俱乐部的舞厅里。这时候，一边是罗马绍夫与彼得松太太争得面红耳赤，一边是舞厅里震耳欲聋的音乐和舞会参加者们的狂欢，整个场面交织在一起，几种声音此起彼伏，罗马绍夫的声音与彼得松太太的声音构成一种对话，而舞厅的音乐和舞会的领舞者的呼喊成为这种对话的伴奏，整个场面具有强烈的狂欢氛围和音乐性。作者把一场处理低级、乏味的恋爱关系的争执设置在一场气氛热烈的舞会中，产生一种强烈的音乐效果，形成一种鲜明的复调结构。"两种并列的文本、陈述发生了一种特殊的语义关系，我们称之为对话关系。这种对话关系就是交际中所有话语的语义关系。"② 对话反应使话语人格化，并对它产生反应。罗马绍夫与彼得松太太之间的争论和舞会中的鼓声及管乐声的震耳欲聋的轰响，还有领舞者为活跃舞会气氛时而发出的特别高亢的喊声，这几种声音交织在一起，混杂在一起，产生了强烈的艺术效果。正如《决斗》中罗马绍夫在自己的梦中所感受到的："生活是有声有色，充满着欢乐的，然而在这欢腾的世界的边缘某处，在遥远的地平线上，仍然存在着黑色的不详的斑点：那里隐藏着灰蒙蒙的、凄凉的小镇，有枯燥乏味、繁重恼人的职务，有连队的训导室，有酗酒的俱乐部，有沉重的负担和令人厌恶的恋爱关系……"③ "……对话性上

①　[法]托多罗夫：《巴赫金对话理论及其他》，蒋子华、张萍译，百花文艺出版社2001年版，第172页。

②　同上书，第259页。

③　[俄]亚·库普林：《决斗》，朱志顺译，上海译文出版社2002年版，第62页。

下文没有界限。（它消失在无限的过去和将来）即使是过去的意思，就是说，在过去几个世纪的对话中产生的意义也永远不可能是不变的，它们的对话在今后的发展过程中一直在变化（在不断更新）。在对话体发展的每一个阶段存在着大量的、无限的被忘记的意思。"①

从《决斗》这部小说总体上看，除了罗马绍夫这位小说的主人公，这部小说里还有两个人物相当于罗马绍夫的另外"自我"：纳赞斯基和赫列布尼科夫。纳赞斯基是同罗马绍夫一样有着活跃的思想、富于幻想的年轻军人。不仅他们在空虚寂寞的生活中爱上了同一个女人，纳赞斯基的很多思想都在罗马绍夫心里产生强烈的共鸣。纳赞斯基是最懂得罗马绍夫的一个人，与他同病相怜，与他同样的感情细腻，心地善良。《决斗》在二十一章里写的几乎全部是罗马绍夫在参加决斗前与纳赞斯基的对话。通过这种对话罗马绍夫似乎明白了很多东西，摆脱了一些困惑，甚至坚定了逃离这种空虚、无聊军队生活的决心，也就是说，通过与纳赞斯基的交流，罗马绍夫清楚了自己长期以来没有能够想清楚的问题。赫列布尼科夫是罗马绍夫第二个"自我"。每当遇到巨大的伤心之事后，罗马绍夫常常"在梦中梦见自己还是个孩子。既无污泥，也无悲愁，生活一如既往，身上充满朝气，心灵光明、纯洁……整个生活有声有色，洋溢着欢乐，但是黑色的充满敌意的斑点却像黑色的幽灵，窥视着罗马绍夫，等待逞威的时刻。只有纯洁无瑕，无忧无虑、天真无邪、弱小的罗马绍夫在痛哭正在离去的、仿佛在这凶险中漂浮的孪生哥哥。"② 罗马绍夫曾经痛切地意识到，"他本人的命运与这个不幸的、挨打挨骂的、受尽折磨的士兵的命运奇怪地、密不可分而又讨厌地联结在一起了。他们就像一对得了相同疾病的残疾人，会使别人产生同样的嫌恶感。意识到境况相同虽然会使罗马绍夫感到刺心的耻辱和厌恶，但是其中毕竟有一种不同一般的、深刻、真实、人道的感情。"③

这样，在《决斗》这篇小说里，在罗马绍夫身上总有一个第三者，也就是另一个罗马绍夫在与他自己对视、观察、分析、对话，读者看到

---

① ［法］托多罗夫：《巴赫金对话理论及其他》，蒋子华、张萍译，百花文艺出版社2001年版，第330页。

② ［俄］亚·库普林：《决斗》，朱志顺译，上海译文出版社2002年版，第62页。

③ А. И. Куприн. Поединок［Монография］М.：Дрофа，1998，с.192.

了罗马绍夫自我眼中的"我"和他人眼中的"我"，还有另外两个与他命运相似的人作为罗马绍夫的另外"自我"存在着，这就使整篇小说在结构上也呈现一种复调，作者通过罗马绍夫自我意识内部的对话、自我意识同他人意识的对话，不同意识之间的对话，展示了主人公丰富多彩的内心世界。

"巴赫金对审美移情中'我与他人'的关系，作了如下的现象学描绘。他认为审美活动的第一个要素便是移情：我应体验（即看到并感知）他所体验的东西，移情到这个他人身上，从价值上像他本人那样从内部观察他的世界，站到他的位置上，仿佛与他重合为一。"① 因此，当《决斗》中的罗马绍夫深刻地体验到士兵赫列布尼科夫的无助和痛苦之后，内心产生了深刻的同情，并向他伸出了援助之手，体现了作者的人道主义情怀。接着，罗马绍夫的意识又回到自己的位置上来。《决斗》中罗马绍夫与纳赞斯基的交往中，也体现了巴赫金所说的"由我的超视去补足被观照他人的视野，同时又不失去其特殊性"②。

巴赫金在《审美活动中的作者与主人公》一文中说到："认识的世界及其每一个因素，只能成为思考的对象，同样的道理，这个或那个内心感受和心灵整体，要进行具体的体验（从内心感知），必须要么从'自己眼中之我'的范畴出发，要么从'我眼中之他人'的范畴出发，换言之，要么作为我的感受，要么作为这一确定而唯一之他人的感受。"③ "法国哲学家萨特从纯粹主观性和纯粹意识活动出发，也提出两个根本不同的存在领域，即'自在存在'和'自为存在'。他认为，我以外的世界是'自在存在'，这是一个荒谬的、多余的存在；而作为人的'自我存在'，即是人的主观意识的'自为存在'。但是他把'自为'看成是实际上的'无'，通过这个'无'产生了物体，如果没有'自为'，'自在'就失去了本质的意义。"④ 也就是说，"自在之我"是指尚未达到自我意识而成为独立的人的状态，而"自为之人"，则指达

①　晓河：《巴赫金哲学思想研究》，河北人民出版社 2006 年版，第 114 页。

②　［苏］巴赫金：《巴赫金全集》第 1 卷，晓河等译，河北教育出版社 1998 年版，第 121 页。

③　同上书，第 120 页。

④　晓河：《巴赫金哲学思想研究》，河北人民出版社 2006 年版，第 64 页。

到自我意识而成为独立的人的状态，"自为的我"对周围世界的认识已经从感性阶段上升到理性阶段，从感性认识上升到理性认识。

因此，库普林在《决斗》中塑造了罗马绍夫这样一个有着强烈的自我意识的人，实际上是一个"自为之我"的罗马绍夫，这个"自为之我"的罗马绍夫，认识到自己的行为或存在在这个世界中的唯一性：

> "**我**——这是内在的，"罗马绍夫思忖，"而其他一切——那是外人的，那不是**我**。比如这个房间、街道、树木、天空、团长、安德鲁谢维奇中尉、服役、军旗、士兵，这一切都不是**我**。是的，是的，这不是**我**。比如我的双手和双脚，"罗马绍夫惊奇地看了看自己的双手和双脚，将手举到眼前，仿佛第一次仔细这样看，"不，这双手不是**我**。可是我要掐一下自己的手……哦，原来是这样……这是**我**。我看见了这只手，我将他朝上举，这是**我**。我现在所想的事，这也是**我**。如果我想走动，这是**我**。现在我这样站着，这也是**我**。①

罗马绍夫意识到的"我"是对自己的意识、感觉和认识。这种自我可以说是精神上的"我"，人格上的"我"，是一个积极、能动的主体，也就是精神自我、人格自我。罗马绍夫这种对自己的意识、认识、感受、体验正与巴赫金著作中的"自我"、"自为之我"相同，这种"我"或"自我"、"自为之我"强调的是人的主观意识和内在精神。

"'自为之我'的更高一级，它的进一步发展，是'为他之我'，也就是说，在伦理学角度上说，是'道德化了的我'，这么一来，'自我'不在这一对比之中，而'自为之我'却具有'道德化了的我'这一涵义，因为这个'我'（强调一点，是巴赫金著作中的'我'），可以说是'自在自为为他之我'。上述的这种对'我'的规定性，与弗洛伊德对人的论述'本我、自我、超我'有点类似，但不同之处，因为弗洛伊德只承认这三种属性的存在，集于一身，而巴赫金的论述，都要使人走向'为他之我'，走向与他人的对话与归宿，论说的出发点与归宿是

---

① ［俄］亚·库普林：《决斗》，朱志顺译，上海译文出版社 2002 年版，第 68 页。

不相同的。"① "这是一个真实世界中的真实的我，是具体的一个人。巴赫金是从"存在"、"生存"观出发来看待这个"我"的。"我"是在这个世界上生活、思索、行动的。我在这个世界上占有自己的时间和空间。在我现在所占有的这一时空中，是唯一的、确定的、真实的，是其他人不可替代的。"② 这是唯一的存在之我："是独一无二的完全确定的我，在特定的时间和特定的条件下的我，亦即思想实现的全部具体历史过程。"③ "我存在着……我的的确确存在着，我有义务说出这一点；我以唯一而不可重复的方式参与存在，我在唯一的存在中占据着唯一的、不可重复的、不可替代的、他人无法占有的位置。"④ "在巴赫金看来，这个唯一之我，不仅仅是一个自然的生物实在，一个自然的人。他不是孤独地生活着的一个封闭的人，他不是一个自在的人，一个唯我论者。他是一个社会的人，一个开放的人，一个未完成的人，一个自为为他的人。他不仅有肉身，而且也有灵魂，有精神，是与社会有着广泛联系的人……"⑤

　　对话关系，不仅是我和他人的主体间的关系，而且也是一种含义关系。因此，潜在于文本之间、表述之间、话语之间的关系也是一种对话关系，其中包括作为人的作者与主人公形象之间的关系。因而只要表现出含义关系的，就是一种对话关系。巴赫金说："复调小说整个渗透着对话性。小说结构的所有成分之间，都存在着对话关系，也就是如同对位旋律一样相互对立着。要知道，对话关系这一现象，比起结构上反映出来的对话中人物对语之间的关系，含义要广得多；这几乎是无所不在的现象，渗透了整个人类的语言，渗透了人类生活的一切关系和一切表现形式，总之是渗透了一切蕴涵意义的事物。"⑥ 巴赫金用"大型对话"和"微型对话"勾画了复调小说的两种对话方式："大型对话"，意指小说内部和外部的各部分之间的一切关系，主要涵盖了各个层面的架

　　① 晓河：《巴赫金哲学思想研究》，河北人民出版社 2006 年版，第 68 页。

　　② 同上书，第 73 页。

　　③ ［苏］巴赫金：《巴赫金全集》第 1 卷，晓河等译，河北教育出版社 1998 年版，第 5 页。

　　④ 同上书，第 41 页。

　　⑤ 晓河：《巴赫金哲学思想研究》，河北人民出版社 2006 年版，第 74 页。

　　⑥ 朱崇科：《张力的狂欢》，上海三联书店 2005 年版，第 90 页。

构、人物与社会思想之间及作者与主人公之间的对话关系；"微型对话"，主要指文本内部比如人物心灵内部等，"对话还向内部渗入，渗进小说的每种语言中，把它变成双声语，渗进人物的每一手势中，每一面部表情的变化中，使人物变得出语激动，若断若续。"①

从以上我们对库普林小说《决斗》的分析中可以看到，复调小说正如一种众声喧哗的对话，更具有一种对话性的多元性。在这种多元性的对话中，不同意识相互作用、相互渗透，但任何意识和声音都处于相对独立和自由的地位，这种小说给读者最深刻的印象是主人公的思想和这种思想的发展，亦即"自我意识成了对主人公进行艺术描写的主要成分"。②"'自我意识'应该是自我确证，自我省思和与他者对话的对象这三个层面上的共同存在。本世纪以来的现代主义和后现代主义小说，也非常看重'自我意识'，但多半只抓住了作者'自我意识'的一维，而忽略了他者'自我意识'的一维。"③正如陀思妥耶夫斯基的小说把思想作为艺术描绘的对象一样，库普林在小说《决斗》中塑造了思想者罗马绍夫的形象，这个形象的主要价值是它（包括作为其自我的他者）的蕴涵无尽的思想，即罗马绍夫这个主人公"人身上的人"，这个"'人身上的人'不是物，不是无声的客体，这是另一个主体，另一个平等的我，他应能自由地展示自己。而从能观察、理解、发现这另一个'我'意即'人身上的人'的角度看，需要有一种对待他的特殊的方法——对话的方法。这就是那个全新的立场，它能将客体'实际上是被物化了的人'转化为主体，另一个能自由展示自己的'我'"④。

存在主义是一种突出人的存在的哲学，既强调人的独特性，突出人在万物中的优先地位。作为一切出发点的人，不是一般的人、人类，而是个别的具体的人，即人的个体。存在主义者认为，每一个人都具有独一无二、与众不同的特征。存在主义者并不否认人的社会存在。但存在

① ［苏］巴赫金：《巴赫金全集》第5卷，白春仁、顾亚铃译，河北教育出版社1998年版，第56页。

② 同上书，第102页。

③ 陈平辉：《以人为根基建构小说的艺术空间——对巴赫金复调小说理论和中国当代小说的思考》，《文艺理论研究》1997年第3期。

④ ［苏］巴赫金：《巴赫金全集》第4卷，白春仁、顾亚铃译，河北教育出版社1998年版，第345页。

主义者认为人的社会存在是抽象的、空洞的存在。"因为当人作为社会的人存在时必然失去自己的真实性。实际存在的只是单个的、独特的、排他的、不可重复不可替代的每一个'我自己'。一旦自我融入社会，成为群体的一员时，自我就成了客体而存在，这就必然受他人和社会摆布，自我便丧失了个人的独立性和自主性，也就失去了自己的本来面目，成为非我了。"① "存在主义是一种突出个人的意识的存在的哲学。存在主义者认为，'存在'绝对不是指个人作为物质的客观存在，而是指个人的自我意识。在他们看来，作为独立的个人都有一种'自我感'，即自身对自身的关系。当一个人在同他自身发生关系的时候，自我的存在就显示出来了。所谓个人同他自身的关系，不是别的，只是自我反思着的个人的内在世界，也就是追问、领会自己存在的意义的自我意识。萨特在小说中通过主人公的自白表述了'人只有通过自我追问才能显示自己存在的观点。'"② 当人纯粹意识活动指向人本身时，就发现了人本身的存在，从而造成了自我的意识活动。萨特把烦恼、孤寂、绝望看作是人生来就有的，是人的基本情绪；正是这些"不幸意识"使人领悟到自己真正的存在。库普林小说通过主人公的自我追问、自我意识体现了对人及其存在状态的揭示，传递出 20 世纪的现代意识。

"对话是复调小说的基础，对话思想也是巴赫金哲学美学思想的基础。在巴赫金看来，生活的本质是对话，思想的本质是对话，艺术的本质是对话，语言的本质也是对话，他通过对话的思考来探讨人的本质和人的存在方式。"③ "复调从对话的意义上讲，恰恰高于对话，或者换言之，它是对话的最高形式。"④ 复调小说体现了世纪之交作家审美观念和思想意识的发展变化，体现了传统现实主义小说在世纪之交的变化和变异，体现了库普林现实主义小说向现代主义的偏离。复调小说写出主体内部和外部同时存在的矛盾双方和复杂矛盾，而且总是写出动态变化着的矛盾双方及多元状态，这一切错综复杂地交织在一起，呈现出现实世界和人的主观世界内部的复杂局面。如同陀思妥耶夫斯基一样，库普

---

① 赖干坚：《中国现当代文论与外国诗学》，厦门大学出版社 2003 年版，第 144 页。
② 同上书，第 145 页。
③ 程正民：《巴赫金的文化诗学》，北京师范大学出版社 2001 年版，第 48 页。
④ 朱崇科：《张力的狂欢》，上海三联书店 2005 年版，第 91 页。

林对人作出的探究，既是历史的，又是现实的；既是具体的，又是抽象的；既是个体的，又是普遍的。他的作品丰富的内涵既是对历史现实的沉思和追问又指向未来，根植于世纪之交的社会却又超越了具体的时空。库普林小说触发我们对文学的现代意识的思考。白银时代社会发展以及文学发展的客观复杂和多声部现象，库普林在民间文化沃土上的人生苦旅，平民知识分子和社会漂泊者的地位，作家本人的复杂人生阅历和丰富的内心体验，以及对现实人生客观存在的多种角色和角度的深刻参与，包括 19 世纪传统现实主义的深刻影响，其自身相互作用又同时并存的多维度观察世界的才能——所有这一切构成了库普林复调小说赖以成存的土壤。

# 第六章　接受与影响：库普林小说在中国

　　文学接受是文学活动全过程的重要环节。接受美学作为美学理论的一个派别，认为作品的意义只有在阅读的过程中才能产生。接受理论最重要的理论家之一沃尔夫冈·伊瑟尔，在受到罗曼·英伽登的阅读现象学的启发后指出："文学作品就有两个极点，我们称之为艺术极点和美学极点。所谓艺术极点是指作家创作的作品；所谓美学极点就是由读者完成的实现过程。这种极性使文学著作既不与其本身等同，又不与实现等同，而应该介于二者之间。著作不仅仅是作品，因为作品只有被实现才会显示其活力。实现过程依赖读者的个性——尽管他反过来受到其他格式作品的影响，作品与读者的融合使作品得以生存。这种融合虽不能被明确定位，但永远存在，因为，一方面，它不同于作品中的现实，另一方面又与读者的个性相异。"① 作为接受者的中国文学在阅读与阐释库普林作品之后所产生的效应，正是传统的影响研究所强调的影响效果。"每一个艺术家都生活在一个庞大的艺术系统之中，他的作品同时构成了这一系统的一个连环。也就是说，任何艺术家都面临一个接受他人影响并影响他人的问题。当他作为一个发送者时，他是在施加影响；当他作为一个受容者时，他就是在接受。无论影响和接受，都必须通过一个沟通和理解的过程，这就是诠释。"② 传统的影响研究以播送者对接受者产生的启发和促进作用作为研究的取向；而经 70 年代德国接受

---

① ［德］沃尔夫冈·伊瑟尔：《阅读过程：一种现象学方法探讨》，胡经之、张首映主编《西方 20 世纪文论选》第 3 卷，中国社会科学出版社 1989 年版，第 185 页。
② 乐黛云：《比较文学简明教程》，北京大学出版社 2003 年版，第 99 页。

理论刷新的接受——影响研究把视线转向接受者对播送者认同的基础、如何有选择地吸收与转化甚至叛逆其传播的信息。本章所采用的研究方法和理论依据侧重于后者。

法国文学家马·法·基亚说："比较文学就是国际文学的关系史。比较文学工作者站在语言或民族的边缘，注视着两种或多种文学之间在题材、思想、书籍或感情方面的彼此渗透。"① "把比较文学研究局限在'事实联系'上，就会使比较文学停留在'外缘研究'，如作家与作家的关系，一个作家与另一个作家的具体接触等，而不能深入到文学本身的内在本质，以致成为仅仅研究'文学外贸关系'的学问。比较文学应该是'超越语言界限的文学研究'，也就是扩大研究者的视野，在与其他文化体系比较的背景上来研究文学现象，同时强调把文学与其他表现领域（艺术、哲学）的关系纳入比较文学的领域。"② 我们把作为发送者的库普林小说定位在"作品——读者"关系中的"作品"位置，而把容受者中国文学放在"读者"位置，库普林小说在中国的接受与影响就可以理解为一种阅读和阐释的过程。

## 第一节　库普林小说与"五四"人道主义文学

### 一　库普林小说在"五四"时期的译介和影响

19 世纪以来的俄罗斯文学与中国 20 世纪以来的文学之间的关系，它主要是一种俄罗斯文学发挥影响，而中国文学接受其影响的关系。俄国文学直面人生苦难的现实主义态度、深厚的人道主义精神、浓厚的伦理意味和执着的社会理想与追求这一优良传统始终贯穿在俄国文学家的创作中。"似乎哪一国的现实主义文学都没有俄国文学那样齐心、那样不约而同地几代人持续不断地、顽强地奔向一个社会目标，在思想情感和性格气质上又是那样深厚、沉着、内向、坚忍，这些深刻的心理素质和精神内容，无疑对有着内在、深厚、稳定的文化心理传统的中国人有

---

① ［法］马·法·基亚：《比较文学》，颜保译，北京大学出版社 1983 年版，第 4 页。
② 乐黛云：《比较文学简明教程》，北京大学出版社 2003 年版，第 46 页。

更大的魅力与亲和力。"① "两种不同文化体系之间大规模的文学影响常发生在当一国的美学及文学形式陈旧不堪而急需一个新的崛起或一个国家的文学传统需要激烈地改变方向和更新的时候，这种影响常常会伴随这种大的社会或政治变动而产生。'影响'需要一定的条件，影响的种子只会落在那片准备好的土地上才会萌芽生根，同时又会被他所成长的土壤和气候所局限和改造。"② 以唤醒民众、解放社会为使命的"五四"作家对该时期出现的以社会解放为宗旨的俄国现实主义文学产生了深厚的感情和兴趣。正如鲁迅所说："因为从那里，看见了被压迫者的善良的灵魂，的辛酸，的挣扎；还和四十年代的作品一同烧起希望，和六十年代的作品一同感到悲哀。我们岂不知道那时的大俄罗斯帝国也正在侵略中国，然而从文学里明白了一件大事，是世界上有两种人：压迫者和被压迫者！从现在看来，这是谁都明白，不足道的，但在那时，却是个大发见，正不亚于古人的发见了火的可以照暗夜，煮东西。"③

　　众所周知，"五四"新文化运动是在广泛引进和吸收西方文化的基础上而进行的思想启蒙运动。文学革命要彻底否定旧文学而建设新文学，首先要借鉴外国文艺运动和文学创作的经验。库普林作为"人美好健康情感的歌者"、"十九世纪伟大的俄罗斯文学的民主主义和人道主义思想的继承者"④，他的小说对人生真相的揭示，以其强烈的人道主义色彩对中国新文学"为人生"主潮的发展起了推波助澜的作用，反过来新文学主潮的文学观点也成了评价库普林小说的方法和尺度，他作品中的人道主义和对人生现实的反映得到了新文学开创者的肯定和认可。恰如李大钊在《俄罗斯文学与革命》中所写："俄罗斯文学之特质有二，一为社会的彩色之浓厚，一为人道主义之发达，二者皆足以加增革命潮流之气势，而为其胚胎酝酿之主因。文学之于俄国社会，乃为社会的沉夜黑暗中之一线光辉，为自由之警钟，为革命之先声。"⑤ 沈雁

---

① 孙乃修：《屠格涅夫与中国——二十世纪中外文学关系研究》，学林出版社 1988 年版，第 31 页。

② 乐黛云：《比较文学简明教程》，北京大学出版社 2003 年版，第 105—106 页。

③ 鲁迅：《祝中俄文字之交》，《鲁迅全集》第 4 卷，人民文学出版社 2005 年版，第 473 页。

④ Волков А. А. Творчество А. И. Куприна. М.：1962, с. 3.

⑤ 李大钊：《俄罗斯文学与革命》(1918)，《人民文学》1979 年第 5 期。

冰提醒中国的文学创作者要注意社会问题，同情于"被损害者与被侮辱者"。从沈雁冰对中国现代小说的要求，也可以看到俄罗斯小说给予他的影响在于其对社会问题的关注，反映"痛苦的社会背景"的真切，对于被侮辱与被损害的人们的同情以及对社会底层生活的亲身体验。在当时的情况下，主张文学"为人生"的中国评论者主要是从文学反映人生这个角度来认识包括库普林小说在内的俄罗斯文学。

茅盾（1896—1981）是现代文学第一个十年里极具代表性的批评家。他在小说领域内将"五四"时期文学研究会"为人生"派的现实主义精神传承过来，担负起开创新的文学范式的历史任务。茅盾又是我国现代翻译文学史上有过杰出贡献的翻译家。1920 年，茅盾写了《俄国近代文学杂谈》，重点介绍了 19 世纪俄国革命民主主义文学的特色和几个重要的作家，还编写了《近代俄国文学家三十人合传》，认真论及了库普林及其《决斗》和《坑场》（即亚玛镇）。今天看来，这样的叙述和认识很有价值和预见性。（茅盾等人当时是参看英语文献而写这部合传的）。茅盾在《新文学研究者的责任与努力》中论及："大文豪的著作差不多篇篇都带着他的个性：一篇一篇反映着他生活史中各时期的境遇的。没有深知道这文学家的生平和他著作的特色便翻译他的著作，是极危险的事。因为欲翻译一篇文学作品，必先了解这篇作品的意义，理会得这篇作品的特色，然后你的译本能不失这篇作品的真精神；所以翻译家不能全然没有批评文学的知识，不能全然不了解文学。只是看懂西洋文的本子不配来翻译。"之后又谈及库普林："古卜林的《生命之河》是表示随逐在生命之流之中的人不是不能奋斗的新理想。"①茅盾还指出："文学作品虽然不同纯艺术品，然而艺术的要素一定是很具备的。介绍时一定不能只顾着这作品内所含的思想而把艺术的要素不顾，这是当然的。文学作品最重要的艺术色就是该作品的神韵。……如果能不失这些特别的艺术色，便转译亦是可贵；如果失了，便从原文直接译出也没有什么可贵。不朽的译本一定是具备这些条件的，也唯是这种样的译本有文学的价值。这自然是不很容易办到的，中国现在译界未

① 茅盾：《新文学研究者的责任与努力》，《茅盾选集》第 5 卷，四川文艺出版社 1983 年版，第 25 页。

能都到这地步，是毋庸讳言的；以我个人的眼光来看，周作人先生所译柯罗连柯的《玛加尔的梦》和库普林的《晚间来客》，鲁迅先生译的阿尔志巴绥夫的《幸福》，耿济之先生译的《疯人日记》是可以作个代表的。"① 通过上述评论，我们可以看到矛盾这位杰出的文艺理论家、文艺批评家与小说艺术家对库普林及其作品的关注和熟悉。

　　从苏雪林的回忆中可以看到，中国现代文学史上许多女作家在成长的道路上也曾受惠于库普林等外国作家的小说："我到北京的那一年，正值'五四'运动发生未久，我们在讲堂上所接受的虽还是说文的研究，唐诗的格律，而我们心灵已整个地卷入那奔腾澎湃的新文化怒潮……"正是在这样的氛围影响和熏陶之下，这些初出茅庐的女学生开始了她们文学的起点："我们抛弃了之乎也者，学做白话文。我们也把红楼、水浒做圣经宝典来研究，我们又竭力阅读西洋名著，易卜生的戏剧、安徒生的童话、斯德林堡、库普林、托尔斯泰、杜斯妥益夫斯基等人的小说，对我们都是很大的诱惑。"②

　　通过译介俄国文学而加速变革中国文学，成为中国知识界热衷于俄国文学的重要动力，俄国文学也因寄托了知识界建设中国新文学的期望而得以迅速蔓延。瞿秋白的《〈俄罗斯名家短篇小说集〉序》"（1920年3月16日）主张要"创造新文学"，就"应当介绍俄国文学"，并认为"不是因为我们要改造社会而创造新文学，而是因为社会使我们不得不创造新文学，那么，我们创造新文学的材料本来不一定取之于俄国文学，然而俄国的国情，很有与中国相似的地方，所以还是应当介绍。不过我们绝不愿意空标一个写实主义或象征主义，新理想主义来提倡外国文学，只有中国社会所要求我们的文学才介绍，使中国社会里一般人能感受都能懂得的文学才介绍，读者看我们所译的小说自然可以明白。"③ 而该小说集所收录的正是写实主义作品。瞿秋白在《一九○五年十月革命与旧文学》一文中提及库普林与布宁的小说："'时代之末'只有科布林（Kuprin, 1870—）梦想着乌托邦，只有薄宁（Bunin,

① 茅盾：《新文学研究者的责任与努力》，《茅盾选集》第5卷，四川文艺出版社1983年版，第25页。
② 苏雪林：《我的生活》，《妇女新运》第5期（1942年5月）。
③ 瞿秋白：《瞿秋白文集》文学编第2卷，人民文学出版社1986年版，第249页。

1870—）还爱着'好心肠的俄国乡下人'，——那快要来到的一九〇五年革命是资产阶级的，可是资产阶级不敢自信：与其革命，还是乌托邦好。然而社会思想已经渐出沉渊而发现突起突伏的大波澜了。"① 当然，作为战斗的无产阶级革命家、理论家的瞿秋白为寻求中国革命的真理奉献了毕生的心血，为中国革命的具体实践提出了许多精辟的见解，在政治观点和对待暴力革命等问题的态度上是不能认同库普林、布宁这样的自由主义作家的。

王鲁彦（1901—1944）是 20 世纪二三十年代活跃于中国文坛的乡土文学作家之一。他的小说总的基调是对黑暗社会现实的抨击，对下层人民特别是农民悲惨境况的同情。"王鲁彦的创作实践告诉我们：在现代文学史上，作为具备比较充分的民族气派和民族作风，并以浓郁的地方色彩著称的乡土文学流派，并不是一个封闭的系统，它不仅没有排斥外国文学的影响，恰恰相反，它根据自己流派艺术发展的需要，积极地向外国文学学习，吸取其有益的养料，使这一流派的审美观念和艺术表现力得以提升，使该流派作家的创作取得较大的成就。"② 王鲁彦的小说常以抒情笔调来表达对现实黑暗与丑恶的愤懑之情，如《秋夜》、《秋雨的诉苦》、《美丽的头发》等；或倾诉自己的痛苦与悲哀，如《狗》、《柚子》等。在《黄金》、《银变》中，他注意描写人物的梦境，借梦幻表现出人物的潜意识——即在宗法制的中国农村极带普遍性的具有原始迷信色彩的愚昧信仰或价值观念。此外，王鲁彦的一些早期小说喜欢采用象征手法，具有较强的主观性和哲理性。这是他向俄国作家库普林等人的外国小说学习的结果。

20 世纪初库普林的作品被介绍到中国时，中国人的政治生活和社会文化生活正处于一种令人窒息的沉重空气之中，鲁迅就曾明确表示：他介绍外国文学的目的，就是要传播被虐待者痛苦的呼声，并且激发国人对于强权者的憎恶和愤怒。对于一个外国作家的接受和理解是一个历史过程，其中必然包含由于所处历史文化条件的原因给这种接受带来的局限。库普林与中国知识分子的广泛的精神遇合——他们忧国

① 瞿秋白：《瞿秋白文集》文学编第 2 卷，人民文学出版社 1986 年版，第 212 页。

② 袁荻涌：《王鲁彦与外国文学》，《贵州师范大学学报》（社会科学版）2003 年第 6 期。

忧民的赤子之心，他们对社会和人生问题的关注和探寻，他们对人类前途的忧虑和对美好未来的向往等，正是这些因素使库普林的作品对中国现代作家具有天然的亲和力。库普林小说的人道主义情感、博爱思想、平民意识、社会现实因素等，深深吸引着中国读者。这与中国历史的发展轨迹与旧俄社会态势的相似性有关。库普林小说透过人的内心写出社会的不平等，个性对强权的抗争，同时也写出人在现实面前的渺小和无助；他写出穷人与穷人之间的温情和互爱，同时也写出人与人之间的隔膜和冷漠；他写出人性的善与美，同时也写出人性的恶与丑。库普林作品触及了人性中一些永恒问题，他的小说使读者看到人间的爱和生活的希望。库普林作品中反映的现象、问题、国民的心态、人物的性格，曾经激动过许许多多中国读者，唤起他们的猛醒和对现实的思考。

今天，要求文艺为政治服务的单向度年代已经过去。人们已经有可能以更为开放、更为自由的心态，多方位、多角度考察库普林的作品。时至今日，使广大读者对库普林感兴趣的不仅仅是他的作品的历史属性，今天的人们有可能更全面深入地欣赏、了解他的艺术。现在，俄罗斯学界和国内学者已经从情感表现诗学、叙述学等范畴来考察库普林的小说艺术，这可以说是对历史上过分强调他的现实主义的一种反拨。其实，我们对库普林的现实主义也往往作了过分狭隘的理解，或者，我们可以说这就是诗意的现实主义，这是库普林有别于列夫·托尔斯泰、陀思妥耶夫斯基等19世纪传统现实主义作家的独特之处，也是库普林的小说艺术至今仍能引起我们探究的兴趣的缘由，这也正是他小说创作独特的艺术魅力。

## 二　"人的文学"与库普林小说

周作人的《人的文学》是"五四"时期颇有影响的一篇文学论文，也可以说是一篇在中国现代文学史早期具有比较诗学意味的论文。这篇论文发表以后，"人的文学"从此成为了中国现代文学一个影响十分深远的核心理念。"这个口号的提出，不仅展示着个性主义这一启蒙话题在'五四'文学领域的深入发展，而且对'五四'之后整个现代文学的发展产生了全面而深广的影响，体现了中国文学'现代性'的茁壮成长。"① 周作人这篇论文的观点的来源一方面是来自欧洲文艺复兴以来的人道主义思想，同时，他还广泛运用了包括库普林小说《坑》（今译《亚玛镇》）在内的中外文学材料得出某些重要诗学结论。周作人深入地思考与探讨了新文学的思想基础建设，《人的文学》使其成为"五四"时期最有影响力的理论先导者和批评家之一。以"人的文学"来概括新文学的内容，标志新文学与旧文学的本质区别，这是周作人对新文学最突出的贡献。

周作人将文学革命的方向从"白话的文学"推向"人的文学"高度。在"五四"新文化运动初期，周作人以启蒙者的姿态出现于中国思想界，他最突出的贡献便是提出了"人的文学"的口号。《人的文学》是周作人为正在建设中的新文学思想观念确立了一个影响非常巨大、意义十分深远的命题。周作人强调必须以人道主义为跟本来观察、研究、分析社会以及人生各种现实问题，特别强调对底层人的非人生活关注。通过记录"男女两本位的平等"、"恋爱的结婚"、本于天性的"亲子之爱"等世间普通人的喜怒哀怨、悲欢离合，在这之中重新发现人的价值和尊严，从而深入研究平民的生活，使平民生活得以提高。周作人提出"人的文学"的口号和理论，这是新文学现实主义发生过程的重要环节。以人道主义为核心内容的"人的文学"是我国现实主义流变史上新的一页。

周作人 1906 年初到东京以后，弥漫于东京留学生中强烈的民族主义情绪，使得周作人将眼光转向与中国一样处于帝国主义压迫下的东方弱小民族。在这些被压迫的民族文学中，俄罗斯文学以其反抗专制的伟大人道主义精神深深吸引了周作人。他译了包括库普林在内的十多位俄罗斯作家的小说、寓言和故事。周作人之所以对俄国文学如此重视，其原因或许可以在他 1920 年 1 月在北京师范学校做的演讲《文学上的俄国与中国》中找到答案："俄国人所过的是困苦的生活，所以文学里自民歌以至诗文都含着一种阴暗悲哀的气味。但这个结果并不使他们养成憎恶怨恨或降服的心思，却只培养成了对于人类的爱与同情。他们也并

---

① 李延江：《由晚清"小说界革命"到五四"人的文学"——兼论中国文学"现代性"的成长》，《社会科学论坛》2006 年第 2 期（下）。

非没有反抗，但这反抗也正由于爱与同情，并不是因为个人的不平。"①
在这篇著名的演讲里，周作人也谈及了库普林及其小说："库普林以写
实著名，却也并重理想，他的重要著作如《生命的河》及《决斗》等
都是这样。"② 周作人认为，俄国文学的有别于中国旧文学的特色是
"为社会"、"为人生"的文学，"俄国近代的文学，可以称作理想的写
实派的文学；文学的本领原来在于表现以及解释人生，在这一点上俄国
的文学可以不愧称为真的文学了"。他总结到："他们只承认单位是我，
总数是人类：人类问题的总解决也便包含我在内，我的问题的解决，也
便是那个大解决的初步了。这大同小异的人道主义思想，实在是现代文
学的特色。"③ 周作人发现了俄罗斯文学中普遍存在的人道主义思想。
他认为人道主义是俄罗斯作家小说的基本色调。

　　周作人在《人的文学》中声称，"我所说的人道主义并非世间
'悲天悯人'或'博施济众'的慈善主义，乃是一种个人主义的人间
本位主义……用这人道主义为本，对人生诸问题，加以记录研究的文
字，便谓之人的文学。其中又可以分作两项：一是正面的，写着理想
生活，或人间上的可能性。二是侧面的，写人的平常生活，或非人的
生活，都很可以供研究之用……譬如法国莫泊桑的小说《人生》是写
人间兽欲的人的文学，中国的《肉蒲团》却是非人的文学。俄国库普
林的小说《坑》，是写娼妓生活的人的文学，中国的《九尾鱼》却是
非人的文学。一个严肃，一个游戏。一个希望人的生活，所以对于非
人的生活，怀着悲哀或愤怒。一个安于非人的生活，所以对于非人的
生活，感到满足，又多带着玩弄与挑拨的形迹。简明说一句，人的文
学与非人的文学区别，便在著作者的态度，是以人的生活为是呢？非
人的生活为是呢？"④ 周作人倡导中国的作家应该以认真严肃的态度去
描写中国社会中存在的"非人的生活"，也就是说，作家描写"非人
的生活"，目的在于"揭出病苦，引起疗救的注意"，而非以游戏的态

---

① 周作人：《文学上的俄国和中国》，《周作人散文》，中国广播电视出版社1992年版，
第41页。
② 同上书，第39页。
③ 周作人：《点滴·序》，北京大学出版社1920年版。
④ 《新青年》第5卷第6号（1918年12月）。

度对待社会的痼疾，对改造社会持积极的态度。周作人的这些思想无疑是从包括库普林小说在内的外国文学作品中吸收了有益的营养，丰富了自己的文学批评理论，从而为中国新文学"人的文学"的观念的确立指出了明确的方向。

稍后，郑振铎提出"相信俄国文学的介绍与中国新文学的创造是极有关系的"，"我们要创造中国的新文学，不得不先介绍俄国的文学"，"这就是我们现在所以要极力介绍俄国文学入中国的原因"。并列举了引进俄国文学五种具体意义，即能够把中国文学的虚伪的积习去掉，俄国文学最注意的是"真"，而中国最缺乏的是"真"；可以把中国非人的文学变成人的文学；能够把我们的非个人的、非人性的文学，易而为表现个性、切于人生的文学；能够把我们的文学平民化；能够把我们的文学悲剧化，改变那千篇一律的团圆主义。①

周作人认为："人的文学，当以人的道德为本"，"非人的道德"只能产生"非人的文学"，文学创作就在于"扩大读者的精神，眼里看见了世界的人类，养成人的道德，实现人的生活"。② 正如陈独秀断言："伦理的觉悟，为吾人最后觉悟之最后觉悟。"③ 周作人认为库普林的小说《坑》是写娼妓生活的人的文学；中国的《九尾龟》却是非人的文学。这区别就只在于作者对人的非人道的生活所持的态度不同。"即如提倡女人殉葬——即殉节——的文章，表面上岂不说是'维持风教'；但强迫人自杀，正是非人的道德，所以也是非人的文学"。④ "如同鲁迅从'仁义道德'中窥视到罪恶的真相一样，周作人的视野也并不是局限于事实表面，而是穿透表象深入到事物的内部，指出历史可能存在的遮蔽与欺骗，他指出封建文学的非人本质不只在于题材和表现方法的选择，而在于写作者的态度，在于作品背后的精神立场。而以题材判断是否是人的文学，是偏见和狭隘的，没有卑贱的题材，只有卑贱的写法。是严肃文学还是游戏文学，要看写作者的态度。以严肃的态度写非人的生活，应该怀着悲哀或愤怒；以游戏的态度写非人的生活，则更多带着

---

① 郑振铎：《俄国文学发达的原因与影响》，《改造》第 3 卷第 4 期（1920 年 12 月）。
② 周作人：《周作人民俗学论集》，上海文艺出版社 1999 年版，第 277 页。
③ 陈独秀：《吾人之最后觉悟》，《青年杂志》1916 年第 6 期。
④ 周作人：《周作人民俗学论集》，上海文艺出版社 1999 年版，第 273 页。

玩弄与挑拨。究其实质是关于'人'的精神的失落与蒙昧。"① 库普林的小说是关于俄罗斯国民性格、社会情况的写真，是"敢于直面惨淡人生"的文学。在周作人看来，库普林的小说正是以人道主义为出发点，对于"小人物"非人道的生活表现出悲哀和愤怒的"人的文学"。库普林的"人的文学"站在人文主义者的立场不仅关注着小人物的物质生活状态，更关注着他们的精神状态。

## 第二节　库普林小说与"五四"非情节化小说

### 一　"五四"小说情节的淡化

中国传统小说大多以叙事为主，以情节为中心，以连贯的时空顺序编织故事，往往有很强因果逻辑关系的情节线索贯穿小说的始末。情节往往是构成中国传统小说最基本的因素。这种以情节为中心的小说结构无法满足"五四"一代作家表达强烈内心丰富情感的要求。在西方文学思潮的影响下，"五四"作家从外国小说里看到了有别于传统的审美品格和崭新的艺术形式，形成了新的审美趣味和艺术追求。在打破传统旧文学形式的同时，新文学作家仿照西方文学的体裁和分类样式，创建了有别于中国传统文学的新文学格局。基于表现内心真实情感的内在要求，"五四"作家大胆探索，创作了一大批突破传统小说叙事模式的非情节化小说。这种小说以作者或人物感情的自然宣泄为主，而不在于小说结构的完整和故事情节的曲折。②

中国小说在晚清时候已经出现了淡化情节的现象。晚清时期的"新小说"家通过同类情节的重复使用，大大削弱了情节在小说整体布局中的地位，使读者的注意力转移到故事情节以外作者所要强调的政治议论和生活哲理。这种情节淡化的政治小说虽盛极一时，但以枯燥的政治说教取代情节作为小说叙事结构中心的文学尝试没有获得广阔的发展，这一可贵的文学探索和"冲击"最后归于沉寂。"五四"时期，新

---

① 方习文：《周作人的"人学观"："人"的发现与"人类"的乌托邦》，《呼伦贝尔学院学报》2008 年第 2 期。

② 本段相关资料参见陈平原《中国小说叙事模式的演变》，北京大学出版社 2003 年版。

文学的开创者们把淡化小说的情节作为提高中国小说艺术水准的重要手段，提高和改善中国小说读者的欣赏趣味和鉴赏能力是新文学作家们追求的方向和努力的目标。文学研究会在自己的宣言中曾经明确地指出："将文艺当作高兴时的游戏或失意时的消遣的时候，现在已经过去了。"① 文学研究会的这一思想观点，也完全可以代表整个"五四"时期大多数作家的创作理念。在"五四"这个要求民族复兴的历史年代，文学的政治历史功能被发挥到淋漓尽致的地步。"不管是主张'为人生'还是主张'为艺术'，'五四'作家无不相信'文学是一种工作'，是神圣的事业。"②

　　"'五四'作家选择有'绝强的社会意识'、'全是描摹人生的爱和怜'但情节性不强的俄苏小说作为介绍的重点，不单是对近世人道主义思想的认同，而且也是对传统审美趣味的挑战。"③ 从人的文学、平民文学这一观念出发，伴随着作家平民意识觉醒的是文学的非英雄化。这种文学的非英雄化不仅使"五四"作家们把文学的眼光投向普通人的世界，文学所着力表现的正是普通人在平凡的生活中的深刻悲剧。正如鲁迅所说："人们灭亡于英雄的特别的悲剧者少，消磨于极平常的，或者简直近乎没有事情的悲剧者却多。"④ 要表现人生的真相，就必须丢掉那么多巧妙而且有趣的"悬念"、"发现"与"突转"，甚至连"过于巧合，在一刹那中，在一个人上，汇聚了一切难堪的不幸"，⑤ 都令人感到难以接受。"故事的叙述自然让位于场面的描写与心理的解剖，情节再也不是小说中骄傲的王子了。"⑥

　　库普林小说在叙事结构上表现出对情节的淡化，注意营造意境和注重对人物的心理剖析，这些特色在中国"五四"作家的创作中都有鲜明的体现。鲁迅的小说以展现人物的灵魂为主要目的，因此其小说的情节设置比较简单，一般不富有很强的戏剧性。以《阿Q正传》为例，

---

① 《文学研究会宣言》，载《小说月报》12 卷第 1 期（1921 年）。
② 陈平原：《中国小说叙事模式的转变》，北京大学出版社 2003 年版，第 119 页。
③ 同上书，第 120 页。
④ 鲁迅：《几乎无事的悲剧》，《鲁迅全集》第 6 卷，人民文学出版社，第 371 页。
⑤ 鲁迅：《〈中国新文学大系·小说二集〉导言》，《且介亭杂文二集》。
⑥ 陈平原：《中国小说叙事模式的转变》，北京大学出版社 2003 年版，第 121 页。

两章"优胜记略"不具备一般的情节所具有的时间先后顺序，情节的设置完全是为分析人物的心理服务的。"鲁迅始终是在看似平淡的事件中深入开掘。其艺术魅力不在于情节的曲折离奇，而在于人物形象的鲜明、生动、呼之欲出，更在于他以极其精炼、准确、富有高度形象性的笔致，写出人物灵魂的深，强有力地震撼读者的心弦，引起谐振，由此开出反省的道路。"① 鲁迅的《狂人日记》、《故乡》、《社戏》、《孔乙己》、《一件小事》等小说都有淡化情节的特点。以《狂人日记》为例，这篇小说全篇采用的都是内心独白的方式，展示狂人真实的心理状态和意识流动，整篇小说我们理不出有前因后果关系的故事情节。鲁迅的《伤逝》与库普林小说《萍水相逢的人》具有相同的叙事风格。《伤逝》全篇也是内心独白，其中有些段落是相当典型的意识流动与思想跳跃，故事情节在小说中不占据突出的地位，小说在人物幻想与现实的交错中展示主人公心理的变化过程，情节不是小说中引人入胜的关键，人物精神的变迁通过主人公意识的流动过程展现出来。《在酒楼上》鲁迅也采用意识流小说常用的回忆法，整篇小说没有复杂的情节，小说所展示的是人物颓唐的心灵。这也都是库普林小说常用的叙事手段。在鲁迅上述小说里，故事的情节都不是小说结构的中心，读者总能从近乎无事的小事中读出鲁迅小说对人的灵魂的拷问，对人心善恶相间复杂性以及人的现实生存状态的揭示。从情节设置上看，鲁迅的小说基本上采用淡化情节的手段，通过一些平常事件或者主人公意识的流动来展示主人公复杂的精神世界，展开他作为一位伟大的思想家对人生社会的思索和探究。

如前所述，"独白"是库普林小说中比较常用的叙事手段，在短篇小说《阿列霞》、《萍水相逢的人》、《黑色的闪电》、《画家的毁灭》、《献身者》以及长篇小说《决斗》、《亚玛镇》中，库普林都大量使用易于表达人物内心世界的"独白"。鲁迅的《狂人日记》也以"独白"的形式，发出了"救救孩子"的警世呼声，表达了"我也曾吃过人"的深刻自我反省。鲁迅这种透视"旧礼教吃人"的犀利目光，震撼了一代又一代读者的心灵。"这种几乎没有故事情节、全凭个人心理分析

---

① 李春林：《鲁迅与外国文学关系研究》，吉林人民出版社2003年版，第164页。

来透视社会、历史、人生的'独白'，对于急于宣泄情感、表达人生体验及社会理想的年轻一代，无疑是最合适的。再加上个性主义思潮和民主自由意识的萌现。'独白'（包括日记体、书信体小说）几乎成了'五四'作家最喜欢采用的小说形式。"① 除了鲁迅，郭沫若，冰心、庐隐、徐地山、倪贻德、徐祖正、许钦文、潘川、王以仁、陈翔鹤、蒋光慈、石评梅、向培良等作家，都对"独白"这种小说形式表现出格外的倾心。郁达夫、王统照、成仿吾、郑振铎等都是这种小说形式的提倡者。可以说，整整一代"五四"作家都对"独白"表现出浓厚的兴趣，这种便于抒发个人情怀的小说叙事方式，给以情节为中心的传统小说叙事模式造成了强烈的冲击。正如库普林小说通过"独白"表达了强烈的主观抒情色彩一样，"五四"作家的小说创作也通过具有浓厚抒情色彩的"独白"，表现出打动读者心灵的力量。20 年代以后，这种表达作者内心真实心声的'独白'，逐渐被表现广阔社会人生的创作所取代，但新文学一代作家彻底打破以情节为小说结构中心的大胆探索，对中国传统小说叙事模式造成了强有力的冲击，为中国现代小说的发展带来了全新的面貌。

鲁迅所生活的时代的中国现实与世纪之交俄国的状况相似。就整个世界文学的发展趋势来说，是传统现实主义已日趋低落，现代主义开始蓬勃兴起的时代。李春林在《鲁迅与外国文学关系研究》中曾说："鲁迅作品中的现代主义质素首先表现在人的主体意识的确立与强化。'五四'时期所倡导的'人的文学'，我以为其实有两种路向：'为人生的文学'与'为自我的文学'。"② 这种"为自我的文学"重视人在现实生活的主体地位和精神追求，尊重生命个体的独特性和人格的力量。同时伴随着这种追求难以实现的痛苦、焦虑、孤独与思考以及他们对社会前途、国家命运的忧虑，"五四"作家在坚持直面惨淡人生的写实主义创作原则的同时，把笔触探深到国民灵魂的深处，也探深到知识者自身的精神领域深处。

因此"五四"时期的小说中情节的叙述和场景的描写常常服务于

---

① 陈平原：《中国小说叙事模式的转变》，北京大学出版社 2003 年版，第 124—125 页。
② 李春林：《鲁迅与外国文学关系研究》，吉林人民出版社 2003 年版，第 97 页。

人物的主观感受，很多作品如果从情节的角度来欣赏，一些作家如郁达夫、郭沫若等人的小说实在缺少引人入胜的情节。这些作家的作品往往仅就一件平常的小事，引发议论或抒发自己悲苦的情怀。"五四"小说正是处于转折历史时期一代知识者的心灵写真。"五四"作家对人生现实有着深刻的个人体验，这种个人体验之深刻超过任何时代的作家。在这个重新估价一切价值的时代，人生现实和社会生活给一代作家们的心灵带来的前所未有的震撼和激荡，深刻反映在他们的小说创作中，因此"五四"小说强烈地反映着一代青年的主观感受与人生体验。真正使"五四"文坛异彩纷呈、多姿多彩的原因，并非小说中故事的离奇和情节的曲折，而正是"五四"作家的这种深刻而独特的人生感觉和体验。

## 二　现代小说情节的淡化与库普林小说

　　周作人在库普林的小说《黄帝之花园》的"译后记"中说，库普林的散文诗小说"所写止是一时的感觉"。① 除了对库普林小说中"人的文学"精神的关注和强调，库普林小说在叙事风格上淡化情节，善于营造情境，突出人物内心情绪、情感，"所写止是一时的感觉"的写作特色也引起了周作人的兴趣和关注。周作人在他的名篇《结缘豆》中还提及过库普林及其小说《晚间的来客》。1918 年，周作人在散文批评中曾提到过"平淡自然"的概念。在《雨天的书·序》（1925）中，"周作人这些话明确传达出在散文创作中他是以平淡自然为美学目标的。在周作人看来，平淡自然的风格的形成固然有赖于写作技巧，但更重要的是写作姿态的调整"。② 周作人说自己最为欣赏的文学境界是"措辞质朴，善能达意，随意说来仿佛满不在乎，却很深切地显出爱惜惆怅之情"。③ "即使有较为重大的或容易引发激烈的情思的主题，也力求以冲淡的不显激烈夸张的姿势来表达。"④ 周作人这种对平淡冲和意境的追求与库普林小说"所写止是一时的感觉"有着深刻的内在联系。"如果说鲁迅更多地以其创作实绩投入新文学战线，周作人则主要为新

---

① 周作人：《〈皇帝之花园〉译后记》，《新青年》第 4 卷第 4 期。
② 温儒敏：《中国现代文学批评史教程》，北京大学出版社 1993 年版，第 46 页。
③ 周作人：《本色》，《风雨谈》，岳麓书社 1987 年版，第 26 页。
④ 温儒敏：《中国现代文学批评史教程》，北京大学出版社 1993 年版，第 46 页。

文学作理论先导。"① 周作人以"平淡自然"作为一种审美批评范畴，对二三十年代的散文创作产生过相当的影响。从 20 年代《语丝》派俞平伯、废名等散文作家，30 年代《人世间》为中心的一些自由主义作家，一直到被称为京派的一部分作家，都曾经不同程度上宗法过周作人的路子，以平淡自然作为创作与批评所追慕的一种美学境界。②

　　库普林的很多小说都或多或少有对人物梦境的描写。这一问题笔者在论及库普林小说时空特性时已经做过一些探讨。在通过梦境表现人物内心世界发展这一方面，库普林与陀思妥耶夫斯基是一脉相承的。如果说陀思妥耶夫斯基小说中的梦想者具有思想者的特点，库普林小说中的主人公通过梦想体现了他们作为思想者的特点的同时，还体现了他们作为抒情诗人的气质。在库普林小说《决斗》、《石榴石手镯》、《摩洛》、《胡言乱语》、《宿营地》、《在马戏园里》、《献身者》中都有这种对主人公梦境或潜意识的生动细致的描写。鲁迅的小说在挖掘人物内心深处的时候，也经常描写人物在痛苦、困惑、幻想、疯狂状态下的感觉活动，经常描写人物光怪陆离的幻想世界，从而挖掘出人们不易察觉甚至连人物自己也未清楚地意识到的潜意识。"五四"很多作家在他们的小说中"不只是叙述故事时注重'感觉'，而且像当时译介进来的一些散文式小说那样'所写只是一时的感觉'。伴随着这种'感觉'出现的，是无穷无尽的联想、纷纭复杂的梦境，以至千奇百怪的幻觉。"③ "五四"作家的小说创作"可以是第一人称的直抒胸臆，也可以是第三人称的刻意描摹；可以是连贯叙述，也可以是跳跃前进——但无论如何都是以人物的心理而不是以故事情节为结构中心。"④

　　郁达夫的小说创作没有完整的故事情节，而是以一种散文化的结构方式，用情绪来编织生活片断，突出一种情绪的氛围。郁达夫的《沉沦》是他的代表作，也是他的成名作。这篇小说中的主人公，始终是在一个孤独的世界里自审、自怜、自卑、自叹……最后发展为自杀。这是一篇表现主人公独特的内心世界的小说。在这篇小说里，读者看不到

① 周作人：《本色》，《风雨谈》，岳麓书社 1987 年版，第 30 页。
② 温儒敏：《中国现代文学批评史教程》，北京大学出版社 1993 年版，第 46—47 页。
③ 陈平原：《中国小说叙事模式的演变》，北京大学出版 2003 年版，第 128 页。
④ 同上。

完整有序的故事情节，展现在读者面前的是主人公一颗孤独寂寞、痛苦无助的心灵以及一个"零余者"奋力挣扎而又不得自救的性格。这篇小说对作为传统小说要素的故事时间、地点、事件和人物的身份都作了淡化的处理，作者所关心和着力表现的不是这些作为情节小说要素的外部事件，而是作为当时一部分知识分子代表的主人公的精神特征和内心世界。

《沉沦》中这个孤独、迷惘中的"我"与库普林的小说《生命的河流里》的大学生的精神特征有很多共同性。首先，他们同样是生活在与周围的环境难以融合的境地里，同样处在人与人之间相互隔膜的环境中，他们身边都没有朋友，没有亲人，没有可倾诉心曲的对象，没有人了解或想要了解他们的痛苦和苦恼。在这样相同的境遇里，主人公对自己孤独的处境自怜、自叹，为自己的怯懦性格自卑自恼，他们都无力拯救自己，最后选择了自戕的绝路。其次，库普林的《生命的河流》与郁达夫的《沉沦》为了表现主人公独特的内心世界，作者都把小说中的事件进行了心境化的处理。《生命的河流》里库普林以书信体的形式通过主人公大学生的自述来追忆自己的过去，来自审自己的性格，作者选取了塞尔维亚这个三等小旅馆来作为故事发生的背景。而《沉沦》中的"我"所居住的 N 市的"四面并无邻舍"，"天花板里又有许多虫鼠"的旅馆与此相差无几。这种低俗、卑下的环境都映照了主人公痛苦失望的心情。

《生命的河流》这篇小说也不具备作为情节小说所应具备的具有前因后果关系的故事情节，小说的前半部分对塞尔维亚旅店老板娘生活场面的交代和介绍成为住进旅店里来的大学生自杀事件的背景，这样的背景强调了现实生活的庸俗无聊对于有所追求和有所向往的人们来说是何等的冷酷无情。这篇小说重点描写了塞尔维亚旅店老板娘的生活场面和大学生在旅店房间里以遗书的形式对过去的追忆和自杀，这里突出的是空虚乏味的情境和人物痛苦挣扎的心情。在《沉沦》中，作者集中描述了三个场面：自戏（自慰）、窥浴、狎妓。这些本来应该构成作品中曲折、离奇的情节在作品中被作者进行了淡化的处理，给读者深刻印象的是这些事件给主人公情绪和心理造成的影响，强化的是人物的心情和心境。"'自戏'一场，作者着力于自戏后的恐惧；'窥浴'一场，作者着力与窥浴以后的羞愧；'狎妓'一场，作者着力于狎妓后的绝望。作品中所传达的首先不是爱国主义思想，而是人物的'性苦闷'；贯穿于作品中的主要不是故事，而是人物的心理和情绪的演变。"① 这种淡化"故事"的情节，强调人物心理和心境的写作手法，表现出郁达夫并非以玩弄和欣赏的态度对待青年人的"性苦闷"，而是以严肃的态度正视人类的自然天性，在正视人欲的同时，追求一种"灵"与"肉"和谐统一的人生。这是"五四"新文学家对禁锢中国几千年的传统伦理观念的挑战和对抗。

　　除了《沉沦》之外，郁达夫的小说中有很多痛不欲生的主人公。如在《银灰色的死》、《茑萝行》等篇中，主人公都是身心交瘁几乎无力自救的知识者。在《茑萝行》中郁达夫刻画了一种生不如死的心理："自家若想逃出这恶浊的空气，想解决这生计艰难的问题，最好唯有一死。"《离散之前》中写道："啊啊！这一次的入睡，他若不再醒来，那是何等的幸福。"这些痛不欲生的知识者的性格和精神特征与库普林小说《摩洛》中的主人公鲍勃洛夫十分相似。鲍勃洛夫"有着近似女性的温柔的性格，当他略略跟现实接触，遇到日常的、然而严峻的需要时，内心便感到格外痛苦。"除了周围环境的令人厌倦和乏味，最使鲍勃洛夫痛不欲生的也是来自爱情的失望和苦痛："唉，我是多么难受！唉，我是多么痛苦！痛苦得受不了啦！我觉得我就要自杀……我忍受不了这种折磨……"郁达夫说过："物质上的困迫，只教我自家能咬紧牙齿，忍耐一下，也没有些微关系。但是自从我出生之后，直到如今二十余年的中间，我自家播的种，插的花，哪里有一枝是鲜艳的，哪里一只曾经结过果来？"② "人之自杀，盖出于不得已也，必定要精神上的苦痛，能胜过于死的时候的肉体上的苦痛的时候，才干得了的事情。"③ 如果用郁达夫的话来评《生命的河流》里的大学生的精神痛苦，他们可以说是找到了精神上的知己："自家以为有点思想的人，竟默默无言地，看着他自己精神的死灭，思想的消亡，试问天下痛心事，甚有此事

---

① 孔范今：《二十世纪中国文学史》上册，山东文艺出版社 1997 年版，第 454 页。

② 郁达夫：《青烟》，《郁达夫文集》第 1 卷，花城出版社 1982 年版，第 229 页。

③ 郁达夫：《说死以及自杀情杀之类》，《郁达夫文集》第 8 卷，花城出版社 1983 年版，第 66 页。

者，更有几多宗？"①

　　《春风沉醉的晚上》较之于郁达夫的早期小说虽然增强了故事的情节性和情节的完整性，但小说所重点表达的仍然是"我"的生活的苦闷。这篇小说描写了留学生"我"归国后的所遇和所感，以主人公"我"与陈二妹的交往为叙述线索，通过他们的相遇、相识、相交往以致最后成为相知的朋友，作者在小说中主要不是要描绘我与一个女工陈二妹之间的友情，也不是塑造陈二妹这样一位同我一样孤苦无依的女性形象，而是书写在贫困与失业境遇中我的苦闷，因为失眠和营养不良的神经衰弱的窘况，"以此完成了郁达夫对于当时的青年知识者找不到自己的人生位置的心灵解剖"。② 陈西滢曾经做过如此评述："郁先生的作品，严格说起来，简直是生活的片断，并没有多少短篇小说的格式，一篇文字开始时，我们往往不知道为什么那个时候才开始，收束时，又不知道为什么那个时候就收束。因为在开始以先，在收束以后，我们知道还有许多同样的情调，只要继续写下去，几乎可以永远不绝的。而这种永远不绝的东西，正是其结构所显示的艺术效应。"③ 这种艺术效应即是郁达夫小说结构整体的意境化。"郁达夫的小说结构作为一个艺术整体呈现在我们眼前的时候，我们能体验到的是一种情调，一种气氛。这种'结构整体的意境化'是他小说散文化的结构艺术的必然产物。"④所谓意境，是一种情景交融的艺术境界，是主观与客观的统一，是作家描写的客观景物与艺术家主观情感的和谐交融。《茑萝行》、《十三夜》等作品也是淡化情节，没有完整的故事框架，贯穿整个作品的唯有人物的情绪和情感。《迟桂花》虽然塑造了莲妹这样可爱美好的女性形象，但令读者萦绕心头的还是小说所营造的充满诗情画意的意境。郁达夫小说这种对意境美的追求同库普林情境小说的审美追求相一致。

　　在库普林的爱情小说里，女性往往也是一种美的影像。在《阿列霞》中，阿列霞"一会儿严厉，一会儿调皮，一会儿又嫣然含笑的脸

---

　　① 李标晶：《寒灰集自序》，《中国现代作家文体论》，黑龙江人民出版社 2005 年版，第58 页。

　　② 孔范今：《二十世纪中国文学史》上册，山东文艺出版社 1997 年版，第 456 页。

　　③ 李标晶：《中国现代作家文体论》，黑龙江人民出版社 2005 年版，第 54 页。

　　④ 同上。

庞，她那无拘无束在老林中长大的、宛如小云杉般匀称、矫健的年轻的身躯，她那清脆的、偶尔露出低沉而悦耳的语调的声音……在她所有的举止言谈中，我想到，蕴藏着某种高尚的东西，某种天然得体的娴雅……"这完全是一个男性视角中的少女形象，正是阿列霞的这种表现出天真、活泼、人性的性格激发了男主人公伊万心灵中爱的情感。在郁达夫小说中对于女性的刻画，例如《春风沉醉晚上》的陈二妹，《过去》中的老二、老三，《迟桂花》中的莲妹，作者对这些人物的描写也都是从主人公"我"的视角，用简洁朴素的笔触刻画出她们栩栩如生的性格和富有迷人魅力的姿态。《迟桂花》中的翁家山、西湖的湖光山色，人情的温馨平和，迟开桂花的馥郁芬芳，都把人引向一种充满诗意的情境，使作品散发出一种清新感人的气息，这种意境的追求与库普林幽婉美妙的艺术不谋而合。而莲妹对于"我"这个知识者来说，虽然同阿列霞一样并未受过很多的教育，但对于"我"所问的东西，却同阿列霞具有未卜先知的本领一样，没有一样不知晓的：令"我"倍觉奇怪的，是莲妹对西湖附近区域内的种种动植物的知识，"无论是如何小的一只鸟，一只虫，一株草，一棵树，她非但能说出它们的名字来，并且连几时孵化，几时他迁，几时鸣叫，几时脱壳，或几时开花，几时结实，花的颜色如何，果的味道如何，都说得非常有趣而详尽……"这是阿列霞一样的聪慧美丽的大自然的女儿。作者尽管塑造了这样一位浑身散发着迷人魅力的女性形象，故事的情节在这篇小说中仍然是淡化的，在读者心中挥之不去的仍然是小说所营造的充满诗意的意境。

沈从文是中国现代文学史上有着鲜明艺术个性并且具有一定影响的作家之一。但在"五四"时期，由于独特的个人经历和接受的文化影响，他虽然不满于社会现实的黑暗，却又不理解政治斗争和暴力革命，一直处于自由知识分子的独立立场。他的作品中，既充满了对穷人弱者的同情，赞扬过革命者和共产党人，斥责过国民党的倒行逆施，但又从抽象的人性意义上不分是非地反对过战争。这样一位作家，在新中国建立初期，受到冷落是在所难免的。作为一名知名作家的他虽身在北京，却未能参加在北京召开的全国首届文代会。沈从文与库普林的出身和经历、对政治的淡漠以及文学主张、创作个性都有十分相似的地方。

沈从文乡土抒情作品中健康自然、新鲜活泼、充满生命雄强气息的情境中没有任何现代文明的浸染，人物的爱憎悲欢源于人性的本真状态，体现着自然向上的生命活力。库普林的《里斯特黎冈》、《阿列霞》等作品里也书写了一些自然状态下的生命，体现人与自然和谐共存、本于自然、回归自然的理想。"《里斯特黎冈》由于其中包含的诗意、流畅的叙述以及其中图画般具体的人物、场面和景色，而在库普林的创作中占据着一个特殊的位置。《里斯特黎冈》，就其简练和优美而言，称得上是独具一格的俄国散文长诗。每一个性格、每一个细节都能让你发出会心的微笑——一切都如此真实，朴素，可以感知。"① 在《里斯特黎冈》里，库普林透过绮丽的山水和热烈奔放但又不缺乏平和宁静的生活场景，让读者看到这里人民的若干性格特点和智慧特色。在库普林笔下，俄罗斯海港和森林所独具的那种雄浑景观与置身其间的淳朴人们所具有的那种粗犷、坚韧性格，这两方面完美、有机地融合在一起。《里斯特黎冈》向我们展示的是一幅人与景交织、自然与人生浑融、俄罗斯风光与俄罗斯人民心灵交相辉映的雄浑、壮美的生活画卷。沈从文在《乡行散记》里同样采用随笔式的文体，采用夹叙夹议的语言，写下一路印象，记下一路风采。沈从文怀着温爱的心去描绘纤夫、农妇、士兵、猎人、水手、店主这些乡下人的顺乎自然的生命状态和人世悲欢，用眷恋和亲切的笔调描画他记忆中的山川美景……同样深沉执着的探索精神，同样对于社会和人生富于历史感的思索，从琐细、平常、同时又深沉凝重的客观描述里透射出来。"自然本真、健康合理的生命形式是沈从文最高的人生境界和审美指归。"② 沈从文欣赏用平淡题材表现心灵深度的作品，通过平凡生活中人们习以为常的事实表现"心灵的悲剧"或"心灵的战争"。正如库普林的创作反映了 19 世纪末 20 世纪初俄罗斯底层人民的思想和感情，沈从文是无比纯朴的、自由的、满溢了生命力的湘西人民情绪的表达者。

在《边城》中，从叙述表层看，沈从文所描绘的情境呈现着一种原始的引人神往的古朴之美，令人想起库普林在《阿列霞》中所描绘

---

① ［俄］帕乌斯托夫斯基：《文学肖像》，陈方、陈刚政译，人民文学出版社 2002 年版，第 126 页。

② 孔范今：《二十世纪中国文学史》上册，山东文艺出版社 1997 年版，第 741 页。

的远离人群的桃源世界。"沈从文对于自然总有一种同一感，所以《边城》构建的生命世界远远要比现实生活中的生命世界悠远鲜活得多。……翠翠这个名字的来历正显示着一种人与自然的原始的同一关系。"① 这也是一个同阿列霞相似的自然之女。阿列霞与外祖母被迫生活在远离人际的大森林里。而翠翠与其祖父老船夫安适独居在清澈透明的碧溪咀。如同阿列霞不能把生活的意义全部寄托在外祖母身上一样，翠翠也不能只为祖父活着。尽管相依为命的亲情对于翠翠和阿列霞都无疑十分重要，但这两个情窦初开的少女还是要去寻找和追求一个寄托着爱情幸福的美梦。《边城》的主线是围绕翠翠的恋情展开的，小说的骨干叙事是翠翠的爱情悲剧，同库普林的《阿列霞》的爱情悲剧一样，这是一首爱怨纠缠的爱的悲歌。《边城》中不存在人为的对立和尖锐的戏剧冲突，同沈从文的其他一些乡土抒情作品一样，这里书写的是平凡的生活中无法抵御的仿佛命定的悲剧人事，与库普林小说人物命运的走向不谋而合。

韦勒克于 1970 年就曾经提出从国际角度建立全球文学史和文学学术的理想。他认为："比较文学是从国际的角度来研究一切文学，认为一切文学创作和经验是统一的。"② "首先，文学创作是统一的，因为人类有着共同的体验形式——欢乐和忧伤，希望和绝望，离别和聚合，生与死，爱与恨，祸与福等等；也有着共同的生命形式——个人与个人，个人与社会，男人与女人，人与自然，人与历史，人与命运等等。尽管内容千变万化，但这些共同的生命形式却在全部世界文学历史中反复出现；其次，文学经验是统一的，因为任何一种文学都必须回答'文学是什么'（文学的本体），文学存在的价值（文学的功能），文学存在的特殊形式（文学的方法）以及诗人的'感受方式'、'诗意境界'、'语言意向'的特点等等。正因为'一切文学创作和经验是统一的'，从全球角度来探索文学的共同特点和规律才成为可能。"③ 当然，中国现代文学史上小说的非情节化形成的因素是复杂的，是西方文化与传统文化

①　孔范今：《二十世纪中国文学史》上册，山东文艺出版社 1997 年版，第 737 页。
②　[美] 韦勒克：《比较文学的名称与性质》，转引自干永昌等编选《比较文学研究译文集》，上海译文出版社 1985 年版，第 144 页。
③　转引自乐黛云《比较文学简明教程》，北京大学出版社 2003 年版，第 175 页。

在特定的形势下共同作用演绎的结果。在此我们采用比较文学中平行研究的方法，来探讨中国现代小说特别是"五四"时期小说与库普林小说在叙事方式及审美趣味方面表现出的共性，这无疑是一项有意义的研究和探索。

## 第三节　库普林小说与"五四"自叙传小说

### 一　"五四"时期的自叙传小说

　　正如库普林的作品带有很强的自传性一样，中国现代文学有很多是中国现代知识分子的自传体文学。不少作品里的主人公在心理性格的许多方面都与作者相似，甚至可以说是作者本人的艺术外化。"五四"时期许多作家的小说创作，如郁达夫所说"文学作品，都是作家的自叙传"。很多作品往往取材于作者自己的某一段生活经历："作品主人公身上，往往有作者本人的影子，或者是作者影像的扩大、缩小、折射，有的径直是'夫子自道'，甚至是作者的全身心投入。因此，这些作品的人物形象和作者之间，对象世界和主体世界之间，彼此的界限已经不大分得清，人物呼喊的往往正是作者心灵的声音。由此带来的叙述角度是平视与内视的，叙述方式是诉说的。"①

　　"'五四'时期，中国也出现了类似西方那种促使自我意识萌发的社会情境：正像法国革命摧毁了一个庞大的封建王朝一样，辛亥革命也导致封建帝制的崩溃和传统意识的动摇。这便造成了中国现代第一批'自由漂泊'的知识分子，他们向西方一些浪漫主义者一样，置身于一个传统秩序解体和资本主义降临的时代；这种历史境遇使他们感受到一种强烈的文化危机，一种极度的精神痛苦，一种强烈的失落感。"② 社会的剧变，把敏感的知识分子抛出了社会的正常轨道。他们在表示和传统价值观念决裂时，和现实发生疏离。"自我表现论是新的审美要求突破传统审美规范的结果。社会的急剧转折，传统价值观的断裂，必然产

---

　　① 逄增玉：《试论中国现代"流浪汉"小说及其形象》，《中国现代文学研究丛刊》1989 年第 4 期。

　　② 赖干坚：《中国现当代文论与外国诗学》，厦门大学出版社 2003 年版，第 113—114 页。

生新的审美需求，并导致传统审美规范的失控。从西方和中国近现代文论史来看，自我表现论正产生于传统审美规范失控、新的审美需求兴起时期"。①

　　郁达夫说："至于我对文学的态度，说出来，或许人家要笑，我觉得文学作品都是作家的'自叙传'这一句话是千真万确的。客观的态度，客观的描写，无论你客观到怎样一个地步，若真的纯客观的态度，纯客观的描写是可能的话，那艺术家的才气可以不要，艺术家存在的理由也就消灭了。"在《小说论》中他还说："小说家在小说中写下来的人物，大抵不是完全直接被他观察过的，或者间接听人家说或是在报上读过的人物，而系一种被他想象所改过的性格。所以作家对于人物性格心理的知识，乃系由他自身的性格心理中产生出来的。"② 由此可见，郁达夫认为小说中的人物都有作家自身性格心理的烙印，小说往往体现着作者自我的情感。郁达夫的小说创作很多都是取材于他自己的生活，书写他本人的经历、见闻和内心感慨。《茑萝行》写的几乎都是作者自身的生活经历。《沉沦》是作者在日本时忧伤情感的纪录。《茫茫夜》中于质夫的某些言行，《过去》中的主人公身上都留下了作家自身思想感情的印记和作家自身的影子。正如郁达夫在《序李桂著的〈半生杂记〉》中所说的："一个人的经验，除了自己的之外，实在另外也没有比此再真切的事情。"③

　　郁达夫说："'五四'运动的最大的成功，第一要算'个人'的发见。从前的人，是为君而存在，为道而存在，为父母而存在，现在的人才晓得为自我而存在了。"他从散文这方面说明这种"发见"的影响："现代散文之最大特征，是每一个作家每一篇散文里所表现的个性，比从前的任何散文都来的强。……我们只消把现代作家的散文集一翻，则这作家的世系，性格，嗜好，思想，信仰，以及生活习惯等等，无不活泼泼地显现在我们眼前。这一种'自叙传'的色彩是什么呢，就是文

---

　　① 赖干坚：《中国现当代文论与外国诗学》，厦门大学出版社 2003 年版，第 115 页。
　　② 郁达夫：《星洲日报·晨星》，1940 年 1 月 31 日，转引自李标晶等《中国现代作家文体论》，黑龙江人民出版社 2005 年版，第 51 页。
　　③ 李标晶等：《中国现代作家文体论》，黑龙江人民出版社 2005 年版，第 51 页。

学里最可宝贵的个性的表现。"①  茅盾也说："人的发见，即发展个性，即个人主义，成为'五四'时期新文学运动的主要目标，当时的文艺批评和创作都是有意识的或下意识的向着这个目标。"②

## 二  库普林小说与"五四"自叙传小说相似的思想情感

"五四"时期对自我的发现和自我意识的觉醒，震撼了民族精神和整个思想文化界，也给中国文学带来了一股强大的生命力。自我意识的觉醒使"五四"文学显示出了独特的风貌，也深入到他们的心理情感方面。"虽然'自我的发见'使五四很多作家在口头上把对外在的信仰转为对自我的信仰，但他们的创作却反映出对自我的怀疑倾向，这表现在对个体存在的十分清醒，甚至是痛心疾首的否定上。"③"五四"时期大量的文学创作反映了作为弱国子民所身受的民族歧视的屈辱和辛酸以及自身的穷酸、怯懦和软弱。"孤独者和流浪者形象在五四文学中是一个非常触目的文学现象，如果我们把这一形象系列与西方浪漫主义时代的那些流浪者、孤独者相比就会发现，中国式的流浪者虽愤世嫉俗，但并非是真的厌世，他们的厌世不过是想达世而不可得的情绪转移和发泄。他们在现实中处处碰壁，不仅求自我表现、自我发展而不能，甚至连保存自我、维持自己的生活都困难重重，他们每一次失败似乎都证明着自我的渺小、脆弱和无能。"④

"五四"作家在创作中自我形象的这种渺小感、无助感、失落感的精神倾向，与库普林小说中的主人公的自我认识和自我评价类似。20年代初期中国孤独、苦闷、无路可走而又找不到自己适当地位的知识分子，他们的窘境和内心体验正如鲁迅《故乡》中的主人公，虽然躺在船上渐渐地远离了"故乡的山水"，远离了"萧索的荒村"，但其心情也正如库普林《麻疹》里主人公沃斯科列先斯基乘华丽的客轮离开公爵的花园别墅时所感到的孤独、苦闷、悲哀、怅惘。沃斯科列先斯基望

---

① 郁达夫：《中国新文学大系散文二集·导言》，上海文艺出版社1980年版，第5页。

② 茅盾：《关于"创作"》，《矛盾文艺杂论集》，上海文艺出版社1981年版，第298页。

③ 李今：《"五四"作家自我意识的表现特征》，《中国现代文学研究丛刊》1992年第3期。

④ 同上。

着"那座俄罗斯楼台隐没在树木和别墅后面了，接着又露出了一会儿，终于越来越向后退去，一下子从视线中消失了"。①正如《故乡》中的主人公看着"老屋离我愈远了；故乡的山水也都渐渐远离了我，但我却并不感到怎样的留恋。我只觉得四面有看不见的高墙，将我隔成孤身，使我非常气闷……"船离开了河岸驶向未知的远方，在这中间令读者感到了一种言犹未尽的对于人生的感伤。

郁达夫的前期小说，正是其"自叙传"观点的忠实体现。"作品所选择的题材，与作者的生活很切近，作品中的主人公，又总是和作者形成不可分离的合体。郁达夫的'自叙传'小说，不仅是夫子自道，更是自我灵魂的大胆暴露。他敢于把自己热烈的追求和卑微的意志，焕发的才情和不幸的遭遇，高尚的感情和颓唐的行径，毫不掩饰地披露于读者面前，达到惊世骇俗的地步。""当然，'自叙传'的色彩，还只是表现为个性主义思想对作品形式的一种追求，从内容上直接体现个性主义思想的，是作品中主人公的个性主义抗争精神和孤独感伤情调。"② 在表现个性受压抑、个人得不到发展等角度来表现对社会的反抗这一角度，郁达夫小说中的主人公表现出与库普林小说主人公相同的个性。

库普林的小说创作题材广泛，他的中短篇小说中描写了各种各样的人物和千姿百态的人物性格。在第一次世界大战以后一个时期的创作中，库普林的作品同欧内斯特·海明威的作品一样，都存在着一种幻灭、迷惘、困惑的世界感受。有人说"库普林算是俄罗斯描写'迷惘的一代'的代表"③ 他的小说创作中有很多这样"迷惘的一代"的典型。《决斗》中的罗马绍夫虽然善于思考、富于幻想，有着强烈的自我意识，但在庸俗、空虚的军营生活中看不到生活的目标，最后死于与尼古拉中尉的毫无疑义的决斗之中。《生命的河流》里的大学生憎恨自己的怯懦、软弱，他痛恨"眼下这个可怕而荒诞的时代"，"像我这样的

---

① ［俄］库普林：《麻疹》，《画家的毁灭》，杨骅等译，上海译文出版社 1987 年版，第291 页。

② 周炳成：《郁达夫前期小说与西方浪漫主义文学》，《中国现代文学研究丛刊》1985年第 4 期。

③ 张晓东：《情感的诗学——亚·库普林小说诗学初探》，硕士学位论文，北京师范大学，2000 年，第 34 页。

人活着是耻辱,是负担,简直无法再活下去了"。① "《生命的河流》里的大学生的遗书可以看成俄罗斯'迷惘一代'的宣言。"② 《摩洛》中的鲍勃洛夫经历了爱情的挫折和现实的强烈刺激,几乎到了失去理智的疯狂地步,最后只能靠注射吗啡获得解脱。《胡言乱语》中的马尔科夫大尉,面对人类的杀戮行径,他的良心和理智与军官的职责地位相矛盾,现实的刺激使他陷入了精疲力竭的状态。而《献身者》中的丘季诺夫医生更是因为感到自己所从事的职业毫无意义而濒于疯狂。《黑雾弥漫》中的鲍里斯与其说是死于城市弥漫的黑雾,莫不如说是死于对生活的绝望。

库普林本人的生活经历就是一部情节曲折丰富的小说。"他喜欢变换居所,经历生活的考验,厌恶一成不变的生活方式。追求亲身体验,渴望亲自去认识一切,使他来到黑海渔民中间,拜访俄罗斯航空飞行的先驱者们,接近潜水员们等等。年轻时,库普林换过几十种职业,其中有些职业对于文学家来说是很不寻常的,比如牙医;即使到了中年,他还仍然执著于积累亲身体验的可靠知识。"③ 帕乌斯托夫斯基说:"库普林几乎所有的创作都有自传性质。他作品中所有的幻想者和所有热爱生活的人,就是他自己,就是库普林,一个内心完整、胸怀坦荡的人,一个从不伪装自己、从不装腔作势、从不空洞说教的人。因此,他不禁要去接近这样一个和他一样平凡而性格鲜明的人。""所有感受都是作家自己耳闻目睹、并且亲身经历过的现实。所有这些都赋予库普林的散文一种永不衰败的新鲜和丰富。"④ 库普林本人性格质朴,为人朴实豪爽,因此,他在小说创作中情不自禁地倾心于跟他本人一样朴实而爽朗的人。

在库普林的小说《决斗》中,在回忆童年时,主人公罗马绍夫一

---

① [俄]库普林:《生命的河流》,《石榴石手镯》,蓝英年译,浙江文艺出版2002年版,第239页。

② 张晓东:《情感的诗学——亚·库普林小说诗学初探》,硕士学位论文,北京师范大学,2000年,第34页。

③ [俄]符·维·阿格诺索夫主编:《20世纪罗斯文学史》,凌建侯、黄玫、柳若梅、苗澍译,中国人民大学出版社2001年版,第14页。

④ [俄]帕乌斯托夫斯基:《文学肖像》,陈方、陈刚政译,人民文学出版社2002年版,第126、110页。

下子有了自我意识的觉醒。"库普林的作品具有很强的自传性，如果我们以弗洛伊德的眼光来看，'作品像一场白日梦一样，是童年时代做过的游戏的继续和替代物'，我们也可以把他的梦的叙事看作通往作者心灵的途径。"① 库普林的创作无疑向我们展示着作者的心灵。库普林尝试过各种不同类型的生活，追求尽可能多的生活体验。《亚玛镇》中的记者普拉东诺夫曾经说过这样一段话："我是个流浪汉，热爱生活。我当过旋工、排字工，种过地，也卖过烟草——马合烟，在亚速海上当过轮船的司炉，在黑海杜比宁渔场捕过鱼，在第聂伯河上装卸过西瓜和砖头，跟马戏团辗转各地，当过戏子，还有些什么我都记不清了。可我这样从来不是为生计所迫。不是的，我只是出于对生活的无比渴望和难以抑制的好奇心。真的，我真想做几天马、当几天植物，或做几天鱼，或做几天女人，体验一下生育的滋味；我很想体验一下一种内心的生活，用我所遇到的每一个人的目光看看世界。于是我无忧无虑的周游各个城市和乡村，无牵无挂，我了解并爱好几十种手艺，快活地到处漂泊，任凭命运的风帆把我带到随便什么地方……"② 在《亚玛镇》这篇小说中，我们完全可以把普拉东诺夫视为作者的代言人，普拉东诺夫的生活体验正是作者本人的生活体验。这段话可以视为库普林小说中的"流浪者宣言"。这段话也很容易令人想起高尔基在《马卡尔·楚德拉》中的话：那么你就这样流浪吗？这很好！你给自己捡了一条挺好的路，鹰。就应该这样，到处走走，见见世面……不要在一个地方常住——那有什么意思呢？③

　　在库普林的短篇小说《生命的河流》中有这样一段话："这怪谁呢？我告诉你吧：怪我母亲。我的灵魂被卑鄙的怯懦所玷污、所毒害，她是第一个原因。她很早就守寡了，所以我童年的最初印象总是离不开寄人篱下的生活，央求别人，脸上挂着卑贱的微笑，忍受着虽然轻微但又难以忍受的侮辱，向人讨好乞求，作出一副眼泪汪汪的可怜相，象

---

① 张晓东：《情感的诗学——亚·库普林小说诗学初探》，硕士学位论文，北京师范大学，2000 年，第 29 页。

② А. И. Куприн. Яма. ［Монография］М. ：Изд - во АСТ：Люкс，2005，с.105.

③ ［苏］高尔基：《马卡尔·楚德拉》，《高尔基短篇小说选》，瞿秋白等译，人民文学出版社 1980 年版，第 1、3 页。

'一小块、一点点、一小杯茶'这一类表示自己低下的词汇老是挂在嘴边上……还逼我吻男男女女的恩人们的手。母亲一定要说我不爱吃这样或那样美味的菜，撒谎说我有瘰疬病，因为她知道这样一来主人的孩子就能多吃一点，主人们也会因此而高兴。仆人们偷偷地嘲笑我们：戏弄我，管我叫'罗锅儿'，因为我小时候有点儿驼背，他们还当着面管我母亲叫'食客'或'穷酸'。母亲有时为了逗客人们开心，还把自己破旧的鼻烟盒杵在鼻子上，弯成两折，说道：'这就是我那儿子列武士卡的鼻子'。他们都笑了，而我却痛苦的难以复加。"这种屈辱、痛苦的童年经历在库普林的记忆中留下了难以平复的印记。库普林说："我一定写出这段沉默、乞讨和虔诚掩盖下的太平生活中的卑鄙日子，我不能不写出我自己过去经历过的真实画面。"① 当库普林的母亲为儿子在创作中这样责怪自己而难过的时候，库普林劝说母亲道："回忆过去对他自己就像对母亲一样是沉重的，就像重新经历了这些事情一样，但这是必要的。"②

　　郑振铎在《俄罗斯名家短篇小说第一集》写的序中指出："我们中国的文学，最乏于'真'的精神，他们拘于形式，精于雕饰，只知道向文字方面用功夫，却忘了文学是思想，情感的表现，所以它们没有什么价值。俄罗斯文学则不然。它是专以'真'字为骨的；它是感情的直觉的表现；它是国民性格，社会情况的写真；它的精神是赤裸的，不雕饰，不束格律的表现于文字中的。所以它的感觉，能够与读者的感觉相通，而能收到极大的效果。"郑振铎最早提出的"文学的真的精神"的这段话，也正是对库普林小说反映现实生活，反映对生活的真实体验的极好注释。郑振铎认为"文学是思想，情感的表现"，"是感情的直觉的表现"，"是赤裸裸的"。这就是说，文学的"真"的精神首先体现于作品流露的作者的思想是真挚的，而不是虚伪的。郑振铎认为文学"是国民性格，社会情况的写真"。这就是说，文学的"真"的精神还体现于作品对客观世界的反映是真确的，而不是歪曲的粉饰的。③ "郑

────────────

　　① ［俄］阿列格米·哈伊洛夫：《库普林的一生——我不能没有俄罗斯》，（莫斯科）中央印刷出版社 2001 年版，第 160 页。

　　② 同上书，第 161 页。

　　③ 陈福康：《论五四时郑振铎的文学观》，《中国现代文学研究丛刊》1984 年第 1 期。

振铎当时强调文学为人生的使命和社会功利价值，与创造社的主张有分歧；但他对文学作品反映作者的主观世界、内心情感的重视，其实并不亚于当时的创造社作家。他反复强调文学是感情情绪的产品，作为艺术必须有真情。"①

众所周知，郑振铎与周作人一样也是文学研究会的重要发起人之一。在"五四"时期，在《新青年》的带动下，所有文学革命的发起者和参加者都做过译介外国文学的工作，郑振铎是极为活跃的译介者之一。《小说月报》曾专辟《小说新潮》、《海外文坛消息》等栏目，每一期都发表外国作品，报道西方文艺思潮和文坛动态，介绍外国著名作家传略及其创作。1921 年文学研究会的代用会刊《小说月报》第十二卷号外上译出了包括库普林在内的 25 位俄国作家的 28 篇作品。在 20年代前期和中期，如茅盾所说："俄罗斯文学的爱好，在一般知识分子中间，成为一种风气，俄罗斯文学的研究，在革命的知识分子中间，成为一种运动。"② 一个作家对另一个作家的影响常常是无形中产生的，是直觉的产物。个性上，文化背景上的某些共同性使他们不约而同地在某一点上发生共鸣，走到一起来了。影响是无意中发生的，却常常产生不谋而合的效果。

### 三　相似的历史背景造就了相同的审美特征

"五四"时期的中国现代知识分子与 19 世纪末 20 世纪初的俄罗斯知识分子所处的时代背景具有极大的相似性。他们都处在东西文化在自己国家激烈碰撞的年代。两个国家都处在政治上风雨飘摇的时期，统治阶级遭受着越来越严重的统治危机，封建制度已经丧失了其存在的合理性，成为阻碍社会全面发展的因素。先进的知识分子要求民主、平等的呼声越来越高，他们都在思考着"祖国往何处去"、"国家能否存在下去"的问题。"五四"时期的中国思想界与世纪之交的俄罗斯的思想界都气象万千，各种思潮流派纷至沓来。处在这种新旧交替时代的知识分子，在思想上不仅增强了对社会问题的敏感度，也形成了比较强烈的自

---

① 陈福康：《论五四时郑振铎的文学观》，《中国现代文学研究丛刊》1984 年第 1 期。

② 茅盾：《果戈理在中国》，《文艺报》1952 年第 4 期。

我意识。

在"五四"时代，对现存社会秩序的怀疑及个人生存意义的反省在一般知识者阶层普遍流行。文学作品题材和内容的选择，常常受着作家本人的气质性格、社会地位、个人经历的潜在制约。自叙传小说为作家表现个人主体意识和表达个人内心情感提供了便利的传达渠道，从而也给读者以真挚、可信的感觉。每读完这样一部作品，总令读者感到仿佛作者本人鲜活的生命近在眼前。读着这些小说，总是能够令读者感觉到作家心灵的跳动、生命的气息，感染到作者本人的爱和恨，喜和悲，泪和笑。作家用真挚的情感和生动的艺术语言给人们讲述着他们的经历、见闻、感受和体验，他们以自己的精神力量和艺术力量逼着人们去冷静思考严肃的人生和社会问题。库普林小说中的主人公与中国现代文学中的"自叙传"小说中的主人公，在很大程度上与作者本人保持着精神上的一致性，也就是说，这些小说中的主人公常常差不多就是作者本人，这些人物往往体现着作者自己心理性格的两面。作家通过这些人物形象一方面向整个社会的黑暗和腐朽发出强烈的呐喊，表达自己的抗议之情，同时作者通过小说创作也对自己进行着深刻严肃的自我自剖和自我反省。这些形象也照见作家们所处时代和社会以及民族的知识分子面影。因此，自叙传小说也表达了作家鲜明、强烈而且深刻的自我批判精神。他们不满于同时代的"多余人"，同样也不满于他们自己。库普林对自己所置身其间的那些19世纪末20世纪初的俄罗斯知识分子无情地给以弱点上的揭露，而鲁迅等中国现代作家对那些颓唐的"多余人"所作的讽刺和暴露，亦是"无情地解剖自己"的一个重要方面。

值得注意的是，让我们仔细品味库普林的小说《生命的河流》中大学生遗书中的一段话："生命的河流——这是多么巨大啊！它早晚会把一切都冲刷掉，会卷走禁锢精神自由的一切堡垒。先前庸俗的浅滩，将会变成英雄主义的巨大深渊。"① 库普林小说《生命的河流里》的大学生与《决斗》中的罗马绍夫等人物同郁达夫的小说中的主人公一样，

---

① ［俄］库普林：《生命的河流》，《石榴石手镯》，蓝英年译，浙江文艺出版社2002年版，第240页。

"感伤中不乏激愤，哀苦中不失纯真，沉沦中仍有憧憬。"① "郁达夫小说所抒发的情怀是感伤而有病态色彩的，凄切、哀婉、悲怆、沉郁是其基本格调。……他的这种感伤并非封建末世文人穷途末路无可奈何的感叹，亦非无聊才子玩弄色情游戏寻求感官刺激的无病呻吟，而是一个敏锐的知识分子在民族觉醒时期内省自身和民族伤痕的深沉的感叹，是民族危难之际回天无力的失落感和幻灭感。"② 我们也可以用以上评论来评价库普林的小说，从他们的创作中我们可以看到作家共同的思想情感和审美理想。

## 第四节　库普林小说与"五四"抒情小说

### 一　"五四"时期的抒情小说

"五四"以后，在中国以传统小说样式发展的历史长河中，出现了一条具有鲜明抒情特性的"抒情小说"支流。"'抒情性'作为诗学的概念，在自我与世界的关系中，造成'世界的自我化'局面。""大体上说，小说里的抒情性，就是强调小说的背景和情绪侧面，而相对忽略时间的顺序和结构侧面，通过缩小自我与世界之间的距离，把世界感觉化、意象化，在小说的传统中体现对诗的世界的追求。""抒情自我在抒情文类中完全能够控制和规定世界。""所谓'抒情小说'，其中'抒情性'，作为形容词制约着小说的叙事。抒情是世界的自我化状态，落实在作品中，便是注重情绪的渲染。而小说本是强调事件的叙述，重视对于外在世界的呈现的。这样，'抒情小说'这个概念本身，在理论上来说，便是矛盾双方的一种结合。"③ "五四"初期的问题小说，由于受西方文学的影响，开始表现出抒情意味。

可以说，周作人是为这一新型小说命名的第一人。周作人《〈晚间的来客〉译后记》中说："我译这一篇，除却介绍库普林的思想之外，还有别的一种意思——就是要表明在现代文学里，有这一种形式的短篇

---

①　李标晶等：《中国现代作家文体论》，黑龙江人民出版社2005年版，第62页。

②　许爱春：《简论郁达夫小说》，《九江师专学报》（哲学社会科学版）2003年第1期。

③　［韩］洪焌荧：《郁达夫文类选择及其文类理想》，《中国现代文学研究丛刊》2000年第1期。

小说，小说不仅是叙事写景，还可以抒情；因为文学的特质，更在感情的传染……这抒情诗的小说，虽然形式有点特别，但如果具备了文学的特质，也就是真实的小说。内容上必要有悲欢离合，结构上必要有葛藤，极点与收场，才得谓之小说；这种意见，正如 17 世纪的戏曲的三一律，已经是过去的东西了。"① 周作人极力主张打破传统小说的模式，进行小说观念与内容、结构与形式的革新。这里不仅首次提出了"抒情诗的小说"概念，而且从理论上为抒情小说作为新型的文体奠定了基础。"这在中国现代小说史上是一个全新的样式，也是对传统小说观念的一个新发展。"② 这一理论与鲁迅先生在《呐喊》、《彷徨》里对小说形式所进行的多方面的艺术探索互相配合，为 20 世纪我国现代小说观念的变革与新型小说形式的创造，开拓了广阔的空间。除了对库普林小说中"人的文学"精神的关注和强调，库普林小说在叙述风格上淡化情节，善于营造情境，突出人物内心情绪、情感的写作特色也引起了周作人的兴趣和关注。在周作人看来，库普林的小说正是他所推崇的"理想的写实和抒情的结合"，库普林小说的抒情特色获得了周作人的高度评价和重视。周作人从理论上为抒情小说作为新型的文体开辟了道路。

被誉为"现代中国抒情小说之父"的郁达夫的小说理论极具先锋性和现代性，为中国小说理论的现代化做出了极大的贡献。在破除中国传统小说观和汲取西方文学观念的基础上，他曾经说："什么技巧不技巧，什么词句不词句，都一概不管，正如人感到痛苦的时候，不得不叫一声一样，又哪能顾得这叫出来的一声是低音还是高音。"③ 他还说："历来我持以批评作品好坏的标准，是'情调'两字。只教一篇作品能够酿出一种'情调'来，使读者受了这种'情调'的感染，能够很切实地感着这作品的氛围气的时候，那么不管它的文字美不美，前后的意思连续不连续，我就能承认这是一个好作品。"④ 基于这种表达内心情感的要求，郁达夫打破传统小说的叙事方式。郁达夫的《沉沦》刚刚

---

① 周作人：《〈晚间的来客〉译后记》，《新青年》第 7 卷第 5 号（1920 年第 4 期）。
② 钱理群等：《中国现代文学三十年》，北京大学出版社 1998 年版，第 72 页。
③ 郁达夫：《忏余独白》，《北斗》第 1 卷第 4 期。
④ 郁达夫：《我承认是失败了》，《晨报·副镌》1924 年 12 月 26 日。

问世时，被指为海淫与不道德的小说，周作人力排众议，对《沉沦》里惊世骇俗的性苦闷的描写作出科学的分析，指出作者所表现的实质"是青年的现代的苦闷"。事实上，郁达夫的小说理论与周作人在《〈晚间的来客〉译后记》中所提出"抒情诗的小说"的文学主张有不谋而合之处。而郁达夫则把这种小说中的主观抒情推向前所未有的顶点。他认为文学作品都是作家的自叙传，文学创作的宗旨在于将作家内心的真实情感赤裸裸地袒露出来。

　　"一般来说，作家在现实生活中，找不到历史的方向而只靠生活的体验或瞬间感觉时，容易选择抒情类文体；而能够掌握社会和历史的方向时，则倾向于选择小说。"① 郁达夫青年时代在日本长期的弱国子民的生活，塑造了他内向孤独与忧郁感伤的性情，也形成了郁达夫倾向于情绪化、主观化的思考和表达方式。郁达夫曾经这样谈及他创作时的心情："碰壁，碰壁，再碰壁，刚从流放地点遇赦回来的一位旅客，却永远地踏入了一个并无铁窗的故国的囚牢。……愁来无事，拿起笔来写写，只好写些愤世嫉邪，怨天骂地的牢骚，放几句破坏一切，打倒一切的狂吠。越是这样，越找不到出路。越找不到出路，越想破坏，越想反抗。这一期中间的作品，大半都是在这一种心情之下写成的。"② "显然，尽管是为了实现意识形态自我而选择了小说，但还是沉浸在情绪化的自我里，仍然依靠生活的体验和瞬间感觉，没有把生活的整体性和个别性统一在一起。由于缺乏现实的整体性把握与思考，郁达夫只能把社会的矛盾化为主观化的个人矛盾，这就与小说的美学追求一起导致了其小说创作中抒情化的强化。"③ 郁达夫的创作风格可以代表"五四"时期一大批倾心于自我表现的作家的审美追求，这是"五四"抒情小说兴盛发展的体现。

　　郑振铎说："文学以真挚的情绪为它的生命，为它的灵魂，那些没

---

　　① ［韩］洪焌荧：《郁达夫文类选择及其文类理想》，《中国现代文学研究丛刊》2000 年第 1 期。

　　② 郁达夫：《忏余独白——〈忏余集〉代序》，《郁达夫文集》第 7 卷，花城出版社1983 年版，第 251 页。

　　③ ［韩］洪焌荧：《郁达夫文类选择及其文类理想》，《中国现代文学研究丛刊》2000 年第 1 期。

有生命，没有灵魂的东西，自然不配成为文学了。"① 郑振铎早就认识到："文学与科学所以不同之故，在于：文学是诉诸情绪，科学是诉诸智慧。"他曾用非常形象的话说："创作的时候：是创作欲如潮水似的泛长着，如微飔似的吹拂着的时候，是胸中凄然地重温着已逝去的幸福与悲哀的回忆的时候；是可听见思想如大鸟之飞过心头的拍翼之声的时候；是幻想在织着神秘的理想的网，以钩沉于现实之海中的情思的时候；是热血涌沸，大声疾呼着，欲以战鼓似的声势、催激着人们去奋斗，去为民众，为自由而战的时候。"② "五四"作家在对时代的亲身体验和西方文学的接受中，浪漫主义的自我表现与同样情绪化了的"五四"个性解放的要求一致，很多作家在他们的创作中选择了自我的视角、自我的情绪、自我的感情，很多作品始终贯穿着自我情绪的流动，亦即"抒情"。库普林小说和"五四"时期一些作家的抒情小说都通过主人公的自白表述了人只有通过自我追问才能显示自己存在的观点。"五四"是一个富有个性与青春气息的时代，"五四"抒情小说是在中国文学抒情写意传统与外国抒情小说的双重影响下形成的，这也正是"五四"文学实现其现代性渴望及繁荣发展的标志。

## 二　"五四"抒情小说与库普林小说相似的抒情风格

郁达夫的小说和库普林的小说有很明显的一个共同点，即主人公的孤独感。著名心理学家和社会学家马斯洛认为，人在满足了生理需要和安全需要后就产生了"归宿和爱的需要"，即正常的人都有参加依附于一定组织的需要。"爱的需要也是一种归属需要，包括接受他人的爱和给予他人的爱。马斯洛认为成熟的爱是人与人之间彼此关心、尊重和信任。人需要爱，也需要得到爱，爱的需要得不到满足个人就会感到孤独和空虚。"③ 郁达夫的小说与库普林小说的人物都常常处于孤独的状态中。他们小说中的人物都因为各种各样的原因而无法满足爱的需要。在郁达夫的小说中几乎每篇都有关于情爱的描写，《沉沦》中的主人公就

---

① 西谛：《新文学观的建设》，《文学旬刊》1922 年 5 月 11 日。
② 西谛：《卷头语》，《小说月报》第 15 卷第 1 期（1924 年 1 月）。
③ 阴国恩、梁富城、白学军：《普通心理学》，南开大学出版社 1998 年版，第 337 页。

曾经在日记里写道："知识我也不要、名誉我也不要，我只要一个能安慰我，体谅我的心。"但郁达夫小说主人公对爱情的渴望常常无法得到满足，因此而陷入忧伤和孤独的痛苦之中。

在郁达夫和库普林的小说中都有很多孤独的人，在他们的创作中都很难找到恩恩爱爱、相濡以沫的夫妻，也很难找到情深意笃、天长地久的情侣，主人公常常都处于人际关系的疏离状态，忍受着孤独的煎熬，因此郁达夫的小说主人公和库普林小说中的主人公都常常沉浸于自言自语或者冥思苦想之中。比如郁达夫的《沉沦》、《春风沉醉的晚上》、《茑萝行》等篇中都塑造了与库普林的小说《决斗》、《夜勤》、《献身者》等篇中一样的孤独者，这些人都处在短暂或长期的无人与共而且缺少关爱的状态。从宏观的角度看，这种孤独感可以看成是他们小说中人物具有普遍意义的生存状态。从他们的小说中我们都能感觉到渺小的个体在其所处的社会环境中的孤独无助。库普林在其小说中塑造了形形色色的孤独者形象，展现了作为个体的人在茫茫宇宙中的绝对孤独，表明孤独是人无法改变的存在。同时，库普林在小说中还细腻地表现了人对孤独的恐惧与反抗。心理学研究表明：人是非常惧怕孤独的动物，人总是本能地拒绝和反抗孤独，忧伤其实就是一种消极的反抗。郁达夫小说和库普林小说中的人物都不喜欢孤独，他们都曾经通过种种方式谋求改变，但是各种摆脱孤独的尝试均以失败告终。郁达夫和库普林都在小说中抒发了人在孤独中的感伤，作品中笼罩着忧郁的情调，人物的孤独以及由此引起的悲伤情绪强烈地感染着读者。

库普林的许多小说都具有鲜明的抒情风格，在他的小说中塑造了很多孤独、忧郁的主人公。我们能够从库普林的小说中读出其中包含着的巨大的情感容量，感受到其小说中人物内心丰富复杂的情感。例如《决斗》中的罗马绍夫、《摩洛》中的鲍勃罗夫、《石榴石手镯》中的日尔特科夫、《生命的河流里》的大学生、《献身者》里的医生……这些敏感、忧郁、孤独中的主人公与郁达夫小说里的主人公一样都是一些来自生活底层的知识分子。他们的痛苦常常不仅来自经济上的窘迫，更主要是来自现实环境给他们的心灵带来的孤独和压抑，来自对爱情的失望或绝望。库普林小说和郁达夫的小说都是表现、传达作者以情感为核心的内在心性的文学作品。"所谓'以情感为核心'的内在心性，是指包括情感在内的诸种感性心理因素，这些因素包括情感、个性、本能、欲望、无意识、志向、怨愤等等。"① 郁达夫和库普林所生活的社会环境有很多相似性，因此通过他们小说中的人物表现出他们相似的内在心性。

库普林的《里斯特黎冈》这篇风格独特的小说采用随笔式的文体，整个叙事没有内在的完整结构，情节与情节之间没有必然的联系，在讲完了巴拉克拉瓦这个俄罗斯帝国海港的景致风情之后，又漫不经心地讲起海港的渔民以及他们独特的生存方式。库普林以不断变换的视点写下俄罗斯这个海港的独有风貌以及那里的人与自然相融合的生存方式，人事与景物相错综，这里黑海渔人的生命形态与哺育他们的灵山秀水的密切联系，无论人事哀乐还是景物印象最后都统一于抒情的目的。库普林将游记散文和小说故事杂糅在一起，这些优美的文字渗透着作家对宇宙人生的观照。库普林就其个性来说是一个富于浪漫情调的人，"是真正的浪漫主义者"②。因而在风格倾向上对于普希金的抒情传统有一种天然的接受力。在《里斯特黎冈》这篇风格独特的小说里，库普林在关于捕鱼的叙事下还穿插着远古的稗史、神秘的海上故事、捕鱼时渔人的风俗和迷信等，旁征博引，显示着文人的知识趣味，这同其讲究小说的意境、气氛的审美追求相一致。郁达夫在游记中的自我，也已经不是"五四"时期的忧郁、感伤的呐喊者。这些游记显示了中国传统士大夫孤洁高傲的人格与境界在郁达夫身上的延续，也与库普林《里斯特黎冈》的风格特色不谋而合。

在俄国文学的传统中，始终散发着一种销魂而广漠的哀愁，这种哀愁构成了俄罗斯民族诗歌的基调。这种同中国文学"诗可以怨"相类似的文学传统与中俄两个民族的人民都长期地忍受着人生的艰辛困苦的历史密切相关。库普林的《宿营地》这篇小说中那个心灵遭到摧残的姑娘阿里季娜，我们并没有看到这个人物的全身像，而仅仅是随着阿维洛夫中尉的听觉和回忆看到了她的侧影，然而，正是这个柔弱的侧影引

---

① 童庆炳：《文学概论》，武汉大学出版社 2000 年版，第 311 页。

② Щедринова О. Н. Космическое миросозерцание Куприна \ \ Вестник Русской христианской гуманитарной академии. 2010，том 11，Выпуск 4，с. 241.

动了阿维洛夫也引动了读者的恻隐之心。同样郁达夫《沉沦》中旅馆主人的女儿，也是一些侧影，这些侧影在"我"的记忆和印象中统一起来获得了诗意的效果。《阿列霞》结尾中的"我"面对阿列霞留下的唯一的爱情纪念——那一串红色的珊瑚珠子，心中的伤痛是难以平复的。《石榴石手镯》里的维拉在意识到一份神圣永恒的爱情消逝以后，伴随着贝多芬《但愿你的芳名神圣不可侵犯》深沉的乐章，也令我们感受到如《伤逝》中的涓生一样的情怀。

郁达夫文学创作最显著的特点就是小说的散文化与散文的小说化倾向。郁达夫认为："我们近代人最大的问题，第一可以说是自我的表现，个性的主张。"① "郁达夫的小说，注重主人公的感情起伏和主观抒情，而相对忽略故事情节，主要以情绪的起伏贯穿全篇；他的散文，在结构上几乎同小说没有两样：有像小说那样的人物，有一定的情节和具体细节。"② "小说抒情功能的加强，必然带来叙事功能的削弱。而叙事功能的削弱，又很容易导致小说文体特征的变异。从文体特征来看，郁达夫的'自叙传'小说正是由于注重了抒情性，而导致形式上的散文化特点，即重视人物心境描摹而相对忽视统摄全篇的情节设计；重视主观抒情而相对忽视客观叙事……"③ 库普林的抒情艺术特色在于它在客观的叙事的同时表现出其主观抒情的特色，同时库普林的抒情又是含蓄的，这种抒情包含在叙述过程中。他的带有自传性特征的小说常常直接叙述自己的经历、见闻、印象，对往事的回忆，有时是用叙述人"我"来展开叙述，便于表达作者的情绪和感受。在《亚玛镇》这篇小说的构思上，作者基本上以全知的视角叙述"亚玛镇"的兴衰变迁，间或穿插人物的视角。这里记者普拉东诺夫与妓院里的姑娘们的交往和见闻都以一种极平实的笔调加以叙述，然而"我"的心境，"我"对眼前一幕幕情景的感受，也在客观叙述中自然流露出来，形成了一种潜移默化却比直抒胸臆的作品更耐人回味的印象。

成仿吾的《森林的月夜》与库普林小说《森森之夜》的共同的特

---

① 郁达夫：《戏剧论》，《郁达夫文集》第 5 卷，花城出版社 1982 年版，第 54 页。

② ［韩］洪焌荧：《郁达夫文类选择及其文类理想》，《中国现代文学研究丛刊》2000 年第 1 期。

③ 孔范今：《二十世纪中国文学史》上册，山东文艺出版社 1997 年版，第 459 页。

点是，作者都把对森林夜晚氛围的渲染作为整篇小说结构的中心，小说充满着诗意的氛围，而人物和情节在小说中成了必要的点缀。比如成仿吾对森林月夜的描写：

> 一切都好象是死了一般的，其实一切都在尽量吸着生命的美酒，用了十分的自我意识与一切的意识。在这大海一般深的"沉静"里面，月慢慢地沉下地平线去了。圆盖一般的苍天，也渐渐地剩不到几颗明星了。……四围都沉默着。只是林外的老鸦"呀！"的一声答应了。[①]

两位作家对森林月夜的寂静和自然话语的描写有着极大的共性，渗透着他们对大自然的深刻感悟。成方吾在介绍《森林的月夜》的创作过程时说："这短篇最初的动机，不过是想把这样的森林，描写一下，因为作者素来是喜欢这种森林的。"[②] 当然，像《森林的月夜》这样的作品在五四时代还很少见。而"五四"作家对风土人情的重视，说明"五四"作家认识到对地方色彩、风土人情的描绘，除了增加作品的真实性以外，在小说创作中具有重要的美感价值。鲁迅的《社戏》、吴组缃的《绿竹山房》、废名的《菱荡》、蹇先艾的《在贵州道上》、黎锦明的《出阁》、王鲁彦的《菊英的出嫁》、台静农的《红灯》等小说，吸引人的并非故事的情节和人物的性格，而是淳朴的民风与古老的陋俗，这些小说与库普林小说一样注重民风民俗作为小说背景的描绘，散文化倾向明显，具有浓郁的抒情风格。这些小说也同库普林小说一样不乏强烈的社会责任感派生出来的忧患意识，透露出作家对黑暗现实的不平和怨诉，尽管都有一个故事的框架，但留给人深刻印象和感受的是小说浓厚的抒情色彩。

郁达夫以至"五四"很多作家的小说，重视主观抒情，重视小说语言的表现功能，再加上对小说情调和意境的追求，使"五四"时期

---

　① 编辑委员会编：《成仿吾文集》，山东大学出版社 1985 年版，第 323 页。
　② 成仿吾：《森林的月夜补注》，《创造月刊》1 卷 4 期（1926 年 6 月），《成仿吾文集》，山东大学出版社 1985 年版，第 323 页。

的很多创作呈现浓厚的诗意。如"陈西滢在《新文学运动以来的十部著作》中评冰心：在它的小说里，倒常常有优美的散文诗。……王任叔《对于一个散文诗作者表一些敬意》评徐玉诺："他许多小说，多有诗的结构，简练而雄浑，有山谷般的奇伟。"郁达夫《〈一个流浪人的新年〉跋》指认成仿吾的这篇小说："其实是一篇散文诗，是一篇美丽的 Essay。"蹇先艾的《〈春雨之夜〉所激动的》评王统照的《春雨之夜》："好象一篇很美丽的诗的散文，读后得到无限的凄清幽美之感。"陈炜谟《读〈小说汇刊〉》评朱自清的《别后》描写精细，多有"散文诗一般的句子"①。成仿吾颇多偏见的《〈呐喊〉的评论》也称赞鲁迅的《社戏》"饶有诗趣"。

库普林小说的大部分作品都或多或少有对人物梦境的描写，对梦境中另一时空的缤纷色彩与现实世界的灰暗形成强烈的对比。通过人物的梦境来体现人物内心的诗和幻想是库普林小说的一个显著特点。倪贻德说："梦也是一种艺术。因为艺术家所追求的正是梦里江山，江心明月的理想生活，所以艺术的使命就是把美丑混杂的现实世界整理醇化为另一天国。"②"换句话说，人事在他们笔下，往往只是作家理想或幻想的寄托，而不是作家身处现实生活的实体。因此在追求意境的小说家的笔下，童年的忆往，幻想的梦境，异城的传奇，怀古的幽思等，往往构成人事描写的重要内容。"③"在追求意境的作家来看，情感体验的真实性比起人事的真实性来，更为重要。他们拉开了人事与现实生活的距离，创造出一种似真非真的朦胧的艺术世界，以便于观照、体验、抒发作家那一份情感。"④意境作为现代小说家的一种较为普遍的美学追求，是对我国初期抒情小说的直露少回味的纠偏。而意境美也是中国抒情写意传统对现代小说的渗透。

王鲁彦的小说常以抒情笔调来表达对现实黑暗与丑恶的愤懑之情，如《秋夜》《秋雨的诉苦》《美丽的头发》等；或倾诉自己的痛苦与悲哀，如《狗》《柚子》等。在《黄金》《银变》中，他注意描写人物的

① 陈平原：《中国小说叙事模式的转变》，北京大学出版社 2003 年版，第 231—232 页。
② 倪贻德：《艺术家的春梦》，《中国现代文学研究丛刊》1989 年第 3 期。
③ 方锡德：《现代小说家的"意境"追求》，《中国现代文学研究丛刊》1989 年第 3 期。
④ 同上。

梦境，借梦幻表现出人物的潜意识——即在宗法制的中国农村极带普遍性的具有原始迷信色彩的愚昧信仰或价值观念。此外，王鲁彦的一些早期小说喜欢采用象征手法，具有较强的主观性和哲理性。这是他向俄国作家库普林等人的外国小说学习的结果。王鲁彦的创作实践证明：在现代文学史上以浓郁的地方色彩著称的乡土文学流派，在审美观念和艺术表现手法上也吸取到外国文学的有益养料，使这一流派的创作既具备民族气派和民族作风，又具有鲜明的现代审美特征。

### 三　"五四"小说的诗意与库普林心灵的现实主义

19 世纪末 20 世纪初的俄国与"五四"时期的中国都处于一个新旧交替的历史年代。巴赫金认为："能够最大限度地表达人对世界的内心体验的文学，只有在人……在这种戏剧性的历史关头，才能得到最有力、最富成效的发展。"[1] "世纪之交人的敏感性、多值性、多变性、力量的虚弱与交替、悲剧性的急剧变化都反映在文学家的散文、诗歌和戏剧的情节中，反映在对我们的文学来说很典型的梦境、幻觉、复杂的联想中……"[2] 世纪之交的俄国与"五四"时期的中国国情极其相似，"五四"时期像郁达夫这样的中国知识分子与库普林一样对于时代的动荡有着切肤之感。他们的一生都是在流浪和颠沛中度过的，因此在他们的现实主义小说创作中真实地反映了时代的动荡以及由此而生的人的危机感，其中包括作家本人所经历的社会动荡与心灵危机。

楚科夫斯基说："库普林的现实主义正是一种心灵的现实主义。"[3] 按照表现说的文学观念，文艺本是诗人、作家内心世界的外化，是艺术家激情下的创造，作品是作家情感的自然流露。即便艺术家在创作中以外部世界作为创作题材或主题，但艺术家所面对的外部世界已经不是客观存在的外部世界，而是充满了艺术家的情感，为艺术家的心灵之光所

---

① ［俄］符·维·阿格诺索夫主编：《20 世纪俄罗斯文学》，凌建侯、黄玫、柳若梅、苗澍译，中国人民大学出版社 2001 年版，第 137 页。

② ［俄］弗·阿格诺索夫：《白银时代俄国文学》，石国雄、王加兴译，译林出版社 2001 年版，第 12 页。

③ 转引自张晓东《情感的诗学——亚·库普林小说诗学初探》，硕士学位论文，北京师范大学，2000 年，第 6 页。

投射的世界。这样，在表现论的理论当中，文学也不再是模仿的产物，而是艺术家主观自我的表现。英国诗人柯勒律治说过："有一个特点是所有真正的诗人所共有的，就是他们写诗是出于内在的本质，不是由任何外界的东西所引起的。"① "文学创作的起因不是作家摹仿人类活动及其特征所获得的愉快，也不是为了打动欣赏者并使其获得教育的终极原因，真正的动因是作家内心的感情、愿望寻求表现的冲动。冲动的舒泄这才是创作的根源。发乎内是表现说的基本倾向。"②

"五四"时期涌现了大量的富有"诗意"的小说，批评家也对小说中的诗意予以很高度的评价。大量的诗化小说的出现自然与"五四"作家对中国古典文学诗歌传统的继承有关，"引诗骚入小说在中国文学中由来已久。这种倾向'五四'以前主要表现在说书人的穿插诗词、骚人墨客的题壁或才子佳人的赠答；而'五四'作家则把诗词化在故事的自然叙述中，通过小说的整体氛围而不是孤立地引证诗词来体现其抒情特色。"③ 而包括库普林小说在内的大量散文化的西洋小说的影响，则是这种小说叙事模式转变的重要契机和诱因。同库普林小说《列诺奇卡》一样，不少"五四"小说"谈不上'典型环境中的典型人物'，有的只是一段感伤的旅行，一节童年的回忆，一个难以泯灭的印象，一缕无法排遣的乡愁。不只是情节单薄，调子幽美，抒情气氛很浓；更重要的是抒的不是一般的'情'，而是一种带有迷惘、感伤的'淡淡的哀愁'。这其中最引人注目的，是那'五四'作家特有的虽则愤世嫉俗但仍不失赤子之心、虽则略带夸张但却不乏真诚、虽颇喜侈谈历尽沧桑的哲理实则更多童话式天真的'凄冷'情调。"④

当然，任何文学作品都无法摆脱人类情感的渗透和纠缠。很多优秀的文学作品之所以具有打动读者心灵的力量，其中情感的力量都是其获得成功的根本所在。即使是某些以"平静"和"冷静"为情感基调的文学作品，表面上看起来作者保持着道德上的平静，叙述中不带任何感

---

① 《十九世纪英国诗人论诗》，转引自童庆炳《文学概论》，武汉大学出版社 2000 年版，第 25 页。

② 童庆炳：《文学概论》，武汉大学出版社 2000 年版，第 25 页。

③ 陈平原：《中国小说叙事模式的转变》，北京大学出版社 2003 年版，第 229 页。

④ 同上书，第 233 页。

情色彩，然而作者的这种"平静"或"冷静"也是一种情感态度。郁
达夫等中国现代作家深受西方文学和中国传统文化的影响，又因为辛亥
革命以后中国社会现实的黑暗，弱国子民的处境而产生的深深的幻灭
感，把失望与惆怅融入他的小说创作中是自然而然的了。19 世纪末 20
世纪初的俄罗斯与中国的"五四"时期都处在社会发展衍变的关键时
刻。正如成仿吾声称的那样："个人只要复归到自己，便没有不痛切地
感到这种孤独感的，实在也只有这种感觉是人类最后的实感。"① 正是
时代和社会环境造就了库普林小说的抒情特色，也是时代和社会环境使
"五四"许多作家选择和推崇"把理想的写实和抒情的结合"的库普林
等外国小说作为自己的样板，在继承中国古代抒情写意传统的同时，造
就了"五四"时代抒情小说的热潮。

---

① 成仿吾：《江南的春汛》，《创造周报》第 48 号（1926 年 4 月 13 日）。

# 结　　论


　　19 世纪末 20 世纪初的俄罗斯文学曾经获得举世瞩目的成就，而在苏联时期却遭受意识形态的压制长达几十年之久。"1910 年前后几年，俄罗斯文学界有几个流行相当广泛的术语："最新的现实主义"，"新现实主义"、或者"新的现实主义"。"①库普林是当时被评论界多数意见公认的"新现实主义"这一范畴的主要作家。波格莫洛夫在白银时代回忆录前言中有这样的论点："作为衡量白银时代，也就是"复调统一"时代的主要标尺——作家在思想和形式上的现代性与他所从属的流派无关（这既是现代主义时代，也是真正的现实主义者的时代），这首先是意识到自己所处的是一个十分特殊的时代，它已经完全超出了19 世纪的界限……"②白银时代的文学创作在两个世纪的文学之间架起了沟通的桥梁，这个时代可供研究的艺术奇观和艺术典范极其丰富。"在世纪初的现实主义作品中，我们就能发现艺术体系的开放性。俄罗斯现实主义新潮作家的作品（1910 年之前至 1920 年），显著的特点是人物形象思想内涵的扩展，将日常生活与现实生存结合在一起，以自己的方式借鉴象征主义艺术多角度多侧面塑造形象的方法。"③在世纪之交俄罗斯文学多元繁荣发展中，现实主义与现代主义这两种并行发展的文学流派在互相借鉴彼此的艺术经验，现实主义的面貌在逐渐更新。库普林的小说在思想性和艺术形式上反映着现实主义文学在世纪之交的面貌，并以其独特的姿态参与着俄罗斯现实主义文学的世纪转型。

---

　　① 俄罗斯科学院高尔基世界文学研究所集体编写：《俄罗斯白银时代文学史》，谷羽、王亚民等译，敦煌文艺出版社 2006 年版，第 1—004 页。

　　② 同上书，第 1—012 页。

　　③ 同上书，第 1—034 页。

帕乌斯托夫斯基说："我们应该感谢库普林，感谢他为我们所做的一切——他深刻的人道主义，超凡的天分，对祖国的爱，对人们能够拥有幸福的坚定信念，最后，还有他不朽的才能——在与诗歌即使最微不足道的联系中，他也能燃起火一样的热情，并把这一切自由轻松地付诸笔端。"①库普林小说对人与自然、人与社会、人与人、人与上帝等关系的问题的探索超越了社会写实层次，体现了作者对存在与选择问题的理性思索。"终极关怀所指向的全都是关于人的生存的根本问题，如人的自我认识（我是谁？我从哪来，又到哪里去）问题，人的处境（人与人、人与自然、人与社会的关系）问题，人生价值、人生意义及人的根本困境等问题。所有这些问题既是哲学、宗教关心讨论的对象也是文学艺术关心思考的对象。"②同许多关注着人类生存发展的文学家、艺术家一样，库普林一直在用自己的创作思考着那些与人的个体生命和整个人类的生存发展都密切相关的终极问题，对存在与选择的问题的关注和思考，像一条红线贯穿在库普林整个创作中。

库普林早就意识到人类与自然共生共荣、互相依赖的关系。在他的笔下，大自然是美丽而神秘的。自然万物都会思考，都有自己的人性化的思想和情感，有自己的自由的意志和语言。人类是自然界的一分子，自然是人类情感的寄托、精神的家园。他的书写"消弭了宇宙和现实—人类的界限，达到了万物统一"的哲学高度。③ 因此可以说，库普林在自己的创作中运用了多种表现手法，表现了一位现实主义作家的浪漫情怀和哲理思想。在库普林的小说里，自然和人紧密联系，物我相融，彼此交织，不仅形成一种亲密的对话关系，而且如同"人与大自然的爱情联盟"。④ 在这种"天人合一"的境界里，渗透着作家对历史、人生、生命等多纬度的哲理思考。库普林小说所体现的生态伦理思想，为我们提供了一种认识自然、理解自然的模式和视野。库普林的超前意识已经涉及了生态环保等人类生存的根本问题。库普林没有把人类当成大

---

① ［俄］帕乌斯托夫斯基：《文学肖像》，陈方、陈刚政译，人民文学出版社 2002 年版，第 131 页。

② 胡山林：《文学艺术与终极关怀》，中国社会科学出版社 2005 年版，第 315 页。

③ 王希悦：《阿·费·洛谢夫的神话学研究》，商务印书馆 2014 年版，第 212 页。

④ 同上。

自然的主人，而是把人与万物看作平等的兄弟，是和谐的整体。这是十分古朴而纯真的精神追求，也是一种崇高的道德理想。

从存在的角度勘查人与其生存环境的关系或人与社会的关系，苦难与缺憾可以说是个体生命面临的普遍的生存困境。无论专制制度的残酷冷漠导致的个体目标的难以实现，自然生命与伦理道德之间的裂隙，还是人的命运的荒诞无常以及人性的被压抑和扭曲，都与人与社会的根本性矛盾有关。与个体生命相比，"社会"是既定的历史和现实，是传统的积淀和延续，是有千万条线路纵横交错的存在之网。个体生命在这个庞大的、强大的既定性存在面前总是显得渺小而微不足道，因而难免使人产生悲观沮丧、甚至荒诞绝望的人生体验。这与个体生命所处的社会制度、社会现实有关，也与个体生命的根本性生存困境有关，或者可以说这正是人的本真存在状态。对于俄国知识分子而言，俄罗斯的苦难与缺憾是他们几百年来苦苦思索的沉重话题，有良知的知识分子无法不凝眸身边的苦难与缺憾，他们思想中原本存在的理想与现实的巨大反差，使其思想产生了空前紧张的张力。这种精神的张力，增加了思想者的痛苦，也加深了思想的高度和深度。①

库普林的很多作品显示了人与人的不平等地位造成的心理失衡。人类平等的问题是一个人生问题、社会问题。这是世纪之交文学的又一个重要主题。对这一问题的思考使库普林小说反映出深沉的社会内容，所以库普林也同世纪之交的许多作家一样，以篇幅不大的短篇小说在做着一件意义重大的事情：唤起人们对"小人物"生存境遇的关注。库普林的小说是关于俄罗斯国民性格、社会情况的写真，是敢于直面惨淡人生的文学。库普林的笔触探深到所处年代人们的灵魂深处。作为一位清醒冷静的现实主义者，库普林作品中的主人公的内心深处常常充满了孤独和因孤独带给人的忧伤，这也是作家本人坎坷生活经历带给他本人的世界感受。向往合理的、正常的、充满博爱、人性的世界，反抗对人的奴役和异化，这正是库普林的人道主义。库普林小说中主人公的孤独，也正映照了作家本人内心世界的孤独感。正是这种深在的伟大的孤独感，滋养、造就了库普林和众多杰出的俄罗斯艺术大师，成就了他们流

---

① 寇才军、欧翔英：《执着的求索》，海天出版社 2001 年版，第 72 页。

芳百世的艺术经典。

存在主义哲学承认人是世间的第一性物质。"存在主义的存在先于本质"的论点意思是说世界上首先有人，有个人的主观性、有自由选择的行动，然后才能给人下判断，作结论。存在主义哲学家萨特认为："人不是上帝创造的，没有先验的性善、性恶之分。每个人只能根据不断选择自己超越自己，给自己下定义，每个人都处在动态的行为选择中，所以，每个活人的存在，只是一种实现本质的可能性，即他不能在结论性的意义上存在，只能在可能性的意义上存在。"① 萨特认为人有自由选择的权力。每个人都必须对自己的选择承担责任，每个人都应该积极地介入生活，选择自己的生存方式与生活态度和手段，尽管这种进取和选择有时是徒劳的，但这就是人生的境遇和过程。"萨特呼吁'争取自由''砸碎地狱'，就是要唤醒人们不应作恶，以免扭曲与他人的关系；就是要唤醒人们，不要依赖别人的判断，作茧自缚，制造樊笼，成为'活死人'；就是要唤醒人们，严肃认识自己，超越自己，鼓励人们以自己拥有的自由权利为武器，去砸碎这种精神地狱，冲破人为的灵魂牢笼，为自由的心灵开拓出一片新天地来。"② 库普林在19世纪末20世纪初的小说创作也正是面对存在的选择过程，他的小说是对俄罗斯普通人生活的一种真实写照，也是对人生境遇中存在与选择的种种诠释。

人在面临善与恶的抉择时，不应违背内心至高的精神准则。整个人类社会就是在善与恶的平衡制约中存在和发展的，善才能使人类社会和人的生活变得和谐美满，博爱是库普林所关注的重要的宗教道德准则。库普林小说中的故事可以透视俄国社会动荡时代人们的命运以及作者世界观中的宗教情感。作者不惜笔墨描写了男女主人公生活的社会环境和自然环境，作者的用意不在宣扬某种宗教精神或对上帝的神秘情感，而是旨在揭示自己对现实社会里人的生命和生存状态的独特理解和思虑，追求对人性、人的情感和尊严的确认，在诉诸宗教神秘性的同时也反映出所处时代的信仰危机和伦理道德的危机。这些作品表现了作家内心世界的苦闷，反映了其所生存年代人们精神世界的失调，内心情感的混乱

---

① 郑克鲁：《外国文学史》，高等教育出版社1999年版，第156页。
② 同上书，第160页。

和希望得到解脱的宗教诉求。"白银时代的知识分子不能接受教会传统
的苦行主义。在西方文明、人文主义思想和俄罗斯民族固有的反抗精神
的鼓舞之下，他们向往着一种美满生活的宗教，渴望一种充满欢乐与和
谐、一种能使整个民族团结向上的宗教。从 19 世纪到十月革命前，这
种渴望一直在鼓舞着知识分子，激发起他们理想主义的冲动和自我献身
的激情。"① 库普林提出了一种崭新的人与人之间、人与自然之间和谐
相处、平等相爱的思想，体现了世纪之交知识分子的精神探索、伦理探
索。人应该怎样生活、如何通过自我反省、良心审判等手段来追求道德
上的自我完善，这可以说是俄罗斯文学的一个基本使命和传统。宇宙是
神秘的，世界充满了奥秘。怎样建立有秩序的社会，怎样实现人与人之
间和平相处的社会理想，如何消灭人身上的兽性和非理性，弘扬人性中
的爱与善，这是库普林提出的古老而又现代的话题，也是库普林宗教伦
理观的核心思想。库普林的宗教伦理思想来源于俄罗斯源远流长的民族
传统，有着 19 世纪批判现实主义作家陀思妥耶夫斯基、果戈理、列
夫·托尔斯泰等人的影响，也深受世纪之交西方先进文化思潮的浸染。

　　19 世纪末 20 世纪初，俄罗斯加强了与世界文化的联系和交流，俄
罗斯文化自然而然地融入了世界文化的语境。这种与世界文化的交流和
联系使俄罗斯的文学艺术能够自觉地借鉴世界文学艺术的经验。在 19
世纪，绝大部分的现实主义作家都在采用全知视角这种历史悠久的小说
叙述视角方法；19 世纪末 20 世纪初，西方作品中要求"作者退场"的
呼声越来越高，俄罗斯小说也开始借鉴西方小说的叙事模式，加强了对
西方文学中不同流派作家作品的介绍和研究力度。对全知视角的否定和
内视角的提倡预示着小说视角的发展已经进入了全新阶段。库普林的小
说重视人对外在现实的体验、感受和反思，在叙事文学的抒情性上更向
前迈了一步。库普林对"小人物"的关怀体现在他对"小人物"主观
世界、精神情感方面的关注和探索。19 世纪末走上文坛的库普林以中
短篇小说作为其艺术活动的基础，丰富和发展了这种当时处于边缘地位
的艺术形式，并把它推向了新的艺术高度。库普林的小说往往淡化情节

---

　　① 金亚娜、刘锟、张鹤等：《充盈的虚无——俄罗斯文学中的宗教意识》，人民文学出
版社 2003 年版，第 277 页。

和戏剧性，即使有惊人的情节和尖锐的戏剧性冲突也是促使他的人物内心发生转变的契机。在库普林的小说里，人物在现实社会的作为以及现实社会对人物的评价已经退于次要的地位，人物自己内心的感受、体验、心境是作家关注的主要对象。库普林的小说营造的情境蕴含着丰富的情绪、情感和丰富的意蕴，也使库普林的小说所包含的主题更加含蓄隽永。库普林小说的这种创作特色昭示着世纪之交的现实主义小说已经不再把塑造典型环境和典型人物作为自己创作的目标。库普林的情境小说无疑为 20 世纪俄罗斯的抒情小说开辟了道路。

19 世纪末 20 世纪初，现代主义哲学和文化思潮促进了西方国家小说的世纪性转型，这种转型和变化基本上可以用现代主义来概括。俄国受现代化进程及科学技术发展的影响，在认识论上发生了重大转变，对客观物质世界的认识经历了从认知到体验的转变，人们增强了对人类自身的主体性认识。宗教哲学的兴起、马克思主义在俄国的迅速传播都促进了世纪之交的俄国小说家对传统小说叙述模式的突破。库普林小说诗学形态上的变化，显示了与 19 世纪传统小说模式的区别及其以独特的姿态参与了俄罗斯小说的世纪性转型。现代派文学引入了新的文学观念，比如对感官的充分强调和感性材料的兴趣，对真理绝对性的怀疑以及客观自由的叙事方式等，在库普林的小说中我们隐约可以发现这种变化的迹象。但库普林的小说的主题虽然含蓄隐蔽，某些小说甚至可以进行多种阐释，但并非像现代派文学沉浸在潜意识或陷入荒诞感，作品的形态混乱，库普林的小说尽管淡化情节，具有自由和较松散的结构，但依然渗透着作家充分的理性参与。

库普林小说文本中的叙事时间和叙事空间的变化，体现了这一时期的小说家与传统不同的时空观，体现了对 19 世纪小说叙事模式的超越。在 19 世纪的经典小说中，由于小说家普遍追求客观真实的叙事效果，故事发生的时代背景、人物的年龄特征以及故事进程的时间标志这些时间因素都是小说家关注的对象。小说主人公性格的发展变化在具体实在的语境中形成，传统小说的叙述者一般不叙述主人公自己所感受的时间的变化，不叙述主人公自己改变着自己与现实世界的时间关系。19 世纪末 20 世纪初是一个高扬人的主体性的时代。康德、黑格尔强调主体生命体验的哲学思想对世纪之交的俄国人产生了深刻的影响。现代主义思潮的涌起挑战了唯物主义的思想观念，人们对外部世界的认识方式由习惯性的认知转化为个体对外界现实的感悟或把握。象征主义强调个性体验，否定以认知为基础的传统审美观念。未来主义更是公开主张改变时间变动的轨迹和方向，强调以人为主体对时间的控制和把握。现代化进程和现代主义思潮的涌起深刻地影响着小说家的时间观念，小说叙事艺术超越了传统的客观写实的诗学模式，小说的文本形态趋向与西方小说的发展接轨。从库普林小说的主人公活动所占据的时间上来分析，叙述者淡化了主人公活动的物理时间，而对主人公心理时间给予了更多的关注。更多地描述和强调时间在主人公内心引起的感受、刺激和变化，从人的外部世界向人的内心世界透视，通过对人物内心世界的关注和心灵世界的写真体现了库普林现实主义的深化和对传统的突破。库普林小说的这种特征反映了世纪之交俄国小说时间观念上的变化及小说在文本形态方面表现的多元状态。

库普林小说在叙事空间上超越 19 世纪传统现实主义小说的主要表现，是其小说中人物意识空间的扩展。库普林是十分关注人的内心世界发展的作家。他的小说在叙事空间方面通过对主人公意识空间的扩展表现人物内心世界的发展。传统小说中人物的性格主要依靠行动来展现，内心叙事并非是塑造人物性格的主要手段。世纪之交的小说表现出小说的发展趋向于进一步淡化现实性空间，强化意识性空间，有利于铺展和渲染主人公细腻的心理感受和情绪的波动起伏，丰富了人物的心理内涵，对人物心理空间的叙述成为库普林小说塑造人物性格的重要手段，同时增强了文本内部的张力。库普林小说充分表现出对小说主人公意识空间内容的强化，小说中的叙事空间将人物的内心独白、意识流等手段与叙述人概括人物的内心活动并用，写出了主人公细微复杂的内心活动，在保持饱满的情绪张力的同时，突出了小说所需要的氛围和情调，这也是库普林在拓展俄罗斯小说叙事艺术方面做出的历史性贡献。

作为一位来自民间的艺术大师，库普林的创作是植根于民间文化的，他的小说具有强烈的民众意识。作为俄罗斯知识分子，他热爱俄罗斯人民，深刻体会着底层俄罗斯人民的痛苦与欢乐，民间文化给库普林小说创作提供了不竭的营养之源。民间文化所体现的民众的世界观、生活理想和思维方式对库普林的创作无疑有很深刻的影响。因此，库普林的小说题材多是反映底层劳动人民的生活状况，其小说的体裁也不是贵族式的、经院式的，库普林的小说体现出受民间狂欢化影响的狂欢性和狂欢思维，体现出小说体裁所固有的反规范性、多样性、杂语性以及对话精神。狂欢化视野可以使我们从多侧面、多角度来审视库普林一些作品的内涵和底蕴，让我们看到社会舞台上形形色色的面孔正反两面，看到了人生舞台上人性的多棱镜。库普林用最清醒的现实主义撕毁现实的一切假面，他的创作不仅仅停留在文学的领域，同许许多多的俄罗斯作家一样，他们总是通过文学进行着人类生活道路的探索。

复调小说写出主体内部和外部同时存在的矛盾双方和复杂矛盾，而且总是写出动态变化着的矛盾双方及多元状态，这一切错综复杂地交织在一起，呈现出现实世界和人的主观世界内部的复杂局面。库普林的作品丰富的内涵既是对历史现实的沉思和追问又指向未来，根植于世纪之交的社会之中却又超越了具体时空。库普林小说触发我们对文学的现代意识的思考。白银时代社会发展以及文学发展的客观复杂和多声部现象，他在民间文沃土上的人生苦旅，平民知识分子和社会漂泊者的地位，作家本人的复杂人生阅历和丰富的内心体验，以及对现实人生客观存在的多种角色和角度的深刻参与，包括19世纪传统现实主义的深刻影响——所有这一切构成了库普林复调小说借以成长的土壤。

库普林继承和发展了世纪之交的短篇小说艺术，在短篇小说创作中丰富和补充了世纪之交俄罗斯文学"小人物"的形象系列。他的创作活动，在揭露批判社会的黑暗、同情底层人民方面的功绩是世人公认的，他的创作也确实反映了那个时代的某些本质的方面。但由于其世界观的局限性，他还不能理解和接受无产阶级革命和马克思主义，对于"山雨欲来风满楼"的革命形势还抱着困惑和怀疑的心态。而这是不足奇怪的。能够倾听出新时代的脉搏跳动，能够更敏锐地察觉出新生活的脚步声的属于以高尔基为代表的、在文学上高举革新旗帜的新型现实主义作家，或者可以说，库普林小说艺术体现了俄罗斯现实主义文学发展的一个历史阶段。

事实上，在俄罗斯新旧政权交替的历史时期，对于那个时代的所有俄罗斯知识分子来说，他们面对的都既是历史的转折时期，也是他们人生的十字路口，历史和人生都需要他们面对存在做出选择。库普林同布尔什维克之间在对待阶级斗争、革命暴力、无产阶级专政和人道主义等问题上，都有着原则性的分歧。"残酷的阶级斗争，战时共产主义制度和余粮收集制等使他烦恼不安。"① 十月革命时期的一家报纸曾经指出："库普林不相信俄国会恢复帝制，他本人反对任何一种政权，认为一个人统治其他人是精神贫乏的现象。"② 由于库普林对十月革命的怀疑态度及革命胜利初期的病态心情及种种原因，这个时期，他的思想处于十分深刻的矛盾和危机之中。"库普林欣喜地接受了二月革命，但对十月革命却持反对态度。他愤怒地起来反对十月革命的敌人，同时又怀疑十月革命的成就，怀疑它真正的人民性实质。在这种惘然若失的心境下，库普林于一九一九年侨居法国。这个举动对他来说不是本能的，而是偶然的……"③

　　库普林的作品早在"五四"前后由周作人等翻译成中文。但在中俄文学影响关系的研究中，库普林对中国现代文学的影响长期以来不曾引起过学术界的重视，其原因主要是库普林在十月革命后流亡法国，这与库普林对待十月革命和布尔什维克政权的态度有关。库普林作品在前苏联及在中国的传播和接受受到中俄双方的主流意识形态的干预和影响，这与中国文学对俄罗斯文学板块的整体误读也有直接关系。正如俄国白银时代的现代主义文学长期没有被纳入中国文学的接受视野一样，由于受主流意识形态的遮蔽，库普林的作品在美学及文化方面的价值和地位在前苏联没有得到应有的确认，库普林及其作品的力量这种客观存在也没有被中国俄罗斯文学研究的学者们充分认识和充分发掘，而其作品所深刻反映的"人的文学"精神、人道主义思想和他小说艺术客观的典范性，在中国现代文学的许多作家身上还是留下了清晰的印记。在中国现代文学史上，"无论如何必须承认，立足于中俄文化相似性基础，并经由俄国写实主义文学的中介，在相当程度上为建构一个现代的中国找到了很有成效的启蒙主义资源，从而强有力地调整了现代文学的发展方向，使现代文学理念、现代叙事策略、现代话语形势等有了中国

---

① 宋昌中：《库普林》，吉林大学出版社 1990 年版，第 50 页。
② 转引自宋昌中《库普林》，吉林大学出版社 1990 年版，第 49—50 页。
③ ［俄］帕乌斯托夫斯基：《文学肖像》，陈方、陈刚政译，人民文学出版社 2002 年版，第 131 页。

变体，追求'为人生'和关注社会问题的宏大使命、不再自我封闭并参与世界批判现代性或呼唤现代性的进程等成为潮流。"① 库普林小说于"五四"时期对中国现代文学的发展无疑发挥过"抛砖引玉"的作用，对中国现代文学"人的文学"精神的确立、小说叙事方式的演变、自叙传小说和抒情诗小说的发展都发挥了重要的影响和启迪作用。在社会转折衍变的关键时刻，社会的巨变，把敏感的知识分子抛出了社会的正常轨道，"五四"作家同置身于白银时代的俄罗斯知识分子一样，他们同样置身于一个传统秩序解体和新的社会体制尚未形成的时期，在和传统的价值观念决裂的同时，现实环境又把他们放逐到与社会对立的位置，对现实的否定和对未来的期望激发着他们创作的灵感。正是时代和社会环境成就了库普林小说的思想和艺术特色，在"五四"这个"传统审美规范失控，新的审美需求兴起"之时，也是时代和社会环境使"五四"许多作家选择和推崇"把理想的写实和抒情相结合"的库普林等外国小说作为自己的样板，从而促进了中国现代小说的繁荣和发展。

库普林的同时代人曾将他最好的作品中朴实的、自然而鲜明的特点看作其小说特有的风格和品质。库普林的朋友、著名的文学史家巴丘什克夫在《狂放的天才》这篇文章中第一个发现，对库普林的貌似简单的文本进行分析其实是很不容易的，他说："关于库普林的作品可以写出很多评论，但是对于库普林的写作手法却无话可说，只能赞叹他的描绘本领……他属于那样一类作家，他们的作品只需要推荐给读者，告诉他们：读这个作品吧，这是真正的艺术，每个人都能读得懂，不需要任何诠释。"② 今天，要求文艺为政治服务的单向度年代已经过去。人们已经有可能以更为开放、更为自由的心态，多方位多角度地考察库普林的作品。时至今日，使广大读者对库普林感兴趣的不仅仅是他作品的历史属性，今天的人们有可能更全面深入地欣赏、了解他的艺术。现在，苏联学界和国内学者已经从情感表现诗学、叙述学等范畴来考察库普林的小说艺术，这可以说是对历史上过分强调他的现实主义的一种反驳。

① 林精华：《误读俄罗斯》，商务印书馆出版 2005 年版，第 134 页。
② ［俄］巴丘什克夫：《自发的天才〈库普林〉》，转引自俄罗斯科学院高尔基世界文学研究所集体编写《俄罗斯白银时代文学史》，谷羽、王亚民等译，敦煌文艺出版社 2006 年版，第 2—138 页。

其实，我们对库普林的现实主义也往往作了过分狭隘的理解，或者，我们可以说这就是诗意的现实主义，这是世纪转型期的现实主义，这是库普林有别于列夫·托尔斯泰、陀思妥耶夫斯基等 19 世纪传统现实主义作家的独特之处，也是库普林的小说艺术至今仍能引起我们探幽的兴味的原因，这也正是他小说创作独特的艺术魅力。

# 参考文献

## I 外文部分

［1］О. В. Белый. Литературно－художественная ценность. ［Монография］ Науковадумка，1986.

［2］В. С. Барахов. Литературный портрет. ［Монография］ Наука，1985.

［3］Е. Г. Мущенко. Путь к новому роману на рубеже ⅩⅠⅩ－ⅩⅩ веков. ［Монография］ издательство воронежского университета，1986.

［4］К. А. Куприн. Куприн мой отец. ［Монография］ художественная литература，1979.

［5］Н. Н. Фонякова. Куприн в петербурге. ［Монография］ Лениздат. Москва，1986.

［6］В. Полевой. Куприн. ［Монография］ издательство искусство. Москва，1962.

［7］Олег Михайлов. Куприн. ［Монография］ молодая гвардия. Москва，1981.

［8］В. В. Михальский. Руководитель программы Согласие А. И. КУПРИН—Голос от туда. СОГЛАСИЕ. ［Монография］ Москва，1999.

［9］Олег Михайлов. Жизнь Куприна ＿ ＿ ＿ ＿ ＿ Мне нельзя без России. ［Монография］ центр－полиграф. Москва，2001.

［10］А. И. Куприн. Собрание Сочинение. ［Монография］ Москва，

1964.

［11］Бузниг. Русская советская проза двадцатых годов. ［Монография］Ленингра, 1975.

［12］К. Д. Муратовои. История русскои литературы（литература конца ⅪⅩ начала ⅩⅩ век）［Монография］Ленинград, 1983.

［13］Ф. Ф. Кузнецов. русскоая литература ⅩⅩ век. ［Монография］. Москва, 1994.

［14］Соколов. История русскои литературы конца ⅪⅩ начала ⅩⅩ век. ［Монография］Москва, 1984.

［15］Д. Благой. История русскои литературы в трёх томах главный редактор. ［Монография］Наука, 1964.

［16］Л. Никулин: Чехов. Бунин. Куприн. ［Монография］Советский писатель, 1960.

［17］Пруцков. Историко сравнительный анализ произведения художественной литературы. ［Монография］Наука, 1974.

［18］А. Чудаков. Мир Чехова. ［Монография］Советский писатель, 1986.

［19］А. И. Куприн. Яма. ［Монография］М. : Изд - во АСТ: Люкс, 2005.

［20］А. И. Куприн. Поединок ［Монография］М. : Дрофа, 1998.

［21］А. И. Куприн. Юнкера; Поединок. ［Монография］М. : Воениздат, 2002.

［22］А. И. Куприн. Повести и рассказы ［Монография］М. : АСТ ［и др. ］, 2002.

［23］А. И. Куприн. Голос оттуда, 1919 - 1934: Рассказы. Очерки. Воспоминания. Фельетоны. Статьи. Литературные портреты. Некрологи. Заметки Сост. , вступ. ст. , примеч. О. С. Фигурновой. ［Монография］М. : Согласие, 1999.

［24］А. И. Куприн. Собрание сочинений Сост. и вступ. ст. С. И. Чупринина; Примеч. И. А. Питляр, В. Г. Титовой. ［Монография］М. : Худож. лит. , 1991.

［25］А. И. Куприн. Собрание сочинений：в 9 т. Т. 2, Произведения, 1896 – 1900［Монография］М.：Правда, 1964.

［26］А. И. Куприн. Повести и рассказы.［вступит. статья О. Михайлова, с. V – XL］.［Монография］М.：Гослитиздат, 1961.

［27］А. И. Куприн. Повести и рассказы.［Монография］Л.：Детгиз, 1958.

［28］А. И. Куприн. Избранные сочинения.［Монография］М.：Гослитиздат, 1947.

［29］А. И. Куприн. Рассказы.［Монография］М. Моск. книгоиздательство, 1908.

［30］А. И. Куприн. Полное собрание сочинений.［Монография］Спб.：Маркс, 1912.

［31］А. И. Куприн. Черная молния：Рассказ.［Монография］Спб.：Т – во худож. печати, 1913.

［32］А. И. Куприн. Собрание сочинений.［Монография］М.：Моск. кн – во, 1918.

［33］А. И. Куприн. Каждое желание：повесть［Монография］Владивосток：Свободная Россия, 1920.

［34］А. И. Куприн. Разсказы для детеи.［Монография］Париж：［б. и.］, 1921.

［35］А. И. Куприн. Яма.［Монография］Берлин Московское книгоиздательство, 1921.

［36］А. И. Куприн. Новые повести и рассказы.［Монография］Париж：Карбасников, 1927.

［37］А. И. Куприн. Колесо времени：Роман. Рассказы.［Монография］Белград：Рус. типография, 1930.

［38］А. И. Куприн. Избранные произведения.［Монография］Л.：Газетно – журнальное и кн. изд – во, 1947.

［39］А. И. Куприн. Белый пудель.［Монография］М.：Детгиз, 1955.

［40］А. И. Куприн. автор текста Е. Жидкова.［Монография］М.：

Сов. художник，1956.

［41］ А. И. Куприн. Повести и рассказы. ［Монография］ Л.：Детгиз，1958.

［42］ А. И. Куприн. Гранатовый браслет. ［Монография］ М.：Гослитиздат，1955.

［43］ А. И. Куприн. Повести и рассказы. ［Монография］ М.：Гослитиздат，1951.

［44］ В. Н. Афанасьев. Владислав Николаевич Александр Иванович Куприн：критико – биографический очерк. ［Монография］ Москва：Государственное изд – во художественной литературы，1960.

［45］ Волков，Анатолий Андреевич. Творчество А. И. Куприна ［Монография］ М.：Сов. писатель，1962.

［46］ А. И. Куприн. Собрание сочинений：в 9 т. Т. 3，［произведения 1901 – 1905. примеч. И. Питляр，А. Тамарченко；илл.：П. Пинкисевич. ［Монография］ М.：Правда，1964.

［47］ Басинский，Павел. "Разные，разные，как сама жизнь：Новый русский реализм на рубеже веков"，*Литература*. （27）1996：5 – 12.

［48］ Gao, Jianhua. "The Ecological Ethics in Kuprin's Novels." *Russian Literature and Arts*. 1（2012）：9

［49］ Ефименко，Людмила. "Публицистика А. И. Куприна：Проблемы жанрового своеобразия." ＜ http：//www. dissercat. com/content/publitsistika-i-kuprina-problemy-zhanrovogo-svoeobraziya ＞

［50］ Игонина，Н. А. "Соприкосновение с поэзией" в прозе А. И. Куприна"，*Русская ручь*. 4（2011）：8 – 11.

［51］ Ильина，Светлана. "Авось" как характристика русской ментальность в творчестве А. И. Куприна. " *Филологические науки. Вопросы теории и практики*. Тамбов：Грамота，2010. № 1（5）：в 2 - х ч. Ч. I. С. 136 – 138. ＜ www. gramota. net/materi- als/2/2010/1 – 1/36. html ＞．

[52] Кулагин, Сергей. "Проблема национальной идентичности в прозе А. И. Куприна." < http: // cheloveknauka. com/problema-natsionalnoy-identichnosti-v-proze-a-i-kuprina > .

[53] Латыпов, Тимур. "А. Куприн – публицист в общественно – политическом контексте России, февраль 1917 – октябрь 1919 гг."

[54] http: //www. dissercat. com/content/ kuprin-publitsist-v-obshchestven-no-politicheskom-kontekste-rossii-fevral – 1917 – oktyabr – 1919 – g.

[55] Lu, Peiyong. "Analysis of Text Study on Arab National Identity", *Arab World Studies.* 3 (2012): 76 – 85.

[56] Мошинская Р. "Зачем Булгакову Куприн?" *Вопросы литературы.* № 5 (2012) .

[57] ПензаИнформ. "Пензенский писатель выпустил книгу 《Ключи к тайнам Куприна》. "

[58] http: //www. penzainform. ru/news/culture/2013/03/18/penzenskij_ pisatel_ vipustil_ knigu_ klyuchi_ k_ tajnam_ kuprina. html.

[59] Берков, П. Н. *Александр Иванович Куприн.* Москва: Изд – во Акад. наук СССР, 1956.

[60] Волков, А. А. *Творчество А. И. Куприна.* Москва: Советский писатель, 1962.

[61] Крутикова Л. В. *А. И. Куприн.* Л. : Просвещение, 1971.

[62] Кулешов Ф. И. *Творческий путь А. И. Куприна* 1883 – 1907. Минск, Изд – во БГУ, 1983.

[63] Михайлов О. М. *Куприн: Жизнь замечательных людей ( серия биографий) .* М. , Молодая гвардия, 1981.

[64] Михайлов, О. М. *Жизнь Куприна: мне нельзя без России.* М. , ЗАО Изд – во Центрполиграф, 2001. Цветков А. А. *Долгое возвращение Куприна [ Текст ]: документы, факты, гипотезы : [ сборник литературоведческих статей ] .* Санкт – Петербург, 2011.

[65] Цветков А. А. *Ключи к Тайнам Куприна.* Пенза, 2012.

［66］Куприн А. И. *Голос оттуда*：1919 – 1934 . М. ，Согласие，1999.

［67］Куприн А. И. *Мы，русские беженцы в Финляндии：Публицистика* （1919 – 1921）. СПб. ，Нева，2001.

［68］Ефименко Л. Н. "《Душа народа》：Проблема национального характера в литературной критике и публицистике А. И. Куприна." *Филологический вестник Ростовского университета.* 2 （2002）：11 – 19.

［69］Трофимова Т. Б. "Достоевский в публицистике А. И. Куприна 1919 – 1920 – х гг." *Достоевский：Материалы и исследования.* 19 （2010）：346 – 351.

［70］Пак Н. И. "Родина – это шестое чувство"：об эмигрантском творчестве А. И. Куприна." *Литература в школе.* 7 （2007）：2 – 7.

［71］Ташлыков С. А. "Хождения русского писателя Александра Куприна." *Сиб. филол. журн.* 4 （2008）：74 – 84.

［72］Кулагин С. А. "Проблема национальной идентичности в рассказе А. И. Куприна "Штабс – капитан Рыбников：" миф о непобедимости русского оружия." *Вестн. Тамбовского ун – та. Сер. Гуманит. науки.* Тамбов，Вып. 3 （2009）：123 – 127.

［73］Кулагин С. А. "《Они》и《мы》в рецензиях А. И. Куприна：к проблеме национальной идентичности автора." *Вестн. Тамбовского ун – та. Сер. Гуманит. науки.* Тамбов，Вып. 9 （77）（2009）：164 – 168.

［74］Иконникова Я. В. "Концепт《дом》как маркер оппозиции《свои – чужие》в прозе А. И. Куприна периода эмиграции：на материале повести《Купол Св. Исаакия Далматско го》." *Вестник Тамбовского университета. Сер. Гуманитарные науки.* Вып. 9 （2012）.

［75］Воробьёва Л. В. "Английский эмпиризм как основа организации лондонского текста в повести А. И. Куприна "Жидкое солнце". *Литературный календарь：книги дня.* Т. 9，№. 6 （2010）：28 – 40.

［76］ Сухих И. " 《Белый пудель》 и другие. " *Звезда.* № 9 (1995)：
165 – 166.

［77］ Мирзоева В. К. " Новелла А. И. Куприна 《Синяя звезда》：
Интертекстуальные связи". *Вестник Дагестанского государственного
университета.* 2 (2007)：23 – 29.

［78］ Альгазо Хасан. *Нравственное становление личности в
автобиографической прозе русского Зарубежья*：И. А. Бунин,
И. С. Шмелев, Б. К. Зайцев, А. И. Куприн. Российский
университет дружбы народов. 2006.

［79］ Лебедева С. Э. *Основные направления литературной
полемикирусского зарубежья первой волны и их отражение в
журнале "Современные записки".* Московский государственный
гуманитарный университет им. М. А. Шолохова. 2007.

［80］ Воробьёва Л. В. *Лондонский текст русской литературы первой
трети XX века.* Томский политехнический университет. 2009.

［81］ Роденкова О. В. *Творчество А. И. Куприна в аспекте Русского
Зарубежья.* Моск. гос. открытый пед. ун – т им. М. А.
Шолохова. М.：2003.

［82］ Черкасов В. А. *В. В.* "Набоков и А. И. Куприн：［Интертекстуальные
связи］." *Филол. науки.* М.：№ 3 (2003)：3 – 11.

［83］ 26. Афанасьева Э. М. " Имя возлюбленной и молитвенный
дискурс в творчестве Ф. И. Тютчева и А. И. Куприна. "
*Женские образы в русской культуре.* Кемерово, 2001：16 – 24. 27
Мошинская Р. "Зачем Булгакову Куприн？" *Вопросы литературы.*
№ 5 (2012).

［84］ Ускова Т. Ф. " Традиции А. И. Куприна в рассказе А. И.
Несмелова " Богоискатель". *Вестник Воронежского государственного
университета.* № 2 (2007)：140 – 146.

［85］ Гребенников А. О., Данилова Н. А. *Частотный словарь
рассказов А. И. Куприна.* Под ред. Г. Я. Мартыненко. СПб.,
Изд – во С. – Петерб. ун – та, 2006.

［86］ Мартьянова Н. А. *Элокутивная прагматика цветообозначений в прозе А. И. куприна*：*Полевое описание*, Вестник Томского государственного университета. № 301 （2007）.

［87］ Мартьянова Н. А. "Риторика восприятия семантико – функционапьное поле слов со значением цвета （на материале произведений А. И. Куприна）：Риторика и культура речи в современном обществе и образовании. " *Сборник материалов X Международной конференции по риторике, науч ред - сост В И Аннушкин, В Э Морозов.* М.：Флинта Наука, 2006.

［88］ Мартьянова Н. А. "Функционально – семантическое поле красного цвета в произведениях А. И. Куприна. " *Коммуникативная лингвистика вчера, сегодня, завтра：Сборник материалов Международной научной конференции 13 – 14 июня 2005 г*, под общ ред проф Р С Сакиевой. Армавир АЛУ, 2005.

［89］ Мартьянова Н. А. "Цветообозначения – элокутивы в произведениях А. И. Куприна. " *Язык, культура, коммуникация аспекты взаимодействия научно – методический бюллетень*, под ред И. В. Пекарской Вып 3 – Абакан Изд – во Хакасского государственного университета им. Н. Ф. Катанова, 2006.

［90］ Мартьянова Н. А. *Полевое описание элокутивных колоративов （на материале произведений И. А. Куприна）*. Издательство ГОУ ВПО 《Хакасский государственный университет им. Н. Ф. Катанова》, 2011.

［91］ 35. Мурыгина Г. С. Психологическая функция цветовых слов в повести а. и. куприна 《Олеся》. *Известия Пензенского государственного педагогического университета им. В. Г. Белинского.* № 7 （2007）：155 – 160.

［92］ Юркина Л. Н. *Поэтика А. И. Куприна：Учеб. пособие по спецкурсу.* М.：РГБ, 2009.

［93］ Корзина Н. А. "Судьбы малых канонических жанров в русской

литературе конца XIX в. (《Собачье счастье》А. И. Куприна)."
*Новый филологический.*

［94］ *вестник.* №1（2011）. Иконникова Я. В. "Жанр повести в прозе
А. И. Куприна периода эмиграции（на материале повести
《Купол Св. Исаакия Далматского》）Вестник Тамбовского
университета. № 2（2012）: 114 – 120.

［95］ 39. Карпенко А. В. *Очерки и рассказы А. И. Куприна 1920 – 1930
годов: типология жанровых структур.* Моск. гос. обл. ун – т.
Москва, 2007.

［96］ Ташлыков С. А. "Русская новелла: Ранний Куприн: Судьба
жанра в литературном процессе." Сб. науч. тр. *Вып.* 2., Под
ред. Ташлыкова С. А. Иркутск: Изд – во Иркут. ун –
та, 2005.

［97］ Ташлыков С. А. "Очерк – портрет в творчестве А. И. Куприна:
традиции жанра." *Традиции в русской литературе:
Межвузовский сборник научных трудов.* Нижний Новгород:
Изд – во НГПУ, 2009.

［98］ Ташлыков С. А. "Эпистолярная новелла А. И. Куприна."
*Анализ литературного произведения. Сб. научн. тр.* Иркутск:
Изд – во Иркут. гос. пед. унта, 2001, С. 21 – 31.

［99］ Хван А. А. *Метафизика любви в произведениях А. И. Куприна и
И. А. Бунина.* М.: Ин – т худож. творчества, 2003.

［100］ Балаганская Н. М. "Любви в повести А. И. Куприна "
Гранатовый браслет". *Брянск, Медиаресурсы,* 2010.

［101］ Мескин В. А. Любовь в прозе И. Бунина: диалог с
предшественниками и современниками. *Русская словесность.* №
5（2005）: 20 – 26.

［102］ Игонина Н. А. "Рассказ А. И. Куприна 《Сильнее смерти》:
взаимообусловленность лирико – ассоциативного плана
произведения и его сюжетной основы." *Вестник ЦМО МГУ.*
№ 2（2011）: 80 – 82.

［103］Игонина Н. А. "Способы лиризации в рассказах А. И. Куприна
（ на метериале рассказа 《 Серебряный волк 》） ." *Вестник
ЦМО МГУ.* Т. 3 （2010）: 91 – 94.

［104］Минералова И. Г. " ＜ Куприн ＞ – мастер сюжетосложения. "
*Уроки русской словесности.* М. : 2000.

［105］Смирнова А. И. "Поэтика повести А. И. Куприна 《 Колесо
времени 》." *Интерпретация текста: лингвистический,
литературоведческий и методический аспекты.* №1 （2010）:
203 – 207.

［106］Пчелкина Т. Р. *Автор и герой в художественном мире А. И.
Куприна:（ типология и структура）.* Магнитог. гос. ун –
т. 2006.

［107］Ташлыков С. А. "Куприн: пространство и герой в прозе
1900 – х годов. " *Сибирский филологический журнал.* №2
（2011）: 44 – 51.

［108］Ташлыков С. А. "Хронотоп трактира в художественном мире
А. И. Куприна. " *Сибирский филологический журнал.* № 1
（2010）: 39 – 47.

［109］Ташлыков С. А. " Куприн и Ницше. " *Материалы
международной научно – методической конференции 《 Русский
язык: вопросы теории и инновационные методы
преподавания》..* Иркутск: Часть II （2001）: 189 – 194.

［110］Ташлыков С. А. " Ветхий Завет в новеллистике А. И.
Куприна. " *Святоотеческие традиции в русской литературе:
Сб. материалов научно – практической конференции.* Омск,
*Издательство 《 Вариант – Омск 》,* Ч. II. （2005）: 187 – 190.

［111］George Santayana, *Three Philosophical Poets: Luceretius, Dante,
and Goethe.* Cambridge: Harvard University Press, 1945.

［112］Maynard Mack, et al, ed. *The Norton Anthology ofWorld Masterpiec-
es.* New York: W. W. Norton & Company, 1979.

# Ⅱ中文部分

## 著作

[1]［俄］亚·库普林:《呆子集》,汝龙译,上海出版公司印行 1951年版。

[2]［俄］亚·库普林:《侮辱集》,汝龙译,上海出版公司印行 1951年版。

[3]［俄］亚·库普林:《歌舞集》,汝龙译,上海出版公司印行 1951年版。

[4]［俄］亚·库普林:《白哈巴狗》,潘勋照、冯顺伯译,新文艺出版社出版 1956 年版。

[5]［俄］亚·库普林:《追求名誉》,伊信译,新文艺出版社出版 1958 年版。

[6]［俄］亚·库普林:《库普林选集》第 1 卷,蓝英年译,人民文学出版社 1981 年版。

[7]［俄］亚·库普林:《决斗》,潘安荣译,人民文学出版社 1981年版。

[8]［俄］亚·库普林:《黑色的闪电》,潘勋照、刘璧予等译,上海译文出版社 1987 年版。

[9]［俄］亚·库普林:《画家的毁灭》,杨骅、李林等译,上海译文出版社 1987 年版。

[10]［俄］亚·库普林:《萍水相逢的人》,杨骅等译,上海译文出版社 1987 年版。

[11]［俄］亚·库普林:《石榴石手镯》,蓝英年、杨骅译,浙江文艺出版社 2002 年版。

[12]［俄］亚·库普林:《阿列霞》,杨骅等译,上海译文出版社 2002年版。

[13]［俄］亚·库普林:《亚玛镇》,冯春译,上海译文出版社 2002年版。

[14]［俄］亚·库普林:《决斗》,朱志顺译,上海译文出版社 2002

年版。

[15] ［俄］亚·库普林:《士官生》,张巴喜译,新星出版社 2007
年版。

[16] 俄罗斯科学院高尔基世界文学研究所集体编写:《俄罗斯白银时
代文学史》,谷羽、王亚民等译,敦煌文艺出版社 2006 年版。

[17] ［俄］符维·阿格诺索夫:《20 世纪俄罗斯文学》,凌建侯、黄
玫、柳若梅、苗澍译,中国人民大学出版社 2001 年版。

[18] ［苏］高尔基:《文学书简》,人民文学出版社 1962 年版。

[19] ［俄］帕乌斯托夫斯基:《文学肖像》,陈方、陈刚政译,人民文
学出版社 2002 年版。

[20] ［苏］高尔基:《论文学》,人民出版社 1979 年版。

[21] ［俄］契诃夫:《契诃夫论文学》,安徽文艺出版社 1997 年版。

[22] 曹禺:《悲剧的精神——论戏剧》,四川文艺出版社 1985 年版。

[23] 周作人:《苦雨斋序跋文》,河北教育出版社 2002 年版。

[24] 李毓榛:《20 世纪俄罗斯文学史》,北京大学出版社 2000 年版。

[25] 智量等:《俄国文学与中国》,华东师范大学出版社 1991 年版。

[26] ［捷克］米兰·昆德拉:《小说的艺术》,董强译,上海译文出版
社 2004 年版。

[27] 曾繁仁:《生态存在论美学论稿》,吉林人民出版社 2003 年版。

[28] 章海荣编著:《生态伦理与生态美学》,复旦大学出版社 2005
年版。

[29] 雷毅:《深层生态学思想研究》,清华大学出版社 2001 年版。

[30] ［巴西］何塞·卢岑贝格:《自然不可改良》,黄凤祝译,生活·
读书·新知三联书店 1999 年版。

[31] 傅华:《生态伦理学探究》,华夏出版社 2002 年版。

[32] 刘文飞:《二十世纪俄语诗史》,社会科学文献出版社 1996 年版。

[33] 鲁枢元:《生态文艺学》,陕西人民教育出版社 2000 年版。

[34] 鲁枢元:《生态批评的空间》,华东师范大学出版社 2006 年版。

[35] ［美］理查德·坎伯:《萨特》,李智译,北京中华书局 2002
年版。

[36] 王炎:《小说的时间性与现代性》:外语教育与研究出版社 2007

年版。

［37］伍厚凯、徐新建：《执着的求索》，海天出版社 2001 年版。

［38］李辉凡：《文学·人学——高尔基的创作及文艺思想论集》，重庆出版社 1993 年版。

［39］韩秋红：《西方哲学的现代转向》，吉林人民出版社 2007 年版。

［40］宋昌中：《库普林》，吉林大学出版社 1990 年版。

［41］［美］苏珊·李·安德森：《陀斯托耶夫斯基》，马寅卯译，中华书局 2004 年版。

［42］［苏］帕乌斯托夫斯基：《面向秋野》，张铁夫译，湖南文艺出版 1985 年版。

［43］沙伦·M. 凯、堡罗·汤姆森：《奥古斯丁》，周伟驰译，中华书局 2002 年版。

［44］冯川编：《荣格文集》，冯川译，改革出版社 1990 年版。

［45］孟宪义：《巴尔扎克的〈人间喜剧〉与美》，黑龙江教育出版社 1992 年版。

［46］郑克鲁：《外国文学史》，高等教育出版社 2002 年版。

［47］［德］海德格尔：《海德格尔的智慧》，刘烨、王劲玉编译，中国电影出版社 2007 年版。

［48］［俄］谢·叶赛宁：《玛丽亚的钥匙》，吴泽霖译，东方出版社 2000 年版。

［49］张秀章、解灵芝选编：《托尔斯泰感悟录》，吉林人民出版社 2003 年版。

［50］［美］艾布拉姆斯：《镜与灯》，郦雅生等译，北京大学出版社 1992 年版。

［51］杨素梅、闫吉青：《俄罗斯生态文学论》，人民文学出版社 2006 年版。

［52］［法］帕斯卡尔：《思想录》，何兆武译，陕西师范大学出版社 2003 年版。

［53］金亚娜、刘锟、张鹤等：《充盈的虚无》，《俄罗斯文学中的宗教意识》，人民文学出版社 2003 年版。

［54］金丽：《圣经与西方文学》，民族出版社 2007 年版。

[55] 梁工:《圣经与文学》,时代文艺出版社 2006 年版。

[56] 杨彩霞:《20 世纪美国文学与圣经传统》,中国人民大学出版社 2007 年版。

[57] 陈顺馨:《社会主义现实主义理论在中国的接受与转化》,安徽教育出版社 2000 年版。

[58] 莫云平:《基督教文化与西方文学》,中央编译出版社 2007 年版。

[59] 王志成:《神圣的渴望》,江苏人民出版社 2000 年版。

[60] [美] 威尔杜兰:《世界文明史》,东方出版社 1999 年版。

[61] 朱立元:《现代西方美学史》,上海译文出版社 1993 年版。

[62] [美] 勒兰德·莱肯:《圣经文学》,徐钟、刘振江、杨平译,春风文艺出版社 1988 年版。

[63] [丹] 克尔凯郭尔:《基督徒的激情》,鲁路译,中央编译出版社 2000 年版。

[64] 胡山林:《文学艺术与终极关怀》,中国社会科学出版社 2005 年版。

[65] 王丽丹:《乍暖还寒时——"解冻"时期苏联小说的核心主题与文体特征》,译文出版社 2004 年版。

[66] 黎皓智:《俄罗斯小说文体论》,百花洲文艺出版社 2002 年版。

[67] 钱锺书:《七缀集》,上海古籍出版社 1995 年版。

[68] 萨特:《萨特文集》第 7 卷,施康强译,人民出版社 2000 年版。

[69] [美] 凯特琳娜·克拉克、[美] 麦克尔·霍奎斯特:《米哈伊尔·巴赫金》,语冰译,中国人民大学出版社 1992 年版。

[70] 巴赫金:《陀思妥耶夫斯基的诗学问题》,白春仁、顾亚玲译,中国社会科学出版社 1988 年版。

[71] 程正民:《巴赫金的文化诗学》,北京师范大学出版社 2001 年版。

[72] 王建刚:《狂欢诗学——巴赫金文学思想研究》,学林出版社 2001 年版。

[73] 伯高·帕特里奇:《狂欢史》,上海人民出版社 1992 年版。

[74] [俄] 巴赫金:《弗朗索瓦·拉伯雷的创作与中世纪和文艺复兴时期的民间文化》,文艺出版社 1990 年版。

[75] 夏忠宪:《巴赫金狂欢化诗学研究》,北京师范大学出版社 2000

年版。

[76] 钱中文编：《巴赫金全集》，李兆林等译，河北教育出版社 1998 年版。

[77] 凌建侯：《巴赫金哲学思想与文本分析法》，北京大学出版社 2007 年版。

[78] ［法］托多罗夫：《巴赫金对话理论及其他》，蒋子华、张萍译，百花文艺出版社 2001 年版。

[79] 晓河：《巴赫金哲学思想研究》，河北人民出版社 2006 年版。

[80] 朱崇科：《张力的狂欢》，上海三联书店 2005 年版。

[81] 张冰：《陌生化诗学》，北京师范大学出版社。

[82] ［俄］巴赫金：《文本、对话与人文》，白春仁等译，河北教育出版社 2000 年版。

[83] ［俄］巴赫金：《诗学与访谈》，白春仁、顾亚玲等译，河北教育出版社 1998 年版。

[84] 黄玫：《韵律与意义：20 世纪俄罗斯诗学理论研究》，人民出版社 2005 年版。

[85] 胡经之、张首映：《西方 20 世纪文论选》，中国社会科学出版社 1989 年版。

[86] 孙乃修：《屠格涅夫与中国——二十世纪中外文学关系研究》，学林出版社 1988 年版。

[87] 乐黛云：《比较文学简明教程》，北京大学出版社 2003 年版。

[88] 胡适：《胡适书信集》，北京大学出版社 1996 年版。

[89] 茅盾：《文艺杂论集》，上海文艺出版社 1981 年版。

[90] 王统照：《王统照文集》，山东人民出版社 1984 年版。

[91] 周作人：《文学上的俄国和中国》，中国广播电视出版社 1992 年版。

[92] 瞿秋白：《瞿秋白文集》第 2 卷，人民文学出版社 1985 年版。

[93] 周作人：《周作人民俗学论集》，上海文艺出版社 1999 年版。

[94] 周作人：《平民的文学》，河北教育出版社 2002 年版。

[95] 鲁迅：《鲁迅全集》，人民文学出版社 1981 年版。

[96] 巴金：《巴金文集》，人民文学出版社 1959 年版。

［97］鲁迅：《且介亭杂文二集》，上海三闲书屋 1937 年版。

［98］夏中义：《艺术链》，上海文艺出版社 1988 年版。

［99］陈平原：《中国小说叙事模式的演变》，北京大学出版社 2003 年版。

［100］温儒敏：《中国现代文学批评史》，北京大学出版社 1993 年版。

［101］周作人：《风雨谈》，长沙：岳麓书社 1987 年版。

［102］［德］汉斯·科赫：《马克思主义和美学》，佟景韩译，漓江出版社 1985 年版。

［103］［俄］帕乌斯托夫斯基：《文学肖像》，陈方、陈刚政译，人民文学出版社 2002 年版。

［104］赖干坚：《中国现当代文论与外国诗学》，厦门大学出版社 2003 年版。

［105］李标晶：《中国现代作家文体论》，黑龙江人民出版社 2005 年版。

［106］茅盾：《茅盾文艺杂论集》，上海文艺出版社 1981 年版。

［107］马世俊：《现代生态学透视》，科学出版社 1990 年版。

［108］钱理群：《中国现代文学三十年》，北京大学出版社 1998 年版。

［109］童庆炳：《文学概论》，武汉大学出版社 2000 年版。

［110］成仿吾；《成仿吾文集》，山东大学出版社 1985 年版。

［111］［丹］克尔凯郭尔：《悲剧：秋天的神话》，程朝翔、傅正朋译，中国戏剧出版社 1992 年版。

［112］孙乃修：《屠格涅夫与中国——二十世纪中外文学关系研究》，学林出版社 1988 年版。

［113］孟昭毅、李载道：《中国翻译文学史》，北京大学出版社 2005 年版。

［114］李咏吟：《创作解释学》，广西师范大学出版社 2004 年版。

［115］邱运华：《19—20 世纪之交俄国马克思主义文学思想史论》，北京大学出版社 2006 年版。

［116］刘文飞：《苏联文学与反思》，中国社会科学出版社 2005 年版。

［117］申丹：《叙述学与小说文体学研究》，北京大学出版社 2001 年版。

[118] 张捷:《热点追踪——20世纪俄罗斯文学研究》,人民文学出版社2003年版。

[119] 曲春景、耿占春:《叙事与价值》,学林出版社2005年版。

[120] 林精华:《误读俄罗斯——中国现代性问题中的俄国因素》,商务印书馆2005年版。

[121] 淼华:《回眸与前瞻——中国俄罗斯文学研究二十年(1979—1999)会议论文集》,外语教学与研究出版社2000年版。

[122] 止庵编:《周作人集》,花城出版社2004年版。

[123] 孔范今:《二十世纪中国文学史》,山东文艺出版社1997年版。

[124] 陈建华:《二十世纪中俄文学关系》,高等教育出版社2002年版。

[125] 茅盾:《茅盾文艺杂论集》(上、下),上海文艺出版社1980年版。

[126] 马晓翔、马家骏:《俄国文学史略》,中国社会科学出版社2004年版。

[127] 瞿秋白:《俄国文学史及其他》,复旦大学出版社2004年版。

[128] 汪介之:《回望与沉思:论俄苏文论在20世纪中国文坛》,北京大学出版社2005年版。

[129] 王吉鹏、李春林:《鲁迅与外国文学关系研究》,吉林人民出版社2003年版。

[130] 杨守森:《二十世纪中国作家心态史》,中央编译出版社1999年版。

[131] 臧传真、渝灏东、边恩国:《苏联文学史略》,宁夏人民出版社1986年版。

[132] 刘文波、冯毓云:《边缘文艺学》,社会科学文献出版社2002年版。

[133] 吴义勤:《告别虚伪的形式》,山东文艺出版社2004年版。

[134] 温儒敏:《中国现代文学批评史》,北京大学出版社1993年版。

[135] 蒋路:《俄国文史采微》,东方出版社2003年版。

[136] 袁国兴:《中国现代文学结构形态研究》,黑龙江教育出版社出版1993年版。

[137]　[苏]　季莫非耶夫:《苏联文学史》,水夫译,作家出版社 1956 年版。

[138]　严永兴:《辉煌与失落——俄罗斯文学百年》,译林出版社 2005 年版。

[139]　朱光潜:《西方美学史》,人民文学出版社 2003 年版。

[140]　王锦泉:《中国现代文学专题史》,浙江文艺出版社 1986 年版。

[141]　闫玉刚:《改造国民性——走近鲁迅》,中国社会出版社 2005 年版。

[142]　王锡伦:《郭沫若研究论稿》,黑龙江人民出版社 2000 年版。

[143]　陈涌:《鲁迅论》,人民文学出版社 1984 年版。

[144]　郭力:《二十世纪中国女性文学的生命意识》,黑龙江教育出版社 2002 年版。

[145]　蓝英年:《回眸莫斯科》,文汇出版社 2004 年版。

[146]　李辉凡、张捷:《20 世纪俄罗斯文学史》,青岛出版社 2004 年版。

[147]　邹平:《阅读女人——文学百美评论》,学林出版社 1999 年版。

[148]　[荷]　米克·巴尔:《叙述学:叙述理论导学》,谭君强译,中国社会科学出版社 2003 年版。

[149]　李辉凡:《二十世纪初俄苏文学思潮》,社会科学文献出版社 1993 年版。

[150]　朱振武:《在心理美学的平面上——威廉福克纳小说创作论》,学林出版社 2004 年版。

[151]　马永强:《文化传播与现代中国文学》,安徽大学出版社 2003 年版。

[152]　温儒敏:《新文学现实主义的流变》,北京大学出版社 2007 年版。

[153]　刘绍信:《当代小说叙事学》,黑龙江教育出版社 2002 年版。

[154]　吉首大学沈从文研究室:《沈从文研究》,湖南大学出版社 1988 年版。

[155]　[美]　戴卫·赫尔曼:《新叙事学》,马海良译,北京大学出版社 2002 年版。

［156］普斯托沃伊特：《屠格涅夫评传》，韩凌译，人民文学出版社 1983 年版。

［157］［美］马克·斯洛宁：《现代俄国文学史》，汤新楣译，人民文学出版社 2001 年版。

［158］［英］罗素：《西方哲学史》，马德元译，商务印书馆 2005 年版。

［159］［德］黑格尔：《小逻辑》，贺麟译，商务印书馆 2004 年版。

［160］［英］鲍桑葵：《美学史》，张今译，海南出版社 2005 年版。

［161］［俄］耐曼：《哀泣的缪斯：安娜·阿赫马托娃纪事》，夏忠宪、唐逸红译，华文出版社 2002 年版。

［162］林精华：《西方视野中的白银时代》，东方出版社 2001 年版。

［163］［俄］弗·阿格诺索夫：《白银时代俄国文学》，石国雄、王加兴译，南京译林出版社 2001 年版。

［164］［古希腊］柏拉图：《文艺对话集》，朱光潜译，人民文学出版社 2000 年版。

［165］［德］黑格尔：《美学》，朱光潜译，商务印书馆 1981 年版。

［166］武蠹甫：《西方文论选》，上海人民出版社 1979 年版。

［167］［苏］符·阿·阿尔捷莫夫：《心理学概论》，赵璧如译，人民教育出版社 1957 年版。

［168］［俄］巴赫金：《文艺学中的形式主义方法》，李辉凡、张捷译，漓江出版社 1989 年版。

［169］［俄］巴赫金：《小说理论》，白春仁等译，河北教育出版社 1998 年版。

［170］白春仁：《文学修辞学》，吉林教育出版社 1993 年版。

［171］［俄］别林斯基：《别林斯基选集》第 3 卷，满涛译，上海译文出版社 1980 年版。

［172］程正民：《俄国作家创作心理研究》，百花文艺出版社 1999 年版。

［173］冯玉律：《跨越与回归》，上海外语教育出版社 1998 年版。

［174］［俄］米·赫拉普钦科：《作家的创作个性和文学的发展》，人民出版社 1977 年版。

［175］［俄］米·赫拉普钦科：《艺术创作、现实、人》，刘逢祺、张

捷译，人民出版社 1977 年版。

［176］［俄］弗兰克：《俄罗斯知识人和精神偶像》，徐凤林译，学林出版社 1999 年版。

［177］黑龙江大学俄语语言文学研究中心编：《俄语语言文学研究·文学卷》（第 2 辑），人民文学出版社 2003 年版。

［178］［苏］高尔基：《文学书简》，曹葆华等译，人民文学出版社 1962 年版。

［179］［德］黑格尔：《美学》第 1、2、3 卷，朱光潜译，商务印书馆 1996 年版。

［180］刘文飞：《阅读普希金》，人民文学出版社 2002 年版。

［181］刘文飞：《文学魔方：二十世纪的俄罗斯文学》，中国社会科学出版社 2004 年版。

［182］［苏］帕佩尔内：《契诃夫怎样创作》，朱逸森译，上海译文出版社 1991 年版。

［183］［苏］契诃夫：《契诃夫论文学》，汝龙译，人民文学出版社 1958 年版。

［184］钱中文：《现实主义与现代主义》，人民文学出版社 1987 年版。

［185］任光宣、张建华、余一中：《俄罗斯文学史》，北京大学出版社 2003 年版。

［186］［瑞士］荣格：《心理学与文学》，冯川、苏克译，生活·读书·新知三联书店 1987 年版。

［187］北京师范大学苏联文学研究所编译：《苏联当代作家谈创作》，北京师范大学出版社 1984 年版。

［188］［俄］列夫·舍斯托夫：《悲剧的哲学——陀思妥耶夫斯基与尼采》，张杰译，漓江出版社 1992 年版。

［189］［美］汤普逊：《理解俄国：俄国文化中的圣愚》，杨友德译，生活·读书·新知三联书店 1998 年版。

［190］童庆炳：《文学理论教程》，高等教育出版社 2004 年版。

［191］汪剑钊：《中俄文字之交——俄苏文学与二十世纪中国新文学》，漓江出版社 1999 年版。

［192］汪介之、陈建华：《悠远的回响——俄罗斯作家与中国文化》，

宁夏人民出版社 2002 年版。

[193] 王一川：《通向文本之路》，四川人民出版社 1997 年版。

[194] 王江松：《悲剧人性与悲剧人生》，中国社会科学出版社 1994
年版。

[195] ［俄］沃罗夫斯基：《论文学》，程代熙等译，人民文学出版社
1981 年版。

[196] 吴元迈、赵沛林、仲石：《外国文学史话》西方古代卷，吉林人
民出版社 2001 年版。

[197] 徐岱：《小说形态学》，杭州大学出版社 1997 年版。

[198] 徐葆耕：《西方文学·心灵的历史》，清华大学出版社 1998
年版。

[199] 尹鸿：《悲剧意识与悲剧精神》，安徽大学出版社 1992 年版。

[200] 任光宣、张建华、余一中：《俄罗斯文学选集》，外语教学与研
究出版社 1998 年版。

[201] 卓新平、张百春：《当代东正教神学思想》，上海三联书店 2000
年版。

[202] ［德］威廉·巴雷特：《非理性的人——存在主义哲学研究》，
段智德译，上海译文出版社 1992 年版。

[203] ［德］海德格尔：《存在与时间》，陈嘉映、王庆节译，生活·
读书·新知三联书店 1987 年版。

[204] 刘宁、程正民：《俄苏文学批评史》，北京师范大学出版社 1992
年版。

[205] 刘康：《对话的喧声：巴赫金的文化转型理论》，中国人民大学
出版社 1995 年版。

[206] 张寅德：《叙述学研究》，中国社会科学出版社 1989 年版。

[207] 罗钢：《叙事学导论》，云南人民出版社 1994 年版。

[208] 汪介之：《现代俄罗斯文学史纲》，南京出版社 1995 年版。

[209] ［法］卢梭：《爱弥儿》，李平沤译，人民教育出版社 1985 年版。

[210] ［法］卢梭：《论人类不平等的起源和基础》，吕卓译，中国社
会科学出版社 2009 年版。

[211] 杨素梅、闫吉青：《俄罗斯生态文学论》，人民文学出版社 2006

年版。

[212] ［俄］库普林:《火坑》,姜明河译,漓江出版社1986年版。

[213] 车玉玲:《遭遇虚无与回到崇高:白银时代的俄罗斯宗教文学》,中国社会科学出版社2012年版。

[214] 邱运华:《俄罗斯文化批评论》,首都师范大学出版社2014年版。

[215] ［俄］别尔嘉耶夫:《精神王国与恺撒王国》,安启念、周靖波译,浙江人民出版社2000年版。

[216] 凯特琳娜·克拉克、麦克尔·霍奎斯特:《米哈伊尔·巴赫金》,语冰译,中国人民大学出版社1992年版。

[217] 孙鹏程:《形式与历史视野中的诗学方案》,浙江大学出版社2012年版。

[218] 朱立元:《当代西方文艺理论》,华东师范大学出版社1997年版。

[219] 陈会亮:《圣经与中外文学名著》,宗教文化出版社2009年版。

[220] ［法］格雷马斯:《论意义:符号学论文集》,吴泓缈译,百花文艺出版2011年版。

[221] ［俄］符·维·阿格诺索夫主编:《20世纪俄罗斯文学》,凌建侯等译,中国人民大学出版社出版2003年版。

**学位论文**

[1] 林精华:《俄国白银时代小说诗学研究》,博士学位论文,北京师范大学,1997年。

[2] 李哲:《库普林小说的叙事艺术研究》,硕士学位论文,北京师范大学,2008年。

[3] 赵荣贵:《且引天火燃大地——库普林小说研究》,硕士学位论文,北京大学,1996年。

[4] 张晓东:《情感的诗学——亚·库普林小说诗学初探》,硕士学位论文,北京师范大学,2000年。

[5] 高建华:《库普林小说研究》,博士学位论文,东北师范大学,2009年。

# 后　　记

　　本专著是我承担的国家社会科学基金项目《库普林小说诗学研究》的最终成果。当本书撰写尘埃落定之时，回首几年来自己走过的道路，内心倍感酸甜苦涩。如今已年近半百的我，用了多年的时间，把这本不仅凝聚着我一个人的心血，也凝聚着很多良师益友的希望、鼓励、帮助的研究报告呈现于您的面前，无限感慨，尽在不言中！

　　当年选定"库普林小说研究"作为我的博士论文题目，除了征得我的导师赵沛林教授的认可，还得到过北京师范大学蓝英年教授的支持。当年蓝老师曾说过：库普林是世界级的经典作家，以库普林小说研究作博士论文具有拓荒的意义。遗憾的是作为这个拓荒者的我才疏学浅，毅然承担了这个拓荒者的角色，可以说有几分不知天高地厚，却勇气十足。始生之物，其形必丑，本书亦然。尽管留下有很多遗憾，但我终于可以用微薄的收获来回报那些多年来为我的成长给予过无私帮助的人们。2011 年 6 月，当获知我申请的课题"库普林小说诗学研究"获得国家社会科学基金项目时，禁不住泪如泉涌。由衷感谢那些在匿名评审中给予我支持的专家学者，这对我是一个极大的鞭策和鼓舞。我只有认真地完成好交给我的任务，才无愧于他们给予我的信任。

　　本专著的写作凝聚着许多人的心血和智慧。在写作过程中，很多人给了我诸多帮助，他们为我指点迷津，提出中肯的建议。几年的课题研究时间，是我人生的一段难忘的旅途。在这段旅途中，我幸运地遇到了一些在本领域德高望重的良师益友，他（她）们给我的帮助，令我感到了旅途的温暖。华中师范大学聂珍钊教授、北京师范大学夏忠宪教授、东北师范大学刘建军教授，哈尔滨师范大学赵晓彬教授等都给过我无私的帮助和鼓励，他们在学术上给我的启发和引导，令我茅塞顿开。

在此向他们表示诚挚的谢意！我将永远记住他们给过我的帮助和友谊！

　　我已过不惑之年，一事无成，心中惶惶！治学的道路是艰辛的，在这条道路上坚持下去，无疑需要坚强的毅力和顽强的勇气。只有在未来的日子里加倍努力，才对得起所有关爱和帮助过我的师长和朋友。我愿能以今后在学术道路上所取得的成绩，来回报所有关心过我、鼓励过我、支持过我的人们！